传经
家典

经典回到生活　阅读从心开始

经典传家

『经典传家』丛书遴选了清代《四库全书》的精华，而且每一种书在注释、译文、解读等方面做了大量的、扎实的工作。

——傅璇琮

国学就是中国人的学问。『经典传家』是一套非常适合大众阅读的国学经典丛书。国学的传承和发展迫切需要好的大众读本。

——毛佩琦

《四库全书》浩如烟海，真正的必读经典就这百余部。

——任德山

国学是相互通融的，切忌断章或是割裂。今人只有从《周易》等原始经典入手，才能真正找到进入国学的门径。

——刘君祖

经典传家系列丛书

图解智囊

冯梦龙 编著

崇贤书院 释译

黄山书社

《智囊》阅读指南

精审精校保证阅读质量

以最精致的品质呈现给读者最权威的《智囊》读本。

无障碍阅读经典

注音、注释、译文，帮助读者全面准确地理解经典。

译文

- 用原文进行白话翻译，方便读者理解文章内容。

选字注音

- 将生僻字选出，单独标注音标。
- 将古今读音相异的字单独标注音标。
- 将所有重复出现的字词都反复标音。

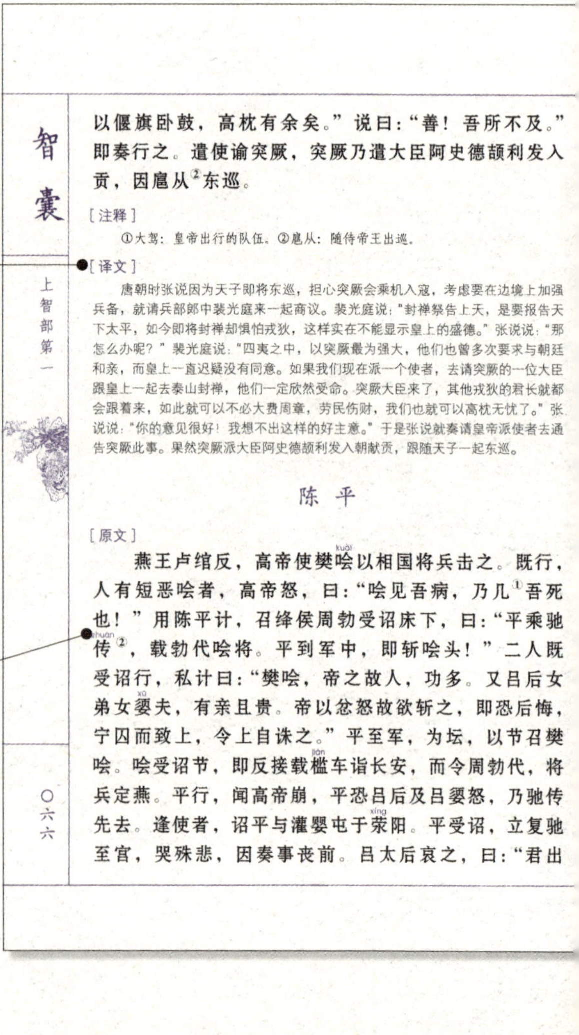

智囊

上智部第一

以偃旗卧鼓，高枕有余矣。”说曰：“善！吾所不及。”即奏行之。遣使谕突厥，突厥乃遣大臣阿史德颉利发入贡，因扈从②东巡。

[注释]

①大驾：皇帝出行的队伍。②扈从：随侍帝王出巡。

[译文]

唐朝时张说因为天子即将东巡，担心突厥会乘机入寇，考虑要在边境上加强兵备，就请兵部郎中裴光庭来一起商议。裴光庭说：“封禅祭告上天，是要报告天下太平，如今即将封禅却惧怕戎狄，这样实在不能显示皇上的盛德。”张说说：“那怎么办呢？”裴光庭说：“四夷之中，以突厥最为强大，他们也曾多次要求与朝廷和亲，而皇上一直迟疑没有同意。如果我们现在派一个使者，去请突厥的一位大臣跟皇上一起去泰山封禅，他们一定欣然受命。突厥大臣来了，其他戎狄的君长就都会跟着来，如此就可以不必大费周章，劳民伤财，我们也就可以高枕无忧了。”张说说：“你的意见很好！我想不出这样的好主意。”于是张说就奏请皇帝派使者去通告突厥此事。果然突厥派大臣阿史德颉利发入朝献贡，跟随天子一起东巡。

陈 平

[原文]

燕王卢绾反，高帝使樊哙（kuài）以相国将兵击之。既行，人有短恶哙者，高帝怒，曰：“哙见吾病，乃几①吾死也！”用陈平计，召绛侯周勃受诏床下，曰：“平乘驰传（chuán）②，载勃代哙将。平到军中，即斩哙头！”二人既受诏行，私计曰：“樊哙，帝之故人，功多。又吕后女弟女媭（xū）夫，有亲且贵。帝以忿怒故欲斩之，即恐后悔，宁囚而致上，令上自诛之。”平至军，为坛，以节召樊哙。哙受诏节，即反接载槛（jiàn）车诣长安，而令周勃代，将兵定燕。平行，闻高帝崩，平恐吕后及吕媭怒，乃驰传先去。逢使者，诏平与灌婴屯于荥（xíng）阳。平受诏，立复驰至宫，哭殊悲，因奏事丧前。吕太后哀之，曰：“君出

〇六六

《智囊》阅读指南

生僻字反复注音

生僻字、古今异音字标注读音，并且随见随标，最大限度地方便读者。

珍贵古版画营造阅读氛围

百余幅珍贵精美古代版画，图文并茂，形象化阅读经典。

智囊　上智部第一

休矣。”平因固请，得宿卫中，太后乃以为郎中令，曰：“傅教帝。”是后吕媭谗乃不得行。

【冯述评】谗祸一也，度近之足以杜其谋，则为陈平；度远之足以消其忌，则又为刘琦。宜近而远，宜远而近，皆速祸之道也。

刘表爱少子琮，琦惧祸，谋于诸葛亮，亮不应。一日相与登楼，去梯，琦曰：“今日出君之口，入吾之耳，尚未可以教琦耶？”亮曰：“子不闻申生在内而危，重耳在外而安乎？”琦悟，自请出守江夏。

[注释]

①几：盼望。②驰传：指四匹良马所拉的驿车，紧急时方动用。

[译文]

汉朝初年，燕王卢绾造反，汉高祖派樊哙以相国的身份出兵讨伐。军队出发之后，有人说樊哙的坏话。高祖听后非常生气地说："樊哙见我病重，希望我早点死！"于是就用陈平的计策，召绛侯周勃在床前接受诏命："你和陈平即刻乘驿车到军中，杀了樊哙，然后由你代替樊哙的职位。"二人受命而行，私下商量说："樊哙是皇上的老朋友，立功又多，而且是吕后妹妹吕媭的丈夫，他们的关系十分亲密。皇上这是一时愤怒想要杀他，恐怕以后会后悔，还是把他捉来交给皇上，让皇上自己去杀吧。"二人刚到军中，就先筑坛，然后再以圣旨召樊哙。樊哙受命而来，陈平就用囚车将他送到长安，而令周勃代理军事，率兵平定燕王。陈平在路上听说高祖崩逝，怕吕后及吕媭生气报复自己，就派人紧急到宫中报告樊哙的事情。其后遇到使者传下诏令，命陈平与灌婴一起屯兵荥阳。陈平接到命令没有去荥阳，而是立刻赶回宫中，哭得很悲伤，并把事情经过在高祖灵前报告给吕后。吕后只说："你辛苦了，

陈平宰肉均平

西汉王朝的开国功臣，少时喜读书，有大志，曾为乡里分肉，甚均，父老赞之，他感慨曰："使平得宰天下，亦如此肉矣！"

〇六七

注释

- 对难解字词、古今异义词进行注释，力求准确、严谨，为读者排除阅读障碍。
- 对文中所涉及的文史常识进行注释，扩大知识范围，增强文章的可读性，使读者更好地理解作品。

图片说明

- 所选版画皆为古人原创，确保原汁原味。
- 选图方面，精益求精保证版画的清晰和质感。

总序

国学是什么？简单说，就是中国人之所以成为中国人的学问。因此，国学不仅包括数千年积累流传下来的经典，比如“四书五经”、《老子》《庄子》《孙子》《史记》《汉书》、唐诗、宋词，也包含研究中国人思维方式、生活方式、行为方式乃至娱乐方式的各种学问。广言之，国学研究的对象不仅包括文献，也包括实物；不仅包括物质文化遗产，也包括非物质文化遗产，如我国各民族的建筑、服饰、饮食、音乐、绘画、医药、戏曲等等。

国学是不断丰富、不断发展的学问。上面说的从“四书五经”到唐诗、宋词就是一个不断丰富发展的过程。近代以来，国学的研究范围还在不断地扩大，比如敦煌学、甲骨学，是随着有关文物的出土而兴起的；比如红学，是随着文学理论和学术风气的发展变化而兴起和发展的。随着时间的推移和学术的进步，必将有更多的学问被纳入国学研究的范围。

数千年来，中国人做学问形成了自己独特的理论和方法，比如思想理论、史学理论、文学理论，以及训诂学、考据学、音韵学等等。但这些理论和方法并不是一成不变的。比如，在史学研究领域，由于地下文物的出土，王国维等人提出了以地下文物与传世文献相补充互证的“二重证据法”。近代以来，西风劲吹。国人主动借鉴西方学术研究的理论和方法，研究中国学问。王国维借鉴尼采的哲学理论研究中国的文学戏剧，胡适以杜威的实验主义研究中国的“国故”。国学从来没有拒绝外国学问的融合，佛教传入中国后，经过改造，形成了中国独特的佛学、因明学；自明朝末年西学传入中国后，中国的天文学、数学等就已经融入了西学的因素。马克思主义传入中国后，不少人用马克思主义理论研究中国历史文化，它们自然也成为了国学的一部分。因此，国学又是开放的、随时代而进步的。那么，当今我们研究、振兴国学，不允许也不应该倒退，不允许也不应该僵化。

然而，国学又是与西学明显区分的。国学是西学的对应物，是与西学完全不同的学术体系。在近代，西学挟坚船利炮强势进入中国之后，中国人还视自我，对于中国固有之学问的称呼出现了中学、国故学、国粹、国学这样的名称。面对“帝国主义”的强大，中国人自愧不如，一方面拼命地学习、引进西学，另一方面拼命地贬低、抛弃国学。虽然也有一些人，如张之洞为保护中华文化之根本，提出“中学为体，西学为用”，如胡适，提出“整理国故”，以“再造文明”“建立民族自信心”，但其声音终被时代所淹没。国学一再被严重曲解和轻视，造成了中国历史文化的大断裂。也许，这一历史过程是必然的。但回顾过去，中国在走向独立富强的过程中，国学所付出的代价实在太大、太惨重了。

新中国成立后，饱受屈辱的中国人从此站立了起来，民族自信心大大加强，但没有能够及时认识到国学在新时代的重要性，甚至仅存的一点点国学遗产也进一步成为被抛弃的对象。改革开放三十年之后，走向富强的国人终于幡然醒悟，保护和振兴国学逐渐成为全民的共识。一个强大的自立于世界民族之林的国家，必然要有与之相匹配的伟大的民族文化。中国人，从领导者、学术界到普通百姓，都在重新发现国学的现代价值。同时，在走向全球化的进程中，东西方各国也把目光投向了中国。中国学问，中国的一切都在被重新评价。中国不仅为了自身的建设和发展需要从传统文化中汲取智慧，而且也面临着以优秀的中华文化向全人类贡献智慧的责任和挑战。

那么，这套经典传家丛书的编纂就是可喜的，编纂者的初衷和努力就是可敬的。希望这套丛书能发挥点滴作用，如同涓涓细水与千百万有志者的努力一道汇成大潮，去迎接中华民族的伟大复兴！

是为序。

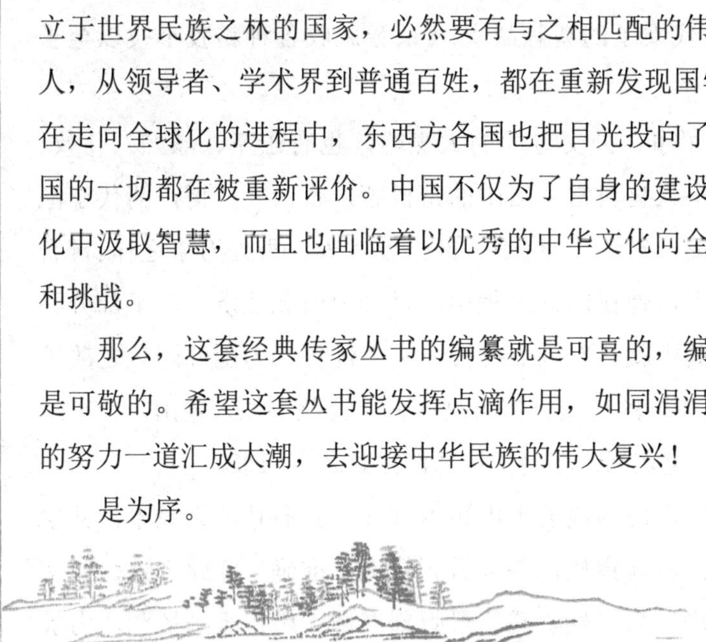

毛佩琦

二〇一五年五月

前言

《智囊》是一部智慧故事总集，明代文学家冯梦龙编纂。此书重刊时又经冯梦龙增补，改名《智囊补》，其他刊本也称《智囊全集》《增智囊补》《增广智囊补》等，内容上均同《智囊补》。此书共收上起先秦、下迄明代的历代智慧故事千余则，依内容分为上智、明智、察智、胆智、术智、捷智、语智、兵智、闺智、杂智共十部，二十八卷。

《上智》《明智》《察智》收录历代政治故事，表达了冯氏的政治见解和明察勤政的为官态度;《胆智》《术智》《捷智》编选的是各种治理政务手段的故事;《语智》收辩才善言的故事;《兵智》集各种出奇制胜的军事谋略;《闺智》专辑历代女子的智慧故事;《杂智》收各种黠狡小技以至于种种骗术。

全书既有政治、军事、外交方面的大谋略，也有士卒、漂妇、仆奴、僧道、农夫、画工等小人物日常生活中的奇机智，收录之广博，清代李渔评“惟恐失一哲人，漏一慧语”。这是一部借鉴古人、智处万事之作。《智囊》曾是毛泽东的藏书，他在阅读过程中，对书中所载经济、军事部分的内容做了许多点评，其中就有对围点打援、集中优势兵力围歼弱势之敌等军事思想的阐述。《智囊》的历史价值可见一斑。读此书如入宝山，金玉琳琅，美不胜收，随意赏览之间，亦会携得几件智慧之宝归来。

崇贤善本《智囊》以民国线装本巾箱本《增广智囊补》为底本，并参照十余种其他各社的注解和审校，务求做到权威、准确。除此之外，原文字体承接古代坊刻精华，为清乾隆武英殿版刻书体；历代版画插图，由版刻专家和著名设计师联袂打造，审美独特；纸张全部选用安徽泾县宋代工艺的纯手工宣纸制作，承袭千年历史工艺，具有历时弥珍的保值、增值特性；版刻采用宋、元、明、清各代精刻，集纳各代版刻之精华。崇贤善本版的《智囊》是一部集中国智慧和传统装书艺术为一体的传世珍品。

崇賢書院

目 录

《智囊》总序

智囊自叙

冯子曰：人有智犹地有水，地无水为焦土，人无智为行尸。智用于人，犹水行于地，地势坳则水满之，人事坳则智满之。周览古今成败得失之林，蔑不由此。何以明之？昔者桀、纣愚而汤、武智，六国愚而秦智，楚愚而汉智，隋愚而唐智，宋愚而元智，元愚而圣祖智。举大则细可见，斯《智囊》所为述也。

或难之曰：智莫大于舜，而困于顽嚚；亦莫大于孔，而厄于陈蔡；西邻之子，六艺娴习，怀璞不售，鹑衣彀食，东邻之子，纥字未识，坐享素封，仆从盈百，又安在乎愚失而智得？冯子笑曰：子不见夫凿井者乎？冬裸而夏裘，绳以入，畚以出，其平地获泉者，智也，若夫土穷而石见，则变也。有种世衡者，屑石出泉，润及万家。是故愚人见石，智者见泉，变能穷智，智复不穷于变。使智非舜、孔，方且灰于廪、泥于井、俘于陈若蔡，何暇琴于床而弦于野？子且未知圣人之智之妙用，而又何以窥吾囊？

或又曰：舜、孔之事则诚然矣。然而“智囊”者，固大夫错所以膏焚于汉市也，子何取焉？冯子曰：不！不！错不死于智，死于愚，方其坐而谈兵，人主动色，迨七国事起，乃欲使天子将而己居守，一为不智，谗兴身灭。虽然，错愚于卫身，而智于筹国，故身死数千年，人犹痛之，列于名臣。輓近斗筲之流，卫身偏智，筹国偏愚，以此较彼，谁妍谁媸？且“智囊”之名，子知其一，未知二也。前乎错，有樗里子焉；后乎错，有鲁匡、支谦、杜预、桓范、王俭焉；其在皇明，杨文襄公并擅此号。数君子者，迹不一轨，亦多有成功竖勋、身荣道泰。子舍其利而惩其害，是犹睹一人之溺，而废舟楫之用，夫亦愈不智矣！

或又曰：子之述《智囊》，将令人学智也。智由性生乎，由纸上乎？冯子曰：吾向者固言之：智犹水，然藏于地中者，性；凿而出之者，学。井涧之用，与江河参。吾忧夫人性之锢于土石，而以纸上言为之畚锸，庶于应世有瘳尔。

或又曰：仆闻“取法乎上，仅得乎中”。子之品智，神奸巨猾，或登上乘，鸡鸣狗盗，亦备奇闻，囊且秽矣，何以训世？冯子曰：吾品智，非品人也。不唯其人唯其事，不唯其事唯其智，虽奸猾盗贼，谁非吾药笼中硝、戟？吾一以为蛛网而推之可渔，一以为蚕茧而推之司室。譬之谷王，众水同归，岂其择流而受！

或无以难，遂书其语于篇首。冯子名梦龙，字犹龙，东吴之畸人也。

智囊补自叙

忆丙寅岁，余坐蒋氏三径斋小楼近两月，辑成《智囊》二十七卷。以请教海内之明哲，往往滥蒙嘉许，而嗜痂者遂冀余有续刻。余菰芦中老儒尔，目未睹西山之秘籍，耳未闻海内之僻事，安所得匹此者而续之？顾数年以来，闻见所触，苟邻于智，未尝不存诸胸臆，以此补前辑所未备，庶几其可。虽然，岳忠武有言：“运用之妙，在乎一心。”善用之，呜吠之长可以逃死；不善用之，则马服之书无以救败。故以羊悟马，前刻已厌其繁；执方疗疾，再补尚虞其寡。第余更有说焉。唐太宗喜右军笔意，命书家分临《兰亭》本，各因其质，勿泥形模，而民间片纸只字，乃至搜括无遗。佛法上乘，不立文字，四十二章，后增添至五千四十八卷而犹未已。故致用虽贵乎神明，往迹何妨乎多识？兹补或亦海内明哲之所不弃，不止塞嗜痂者之请而已也。书成，值余将赴闽中，而社友德仲氏以送余故同至松陵。德仲先行余《指月》《衡库》诸书，盖嗜痂之尤者，因述是语为叙而畀之。

吴门冯梦龙题于松陵之舟中

上智部第一

上智部总序

［原文］

冯子曰：智无常局①，以恰肖其局者为上。故愚夫或现其一得，而晓人反失诸千虑。何则？上智无心而合，非千虑所臻也。人取小，我取大；人视近，我视远；人动而愈纷②，我静而自正；人束手无策，我游刃有余。夫是故，难事遇之而皆易，巨事遇之而皆细；其斡（wò）旋入于无声臭（xiù）之微，而其举动出人意想思索之外；或先忤而后合，或似逆而实顺。方其闲闲③，豪杰所疑，迄乎断断④，圣人不易。呜呼！智若此，岂非上哉！上智不可学，意者法上而得中乎？抑语云“下下人有上上智”，庶几有触而现⑤焉？余条列其概，稍分四则，曰“见大”、曰“远犹”、曰“通简”、曰“迎刃”，而统名之曰“上智”。

［注释］

①常局：固定不变的格局。②纷：混乱。③闲闲：悠闲的样子。④断断：果敢决断。⑤有触而现：得到机会而展现出来。

［译文］

冯梦龙说：真正的智慧没有固定的法则可以遵循，而要根据不同的现实情况，采取恰如其分的对策。所以愚昧的人，偶尔也会表现出智慧来；倒是聪明的人常常因为固守着某些原则而考虑太多，从而做出错误的判断。为什么呢？真正的大智慧其实是“无心”而至的，并非只要周全考虑就能达到。别人看到小的方面，我能看到大的方面。别人能看到眼前的，我却能看到长远的。别人越动越乱，而我却以静制动。别人束手无策的事情，我却游刃有余。这样的话，看起来难的事情处理起来都很容易，大的事情也能像小事情一样处理。所以能允分灵活、很有弹性地深入变动无常的局势之中，而其拟定的对策，也往往能出乎常人的意料。有时候看起来有

悖常理而实际上完全符合事理，有时看起来似乎违背常识而实际上却顺乎事理。当其从容悠闲之时，却受到豪杰之士的怀疑，只有等到问题全部解决，才能看清这种深远通透的智慧来，连圣人也不能改易。啊！这样的智慧，确实是大智慧！这样的大智慧是不可学的，是像人们通常认识的那样取法乎上而得乎中吗？还是像人们所说的“一些不见得聪明的人偶然表现出的上等智慧”，也往往能够对我们做人处事有启发作用呢。因此，我特意把这些智慧实例一一列举出来，并将其分为四卷，分别是“见大”、“远犹”、“通简”、“迎刃”，而总其名为“上智”。

见大卷一

[原文]

一操一纵，度越[1]意表。寻常所惊，豪杰所了[2]。集“见大”。

[注释]

①度越：超出。②了：通晓。

[译文]

处理事情的不同细节以及方略，往往是出乎预料之外的，这是普通人所惊异而不能理解的，然而豪杰之士却能通晓。集此为“见大”卷，即以小见大。

太公孔子

[原文]

太公望[1]封于齐。齐有华士者，义不臣天子，不友诸侯，人称其贤。太公使人召之三，不至；命诛之。周公曰：“此人齐之高士，奈何诛之？”太公曰：“夫不臣天子，不友诸侯，望犹得臣而友之乎？望不得臣而友之，是弃民[2]也；召之三不至，是逆民也。而旌之以为教首，使一国效之，望谁与为君乎？”

少正卯与孔子同时。孔子之门人三盈三虚[3]。孔子为大司寇，戮之于两观之下[4]。子贡进曰：“夫少正卯，鲁之闻人。夫子诛之，得无失乎？”孔子曰：“人有恶者五，而盗窃不与焉：一曰心达而险，二曰行僻而坚，三曰言伪而辩，四曰记丑而博，五曰顺非而泽。此五者，有一于此，则不免于君子之诛，而少正卯兼之。此小人之桀(jié)雄也，不可以不诛也。”

姜子牙

太公望，名吕尚。是周朝的开国元勋，本为姜姓，因先祖封于吕，故以吕为氏，又称太公望。相传吕尚未遇周文王时，曾在渭水垂钓。太公望就是民间传说中的姜子牙。

【冯述评】齐所以无惰民，所以终不为弱国。韩非《五蠹(dù)》之论本此。

小人无过人之才，则不足以乱国。然使小人有才，而肯受君子之驾驭，则又未尝无济于国，而君子亦必不概摈之矣。少正卯能煽惑孔门之弟子，直欲掩孔子而上之，可与同朝共事乎？孔子下狠手，不但为一时辩言乱政故，盖为后世以学术杀人者立防。

华士虚名而无用，少正卯似大有用而实不可用。壬人佥士⑤，凡明主能诛之；闻人高士，非大圣人不知其当诛也。唐萧瑀好奉佛，太宗令出家。玄宗开元六年，河南参军郑铣阳、丞郭仙舟投匦⑥献诗。敕⑦曰："观其文理，乃崇道教，于时用不切事情，宜各从所好。"罢官度为道士。此等作用，亦与圣人暗合。如使佞佛者尽令出家，谄道者即为道士，则士大夫攻乎异端者息矣。

[注释]

①太公望：吕尚，名望，助周武王灭商，被封于齐，为齐国始祖，故称太公。②弃民：不可教训而应该抛弃的人。③三盈三虚：指孔子的门徒多次被少正卯的讲学吸引走了。④两观之下：指宫门之前。⑤壬人佥士：奸佞之人。⑥匦：方匣。唐时设匦于朝堂，凡臣民有冤状及匡正补过、进献赋颂的，都可以投状于匦中。⑦敕：皇帝的诏书。

[译文]

太公望被周武王封于齐这个地方。齐国有个叫作华士的人，他以不为天子之臣，不为诸侯之友作为自己立身处世的宗旨，人们都称赞他的旷达贤明。太公望派人请了三次他都不肯来，于是就派人把他杀了。周公于是问太公说："华士是齐国的一位高士，为什么杀了他呢？" 太公望说："这样一个不做天子之臣，不做诸侯之友的人，我吕望还能以其为臣，与之交友吗？我吕望都无法使他臣服、难以结交的人，就一定是不可教训而应该要抛弃的人。召他三次而不来，就是叛逆之民。如果为此反而要表彰他，让他成为全国百姓效法的榜样，那还要我这个当国君的有什么用呢？"

少正卯与孔子同处于一个时代。孔子的学生曾经多次受到少正卯言论的诱惑，而离开学堂到少正卯那里去听讲课，导致学堂由满座变为空寂。于是到了孔子做大司寇的时候，就判处少正卯死刑，在宫门外把他杀了。子贡向孔子进言说："少正卯是鲁国名望很高的人。老师您杀了他，会不会有些不合适啊？" 孔子说："人有五种罪恶，而盗窃与之相比还算好的行为：第一种是心思通达而为人阴险，第二种是行为乖僻反常却固执不改，第三种是言辞虚伪无实却十分雄辩并能动人心，第四种是所记多为怪异之说却旁征博引，第五种是顺助别人之错误还为其掩饰辩白。一个人如果有这五种罪恶之一，就难免不被君子所杀；而少正卯同时具备这五种恶行。正是小人中的奸雄，这是不可不杀的。"

【冯述评】因此，齐国没有懒惰之民，并始终没有沦为弱小的国家。韩非《五蠹》中所讲论的学说就是以此为本的。

如果小人没有过人的才干，就不足以祸乱国家。如果小人有才能但愿意接受君子的指挥，那么未尝就对国家没有好处，而君子也不应该一概摒弃他们。可是少正卯煽动迷惑年轻人，甚至连孔子的弟子也不能幸免，几乎要胜过孔子，孔子还能和他同朝共事吗？孔子狠下杀手，不只阻止了当时因口才雄辩而扰乱政局的状况，也为后世以学术作为借口摒除异己祸乱国家者树立了"榜样"。

夸夸其谈的人往往徒具虚名却无实用；少正卯看上去像有才能堪大用，实际上并不可用。一般的奸佞小人，贤明的君主就能够发现并杀了他。然而对于一些所谓的名人隐士，只有大圣人才能认识到其该死的理由。唐朝萧瑀对佛教很痴迷，唐太宗就命令他出家为僧。唐玄宗开元六年，河南参军郑铣阳、河南郡丞郭仙舟纷纷献诗陈情。玄宗下诏说："看你们诗中的意思是崇奉道教的。这种思想不切合实际所需，那就依着你们个人的喜好，免去官职做道士吧！" 这种做法和圣人的行事正相吻合。如果让那些痴迷佛、道的人都出家做和尚或道士，那么士大夫学习异端邪说的事情就可以停止了。

诸葛亮

[原文]

有言诸葛丞相惜赦[1]者。亮答曰："治世以大德，不

以小惠。故匡衡、吴汉不愿为赦。先帝亦言：'吾周旋陈元方、郑康成间，每见启告，治乱之道悉矣，曾不及赦也。'若刘景升[2]父子岁岁赦宥(yòu)，何益于治乎？"及费祎为政，始事姑息，蜀遂以削[3]。

【冯述评】**子产谓子太叔曰："惟有德者，能以宽服民；其次莫如猛。夫火烈，民望而畏之，故鲜死焉；水懦弱，民狎而玩之，则多死焉。故宽难。"太叔为政，不忍猛而宽。于是郑国多盗，太叔悔之。仲尼曰："政宽则民慢，慢则纠之以猛；猛则民残，残则施之以宽。宽以济猛，猛以济宽，政是以和。"商君刑及弃灰，过于猛者也；梁武见死刑辄涕泣而纵之，过于宽者也。《论语》赦小过，《春秋》讥肆大眚。合之，得政之和矣。**

诸葛亮

诸葛亮，字孔明，号卧龙居士。三国时期蜀汉丞相。其娴熟韬略，多谋善断，长于巧思。曾革新"连弩"，可连续发射十箭；制作"木牛流马"，便于山地军事运输；还推演兵法，作"八阵图"，发明"孔明灯"。

[注释]

①惜赦：不轻易发布赦免令。②刘景升：刘表，字景升，东汉末年割据荆州，死后其子刘琮继任，不久投降曹操。③削：削弱。

[译文]

蜀国有人批评诸葛亮在发布赦令上很吝啬，而法令又过严。诸葛亮对此回应说："治理天下应本着至公至德之心，而不该随意施舍不当的小恩小惠。所以汉朝的匡衡、吴汉治国理政就认为无故开赦罪犯不是件好事。先帝刘备也曾说道：'我曾与陈纪（字元方）、郑玄（字康成）交往，从与他们的交谈中，可以明了天下兴衰治乱的道理，但他们从没有说过大赦罪犯也是治国之道。'又如刘表父子年年都有大赦之令，结果身死国灭，赦免罪犯对治理国家有什么好处呢？”后来费祎主政时，采用姑息宽赦的策略，蜀汉的国势也因此逐渐削弱不振。

【冯述评】春秋时郑国的子产对后继者子太叔说：“只有具有大德的人，才可以用宽容的方法来治理人民；次一等的就只能用严厉的律法来治理了。猛烈的大火，人看了就感到害怕，因此很少有人被烧死；平静的河水，人们喜欢接近嬉戏，却往往因此被淹死。所以用宽容的方法治理国家是很困难的，不是常人所能做到的。”后来太叔治理国家，不忍心用严厉的方法，从而导致郑国盗匪猖獗，民怨沸腾，太叔非常后悔，但为时已晚。孔子说：“政令过于宽容，百姓就会轻慢无礼，这时就要用严厉的律法来约束他们；过于严厉，百姓又可能凋残不堪，这时则要用宽松的政令来缓和他们的处境。用宽容来约束残弊，用严厉来整顿轻慢，这样才能做到人事通达，政风和谐。”战国时，商鞅对弃灰于道的人也要加以刑罚，这样就未免太过严苛了。梁武帝看见执行死刑就会心有不忍，往往流着泪把罪犯给释放掉，这样又太过宽容甚至显得有些懦弱了。《论语》有“对小的过错予以宽容”的说法，而《春秋》曾讥刺“那些放纵有大过错的人”，二者只有调和得当，才能实现政事的和谐。

汉光武帝

[原文]

刘秀①为大司马②时，舍中儿③犯法，军市令祭遵④格杀之。秀怒，命取遵，主簿陈副谏曰：“明公常欲众军整齐，遵奉法不避，是教令所行，奈何罪之？”秀悦，乃以为刺奸将军，谓诸将曰：“当避祭遵。吾舍中儿犯法尚杀之，必不私诸将也！”

【冯述评】**罚必则令行，令行则主尊，世祖所以能定四方之难也。**

[注释]

①刘秀：汉宗室，新朝末年起兵反王莽，为更始帝刘玄封为大司马，后自立称帝，建立东汉，谥光武，庙号世祖。②大司马：汉时掌全国军政的官。③舍中儿：府中的家奴。④祭遵：随刘秀起兵的诸将之一，后以功封侯，为东汉开国勋臣。

[译文]

东汉光武帝刘秀做人司马时，有 回其府中的家奴犯了军法，被军市令祭遵下令杀掉。刘秀很生气，命令部下将祭遵收押。当时，主簿陈副规劝刘秀道：“主公一向希望能够军容整齐，纪律严明。现在祭遵依法办事，正是遵行军令的表现，怎么能怪罪他呢？”刘秀听了这话很高兴，不但赦免了祭遵，而且让他担任刺奸将军一职。又对军官们说：“你们要多避让祭遵啊！我府中的家奴犯法，他尚且将其斩杀，可见他的公正无私，他肯定不会对你们有所偏袒的。”

【冯述评】赏罚果断分明，军令才可以推行；军令畅行无阻，主上才会具有威严。正因如此，刘秀才能平定四方，统一国家。

使马圉

［原文］

孔子行游，马逸食稼，野人①怒，絷其马。子贡往说之，毕词而不得。孔子曰：“夫以人之所不能听说人，譬以太牢享野兽，以九韶乐飞鸟也！”乃使马圉(yǔ)②往，谓野人曰：“子不耕于东海，予不游西海也，吾马安得不犯子之稼？”野人大喜，解马而予之。

【冯述评】人各以类相通。述《诗》《书》于野人之前，此腐儒之所以误国也。马圉之说诚善，假使出子贡之口，野人仍不从。何则？文质貌殊，其神固已离矣。然则孔子曷(hé)不即遣马圉，而听子贡之往耶？先遣马圉，则子贡之心不服；既屈子贡，而马圉之神始至。圣人达人之情，故能尽人之用；后世以文法束人，以资格限人，又以兼长望人，天下事岂有济乎？

［注释］

①野人：郊外务农的人。②马圉：养马的奴仆。

［译文］

有一天孔子出行，在路上其驾车的马挣脱缰绳跑去偷吃了农夫的庄稼。农夫非常生气，捉住马并把它关起来。子贡去要马，放下架子低声下气地恳求农夫把马放了，没想到农夫根本不理他。孔子说：“用别人听不懂的道理去说服他，就好比请野兽享用祭祀的太牢，请飞鸟聆听九韶般优美的音乐一样，根本是驴唇不对马嘴，当然也就不会有什么好效果。”于是孔子改派马夫前去要马。马夫对农夫说：“你从未离家到东海边去耕作，我也不曾到过西方来，但两地的庄稼却长得一模一样，马儿怎么知道那是你的庄稼而不能偷吃呢？”农人听了觉得有道理，便把马儿还给马夫。

孔子乘辂图

【冯述评】所谓物以类聚，人以群分。在粗人面前谈论《诗经》《尚书》，这是不知变通的迂腐儒生所以误国误事的原因。马夫的话虽然很有道理，但这番话若从子贡口中说出，恐怕仍然让农夫难以接受。为什么呢？因为子贡和农夫两人的学识、修养都相差太远，彼此在交涉之前就已经心存距离感。然而孔子为什么不让马夫先去，而任由子贡前去劝说农夫呢？这是因为孔子知道如果一开始就让马夫去，子贡心中一定不服气！如今不但子贡心中毫无怨言，也使得马夫因此有了表现的机会。圣人能通达事理人情，所以才能人尽其才。后世常以成文的法规来束缚人，以各种资格来限制人，以拥有多种长处来期望人。这样，天下之事怎么还能有成功的希望呢？

丙吉 郭进

[原文]

吉[1]为相，有驭吏嗜酒，从吉出，醉呕丞相车上。西曹主吏[2]白，欲斥之。吉曰：“以醉饱之失去士，使此人复何所容？西曹第忍之，此不过污丞相车茵耳。”此驭吏，边郡人，习知边塞发奔命警备事。尝出，适见驿骑持赤白囊，边郡发奔命书驰至。驭吏因随驿骑至公车刺取，知虏入云中、代郡，遽(jù)归。见吉白状，因曰：“恐虏所入边郡，二千石长吏[3]有老病不任兵马者，宜可豫[4]视。”吉善其言，召东曹案边郡吏科条其人。未已，诏召丞相、御史，问以所入郡吏。吉具对。御史大夫卒遽不能详知，以得谴让[5]；而吉见谓忧边思职，驭吏力也。

进任山西巡检，有军校诣阙⑥讼进⑦者。上召讯，知其诬，即遣送进，令杀之。会并寇入，进谓其人曰：“汝能讼我，信有胆气。今赦汝罪，能掩杀并寇者，即荐汝于朝；如败，即自投河，毋污我剑也。”其人踊跃赴斗，竟大捷。进即荐擢（zhuó）之。

【冯述评】容小过者，以一长⑧酬；释大仇者，以死力报。唯酬报之情迫中⑨，故其长触之而必试，其力激之而必竭。彼索过寻仇者，岂非大愚？

［注释］

①吉：丙吉，汉宣帝时为丞相，封博阳侯，为人识大体，不为琐细，时称其贤。②西曹主吏：丞相的附从官。③二千石长吏：汉朝以官俸代称官职，郡太守为二千石。④豫：同“预”，预先。⑤谴让：责备。⑥阙：皇宫为阙，代指皇帝。⑦进：郭进，北宋将领，曾大破契丹，后受谗言而死。⑧一长：一技之长。⑨迫中：心情急迫。

［译文］

西汉丙吉担任丞相时，有一个嗜酒如命的车夫随侍其外出，酒醉后呕吐在他的车上。西曹主吏将这件事情告诉丞相，想责罚车夫。丙吉阻止他说：“因为酒醉的小过错而惩罚一个官吏，以后哪里还能有他容身之处呢？西曹你忍耐一下吧，他不过是弄脏了丞相的车垫子罢了。”这个车夫来自边塞，熟悉边塞紧急军情传递文书到京城的过程。有一次外出，他正好看见传递军书的人拿着红、白两色的袋子，就知道边塞的郡县肯定有紧急军情发生。于是车夫就跟着传书的人到官署去打探消息，果然得到了匈奴攻入了云中郡和代郡的消息，于是他立刻回府拜见丞相，说了这件事，还建议说：“胡虏所进攻的边郡恐怕有不少年老多病、无法打仗的官员，大人应该先了解一下有关情况？”丙吉认为他的话很对，便立刻召集东曹官员，查询两郡官吏的档案，分条记录下他们的年纪、经历等。果然，事情尚未完全办好时，

丙吉

丙吉，字少卿，西汉名臣。官至丞相，为政宽大，讲求礼让。死后谥号为“定侯”。

皇帝便下诏召见丞相和御史大夫，询问有关受到匈奴侵袭的边郡的官吏情况。丙吉回答得有条有理，而御史大夫因仓促间无法知道详情，遭到了皇帝的责备。而丙吉之所以能得到称赞，被认为关心边塞、尽忠职守，其实是靠了车夫的帮助。

宋朝人郭进担任山西巡检时，有一个手下军官进京告御状，控告郭进不守法度。天子召入询问，知道他是诬告，就立即将他遣返，交给郭进，让他杀了这个军官。当时正赶上并州贼寇入侵，郭进就对这个军官说："你敢诬告我，胆量的确不小。现在我暂时不杀你，如果你能将并州敌寇消灭掉，我就上书朝廷推荐你；如果战败，你就自己去投河，不要玷污了我的宝剑。"于是，这个军官奋不顾身，拼死作战，最终大获全胜。郭进也果真推荐他升了官。

【冯述评】容忍小的过失，能得到对方以长处作为回报；饶恕大仇人，更能得到对方不顾生死的报答。对方回报的心意聚集在内心，平时他会慢慢寻找机会报答你，而到了紧急关头，他更会竭尽全力来帮助你。那些睚眦必报的人，难道不是很愚蠢吗？

魏元忠

[原文]

唐高宗幸东都[1]时，关中饥馑。上虑道路多草窃，命监察御史魏元忠检校车驾前后。元忠受诏，即阅视赤县狱，得盗一人，神采语言异于众。命释桎梏(zhì gù)[2]，袭冠带乘驿以从，与人共食宿，托以诘(jié)盗。其人笑而许之，比及东都，士马万数，不亡一钱。

【冯述评】**因材任能，盗皆作使。俗儒以"鸡鸣狗盗之雄"笑田文[3]，不知尔时舍鸡鸣狗盗都用不着也。**

[注释]

①东都：唐朝以洛阳为东都。②桎梏：枷锁。③田文：战国时齐人，封孟尝君，出任齐相，招致天下贤士，门下食客常数千人。

[译文]

唐高宗临幸东都洛阳的时候，关中地区正发生饥荒。高宗担心路上会遭遇强盗，于是就命令监察御史魏元忠提前检查车驾所途经的路线。魏元忠受命后，去巡视了赤县监狱，看到一名盗匪，其言语举止异于常人。魏元忠命令狱卒打开他的手铐、脚镣，让他换上官员的服饰，乘车跟随自己，并跟他生活在一起，要求他协助防范盗匪。这个人含笑答应了，等高宗车驾到了洛阳后，随行兵马虽多达万余人，却不曾丢失一文钱。

【冯述评】量才而用，强盗都可以成为使者。世俗之儒用养了一群“鸡鸣狗盗之徒”来奚落田文，却不知在当时除了鸡鸣狗盗之徒，其他人都派不上用场。

范仲淹

[原文]

范文正公①用士，多取气节而略细故，如孙威敏、滕达道，皆所素重。其为帅日，辟置僚幕客，多取谪籍②未牵复③人。或疑之，公曰：“人有才能而无过，朝廷自应用之。若其实有可用之材，不幸陷于吏议，不因事起之，遂为废人矣。”故公所举多得士。

【冯述评】**天下无废人，所以朝廷无废事，非大识见人不及此。**

范仲淹

范仲淹，字希文，卒谥文正，北宋政治家、文学家，苏州（今属江苏）人。他在宋仁宗庆历三年（1043）直言朝政弊病，提出“十事疏”。宋仁宗采纳他的建议，陆续推行，史称“庆历新政”。有《范文正公文集》传世。

[注释]

①范文正公：范仲淹，谥号文正。②谪籍：被贬职的官员。③牵复：平反复职。

[译文]

范文正公任用士人，一向注重气节才干，而不拘泥于小过节。有气节才智的人，大多不会拘泥于琐碎的小事，如孙威敏、滕达道等人都曾受到他的敬重。在他为帅的时候，其府中所用的幕僚，许多都是一些被贬官而尚未平反复职的人。有人觉得这样的事很奇怪，文正公说：“有才能而无过失的人，朝廷自然会任用他们。至于那些可用之才，不幸因事受到处罚，如果不趁机起用他们，就要变成真正的废人了。”因此文正公麾下拥有很多有才能的人。

【冯述评】如果天下没有被废弃的人，朝廷就不会有荒废的事情。不是非常有见识的人，是无法做到这一点的。

狄青

[原文]

狄青①起行伍十余年，既贵显，面涅(niè)②犹存，曰："留以劝军中！"

【冯述评】**即不去面涅，便知不肯遥附梁公③。**

[注释]

①狄青：北宋名将，他出身行伍，后为范仲淹赏识提拔，范仲淹亲自教他兵法。狄青勇而善谋，以功擢升至枢密使，卒谥武襄。②面涅：面上刺字。宋时士兵面上都要刺字。③梁公：指唐代名相狄仁杰，封梁国公。

[译文]

宋朝名将狄青出身行伍之中，为军卒十余年才得以显达。然而显贵之后，脸上刺的字却一直保留着，有人劝他除去，他说："留下它可以鼓励军中的普通士卒奋发向上。"

【冯述评】从不肯除去脸上刺的字来看，便知狄青绝不肯冒认唐朝名臣狄仁杰为祖先以抬高自己的身份地位。

邵雍

[原文]

熙宁中，新法方行，州县骚然。邵康节①闲居林下，门生故旧仕宦者皆欲投劾而归，以书问康节。答曰："正贤者所当尽力之时。新法固严，能宽一分，则民受一分之赐矣。投劾而去何益？"

【冯述评】**李燔(fán)常言："人不必待仕宦有职事才为功业，但随力到处，有以及物，即功业也。"**

莲池大师劝人作善事，或辞以无力，大师指凳曰：

"假如此凳，欹斜碍路，吾为整之，亦一善也。"如此存心，便觉临难投劾者亦是宝山空回。

鲜于侁为利州路转运副使，部民不请青苗钱[2]，王安石遣吏诘之，曰："青苗之法，愿取则与，民自不愿，岂能强之？"东坡称侁"上不害法，中不废亲，下不伤民"，以为"三难"，仕途当以为法。

[注释]

①邵康节：邵雍，字尧夫，谥康节。②青苗钱：宋时王安石立法，当青黄不接之际，官府贷钱于民，纳息二分。

[译文]

宋神宗熙宁年间，王安石的新法正大力推行，地方州县纷纷骚动。邵雍正隐居山林，一些做官的门生旧友，都想自举罪状辞官回乡，写信问邵雍的看法。邵雍回答他们说："现在正是你们应当尽力的时候，新法固然严苛，但能宽松一分，百姓就能得一分好处，辞职不干于国于民又有什么好处呢？"

邵雍

邵雍，字尧夫，谥康节，北宋哲学家。祖籍范阳（在今河北涿州），幼随父迁居共城（在今河南辉县）。著有《皇极经世》《伊川击壤集》《观物内外篇》《渔樵问对》等。

【冯述评】李燔常常说："不必非得等到做官了才能建功立业，只要处处尽力，于人有益，就是功业。"

莲池大师劝人做善事，有人以自己能力不足为借口，大师指着面前的一个凳子说："假如这张凳子倾斜在地阻碍通路，我把它摆正放好，这也是一件善事啊！"如果心中有这样的境界，便会明白遇到困难辞官不做就犹如进入宝山却空手而回一样。

鲜于侁担任利州路转运副使时，他所管辖的农民不申请青苗钱，王安石派官吏前往质问责难，鲜于侁回答说："青苗法规定：愿意申请的百姓就贷给他，百姓自己都不愿意，又怎么能勉强他们呢？"苏轼称赞鲜于侁对上不妨害法令施行，居中可以照顾到亲人，对下又不伤害百姓，三方面都能够兼顾到，实在不容易。做官的人都应该向他学习啊！

萧何 任氏

[原文]

沛公至咸阳[1]，诸将皆争走金帛财物之府分之，何独先入收秦丞相、御史律令图书藏之。沛公具知天下厄塞[2]、户口多少、强弱处、民所疾苦者，以何得秦图书也。

宣曲任氏，其先为督道仓吏。秦之败也，豪杰争取金玉，任氏独窖仓粟。楚汉相距荥(xíng)阳，民不得耕种，米石至万[3]，而豪杰金玉尽归任氏。

【冯述评】**二人之智无大小，易地则皆然也。**

又蜀卓氏，其先赵人，用铁冶富。秦破赵，迁卓氏之蜀，夫妻推辇行。诸迁虏少有余财，争与吏求近处，处葭(jiā)萌[4]。唯卓氏曰："此地狭薄。吾闻岷山之下沃野，下有蹲鸱(chī)[5]，至死不饥，民工于市，易贾。"乃求远迁。致之临邛[6]，即铁山鼓铸，运筹贸易，富至敌国[7]。其识亦有过人者。

[注释]

①沛公至咸阳：汉高祖刘邦在秦末起兵于沛县，自立为沛公。咸阳为秦都城，刘邦攻入咸阳，秦遂灭。②塞：关塞。③米石至万：米价涨到一石万钱。④葭萌：在今四川剑阁东北，为关中入川的必经之路。⑤蹲鸱：大芋头，形状像鸱鸟蹲立，因而得名。⑥临邛：今成都邛崃。⑦敌国：比得上一个国家。

[译文]

汉高祖刘邦攻下咸阳城后，很多将领都争先恐后地到储藏金银财宝的府库之中抢夺财物，唯独丞相萧何先去收集秦朝丞相与御史等留存的律令图书，加以妥善保存。后来刘邦之所以能详知天下要塞之地、各地户口的多少、势力的强弱、人民的疾苦，都是靠着萧何所收集的秦朝图书的功劳。

宣曲任氏，其先人是看管仓库的小吏。秦朝败亡之后，一般的豪杰之士都争相夺取金银宝物，只有任氏一家在地窖中储存了很多的粮食。后来楚汉长期对峙于荥阳，人民无法耕种，米价涨到一万钱一石，于是很多人原先劫得的金银财宝又都变成了任氏的财产。

【冯述评】这两个人的才智不分高下，如果易地而处，结果也是一样的。

又如四川卓氏，其先人是赵国人，从事冶铁以致豪富。秦灭赵之后，要将卓氏迁到蜀地去。于是夫妻俩推着车子一路前行。所有被迫迁徙的家族，几乎都争相用本已极少的一些剩余财物贿赂官吏，希望可以让他们就近在葭萌县定居。只有卓氏说："葭萌土地狭窄贫瘠，谋生不易，我听说岷山下有一块肥沃的平原，当地的大芋头长得很好，那儿的人终生不会挨饿，生意也好做，是一个很好的谋生之地。"于是他主动要求迁到比较远些的临邛县。卓氏在铁山之下采矿炼铁，经营贸易，终至富可敌国。这样的见识也远远超过了一般人的啊。

张飞

[原文]

先主[①]一见马超[②]，以为平西将军，封都亭侯。超见先主待之厚也，阔略[③]无上下礼，与先主言，常呼字。关羽怒，请杀之，先主不从。张飞曰："如是，当示之以礼。"明日大会诸将，羽、飞并挟刃立直。超入，顾坐席，不见羽、飞座，见其直也，乃大惊。自后乃尊事先主。

【冯述评】**释严颜[④]，诲马超，都是细心作用，后世目飞为粗人，大枉。**

张飞大战马超

建安十九年（214），马超听闻刘备围刘璋于成都，受张鲁之命救刘璋，遂与张飞酣战百余合，难分胜负。后受张鲁谋士杨松诬陷，投刘备，刘备惜其才，遂拜超为平西将军、封都亭侯。

[注释]

①先主：刘备为蜀汉先主。②马超：东汉末割据诸侯，为曹操所败，投奔刘备。

③阔略：粗疏不谨慎。④释严颜：张飞俘获严颜后劝降，严颜道："我州但有断头将军，无有降将军。"张飞以为壮士，释放了严颜。

［译文］

刘备见到马超很高兴，并立刻任命他为平西将军，封都亭侯。马超见刘备对待自己如此优厚，便不免有些傲慢，甚至疏忽了对主上的礼节，和刘备讲话时，常常直呼刘备的字。关羽非常生气，请求杀掉马超，刘备不肯。张飞说："像这种情形，应当用礼节来引导警示他。"第二天，刘备会见诸将，关羽、张飞手执兵器侍立刘备两边。马超一到，径直入座，但没看到关羽和张飞的座位，只见二将侍立一旁，不由大吃一惊，极为惶恐。从此以后，马超才恭敬地侍奉刘备。

【冯述评】释放严颜，警示马超，都是细心之人才能做得到的。后世把张飞当作粗人，实在是大大冤枉了他。

曹彬　窦仪

［原文］

宋太祖始事周世宗①于澶(chán)州，曹彬为世宗亲吏，掌茶酒，太祖尝从求酒，彬曰："此官酒，不可相与。"自沽酒以饮之。及太祖即位，语群臣曰："世宗吏不欺其主者，独曹彬耳。"由是委以腹心。

太祖下滁州，世宗命窦仪籍其帑(tǎng)藏。至数日，太祖命亲吏取藏绢，仪曰："公初下城，虽倾藏取之，谁敢言者？今既有籍，即为官物，非诏旨不可得。"后太祖屡称仪有守②，欲以为相。

［注释］

①宋太祖始事周世宗：宋太祖赵匡胤本为后周世宗柴荣的部将。②有守：有操守，有原则。

［译文］

起初宋太祖赵匡胤臣事于后周世宗，而当时曹彬是世宗身边的侍吏，掌管茶酒的事。太祖曾经向曹彬要酒，曹彬说："这是陛下御酒，不能够给你。"于是自己买酒给太祖饮用。等到太祖即位为帝时，对群臣说："世宗身边的侍吏能够不欺瞒主上的，只有曹彬一人。"因此把曹彬当作心腹大臣。

太祖当初攻下滁州时，后周世宗命令窦仪记录存档府库中的所有收藏财物。几天之后，太祖命令身边的侍吏去取公库的绢。窦仪说：“将军刚攻下这座城，就算取走所有的财物，谁敢说不可以呢？但现在既然已经登记造册，这些就是官家的财物，没有皇上的诏令是不可擅自取出的。”后来太祖屡次称赞窦仪有操守，并想任用他为宰相。

吕夷简

［原文］

仁宗久病废朝。一日疾差，思见执政，坐便殿，急召二府①。吕许公②闻命，移刻方赴，同列赞公速行，公缓步自如。既见，上曰：“久病方平，喜与公等相见，何迟迟其来？”公从容奏曰：“陛下不豫③，中外颇忧。一旦急召近臣，臣等若奔驰以进，恐人惊动。”上以为得辅臣体。

庆历中，石介作《庆历圣德颂》，褒贬甚峻，于夏竦尤极诋斥。未几，党议起，介得罪罢归，卒。会山东举子孔直温谋反，或言直温尝从介学，于是竦遂谓介实不死，北走胡矣。诏编管介之子于江淮，出中使，与京东刺史发介棺以验虚实。时吕夷简为京东转运使，谓中使曰：“若发棺空，而介果北走，虽孥（nú）戮④不为酷；万一介真死，朝廷无故剖人冢墓，非所以示后也。”中使曰：“然则何以应中旨？”夷简曰：“介死，必有棺敛之人，又内外亲族及会葬门生无虑数百，至于举柩窆（biǎn）棺⑤，必用凶肆之人，今悉檄至劾问，苟无异说，即皆令具军令状以保结之，亦足以应诏也。”中使如其言，及入奏，仁宗亦悟竦之谮（zèn），寻有旨，放介妻子还乡。

【冯述评】**不为介雪，乃深于雪。当介作颂时，正吕**

许公罢相，而晏殊、章得象同升，许公不念私憾而念国体，真宰相度也！

李太后服未除，而夷简即劝仁宗立曹后。范仲淹进曰：“吕夷简又教陛下做一不好事矣。”他日，夷简语韩琦曰：“此事外人不知，上春秋高，郭后、尚美人皆以失宠废，后宫以色进者不可胜数。不亟立后，无以正之。”每事自有深意，多此类也。

吕夷简

吕夷简，字坦夫，宋代著名政治家，祖籍莱州（在今山东省）。他在处理宋与辽、夏关系，巩固边防方面卓有贡献，《宋史》称他：“于天下事屈伸舒卷、动有操术”。

［注释］

①二府：宋时枢密院与中书门下共掌军政大权，合称二府。②吕许公：吕夷简，宋仁宗时官至同平章事，封许国公。③不豫：身体不佳，皇帝有病的讳称。④孥戮：为奴隶或判死刑。⑤窆棺：棺木入土。

［译文］

宋仁宗病了很长时间，一直没有上朝。有一天，他的病终于好了，很想见见执政的大臣，于是在便殿休息，下旨急召二府的两位长官。吕许公接到诏令后，过了一段时间才动身。被召见的那位同级的官员告诉他快步行走，许公却缓步而行。见到仁宗以后，仁宗问许公道：“朕久病刚愈很是高兴，要急着和你们见面，你怎么姗姗来迟呀？”吕许公不慌不忙地奏道：“陛下身体不适，朝廷上下都很忧虑，现在突然召见左右亲近臣子，臣等如果仓促前来晋见，恐怕会惊动很多人。”仁宗认为他的表现非常得体，很符合其辅政大臣的身份。

宋仁宗庆历年间，石介作《庆历圣德颂》，对当时朝廷中的官员给予严厉的褒赞或批评，对郑国公夏竦更是指责尤甚。不久，朝中发生朋党之争，石介因罪被罢免回乡，不久去世。当时正赶上山东举人孔直温谋反。有人说孔直温曾是石介的学生，于是夏竦借题发挥，说石介实际上并没有死，而是逃到北方契丹去了。仁宗下诏把石介的儿子拘禁在江淮地区，又派宦官为使者，会同京东刺史去挖开石介的棺材看看真假。吕许公时任京东转运使，对那位宦官说：“如果打开棺材里面是空的，表示石介果真逃到北方敌国，这样即便杀了他儿子也不为过；万一石介真的死了，朝廷无缘无故剖挖百姓的坟墓，无法为后世做榜样啊。”使者说：“但是应该如何回复皇上的旨意呢？”吕许公说：“石介去世后身边一定有为他办理殡殓的人，再加上内外亲戚和参加丧礼的门生旧部恐怕得有数百人，至于出殡埋葬又要有不同的人，你发公文把这些人都叫来询问，如果没有不同的说法，就命令他们立下军令状，如果有说谎的就要依军法处置，这样也足可以对皇上有所交代了。”使者照他的话去做了，等到禀告仁宗时，仁宗心里也明白了这是夏竦在诬陷石介，不久便降旨释放石介的妻儿，准许他们回乡。

【冯述评】吕许公没有为石介雪耻，但其行为比为他雪耻更有意义。当石介作《庆历圣德颂》时，正是吕许公被免除宰相职务，而晏殊和章得象一起升任宰相的时候。吕许公非但不计较个人遭遇，而且还心念国家大体，真是有宰相的气度啊。

仁宗为李太后服丧尚未期满，吕许公就劝仁宗立曹皇后。范仲淹进言道：“夷简又教陛下做了一件不好的事。”后来有一天，吕许公对韩琦说：“这种事外人不知真相。皇上年纪已经大了，郭后和尚美人都因失宠被废掉，后宫以美色诱惑皇上的人又实在太多，如果不赶快立皇后，就没有办法制止这种事情。”由此可见，他所做的每件事大都具有很深的用意，就像上面这些事情。

唐高祖

李渊

李渊，字叔德，唐朝开国皇帝，静宁成纪人。世代显贵，见隋炀帝无道，天下大乱，运筹帷幄，起兵太原，定鼎关中，创建大唐，统一全国，为一代创业之主。

[原文]

李渊[1]克霍邑，行赏时，军吏拟奴应募，不得与良人同。渊曰：“矢石之间，不辨贵贱；论勋之际，何有等差？宜并从本勋授。”

引见霍邑吏民，劳赏如西河，选其壮丁，使从军。关中军士欲归者，并授五品散官，遣归。或谏以官太滥，渊曰：“隋氏[2]吝惜勋赏，致失人心，奈

何效之？且收众以官，不胜于用兵乎？”

［注释］

①李渊：唐高祖。②隋氏：指隋朝。

［译文］

唐高祖李渊攻下霍邑后，论功行赏时，军吏认为招募到的奴仆不应该和从军的百姓同等待遇。李渊说：“在战场上打仗，弓箭和飞石之间冲锋，是不分贵贱的；所以评论战斗的功劳，就不应该有什么等级之别，而应该按照各人的实际表现给予赏赐。”

其后，李渊和霍邑的官吏百姓相见，就像原先犒赏西河的官员百姓一样犒赏他们，并选拔其中的青壮年，动员他们参军。关中来的士兵要求回乡的，都赐给他们五品官的名衔放他们回去。有人劝说，这样赐官位岂不是给得太多太滥，李渊说：“隋朝就是因为舍不得论功行赏，以致失了军民之心。我们怎么可以效法它呢？况且用官位来收揽民心，不是比用兵征服更好吗？”

卫青

［原文］

大将军青①兵出定襄。苏建、赵信并军三千余骑，独逢单于兵。与战一日，兵且尽，信降单于，建独身归青。议郎周霸曰：“自大将军出，未尝斩裨(pí)将。今建弃军，可斩以明将军之威。”长史安②曰：“不然，建以数千卒当虏数万，力战一日，士皆不敢有二心。自归而斩之，是示后无反意也，不当斩。”青曰：“青以肺腑待罪行间，不患无威，而霸说我以明威，甚失臣意；且使臣职虽当斩将，以臣之尊宠而不敢专诛于境外，其归天子，天子自裁之，于以风为人臣者不敢专权，不亦可乎？”遂囚建诣行在，天子果赦不诛。

【冯述评】**卫青握兵数载，宠任无比，而上不疑，下不忌，唯能避权远嫌故。不然，虽以狄枢使之功名，犹不克令终，可不戒欤？**

狄青为枢密使，自恃有功，颇骄蹇，怙惜③士卒，每得衣粮，皆曰：“此狄家爷爷所赐。”朝廷患之。时文潞公当国，建言以两镇节使出之，青自陈无功而受镇节，无罪而出外藩。仁宗亦以为然，向潞公述此语，且言狄青忠臣。潞公曰：“太祖岂非周世宗忠臣？但得军心，所以有陈桥之变。”上默然。青犹未知，到中书自辨，潞公直视之，曰：“无他，朝廷疑尔。”青惊怖，却行数步。青在镇，每月两遣中使抚问，青闻中使来，辄惊疑终日，不半年，病作而卒。潞公之谋也。

[注释]

①青：卫青，汉武帝名将，曾七次出击匈奴，威名显赫，官拜大将军。元朔六年（公元前 123），复率六将军出定襄击匈奴，文中所指的苏建、赵信俱为六将军之一。②长史安：即任安，司马迁之友，此时任卫青长史。③怙惜：放纵、爱惜。

卫青

卫青，字仲卿，河东平阳（在今山西省临汾市西南）人，汉武帝时期重臣，军事家。汉武帝时期抗击匈奴的主要将领。他从公元前一二九年被封车骑将军开始，共有七次带兵打击匈奴，立下了赫赫战功。

[译文]

汉武帝时，大将军卫青出兵定襄攻击匈奴。苏建、赵信两位将领同率三千多骑兵行军，在途中遭遇单于军队。汉军和匈奴军苦战一天，士兵伤亡殆尽，赵信投降单于，苏建独身一人逃回大营。议郎周霸说：“自从大将军出兵以来，从来没有处死过副将。现在苏建抛弃军队，独自逃回，可以杀他以显示大将军的威严。”长史任安说：“这样不可以。苏建以数千骑兵去抵挡数万之敌，奋力作战一天，而士兵没有二心。如今他侥幸脱险，将军反而要杀他，岂非要告诉后人，以后遇到这种情况回来还不如向敌人投降吗？我认为不该杀苏建。”卫青说：“我作为天子的外戚心腹之臣带兵出征，并不怕没有威严。周霸说要显示我的威严，这并不合我的心意。虽然论职权，我有权处死手下将官，但以我所受到天子的宠信，也不敢在塞外专擅生杀大权，而应该押回京师，请天子裁决，并可借此训示为人臣的不应擅自专权，这样做不是更好吗？”于是卫青命人把苏建押解到天子行在，后来汉武帝果然赦免了他。

【冯述评】卫青掌兵权多年，深受宠信，天子对他没有疑心，属下对他也没有嫉妒之意。这正是因为他能避开过度的权威，远离各种嫌疑的缘故啊。若非如此，即使有北宋狄青般的显赫功勋，还是不能得到善终，这实在不能不引以为戒啊。

狄青担任枢密院枢密使时，自恃功勋卓著，十分桀骜不驯，袒护士卒。士卒每次得到衣物粮食，都说："这是狄家爷爷赏赐的。"朝廷上下都以此为心头大患。当时文潞公在朝执政，建议仁宗让狄青出任两镇节度使以便让他离开朝廷。狄青上书说自己无功却受封节度使，无罪却又外放，心中很是委屈。仁宗也觉得他说得有道理，就向潞公述说了狄青的话，并说狄青是忠臣。潞公说："本朝太祖难道不是周世宗的忠臣吗？但因为得到军心，所以才会发生黄袍加身、陈桥兵变的事。"仁宗听了，默然无语。狄青尚不知道这事，到中书门下去为自己辩白。潞公盯着他，直截了当地说："没有其他原因，只是朝廷有些怀疑你罢了。"狄青吓得禁不住后退好几步。狄青到藩镇以后，仁宗每个月都派使者去慰问看望他两次。每次听说皇上的使者要来，狄青都会整日惊吓疑虑。结果不到半年，就得病去世了。这些都是文潞公的计谋啊。

李愬

[原文]

节度使李愬①既平蔡，械吴元济送京师。屯兵鞠场，以待招讨使裴度。度入城，愬具櫜鞬(tuó)②出迎，拜于路左，度将避之。愬曰："蔡人顽悖，不识上下之分数十年矣。愿公因而示之，使知朝廷之尊。"度乃受之。

[注释]

①李愬：唐名将，有谋略，善骑射，元和年间为邓州节度使，率师雪夜袭蔡州，生擒吴元济，平淮西，以功封凉国公。②具櫜鞬：带上箭袋，指全副武装。

[译文]

唐宪宗时期，节度使李愬平定蔡州以后，将叛臣吴元济押送京师。李愬自己不进府衙，而是将军队临时驻扎在蹴鞠场，恭候招讨使裴度入城。裴度入城时，李愬谦恭出迎，在路左行拜见之礼。因李愬平叛功大，裴度欲回避不敢受礼。李愬说："蔡地之人性情顽固叛逆，不知上下尊卑之别已经几十年了。希望您借此训示他们，使他们知道朝廷的法度尊严。"裴度于是接受了李愬的拜见之礼。

远犹卷二

[原文]

谋之不远，是用大简；人我迭居①，吉凶环转；老成借筹，宁深毋浅。集“远犹”。

[注释]

①迭居：指地位轮替。

[译文]

谋略不够深远，就会轻率肤浅；人我的地位会更迭，吉凶祸福也会更替；因此筹划谋略必须老成周到，宁愿考虑得复杂深远而不能只顾眼前利益。集此为“远犹”卷，即深谋远虑也。

李泌

[原文]

肃宗子建宁王倓(tán)性英果，有才略。从上自马嵬北行，兵众寡弱，屡逢寇盗，倓自选骁勇，居上前后，血战以卫上。上或过时未食，倓悲泣不自胜，军中皆属目向之，上欲以倓为天下兵马元帅，使统诸将东征，李泌①曰：“建宁诚元帅才；然广平，兄也，若建宁功成，岂使广平为吴太伯②乎？”上曰：“广平，冢嗣也，何必以元帅为重？”泌曰：“广平未正位东宫，今天下艰难，众心所属，在于元帅，若建宁大功既成，陛下虽欲不以为储副，同立功者其肯已乎？太宗、太上皇即其事也。”上乃以广平王俶为天下兵马元帅，诸将皆以属焉。倓闻之，谢泌曰：“此固倓之心也。”

[注释]

①李泌：唐名臣，唐肃宗李亨遇之甚厚，军国大事多与之商议。②太伯：太

伯是周太王长子，明白父亲喜爱弟弟季历的儿子昌，也就是后来的文王，就和弟弟仲雍逃到荆蛮地带，建立吴国。

[译文]

唐肃宗的三子建宁王李倓为人英明果决，有雄才大略。他跟随唐肃宗从马嵬驿北上，因随行士兵人少而多老弱，多次遭遇盗匪。李倓亲自挑选骁勇的士兵在肃宗身边护卫，拼死保卫肃宗安全。肃宗有时不能按时吃上饭，李倓悲伤不能自已，为军中上下所赞赏。因此肃宗想封李倓为天下兵马元帅，让他统领诸将东征。李泌说："建宁王确实有元帅之才；然而广平王李俶毕竟是长兄，如果建宁王战功显赫，难道要让广平王成为第二个吴太伯吗？"肃宗说："广平王是嫡长子，以后的皇位继承人，如何还需要去担当元帅之职来巩固自己的地位呢？"李泌说："广平王尚未正式立为太子。现在国家艰难，众人心之所系都在元帅身上。如果建宁王立下大功，陛下即使不想立他做继承人，但是同他一起立下汗马功劳的人难道肯善罢甘休吗？太宗与太上皇（即唐玄宗）之事就是最好的例子。"于是，肃宗任命广平王李俶为天下兵马元帅，要求诸将都服从他的号令。李倓听到这件事，向李泌致谢说："您这样做正符合我的心意。"

白起祠

[原文]

贞元中，咸阳人上言见白起①，令奏云："请为国家捍御西陲，正月吐蕃②必大下。"既而吐蕃果入寇，败去。德宗以为信然，欲于京城立庙，赠起为司徒。李泌曰："臣闻'国将兴，听于人'。今将帅立功，而陛下褒赏白起，臣恐边将解体矣。且立庙京师，盛为祷祝，流传四方，将召巫风。臣闻杜邮有旧祠③，请敕府县修葺(qì)，则不至惊人耳目。"上从之。

[注释]

①白起：战国时秦国名将，封武安君，战胜攻取凡七十余城。②吐蕃：古代藏族建立的地方政权。③杜邮有旧祠：秦昭王不许白起留咸阳，白起出咸阳西门十里，至杜邮，被昭王赐剑，遂自杀。后人在杜邮立祠祭祀白起。

[译文]

唐德宗贞元年间，咸阳有人报告说看见了秦时名将白起，县令上奏说："朝廷应加强西部边塞的防卫，正月吐蕃一定会大举进兵入寇。”不久吐蕃果然入侵，很快兵败而去。德宗因而相信白起果真显圣，欲在京师为白起立庙，并追赠白起为司徒。李泌说：“臣听说国家将要兴盛的话，一定会听信于人，而非鬼神。如今将帅立功，而陛下却褒扬秦朝的白起。微臣恐怕以后边防将领会有所怨言而懈怠从事了。而且在京城立庙祭祀，影响甚大，定会流传出去，可能引起地方巫蛊迷信的风气。我听说杜邮有一座旧的白起祠，请陛下下诏让府县维修一下，这样也就不至于惊动天下人的耳目了。”德宗采纳了他的建议。

宋太祖

[原文]

宋艺祖[1]推戴之初，陈桥守门者拒而不纳，遂如封丘门[2]，抱关吏望风启钥。及即位，斩封丘吏而官陈桥者，以旌其忠。

至正间，广东王成、陈仲玉作乱。东莞人何真请于行省[3]，举义兵，擒仲玉以献。成筑砦自守，围之，久不下。真募人能缚成者，予钱十千，于是成奴缚之以出，真笑谓成曰：“公奈何养虎为害？”成惭谢。奴求赏，真如数与之。使人具汤镬（huò），驾诸转轮车上。成惧，谓将烹己。真乃缚奴于上，促烹之；使数人鸣鼓推车，号于众曰：“四境有奴缚主者，视此！”人服其赏罚有章，岭表悉归心焉。

【冯述评】**高祖戮丁公而封项伯，赏罚为不均矣；光武封苍头[4]子密为不义侯，尤不可训。当以何真为正。**

[注释]

①宋艺祖：宋太祖赵匡胤武艺高强，宋代就有人称其为“宋艺祖”。②陈桥门句：汴京城北城墙一共四门，陈桥门为最东门，封丘门在其西。③行省：行中书省的简称，是元代地方最高行政机构。④苍头：奴仆别称。

[译文]

宋太祖赵匡胤刚被黄袍加身的时候，陈桥门的守门官员拒绝让他进城。太祖

宋太祖赵匡胤

赵匡胤，涿州（今河北涿州）人。他在陈桥发动兵变，登上帝位，国号宋，结束五代动乱的局面。

无奈只好转到封丘门，封丘门守关吏见形势如此，老远就大开城门迎太祖进城。太祖即帝位以后，立即处死封丘门的官吏，而给陈桥门的守门官员加官晋爵，以表彰他的忠义。

元顺帝至正年间，广东人王成和陈仲玉起兵谋反，东莞人何真时任广东行省右丞，向行省请命，自己组建义兵，抓住了陈仲玉献给朝廷。而王成却在险要之处建寨自守，何真围攻了很久都难以攻破。于是，何真悬赏一万钱捉拿王成，王成的家奴贪图小利，绑了主人来求赏。何真笑着对王成说："你怎么养虎为患啊？"王成为此甚感惭愧。他的家奴请求赏钱，何真如数给了他，却又派人准备汤锅，并把汤锅架在转轮车上。王成很恐慌，以为何真要烹杀自己。但没想到何真却把那家奴绑起来放在汤镬上，催促部下将他煮了；又叫几个人敲鼓推车在大街上游行，当众宣布："境内有家奴敢捆绑出卖主人的，以后都依照这种办法处理！"大家佩服他赏罚分明，岭南地区的人于是开始从内心里归顺朝廷。

【冯述评】汉高祖刘邦杀死忠心于项羽的丁公，而封赏保护自己却愧对项羽的项伯，赏罚实在是不公平啊。汉光武帝封奴仆子密为不义侯，这种做法更不足取。何真的做法才是最值得称道的啊。

宋太祖

［原文］

初，太祖谓赵普曰："自唐季[1]以来数十年，帝王凡十易姓，兵革不息，其故何也？"普曰："由节镇太重，君弱臣强。今唯稍夺其权，制其钱谷，收其精兵，则天下自安矣。"语未毕，上曰："卿勿言，我已谕矣。"顷之，上与故人石守信等饮，酒酣，屏左右，谓曰："我非尔曹之力，不得至此。念汝之德，无有穷已。然为天子亦大艰难，殊不若为节度使之乐，吾今终夕未尝安枕而卧

也。”守信等曰：“何故？”上曰：“是不难知，居此位者，谁不欲为之？”守信等皆惶恐顿首，曰：“陛下何为出此言？”上曰：“不然。汝曹虽无心，其如麾下之人欲富贵何？一旦以黄袍加汝身，虽欲不为，不可得也。”守信等乃皆顿首，泣曰：“臣等愚不及此，唯陛下哀怜，指示可生之路。”上曰：“人生如白驹过隙，所欲富贵者，不过多得金钱，厚自娱乐，使子孙无贫乏耳，汝曹何不释去兵权，择便好田宅市之，为子孙立永久之业，多置歌儿舞女，日饮酒相欢，以终其天年。君臣之间，两无猜嫌，不亦善乎？”皆再拜曰：“陛下念臣及此，所谓生死而肉骨也。”明日皆称疾②，请解兵权。熙宁中，作坊以门巷委狭，请直而宽广之。神宗以太祖创始，当有远虑，不许。既而众工作苦，持兵夺门，欲出为乱。一老卒闭而拒之，遂不得出，捕之皆获。

神宗一日行后苑，见牧豭（jiā）猪③者，问：“何所用？”牧者曰：“自太祖来，常令畜，自稚养至大，则杀之，更养稚者。累朝不改，亦不知何用。”神宗命革之，月余，忽获妖人于禁中，索猪血浇之，仓卒不得，方悟祖宗远虑。

【冯述评】或谓宋之弱，由削节镇之权故。夫节镇之强，非宋强也。强干弱枝，自是立国大体。二百年弊穴，谈笑革之。终宋世无强臣之患，岂非转天移日手段？若非君臣偷安，力主和议，则寇准、李纲④、赵鼎⑤诸人用之有余，安在为弱乎？

［注释］

①唐季：唐朝末年。②称疾：以生病为托词。③豭猪：公猪。④李纲：字伯

纪，两宋之交著名的抗战派大臣，因对金人主战而被贬谪。⑤赵鼎：字符镇，南宋大臣，因与秦桧政见不合，被谪岭南。

宋太祖雪夜访赵普

赵普是北宋宰相，也是宋太祖赵匡胤的宠臣，宋太祖曾在一个风雪之夜造访赵普家中，君臣定下了统一全国的战略决策，即“先南后北”，先扫平南方割据政权，然后再灭北汉，并从契丹手中收复失地。

［译文］

当初，宋太祖对赵普说：“自从唐末以来短短数十年之间，天下称帝王者不下十姓，战乱不止，民不聊生，这是什么缘故呢？”赵普说：“这是由于藩镇太强、皇室太弱的缘故。如今应该逐渐削弱他们的兵权，限制他们的军饷，把他们的精锐部队收归中央，这样的话天下自然就能安定了。”赵普话未说完，太祖就说：“你不用再说，我已经明白了。”不久，太祖和老朋友石守信等人一起喝酒，喝到尽兴之时，太祖屏退左右侍从，对他们说：“如果没有你们的协助，我就不会达到今天这种地步，想到你们的恩德，实在深厚无穷。然而做天子也非常艰难，实在不如当节度使时快乐。我现在整晚都内心忧虑，睡不好觉。”石守信等人问：“这是为什么呢？”太祖说：“这个不难明白。天子这个位子又有谁不想坐呢？”石守信等人都惶恐地叩头说：“陛下您为什么这样说？”太祖说：“你们自己虽然没有这样的意思，可是如果你们的部下想要富贵，有一天也把黄袍强加在你们身上，就算你们不想做也不行啊！”石守信等人叩头流泪道：“臣等愚蠢，都没有想到这一点，希望陛下可怜我们，给我们指点一条生路。”太祖说：“人生苦短，恰如白驹过隙，追求富贵亦不过是多得一些金钱，多一些享乐，使子孙不致贫困罢了。你们何不放弃兵权，购买良田美宅，为子孙立下永久的基业。再多安置些歌舞美女，每天喝酒作乐颐养天年。如此君臣之间也就不会互相猜疑，这样不是很好吗？”石守信等人再次拜谢说：“陛下这样体恤顾念我们，恩同再造。”第二天，这些人便都宣称自己生病，请求解除兵权。宋神宗熙宁年间，皇家作坊的工人认为坊间门巷弯曲狭窄多有不便，请求改直拓宽，神宗认为门巷尺度是太祖创制的，必有远虑，不同意改建。后来，很多人因为工作太苦，心生不满，手拿兵器想冲出来作乱。结果只用一个老兵把巷门关闭拒守，他们便都无法出来，全部被擒获。

有一天神宗在后园里游玩，看见有人在放牧公猪，便问“有什么用处”，牧养的人说：“自太祖以来，就命令养一只公猪，要把它从小养大，然后杀掉，再重新换养小的，几代都没有改变，也不知道到底有什么用。”神宗便命令把这件事取消了。一个多月以后，宫内忽然捉到施妖术的人，仓卒间要找猪血来浇他却找不到，神宗这才领悟到祖先的远虑。

【冯述评】有人说宋朝的衰弱，是由于削夺藩镇的兵权造成的。其实藩镇强大，并非朝廷的强大。强干弱枝才是立国之本。从安史之乱以来两百多年所累积的国家大害在谈笑间就消除了，在整个宋朝始终没有强臣之患，这难道不是极为高明的手段吗？如果不是宋朝君臣上下大都苟且偷安，力主和议，那么，任用寇准、李纲、赵鼎等人来对付北虏，就足够了，哪里会有衰弱之讥呢？

徐达

［原文］

大将军达①之蹙元帝于开平②也，缺其围一角，使逸去。常开平③怒亡大功。大将军言："是虽一狄④，然尝久帝天下。吾主上又何加焉？将裂地而封之乎，抑遂甘心也？既皆不可，则纵之固便。"开平且未然。及归报，上亦不罪。

【冯述评】**省却了太祖许多计较。然大将军所以敢于纵之者，逆知圣德之弘故也。何以知之？于遥封顺帝、赦陈理为归命侯而不诛知之。**

徐达

徐达，字天德，明朝开国军事统帅，濠州钟离（在今安徽凤阳东北）人。他二十一岁时跟随朱元璋打天下，战功卓著，位于诸将之上。

［注释］

①大将军达：徐达，明开国元勋，朱元璋即位后，以征虏大将军率师北定中原，入燕京，灭元。②开平：今内蒙古正蓝旗闪电河北岸，为元朝上都。③常开平：常遇春，朱元璋大将，与徐达齐名，死后追封开平王。④一狄：一个胡人。

［译文］

洪武初年，大将军徐达把元顺帝围困在开平时，故意放开一个缺口，让顺帝逃走。常遇春很生气，因大将军的做法使自己没能立下大功。徐达说：“他虽是夷狄之人，然而毕竟曾久居帝位，号令天下。如果抓到了，我们的主上怎么处置他才好呢？是要割地以封他为王为侯呢，还是杀了他以出气。我认为主上两者都不会，所以故意使他逃跑，这样也最合适。”常遇春一时还不能同意他的看法。后来回京师禀报，明太祖朱元璋果然并未怪罪。

【冯述评】徐达此举替明太祖省掉不少麻烦。然而徐达之所以敢私自这样做，是因他揣摩透了朱元璋心理的缘故。徐达从哪里可以看出朱元璋的想法呢？是从当初朱元璋遥封元顺帝、赦免陈友谅的儿子陈理并封其为归命侯而不杀这两件事知道的。

司马光

［原文］

交趾①贡异兽，谓之麟。司马公②言：“真伪不可知。使其真，非自至不为瑞；若伪，为远夷笑。愿厚赐而还之。”

【冯述评】**方知秦皇、汉武之愚。**

［注释］

①交趾：古地名，今越南。②司马公：司马光，字君实，历官宋仁宗、英宗、哲宗三朝，著名史学家，著有《资治通鉴》。

［译文］

宋朝时，交趾国遣使向宋朝进贡了一只珍奇异兽，说是麒麟。司马光说：“大家都不知道麒麟是什么样子，也不知道是真是假。如果是真的，但不是它自己出现的，就算不得吉祥的象征；如果是假的，恐怕还会被远方的夷狄所笑。圣上应该厚赏使者，让他带回去。”

【冯述评】由此可知，秦始皇、汉武帝一味醉心于四方进贡的珍奇异兽，以此作为祥瑞，是有多愚昧啊！

李沆

［原文］

李沆(hàng)①为相，王旦参知政事②，以西北用兵，或至旰(gān)食③。旦叹曰：“我辈安能坐致太平，得优游无事耶！”

沆曰："少有忧勤，足为警戒。他日四方宁谧，朝廷未必无事。语曰：'外宁必有内忧。'譬人有疾，常在目前，则知忧而治之。沆死，子必为相，遽与虏和亲，一朝疆埸(yì)无事，恐人主渐生侈心耳！"旦未以为然。沆又日取四方水旱、盗贼及不孝恶逆之事奏闻，上为之变色，惨然不悦。旦以为："细事不足烦上听，且丞相每奏不美之事，拂上意④。"沆曰："人主少年，当使知四方艰难，常怀忧惧。不然，血气方刚，不留意声色狗马，则土木、甲兵、祷祠之事作矣。吾老不及见，此参政他日之忧也。"沆没后，真宗以契丹既和，西夏纳款，遂封岱、祠汾，大营宫殿，搜讲坠典，靡有暇日。旦亲见王钦若、丁谓等所为，欲谏，则业已同之。欲去，则上遇之厚，乃知沆先识之远，叹曰："李文靖真圣人也！"

【冯述评】《左传》：晋、楚遇于鄢陵，范文子不欲战，曰："唯圣人能内外无患。自非圣人，外宁必有内忧。盍释楚以为外惧⑤乎？"厉公不听，战楚胜之。归益骄，任嬖(bì)臣胥童，诛戮三郤(xì)⑥，遂见弑于匠丽。文靖语本此。

[注释]

①李沆：宋真宗咸平初年为平章政事，多远虑，性直谅。谥文靖。②参知政事：官名，相当于副宰相。③旰食：至晚方食。④拂上意：拂逆皇上的心意。⑤外惧：外患。⑥三郤：郤锜、郤至、郤犨，春秋时晋国大夫，后被晋厉公所杀。后来晋厉公被大夫栾书等在匠丽氏家所弑。

[译文]

宋真宗时李沆任宰相，王旦为参知政事。因为西北方正值战事，有时工作繁忙，直到很晚才有时间吃饭。王旦感慨地说："我们如何才能坐享太平、悠闲无事呢？"李沆说："忧虑勤苦一些，才能警戒朝廷上下居安思危。将来即使四方都平定了，朝廷未必便不会有事。有句话说：'外宁必有内忧。'譬如人有疾病，常常发作，就知道忧虑而会去诊治。我死后，你必当宰相。一旦与敌人和亲，外无征战之事，恐怕皇上会渐渐产生奢侈之心。"王旦不以为然。李沆每天都会呈奏一些关于

李沆

李沆，字太初，洺州肥乡（今属河北）人。他秉性亮直，内行修谨，时称“圣相”。卒后，谥文靖。

各地水旱灾害、盗贼抢掠及不孝作恶之类的坏事。真宗听了往往惨然变色，极为扫兴，对李沆很不满意。王旦认为：“本来琐碎的小事就不值得让天子烦心，而丞相却常常禀奏一些让人不悦的琐事，拂逆了皇帝的心意。”李沆说：“皇上还年轻，应当让他知道各地艰难的情况，经常怀着忧惧之心。不然，血气方刚的皇帝如果沉迷于声色犬马间，就很可能搞些大兴土木、战争、祭神之类的劳民伤财之事。我老了，没有机会看到了，这是你未来的忧虑啊！”李沆死后，真宗认为契丹已经言和，西夏也纳款来降，于是在泰山封禅，在汾水立祠，大修宫殿，搜集亡佚的典籍，忙得没有空闲处理政事。王旦眼见王钦若、丁谓等人的所作所为，想规谏真宗却已经变成同流，想辞官不干却又觉得对不起皇帝的恩遇。此时他才知道李沆的远见卓识。叹气说：“李文靖公真是圣人呐，事情看得那么远！”

【冯述评】《左传》记载，晋、楚军队对峙于鄢陵。范文子不想打这场仗，说：“只有圣人才能够做到内外无忧。既不是圣人，没有外患则必有内忧。不如放过楚国，把楚国作为一个长期的外患以警励国人吧！”晋厉公不听，与楚军战，获得大胜。晋厉公回国后，果然更加骄傲任性起来。任用宠幸的谄臣大夫胥童，杀死贤臣三郤，厉公后来也在匠丽氏家被杀。李文靖所说的话大概正是来源于此吧。

韩琦

[原文]

太宗、仁宗尝猎于大名[1]之郊，题诗数十篇，贾昌朝时刻于石。韩琦留守日，以其诗藏于班瑞殿之壁。客有劝琦摹本以进者。琦曰：“修之得已，安用进为？”客亦莫谕琦意。韩绛来，遂进之。琦闻之，叹曰：“昔岂不知进耶？顾上方锐意四夷事，不当更导之耳。”

石守道[2]编《三朝圣政录》，将上。一日求质于琦，

琦指数事：其一，太祖惑一宫鬟，视朝晏[3]。群臣有言，太祖悟，伺其酣寝，刺杀之。琦曰："此岂可为万世法？已溺之，乃恶其溺而杀之。彼何罪？使其复有嬖，将不胜其杀矣。"遂去此等数事，守道服其精识。

［注释］

①大名：大名府，今河北大名，为宋之北京。②石守道：石介，字守道。③晏：晚。

［译文］

宋太宗、仁宗都曾经在大名府郊外田猎，并题过数十首诗。贾昌朝任大名知府时，把这些诗都刻在石碑上。韩琦到了大名后，则把这些石碑藏在了班瑞殿的衬壁内。有人劝韩琦拓片摹本呈献给皇帝。韩琦说："保存起来就可以了，何必呈上去呢？"这个人不理解韩琦的用意何在。韩绛来到大名以后，就把诗临摹下来上呈给了皇帝。韩琦知道此事后，叹息道："我从前难道不知道把诗呈献给皇上可以讨好卖乖吗？只是顾虑到皇上正血气方刚而锐意平定四夷，不应该愈加引导他这样做了。"

韩琦

韩琦，字稚圭，自号赣叟，相州安阳（今属河南）人，北宋政治家、名将。他正直无私、忠君为民，在担任谏官的三年时间内，敢于犯颜直谏，此举为世人称道。

石介编撰《三朝圣政录》，准备呈献给皇帝。有一天他来请教韩琦的意见，韩琦指出其中有几件事不可上：其中一件是，太祖沉迷于一个宫女的美色，以致经常延误上朝时间。群臣有些非议，后来太祖觉悟了，便乘宫女熟睡时把她杀了。韩琦说："这件事难道可以作为万世效法的典范吗？已经沉迷于她，却又因为悔恨自己的沉迷而杀害无辜之人。她有什么罪过？假使以后又有宠幸的人，那将要杀不胜杀了。"于是石介便删去了几件类似这样的事，同时他也十分佩服韩琦精到的见识。

刘大夏

［原文］

天顺中，朝廷好宝玩。中贵言，宣德中尝遣太监王三保使西洋[1]，获奇珍无算。帝乃命中贵至兵部，查王三保至西洋水程。时刘大夏为郎，项尚书公忠令都吏检故牒，刘先检得，匿之。都吏检不得，复令他吏检。项诘都吏曰："署中牍焉得失？"刘微笑曰："昔下西洋，费钱谷数十万，军民死者亦万计。此一时弊政，牍即存，尚宜毁之，以拔其根，犹追究其有无耶？"项耸然，再揖而谢，指其位曰："公达国体，此不久属公矣[2]。"

又，安南黎灏侵占城池，西略诸土夷，败于老挝。中贵人汪直欲乘间讨之，使索英公下安南牍。大夏匿弗予。尚书为榜吏至再，大夏密告曰："衅一开，西南立糜烂[3]矣。"尚书悟，乃已。

【冯述评】**此二事，天下阴受忠宣公之赐而不知。**

［注释］

①宣德句：指郑和下西洋事。②此不久属公矣：指兵部尚书之职不久当属刘大夏。③糜烂：指民生遭到破坏。

［译文］

明朝天顺年间，明英宗爱好搜集奇珍异宝。有宦官说，宣德年间，朝廷曾派遣三保太监出使西洋，得到无数的珍奇宝物。于是英宗就命宦官到兵部，查看三保下西洋之时的航海路线。当时刘大夏任兵部侍郎，兵部尚书项忠命令都吏查阅旧公文档案，寻找相关数据。刘大夏先找到，便偷偷藏了起来，都吏怎么找也找不到，项忠又命令别的吏员去找。项忠质问都吏道："官署中的旧公文怎么会遗失呢？"刘大夏笑着说："三保太监下西洋，花费数十万钱，牺牲了上万的军民，这是当时朝政上的一大弊端，即使公文还在也应该毁掉，以期永远消除这件事情带来的坏影响，现在还追究它有没有干嘛？"项忠又惊又奇，再三称谢，指着自己的职位说："先生通达大体，这个位子不久就应该属于先生了。"

还有一次，安南的黎灏侵占城池，向西侵略夷人，后来在老挝打了败仗。宦官汪直想乘机讨伐他，派人来要当年英公下安南的旧文档资料，刘大夏却将公文偷偷藏起来不给。项忠因此几次责打负责文书的官员，追查此事。刘大夏秘密告诉项忠说：“仗一旦打起来，西南各地就要饱受战争之苦了。”项尚书听了立即醒悟过来，并中止追查此事。

【冯述评】这两件事都是天下人暗中受了刘大夏的好处却不知道啊。

文彦博

[原文]

富弼用朝士李仲昌策，自澶州商胡河穿六塔渠，入横陇故道。北京留守贾昌朝素恶弼，阴约内侍武继隆，令司天官二人，俟执政聚时，于殿廷抗言：“国家不当穿河北方，以致上体不安[1]。”后数日，二人又听继隆，上言：请皇后同听政。史志聪以状白彦博，彦博视而怀之，徐召二人诘之曰：“天文变异，汝职所当言也；何得辄预国家大事耶？汝罪当族。”二人大惧。彦博曰：“观汝直狂愚耳，今未忍治汝罪。”二人退，乃出状以视同列，同列皆愤怒，曰：“奴辈敢尔，何不斩之？”彦博曰：“斩之则事彰灼，中官[2]不安矣。”既而议遣司天官定六塔方位，复使二人往。二人恐治前罪，更言六塔在东北，非正北也。

文彦博

文彦博，字宽夫，北宋名臣，汾州介休（今属山西）人。仁宗时进士。庆历末以镇压王则起义，由参知政事任宰相。高太皇太后临朝，请他平章军国重事。元祐五年（1090）退职。封潞国公，有《潞公集》传世。

［注释］

①以致上体不安：指破坏了风水会影响皇帝的健康。②中宫：指皇后。

［译文］

北宋时，富弼采纳朝士李仲昌的建议，从澶州商胡河打通六塔渠，引导黄河进入横陇的旧河道。北京留守贾昌朝一向对富弼不满，就私下勾结宦官武继隆，让两个司天官在执政官员开会之时，向殿廷抗议说："不可在黄河的正北方开渠，这会导致皇上龙体欠安。"几天之后，两人又按照武继隆的指使上奏，请求皇后一同听政。史志聪把这件事告诉了文彦博。文彦博考虑了一下，随即召见两个司天官，质问道："观察天象的变异才是你们的职责，你们怎敢干预国家大事呢？你们妄自干政，这样的大罪是要诛杀九族的。"两人听了非常恐惧。文彦博又说："看在你们无知的分上，先暂时放过你们。"两人退下以后，文彦博把二人的奏状拿给同僚看。大家都很愤怒，说："奴才辈竟敢做这种事，为何不杀了他们？"文彦博说："杀死他们，会令事情张扬出去，让皇后不安。"后来派司天官去测定六塔的方位，又指派这两个人前去。两人害怕文彦博治他们的罪，就改口说六塔的方向在东北，而非正北。

姚崇

［原文］

姚崇为灵武道大总管，张柬之等谋诛二张[1]，崇适自屯所还，遂参密议，以功封梁县侯。武后迁上阳宫，中宗率百官问起居[2]。五公相庆，崇独流涕。柬之等曰："今岂流涕时耶？恐公祸由此始。"崇曰："比与讨逆，不足为功。然事天后久，违旧主而泣，人臣终节也。由此获罪，甘心焉。"后五王被害，而崇独免。

【冯述评】**武后迁，五公相庆，崇独流涕。董卓诛，百姓歌舞，邕（yōng）独惊叹。事同而祸福相反者，武君而卓臣，崇公而邕私也。然惊叹者，平日感恩之真心；流涕者，一时免祸之权术。崇逆知三思犹在，后将噬脐[3]，而无如五王之不听何也。吁，崇真智矣哉！**

[注释]

①二张：张易之、张昌宗兄弟，为武则天宠幸，宫中称为五郎、六郎。②问起居：请安。③噬脐：指后悔已晚。

[译文]

唐朝名臣姚崇任灵武道大总管的时候，张柬之等人谋划诛杀武后宠幸的张易之、张昌宗二人，正赶上姚崇从屯驻之地回京，就参与了这个秘密的计划，后来因功封为梁县侯。把武后迁往上阳宫时，中宗率领百官前去问安。张柬之等人相互称庆，只有姚崇悲伤流泪。张柬之等人说："现在哪里是流泪的时候呢？这样会惹祸上身的。"姚崇说："和你们一起讨平叛逆，本不算什么功劳。然而侍奉武后已久，一旦分别，因而伤心哭泣，这是人臣应有的节义。如果因此获罪，我也心甘情愿。"后来柬之等人都被杀害了，只有姚崇幸免于难。

【冯述评】武后迁入上阳宫，五公相庆贺，只有姚崇流泪伤心。东汉时董卓被杀，百姓载歌载舞，只有蔡邕叹息不止。事情相同而遭遇的祸福却相反。因为武后是君，董卓是臣；姚崇为公，蔡邕为私的缘故。然而叹息是平日感恩的真心表现，流泪却是一时免祸的权术。姚崇想到武三思（武后的侄子）还在朝廷之上，日后必会报复，便不像其他几人那样忘乎所以。唉，姚崇真聪明啊！

杨荣

[原文]

王振谓杨士奇等曰："朝廷事亏三杨①先生，然三公亦高年倦勤矣。其后当如何？"士奇曰："老臣当尽瘁报国，死而后已。"荣曰："先生休如此说，吾辈衰残，无以效力，行当择后生可任者以报圣恩耳。"振喜，翼日即荐曹鼐(nài)、苗衷、陈循、高谷等，遂次第擢用。士奇以荣当日发言之易②。荣曰："彼厌吾辈矣，吾辈纵自立，彼其自已乎？一旦内中出片纸，命某人入阁，则吾辈束手而已。今四人竟是吾辈人，当一心协力也。"士奇服其言。

【冯述评】**李彦和《见闻杂记》云："言官论劾大臣，必须下功夫，看见眼前何人可代者，必贤于去者，必有**

杨荣

杨荣，初名子荣，字勉仁。为明初名臣，与杨溥、杨士奇并称“三杨”。其性警敏通达，善察言观色，然恃才自傲，难容他人。著有《训子编》《两京类稿》等。

益于国家，方是忠于进言。若只做得这篇文字，打出自己名头，毫于国家无补，不如缄口不言，反于言责无损。”此亦可与杨公之论合看。

[注释]

①三杨：指杨士奇、杨荣、杨溥。为明英宗时内阁学士，也是明朝著名大臣，并称“三杨”。②易：轻易，不慎重。

[译文]

明朝宦官王振对杨士奇等人说：“朝廷的政事多亏三位杨先生的尽心尽力，然而三位先生年纪也大了，不知日后有什么打算呢？”杨士奇说：“老臣当竭诚报国，鞠躬尽瘁，死而后已。”杨荣说：“先生别这样说，我们已经老了，无法再为朝廷效力，而是应推举一些可担当国事的后辈，来报答圣上的大恩。”王振听了很高兴。第二天，杨荣便上书举荐曹鼐、苗衷、陈循、高谷等人，这些人依次得到朝廷的任用。杨士奇认为杨荣当天不应随便说那些话。杨荣说：“王振已经很讨厌我们了，我们纵然能互相扶持，难道能改变他讨厌我们的心意吗？一旦大内传出只言片语，要命某人入阁，我们还是会束手无策。可现在这四个人毕竟都是我们的人，大家当同心协力才是。”杨士奇听后非常佩服他的远见卓识。

【冯述评】李彦和在《见闻杂记》里说：“谏官要弹劾当政大臣，必须先下功夫仔细观察研究，看看当下谁能接替这个职位，而且此人必须要比被参劾的人更贤明，必须有益于国家，才算是忠于进谏。如果只是做一篇漂亮文字，打响自己的名头，对国家没有丝毫益处，还不如闭口不言，反而可以无损于谏官的职责。”这种说法，可以和杨荣的观点相互参考。

程颢

[原文]

程颢为越州佥判，蔡卞为帅，待公甚厚。初，卞尝

为公语："张怀素道术通神，虽飞禽走兽能呼遣之。至言孔子诛少正卯，彼尝谏以为太早；汉祖成皋相持，彼屡登高观战。不知其岁数，殆非世间人也！"公每窃笑之。及将往四明，而怀素且来会稽。卞留少俟，公不为止，曰："'子不语怪、力、乱、神'[①]，以不可训也，斯近怪矣。州牧既甚信重，士大夫又相谄合，下民从风而靡，使真有道者，固不愿此。不然，不识之未为不幸也！"后二十年，怀素败，多引名士。或欲因是染公，竟以寻求无迹而止。非公素论守正，则不免于罗织矣。

【冯述评】张让，众所弃也，而太丘[②]独不难一吊。张怀素，众所奉也，而伯淳独不轻一见。明哲保身，岂有定局哉！具二公之识，并行不悖可矣！蔡邕亡命江海积十二年矣，不能自晦以预免董卓之辟；逮既辟，称疾不就犹可也，乃因卓之一怒，惧祸而从；受其宠异，死犹叹息。初心谓何？介而不果，涅而遂淄，公论自违[③]，犹望以续史幸免，岂不愚乎？视太丘愧死矣！

《容斋笔记》云：会稽天宁观老何道士，居观之东廊，栽花酿酒，客至必延之。一日有道人貌甚伟，款门求见。善谈论，能作大字。何欣然款留，数日方去。未几，有妖人张怀素谋乱，即前日道人也。何亦坐系狱，良久得释。自是畏客如虎，杜门谢客。忽有一道人，亦美风仪，多技术。西廊道士张若水介之来谒，何大怒骂，合扉拒之。此道乃永嘉林灵噩，旋得上幸，贵震一时，赐名灵素，平日一饭之恩无不厚报。若水乘驿赴阙，官至蕊珠殿校籍，父母俱荣封。而老何以尝骂故，朝夕忧惧。若水以书慰之，始少安。此亦知其一不知其二之鉴也！

［注释］

①子不语句：语出《论语》。②太丘：指东汉陈寔，因其曾任太丘县令。③公论自违：公众的评论与自己的言论相悖逆。

［译文］

宋朝程颢担任越州佥判时，蔡卞为元帅，对待程颢颇为优厚。当初，蔡卞对程颢说："张怀素的道术非常神通广大，即使是飞禽走兽，也可以呼喝差遣。张怀素说孔子杀少正卯时，他曾劝孔子说杀得太早了；汉高祖和项羽在成皋作战相持不下时，他也曾多次登楼观战。不知道他现在有多大年纪了，大概不是世间的凡人吧。"程颢每次听了这样的话都偷笑不已。后来程颢去四明时，张怀素也正准备去会稽，蔡卞便示意程颢稍微等一下。程颢没有等他，说："孔子不谈怪力乱神之事，因为这些东西解释不清，张怀素的所作所为也接近神怪的迹象，州牧既看重他，士大夫又都逢迎他，老百姓更是盲目附和，真有道术的人是不会如此的。更何况，不认识他也未必不是件好事。"二十年后，张怀素东窗事发，供出一些与他有关系的名人。有人想借机诬陷程颢，但后来因为找不到二人有丝毫的关系而作罢。如果不是因为程颢向来言行正直，没有漏洞可寻，就不免要被人陷害了。

程颢

程颢，字伯淳，号明道，是宋代著名理学家，与其弟程颐并称"二程"，嘉祐年间举进士后，任鄠县及上元县主簿、晋城令。有治绩，曾提出"天者理也"的主张，与其弟的著作被后人编成《河南程氏遗书》等流传于世。

【冯述评】张让是大家都讨厌的人，唯有陈寔却肯去吊祭他的父亲；张怀素是众人所推崇的，而独有程颢不肯与他见面。明哲保身，哪有固定的方法呢？如果能同时具有这两位先生的见识，不相违背而行就可以了。蔡邕逃亡隐居长达十二年之久，还是不能隐藏自己的才名而被董卓征召；既被征召，他也还可以称病不去，却因为害怕董卓生气，怕降祸于自己而最终顺从了；并且受到董卓的宠幸，最后还为董卓之死而叹息。蔡邕起初心志耿介却不能坚持到底，终于受到小人的影响，而违背自己的理念和言论，还希望继续修纂历史以求赦免，这不是很愚蠢吗？蔡邕比起陈寔，真应该羞愧而死！

据《容斋笔记》记载：会稽天宁观的何道士，住在观里的东廊，平日种花酿酒，有客人来就热情地招待。一天，有个道人登门求见，其人容貌俊伟，善于言谈，写得一手好字。何道士很高兴地招待他，此人待了好几天才离开。不久有妖人张怀素谋乱，而张怀素正是前日他招待的道人，何道士因此受到连累，在牢里待了很长时间才被赦放出来。从此，何道士害怕客人就像害怕老虎一般，并关起门来谢绝拜访。某天忽然有一个道人，容貌也很俊美，又多才多艺，是西廊道士张若水介绍他来的，何道士不问青红皂白开口大骂，关起门来不让他进来。但没想到这位道士是永嘉的林灵噩，其不久之后得到皇帝宠幸，显贵一时，赐名灵素。林灵素平日接受别人一点恩惠，无不加倍报答。张若水乘驿车到京城去，官至蕊珠殿校籍，父母也都受到封赏；而何道士则因为曾经骂过他的缘故，早晚都担心害怕。直到张若水写信安慰他，何道士才稍微安心了些。这些事件可以作为只知其一、不知其二的借鉴吧。

李晟

［原文］

李晟(shèng)之屯渭桥也，荧惑守岁①，久乃退，府中皆贺曰：“荧惑退，国家之利，速用兵者昌。”晟曰：“天子暴露，人臣当力死勤难，安知天道邪？”至是乃曰：“前士大夫劝晟出兵，非敢拒也。且人可用而不可使之知也。夫唯五纬盈缩不常，晟惧复守岁，则吾军不战自屈矣！”皆曰：“非所及也！”

【冯述评】田单欲以神道疑敌，李晟不欲以天道疑军。

李晟

李晟是中唐时期的名将，骁勇善战。初在西北边镇为裨将，屡立战功，后调任右神策军都将。德宗时率军讨伐藩镇田悦、朱滔的叛乱，曾任凤翔、陇右等节度使，兼四镇、北庭行营副元帅，封西平郡王。

［注释］

①荧惑守岁：荧惑指火星，岁指木星。荧惑守岁是指火星出于木星之旁，古人认为国将有灾。

[译文]

唐朝人李晟屯兵渭桥时，出现火星冲犯木星的天象，很久才退散开。府中的人都来道贺说：“火星已退，国家的运气要好转了。此时赶紧用兵必能取胜。”李晟说：“天子遇到危险困难，做臣子的应该尽力去排解保护，哪有时间去管天象的事呢？”又说：“以前士大夫劝我出兵，我不是敢于拒绝。而是因为一般人只可命令他们做事，要使他们了解为何那样做则是不可能的。如果金木水火土五星运转不合常理，我自己又怕所谓的火星冲犯岁星，那我的军队不必作战就自己屈服了。”众人都说：“我们都没能想到这层道理。”

【冯述评】田单想用神道来迷惑敌人，李晟则不想因天道变化而使士兵心存疑惑。

吕端

[原文]

仁宗时，大内[①]灾，宫室略尽。比晓，朝者尽至；日晏(yàn)，宫门不启，不得闻上起居。两府请入对，不报。久之，上御拱宸门楼，有司赞谒，百官尽拜楼下。吕文靖[②]独立不动，上使人问其意，对曰：“宫庭有变，群臣愿一望天颜[③]。”上为举帘俯槛(jiàn)见之，乃拜。

[注释]

①大内：皇宫。②吕文靖：指吕端，谥文靖，时为宰相。③天颜：皇帝的面容。

[译文]

宋仁宗时，皇宫发生火灾，宫室几乎全被烧毁。天刚亮的时候，上朝的大臣就都到齐了，可是时间快到中午时，宫门还不开，无法向仁宗请安。两府的最高长官请求入宫面圣，也得不到回音。过了很久，仁宗亲自来到拱宸门楼，侍卫在楼上命令群臣拜见，百官一起在楼下跪拜。只有吕端站立不动，仁宗使人问他何意，吕端回答说：“宫廷发生灾难，群臣都想见皇帝一面，这样才能安心。”仁宗于是拉开帘子，靠着栏杆往下看，吕端这才跪拜。

孙叔敖

[原文]

孙叔敖疾将死，戒其子曰：“王亟(qì)[①]封我矣，吾不受

也。为我死，王则封汝。汝必无受利地！楚、越之间有寝丘，若地不利而名甚恶②，楚人鬼而越人禨③，可长有者唯此也。”孙叔敖死，王果以美地封其子，子辞而不受，请寝丘。与之，至今不失。

［注释］

①亟：多次。②名甚恶：寝丘意谓葬死人的荒丘，即坟地，所以说“名甚恶”。③禨：此处指不祥。

［译文］

春秋时，楚相孙叔敖病得很厉害，临死前告诫他的儿子说：“大王屡次要给我封邑，我都没有接受。以后我死了，大王一定会封你。但是你一定不可接受土地肥美的地方。楚越之间有一个地方叫寝丘，偏僻贫瘠，地名又不好，楚人视之为鬼蜮，越人以之为不祥，可以让子孙住得长久的，只有这个地方。”孙叔敖死后，楚王果然要封其子很好的地方，他的儿子不敢接受，而请求到寝丘去。楚王于是把寝丘封给孙叔敖的儿子。结果一直到汉代，孙姓子孙依然在寝丘立足。

郭子仪

［原文］

郭令公①每见客，姬侍满前。及闻卢杞②至，悉屏去。诸子不解。公曰：“杞貌陋，妇女见之，未必不笑。他日杞得志，我属无噍类③矣！”

【冯述评】齐顷以妇人笑客，几至亡国。令公防微之虑远矣。

王勉夫云：“《宁成传》末载，周阳由为郡守，汲黯、司马安④俱在二千石列，同车未尝敢均茵伏。司马安不足言也，汲长孺与大将军亢礼，长揖丞相，面折九卿，矫矫风力⑤，不肯为人下，至为周阳由所抑，何哉？周盖无赖小人，其居二千石列，肆为骄暴，凌轹同事，若无人焉。汲盖远之，非畏之也。异时河东太守胜屠公

不堪其侵权，遂与之角，卒并就戮。玉石俱碎，可胜叹恨！士大夫不幸而与此辈同官，逊而避之，不失为厚，何苦与之较而自取辱哉！”

郭子仪

郭子仪，唐代著名的军事家，华州郑县（在今陕西华县）人。郭子仪戎马一生，屡建战功，在当时位高权重，有着“权倾天下而朝不忌，功盖一代而主不疑”的赞誉。

［注释］

①郭令公：郭子仪，令公，唐时凡任中书令的皆可称令公，郭子仪累官至太尉、中书令，故称。②卢杞：貌丑面蓝，有口才，唐德宗擢为门下侍郎、同中书门下平章事。得志后，险恶毕露，后贬为新州司马，徙澧州别驾死。③噍类：会吃东西的人，指活口。④司马安：汲黯的外甥。⑤矫矫风力：形容刚直不阿，超出一般人。

［译文］

唐朝名将郭子仪每次见客，必定有侍女多人服侍左右。但一听说卢杞要来，他却让侍女全部回到后面去。他的儿子们都不明白这是为什么，郭令公说：“卢杞容貌丑陋，妇人见了，恐怕会笑话他的容貌。将来卢杞如果得志，我们就全活不成了。”

【冯述评】齐顷公因后宫妇女嘲笑客人，几乎导致亡国。郭令公防微杜渐的深思远虑，实在不是常人可及的啊。

王勉夫说：“《宁成传》篇末记载，周阳由任郡守时，汲黯、司马安都是二千石高官，却都不敢和周阳由平起平坐。司马安的身份地位不够，可以不谈；但汲黯敢于和大将军分庭抗礼，对宰相也只行长揖之礼，还敢当面指责公卿贵人，刚直的风范从不屈居人下，却为周阳由所压制，这是为什么呢？周阳由实在是无赖小人，他任二千石级的高官，放肆蛮横，欺凌同僚，旁若无人。汲黯其实是要远离他，而非怕他。后来河东太守胜屠公受不了周阳由的嚣张跋扈而和他争斗，最终一起被杀，玉石俱焚，这实在是令人惋惜。士大夫不幸和这种人同朝共事，应该远远地避开他，这样才是上策。何必和这种小人争斗，自取羞辱呢？”

通简卷三

[原文]

世本无事，庸人自扰。唯通[1]则简，冰消日皎[2]。集“通简”。

[注释]

①通：通达情理。②皎：皎洁，明亮。

[译文]

世间本无事，庸人自扰之。只有通达之人，遇事才能化繁为简；就像太阳一出，自然就能化冰消雪。集此为“通简”一卷。

宋真宗

[原文]

宋真宗朝，尝有兵士作过，于法合死，特贷命决脊杖二十改配[1]。其兵士高声叫唤乞剑[2]，不服决杖，从人把捉不得，遂奏取进止[3]。传宣云：“须决杖后别取进止处斩。”寻决讫取旨，真宗云：“此只是怕吃杖。既决了，便送配所，莫问。”

[注释]

①配：发配。②乞剑：要求受剑而死。③进止：处置意见。

[译文]

宋真宗在位时，曾经有一个士兵犯了过错，依照律法要判处死刑，真宗特别予以宽谅，改判打背脊二十杖，并流放边远地区。但是该士兵却高声呼叫请求处死，对于改判不服。侍从拿他没法，就上奏请示应该如何处置士兵。传诏的人说：“那也必须等到打完背杖后，再听取别的处置意见。”不久就决议完毕，领走旨意。真宗说：“这个人只是怕打罢了，既然判决了，便该发配边区，不要再说了。”

曹参

[原文]

曹参①被召，将行，属其后相："以齐狱市②为寄。"后相曰："治无大此者乎？"参曰："狱市所以并容也，今扰之，奸人何所容乎？"参既入相，一遵何约束，唯日夜饮醇酒，无所事事。宾客来者皆欲有言，至，则参辄饮以醇酒；间有言，又饮之，醉而后已，终莫能开说。惠帝怪参不治事，嘱其子中大夫窋(zhú)私以意叩之。窋以休沐归，谏参。参怒，笞(chī)之二百。帝让③参曰："与窋何治乎？乃者吾使谏君耳。"参免冠谢曰："陛下自察圣武孰与高帝？"上曰："朕安敢望先帝？"又曰："视臣能孰与萧何？"帝曰："君似不及也。"参曰："陛下言是也。高帝与何定天下，法令既明。今陛下垂拱④，参等守职，遵而勿失，不亦可乎？"帝曰："君休矣。"

吏廨(xiè)⑤邻相国园。群吏日欢呼饮酒，声达于外。左右幸相国游园中，闻而治之。参闻，乃布席取酒，亦欢呼相应。左右乃不复言。

【冯述评】不是覆短，适以见长。极绘太平之景，阴消近习⑥之谗。

曹参

曹参，字敬伯，沛（在今江苏沛县）县人，西汉名将。他是继萧何后的汉代第二位相国，早年随汉高祖刘邦起兵，史载曹参"身被七十创，攻城略地，功最多，宜第一"。

[注释]

①曹参：汉惠帝时为齐相，汉相国萧何死，

参闻之，即备行装，言“吾且入相”。不久，使者果来召参入都为相。②狱市：监狱和市井之事。③让：责问。④垂拱：垂衣裳而拱双手，无所事事的样子。⑤廨：官吏办事的地方。⑥近习：指左右亲近的人。

[译文]

汉朝时曹参奉召入朝为相，临走时，他交代其继任者要特别注意监狱和市井的管理。继任者问：“官府治事，难道没有比这个更重要的工作吗？”曹参说：“监狱、市井都是容纳庶民的地方。如果管理得好，奸人就难有容身之处。”后来曹参当上宰相，一切事务都遵照萧何的老办法办理。他只是日夜畅饮美酒，一副无所事事的样子。宾客来拜访他时，都想劝说他要有所作为。曹参往往请宾客喝酒，只要宾客想说话，曹参就又给他们敬酒，一直喝到酒醉为止，让他们始终得不到说话的机会。汉惠帝责怪曹参不管事，并嘱咐曹参的儿子中大夫曹窋私下去问他为何这样做。曹窋借休假回家劝谏曹参。曹参很生气，打了曹窋两百鞭。惠帝责备曹参说：“这件事和曹窋有什么关系？是我要他去劝你的。”曹参摘下冠冕谢罪道：“陛下的圣明和高祖皇帝相比，觉得怎么样？”惠帝说：“我怎能比得上先帝？”曹参又说：“微臣的才能和萧何相比，如何？”惠帝说：“你好像不如他吧。”曹参说：“陛下说得很对。高祖皇帝和萧何定天下，法令已经非常严谨，如今陛下以无为之政治理天下，参等谨守职务，遵循前规，这不是很好吗？”惠帝说：“你不必再说了，我都明白了。”

城中的官署正好和曹相国的花园相邻，群吏每天饮宴欢呼，声音直传到丞相府来。相府的侍卫希望曹参能到花园里多走走，听到这个声音后可以管管他们。曹参听见后，就命人在花园里摆开宴席，然后饮酒欢呼，和对方声音相应和，侍卫就不敢再说什么了。

【冯述评】这不是在掩饰自己的短处，而是在发挥自己的长处。极力铺陈太平时期的景象，实际上又有约束近臣玩弄谗言的作用。

赵普 李沆 陆九渊

[原文]

赵韩王普[1]为相，置二大瓮于坐屏后，凡有人投利害文字，皆置其中，满即焚之于通衢。

李文靖[2]曰：“沆居相位，实无补万分；唯中外所陈利害，一切报罢，聊以补国尔。今国家防制，纤悉具备，苟轻徇所陈，一一行之，所伤实多。佥人苟一时之进，岂念民耶？”

陆象山[3]云："往时充员敕局，浮食是惭。唯是四方奏请，廷臣面对，有所建置更革，多下看详。其或书生贵游，不谙民事，轻于献计；一旦施行，片纸之出，兆姓蒙害。每与同官悉意论驳，朝廷清明，尝得寝罢；编摩之事，稽考之勤，何足当大官之膳？庶几仅此可以偿万一耳！"

【冯述评】罗景纶曰："古云：'利不什，不变法'，此言更革建置之不可轻也。或疑若是则将坐视天下之弊而不之救欤？不知革弊以存法可也，因弊而变法不可也；不守法而弊生，岂法之生弊哉！韩、范之建明于庆历者[4]，革弊以存法也。荆公之施行于熙宁者[5]，因弊而变法也，一得一失。概可观矣。"

陆九渊

陆九渊，字子静，号象山。南宋著名哲学家、教育家。抚州金溪（今属江西）人。他与当时著名的理学家朱熹齐名，史称"朱陆"。著有《象山全集》。

[注释]

①赵韩王普：赵普死后追封为真定王，复被追封为韩王，曾三次拜相。②李文靖：李沆，谥文靖。③陆象山：陆九渊，字子静，世称象山先生。④韩、范之建明于庆历者：韩琦、范仲淹在宋仁宗庆历三年实行的革新，史称"庆历新政"。⑤荆公之施行于熙宁者：王安石在宋神宗熙宁二年开始推行新法。

[译文]

宋朝赵普任宰相时，在座位后面放置了两个大缸，凡是有人送上建议国家利害的疏奏，大都被扔入缸中，等装满缸后就在通道上把文书烧掉。

李文靖说："我任相国时，对国事实在没有大的补益，只在众人所陈述的利害建议方面，一切都不予采取，这也算是对国家的一点贡献吧。当今国家的各种制度，已经非常详尽完备，如果轻率地采纳各方的建议，一一推行改革，必定会造成很多伤害。小人一念之间的进言，怎么会真正关心到老百姓的长远利益呢？”

陆象山说：“以往朝廷冗员充斥，我也是白支俸禄的官员之一，心中实在是很惭愧。但是遇到有人建议各种改革事项，便都在朝廷上讨论，看看有什么不良影响。书生和贵族这一类人，不熟悉民情，随便献策；一旦遵照施行，一纸命令容易，却使万民受害。我每每和同僚尽力议论驳回，好在圣上清明，常常采纳我们的意见而将献议作罢。我们所做的，只是编辑、考查一类的功夫，如何担当得起领取大官的俸禄呢？大约只值得万分之一罢了。”

【冯述评】罗景纶说：“古人有言：‘利益不足就不要改变现行的法令。’这说明：改旧革新的事十分重大，绝不可以轻易忽视。有人怀疑，这岂不是坐视天下的弊病而不加拯救吗？他们这些人不知道既改革弊病且同时保存旧法是可以的，只因为弊病而实施变法却不可行；因为不守法而产生的弊病，难道是法本身的弊病吗？韩琦、范仲淹在仁宗庆历年间的革新变法，就是既革除了弊端而又保存了法；王安石在神宗熙宁年间的变法措施，则是因为弊病而变法却导致民怨沸腾。一得一失相比较，就能看得十分清楚了。”

汉光武帝

［原文］

光武诛王郎[1]，收文书，得吏人与郎交关谤毁[2]者数千章。光武不省[3]，会诸将烧之，曰：“令反侧子[4]自安！”

【冯述评】**宋桂阳王休范举兵浔阳，萧道成[5]击斩之。而众贼不知，尚破台军[6]而进。宫中传言休范已在新亭，士庶惶惑，诣垒投名者以千数。及至，乃道成也。道成随得辄烧之，登城谓曰：“刘休范父子已戮死，尸在南冈下，我是萧平南[7]，汝等名字，皆已焚烧，勿惧也！”亦是祖光武之智。**

［注释］

①王郎：王莽末年义军首领，自立为帝，后为光武帝刘秀所诛。②交关谤毁：互相串通，毁谤刘秀的信件。③不省：不理会。④反侧子：指心怀二心的人。⑤萧道成：时为刘宋中领军，后废帝自立，为齐太祖。⑥台军：朝廷军队，南朝时称朝

萧道成

萧道成，字绍伯，小名斗将，南朝齐创立者。在位四年，建元元年（479）即帝位。庙号太祖，谥高皇帝。博学善属文，工草隶。祖述子敬（王献之）。尝与王僧虔睹书曰：“谁为第一？”对曰：“臣书臣中第一，陛下书帝中第一。”

廷为台。⑦萧平南：萧道成曾为平南将军。

［译文］

汉光武帝处死王郎之后，收集有关的文书，得到数千份官吏们与王郎交往的信函。光武一件也没有查看，而是把手下诸将集合起来，下令将所有信件当众烧毁。他说：“让原来反对过我的人可以安枕无忧！”

【冯述评】南朝宋时，桂阳王刘休范在浔阳城起兵谋反，被萧道成击破杀死。刘休范的兵众不知道情况，还在向官军进攻。宫中传说刘休范叛军已到达新亭，士大夫和百姓都惶恐不已，到叛军军营报名投降的有上千人。等到大军抵达，众人才知道是萧道成。萧道成接到投降名册就烧掉了，并登上城对他们说：“刘休范父子已经被杀，尸体在南山下，我是萧平南，你们中投降的名字都已经烧了，不必害怕。”这大概也是效法光武帝安定人心的智计吧。

诸葛亮

［原文］

丞相[1]既平南中，皆即其渠率[2]而用之。或谏曰：“公天威所加，南人率服。然夷情叵测，今日服，明日复叛。宜乘其来降，立汉官分统其众，使归约束，渐染政教。十年之内，辫首可化为编氓(méng)[3]，此上计也。”公曰：“若立汉官，则当留兵，兵留则口无所食，一不易也；夷新伤破，父兄死丧，立汉官而无兵者，必成祸患，二不易也；又夷累有废杀之罪，自嫌衅重[4]，若立汉官，终不相信，三不易也。今吾不留兵，不运粮，纲纪[5]粗定，夷汉相安。”自是终亮之世，夷不复反。

【冯述评】《晋史》：桓温伐蜀，诸葛孔明小史⑥犹存，时年一百七十岁。温问曰："诸葛公有何过人？"史对曰："亦未有过人处。"温便有自矜之色，史良久曰："但自诸葛公以后，更未见有妥当如公者。"温乃惭服。凡事只难得"妥当"，此二字，是孔明知己。

[注释]

①丞相：诸葛亮时为蜀汉丞相。②渠率：指南方各部落的酋长。③编氓：编入政府户籍的百姓。④夷累有废杀之罪，自嫌衅重：夷人中经常出现废除、杀害酋长的罪行，其内部的仇恨矛盾很重。⑤纲纪：法制。⑥小史：负责文书的小吏。

[译文]

诸葛亮平定南方各个部落以后，仍然任用他们自己的首领为官统领诸部。有人劝谏道："丞相威震四方，蛮夷都已臣服。但是蛮夷的情况难以预测，今天顺服，明天就可能叛变，应该乘他们投降之时，设立汉人官吏治理这些蛮人，这样才能使他们渐渐地接受朝廷的政令教化。十年内，夷狄就可以化为在编良民，这才是最好的办法。"诸葛亮说："如果设立汉人官吏，则必须留下军队，军队留下来却缺乏粮食补给，是一不易；他们刚刚经历战乱，父兄死了，仇恨仍在，设立汉人官吏而没有军队驻守，必然引起祸患，是二不易；官吏要经常处理一些夷人内部被废职或杀人的罪行，会和他们产生许多嫌隙，如果设立汉人官吏，最后还是难以取信于土著，是三不易。现在我不留军队，不必运粮食，而局面也大致平定，这样使夷汉之间能相安无事，就已经足够了。"从此到诸葛亮去世为止，夷人不再反叛。

【冯述评】《晋史》记载，桓温伐蜀的时候，诸葛亮当年身边的一个小吏还活着，已经一百七十岁了。桓温问他说："诸葛公有什么过人之处吗？"小吏回答说："他也没有什么过人之处。"桓温听了就有点骄傲，摆出一副自大的样子。小吏停了一会儿又说："但是从诸葛公以后，便不曾见过有像他那般妥当的人了。"桓温这才惭愧心服。凡事最难得的就是"妥当"，用这两个字评价诸葛亮，可以算是他的知己了。

龚遂

[原文]

宣帝时，渤海左右郡岁饥，盗起，二千石①不能制。上选能治者，丞相、御史举龚遂②可用，上以为渤海太

守。时遂年七十岁，召见，形貌短小，不副所闻。上心轻之，问：“息盗何策？”遂对曰：“海濒辽远，不沾圣化，其民困于饥寒而吏不恤，故使陛下赤子盗弄陛下之兵于潢池中耳。今欲使臣胜之耶，将安之也？”上改容曰：“选用贤良，固将安之。”遂曰：“臣闻治乱民如治乱绳，不可急也，臣愿丞相、御史且无拘臣以文法，得一切便宜从事。”上许焉，遣乘传（zhuàn）[3]至渤海界。郡闻新太守至，发兵以迎，遂皆遣还，移书敕属县：“悉罢逐捕盗贼吏；诸持锄、钩田器者皆为良民，吏毋得问；持兵者乃为盗贼。”遂单车独行至府。盗贼闻遂教令，即时解散，弃其兵弩而持钩、锄。

【冯述评】汉制，太守皆专制一郡，生杀在手，而龚遂犹云“愿丞相、御史无拘臣以文法”。况后世十羊九牧，欲冀卓异之政，能乎？

古之良吏，化有事为无事，化大事为小事，蕲[4]于为朝廷安民而已；今则不然，无事弄做有事，小事弄做大事，事生不以为罪，事定反以为功。人心脊脊[5]思乱，谁之过与？

龚遂

龚遂，字少卿，为山阳郡南平阳县（在今山东邹城）人，以明经为昌邑王郎中令。龚遂在平息渤海农民起义中功绩卓著。

［注释］

①二千石：指郡守。②龚遂：初为郎中令，宣帝初为渤海太守，有治绩，后征为水衡都尉。③乘传：驿车。④蕲：希求。⑤脊脊：互相践踏、喧闹。

[译文]

汉宣帝时期，渤海附近的州郡碰到饥荒年岁，盗贼蜂起，而在任的太守却没有能力制止。宣帝想要找一个有能力的人前往治理，丞相和御史于是举荐了龚遂，宣帝便任命他为渤海太守。龚遂时年七十岁，宣帝召见他，见他身材短小，似乎配不上传闻的名声，便生轻视之心，问他有什么方法可平息盗贼。龚遂回答说："海滨之地距朝廷遥远，没有受到圣明的教化，当地人民被饥寒所困，而官吏又不加抚恤，所以才使陛下的百姓拿着陛下的兵器在水池边耍弄着玩。如今派臣前往，是想战胜，还是安定地方呢？"宣帝见他话中有话，改变了脸色，说："选用贤良人才，自然是想要安定地方。"龚遂说："微臣听说治理乱民就像整理乱绳头，不能心急，希望丞相、御史大夫不要以条文法令来约束微臣，使微臣可以不用请示，而是看具体情形便宜行事。"宣帝答应了他。于是龚遂乘驿车到达渤海郡，郡吏听说新太守来到，皆带兵相迎。龚遂将他们遣回，然后下令所属州县："悉数罢免捕捉强盗的役吏，并且明确告知，凡拿锄头等耕田工具的人都是良民，官吏不得拿问；只有拿兵器的才是盗贼。"之后龚遂单独乘车到郡府。盗贼听到龚遂的命令，立即解散，抛弃兵器，改持锄头等耕田工具。

【冯述评】汉朝制度，太守独自掌管一郡政事，拥有生杀之权，而龚遂还说："希望丞相、御史不要用条文法令来约束微臣。"不像后世民少官多，还希望能有卓越的政绩，这样可以做到吗？

古代优秀的官员，化有事为无事，化大事为小事，只是为求得朝廷安定百姓而已，不求自己的功绩；而现在却不是这样，无事弄成有事，小事弄成大事，发生事情不认为有罪，事情平定后反而自认有功。人心思乱而蠢蠢欲动，这究竟是谁的过错呢？

程颢

[原文]

广济、蔡河出县境[1]，濒河不逞之民，不复治生业，专以胁取舟人钱物为事，岁必焚舟十数以立威。明道[2]始至，捕得一人，使引其类，得数十人。不复根治旧恶，分地而处之，使以挽舟为业，且察为恶者。自是境无焚舟之患。

【冯述评】**胁舟者业挽舟，使之悟絜(xié)矩[3]之道，此大程先生所以为真道学也。**

[注释]

①广济、蔡河出县境：程颢因反对王安石变法，出京任扶沟县知县，广济渠、蔡河皆流经该县。②明道：程颢死后，后人称之为明道先生。③絜矩：絜，度量；矩，法度。

[译文]

宋朝时，广济、蔡河皆流经扶沟县，沿岸的不法之徒，便不再从事生产，而是专以抢夺舟中旅客的财物为业，并且每年都要焚烧十多艘船来立威吓人。明道先生程颢到任后，抓到一个人，要他把同伙引出来，结果逮到数十人，程颢不但不处罚他们的罪恶，而且把他们分散安置到各地，命令他们以拉舟为业，并探查为非作歹的人。从此境内便不再有烧船的祸患。

【冯述评】命令抢夺舟中旅客财物的人以拉舟为业，从而使他们领悟法度之道，大程先生是真正的仁德儒者。

文彦博

[原文]

文潞公[1]知成都，尝于大雪会客，夜久不罢。从卒有谇（suì）语[2]，共拆井亭烧以御寒。军校白之，座客股栗。公徐曰："天实寒，可拆与之。"神色自若，饮宴如故。卒气沮，无以为变。明日乃究问先拆者，杖而遣之。

【冯述评】气犹火也，挑之则发，去其薪则自熄，可以弭乱，可以息争。

苏轼通判密郡[3]，有盗发而未获。安抚使遣三班

苏轼

苏轼，字子瞻，又字和仲，号东坡居士，谥号文忠。北宋著名文学家、书画家、散文家、诗人、词人。眉州眉山（在今四川眉山）人。著有《东坡七集》《东坡乐府》等。

使臣领悍卒数十人入境捕之，卒凶暴恣行，以禁物诬民，强入其家争斗。至杀人，畏罪惊散。民诉于轼，轼投其书不视，曰："必不至此。"悍卒闻之，颇用自安。轼徐使人招出戮之。遇事须有此镇定力量，然识不到，则力不足。

［注释］

①文潞公：即文彦博，封潞国公。②谇语：指牢骚话。③密郡：即密州，今山东诸城。

［译文］

宋朝时文潞公彦博出任成都知府，有一次在大雪的夜晚宴客，很长时间都没有结束。有些役卒颇有怨言，就一起拆断井栏烧来御寒。军官禀告潞公，座上客人都十分害怕。潞公平静地说："天气实在很冷，可以允许他们拆井栏烧来御寒。"他神色自如，依旧饮酒作乐。役卒的气焰受挫，就无法滋事了。第二天，潞公才来追查是谁带头拆的井栏，罚以杖刑后把他打发走。

【冯述评】怒气就像是火，越去挑拨它就越烧越旺，如果抽去木柴，就会自然熄灭。处置适当可以消弭祸乱，可以平息战争。

苏轼任密州通判时，有盗窃发生却没有捕获盗贼。安抚使派三班使臣率领强悍士卒数十人，入境来捉捕盗贼。那些士卒凶暴放肆，用管制的物品来诬陷一个百姓，强行进入他家争斗，最后杀了人，犯事后畏罪逃逸。老百姓向苏轼控诉，苏轼丢下诉状不去看它，说："事情不可能到这种地步。"那些杀人的士卒听到这话，便放下心来。之后，苏轼才慢慢派人把他们捉来处死。遇事就需要这种镇定的力量。然而如果见识不够，力量也就不足。

张　辽

［原文］

张辽受曹公命屯长社①。临发，军中有谋反者，夜惊乱火起，一军尽扰。辽谓左右曰："勿动！是不一营尽反，必有造变者，欲以动乱人耳。"乃令军中曰："不反者安坐。"辽将亲兵数十人中阵而立，有顷，即得首谋者，杀之。

张辽

张辽，字文远，三国时魏国著名的军事将领，官至前将军、征东将军、晋阳侯。他与乐进、于禁、张郃、徐晃并称曹魏时期的“五子良将”。

【冯述评】周亚夫将兵讨七国，军中尝夜惊[②]。亚夫坚卧不起，顷之自定。吴汉为大司马，尝有寇夜攻汉营，军中惊扰，汉坚卧不动，军中闻汉不动，皆还按部，汉乃选精兵夜击，大破之。此皆以静制动之术，然非纪律素严，虽欲不动，不可得也。

[注释]

①长社：今河南长葛，张辽屯兵长社是为防备荆州的刘表。②夜惊：一种群体梦游，常发生在紧张的军营中。

[译文]

三国时张辽接到曹操的命令，屯兵于长社。临出发前，军中有人造反，夜里放火作乱，全军都受到惊扰。张辽对左右将领说：“不要惊动他们，肯定不是全军造反，一定是那些制造混乱的人，想借放火引起骚乱以扰人视听罢了。”于是命令军中士卒说：“不是造反的人，安心坐着不要乱跑。”然后，张辽亲自带领数十名亲兵站立于军营之中。不久，就捉到了带头谋反的人，并将他处死。

【冯述评】汉朝周亚夫率兵讨伐七国之乱，一日夜间军营中发生夜惊。周亚夫坚持躺在床上不起身，不久惊扰就自然平定了。吴汉担任大司马时，曾经有贼寇半夜攻击他的军营，军中受到惊扰，吴汉坚持卧床不起。军中士卒听说大司马连床都没起，便都回到自己的岗位。等军中安定下来，吴汉才起床挑选精兵，半夜出击，大破贼寇。这些都是以静制动的策略。然而，如果不是军纪一向严明，即使想让士兵不乱动，也做不到。

韩愈

[原文]

韩愈[①]为吏部侍郎。有令史[②]权势最重，旧常关锁，

选人③不能见。愈纵之，听其出入，曰:“人所以畏鬼者，以其不能见也；如可见，则人不畏之矣！”

【冯述评】**主人明，不必关锁；主人暗，关锁何益？**

[注释]

①韩愈：唐代思想家、文学家，通六经百家之学，为唐宋八大家之一。②令史：三省、六部及御史台的低级事务员。③选人：候补任用的官员。

[译文]

唐朝韩愈任吏部侍郎时，有位令史很有权势，常常锁着门，候选的官吏都见不到他。韩愈到任后，就让他敞开门，让官吏随便进出，他说：“人之所以怕鬼，是因为见不到鬼；如果见得到，就不会再害怕了。”

【冯述评】主人光明正大，就不必关门；主人阴暗不轨，关门又有什么用呢？

裴 度

[原文]

公①在中书，左右忽白以失印，公怡然，戒勿言。方张宴举乐，人不晓其故。夜半宴酣，左右复白印存，公亦不答，极欢而罢。人问其故，公曰:“胥吏辈盗印书券，缓之则复还故处，急之则投水火，不可复得矣。”

【冯述评】**不是矫情镇物，真是透顶光明。故曰“智量”，智不足，量不大。**

[注释]

①公：裴度，封晋国公。

[译文]

唐朝人裴度担任中书省长官之时，有一天，身边的人忽然告诉他符印失窃了。裴公仍旧怡然自得，警告他们不要声张。当时正在宴客，左右不知何故。半夜酒饮得畅快时，身边的人又告诉他符印找到了，裴公也不回答，宴会尽欢而散。有人问他为什么不许寻找，裴公说：“手下的小官盗符印去书写契券，写完就会放回原处。逼急了他们反而会恼羞成怒毁掉符印，那样就再也找不回来了。”

【冯述评】这并非故作安闲，以示镇静，实在是聪明绝顶。所以有“智量”之说，智慧不足，度量不大，是做不到的。

郭子仪

［原文］

汾阳王[1]宅在亲仁里，大启其第，任人出入不问。麾下将吏出镇来辞，王夫人及爱女方临妆，令持帨汲水，役之不异仆隶。他日子弟列谏，不听，继之以泣，曰：“大人功业隆赫，而不自崇重，贵贱皆游卧内，某等以为虽伊、霍[2]不当如此。”公笑谓曰：“尔曹固非所料。且吾马食官粟者五百匹，官饩者一千人，进无所往，退无所据。向使崇垣扃户[3]，不通内外，一怨将起，构以不臣，其有贪功害能之徒成就其事，则九族齑粉，噬脐莫追。今荡荡无间，四门洞开，虽谗毁欲兴，无所加也！”诸子拜服。

鱼朝恩[4]阴使人发郭氏墓，盗未得。子仪自泾阳来朝，帝唁之，即号泣曰：“臣久主兵，不能禁士残人之墓。人今亦发先臣墓，此天谴，非人患也！”朝恩又尝修具邀公，或言将不利公，其下愿裹甲以从。子仪不许，但以家僮数人往。朝恩曰：“何车骑之寡？”子仪告以所闻。朝恩惶恐曰：“非公长者，得无致疑。”

【冯述评】德宗以山陵近禁屠宰。郭子仪之隶人犯禁，金吾将军[5]裴谞奏之。或谓曰：“君独不为郭公地乎？”谞曰：“此乃所以为之地也。郭公望重，上新即位，必谓党附者众，故我发其小过，以明郭公之不足畏，不亦可乎？”若谞者，可谓郭公之益友矣。看郭汾阳，觉王翦、萧何家数便小。

精于黄老之术，虽朝恩亦不得不为盛德所化矣。君子不幸而遇小人，切不可与一般见识。

［注释］

①汾阳王：郭子仪，封汾阳郡王。②伊、霍：伊尹，商汤之臣；霍光，受汉武帝顾命辅佐昭帝。皆是历史上的名相。③崇垣扃户：围墙高立，门户紧闭。④鱼朝恩：宦官，恃宠骄横，后为唐代宗下令缢杀。⑤金吾将军：掌京都警戒之官。

［译文］

汾阳王郭子仪的府第在亲仁里，每日大敞着门任人出入，也不多过问。郭子仪属下有位将军要出镇地方，来王府辞别，郭子仪夫人和女儿正要梳妆，就让他拿佩巾、提水，把他当仆人一样使唤，一点没有烦琐的礼节和内外之别。子弟们多次规劝，郭子仪都不听，最后一些子弟甚至哭着说：“大人的功业显赫；但如果不自我尊重，贵贱人等都可以在内堂随意走动的话，我们认为即使是伊尹、霍光也不应当如此。”郭子仪笑着说：“这就不是你们所能想象得到的。我有五百匹马吃官家的草料，一千人吃公家的米粮，生活起居都在这些地方。如果围起高墙，关闭大门，内外无法沟通，一旦惹出怨恨，别人设计圈套来诬陷我不守臣子的法度，有些贪图功利、残害贤能的人，也会来助纣为虐，那时候我们所有的亲族都将死无葬身之地，再后悔就来不及了。现在让它空旷无间，四门洞开，即使有人想进谗言，但我们的行事都在别人的眼皮底下，也挑不出什么毛病来。”子弟们听了，都钦佩不已。

唐朝宦官鱼朝恩曾暗地里命人挖开郭氏的祖坟，然而盗墓不成。郭子仪自泾阳来朝见皇帝，皇帝安慰他，他哭着说道：“微臣久掌兵权，不能禁止人去破坏别人的坟墓，现在别人挖开了我先祖的坟墓，这是上天的责罚，而非人祸，怪不得别人啊！”鱼朝恩设宴邀请郭子仪，有人说鱼朝恩将对其不利，其部下都想全副武装跟去保护他，郭子仪不同意，只带了几个家僮前往赴宴，鱼朝恩说：“大人为什么随从这么少呢？”郭子仪于是就把听到的传言告诉鱼朝恩，鱼朝恩惶恐地说：“大人真是长者，要不怎么会不怀疑我呢？”

【冯述评】唐德宗下令禁止在帝王陵墓的附近进行屠宰，郭子仪的一个仆隶犯了禁令。金吾卫将军裴谞把此事奏报给了皇帝。有人说：“你难道不能给郭公留点面子吗？”裴谞说：“我如此做正是为郭公着想啊！郭公德高望重，而皇上即位不久，一定会认为他党羽庞大，所以我才检举他的小过失，以表明郭公是无所畏惧的，不是很好吗？”裴谞此人，真可说是郭公的益友。比起郭子仪来，萧何、王翦的避祸方式就显得器量太小了。

为人最好能懂得黄老之术，这样即使遇到了像鱼朝恩这样的阴险小人，也还是会被郭子仪的盛德所感化。如果君子不幸遇到小人，切不可跟他一般见识。

牛 弘

[原文]

奇章公牛弘[①]有弟弼，好酒而酗(xù)。尝醉，射杀弘驾车牛。弘还宅，妻迎谓曰：“叔射杀牛。”弘直答曰：“可作脯[②]。”

【冯述评】**冷然一语，扫却妇人将来多少唇舌！睦伦者当以为法。**

[注释]

①牛弘：隋初为秘书监，后拜吏部尚书，封奇章郡公，史称“大雅君子”。②脯：肉干。

[译文]

隋朝时期，奇章郡公牛弘有个弟弟叫牛弼，酗酒成性。有次酒醉后，他射杀了牛弘用来驾车的牛。牛弘回家后，妻子对他说：“小叔射杀了我们驾车的牛。”牛弘毫不犹豫地回答说：“这样正好可以用来做肉干。”

【冯述评】冷静的一句话，便消除了妇人将来多少闲言碎语，希望家庭和睦的人都应该以此为榜样。

迎刃卷四

[原文]

危峦前厄①，洪波后沸，人皆棘手，我独掉臂②。动于万全，出于不意；游刃有余，庖(páo)丁之技。集“迎刃”。

[注释]

①厄：阻塞。②掉臂：挥动手臂，谓有所作为。

[译文]

当前面有险峰阻路，后面又有洪水逼来之时，人人都会感到棘手惶遽，我却要奋起振作。掌握全局而后动，一动就要出其不意；游刃有余，犹如庖丁解牛之技一样。集此为“迎刃”一卷。

子　产

[原文]

郑良霄①既诛，国人相惊，或梦伯有介②而行，曰：“壬子余将杀带，明年壬寅余又将杀段！”驷带及公孙段果如期卒，国人益大惧。子产立公孙泄及良止以抚之，乃止。子太叔问其故，子产曰：“鬼有所归，乃不为厉。吾为之归也。”太叔曰：“公孙何为？”子产曰：“说也。”

【冯述评】不但通于人鬼之故，尤妙在立泄一着。鬼道而人行之，真能务民义而不惑于鬼神者矣！

[注释]

①郑良霄：字伯有，春秋时郑国大夫，专政自用，为诸大夫讨伐而死。②介：带甲。

[译文]

春秋时，传说郑国良霄被国人子皙杀死之后化为厉鬼，全国人都极为恐惧。

有人梦见良霄披甲而行，说道："壬子那一天我将杀死驷带（帮助子皙杀良霄的人），明年壬寅日，我将杀死公孙段（偏袒驷带的人）。"驷带及公孙段果然如期死亡，国人更加恐惧。子产于是就任命公孙泄及良止为大夫，以此来安抚良霄及子孔的鬼魂，果然厉鬼从此没有再出现。太叔问他为何要那么做，子产说："鬼要有所归宿，才不会作祟，我安抚他们的后代，就是为了使他们有所归宿。"太叔说："那为什么要这么做呀？"子产说："这是为了向人民解说存亡继绝的大义。"

【冯述评】子产不但通达人鬼之事，更妙的是立公孙泄这一招。鬼道由人来实行，真是能够一心为民而又不迷惑于鬼神。

主父偃

［原文］

汉患诸侯强，主父偃（yǎn）[1]谋令诸侯以私恩自裂地，分其子弟，而汉为定其封号；汉有厚恩而诸侯渐自分析弱小云。

［注释］

①主父偃：汉武帝时人，为中大夫，上"推恩法"于武帝，即本条所言之谋。

［译文］

汉朝时朝廷忧虑诸侯势力过于强大，主父偃主张让诸侯将土地分封给自己的子弟，而由朝廷定其封号；这样一来朝廷对诸侯有厚恩，而诸侯的势力则因分封土地渐小而趋于弱小。

裴光庭

［原文］

张说以大驾[1]东巡，恐突厥乘间入寇，议加兵备边，召兵部郎中裴光庭谋之。光庭曰："封禅，告成功也，今将升中于天而戎狄是惧，非所以昭盛德也。"说曰："如之何？"光庭曰："四夷之中，突厥为大。比屡求和亲，而朝廷羁縻未决许也。今遣一使，征其大臣从封泰山，彼必欣然承命。突厥来，则戎狄君长无不皆来，可

以偃旗卧鼓，高枕有余矣。”说曰：“善！吾所不及。”即奏行之。遣使谕突厥，突厥乃遣大臣阿史德颉利发入贡，因扈从[2]东巡。

[注释]

①大驾：皇帝出行的队伍。②扈从：随侍帝王出巡。

[译文]

唐朝时张说因为天子即将东巡，担心突厥会乘机入寇，考虑要在边境上加强兵备，就请兵部郎中裴光庭来一起商议。裴光庭说：“封禅祭告上天，是要报告天下太平，如今即将封禅却惧怕戎狄，这样实在不能显示皇上的盛德。”张说说：“那怎么办呢？”裴光庭说：“四夷之中，以突厥最为强大，他们也曾多次要求与朝廷和亲，而皇上一直迟疑没有同意。如果我们现在派一个使者，去请突厥的一位大臣跟皇上一起去泰山封禅，他们一定欣然受命。突厥大臣来了，其他戎狄的君长就都会跟着来，如此就可以不必大费周章，劳民伤财，我们也就可以高枕无忧了。”张说说：“你的意见很好！我想不出这样的好主意。”于是张说就奏请皇帝派使者去通告突厥此事。果然突厥派大臣阿史德颉利发入朝献贡，跟随天子一起东巡。

陈　平

[原文]

燕王卢绾反，高帝使樊哙(kuài)以相国将兵击之。既行，人有短恶哙者，高帝怒，曰：“哙见吾病，乃几[1]吾死也！”用陈平计，召绛侯周勃受诏床下，曰：“平乘驰传(zhuàn)[2]，载勃代哙将。平到军中，即斩哙头！”二人既受诏行，私计曰：“樊哙，帝之故人，功多。又吕后女弟女媭(xū)夫，有亲且贵。帝以忿怒故欲斩之，即恐后悔，宁囚而致上，令上自诛之。”平至军，为坛，以节召樊哙。哙受诏节，即反接载槛(jiàn)车诣长安，而令周勃代，将兵定燕。平行，闻高帝崩，平恐吕后及吕媭怒，乃驰传先去。逢使者，诏平与灌婴屯于荥(xíng)阳。平受诏，立复驰至宫，哭殊悲，因奏事丧前。吕太后哀之，曰：“君出

休矣。”平因固请，得宿卫中，太后乃以为郎中令，曰：“傅教帝。”是后吕媭谗乃不得行。

【冯述评】谗祸一也，度近之足以杜其谋，则为陈平；度远之足以消其忌，则又为刘琦。宜近而远，宜远而近，皆速祸之道也。

刘表爱少子琮，琦惧祸，谋于诸葛亮，亮不应。一日相与登楼，去梯，琦曰：“今日出君之口，入吾之耳，尚未可以教琦耶？”亮曰：“子不闻申生在内而危，重耳在外而安乎？”琦悟，自请出守江夏。

［注释］

①几：盼望。②驰传：指四匹良马所拉的驿车，紧急时方动用。

［译文］

汉朝初年，燕王卢绾造反，汉高祖派樊哙以相国的身份出兵讨伐。军队出发之后，有人说樊哙的坏话。高祖听后非常生气地说：“樊哙见我病重，希望我早点死！”于是就用陈平的计策，召绛侯周勃在床前接受诏命：“你和陈平即刻乘驿车到军中，杀了樊哙，然后由你代替樊哙的职位。”二人受命而行，私下商量说：“樊哙是皇上的老朋友，立功又多，而且是吕后妹妹吕媭的丈夫，他们的关系十分亲密。皇上这是一时愤怒想要杀他，恐怕以后会后悔，还是把他捉来交给皇上，让皇上自己去杀吧。”二人刚到军中，就先筑坛，然后再以圣旨召樊哙。樊哙受命而来，陈平就用囚车将他送到长安，而令周勃代理军事，率兵平定燕王。陈平在路上听说高祖崩逝，怕吕后及吕媭生气报复自己，就派人紧急到宫中报告樊哙的事情。其后遇到使者传下诏令，命陈平与灌婴一起屯兵荥阳。陈平接到命令没有去荥阳，而是立刻赶回宫中，哭得很悲伤，并把事情经过在高祖灵前报告给吕后。吕后只说：“你辛苦了，

陈平宰肉均平

西汉王朝的开国功臣。少时喜读书，有大志，曾为乡里分肉，甚均，父老赞之，他感慨曰：“使平得宰天下，亦如此肉矣！”

出宫去休息吧。”陈平坚持请求留在宫中，因此得以住在禁卫军中。太后派他担任郎中令，并命令他辅佐新登基的惠帝。此后吕媭对他的谗言，都没能发生效果。

【冯述评】同样是遭到谗言的祸患，考虑到应在近处以杜绝他人的阴谋，这是陈平的做法；认为应躲到远处以平息他人的猜忌，这是刘琦的做法。该近而远，该远而近，这些都会加速祸害的降临。

刘表喜爱小儿子刘琮，长子刘琦怕有祸临身，便找诸葛亮问计，诸葛亮却一直没有回答他。有一天，两人一起登楼。上楼之后，刘琦让人把梯子拿掉，对诸葛亮说：“现在从您口中说出的话，只会进入我的耳朵，绝对不会有第三者听到，您还不能教我吗？”诸葛亮说：“你没听说过同为晋献公的儿子，申生留在国内有危险，重耳逃到国外反而安全了吗？”刘琦恍然大悟，遂自请外放镇守江夏。

于谦

[原文]

永乐间，降虏多安置河间、东昌等处，生养蕃息，骄悍不驯。方也先入寇时，皆将乘机骚动，几至变乱。至是发兵征湖、贵及广东、西诸处寇盗。于肃愍（mǐn）①奏遣其有名号②者，厚与赏犒，随军征进。事平，遂奏留于彼。于是数十年积患，一旦潜消。

【冯述评】**用郭钦徙戎之策而使戎不知，真大作用。**

[注释]

①于肃愍：于谦，明景帝时为兵部尚书，加少保，总督军务。明英宗复辟后为人构陷杀害。后追赠太傅，谥肃愍，后改谥忠肃。②有名号者：指大小首领。

[译文]

明成祖永乐年间，投降的胡虏多被安置在河间、东昌等地，胡虏生养繁衍，势力渐渐变大，难免傲慢不驯。在也先入寇时，他们都想乘机作乱，几乎变成大祸。后来朝廷要出兵征讨湖南、贵州及广东、广西等地的强盗土匪，于是于谦建议就派那些大小首领随军作战，多给他们一点物资犒赏。盗匪被平定后，于谦又上奏将他们留在了当地。数十年来所累积的祸患，因此能够一旦解除。

【冯述评】于谦用晋朝郭钦迁徙戎狄的计策却能够使戎狄毫无所知，这真是高明得很啊。

刘大夏 张居正

[原文]

庄浪土帅[1]鲁麟为甘肃副将，求大将[2]不得，恃其部落强，径归庄浪，以子幼请告。有欲予之大将印者，有欲召还京，予之散地者。刘尚书大夏独曰：“彼虐，不善用其众，无能为也。然未有罪。今予之印，非法；召之不至，损威。”乃为疏，奖其先世之忠[3]，而听其就闲。麟卒怏怏病死。

黔国公沐朝弼，犯法当逮。朝议皆难之，谓朝弼纲纪之卒且万人，不易逮，逮恐激诸夷变。居正[4]擢(zhuó)用其子，而驰单使缚之，卒不敢动；既至，请贷其死，而锢之南京，人以为快。

【冯述评】**奖其先则内愧，而怨望之词塞；擢其子则心安，而巢穴之虑重。所以罢之锢之，唯吾所制。**

[注释]

①土帅：由当地土司担任的军职。鲁麟是庄浪卫世袭指挥。②大将：即总兵。③先世之功：鲁麟的父亲曾领兵平叛，官至甘肃总兵。④居正：张居正，明万历间首辅，大政治家。

[译文]

明朝时，庄浪卫的土帅鲁麟是甘肃的副将，他想当大将却无法办到。于是就仗着自己的部落强大，没有得到准许就自行回庄浪去了，然后以儿子幼小为借口请辞官职。朝中的官员，有主张封他为大将的，也有主张召他回京城封赏他土地的。只有尚书刘大夏说：“鲁麟性情残暴，不善于使用其部卒，不足为患。何况他并没有犯罪。现在

沐英三战下云南

给他大将符印不合法度；而召他不来又会有损朝廷的威严。”于是刘大夏上疏，褒奖鲁麟祖先的忠贞，而听任其闲居在家。鲁麟终于因为没有达到目的，郁郁不乐而死去。

明朝黔国公沐朝弼犯法，按律应当逮捕入狱。但朝廷中的官吏都顾虑沐朝弼所辖的一万多士兵，势力凶猛，如果逮捕他，恐怕引起兵变。于是张居正先起用沐朝弼的儿子（作为人质），然后派单车使者前去逮捕他，士卒都不敢动。捉到沐朝弼后，张居正奏请天子宽赦他的死罪并将他禁锢在南京，人人都觉得很痛快。

【冯述评】褒奖鲁麟的祖先，这样就使他内心愧疚而无从发出抱怨的言辞；提拔沐朝弼的儿子，使他心安而内部出现猜疑之心。因而不论是罢黜，还是禁锢，全都在我的掌握之中。

贾耽

[原文]

贾耽为山南东道节度使，使行军司马①樊泽奏事行在②。泽既反命，方大宴，有急牒③至，以泽代耽。耽内牒怀中，颜色不改，宴罢，即命将吏谒泽，牙将张献甫怒曰：“行军自图节钺，事人不忠，请杀之！”耽曰：“天子所命，即为节度使矣。”即日离镇，以献甫自随，军府遂安。

[注释]

①行军司马：相当于节度使的副帅。②行在：皇帝行宫。③牒：公文。

[译文]

唐朝时贾耽任山南东道节度使，派行军司马樊泽去向皇帝禀奏公事。樊泽回来复命时，贾府正在举行宴会，当时适巧有紧急公文送到，公文中命令以樊泽代替贾耽的职务。贾耽将公文放入怀中，脸色没有丝毫改变。宴会完毕后，就命令堂中的官吏都去拜见樊泽，副将张献甫生气地说：“这一定是行军司马自己假造的文书，事人不忠，请杀了他！”贾耽说：“这是天子任命的，他已经是节度使了。”贾耽当天就离开任所，由张献甫随侍，军府因而安定无事。

令狐绹 李德裕

[原文]

宣宗衔甘露[1]之事，尝授旨于宰相令狐公，公欲尽诛之，而虑其冤，乃密奏榜子云："但有罪莫舍，有阙莫填，自然无类矣。"

先是诸镇宦者监军，各以意见指挥军事，将帅不得专进退。又监使悉选军中骁勇数百为牙队[2]，其在阵战斗者皆怯弱之士。所以比年将帅出征屡败。李赞皇[3]乃与枢密使杨钧义、刘行深议，约敕监军不得预军政，每兵千人听取十人自卫，有功随例沾赏，自此将帅得展谋略，所向有功。

【冯述评】今京卫军虚籍糜饩(xì)[4]，无一可用。骤裁之，又恐激变。若依此法，不数十年，可以清伍。省其费以别募，又可化无用为有用。

[注释]

①甘露：即甘露之变，唐文宗时，文宗和宰相李训谎称天降甘露，文宗让宦官前去查看，借机谋诛宦官，反而被宦官发觉。宦官调动军队，大肆杀戮朝臣。②牙队：贴身卫队。③李赞皇：李德裕，袭赞皇县子爵。④虚籍糜饩：虚列军籍，浪费军饷。

[译文]

唐宣宗仍念念不忘甘露之变的惨祸，曾经颁旨给宰相令狐绹命令他追查其事。令狐绹打算将所有参与其事的人全部杀掉，又怕有人是被冤枉的，就私下报告宣宗说："只

李德裕

李德裕，字文饶，真定赞皇（在今河北赞皇）人，幼时壮志，苦心力学，尤精《汉书》《左氏春秋》。著有《会昌一品集》《左岸书城》《次柳氏旧闻》等。

要有罪就予以惩处，遇有职位空缺时，也不要找人补位，这样自然就没有伙同的人了。”

原先，各镇军务都由宦官监督，他们以自己的意见随意指挥军事，将帅无权决定进退。此外，宦官选用军中骁勇善战的士兵数百名担任自己个人的护卫部队，真正留在战场上打仗的，反倒是一些怯弱无能的士卒，所以往年将帅出征常常战败。李德裕因此和枢密使杨钧义、刘行深商议，命令监军不能干预军事行动，在每千名士兵中，只能挑选十名亲卫，有功依例赏赐。从此将帅才能施展军事谋略，所到之处常有战功。

【冯述评】现在我朝京师的禁卫军有很多空有军籍，白领官粮，却没有一个是真正有用处的。如果突然将他们裁掉的话，又怕引起士兵哗变。如果用令狐绹这种方法，用不了十年，就可以清理军伍，还能省下很多经费。用这些省下的经费来重新招募新军，又可以化无用为有用。

吕夷简

[原文]

西鄙用兵，大将刘平战死。议者以朝廷委宦者监军，主帅节制有不得专者，故平失利。诏诛监军黄德和，或请罢诸帅监军。仁宗以问吕夷简，夷简对曰：“不必罢。但择谨厚者为之。”仁宗委夷简择之。对曰：“臣待罪宰相，不当与中贵私交，何由知其贤否？愿诏都知、押班[1]，但举有不称者，与同罪。”仁宗从之。翼日，都知叩头乞罢诸监军宦官。士大夫嘉夷简有谋。

李迪与夷简同相，迪尝有所规画，吕觉其胜，或告曰：“李子柬[2]之虑事，过于其父。”夷简因语迪曰：“公子柬之才可大用。”即奏除两浙提刑，迪父子皆喜。迪既失柬，事多遗忘，因免去。方知为吕所卖。

【冯述评】杀一监军，他监军故在也；自我罢之，异日有失事，彼借为口实，不若使自请罢之为便。文穆[3]称其有宰相才，良然。惜其有才而无度，如忌富弼(bì)，忌李

迪，皆中之以小人之智，方之古大臣，邈矣！

[注释]

①都知、押班：俱为宋代宦官官职。②李子柬：李迪之子李柬，仁宗时官至龙图阁直学士。③文穆：吕蒙正，谥文穆，吕夷简之叔。

[译文]

西方边境与西夏发生战争，大将刘平战死在疆场上。议论此事的人认为朝廷委派宦官监督军务，使主帅没有实权指挥军队，这才导致刘平失利。希望宋仁宗下诏杀监军黄德和以示军中，还有的提议罢除将帅的监军。仁宗问吕夷简有何意见，吕夷简回答说："不必罢除。只要选忠厚谨慎的人去担任监军就可以了。"仁宗让吕夷简去选做监军的宦官，吕夷简说："微臣以宰相外臣的身份，不应该与宦官交往，怎么知道他们贤明与否呢？希望让都知、押班举荐。但所举荐的人如果不称职，举荐的人则同罪。"仁宗依计而行。第二日，都知、押班都来叩头请求取消监军宦官。士大夫于是纷纷赞许吕夷简有谋略。

李迪与吕夷简曾同时担任宰相，李迪曾经规划事情，而吕夷简觉得自己比不上他。有人说："李迪的儿子李柬考虑事情的智慧更胜过他的父亲。"吕夷简就告诉李迪说："令郎的才智可以好好使用。"并禀奏天子任命李柬为两浙提刑官，李迪父子都很高兴。李柬赴任以后，不能再凡事提醒李迪。李迪因为年老健忘，而被免除了宰相之职，他此时才明白这正是吕夷简的阴谋。

【冯述评】杀掉一个监军，还会有其他的监军存在，由我罢除，将来一旦有过失，他们就会拿我来当借口，还不如让他们自己主动请求罢除，这样对公对私都有好处。吕蒙正称吕夷简有宰相之才，实在没错。可惜他有才干而无度量，例如他忌妒富弼、李迪，都用小人的才智陷害他们，比起古代名臣的风范气度，还是相差得太远了。

明智部第二

明智部总序

[原文]

冯子曰：自有宇宙以来，只争“明”“暗”二字而已。混沌暗而开辟明，乱世暗而治朝明，小人暗而君子明；水不明则腐，镜不明则锢，人不明则堕于云雾。今夫烛腹①极照，不过半砖，朱曦（xī）②霄驾，洞彻八海；又况夫以夜为昼，盲人瞎马，侥幸深溪之不霣（yǔn）也，得乎？故夫暗者之未然，皆明者之已事；暗者之梦景，皆明者之醒心；暗者之歧途，皆明者之定局。由是可以知人之所不能知，而断人之所不能断，害以之避，利以之集，名以之成，事以之立。明之不可已也如是，而其目为“知微”，为“亿中”，为“剖疑”，为“经务”。吁！明至于能经务也，斯无恶于智矣！

[注释]

①烛腹：指萤火虫。②朱曦：指太阳。

[译文]

冯梦龙说：自从有了宇宙以来，就有了“明”和“暗”的对比与争斗。混沌时期“暗”而开天辟地时“明”，乱世“暗”而治世“明”，小人“暗”而君子“明”；流水不明就会腐烂肮脏，镜子不明则无法照影鉴衣，人如果不明则会陷入混乱愚昧之中。萤火虫的光再大，其光不过半块砖头大小，太阳在高空运行，其光辉照彻天下各处。何况把夜间当成白天，就像盲人骑着瞎马一样，怎么可能不坠入粉身碎骨的深渊之中呢？所以，对于“暗”者不明白的事，都是“明”者了然于胸的事；对于“暗”者变化莫测的事，都是“明”者很确定的事；对于“暗”者不知如何选择的事，都是“明”者很容易解决的问题。因此能洞见一般人所无法洞见的，能决断一般人所难以决断的，躲开可能的灾祸，获取可能的利益，甚至建立不世之功勋，成就万古的声名，这就是真正的智者之“明”。本部分为四卷，分别为“知微”“亿中”“剖疑”“经务”。唉，能把智慧之明用于天下国家的大事上，这便是智慧最高的善用了。

知微卷五

[原文]

圣无死地，贤无败局；缝祸于渺①，迎祥于独；彼昏是违，伏机②自触。集“知微”。

[注释]

①渺：小。②伏机：埋伏的机关。

[译文]

圣人行事，绝不会自陷死地；贤者所为，从不曾遭逢败局。这是因为他们能从细微的小事中预知祸害的来临，因此总能够未雨绸缪，得到圆满的结果。集此为“知微”卷。

箕子

箕子

箕子，名胥余，因封国于箕（在今山西太谷县东北），爵为子，故称箕子。箕子性格耿直，有才能，在纣朝内任太师辅朝政。

[原文]

纣初立，始为象箸。箕子叹曰：“彼为象箸，必不盛以土簋（guǐ）①，将作犀玉之杯。玉杯象箸，必不羹藜藿（lí huò）②，衣短褐，而舍于茅茨之下，则锦衣九重，高台广室。称此以求，天下不足矣！远方珍怪之物，舆马宫室之渐，自此而始，故吾畏其卒也！”未几，造鹿台，为琼室玉门，狗马奇物充其中，酒池肉林，宫中九市，而百姓皆叛。

[注释]

①土簋：陶土做的食器。②藜藿：野菜，喻粗劣的食物。

[译文]

商纣王一即位，就开始命人制造象牙筷子。箕子叹息道："他既然用象牙筷子吃饭，就一定不会再用陶碗盛装食物，将来也许还会做犀角美玉的杯子来饮美酒。有了美玉杯、象牙筷，就一定不会再吃粗陋的食物、穿粗糙的衣服了，也不会再住在简陋的宫室里，于是便会锦衣玉食，楼阁亭台。按照这个标准来做，整个天下也无法令他满足。对远方珍奇的物品与车马宫室的需求，也就从此开始了。我担心他的结果会很惨。"不久，纣王果然建筑鹿台，用美玉建宫室及门户，狗马及奇珍异宝充满其中，又造了酒池肉林，奢华腐朽没有限度，在宫中设立九个市集，而从此百姓都背叛了他。

周公 姜太公

[原文]

太公封于齐，五月而报政。周公曰："何疾也？"曰："吾简其君臣，礼从其俗。"伯禽至鲁，三年而报政。周公曰："何迟也？"曰："变其俗，革其礼，丧三年而后除之。"周公曰："后世其北面事齐乎？夫政不简不易，民不能近；平易近民，民必归[1]之。"

周公问太公何以治齐，曰："尊贤而尚功。"周公曰："后世必有篡弑之臣。"太公问周公何以治鲁，曰："尊贤而尚亲。"太公曰："后寝弱矣。"

【冯述评】**二公能断齐、鲁之敝于数百年之后，而不能预为之维[2]；非不欲维也，治道可为者止此耳。虽帝王之法，固未有久而不敝者也；敝而更之，亦俟乎后之人而已。故孔子有"变齐、变鲁"之说。陆葵日曰："使夫子之志行，则姬、吕之言不验。"夫使孔子果行其志，亦不过变今之齐、鲁，为昔之齐、鲁，未必有加于二公也。二公之子孙，苟能日儆惧于二公之言，又岂俟孔子**

出而始议变乎？

［注释］

①归：归心。②维：防范。

［译文］

姜太公被周王封于齐地，刚过了五个月就来报告说政事已安定下来了。周公说："怎么这么快呀？"太公说："我简化了君臣之间的礼仪，礼节都随当地风俗没有加以改变。"周公的儿子伯禽受封于鲁，他到鲁地三年后才回来报告政事的情况。周公说："你为什么这么迟呀？"伯禽说："我改变当地的风俗，变革他们的礼节，丧礼三年后才能解除丧服。"周公说："如此看来，后代鲁国必将臣服于齐国啊。处理政事不能简易，对下不能平易近人，人民就不会亲近君主；只有平易近人而礼法简约的执政者，人民才会归顺他。"

周公问太公："你如何治理齐国呢？"太公说："尊敬贤者而崇尚功业。"周公说："齐国日后一定会出现篡位弑君的臣子。"太公反问周公道："你如何治理鲁国？"周公说："尊敬贤者而重视亲族。"太公说："鲁国以后一定日渐衰弱。"

【冯述评】周公、太公能推断出数百年后齐国与鲁国的弊端，而不能预加防护，并不是他们不想防护，而是为政所能做的，也只有如此而已。即使是古代圣明君主的治理办法，也从来没有长时间而不出现弊端的。有了弊端要改正它，就只有等待后来人了。所以孔子有"改变齐国，改变鲁国"的说法。陆葵日说："假使孔夫子的志愿实现了，那么周公、太公的话就无法被现实所验证了。"但就算孔子的志向果真实现，也不过是改变当时的齐、鲁成为以前的齐、鲁，而未必就能超过周公和太公。周公、太公的子孙，如果时时刻刻都能警戒二公的预言，又哪里需要等到孔子出现后才议论变革的事呢？

管仲

［原文］

管仲有疾，桓公往问之，曰："仲父病矣，将何以教寡人？"管仲对曰："愿君之远易牙、竖刁、常之巫、卫公子启方。"公曰："易牙烹其子以慊(qiè)①寡人，犹尚可疑耶？"对曰："人之情非不爱其子也。其子之忍，又何有于君？"公又曰："竖刁自宫以近寡人，犹尚可疑耶？"对曰："人之情非不爱其身也，其身之忍，又何有于君。"公又曰："常之巫审于死生，能去苛病，犹尚

可疑耶？”对曰：“死生，命也；苛病，天也。君不任其命，守其本，而恃常之巫，彼将以此无不为也。”公又曰：“卫公子启方事寡人十五年矣，其父死而不敢归哭，犹尚可疑耶？”对曰：“人之情非不爱其父也，其父之忍，又何有于君。”公曰：“诺。”管仲死，尽逐之。食不甘，宫不治，苛病起，朝不肃，居三年，公曰：“仲父不亦过乎？”于是皆复召而反。明年，公有病，常之巫从中出曰：“公将以某日薨(hōng)。”易牙、竖刁、常之巫相与作乱。塞宫门，筑高墙，不通人，公求饮不得，卫公子启方以书社四十[2]下卫。公闻乱，慨然叹，涕出，曰：“嗟乎！圣人所见岂不远哉？”

【冯述评】昔吴起杀妻求将，鲁人谮(zèn)之；乐羊伐中山，对使者食其子，文侯赏其功而疑其心。夫能为不近人情之事者，其中正不可测也。

天顺中，都指挥马良有宠。良妻亡，上每慰问。适数日不出，上问及，左右以新娶对。上怫(fú)然[3]曰：“此厮夫妇之道尚薄，而能事我耶？”杖而疏之。

宣德中，金吾卫指挥傅广自宫，请效用内廷。上曰：“此人已三品，更欲何为？自残希进，下法司问罪。”

嘻！此亦圣人之远见也。

周公

周武王灭商后，封周公旦长子伯禽于鲁，所以周公旦也被视为鲁国的开国之君。

[注释]

①慊：满足。②社四十：一社为二十五家，社四十就是一千户。公子启方带其千户降于卫国。③怫然：大怒的样子。

[译文]

春秋时，齐相管仲病得很严重，齐桓公去看望他，问道："仲父之病如有不测，关于治国之事还有什么要教导寡人的吗？"管仲回答说："希望您能疏远易牙、竖刁、常之巫、卫公子启方这四人。"桓公说："易牙把自己的儿子煮了给寡人吃，只为了寡人能够吃到人肉的美味，对他的忠心难道还有什么可怀疑的吗？"管仲说："人没有不爱自己的儿子的，这才是人之常情，能狠下心杀自己的儿子，对国君又有什么狠不下心的呢？"桓公又问："竖刁宁愿阉割自己，以求能亲近寡人，还有什么可疑的吗？"管仲说："人没有不爱惜自己的身体的，这也是人之常情，能狠下心残害自己的身体，对国君又有什么狠不下心的呢？"桓公又问："常之巫能占卜生死，为寡人除病去疾，还有什么可疑的吗？"管仲说："生死由命，疾病是自然规律。大王不笃信天命，固守本分，而依赖常之巫，他必定将借此胡作非为。"桓公又问："卫公子启方侍候寡人十五年了，父亲去世都不敢回去奔丧，这还有什么可疑的吗？"管仲说："人没有不爱自己的父亲的，这也是人之常情，能狠下心不奔父丧，对国君又有什么狠不下心的呢？"桓公最后说："好，我都答应你。"管仲去世后，桓公就把这四个人全部赶走。从此桓公食不甘味，宫室不整，旧病又发作，上朝也毫无威严，国家纲纪也松散了。这样过了三年，桓公说："仲父的看法会不会错了？"于是又把这四个人召回宫来。第二年，桓公生了病，常之巫出宫对人说："桓公将于某月某日去世。"从此易牙、竖刁、常之巫相互勾结，一起作乱。他们关闭了宫门，筑起了高墙，不准任何人进出，桓公连要求饮水食物都没人给他。卫公子启方则带着一千户百姓归降了卫国。桓公听说四人作乱，感慨地流着泪说："唉！圣人的见识，真的是很远大啊！"

管仲

管仲是春秋时期著名的政治家，辅佐齐桓公，以"尊王攘夷"为号召，扩大齐国的势力，使齐国在春秋时期首先称霸。

【冯述评】吴起的妻子是齐国人，吴起为了取得鲁国将领的地位，去攻击齐国，便杀死了妻子以向鲁国表明自己的心迹，可是鲁国人却因此说他的坏话。战国魏文侯的将领乐羊讨伐中山国，中山国君把乐羊的儿子烹煮为汤，送来给乐羊，乐羊当着使者的面喝了一碗，表示出不在乎的样子。魏文侯虽然奖赏他的功劳，却怀疑他的居心。能做出不近人情之事的人，其心也不可测。

明英宗天顺年间，都指挥马良非常宠爱妻子。其妻子去世后，英宗常常安慰他。可后来马良有几天没有出来，英宗问是怎么回事，身边的人说他刚刚娶了新娘子。英宗很生气地说："这家伙连夫妻的感情都看得这么淡薄，还能忠心伺候我吗？"于是打了他板子，并开始疏远他。

明宣宗宣德年间，金吾卫指挥傅广阉割自己请求到宫中效命。宣宗说："此人官位已到三品，他还想要做什么呢？居然自甘卑贱以求权势，交付法司问罪。"

唉！这也是圣人的远见卓识之处。

诸葛亮

[原文]

有客至昭烈[①]所，谈论甚惬。诸葛忽入，客遂起如厕。备对亮姱（kuā）客，亮曰："观客色动而神惧，视低而盼数[②]，奸形外漏，邪心内藏，必曹氏刺客也。"急追之，已越墙遁矣。

[注释]

①昭烈：刘备死后谥昭烈。②盼数：多次看人脸色。

[译文]

三国时，有一位客人到刘备的住所，二人谈论得非常愉快。此时诸葛亮忽然进来，客人立刻起身上厕所。刘备对诸葛亮夸奖这位客人，诸葛亮说："我发现他脸色骤变，且神情之中又有些惶惧，视线低垂且左顾右盼，外表显露奸诈，内心隐藏邪恶，这一定是曹操派来的刺客。"刘备急忙派人查看，那人早已经翻墙逃走了。

王禹偁

[原文]

丁谓诗有"天门九重开，终当掉臂入"，王禹偁读之，曰："入公门，鞠躬如也[①]。天门岂可掉臂入乎？此人必不忠。"后如其言。

[注释]

①入公门，鞠躬如也：语出《论语》。

[译文]

宋朝人丁谓未发达时曾写有“天门九重开，终当掉臂入”（君王之门虽然难进，最后我一定能挥着手进去）的诗句。王禹偁读了，说：“进入君王之门必须敛神鞠躬，恭恭敬敬，天子之门怎么可以挥着手进去呢？此人一定不忠。”后来果如其言。

潘浚

[原文]

武陵郡樊胄尝诱诸夷作乱，州督请以万人讨之，权召问潘浚[①]。浚曰：“易与耳，五千人足矣。”权曰：“卿何轻之甚也？”浚曰：“胄虽弄唇吻而无实才。昔尝为州人设馔，比至日中，食不可得，而十余自起，此亦侏儒观一节之验也。”权大笑，即遣浚，果以五千人斩胄。

[注释]

①潘浚：武陵人，初仕刘表，后归孙权，拜辅军中郎将，平樊胄后官至太常。

[译文]

三国时，武陵郡属于吴国。武陵郡的樊胄曾诱使当地土著作乱，州中的都督请求孙权派一万人前去讨伐，孙权问潘浚怎么办。潘浚回答说：“这件事很容易，只要给我五千人就足够了。”孙权说：“你怎么如此轻视他呢？”潘浚说：“樊胄虽然善于卖弄口才，却无真才实学。他从前曾经请州人吃饭，一直到正午时分都还没上菜，当时就有十几个人自行离开，就像看侏儒只要看他的一段身躯就可以知道他整个人的身高一样。”孙权听后大笑，就派潘浚领兵前去，果然用五千人就杀了樊胄，平定了叛乱。

第五伦 魏相

[原文]

诸马[①]既得罪，窦氏益贵盛，皇后兄宪、弟笃喜交通宾客。第五伦[②]上疏曰：“宪椒房之亲[③]，典司禁兵，

出入省闼(tà)，骄佚所自生也。议者以贵戚废锢，当复以贵戚浣濯之，犹解酲(chéng)当以酒也，愿陛下防其未萌，令宪永保福禄。”宪果以骄纵败。

魏相因平恩侯许伯奏封事，言：“《春秋》讥世卿，恶宋三世为大夫，及鲁季孙之专权，皆危乱国家。自后元以来，禄去王室，政由冢宰。今霍光死，子复为大将军，兄子秉枢机，昆弟、诸婿据权势、任兵官，光夫人显及诸女皆通籍长信宫[4]，或夜诏门出入，骄奢放纵，恐寖不制，宜有以损夺其权，破散阴谋，固万世之基，全功臣之世。”

又故事，诸上书者皆为二封，署其一曰“副封”。领尚书者先发副封，所言不善，屏去不奏。

魏相复因许伯白去副封，以防壅蔽。宣帝善之，诏相给事中，皆从其议。霍氏杀许后之谋始得上闻。乃罢其三侯，令就第，亲属皆出补吏。

【冯述评】永元初，何敞上封事，亦言及此。但在夺沁水公主田园及杀都乡侯畅之后，跋扈已著，未若伦疏之先见也。

茂陵徐福“曲突徙薪”之谋，魏相已用之早矣。

《隽不疑传》云：大将军光欲以女妻之，不疑固辞，不肯当，久之病免。《刘德传》云：大将军欲以女妻之，德不敢取，畏盛满也。后免为庶人，屏居田间。霍光皆欲以女归二公而二公不受，当炙手炎炎之际，乃能避远权势，甘心摈弃，非有高识，孰能及此？观范明友[5]之祸，益信二公之见为不可及。

［注释］

①诸马：东汉明帝马皇后为伏波将军马援之女，兄弟多为列侯，故称“诸马”。②第五伦：复姓第五，名伦，汉章帝时擢司空，奉公尽节。③椒房之亲：指外戚。④长信宫：皇后之官，时皇后为霍光之女。⑤范明友：霍光之婿，封侯，后自杀。

［译文］

东汉章帝时，外戚马氏兄弟被判罪之后，窦氏一家便更为显贵，权倾一时。皇后的哥哥窦宪、弟弟窦笃都喜欢广交宾客。第五伦上书给皇帝说："窦宪身为皇后亲戚，负责掌管皇宫卫队，又经常进出朝廷和官署，这样下去，骄横放纵就要产生了。皇亲做官和参政本来就应限制，更不应赐给他们高官使之炫耀，这就好比用酒来解醉，望陛下防患于未然，同时这也是确保窦宪等的富贵。”后来窦宪果真因骄横跋扈、图谋杀害和帝而身败名裂。

西汉时，魏相曾用平恩侯许伯之名上奏汉宣帝说："《春秋》一书记载人们讥讽世袭的卿相，厌恶宋国连任三代的特权以及鲁季孙的专制，是因为这些都对国家有危害。后元以来，任命官员的权力不在皇帝的手中，一切国家大事都由执政的大将军决定。如今霍光一死，他儿子又做了大将军，侄子也掌管军事机要，女婿们一个个都有权势，霍光的夫人依然显赫，而他的女儿们的名字更是上了长信宫的簿籍。夜间常因皇帝召见，而出入皇宫之中。霍家的骄奢放纵毫无节制，现在应适当剥夺他们的权力，揭穿他们的阴谋，从而巩固汉家万世的基业，保全功臣的后世。”

又有一个旧例：原先规定凡上书给皇帝的人都要写两封信，一封署名叫“副封”，负责的官员打开副封，如果抨击时弊，言辞犀利就淘汰不送。

于是魏相又借许伯之名进谏，建议去掉副封的规定，以防皇帝被蒙蔽无法了解民情。汉宣帝认为很好，就让宰相和给事中等官员都服从这个提议。因此霍氏杀许后的阴谋才能使皇上得知。后来也因此罢免了霍氏三侯的职位。

【冯述评】东汉和帝永元初年，何敞也给皇帝上奏书，说到此事，但这已是在窦宪抢夺沁水公主的田园并杀掉侯畅后，那时窦宪的飞扬跋扈已显示出来，所以说何敞不如第五伦更具先见之明。

茂陵人徐福预防灾祸、防患未然的谋略，魏相早已使用了。

《隽不疑传》说，大将军霍光欲把女儿嫁给他，隽不疑坚决推辞不肯接受，不久就因病免官了。《刘德传》也说，大将军霍光想把女儿嫁给他，刘德不敢接受，怕过分显贵。后来免官，成为平民，住在乡间。霍光想把女儿嫁给这两人，他们都不接受。在对方地位显贵之时，还能避免接近权势，甘心放弃富贵荣华，不是有高远的见识，谁能做得到呢？看到范朋友的灾祸，更加坚信他们二人的远见是一般人所达不到的。

马援

[原文]

建武[1]中，诸王皆在京师，竞修名誉，招游士。马援[2]谓吕种[3]曰："国家诸子并壮，而旧防未立，若多通宾客，则大狱起矣。卿曹戒慎之。"后果有告诸王宾客生乱，帝诏捕宾客，更相牵引，死者以数千。种亦与祸，叹曰："马将军神人也。"

援又尝谓梁松、窦固[4]曰："凡人为贵，当可使贱，如卿等当不可复贱，居高坚自持，勉思鄙言。"松后果以贵满致灾，固亦几不免。

[注释]

①建武：东汉光武帝的年号。②马援：东汉名将，曾被封为伏波将军，世称"马伏波"。③吕种：时为马援之司马。④梁松、窦固：二人皆是光武帝女婿。

[译文]

东汉光武帝建武年间，各诸侯国王在京师中竞相树立起自己的名声，招纳游客贤士。马援将军对吕种说："国家诸侯王的势力都很强大，而国家旧有的规章制度还没有重新树立起来，假如四处宾客都在此汇集，那么大祸就要降临了，我们要多加戒备。"后来果然有人上告诸侯王的宾客生乱，皇帝下令逮捕了他们，互相牵连死亡的不下数千人。吕种也受到牵连，他感叹说："马援将军真是神人啊！"

马援又曾对梁松、窦固说："凡人既然可以显贵，也应当可以处于卑贱的地位。你们却无法再忍受卑贱的日子，希望自己能高居不下。请好好想一想我的话吧！"梁松后来果然因显贵而招来祸害，窦固也几乎不保。

申屠蟠

[原文]

申屠蟠生于汉末。时游士汝南范滂等非讦(jié)[1]朝政，自公卿以下皆折节下之。太学生争慕其风，以为文学将兴、处士复用。蟠独叹曰："昔战国之世，处士横议，

列国之王至为拥彗先驱，卒有坑儒烧书之祸，今之谓矣。”乃绝迹于梁、砀(dàng)山之间，因树为屋，自同佣人。居二年，滂等果罹(lí)党锢，或死或刑，唯蟠超然免于疑论。

【冯述评】物贵极征贱，贱极征贵，凡事皆然。至于极重而不可复加，则其势必反趋于轻。居局内者常留不尽可加之地，则伸缩在我，此持世之善术也。

[注释]

①非讦：议论批评。

[译文]

申屠蟠生于汉代末年。这一时期汝南游士范滂等人议论朝廷政治昏庸，随之，公卿以下的官员，都降低身价礼遇他们。太学里的学生争相仿效议政的时风，认为文学将兴起，文人将被启用。申屠蟠偏偏叹息道：“从前战国时代，文人在一起议政，成为各国国王争相扫除的异己，最终有了焚书坑儒的大祸，今天看来又要有大祸了。”于是申屠蟠隐姓埋名，躲到梁山、砀山之间，用树木盖屋子，一切都自己动手。过了两年，范滂等人果然因网罗私党或被处死，或遭刑罚，只有申屠蟠免于灾祸。

【冯述评】东西昂贵到极点，就意味着要降价，便宜到极点，就意味着要涨价，凡事都是这个道理。至于沉重到极点不能再增加时，那么其势头一定倾向于变轻。处于事端中的人，遇事一定要留有余地，使自己能够伸缩自如，这才是处世的高明手段。

列子

[原文]

子列子穷，貌有饥色。客有言之于郑子阳者，曰：“列御寇，有道之士也。居君之国而穷，君毋乃不好士乎？”郑子阳令官遗之粟数十秉①。子列子出见使者，再拜而辞。使者去，子列子入。其妻望而拊(fǔ)心曰：“闻为有道者，妻子皆得逸乐。今妻子有饥色矣，君过而遗先生食，先生又弗受也，岂非命哉？”子列子笑而谓之曰："君非自知我也，以人之言而遗我粟也。夫以人言而粟我，至其罪我也，亦且以人言，此吾所以不受也。"其后民果作难，杀子阳。受人之养而不死其难，不义；死其难，则死无道也。死无道，逆也。子列子除不义去逆也，岂不远哉！

【冯述评】魏相公叔痤病且死，谓惠王曰："公孙鞅[2]年少有奇才，愿王举国而听之。即不听，必杀之，勿令出境。"王许诺而去。公叔召鞅谢曰："吾先君而后臣，故先为君谋，后以告子，子必速行矣！"鞅曰："君不能用子之言任臣，又安能用子之言杀臣乎？"卒不去。鞅语正堪与列子语对照。

坑儒焚书

公元前二一三年，秦始皇下令焚烧《秦记》以外的列国史记，对私藏《诗》《书》等也限期交出烧毁，并于第二年，将四百余名儒生挖大坑活埋。秦始皇坑儒焚书，是一场文化浩劫，造成了大量古代典籍的失传。

[注释]

①秉：古代量词，十六斗为一籔，十籔为一秉。②公孙鞅：即商鞅。

[译文]

春秋时，列子家很贫困，常常面有饥饿之色。一位客人对郑子阳说："列御寇是位有道之士，住在您的国中却很穷，君王恐怕有点不爱士人吧？"郑子阳于是命令手下的官吏送给列子许多粮食。列子见到使者后，很有礼貌地谢绝了。使者离开后，列子进屋，他的妻子望着他，手按着心窝说："我听说有道义的人，妻子儿女都能得到安逸快乐，如今妻子老少都在挨饿，君王送你粮食你却不接受，难道我的命就该这样苦吗？"列子笑着回答："他并不是真正了解我，如果因别人的一番话而给我粮食，将来也可听凭别人的谗言定我的罪，所以我不能接受。"后来，百姓果然起来作乱，杀死郑子阳。接受人的赏赐，却不为救他的灾祸而拼死，是不仗义的；但是为这种人的灾祸而拼死，那么死了也不合正道。不合于正道便是叛逆的行为，列子能避开不义行为又能避开叛逆，他的见识不是很远大吗?

【冯述评】魏相公叔痤病危时对梁惠王说:“公孙鞅年轻而且有奇才，希望举国上下都能听他的话。如果您不采纳这意见，就请杀掉他，千万不能让他出境到别国去。”惠王答应了。接着公叔痤召公孙鞅道歉说:“我做事要先君后臣，因此先为君主谋虑，然后再告诉你怎样做。现在你要尽快逃跑。”公孙鞅回答:“国君不因你的推荐任用我，又怎会因你的话杀掉我呢？”公孙鞅终于没有离开。公孙鞅的话正好与列子的话相对照。

唐寅

[原文]

宸濠(chén háo)甚爱唐六如①，尝遣人持百金，至苏聘之。既至，处以别馆，待之甚厚。六如住半年，见其所为不法，知其后必反，遂佯狂以处。宸濠遣人馈物，则倮形箕踞②，以手弄其人道，讥呵使者；使者反命，宸濠曰:“孰谓唐生贤，一狂士耳。”遂放归。不久而告变矣。

[注释]

①唐六如：唐寅，字伯虎，一字子畏，自号六如居士。他的画入神品，善诗文，是明代著名的才子。②箕踞：伸开两脚而坐，是不礼貌的坐姿。

[译文]

明武宗时，宁王朱宸濠很欣赏唐伯虎，曾经派人拿一百两金子到苏州聘他做官。唐伯虎应聘而来后，被安置在别馆中，对其十分优待。唐伯虎在此住了半年，见朱宸濠常做违法的事，推断他以后一定会反叛，于是就佯装疯狂。一次，朱宸濠派

唐寅

唐寅，字伯虎，号桃花庵主，明代画家、文学家，江苏苏州人。他博学多能，吟诗作曲，能书善画，是我国绘画史上杰出的画家。

人送礼物给唐伯虎时，见他赤身裸体蹲在地上，用手玩弄自己的阳具并讥讽斥骂来人。来人只得带着礼物返回复命，朱宸濠知道此事后说："谁说唐伯虎是贤德之士，他只不过是个疯子罢了！"于是放他回家。不久，朱宸濠果然反叛了。

郗超

［原文］

郗(xī)司空在北府①，桓宣武②忌其握兵。郗遣笺诣桓，子嘉宾③出行于道上，闻之，急取笺视，"方欲共奖王室，修复园陵。"乃寸寸毁裂，归更作笺，自陈老病不堪人间，欲乞闲地自养。桓得笺大喜，即转郗公为会稽太守。

【冯述评】**超党于桓，非肖子也，然为父画免祸之策，不可谓非智。后超病将死，缄④一箧(qiè)文书，属其家人："父若哀痛，以此呈之。"父后哭超过哀，乃发箧睹稿，皆与桓谋逆语，怒曰："死晚矣。"遂止。夫身死而犹能以术止父之哀，是亦智也。然人臣之义，则宁为愔(yīn)之愚，勿为超之智。**

［注释］

①北府：郗愔当时驻京口，东晋人称为北府。②桓宣武：即桓温，谥号为宣武。③嘉宾：郗超，郗愔之子，字嘉宾。④缄：封存。

［译文］

东晋郗愔任司空，驻在北府，桓温对他掌握兵权十分忌恨。一次郗愔写了一封便笺托人送给桓温。这时他的儿子郗超听说这件事，急忙追上正在路上的送信人，取出信来，看到上面写着"我要同您共同为王室出力，收复失地，重修陵寝"云云。郗超将信撕掉，回去代父亲重写了一封，自称身患旧病，不能忍受世间的繁杂事务，希望得到一块闲地来颐养天年。桓温看到信后喜出望外，就把郗愔转为会稽太守。

【冯述评】郗超与桓温暗里勾结，看似是不孝之子，却为父亲策划了免遭祸患的计谋，这不能说不机智。后来郗超病重快死时，封存了一箱书信文札，嘱咐家人说："我父亲若悲哀太过，就把这些拿给他看。"郗超死后，他的父亲郗愔哀痛得无法自制，家人就开箱给他看儿子的文书，结果里面全是与桓温谋划叛逆的内容。郗愔看后勃然大怒，骂道："逆子，你死得太晚了！"并立即止住了悲哀。郗超死后还能用办法制止父亲的哀痛，这真是很聪明的呀。但做人臣的义理，宁肯像郗愔那样愚蠢，也不要学郗超这样的聪明。

张 咏

［原文］

张忠定公①视事退后，有一厅子熟睡。公诘之："汝家有甚事？"对曰："母久病，兄为客未归。"访之果然。公翌日差场务一名给之，且曰："吾厅岂有敢睡者耶？此必心极幽懑（mèn）使之然耳，故悯之。"

【冯述评】**体悉人情至此，人谁不愿为之死乎？**

［注释］

①张忠定公：张咏，谥忠定。

［译文］

宋朝时张忠定公办完公务回来，看见一个小差役正在酣睡。忠定公便问他："你家发生什么事了吗？"他回答说："家母病了很久，家兄作客他乡还没有回来。"忠定公派人去察访，发现事实果然如此。第二天，忠定公派一名总管事务的人去协助他，而且说："我的公堂里怎么会有敢睡觉的人呢？这一定是他内心极为忧伤烦闷才会这样，所以我怜悯他。"

【冯述评】能够体谅人到这种地步，谁不愿为其效死呢？

亿中卷六

[原文]

镜物之情，揆①事之本；福始祸先，验不回瞬②；藏钩射覆③，莫予能隐。集“亿中”。

[注释]

①揆：测度。②回瞬：转瞬，形容事物变化快。③藏钩射覆：都是古代藏物的游戏。

[译文]

察明事物的真相，度量事物的根本。如此，在福祸发生以前就能迅速预测它。即使如藏钩射覆这样的事，也都不能蒙骗我。集此为“亿中”卷。

子贡

子贡名端木赐，字子贡，又字子赣，是孔门七十二贤人之一，孔子曾称其为“瑚琏之器”。他利口巧辞，善于雄辩，办事通达。曾任鲁、卫两国之相。他还善于经商之道，曾经经商于曹、鲁两国之间，富致千金。为孔子弟子中首富。

子贡

[原文]

鲁定公十五年正月，邾（zhū）隐公①来朝，子贡观焉。邾子执玉②高，其容仰；公受玉卑，其容俯。子贡曰：“以礼观之，二君皆有死亡焉。夫礼，死生存亡之体也：将左右、周旋、进退、俯仰，于是乎取之；朝、祀、丧、戎，于是乎观之。今正月相朝而皆不度，心已亡矣。嘉事不体，何以能久！高仰，骄也；卑俯，替也。骄近乱，替近疾。君为主，其先亡乎？”五月公薨（hōng）③。孔子曰：“赐不幸言而中，是使赐

多言也！”

［注释］

①邾隐公：邾是鲁的附属小国，故地在今山东邹县，隐公，名益。②执玉：周时诸侯相见，执玉璧或玉圭行礼。③薨：诸侯死谓薨。

［译文］

鲁定公十五年正月，邾隐公来鲁拜见鲁国君主。孔子的弟子子贡在旁观察。邾隐公献玉时手持玉器仰头向上，而鲁定公接玉时则表情谦卑低头向下。子贡说："从这次礼仪来看，两位君王都有灭亡的征兆，礼仪是生死存亡的标志。左右周旋、进退俯仰都需要按着一定的礼仪来进行。朝拜、祭祀、治丧、开战，从这些场合都能够观察礼仪的存在。现在正月朝见，这样的正规场合都达不到礼仪的要求，可见守礼的思想已经消失了。重大的国事尚且不能合乎规则，国家又怎能长久呢？高仰头是骄傲的表现，低着头是衰败的表现，骄傲离作乱不远，衰败则离疾病不远了。鲁君是主人，难道他将要很快死亡吗？”五月，定公去世，孔子忧心忡忡地说："这次不幸被子贡说中了，这恐怕会让他成为一个更轻言多话的人。"

范蠡

［原文］

朱公[1]居陶，生少子。少子壮，而朱公中男杀人，囚楚，朱公曰："杀人而死，职[2]也，然吾闻'千金之子，不死于市'。"乃治千金装，将遣其少子往视之。长男固请行，不听。以公不遣长子而遣少弟，"是吾不肖"，欲自杀。其母强为言，公不得已，遣长子。为书遗故所善庄生，因语长子曰："至，则进千金于庄生所，听其所为，慎无与争事。"长男行，如父言。庄生曰："疾去毋留，即弟出，勿问所以然。"长男阳[3]去，不过庄生而私留楚贵人所。庄生故贫，然以廉直重，楚王以下皆师事之。朱公进金，未有意受也，欲事成后复归之以为信耳。而朱公长男不解其意，以为殊无短长[4]。庄生以间入见楚王，言某星某宿不利楚，独为德可除之。王素信生，即使使封三钱之府，贵人惊告朱公长男曰：“王且赦，每赦，必封三钱之府⑤。”长男以为赦，弟固当出，千金虚弃，乃复见庄生。生惊曰：“若不去耶？”长男曰：“固也，弟今且赦，故辞去。”生知其意，令自入室取金去。庄生羞为孺子所卖，乃入见楚王曰：“王欲以修德禳（ráng）星，乃道路喧传陶之富人朱公子杀人囚楚，其家多持金钱赂王左右，故王赦，非能恤楚国之众也，特以朱公子故。”王大怒，令论杀朱公子，明日下赦令。于是朱公长男竟持弟丧归，其母及邑人尽哀之，朱公独笑曰：“吾固知必杀其弟也，彼非不爱弟，顾少与我俱，见苦为生⑥难，故重弃财⑦。至如少弟者，生而见我富，乘坚策肥，岂知财所从来哉！吾遣少子，独为其能弃财也，而长者不能，卒以杀其弟。——事之理也，无足怪者，吾日夜固以望其丧之来也！”

【冯述评】朱公既有灼见，不宜移⑧于妇言，所以改遣者，惧杀长子故也。“听其所为，勿与争事。”已明明道破，长子自不奉教耳。庄生纵横之才不下朱公，生人杀人，在其鼓掌。然宁负好友，而必欲伸气于孺子，何德宇之不宽也？噫，其所以为纵横之才也与！

［注释］

①朱公：范蠡，春秋时名相，助越王勾践灭吴，弃官隐居于陶，自号陶朱公，累资巨万。②职：规定，常理。③阳：佯，假装。④短长：计策。⑤三钱之府：贮藏黄金、白银、赤铜三种货币的府库。⑥为生：经营。⑦重弃财：看重花钱的事。⑧移：改变。

［译文］

陶朱公范蠡住在陶，生了小儿子。小儿子长大以后，陶朱公的次子杀了人，被囚禁在楚国，陶朱公说：“杀人者死，这是天经地义的。然而我听说‘富家子不应在大庭广众之下被处决’。”于是准备了千两黄金，准备派小儿子前往探视。长子一再请求前往，陶朱公不肯，长子认为父亲不派他而派小弟，分明是认为自己不肖，欲自杀。母亲大力说项，陶朱公不得已，派长子带信去找老朋友庄生，并告诉长子说：“到了以后，就把这一千两黄金送给庄生，随他处置，千万不要和他争执。”长子前往，并遵照父亲说的话去做。庄生说：“你赶快离开，不要停留，即使令弟被放出来，也不要问为什么。”长男假装离去，却瞒过庄生，私下留在楚国一个贵人的家里。庄生很穷，但以廉洁正直被人尊重，楚王以下的人都以师礼来敬事他。陶朱公送的金子，他无意接受，并想在事成后归还以表诚信，而陶朱公的长男不了解庄生，以为他只是个平平常常的普通人罢了。庄生利用机会入宫见楚王，说明某某星宿对楚国不利，只有修德才可以解除，楚王向来信任庄生，便立刻派人封闭三钱之府。楚国贵人很惊奇地告诉陶朱公的长男说：“楚王即将大赦了。因为每次大赦前都会封闭三钱之府。”长男认为遇到大赦，弟弟本来就当出狱，那么一千两黄金就是白花的，于是又去见庄生。庄生惊讶地说：“你没离开吗？”长男说：“是啊。我弟弟很幸运碰上楚王大赦，所以我来告辞。”庄生知道他的意思，便叫他自己进去把黄金拿回去。长男这么做，使庄生感到很不舒服，就入宫见楚王说：“大王想修德除灾，但外头老百姓传言说陶地的富人朱公子杀人，囚禁在楚国，他的家人拿了很多钱来贿赂大王身边的人，所以大王这次大赦，并非真正怜恤楚国的民众，只是为了开释朱公子罢了。”楚王很生气，立即下令杀掉朱公子，第二天才下大赦令。于是陶朱公的长子最后只有带着弟弟的尸体回家，他的母亲及乡人都很哀伤。陶朱公却笑着说：“我本来就知道他一定会害死自己的弟弟。他并非不爱弟弟，只是从小和我在一起，见惯了艰苦的生活，所以特别重视身外之财；至于小弟，生下来就见到我富贵，过惯富裕的生活，哪里知道钱财是如何来的呢。我派小儿子去，只是因为他能丢得开财物，而长子做不到，最后害死他的弟弟，是很正常的，这一点不值得奇怪，我本来就等着他带着丧讯回来。”

【冯述评】陶朱公既然有明确的见解，就不该再听妇人的话而改变主意，之所以改派长子，可能是怕长子自杀的缘故。临行前陶朱公告诉长子要随庄生处理，不要和他争执，已经讲得很清楚了，只是长子自己不听教诲罢了。庄生翻云覆雨的才能，不输于陶朱公，

范蠡

范蠡，字少伯，春秋末期的政治家、军事家和经济学家，楚国宛（在今河南南阳）人。他辅助越王勾践廿余年，终于使勾践灭吴而名扬天下，后离开越国到齐国经商致富，累积巨万，定居于陶，史称“陶朱公”。

让谁生让谁死，完全控制在他的手中。然而他却宁愿背叛好友，也一定要和孩子争这一口气，为何心胸气度这么狭窄呢？唉！难道他认为这样才算得上有翻云覆雨的才能吗？

姚崇

[原文]

魏知古起诸吏，为姚崇所引用，及同升[①]也，崇颇轻之。无何，知古拜吏部尚书，知东道选事。崇二子并分曹洛邑，会知古至，恃其蒙恩，颇顾请托。知古归，悉以闻。上召崇，从容谓曰："卿子才乎？皆何官也？又安在？"崇揣知上意，因奏曰："臣有三子，两人分司东都矣。其为人多欲而寡交，以是必干[②]知古，然臣未及闻之耳。"上始以丞相子重言之，欲微动崇意，若崇私其子，或为之隐；及闻所奏，大喜，且曰："卿安从知之？"崇曰："知古微时，是臣荐以至荣达。臣子愚，谓知古见德，必容其非，故必干之。"上于是明崇不私其子之过，而薄知古之负崇也，欲斥之。崇为之请曰："臣有子无状，挠[③]陛下法，陛下欲特原之，臣为幸大矣。而由臣逐知古，海内臣庶，必以陛下为私子臣矣，非所以裨玄化也。"上久之乃许。翌(yì)日，以知古为工部尚书，罢知政事。

姚崇与张说同为相，而相衔[④]颇深。崇病，戒诸子曰："张丞相与吾不协，然其人素侈，尤好服玩。吾身没后，当来吊，汝具陈吾平生服玩、宝带、重器罗列帐前。张若不顾，汝曹无类矣。若顾此，便录致之，仍以神道碑为请。既获其文，即时录进，先砻石[⑤]以待，至便镌刻进御。张丞相见事常迟于我，数日后必悔，若征碑文，当告以上闻，且引视镌石。”崇没，说果至，目其服玩者三四。崇家悉如崇戒。及文成，叙致该详，时谓“极笔”。数日，果遣使取本，以为辞未周密，欲加删改。姚氏诸子引使者视碑，仍告以奏御。使者复，说大悔恨，抚膺曰：“死姚崇能算生张说，吾今日方知才之不及！”

［注释］

①同升：当时二人同为相。②干：求取。③挠：干扰。④相衔：彼此不和。⑤砻石：磨好石碑。

［译文］

唐朝人魏知古出身低级官吏，受姚崇推荐而得到任用，后来虽然两人职位相当，而姚崇却颇为轻视他。后来魏知古升任吏部尚书，负责东都官员的考察选拔。姚崇的两个儿子都在洛阳，魏知古到洛阳后，两个人仗着父亲对魏知古的恩惠，放肆地要他做这做那。魏知古回朝后，把事情全都禀奏给皇帝。皇帝于是召姚崇来，不动声色地问：“你的儿子才干如何？有没有担任什么官职？现在人在哪里呢？”姚崇揣测到皇帝的心意，因而奏道：“微臣有三子，都在东都任职，欲望多而很少与人交往，所以肯定会去找魏知古求取职位，但我还没听到确实的消息。”皇帝是以“丞相儿子应该重用”之类的话来试探姚崇的心意的。如果姚崇偏私自己的儿子，就一定会想办法帮他儿子掩饰说好话。等听了姚崇的奏言后，皇帝很高兴地问：“你怎么猜到的？”姚崇说：“知古本来出身低贱，是微臣推荐他才有今日的荣显。微臣的儿子无知，认为知古会顾念我对他的恩德，必能应许不情之请，所以一定会去找知古求取职位。”皇帝见姚崇不偏袒自己儿子的过失，反倒不齿魏知古辜负姚崇的行为，想免除魏知古的官职。姚崇为他请求说：“微臣的孩子不肖，扰乱了陛下的法令，陛下能特别宽谅他们，已经是微臣莫大的荣幸了。如果因为微臣而免除知古的官职，全国的官员百姓一定会认为陛下偏袒微臣，这样就妨碍了皇上以德化育天下的美意。”过了好久皇帝才答应了他。第二天魏知古接到诏书，被罢除参知政事，改调为工部尚书。

姚崇与张说同时为相，但彼此不和，互相嫉恨。姚崇病危时，告诫儿子们说：“张丞相与我不和，而他一向奢侈，喜好美服珍玩。我死了以后，他会来吊祭，你们把我平生珍藏的宝物全部陈列出来给他看。如果他看都不看一眼，你们就活不了了；如果他留意再三，你们就把那些宝物全送给他，并请他撰写墓碑碑文，碑文拿到后，立即抄写一份进呈皇上，而且要先磨好碑石等着，等皇上看完立刻就刻字，然后再进呈皇上，张丞相想事情比我慢，几天后一定会后悔，想拿回碑文，你们就告诉他已经报呈给皇上了，再带他去看刻好的石碑。”姚崇死后，张说果然前来吊祭，见了陈列的珍玩有些恋恋不舍，姚家人完全遵照姚崇的告诫行事。碑文完成，其中对姚崇的生平功业叙述得很是详尽，当时的人都认为是一流的佳作。几天后，张说果然派人来要回碑文，说是辞意不够周密，想再润色一下，姚崇的儿子们便带着使者去看石碑，告诉他已经上奏给皇上了，使者回去报告，张说很后悔，抚着胸口说："死姚崇都能算计活张说，我现在才知道智力不如他啊。"

陈同甫

[原文]

辛幼安①流寓江南，而豪侠之气未除。一日，陈同甫来访，近有小桥，同甫引马三跃而马三却。同甫怒，拔剑斩马首，徒步而行。幼安适倚楼而见之，大惊异，即遣人询访，而陈已及门，遂与定交。后十数年，幼安帅淮，同甫尚落落贫甚，乃访幼安于治所，相与谈天下事。幼安酒酣，因言南北利害，云：南之可以并北者如此，北之可以并南者如此。"钱塘非帝王居。断牛头山，天下无援兵；决西湖水，满城皆鱼鳖。"饮罢，宿同甫斋中。同甫夜思：幼安沉重寡言，因酒误发，若醒而悟，必杀我灭口。遂中夜盗其骏马而逃。幼安大惊。后同甫致书，微露其意，为假十万缗以济乏。幼安如数与焉。

[注释]

①辛幼安：辛弃疾，字幼安。

[译文]

宋朝人辛弃疾寄居江南时，仍不改旧时豪侠的气概。有一天陈同甫前来拜访辛弃疾，经过一道小桥，陈同甫策马三次，马却向后退三次，惹得陈同甫非常生气，当下拔剑斩下马头，大步而行。辛弃疾正好在楼上看见这种情形，惊叹于陈同甫的豪气，刚要派人去延请结交，陈同甫却已经上门，于是两人惺惺相惜，成了好朋友。十几年之后，辛弃疾已成为淮地一带的将帅，而陈同甫却还是郁郁不得志。不过陈同甫依然直接上门去见辛弃疾，一起纵谈天下事。一次辛弃疾在酒酣耳热之际，开始与陈同甫高谈阔论起南宋和北方外族的军事形势，并说明南宋想收复北地应该如何来作战，而北方若想吞并南宋又要如何如何。辛弃疾说："钱塘一带非常危险，不适合建为国都。北方外族只要占领牛头山，就能阻断四方来援的勤王之师；然后再引西湖的水来淹城，马上整个京城的军民百姓都将变成鱼鳖。”酒罢，辛弃疾留陈同甫在馆里住宿。陈同甫想起辛弃疾一向谨慎寡言，这次酒后说了不少不该说的话，一旦酒醒回想起来，一定会杀他灭口，于是半夜偷了辛弃疾的骏马逃走。辛弃疾醒后果然大惊，后来陈同甫写信向辛弃疾借十万缗钱救济自己，并在信中暗示当晚辛弃疾说过的言论，辛弃疾只好如数借钱给他。

王 琼

[原文]

嘉靖初年，北虏尝寇陕西，犯花马池，镇巡惶遽(jù)，请兵策应。事下九卿[1]会议，本兵[2]王宪以为必当发，否恐失事。众不敢异。王琼[3]时为冢宰[4]，独不肯，曰：“我自有疏。”即奏云：“花马池是臣在边时所区画，防守颇严，虏必不能入；纵入，亦不过掳掠；彼处自足防御，不久自退。若遣京军远涉边境，道路疲劳，未必可用，而沿途骚扰，害亦不细，倘至彼而虏已退，则徒劳往返耳。臣以为不发兵便。”然兵议实本兵主之，竟发六千人，命二游击将之以往。至彰德，未渡河，已报虏出境矣。

【冯述评】**按晋溪在西北，修筑花马池一带边墙，命二指挥董其役。二指挥甚效力，边墙极坚，且功役亦不甚费，有羡银二千余，持以白晋溪。晋溪曰：“此一带城墙，实西北要害去处，汝能尽心了此一事，此琐琐之物何足问，即以赏汝。”后北虏犯边，即遣二指挥提兵御之，二人争先陷阵，其一竟死于敌。晋溪筹边智略类如此。**

又晋溪总制三边时，每一巡边，虽中火[5]亦费百金，未尝折干，到处皆要供具，烧羊亦数头，凡物称是。晋

溪不数脔，尽撤去，散于从官，虽下吏亦沾及。故西北一有警，则人人效命。当时法网疏阔，故豪杰得行其意；使在今日，则台谏即时论罢矣。

梅衡湘播州监军，行时请帑(tǎng)金三千备犒赏之需，及事定，所费仅四百金，登籍报部，无分毫妄用。虽性生手段大小不同，要亦时为之也。

[注释]

①九卿：明朝将六部尚书、都御史、通政司使、大理寺卿合称九卿。②本兵：兵部尚书。③王琼：字德华，号晋溪，明中期名臣。④冢宰：明清时期指吏部尚书。⑤中火：中等的伙食。

[译文]

明世宗嘉靖初年，北方胡虏入侵陕西花马池，巡抚害怕，奏请朝廷派军队征讨。世宗把这件事交给九卿商议，兵部尚书王宪认为应该出兵，否则恐怕来不及。其他人都不敢有异议。王琼当时任吏部尚书，只有他不同意出兵，说："我自己另有奏疏。"王琼奏道："花马池是微臣在边境时所规划修建的，防守工事非常坚固严密，胡虏一定无法侵入；纵然侵入，也只不过是掠夺少许财物而已，当地的兵力绝对足以防御，不用多少时间胡虏自然就会撤退。如果派京师的军队长途跋涉去边境，只不过增加路途上的疲劳而已，未必有用；而且沿途可能会对百姓产生骚扰，危害也不浅。假使军队到达该地而胡虏已经退兵，就只是徒劳往返而已。因此微臣认为不出兵才对。"但由于出兵的事主要由兵部负责决定，最终还是派出六千名士兵，命令两名将领率领前往。军队到达彰德还没渡河的时候，就传报胡虏已经出境了。

【冯述评】王琼在西北修筑花马池一带的边墙，命令两名指挥负责监督管理。两名指挥非常尽力，边墙也筑得很坚固，而且费用花费不大，工程完成后尚有两千多两盈余的银子，指挥便带着银子来报告王琼。王琼说："这一带边墙是防御西北外族最重要的设施，你们能尽心尽力完成这件事就很好，这些琐碎的银两我不过问，就赏给你们吧！"后来北方胡虏侵犯边区，就派这两名指挥带兵去防御，两人争先冲锋陷阵，其中一名竟然就此殉职。王琼筹备边防的才智，其做法和功绩大概都和这种情形类似。

另外，王琼镇守边境时，每次到阵地巡视，寻常的一餐，也要花费百两银子，所到之地都要准备宴会的用具，宰杀好几头羊，每次差不多都是这样的花费，这么大的规模。王琼自己吃得不多，其余都分配给将领和士卒，即使职位最低的小吏都能分得好处，所以西北地方一旦有战事，人人都乐于为王琼效命。当时法网疏松，所以豪杰之士都能顺着自己的心志行事。倘若在今日，谏议的官员则会马上加以弹劾，主事者甚至会被罢官。

梅衡湘任播州监军时，临行时要求公款三千，准备用来犒赏士兵，然而整个任务的完成，却只花费了四百两，其他如数报缴兵部，一点都没有乱用。这样看来，处理的方式不可能永远是同样的做法，要看当时的时势而定。

韦孝宽

［原文］

韦孝宽①镇玉壁②，念汾州之北、离石以南，悉是生番，抄掠居人，阻断河路，而地入于齐③。孝宽欲当其要处置一大城，乃于河西征役徒十万，甲士百人，遣开府姚岳监筑之。岳以兵少为难，孝宽曰："计成此城十日即毕，彼去晋州四百余里，一日创手，二日魏境始知。设令晋州征兵，二日方集，谋议之间，自稽三日，计其军行，二日不到，我之城隍足为办矣。"乃令筑之。又令汾水以南，傍介山、稷山诸村，所在纵火。齐人谓是军营，遂收兵自固。版筑克就，卒如孝宽言。

［注释］

①韦孝宽：南北朝时大将，北周大司空、上柱国，用兵如神，屡抗强敌。②玉壁：玉壁县，在今山西稷山。③齐：北齐，北周的敌国。当时北周、北齐都未取代西魏、东魏，故此处应指东魏。

［译文］

北周人韦孝宽镇守玉壁时，想到汾州以北、离石以南一带都是没有开化的胡人，抢劫居民，阻断交通，但其土地名义上属于北齐所有。韦孝宽想在重要地点建筑一座大城，于是从河西征役平民十万人、甲兵百人，派开府姚岳去监工。姚岳认为兵

韦孝宽

韦孝宽，名叔裕，字孝宽，京兆杜陵（在今陕西西安南）人，南北朝时期西魏、北周杰出的军事家、战略家。他善用军事谋略制敌，布置之初无人能解，待制敌之后，人们才恍然大悟，惊叹折服。

士太少，万一北齐得知，出兵来攻，任务不仅危险而且难以完成。韦孝宽说："我计算建好这座城，大概需要十天就可完工，这地方离晋州四百多里，第一天开工，第二天魏地才会知道。假设北齐从晋州征兵，也要两天才能调齐，议论用兵事宜也要花费三天，我预计军队两天之内走不到这里，这时城墙就已经筑好了。"于是要姚岳依令筑城。韦孝宽又命令部下在汾水以南，介山、稷山一带的村落四处放火，北齐人以为是军营，于是收兵回去。最后果然按照韦孝宽所预计的那样，完成了筑城的工程。

班 超

［原文］

班超久于西域[1]，上疏愿生入玉门关[2]，乃召超还，以戊已校尉任尚代之。尚谓超曰："君侯[3]在外域三十余年，而小人猥承君后，任重虑浅，宜有以诲之。"超曰："塞外吏士，本非孝子顺孙，皆以罪过徙补边屯，而蛮夷怀鸟兽之心，难养易败[4]。今君性严急，水清无鱼，察政不得下和，宜荡佚[5]简易，宽小过，总大纲而已。"超去后，尚私谓所亲曰："我以班君尚有奇策，今所言平平耳。"尚留数年而西域反叛，如超所戒。

［注释］

①班超久于西域：班超任西域都护，立功绝域，安定五十余国，四十岁入西域，七十二岁返回中原。②玉门关：在今甘肃敦煌西，出玉门关则为西域，入关则为中原。③君侯：班超封定远侯，故有此尊称。④难养易败：难以教化，容易生事。⑤荡佚：宽放。

［译文］

东汉时班超久镇西域，他上书希望能在有生之年活着进入玉门关。于是皇帝诏令班超回国，而以戊已校尉任尚代替他的职务。任尚对班超说："您在西域已经任职三十多年了，如今我将接任您的职务，责任重大，而我的智虑有限，请您多多加以教诲。"班超说："塞外的官吏士卒，本来就并非守法的子民，都是因为犯罪而被流放边境戍守，而蛮人心如禽兽，难以教化，容易生事。你个性比较严厉急切，要记住水太清便养不了鱼，过于明察、事事计较便难以得到属下的认同，我建议你稍微放松一些，力求简易，有些小过失、小问题闭闭眼也就不必去追究，凡事只要掌握住大原则就可以了。”班超离开后，任尚私下对亲近的人说：“我本以为班超会有什么奇谋，其实他所说的都不过是平常的话罢了。”任尚留守数年后，西域就发生反叛，果然如班超所说。

曹操

[原文]

何进与袁绍谋诛宦官，何太后不听，进乃召董卓，欲以兵胁太后。曹操闻而笑之，曰：“阉竖[1]之官，古今宜有，但世主不当假之以权宠，使至于此。既治其罪，当诛元恶，一狱吏足矣，何必纷纷召外将乎？欲尽诛之，事必宣露，吾见其败也。”卓未至而进见杀。

袁尚、袁熙奔辽东，尚有数千骑。初，辽东太守公孙康恃远不服，及操破乌丸，或说操遂征之，尚兄弟可擒也。操曰：“吾方使康斩送尚、熙首来，不烦兵矣。”九月，操引兵自柳城还，康即斩尚、熙，传（zhuàn）其首[2]。诸将问其故，操曰：“彼素畏尚等，吾急之则并力，缓之则相图[3]，其势然也。”

曹公之东征也，议者惧军出，袁绍袭其后，进不得战而退失所据。公曰：“绍性迟而多疑，来必不速；刘备新起，众心未附，急击之，必败，此存亡之机，不可失也。”卒东击备。田丰果说绍曰：“虎方捕鹿，熊据其穴而啖其子，虎进不得鹿，而退不得其子。今操自征备，空国而去，将军长戟百万，胡骑千群，直指许都，捣其巢穴，百万之师自天而下，若举炎火以焦飞蓬[4]，覆沧海而沃漂炭，有不消灭者哉？兵机变在斯须，军情捷于桴（fú）鼓。操闻，必舍备还许[5]，我据其内，备攻其外，逆操之头必悬麾下矣！失此不图，操得归国，休兵息

民，积谷养士。方今汉道陵迟，纲纪弛绝。而操以枭雄之资，乘跋扈之势，恣虎狼之欲，成篡逆之谋，虽百道攻击，不可图也。”绍辞以子疾，不许。丰举杖击地曰：“夫遭此难遇之机，而以婴儿之故失其会，惜哉！”

安定⑥与羌胡密迩⑦，太守毌（guàn）丘兴将之官，公戒之曰：“羌胡欲与中国通，自当遣人来，慎勿遣人往！善人难得，必且教羌人妄有请求，因以自利。不从，便为失异俗意；从之则无益。”兴佯诺去。及抵郡，辄遣校尉范陵至羌，陵果教羌使自请为属国都尉。公笑曰：“吾预知当尔，非圣也，但更事⑧多耳。”

【冯述评】**操明于翦备，而汉中之役，志盈得陇，纵备得蜀，不用司马懿、刘晔之计，何也？或者有天意焉？**

曹操

曹操，字孟德，小名阿瞒。东汉末年杰出的政治家、诗人。他“少机警，有权数”，中年即“运筹演谋，鞭挞宇内”，灭北方之割据豪强，因此，被人称为“治世之能臣，乱世之奸雄”。

［注释］

①阉竖：对宦官的蔑称。②传其首：用驿马传递二人的首级给曹操。③相图：互相图谋对方。④飞蓬：蓬草轻而易燃。⑤许：今河南许昌，时为曹操都城。⑥安定：今甘肃镇原东南。⑦密迩：接近。⑧更事：经历事情。

［译文］

东汉末年何进与袁绍计划诛杀宦官，何太后不同意，何进只好召董卓带兵进京，想利用董卓的兵力来胁迫太后。曹操听了这事后，笑着说：“太监古今各朝各代都有，只是国君不应过于宠幸，赋予太多权力，使他们跋扈到这种地步。如果要治他们的罪，只要诛杀掉元凶就行了，如此，一名狱吏也就足够了，何必调外地的军队来呢？若想把太监赶尽杀绝，事情一定会提前泄露出去，这样反而不会成功。我可以预见他们的失败。”果然，董卓还没到，何进就被宦官们杀了。

袁绍死后，他的儿子袁尚、袁熙两兄弟投奔辽东，手下尚有骑兵数千名。起初，辽东太守公孙康仗着自己的地盘远离京师，不听朝廷辖治。等曹操攻下乌丸，有人劝曹操征讨，顺便可以擒住袁尚兄弟。曹操说：“我正准备让公孙康自己杀了袁尚兄弟，拿他们二人脑袋来求赏呢，不必劳动兵力。”九月，曹操带兵从柳城回来，果然，公孙康斩杀了袁尚兄弟，将首级送来。诸将问曹操是何缘故，曹操说：“公孙康向来怕袁尚等人，我逼急了，他们反而会联合起来抵抗，我放松了，他们就会互相争斗，这是情势所决定的事情。”

曹操东征时，众人担心军队出发之后，袁绍会从后面袭击，如此一来，前进了也无法放手一战，想后退又已经失去根据地。曹操说：“袁绍个性迟缓而多疑，一定不会很快就来；刘备刚兴起，民心尚未依附，此刻去攻击他一定可以成功，这是生死存亡的机会，不可失去。”于是果断向东攻击刘备。田丰果然劝袁绍说：“老虎正在捕鹿，熊去占有虎穴而吃掉虎子，老虎向前得不到鹿，退后又失去虎子。现在曹操亲自去攻击刘备，军队尽出，将军拥有雄厚的兵力，如果直接攻进许都，捣毁他的巢穴，百万雄师从天而下，就像点一把大火来烧一束野草，倒大海的水来冲熄火炭，哪有不瞬间消灭的道理。只是用兵时机稍纵即逝，形势的变动比鼓声还传得快，曹操知道消息后，一定放弃攻击刘备，回守许都。然而，那时候如果我们已经占领他的巢穴，刘备又在外夹攻，曹操的头颅，很快就将高悬于将军您的旗杆上了。可是如果失去这个机会，等曹操回国的话，他就可以休养生息，储粮养士。如今汉室日渐衰微，纲纪废弃。而曹操以枭雄之才，乘此飞扬跋扈之势，逞其虎狼之心，成就其篡夺汉朝江山的阴谋。即使再用各种方法攻击，也没有办法挽回了。”袁绍却以儿子生病为由加以推托。田丰气得拿手杖敲地说：“得到这样千载难逢的机会，却为了一个婴儿而放弃，真是可惜啊！”

安定郡和羌人的地界很接近，太守毌丘兴上任时，曹操曾告诫他说：“羌人假使想与中原交往，应当由他们派人来，你千万不可派人去。因为好使者不容易找，派去的人一定会为了个人的私利，教羌人对中原做出种种不当的请求。到那时，若不应允则会失去当地羌人的民心，如果应允又对我们没有什么好处。”毌丘兴假装答应后离开。到了安定郡，却派遣校尉范陵到羌，范陵果然教羌使自己请求当中原的属国都尉。曹操笑着说：“我预测必会如此，并不是我特别聪明，只是阅历多罢了。”

【冯述评】曹操明白要得到天下，就一定得消灭刘备。而汉中之役，却因急着占有陇地，而让刘备有了占有蜀地的机会。没有采纳司马懿、刘晔的计策，这是什么原因呢？也许是天意吧？

郭嘉 虞翻

[原文]

孙策既尽有江东，转斗千里，闻曹公与袁绍相持官渡，将议袭许。众闻之，皆惧。郭嘉[1]独曰："策新并江东，所诛皆英杰，能得人死力者也。然策轻而无备，虽有百万众，无异于独行中原。若刺客伏起，一人之敌耳。以吾观之，必死于匹夫之手。"

虞翻亦以策好驰骋游猎，谏曰："明府用乌集之众，驱散附之士[2]，皆能得其死力，此汉高之略也。至于轻出微行，吏卒尝忧之。夫白龙鱼服，困于豫且；白蛇自放，刘季害之。愿少留意。"策曰："君言是也！"然终不能悛(quān)，至是临江未济，果为许贡家客所杀。

【冯述评】**孙伯符[3]不死，曹瞒不安枕矣。天意三分，何预人事？**

虞翻

虞翻，字仲翔，为江东名士，曾在孙氏兄弟手下为官。吴书曰："翻少好学，有高气。"翻文武全才，既能统兵打仗又著书立说，堪称东南俊杰。官至骑都尉，曾任番禺太守，有子虞汜。

[注释]

①郭嘉：曹操的重要谋士，屡从征伐有功，早卒，操甚惜之。②散附之士：游散附从之兵。③孙伯符：孙策，字伯符。

[译文]

三国时，孙策占领整个江东地区之后，遂有逐鹿天下的雄心，听说曹操和袁绍在官渡相持不下，就打算攻打许都。曹操部属听了都感到很害怕，只有郭嘉说："孙策刚刚合并了整个江东，诛杀了许多原本割据当地的英雄豪杰，而这些人其实都是能让人为其拼命的人物，这些人的手下对他一定恨之入骨。孙策本身的性格又轻率，对自己的安全一向戒备得不够。虽有百万大军在手，和孤身一人处身野外其实没什么两样。若有埋伏的刺客突然出现，一个人就可以对付他。依我看，他一定会死在刺客手中。”

虞翻也因为孙策爱好驰骋打猎，而劝诫孙策说：“即使是一些残兵败将、乌合之众，在您的指挥之下，都能立刻成为拼死作战的雄兵，这方面的能力您并不比汉高祖刘邦差。但是您常私下独自外出，大家都非常担忧。高贵的白龙化作大鱼游于海中，渔夫豫且就能捉住它，白蛇挡路，刘邦一剑就把它杀了。希望您能够稍微留意一些。”孙策说：“你的话很对。”然而孙策的老毛病还是改不掉，所以军队还没有渡江，他就被许贡的家客所杀。

【冯述评】孙策如果不死，曹操就难以安枕，这或许是天意要三分天下吧？与人事有何干！

罗隐

［原文］

浙帅钱镠（liú）[1]时，宣州叛卒五千余人送款，钱氏纳之，以为腹心。时罗隐[2]在幕下，屡谏，以为敌国之人，不可轻信。浙帅不听。杭州新治，城堞楼橹甚盛。浙帅携僚客观之，隐指却敌，阳[3]不晓曰：“设此何用？”浙帅曰：“君岂不知备敌耶？”隐谬曰：“若是，何不向里设之？”盖指宣卒也。后指挥使徐绾等挟宣卒为乱，几于覆国。

【冯述评】**迩年辽阳、登州之变，皆降卒为祟，守土者不可不慎此一着。**

［注释］

①浙帅钱镠：时钱镠为唐镇海军节度使，治杭州。②罗隐：唐末名诗人，时在钱镠幕下为掌书记。③阳：假装。

［译文］

钱镠任浙江地区军事统帅时，宣州的叛卒五千多人来投诚，钱氏接纳了，并把他们当作心腹看待。当时罗隐在他的幕下，屡次劝谏钱镠说这是敌国的人，不能轻易信任。钱镠不听。杭州新建的城墙及望楼都很宏伟，钱镠带着宾客部属去参观。罗隐明知是为了抗拒外敌而建，却假装不懂说：“建这些是为了什么？”钱镠说："你不知道是用来防敌的吗？"罗隐说："如果为了退敌，为什么不面向里面建筑呢？"暗指宣州叛卒是敌人。后来指挥使徐绾等人果然率领宣州叛卒作乱，吴越几乎因此灭国。

【冯述评】明朝辽阳、登州之变，都是降卒在其中作祟，防守疆土的人一定要慎防这一点。

陆逊 孙登

[原文]

陆逊①多沉虑，筹无不中，尝谓诸葛恪②曰："在吾前者，吾必奉之同升；在吾下者，吾必扶持之。君今气陵其上，意蔑乎下，恐非安德之基也！"恪不听，卒见死。

嵇康从孙登游三年，问终不答。康将别，曰："先生竟无言耶？"登乃曰："子识火乎？生而有光，而不用其光，果在于用光；人生有才，而不用其才，果在于用才。故用光在乎得薪，所以保其曜(yào)；用才在乎识物，所以全其年。今子才多识寡，难乎免于今之世矣！"康不能用，卒死吕安之难③。

陆逊

陆逊是三国东吴名将，刘备征东吴时，陆逊坚守不出，乘刘备麻痹大意时，用火攻的方法，大败蜀军。

[注释]

①陆逊：三国吴人，孙策之婿。②诸葛恪：吴人，诸葛瑾之子，诸葛亮之侄。③吕安之难：嵇康与吕安为友，钟会构陷二人谋反，遂被杀。

[译文]

三国时吴将陆逊一向深思静虑，所推测的事没有一件不应验的。他曾经对诸葛恪说："地位在我之上的人，我一定尊重他；在我之下的人，我一定扶持他。如今您的气势侵犯了那些地位在您之上的人，又轻蔑那些地位在您之下的人，这恐怕不是立德的基础吧。”诸葛恪不听，最后果然被杀死。

嵇康跟随孙登求学三年，问老师对自己的看法，孙登始终不做回应。嵇康临走前说：“先生难道就没有什么话要告诉我吗？”孙登才说：“你知道火吗？火一产生就有光，如果不晓得利用它的光亮，跟没有光亮就没有什么差别；就如同人天生有才华，却不懂得如何运用自己的才华，如此，跟没有才华也没什么两样。所以要想利用火光，就必须用木柴来保持光亮的延续；想运用才华，就要了解外在的客观世界，才能保全自己。你才华高却见识少，在当今这样的乱世是很难保全自己的。”嵇康不肯听，最后果然死于吕安之难。

邵雍

［原文］

王安石罢相，吕惠卿参知政事。富郑公见康节[1]，有忧色。康节曰：“岂以惠卿凶暴过安石耶？”曰：“然。”康节曰：“勿忧。安石、惠卿本以势利相合，今势利相敌，将自为仇矣，不暇害他人也。”未几，惠卿果叛安石。

熙宁初，王宣徽之子名正甫，字茂直，监西京粮料院。一日约邵康节同吴处厚、王平甫[2]食饭，康节辞以疾。明日，茂直来问康节辞会之故，康节曰：“处厚好议论，每讥刺执政新法；平甫者，介甫之弟，虽不甚主[3]其兄，若人面骂之，则亦不堪矣。此某所以辞也。”茂直叹曰：“先生料事之审如此。昨处厚席间毁介甫，平甫作色，欲列其事于府。某解之甚苦，乃已。”呜呼，康节以道德尊一代，平居出处，一饭食之间，其慎如此。

【冯述评】**按荆公行新法，任用新进。温公[4]贻以书曰：“忠信之士，于公当路时虽龃龉（jǔ yǔ）[5]可憎，后必得其力。谄谀之人，于今诚有顺适之快，一旦失势，必有卖公以自售者。”盖指吕惠卿也。**

[注释]

①康节：邵雍，谥康节。②王平甫：王安国，字平甫，王安石之弟。③主：支持，赞成。④温公：司马光，封温国公。⑤龃龉：意见不合。

[译文]

王安石被罢免掉宰相之职，由吕惠卿继任。富弼见到邵雍，神色十分忧虑。邵康节问："是不是因为吕惠卿比王安石还要凶暴？"富弼说："是这样的。"邵康节说："不必忧虑，王安石与吕惠卿本来是因权势名利相结合的，如今权势名利起了冲突，彼此间互相仇恨都还来不及，哪有时间去害别人呢？"不久，吕惠卿果然反叛了王安石。

宋神宗熙宁初年，王宣徽的儿子名正甫，字茂直，负责监管西京的粮料院。有一天，王正甫约邵康节和吴处厚、王安国一同吃饭。邵康节借病推辞了。第二天，王正甫来问邵康节为什么推辞。邵康节说："吴处厚喜爱议论，往往会讥讽执政的新法；平甫是介甫的弟弟，虽然不太赞同哥哥的主张，但如果别人当面骂自己的哥哥，肯定也会觉得不好受。所以我推辞不去。"王正甫叹道："先生真是料事如神啊。昨天处厚在酒席间诋毁介甫，平甫听了很生气，想把这些话一条条记录下来送到相府，我在中间调解得很是辛苦，才使他作罢。"唉，康节先生因道德高尚而受到同时代人的尊崇，平日家居或外出，一饭一食之间，也是如此的谨慎啊。

【冯述评】王安石实行新法，任用了很多新人。司马温公写信给他说："忠信的人，在您当权时，虽然往往和您的意见有所不合，让您觉得很可恨，但以后您一定会得到他们的帮助；谄媚的人，在当前虽然顺从您，让您觉得很愉快，一旦您失去权势，一定会为了一己私利出卖您。"这段话大概是指吕惠卿的。

范纯仁

[原文]

元祐[1]嫉恶太甚，吕汲公、梁况之、刘器之定王介甫亲党吕吉甫、章子厚而下三十人，蔡持正亲党安厚卿、曾子宣而下十人，榜之朝堂。范纯父上疏，以为"歼厥渠魁[2]，胁从罔治"。范忠宣太息，语同列曰："吾辈将不免矣！"

后来时事既变，章子厚[3]建元祐党，果如忠宣之言。大抵皆出于士大夫报复，而卒使国家受其咎，悲夫！

【冯述评】王楙(mào)《野客丛谈》云：“君子之治小人，不可为已甚，击之不已，其报必酷。余观《北史》，神龟之间，张仲瑀铨削选格，排抑武人，不使预清品。一时武人攘袂扼腕，至无所泄其愤。于是羽林武贲几千人至尚书省诟骂，直造仲瑀之第，屠灭其家。群小悉投火中，及得尸体，不复辨识，唯以髻中小钗为验。其受祸如此之毒！事势相激，乃至于此，为可伤也！庄子谓刻核太过，则不肖之心应之。今人徒知锐于攻击，逞一时之快，而识者固深惧之。”

［注释］

①元祐：宋哲宗年号，此处指元祐党人，即司马光、范纯仁等反对王安石变法的大臣。②渠魁：指为首的人。③章子厚：章惇，字子厚。章惇是王安石变法的积极参与者，与元祐党人政见对立。

［译文］

宋朝时元祐党人嫉恶如仇，吕汲公、梁焘、刘安世等判定王安石的亲党吕吉甫、章惇等以下三十人，蔡确的亲党安焘、曾布以下等十人有罪，还把名单公布于朝廷上。范祖禹上疏，认为只要处死党魁就可以了，从犯不必再治罪。范纯仁对同仁叹息道：“我们恐怕也将难以保全性命了！”

后来时势转变，章惇主政，将反对变法的大臣目为元祐党人，排斥打击，果然如同范纯仁所说的一样。这些事情大概都是因为士大夫互相仇视报复，但最后受害最大的还是国家，真可悲啊！

【冯述评】王楙的《野客丛谈》说：“君子对付小人，也不应该逼迫得太过分；若逼迫到绝境还不肯罢休，将来很可能会遭到残酷的报复。我看《北史》，北魏孝明帝神龟年间，张仲瑀负责考核人才，决定官员的升迁和贬抑。他利用这个职权竭力压抑排挤武人，使他们不能进入清流的官品。一时武人愤怒至极，而无法发泄。于是羽林军勇士聚集了几

王安石

王安石，字介甫，小字獾郎，晚号半山，封荆国公，世人又称王荆公，世称临川先生。北宋杰出的政治家、思想家、文学家、改革家，唐宋古文八大家之一，抚州临川人（在今抚州东乡县），卒后谥号文。

千人，到尚书省诟骂，又直接冲进张仲瑀家，杀害他的全家，不论老小全都丢入火中。等找到尸体时，已经难以分辨，只能通过发钗来辨认尸体。他之所以受到这样狠毒的报复，是因为逼人太急而激发出来的，真是很可悲。庄子认为，切责逼迫得太深，就会出现不坚实的心。现代人只知猛锐的攻击，以逞一时的快意，而真正有见识的人都很忧心这样的事发生。”

剖疑卷七

[原文]

讹口如波，俗肠如锢[1]。触目迷津，弥天毒雾。不有明眼，孰为先路？太阳当空，妖魑(chī)匿步[2]。集“剖疑”。

[注释]

①锢：经久难愈的疾病。②匿步：指隐藏自己的行踪。

[译文]

口中的谎言如同波浪，一肚子的坏水犹如顽疾，漫天毒雾迷蒙了双眼，没有明亮的眼睛，怎么知道何去何从呢？就像太阳当空，妖魔自然会却步。集此成“剖疑”卷。

张说

[原文]

说有材辩，能断大义。景云初，帝谓侍臣曰：“术家[1]言五日内有急兵入宫，奈何？”左右莫对。说进曰：“此谗人谋动东宫[2]耳。陛下若以太子监国，则名分定，奸胆破，蜚语塞矣。”帝如其言，议遂息。

[注释]

①术家：巫术占卜之士。②东宫：太子，即后来的唐玄宗李隆基。

[译文]

唐朝人张说很有才略，遇到大事时能迅速做出正确判断。唐睿宗景云初年，睿宗对侍臣说：“术士有预言，在五天之内会有军队突然入宫，你们说应该怎么办？”左右的人不知如何回答。张说进言道：“这一定是奸人想让陛下更换太子的诡计。陛下如果让太子监理国事，确定名分，从而破坏奸人的诡计，流言自然会消失。”睿宗照他的话做，谣言果然很快得以平息。

寇准

[原文]

楚王元佐，太宗长子也，因申救廷美不获①，遂感心疾，习为残忍；左右微过，辄弯弓射之。帝屡诲不悛(quān)。重阳，帝宴诸王，元佐以病新起，不得预，中夜发愤，遂闭媵(yìng)妾，纵火焚宫。帝怒，欲废之。会寇准通判郓州，得召见，太宗谓曰：“卿试与朕决一事，东宫所为不法，他日必为桀、纣之行，欲废之，则宫中亦有甲兵，恐因而招乱。”准曰：“请某月日，令东宫于某处摄行礼，其左右侍从皆令从之，陛下搜其宫中，果有不法之事，俟还而示之；废太子，一黄门力耳。”太宗从其策。及东宫出，得淫刑②之器，有剜目、挑筋、摘舌等物，还而示之，东宫服罪，遂废之。

寇准

寇准是北宋名臣，宋真宗时契丹入侵，寇准力主宋真宗亲征，在澶州大败契丹军，迫使契丹签署和议。

【冯述评】搜其宫中，如无不法之事，东宫之位如故矣。不然，亦使心服无冤耳。江充③、李林甫，岂可共商此事？

[注释]

①申救廷美不获：赵廷美，本名光美，是宋太宗赵光义之弟，太宗之母杜太后有遗嘱，要太宗死后传位给廷美。太宗即位后，将廷美流放，两年后死于流放地。当廷美流放时，满朝廷臣无敢言者，只有赵元佐申救之。廷美死后，元佐闻讯而发狂。②淫刑：残酷的刑罚。③江充：汉武帝宠臣，与太子有过节，

诬太子在宫中行巫蛊诅咒武帝，逼太子起兵，后太子兵败自杀。

［译文］

楚王赵元佐是宋太宗的长子，因为援救赵廷美失败而得了精神病，性情变得很残忍，左右的人稍有过失，就用箭射杀。太宗屡次教训他都不改。重阳节时，太宗宴请诸王，赵元佐借口生病初愈不参加，半夜突然发怒，把侍妾关闭在宫中，并纵火焚宫。太宗很生气，打算废除他太子的身份。那时寇准正在郓州任通判，太宗特别召见他，对他说："找你来和朕一起商议一件大事。太子的所作所为不守法度，将来若登上帝位一定会做出桀、纣般的行为。朕想废掉他，但东宫有自己的军队，朕恐怕因此引起乱事。"寇准说："请皇上于某月某日，命令太子到某地代替皇上祭祀，太子的左右侍从也都命令跟着前去，陛下再趁此机会派人去搜查东宫，若真有不法的证物，等太子回来就当面公布出来，只要罪证确凿，废除太子只需派个黄门侍郎宣布一下就行了。"太宗采纳了他的计策。等太子离去后，果然在东宫搜得一些残酷的刑具，包括挖眼、挑筋、割舌等刑具。太子回来后，太宗命人当场展示出来，太子服罪，于是被废。

【冯述评】搜查东宫，如果没有不法的事，东宫的地位则照旧。不然的话，也可以使他心服而不觉冤枉。若是江充、李林甫之类的人，难道可以与之共同商议这种事吗？

西门豹

［原文］

魏文侯[1]时，西门豹为邺令[2]，会长老问民疾苦。长老曰："苦为河伯[3]娶妇。"豹问其故，对曰："邺三老、廷掾（yuàn）[4]常岁赋民钱数百万，用二三十万为河伯娶妇，与祝巫共分其余。当其时，巫行视人家女好者，云'是当为河伯妇'，即令洗沐，易新衣。治斋宫[5]于河上，设绛帷床席，居女其中。卜日，浮之河，行数十里乃灭。俗语曰：'即不为河伯娶妇，水来漂溺。'人家多持女远窜，故城中益空。"豹曰："及此时幸来告，吾亦欲往送。"至期，豹往会之河上，三老、官属、豪长者、里长、父老皆会，聚观者数千人。其大巫，老女子也，女弟子十人从其后。豹曰："呼河伯妇来。"既见，顾谓三

老、巫祝、父老曰："是女不佳，烦大巫妪为入报河伯：更求好女，后日送之。"即使吏卒共抱大巫妪投之河。有顷，曰："妪何久也？弟子趣(cù)⑥之。"复投弟子一人河中。有顷，曰："弟子何久也？"复使一人趣之。凡投三弟子。豹曰："是皆女子，不能白⑦事。烦三老为入白之。"复投三老。豹簪笔磬折⑧，向河立待，良久，旁观者皆惊恐。豹顾曰："巫妪、三老不还报，奈何？"复欲使廷掾与豪长者一人入趣之。皆叩头流血，色如死灰。豹曰："且俟须臾。"须臾，豹曰："廷掾起矣。河伯不娶妇也。"邺吏民大惊恐，自是不敢复言河伯娶妇。

【冯述评】**娶妇以免溺，题目甚大。愚民相安于惑也久矣，直斥其妄，人必不信。唯身自往会，簪笔磬折，使众著于河伯之无灵，而向之行诈者计穷于畏死，虽驱之娶妇，犹不为也，然后弊可永革。**

[注释]

①魏文侯：战国初魏国的国君，在位五十年，任贤使能，使魏成强国。②邺令：邺地方的长官。邺当时为北方重镇，在今河北磁县南。③河伯：河神。④三老、廷掾：三老是指乡里的官员，廷掾是官府里的属吏。⑤斋官：斋戒祭神的地方。⑥趣：催促。⑦白：指告白，说明。⑧簪笔磬折：将笔插到冠上，像磬一样弯着身子，形容西门豹做出恭敬的样子等待河伯的消息。

[译文]

战国魏文侯时期，西门豹担任邺县的长官，他会见地方上的长者，询问民间的疾苦。长者们说："最头痛的是为河伯娶亲。"西门豹问他们是何缘故，一个长者说："邺县掌管教化的三老和县府的属吏每年向人民收取几百万钱，拿出二三十万为河伯娶亲，再和巫婆分享其余的钱。娶亲时，巫师到每户人家去查看，看到美女就说她应当作河伯的妻子，然后命令她沐浴、更换新衣，在河边搭建斋宫，布置红色的幕席，把美女安置在里面。选好日子后，将床及床上的美女一起漂浮于河中，漂流几十里人就沉没了。地方上传言：'如果不为河伯娶亲，河水就会泛滥成灾。'很多人家都带着女儿逃到远处去，所以城里越来越人烟稀少。"西门豹说："到河伯娶亲的日子，你来告诉我，我也要去送亲。"娶亲的当天，西门豹到河边去，三老、官

西门豹

魏文侯时任邺令。是著名的政治家、军事家、水利家。治邺期间，借着为河伯娶妻的机会，惩治了地方恶霸势力。在漳河周围开掘了十二渠，由于西门豹治邺有方，深受人民爱戴，后人修祠建庙，以为祭祀。

吏、地方领袖、里长、父老都到了，围观的有几千人。主持的是个老巫婆，她有女弟子十人，跟随在她的后面。西门豹说："叫河伯的新娘子过来让我瞧瞧。"看过以后，西门豹回头对三老、巫婆及父老说："这个女子不够漂亮，麻烦大巫婆去河里报告河伯一声：我们要再找更美的女子，后天送去。"说完就派吏卒抱起大巫婆投入河里。不久，西门豹说："老太婆为何去这么久都不回来，派个弟子去催她吧。"又投一个弟子入河。不久又说："怎么这个弟子也去了这么久还不回来？"于是西门豹又下令再派一名弟子去催她。前后总共投了三个弟子。西门豹说："这些人都是女子。一定是说不清楚事情。麻烦三老前去说明。"又把三老投下河。西门豹装作恭敬的样子站在河边等候。过了很久，旁观的人愈来愈害怕。西门豹回头说："巫婆、三老都不回报，怎么办？"又想要派廷掾和另一个豪富前去催促。两人都立刻跪下叩头，叩得头破血流，脸色灰白。西门豹说："好吧好吧，那就再等一会儿再说。"过了一会儿，西门豹才说："廷掾起来吧，河伯不娶亲了。"邺县官吏富民们都非常害怕，从此不敢再提河伯娶亲的事。

【冯述评】为了避免水淹而替河伯娶亲，实在是一个很大的借口。无知的百姓相信这样的谣言而苟且偷安已久。如果直接驳斥此事是虚妄的，人民一定难以相信。只有亲自去参加娶亲盛会，又装出一副恭敬的模样，使众人明白根本没有什么河伯作祟，先前的行为都是骗人的。那些奸人们终于在怕死的情况下无计可施，这时就算有人逼着他们去替河伯娶亲，也绝不敢再做，如此一来弊病才可以永久消除。

程颢

[原文]

南山僧舍有石佛，岁传其首[①]放光，远近男女聚观，昼夜杂处。为政者畏其神，莫敢禁止。程颢始至，诘其僧曰："吾闻石佛岁现光，有诸？"曰："然。"戒曰："俟复见，必先白，吾职事[②]不能往，当取其首就观之。"

自是不复有光矣。

[注释]

①首：指石佛的头。②职事：有公务在身。

[译文]

宋朝时，南山的寺庙中有座石佛，有一年传说石佛的头会散发出光芒，远近各地的男女信徒都聚集围观，日夜杂居一起，地方的官吏们畏惧神灵，不敢禁止。程颢一到，就质问和尚说："我听说石佛每年会放出一次光芒，这是真的吗？"和尚说："是真的。"程颢告诫他说："等下次再出现光芒时，一定要先告诉我，我如果有职务在身不能前来，也一定拿佛首回去看。"从此以后，就再也没有听说石佛的头有光芒出现。

狄仁杰

[原文]

狄梁公[①]为度支员外郎，车驾将幸汾阳，公奉使修供顿。并州长史李玄冲以道出妒女祠，俗称有盛衣服车马过者，必致雷风，欲别开路。公曰："天子行幸，千乘万骑，风伯清尘，雨师洒道，何妒女敢害而欲避之？"玄冲遂止，果无他变。

狄仁杰

狄仁杰，字怀英，唐代杰出的政治家，并州太原人（今属山西）。他为官正直、清廉、不畏权贵，常以民为忧，后人称之为"唐室砥柱"。卒后，赠文昌右丞，谥文惠。

[注释]

①狄梁公：狄仁杰，封梁国公。

[译文]

唐朝狄仁杰任度支员外郎时，天子将临幸汾阳，狄仁杰奉命准备路上的起居。并州长史李玄冲认为路经妒女祠，地方传说有盛装车马经过的人，一定会刮风打雷，因此想避开这条路，打算另外修一条路。狄梁公说：“天子驾临，大批车驾人马跟随，风伯为他清理尘垢，雨神为他洗刷道路，什么妒女敢伤害天子而要躲避呢？”李玄冲因此打消了这个念头，一路上果然没有特别的事发生。

苏东坡

［原文］

苏东坡知扬州，一夕梦在山林间，见一虎来噬，公方惊怖，一紫袍黄冠①以袖障公，叱虎使去。及旦，有道士投谒曰：“昨夜不惊畏乎？”公叱曰：“鼠子乃敢尔？本欲杖汝脊，吾岂不知汝夜来术邪？”道士骇惶而走。

［注释］

①紫袍黄冠：当时道士的装束，此处代指道士。

［译文］

苏东坡任扬州知州时，有一天晚上，梦见在山林之间，看见一头老虎过来咬他，苏东坡正恐惧时，有一个穿着紫袍、戴着黄帽的道士用袖子保护苏东坡，并大声呵斥老虎离开。天亮后，有个道士来拜见苏东坡，说：“昨天晚上你没有受到惊吓吧？”苏东坡大骂说：“鼠辈竟敢如此张狂，我正打算抓你来杖责一番，难道我不知道是你昨夜在施用邪术吗？”道士吓得赶快逃掉了。

魏元忠

［原文］

唐魏元忠①未达②时，一婢出汲方还，见老猿于厨下看火。婢惊白之，元忠徐曰：“猿愍③我无人，为我执爨(cuàn)，甚善。”又尝呼苍头④，未应，狗代呼之。又曰：“此孝顺狗也，乃能代我劳！”尝独坐，有群鼠拱手立其前。又曰：“鼠饥就我求食。”乃令食(sì)之。夜中鸺鹠(xīu líu)⑤鸣其屋端，家人将弹之。又止之，曰：“鸺鹠昼不见物，故夜飞，此天地所育，不可使南走越、北走胡，将何所

之？”其后遂绝无怪。

[注释]

①魏元忠：唐时太学生，好兵术。累迁至殿中侍御史。②未达：未显达。③愍：同“悯”，同情。④苍头：仆人。⑤鸺鹠：猫头鹰。

[译文]

唐朝人魏元忠尚未显达时，家中有一个婢女出去汲水回来，看见老猿猴在厨房里看火，婢女惊奇地告诉魏元忠。魏元忠不慌不忙，缓缓地说：“猿猴同情我没有人手，为我煮饭，这样很好啊！”又有一次他叫仆人，仆人没有答话，而狗代他呼叫。魏元忠说：“真是孝顺的狗，为我代劳。”一次魏元忠在家中独自坐着，有一群老鼠拱手站在他的面前。魏元忠说：“老鼠饿了，来向我求食物。”就命令人拿食物来喂老鼠。夜半时有猫头鹰在屋顶鸣叫，家人想用弹弓赶走它，魏元忠又阻止他们说：“猫头鹰白天看不见东西，所以晚上才飞出来，这是天地所孕育的动物，不能把它赶到南方的越地或者北方的胡地去，你们要它到哪里去？”从此以后就没有这样的怪事了。

经务卷八

［原文］

中流一壶，千金争挈[1]。宁为铅刀，毋为楮(chǔ)叶[2]。错节盘根，利器斯别。识时务者，呼为俊杰。集“经务”。

［注释］

①中流一壶，千金争挈：壶，通“葫”，平时葫芦价格便宜，但渡河时遇到船坏，葫芦因为可以帮人浮水，所以出价千金也有人要。②楮叶：一种树的叶子。《韩非子》记载，一个宋国人用玉雕成楮叶，可以乱真。此处楮叶比喻华而不实的无用之物。

［译文］

渡河到中流卖一个葫芦，大家都会出高价。宁可做拙钝的铅刀，不要成为华而不实的无用之物。碰到盘根错节时，才能看出工具的利钝。识时务的人，才是俊杰。集此为“经务”卷。

刘晏

［原文］

唐刘晏[1]为转运使时，兵火之余，百费皆倚办于晏。晏有精神，多机智，变通有无，曲尽其妙。尝以厚值[2]募善走者，置递相望，觇(chān)报四方物价，虽远方，不数日皆达，使食货轻重之权悉制在掌握，入贱出贵，国家获利，而四方无甚贵甚贱之病。

晏以王者爱人不在赐与，当使之耕耘织纴，常岁平敛之，荒则蠲(juān)[3]救之。诸道各置知院官，每旬月具州县雨雪丰歉之状。荒歉有端，则计官[4]取赢，先令蠲某物、贷某户，民未及困而奏报已行矣。议者或讥晏不直[5]赈救而多贱出以济民者，则又不然。善治病者，不使至危惫；善救灾者，不使至赈给。故赈给少则不足活人，活

人多则阙国用，国用阙则复重敛矣！又赈给多侥幸，吏群为奸，强得之多，弱得之少，虽刀锯在前不可禁——以为“二害[6]”。灾沴(lì)之乡，所乏粮耳，他产尚在，贱以出之，易以杂货，因人之力，转于丰处，或官自用，则国计不乏；多出菽粟，资之粜运，散入村闾，下户力农，不能诣市，转相沿逮，自免阻饥——以为“二胜”。

先是运关东谷入长安者，以河流湍悍，率一斛得八斗[7]，至者则为成劳，受优赏。晏以为江、汴、河、渭，水力不同，各随便宜造运船，江船达扬州，汴船达河阴，河船达渭口，渭船达太仓，其间缘水置仓，转相受给。自是每岁运谷至百余万斛，无升斗沉覆者。又州县初取富人督漕挽，谓之“船头”；主邮递，谓之“捉驿”；税外横取，谓之“白著”。人不堪命，皆去为盗。晏始以官主船漕，而吏主驿事，罢无名之敛，民困以苏，户口繁息。

晏专用榷(què)[8]盐法充军国之用，以为官多则民扰。故但于出盐之乡置盐官，取盐户所煮之盐，转鬻(yù)于商人，任其所之，自余州县不复置官。其江岭间去盐乡远者，转官盐于彼贮之；或商绝盐贵，则减价鬻之，谓之“常平盐”。官获其利，而民不困弊。

【冯述评】晏常言：“户口滋多，则赋税自广。”故其理财常以养民为先，可谓知本之论，其去桑、孔[9]远矣！王荆公但知理财，而实无术以理之；亦自附养民，而反多方以害之。故上不能为刘晏，而下且不逮桑、孔。

常平盐之法所以善者，代商之匮，主于便民故也。若今日行之，必且与商争鬻矣。

［注释］

①刘晏：唐玄宗时举贤良方正，肃宗、代宗时历任京兆尹、户部侍郎、吏部尚书、同中书门下平章事及度支、盐铁、转运、铸钱等使，掌国家财赋达二十年，为历史上著名理财家，他改进漕运，整顿盐法，稳定物价，改善了安史之乱后财政的困境。德宗初为杨炎构陷，诛死。②厚值：优厚的佣金。③蠲：免征。④计官：掌会计、统计之官，即前所谓知院官。⑤直：直接。⑥二害：于国于民皆有害，故云二害。⑦率一斛得八斗：计入在河中运输的损失，大体上平均运一斛（十斗），可以运到八斗。⑧榷：专卖。⑨桑、孔：桑弘羊、孔仅，二人是汉武帝时理财家。

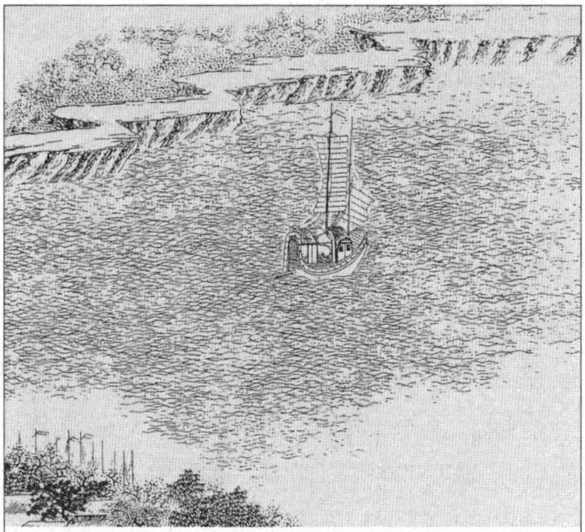

黄河

黄河自古航运不便，隋代刘晏用分段运输的办法办理漕运，既节省运力，又顺从水性。

［译文］

唐朝人刘晏任转运使的时候，恰逢唐朝藩镇割据、内战不断的时节，所有的军事费用都靠刘晏来筹措办理。刘晏事业心很强，又富于机智，善于变通，处理国家的财政事务非常得心应手。他曾经用高价招纳擅长跑步的人，到各地去查询物价，互相传递报告，虽是远方的信息，不过几天就可以传到，因此商品价格的高低，他都可以随时掌握。刘晏低价买进，高价售出，不仅国家获利，而且远近各地的物价也得以控制得很平稳。

刘晏认为君王爱护百姓的表现，不在于赏赐物品的多少，而应当使他们安心于耕耘纺织。在税赋方面，正常的年头可公平合理的征敛，饥荒时则加以减免或用国家的财力来救济百姓。刘晏在各道分别设置知院官，每满一个月就详细报告各州县的气候及收成的情况。歉收如果有正当的理由，则会计官在催收赋税时，先下令哪一类谷物可以免税，哪一些人可向政府借贷，以保证各地的百姓尚未因歉收而受困，而各种救灾的措施就已报准朝廷施行了。有人责怪刘晏不直接救济人民，只贱价出售粮食物品给人民。这样的说法其实并不正确。好的医生不会让病人的病情拖到危急的地步才来医救，善于救灾的人不会使人民到完全仰赖救助的地步才采取措施。因为救助少则不足以养活人民，若想救助得多，那么国家的财政就会面临困难，国家的财政一旦出问题又必须征收重税，如此就会形成恶性循环。另外，在救济百姓时官吏往往容易藏污纳垢、狼狈为奸，有办法的人获得的多，真正贫苦需要救济的百姓反而得到的救助很少，虽然以严刑峻法来威吓也无法禁止，造成双重的灾害。发生灾害的地区，所短缺的其实只是粮食罢了，其他的物品往往可维持正常的供应，若能低价将这些物品卖出去，去交换其他的货品，借政府的力量转运到丰收的地方；或者由官府自用，国家的生计就不会匮乏；或由国家卖出囤积的谷物，分交运粮的单位，转运到各个缺粮的地区，使无力到市集购买粮食的贫困农民，能经由政府的辗转传送而免除饥荒。这样就有双重好处。

在刘晏就任之前，运送关东的谷物进入长安城时，因为河水湍急，大抵十斗能运到八斗就算成功，负责的官员也因此可得到优厚的赏赐。刘晏以长江、汴水、黄河、渭水等水力都各不相同，因着不同的河流制造出不同的运输船只，长江的船运到扬州，汴水的船运到河阳，黄河的船运到渭水，渭水的船运到太仓。并在河边设置仓库，辗转接送。从此，每年运谷量多达一百多万斛，而且能做到没有一点点的折损。还有，州县起初找富人来监督水陆运输，称之为“船头”；主持邮递的叫作“捉驿”，在正当的税收之外还要强制索取，叫作“白著”。很多人为了逃避这些额外的课征和劳役，干脆聚众为盗贼。刘晏将船运和邮递事务全收归政府负责，并废除不正常的征敛，人民的困苦才得到解脱，户口也逐渐增加。

刘晏将盐收归政府专卖，税收充作军队与国家之用。他认为官吏大多会骚扰人民。所以仅在产盐的乡邑设置盐官，直接把盐户所煮出的盐转卖给商人，任由他们转卖到各地去。其余的州县也不再设置盐官。在江岭间离盐乡远的地方，刘晏则将官盐转运到当地贮藏起来。有时商人贩卖的盐量比较少，盐价昂贵，刘晏就将官盐减价卖给人民，叫作“常平盐”，官府得到利益而人民也不困乏。

【冯述评】刘晏经常说：“人口多，税赋自然就多。”所以他理财常常是先养民，可谓是懂得根本的道理。这样做比汉代理财专家桑弘羊与孔仅好得太多了。王荆公只知道理财，而实际上没有理财的方法，他还自认为在养民，结果却是在多方残害人民，所以比上不如刘晏，比下也不及桑弘羊、孔仅。

“常平盐”的方法之所以合理，在于处在供应短缺时，可用来补充正常商业行销的不足，而满足人民需求的缘故。如果在当今这种正常的时候推行这种政策，一定会造成政府和商人争利的局面。

朱熹

[原文]

乾道四年，民艰食，熹请于府，得常平米六百石赈贷。夏受粟于仓，冬则加息以偿；歉，蠲(juān)其息之半，大饥尽蠲之。凡十四年，以米六百石还府，见储米三千一百石，以为“社仓[1]”，不复收息。故虽遇歉，民不缺食，诏下熹“社仓法”于诸路。

【冯述评】陆象山[2]曰：“社仓固为农之利，然年常丰，

田常熟，则其利可久；苟非常熟之田，一遇岁歉，则有散而无敛；来岁秧时缺本，乃无以赈之，莫如兼制平籴一仓，丰时籴之，使无价贱伤农之患；缺时粜之，以摧富民封廪腾价之计，析所籴为二，每存其一，以备歉岁，代社仓之匮，实为长便也。听民之便，则为社仓法；强民之从，即为青苗法矣，此主利民，彼主利国故也。”

今有司积谷之法，亦社仓遗训，然所积只纸上空言，半为有司干没，半充上官无碍钱粮之用。一遇荒歉，辄仰屋窃叹，不如留谷于民间之为愈矣。噫！

何良俊《四友斋丛说》③云：“今之抚按有第一美政所急当举行者，要将各项下赃罚银，督令各府县尽数籴谷；其有罪犯自徒流以下，许其以谷赎罪。大率上县每年要谷一万，下县五千。南直隶巡抚下有县凡一百，则是每年有谷七十余万，积至三年，即有二百余万矣。若遇一县有水旱之灾，则听于无灾县分通融借贷，俟来年丰熟补还，则东南百姓可免流亡，而朝廷于财赋之地永无南顾之忧矣。善政之大，无过于此！”

［注释］

①社仓：积谷备荒的义仓。始于隋代，由乡社所设，且自行经营管理，故名。此处的社仓为官府所设，沿用其名。②陆象山：陆九渊，讲学于贵溪之象山，世称象山先生，与朱熹同时代人。③何良俊《四友斋丛说》：何良俊，明翰林院孔目，博学多闻，所著《四友斋丛说》共三十八卷，此事在第十三卷。

［译文］

宋孝宗乾道四年，国内出现饥荒，人民缺乏粮食，朱熹求救于州府，借到常平米六百石来施救，其具体做法是：夏天从社里的谷仓借米粮，冬天加利息偿还。歉收时免除一半利息，大饥荒时利息全免。十四年后，六百石米全数还给州府，此外尚有储米三千一百石，以此作为社仓，不再收利息。所以虽然遭到歉收，人民也不必担心缺乏粮食。孝宗于是下诏，使朱熹的社仓法在各路推行。

朱熹

朱熹是宋代理学的集大成者，他认为理是世界的本质，“理在先，气在后”，提出“存天理，灭人欲”。学识渊博，对经学、史学、文学、乐律乃至自然科学都有研究。

【冯述评】陆象山说：“社仓固然是为农民的利益着想，然而必须保证常年丰收，这种制度才可保持长久。如果不是常年丰收的田地，一遇到歉收，则社仓的米只有借出而没有收入，来年播种时缺少种子，仍然没有办法施救。倘若同时设立一个平籴仓，丰收时买入米粮，防止价贱伤农的祸害；歉收时出售米粮，以防止富家囤积粮食、抬高价格来牟取暴利。把买进来的米粮分存两个仓库，其中一个仓库的存粮保留起来，不随便使用，等到歉收的年头再用，用这种方法来替代动辄匮乏的社仓，显然比较实用。顺从人民的方便，是社仓法；强制人民听从的，则是青苗法。这大概是因为前者主张利民，后者主张利国的缘故吧。

现在官吏积存谷物的方法，也是社仓的遗训。可惜所积的只是纸上的空言，谷物的一半已被负责的官吏据为己有，一半则变成朝廷非正常调用的钱粮来源。一碰到荒年歉收，除了摇头叹息，一点办法也没有，还不如不要这种措施，单纯地把谷物留在民间的好。唉！

何良俊《四友斋丛说》说：“当今地方长官所要施行的第一美政是督促各府县将各项赃款及罚银全数购买谷物。犯徒流以下的罪犯，允许用谷赎罪。大概大县每年能积谷一万石，小县能积谷五千石。南直隶巡抚之下有一百个县，则每年就能够有七十多万石谷物。累积三年之后，就能够积累两百多万石了。如果遇到一个县有水旱灾，就向无灾害的县通融借贷，等到来年丰收时再补还，则各地百姓就可以免于流离逃难，而朝廷对那些供应政府财政支出的重点税收地区，也永远不需担忧荒年歉收的问题。最大的德政，没有比这样更好的了。”

虞集

［原文］

元虞集①，仁宗时拜祭酒。讲罢，因言京师恃东南海运，而实竭民力以航不测，乃进曰：“京东濒海数千里，皆萑（huán）苇之场，北极辽海，南滨青、齐，海潮日至，

淤为沃壤久矣。苟用浙人之法，筑堤捍水为田，听富民欲得官者，分授其地而官为之限[2]：能以万夫耕者，授以万夫之田，为万夫长；千夫、百夫亦如之。三年视其成，则以地之高下，定额于朝，而以次征之。五年有积蓄，乃命以官，就所储给以禄。十年则佩之符印，俾得以传子孙，则东南民兵数万，可以近卫京师，外御岛夷，远宽东南海运之力，内获富民得官之用，淤食之民得有所归，自然不至为盗矣。”说者不一，事遂寝。

【冯述评】其后脱脱[3]言：京畿近水地，利召募江南人耕种，岁可收粟麦百余万石，不烦海运，京师足食。元主从之，于是立分司农司，以右丞悟良哈台、左丞乌古孙良正兼大司农卿，给分司农司印，西自西山，南至保定、河间，北抵檀顺，东及迁民镇，凡官地及元管各处屯田，悉从分司农司立法佃种，合用工价、牛具、农器、谷种，给钞五百万锭。又略仿前集贤学士虞集议，于江、淮召募能种水田及修筑圃堰之人各千人，为农师。降空名添设职事敕牒[4]十二道，募农民百人者授正九品，二百人者正八，三百人者从七，就令管领所募之人。所募农夫每人给钞十锭，期年散归，遂大稔（rěn）[5]。

何孟春《余冬序录》云：“国朝叶文庄公盛巡抚宣府时，修复官牛、官田之法，垦地日广，积粮日多，以其余岁易战马千八百余匹。其屯堡废缺者，咸修复之，不数月，完七百余所。今边兵受役权门，终岁劳苦，曾不得占寸地以自衣食，军储一切仰给内帑（tǎng）[6]，战马之费于太仆[7]者不资，屯堡尚谁修筑？悠悠岁月，恐将来之夷祸难支也！”

虞集

虞集，字伯生，元代文学家，人称邵庵先生，临川崇仁（今属江西）人。他与揭傒斯、柳贯、黄溍并称“元儒四家”，著有《道园学古录》五十卷。

樊升之曰：“贾生之治安，晁错之兵事，江统之徙戎，是万世之至画也，李邺侯之屯田，虞伯生之垦墅，平江伯之漕运，“平江伯陈瑄，合肥人。永乐初董北京海漕，筑淮阳海堤八百里。寻罢海运，浚会通河，通南北饷道，疏清江浦以避淮险，设仪真瓜洲坝港，凿徐州吕梁浜，筑刀阳、南旺湖堤，开白塔河通江，筑高邮湖堤，自淮至临清建闸四十七，建淮、徐临通仓以便转输，置舍卒导舟，设井树以便行者。”是一代之至画也。李允则之筑圃起浮屠，范文正、富郑公之救荒，是一时之至画也。画极其至，则人情允协，法成若天造，令出如流水矣。”

[注释]

①虞集：字伯生，元成宗时为大都路儒学教授，累迁奎章阁侍读学士，平生为文万篇，为元时文章大家。②限：规定、条例。③脱脱：元顺帝时官至中书右丞相，为一代贤相。④空名添设职事敕牒：写好了官职，未填写姓名的空白委任状。⑤稔：丰收。⑥内帑：国库。⑦太仆：太仆寺，掌管国家畜牧，主要是战马的饲养。

“元诗四大家”之首的虞集在元仁宗时官拜祭酒，曾在为仁宗讲学的课余时间，谈起京师仰仗东南一带以海运输送粮食而危险无比的航行，实在是严重耗损民力的事，于是进言道：“京师东面滨海数千里之地，都是芦苇丛生的荒地，北从辽海，南到青州、齐州，潮水每日冲积，长期以来已淤积为可供耕种的肥沃之地。如果用浙江人的方法，筑堤挡住潮水使其成为耕地，让想做官的富翁分别领取这些田地，由官府加以规定：有办法找到一万人耕田的，就给他一万人份的田地，让他做这一万人的总管；以下一千人、一百人也如此办理。三年之内看他的成果，由朝廷依土地的肥瘠程度定额课税，依等级征收，五年之后能有积蓄的，就任命他做官，就所积蓄的作为俸禄，十年后赐给他符节印信，让他传给子孙。这么一来，便可得到数万民兵来对内保卫京师，对外防御海贼，而且又能不必仰赖东南海运，既使人民得以休养生息，又可借着富人求官的心理，让京师得到充足的粮食供应，四处游食的人民能有正当的归宿，自然就不会做海贼了。”但因评议的人意见不一致，于是这件事情就不了了之。

【冯述评】后来脱脱曾说：京师近海，深得地利，招募江南人来耕种，每年可收获一百多万石米麦，不必仰赖海运，京师也可以得到足够的粮食。元主依此而行，设立分司农司，以右丞悟良哈台、左丞乌古孙良正兼任大司农卿，给分司农司印，西自西山，南至保定、河间，北到檀州、顺州，东到迁民镇，凡是官地及元朝朝廷所掌握的各处屯田，都必须听从分司农司立法办理租佃事宜，合用工价、牛具、农器、谷种，由朝廷先投资五百万锭银子。脱脱又大致遵循前集贤学士虞集的建议，在江淮之间招募能种水田及修筑园圃、堤防的各一千人，让他们担任农师，又发布了很多未注姓名的空白委任状，宣称：能招募一百个农民的人，就授予正九品官，二百人的正八品官，三百人的正七品官，由招募者自行管理自己所招募的人，所招募的农夫，每人给十锭银子，一年后放他们回去，于是此处获得了大丰收。

明朝人何孟春在《余冬序录》里说：“明朝叶文庄公巡抚宣府时，重新确立了官牛、官田的法令，开垦的土地日渐广大，积存的粮食日益增多，用每年多余的钱购买一千八百多匹战马，残缺不全的城堡也都加以修葺。不到几个月，就整修好七百多个城堡。如今边境的士兵受权贵的役使，整年劳苦，还得不到一点土地来供给自己的衣食，军中所需的一切费用，都得靠国库的供应，养战马的费用由太仆支给的多得无法估计，至于城堡的修筑又能依靠哪里的费用呢？长期下来，恐怕将来的外患就很难应付了。”

樊升之说：“贾谊上汉文帝的治安策，晁错的用兵之计，江统的徙戎论，这些其实都是万世皆佳的计划，李邺侯的屯田，虞集的开垦荒地，平江伯陈瑄的漕运“平江伯陈瑄，是合肥人。永乐初年负责由海上向北京运输漕粮，他在淮阳筑海堤八百里。不久停办海运，疏浚会通河，疏通了南北通道。疏浚清江浦以避开淮河险滩，在仪真设瓜洲坝港，开凿了徐州吕梁浜，筑刀阳和南旺湖堤，开白塔河通长江，修筑高邮湖堤，从淮河到临清建了四十七座水闸，修建了淮安、徐州、临清、通州的粮仓以方便转运，沿途设置士兵疏导船只，挖水井种行道树以方便行人。”这些都堪称是当代最佳的计划。李允则筑园圃、造佛塔，范文正、富弼救济灾民，使其度过饥荒，也堪称是当时最佳的计划。计划能达到尽善尽美，则人情必能诚信协和，因此好的计划往往有如天成，命令一出，执行起来便犹如流水般顺畅。”

刘大夏

［原文］

弘治十年，命户部刘大夏出理边饷，或曰：“北边粮草，半属中贵人子弟经营，公素不与先辈[1]合，恐不免刚以取祸。”大夏曰：“处事以理不以势，俟至彼图之。”既至，召边上父老日夕讲究[2]，遂得其要领。一日，揭榜通衢(qú)云：“某仓缺粮若干石，每石给官价若干，凡境内外官民客商之家，但愿输者，米自十石以上，草自百束以上，俱准告。”虽中贵子弟亦不禁。不两月，仓场充牣[3]。盖往时粮百石、草千束方准告，以故中贵子弟争相为市，转买边人粮草，陆续运至，牟利十五[4]。自此法立，有粮草之家自得告输，中贵子弟即欲收籴(dí)，无处可得，公有余积，家有余财。

【冯述评】忠宣法诚善，然使不召边上父老日夕讲究，如何得知？能如此虚心访问，实心从善，何官不治？何事不济？昔唐人目台中坐席为“痴床”，谓一坐此床，骄倨如痴。今上官公坐皆“痴床”矣，民间利病，何由上闻？

［注释］

①先辈：指参与边饷的朝中老一辈官僚。②讲究：议论、探讨。③充牣：充满。④十五：十分之五，即一半的利润。

［译文］

明孝宗弘治十年，朝廷命令户部尚书刘大夏到边境掌管粮饷。有人说：“北方的粮草，大半属于官宦子弟经营，您一向与这些亲贵不合，恐怕免不了因刚直而招来祸害。”刘大夏说：“做事要讲求合理而不能硬来，等我到那里以后自然会有办法。”刘大夏到任后请来边境上的地方父老，早晚和他们研究，很快就完全掌握了处理的要领。有一天，刘大夏在交通要道上贴出一份告示说：“某仓库缺少米粮若干石，每石按官方定价，境内外的官吏、人民或商人全部人等，只要愿意运米十石以上、草一百束以上的都批准。”而且也不禁止官宦子弟。不到两个月，仓库便都满了。因为以往运送米粮得高达一百石、草高达一千束才会得到批准，因而一般百姓无力竞争，只能由少数官宦子弟互相争取，加以垄断，买入边境上的粮草，陆续运来，利润达五成之高。自从订立这个规定，有粮草的人家就可以自己运送，官宦子弟即使想买也买不到，于是公家得到更多的粮草，民家则因此得到相当的利润。

【冯述评】刘大夏的方法实在很好，然而假使不请边境上的父老来研究情况，怎么能知道呢？能如此虚心请教，真心听从善言，有什么事做不好呢？有什么事成不了呢？以前唐朝人把御史台的座席看成“痴床”，说一坐上这个床，就骄傲自满，使人如白痴一般。当今朝廷官员都是坐在这样的“痴床”上，民间的利弊怎么能传给皇帝知道呢？

杨一清

[原文]

西番[1]故饶马，而仰给中国茶饮疗疾。祖制以蜀茶易番马，久而寖弛，茶多阑出[2]，为奸人利，而番马不时至。杨文襄[3]乃请重行太仆宛马之官，而严私通禁，尽笼茶利于官，以报致诸番。番马大集，而屯牧之政修。

【冯述评】**其抚陕西，则创城于平虏、红古二地，以为固原援。筑垣濒河，以捍靖虏[4]。其讨安化，则授张永策以诛逆瑾。出将入相，谋无不酬，当时目公为“智囊”，又比之姚崇，不虚也！**

杨一清

杨一清，字应宁，号邃庵，南直隶镇江府丹徒（今属江苏）人。他幼时聪颖过人，7岁能文，以奇童蜚声四乡。卒后，谥文襄，赠太保。

[注释]

①西番：泛指今青海、西藏等地的少数民族。②阑出：走私运出。③杨文襄：杨一清，

明成化进士，官至太子太师、特进左柱国、华盖殿大学士，谥文襄。④靖虏：靖虏卫，在今甘肃兰州附近。

［译文］

西番盛产马匹，而仰赖中原的茶叶来治疗疾病。历来的惯例是用四川茶叶交换番马。可是多年以后，这一制度逐渐废弛。茶叶多被奸人用来走私谋利，而番马却不按时送到。杨文襄公奏请朝廷，重新设置专职交易马匹的官吏，严禁私自交易，把茶叶的利润完全收归官府所有，并把这一法令通报到各番邦。于是番马大量送到，屯牧之政因而修明。

【冯述评】杨一清任陕西巡抚时，创建平虏、红古两座城，作为固原的后援。在河边修筑城墙，以捍蔽靖虏卫。杨一清讨伐安化王的叛乱时，还授给张永计策诛除了谋逆的宦官刘瑾。杨一清可谓出将入相，其所做的谋划无不成功。当时的人把他看成智囊，拿他与姚崇相比，真是一点都不过分。

陶侃

［原文］

陶侃[①]性俭厉，勤于事。作荆州时，敕船官悉录锯木屑，不限多少。咸不解此意。后正会，值积雪始晴，厅事前除雪后犹湿，于是悉用木屑履之，都无所妨。官用竹，皆令录厚头，积之如山。后桓宣武伐蜀，装船悉以作钉。又尝发所在竹篙，有一官长，连根取之，仍当足[②]。公即超两阶用之。

［注释］

①陶侃：东晋人，少孤贫，由县吏积官至荆州刺史，转广州刺史，后平叛有功，封长沙郡公，都督八州军事。②足：撑船所用竹篙，用铁具装其下端。

［译文］

晋朝人陶侃生性节俭，而且做事勤快。陶侃担任荆州刺史时，命令船官收集锯木屑，不论数量多少。众人都不了解他的用意。后来正逢积雪融化时期，官府前虽已除雪，地仍湿滑，于是把昔日的锯木屑撒在地上，遂能通行无阻。官用的竹子，陶侃命令要留下粗厚的竹子头，积存起来。后来桓温伐蜀，竹子头都拿出来当作造船的竹钉。他还曾征收竹子做竹篙，有一个官吏连着竹根挖起，可以代替铁足头直接使用。陶侃见了后，立刻将此人提升两级。

苏州堤

［原文］

苏州至昆山县凡七十里，皆浅水，无陆途。民颇病涉，久欲为长堤，而泽国①艰于取土。嘉祐中，人有献计，就水中以蘧除刍藁（gǎo）为墙，栽两行，相去三尺；去墙六尺，又为一墙，亦如此。漉水中淤泥，实蘧除中，候干，则以水车沃去两墙间之旧水，墙间六尺皆土，留其半以为堤脚，掘其半为渠，取土为堤。每三四里则为一桥，以通南北之水，不日堤成，遂为永利。今娄门塘，是也。

［注释］

①泽国：水泽遍布的地区。

［译文］

苏州距昆山县有七十里远，都是浅水，没有陆路可行。人民苦于涉水，早就想筑长堤，但是水泽之地难以取土。宋仁宗嘉祐年间，有人献计，在水中用芦荻干草做墙，栽两行，相距三尺；离墙六尺，又做一墙，做法和前两墙相同。然后把水中的淤泥沥干，塞在干草中，等干了以后，再用水车除去两墙之间的旧水，墙与墙之间留下的都是泥土，把其中的一半留做为长堤的基础，挖另一半做河渠，把挖出来的土拿出来筑堤。每三四里筑一座桥，以打通南北的水域。不久长堤完成，成为造福后世的好事。现在的娄门塘，也是这样做的。

叶梦得

［原文］

叶石林①在颍昌，岁值水灾，京西尤甚，浮殍（piǎo）②自唐、邓入境，不可胜计，令尽发常平所储以赈。唯遗弃小儿，无由处之。一日询左右曰：“民间无子者，何不收畜？”曰：“患既长或来识认。”叶阅法例：凡伤灾遗弃小儿，父母不得复取。遂作空券数千，具载本法，

叶梦得

叶梦得，字少蕴，宋代词人。他的词以南渡为界，可分为两个时期，早期词多为传统题材，词风婉丽，后期词抒发家国之恨和抗敌之志，词风豪放。

即给内外厢界保伍③，凡得儿者，皆使自明所从来，书券给之，官为籍记，凡全活三千八百人。

[注释]

①叶石林：叶梦得，号石林，北宋时进士，南宋初，迁官至翰林学士兼侍读，除户部尚书，学识渊博，工于词。②殍：饿死的人。③内外厢界保伍：城乡内外的保长、伍长。

[译文]

宋朝人叶梦得在颍昌时，正逢水灾，京城西边一带灾情特别严重，从唐州、邓州等地漂来的浮尸不可胜数。叶梦得命令以库存的常平米来赈灾，但很多被遗弃的小孩却不知该如何处理。有一天，叶梦得问左右的人说："民间没有孩子的人为什么不领养他们呢？"左右的人说："这是因为怕养大以后又被亲生父母认领回去。"叶梦得翻阅旧法例：凡是因为灾害而被遗弃的小孩，亲生父母不能再认领回去。于是制定出数千份空白的契券，详细说明这条法令，发给城内外乡里之间的人家，凡是领养到小孩的，都让他们自己说明是从何处得来的，登录在契券后发给他们，并由官府登记在户籍里。如此一来，一共救活了三千八百个孤儿。

虞允文

[原文]

先是浙民岁输丁钱①绢䌷（chóu），民生子即弃之，稍长即杀之。虞公允文②闻之恻然③，访知江渚有荻场利甚溥，而为世家及浮屠所私。公令有司籍其数以闻，请以代输民之身丁钱。符下日，民欢呼鼓舞，始知有父子生聚之乐。

［注释］

①丁钱：人口税。②虞公允文：虞允文，南宋进士，孝宗时为左丞相。③恻然：同情怜悯。

［译文］

宋朝时，先前浙江人民都须缴纳丝绸为人口税，人民难以承担，往往生了儿子就丢弃，或是还没有长大就杀掉。虞允文知道这个情形，心中十分不忍，后来查访到江边沙洲有荻草地，经济利益很大，不过都被豪门世家及僧侣占据。于是虞允文命令手下将这些豪门世家和僧侣全部都登录下来，并要求这些人代替人民缴人口税。命令下达的那一天，人民欢呼鼓舞，至此浙江一带的百姓才能安享父子天伦之乐。

种世衡 杨掞

［原文］

种世衡所置青涧城[1]，逼近虏境，守备单弱，刍粮俱乏。世衡以官钱贷商旅，使致之，不问所出入[2]。未几，仓廪皆实。又教吏民习射，虽僧道、妇人亦习之，以银为的[3]，中的者辄与之。既而中者益多，其银重轻如故，而的渐厚且小矣。或争徭役轻重，亦令射，射中者得优处。或有过失，亦令射，射中则免之。由是人人皆射，富强甲于延州。

杨掞[4]本书生，初从戎习骑射，每夜用青布藉地，乘生马跃，初不过三尺，次五尺，次至一丈，数闪跌不顾。孟珙尝用其法，称为"小子房"[5]。

【冯述评】**按《宋史》，掞尝贷人万缗，游襄、汉间，入娼楼，箧垂尽。夜忽自呼曰："来此何为？"辄弃去。已在军中，费官钱数万，贾似道[6]核其数，孟珙以白金六百与偿，掞又费之，终日而饮。似道欲杀之，掞曰："汉祖以黄金四万斤付陈平，不问出入，如公琐琐，何**

以用豪杰？”似道姑置之。盖奇士也！其参杜杲（gǎo）军幕，能出奇计，解安丰之围，惜乎不尽其用耳。

［注释］

①种世衡所置青涧城：在今陕西清涧。种世衡筑青涧城作为防御西夏的要塞。②出入：买进和卖出的差价。③以银为的：用银做箭靶。④杨掞：南宋末年人，入淮西制置使杜杲幕府，多善谋，后为京湖安抚制置大使孟珙聘为幕宾。⑤子房：张良，字子房。⑥贾似道：南宋末权相，卖国无能。

［译文］

种世衡所建的青涧城，非常靠近蕃族部落，守备的军力又很薄弱，粮草缺乏。种世衡于是将官钱借给商人，供他们至内地买粮谋利，完全不加干涉。不久，城里仓库的粮食都满了。种世衡又教官吏和百姓练习射箭，连僧侣、妇人都要练习，用银子作箭靶，射中的就把银子给他。后来射中的人越来越多，就将箭靶改为厚而小，但银子的重量依旧。有人为徭役的轻重而争执，也命令他们比赛射箭，射中就可以优先选择。有过失的人也命令他射箭，射中的可以不处罚。从此人人都会射箭，人民生活的富裕程度和战力之强一跃而为整个延州第一。

宋朝人杨掞本是书生，后来从军学习骑马射箭。每天晚上用青布铺在地上，骑着烈马跳跃。最初跳不过三尺，后来跳过五尺，最后甚至跳过一丈，屡次摔倒也毫不在乎。孟珙曾经采用他的方法，并称杨掞为“小张良”。

【冯述评】按《宋史》记载，杨掞曾经向人借一万缗钱，游荡于襄汉一带，在妓院里几乎把钱全数用光。有天夜晚忽然对自己说：“我到这里来干什么？”于是转身离开妓院。后来在军中，又私自花费掉官钱数万缗。贾似道来审核官钱，孟珙为他偿还了白金六百两，杨掞却又把它花光，而且整天饮酒作乐。贾似道想把他杀掉，杨掞说：“汉高祖付给陈平黄金四万斤，而不问他花在何处。像您这般斤斤计较，怎么能任用豪杰！”贾似道听了，遂不再加以追究。说起来，这杨掞也真是奇士啊。后来他担任杜杲的幕僚，献出奇策，解除了安丰被围的困境，可惜不能完全施展他的才智。

汪立信 文天祥

［原文］

襄阳围急，将破①，立信②遗似道书，云：“沿江之守，不过七千里，而内郡见兵尚可七十余万，宜尽出之江干，以实外御。汰其老弱，可得精锐五十万，于七千

里中，距百里为屯，屯有守将；十屯为府，府有总督。其尤要害处，则参倍[3]其兵。无事则泛舟江、淮，往来游徼，有事则东西互援，联络不断，以成率然之势，此上策也！久拘聘使，无益于我，徒使敌得以为辞，莫若礼而归之，请输岁币以缓目前之急。俟边患稍休，徐图战守，此中策也！”后伯颜[4]入建康，闻其策，叹曰：“使宋果用之，吾安得至此？”

北人南侵，文天祥[5]上疏，言：“朝廷姑息牵制之意多，奋发刚断之意少，乞斩师孟[6]衅鼓，以作将士之气。”且言：“宋惩五季之乱，削藩镇，建邑郡，一时虽足以矫尾大之弊，然国以变弱，故敌至一州则一州破，至一县则一县残，中原陆沉，痛悔何及？今宜分天下为四镇，建都督统御于其中，以广西益湖广，而建阃(kǔn)于长沙；以广东益江西，而建阃于隆兴[7]；以福建益江东，而建阃于番阳[8]；以淮西益淮东，而建阃于扬州。责长沙取鄂，隆兴取蕲(qí)、黄，番阳取江东，扬州取两淮。使其地大力众，足以抗敌，约日齐奋，有进无退，日夜以图之，彼备多力分，疲于奔命。而吾民之豪杰者，又伺间出于其中。

文天祥

文天祥，原名云孙，字履善，又字宋瑞，自号文山、浮休道人，南宋杰出的民族英雄和爱国诗人，吉州吉水（在今江西吉安）人。著有《文山全集》，名篇有《正气歌》《过零丁洋》等。因抵抗元兵的入侵不幸被俘，囚入牢中，终以不屈被害。

如此，则敌不难却也！”

【冯述评】**靖康有李纲不用，而用黄潜善、汪伯彦；咸淳有汪立信不用，而用贾似道；德祐有文天祥不用，而用陈宜中[⑨]。然则宋不衰于金，自衰也；不亡于元，自亡也！**

［注释］

①襄阳围急，将破：南宋咸淳三年（1267），元世祖忽必烈遣兵攻襄阳，至咸淳九年（1273），襄阳城破，五年后，元灭南宋。②立信：汪立信，襄阳被围时，权兵部尚书、荆湖安抚制置、知江陵府。襄阳失守后，受诏为端明殿学士、沿江制置使，即日上疏，云：“今江南无一寸干净地，某去寻一片赵家地上死。”后自杀。③参倍：三倍。④伯颜：元朝丞相。⑤文天祥：南宋人，年二十举进士，德祐二年（1276）拜右丞相，出使元军被拘，在镇江逃出，进左丞相，后兵败复被擒，拘于燕京三年，不屈被杀。⑥师孟：吕师孟，襄阳守将吕文焕之侄，襄阳城破，吕文焕出降。南宋为求媚于元，反擢升吕师孟为兵部尚书，而师孟益发自大放肆。⑦隆兴：今江西南昌。⑧番阳：即鄱阳，今江西鄱阳。⑨陈宜中：南宋人，附媚于贾似道，进右丞相，无治国之才，唯知乞和请迁，别无良策，宋亡后逃入暹罗。

［译文］

南宋时襄阳城被蒙古军围攻，情势急迫，汪立信写信给贾似道说：“沿长江的防线不过七千里，而内地现有的士兵还有七十多万人，应该把兵力都派到江边，充实对外防御的兵力。七十多万兵力中，淘汰掉老弱不堪作战的，还有五十万精锐。在七千里之间，每一百里设一屯，每屯有守将，十屯为一府，每府有总督。地势非常重要的地方，兵力则增加三倍。平时在江淮之间泛舟来往保持联系，战时东西可以彼此支持，联络不断，从而形成足以应付蒙古人突然攻击的防御力量，这是上策。扣留蒙古人的使臣，对我们完全没有好处，只会给敌人增加攻击的借口。不如礼遇他们，放他们回去，并想办法以每年输送财帛的方式和蒙古人达成暂时的和议，这样可以缓和目前急迫的形势，等边境的情势稍微缓和下来，再从长计议战守的策略，这是中策。”后来蒙古伯颜攻入建康，听说汪立信的这番策略后，叹息道：“假使宋室当时真的采用这个策略，今天我们怎么可能到这里呢？”

蒙古人南侵，文天祥上疏，说：“朝廷只求一时的偏安，牵制前方将帅作战的意味太浓，而奋发进取、决心作战的意志太弱，我请求立刻斩杀吕师孟，以他的鲜血涂于战鼓，以此来激励士气。”又说：“宋朝受五代之乱的祸害，虽然削弱了拥兵的藩镇，建立邑郡，一时可以矫正军人拥兵作乱的弊病，然而也为此付出国力衰弱的代价。所以敌人每到一州，一州就残破，每到一县，一县就残破，以致整个中原沦陷，后悔也来不及。如今应将天下分为四镇，每镇设立都督一人负责总管事务：

将广西并入两湖为一镇，军府建于长沙；将广东并入江西为一镇，军府建于隆兴；将福建并入江东，军府建于番阳；将淮西并入淮东，军府建于扬州。再命令长沙负责收复鄂地一带，隆兴负责收复蕲州、黄州一带，番阳负责收复江东一带，扬州负责收复两淮一带。这样一来，才能使各镇地大兵多，足以对抗敌军。然后便可找寻适当时机，约定日期一起进军北伐，有进无退，倾尽全力攻击敌军，使敌军不得不扩大战线，以防备各方的攻击兵力，而造成其局部防御兵力的不足，疲于奔命，再加上我方策动敌后的百姓起义，从内部加以骚扰，如此敌人就不难击退了。”

【冯述评】靖康年间，有李纲不用，而用黄潜善、汪伯彦；咸淳年间有汪立信不用，而用贾似道；德祐年间有文天祥不用，而用陈宜中。可见宋朝并非因金人强大而衰弱，而是自己衰弱；不是被元灭亡，而是被自己灭亡。

察智部第三

察智部总序

[原文]

冯子曰：智非察①不神，察非智不精。子思②云："文理密察，必属于至圣。"而孔子亦云："察其所安。"是以知察之为用，神矣广矣。善于相人者，犹能以鉴貌辨色，察人之富贵福寿贫贱孤夭，况乎因其事而察其心？则人之忠佞贤奸，有不灼然乎？分其目曰"得情"，曰"诘奸"，即以此为照人之镜而已。

[注释]

①察：明察，善于分辨。②子思：孔伋，字子思，孔子的孙子。

[译文]

冯梦龙说：智慧需要明察，才能显示出其效用；而明察若不以智慧为基础，则难以真正洞悉事物的精微关键之处。子思说："条理清晰，细致明辨，这才是真正的智慧。"孔子也说："观察他做事情安与不安。"从而知道明察的作用，是非常神圣和广泛的。善于相面的人，能从一个人的长相神色，看出一个人的富贵或贫贱、长寿或短寿来。同样的，从一个人的行为处事之中，也能清楚判断出他是忠直还是奸邪，是贤能还是愚昧。因此，本部分为"得情"和"诘奸"两卷，可以用来作为照见人心的明镜。

得情卷九

[原文]

口变缁(zī)素[1]，权移马鹿；山鬼昼舞，愁魂夜哭；如得其情，片言折狱[2]；唯参与由[3]，吾是私淑[4]。集“得情”。

[注释]

①缁素：缁为黑色的布，素为白色的布，此处指颜色的黑白。②折狱：判断诉讼。③参与由：曾参与仲由，孔子的两个学生，于政事善明察。④私淑：不能当面得到教诲，只能心里景仰。

[译文]

有口才的人，可以把黑的说成白的；有权势的人，可以指着鹿却说是马；坏人十分猖狂，含冤的人无处洗刷冤情；但在有才智的人眼中，只要用只字片语就能查出实情；唯有曾参和仲由，我虽不能亲受其教，但心里很景仰他们。集此为“得情”卷。

唐朝某御史

[原文]

李靖为岐州刺史，或告其谋反，高祖命一御史案之。御史知其诬罔，请与告事者偕[1]。行数驿，诈称失去原状，惊惧异常，鞭挞行典[2]，乃祈求告事者别疏[3]一状。比验[4]，与原状不同。即日还以闻，高祖大惊，告事者伏诛。

[注释]

①偕：同行。②行典：随行的典史官。③疏：状子。④比验：比对验证。

李靖

李靖，字药师，为隋朝名将韩擒虎的外甥，唐初名将，著名的军事家。唐初的重大军事行动，李靖基本上都亲自参与，为唐王朝的巩固，立下了汗马功劳。

[译文]

李靖任岐州刺史时，有人告他谋反。唐高祖李渊命令一位御史前去处理这个案件。御史知道李靖是被诬告的，就请求与原告同行。走过几个驿站后，御史假装原状丢了，装出非常恐惧的样子，鞭打随行的官吏，并请求原告再另外写一张状子，然后拿来和原状比对，内容果然大不相同。当天这个御史就回京师报告结果，唐高祖大惊，而原告则因诬告而被判死罪。

殷云霁

[原文]

正德中，殷云霁字近夫，知清江。县民朱铠死于文庙西庑(wǔ)中，莫知杀之者。忽得匿名书，曰："杀铠者某也。"某系素仇，众谓不诬。云霁曰："此嫁贼以缓治①也。"问左右："与铠狎(xiá)②者谁？"对曰："胥姚。"云霁乃集群胥于堂，曰："吾欲写书，各呈若字。"有姚明者，字类匿名书，诘之曰："尔何杀铠？"明大惊曰："铠将贩于苏，独吾候之，利其资，故杀之耳。"

[注释]

①缓治：延缓破案。②狎：亲近。

[译文]

明武宗正德年间，殷云霁，字近夫，任清江知县，县民朱铠被发现死于文庙西边廊下，一时查不出凶手是谁，却忽然收到一封匿名信，信中说："杀死朱铠的是某人。"某人和朱铠有旧仇，大家都认为凶手很可能是他。殷云霁说："这是真凶嫁祸他人之计，要误导我们的调查。"就问左邻右舍："谁与朱铠亲近？"左右都回答说："姚姓属吏。"殷云霁就将所有属吏聚集于公堂说："我需要一个字写得好的人，你们各自呈上自己的字。"属吏之中只有姚明的字最像匿名信的笔迹，殷云霁就问他："为什么杀朱铠？"姚明大惊，只好招认说："朱铠将到苏州做生意，只有我知道，贪图他的财物，所以杀他。"

高子业

[原文]

高子业①初任代州守，有诸生江槔（gāo）与邻人争宅址。将哄②，阴刃族人江孜等，匿二尸图诬邻人。邻人知，不敢哄，全畀以宅，槔埋尸室中。数年，槔兄千户楫枉杀其妻，槔嗾妻家讼楫，并诬楫杀孜事，楫拷死，无后③，与弟椝重袭楫职。讼上监司台，付子业再鞫（jū）。业问槔以孜等尸所在，槔对曰："楫杀孜埋尸其室，不知所在。"曰："楫何事杀孜？"槔愕然，对曰："为槔争宅址。"曰："尔与同宅居乎？"对曰："异居。"曰："为尔争宅址，杀人埋尸己室，有斯理乎？"问吏曰："搜尸槔室否？"对曰："未也。"乃命搜槔室，掘地得二尸于槔居所，刃迹宛然，槔服罪。州人曰："十年冤狱，一旦得雪。"

州豪吴世杰诬族人吴世江奸盗，拷掠死二十余命，世江更数冬不死。子业覆狱牍，问曰："盗赃布裙一，谷数斛。世江有田若庐，富而行劫，何也。"世杰曰："贼饵色。"即呼奸妇问之曰："盗奸若何？"对曰："奸也。""何时？"曰："夜。"曰："夜奸何得识贼名？"对曰："世杰教我贼名。"世杰遂伏诬杀人罪。

[注释]

①高子业：高叔嗣，字子业，明朝人。②哄：聚众斗殴。③无后：没有后代。

[译文]

高子业初任代州太守时，有秀才江槔和邻人争夺住屋，差一点发生聚众斗殴。江槔暗中杀死族人江孜等两人，并把尸体藏匿起来，准备诬陷邻人。邻人知情因而不敢和他殴斗，把住屋都让给江槔，江槔就将尸体埋在房子里。数年后，江槔的哥哥江楫误杀了妻子，江槔于是唆使江楫妻子的家人去告江楫，同时诬陷江楫杀死江孜等两人。江楫被拷打致死，没有后代，就由弟弟江槔继承职位。讼案呈上专管刑狱的监司，交付高子业再审查。高子业问江棨，江孜等尸体在哪里，江棨说："江楫杀死江孜后，将尸体埋在房子里，但我不知道确切的地点在何处。"高子业问："江楫为什么要杀死江孜？"江棨慌乱间回答道："为我和邻人争住屋。"高子业问道："你和江楫住同一幢屋子吗？"江棨回答道："并不住在一起。"高子业说："他为你去争住屋，杀人后却把尸体埋在自己房子里，有这样的道理吗？"又问差役说："到江棨的房子中搜查过尸体没有？"差役回答："还没有。"于是高子业命人搜查江棨的房子，果然在地下挖到两具尸体，刀刃砍伤的痕迹都还清晰可辨，江棨只好认罪。州人都说："十年的冤狱，如今才得以洗清。"

州中的土豪吴世杰，诬害族人吴世江窃盗，逼供拷打死二十条命，吴世江经过数年却没死。高子业重新审查讼案的记录，问吴世杰道："窃盗的赃物只有区区布裙一条、谷物数斛。吴世江有房子和田地，家境富裕，他为什么要当窃贼呢？"吴世杰说："是为了劫色。"于是高子业又将奸妇叫来问道："窃贼是怎么对你的？"回答说："强奸。"高子业问："什么时候？"回答说："半夜。"又问："半夜强奸，你如何得知窃贼是谁？"回答说："是吴世杰把窃贼的名字告诉我的。"吴世杰这才承认诬告杀人罪。

李德裕

［原文］

李德裕镇浙右。甘露寺僧诉交代常住[1]什物，被前主事僧[2]耗用常住金若干两，引证前数辈，皆有递相交领文籍分明，众词指以新得替人隐而用之，且云："初上之时，交领分两既明，及交割之日，不见其金。"鞫成具狱，伏罪昭然。未穷破用之所[3]。公疑其未尽，微以意揣之，僧乃诉冤曰："积年以来，空交分两文书，其实无金矣。众乃以孤立，欲乘此挤之。"公曰："此不难知也。"乃召兜子[4]数乘，命关连僧人对事，遣入兜子中，门皆向壁，不令相见；命取黄泥各摸交付下次金样以凭证据，僧既不知形状，竟摸不成，前数辈皆伏罪。

[注释]

①常住：不能耗费的固定资产。②主事僧：主管寺院事务的僧人，即住持。③破用之所：挪用到什么地方。④兜子：一种小轿子。

[译文]

唐朝人李德裕在浙为官期间，甘露寺的僧侣控告在移交寺院杂物时，被前任住持私自挪用常住金若干两，询问前几任住持，都有互相移交的账目，记载得很清楚，众僧指证说这是新住持替原来的住持包庇使用常住金，而且说："初上任时，移交的银两数目都很清楚，到交出来时银两却不见了。"审判结束后，罪证昭昭在目，但没有追究银两用到哪里。李德裕怀疑案子没有审清楚，于是隐约地对住持稍加诱导，住持于是说出他的冤情道："多少年来，都是只移交记录银两的文书，其实银两早就没有了，众僧因为我孤立，想乘机排挤我。"李德裕说："这种事并不难查清。"就找了数顶轿子，命令相关的历届住持都进入轿中，轿门对着墙壁，彼此看不见，再命人取来各种形状的黄泥，让每个僧侣分别捏出交付给下任的黄金的样式，作为证据，僧侣既然不知道形状，当然就不可能捏得出来，前数任住持僧侣这才俯首认罪。

张齐贤

[原文]

戚里[1]有分财不均者，更相[2]讼。齐贤曰："是非台府所能决，臣请自治之。"齐贤坐相府，召讼者问曰："汝非以彼分财多，汝分少乎？"曰："然。"具款，乃召两吏，令甲家入乙舍，乙家入甲舍，货财无得动，分书则交易，明日奏闻，上曰："朕固知非君不能定也。"

[注释]

①戚里：皇帝外戚聚居的地方，此处指外戚。②更相：互相。

[译文]

宋朝时，外戚中有人认为财产没有平均分配，因而互相指控。张齐贤对皇帝说："这不是台府所能判决的，请让微臣去处理。"张齐贤对互相控告的人问道："你不是认为他分的财产多，你分的少吗？""是的。"两方的人都如此回答。张齐贤便让他们详列财物条目，再找两名役使，命令将甲家的财物搬入乙的房舍，乙家的财物搬入甲的房舍，所有的财物都不能动，分配财物的文书也互相交换，第二天就向皇帝奏报，皇帝说："朕就知道除你之外没其他人能够定夺此事。"

韩亿

[原文]

韩亿知洋州。大校[①]李甲[②]以财豪于乡里。兄死，诬其兄子为他姓，赂里妪之貌类者，使认为己子，又醉其嫂而嫁之，尽夺其资。嫂、侄诉于州，积十余年，竟未有白其冤者。公至，又出诉。公取前后案牍视之，皆未尝引乳医[③]为验。一日，尽召其党至庭下，出乳医示之，众皆服罪，子母复归如初。

[注释]

①大校:《宋史·韩亿传》为“州豪”。②李甲：古文中常用“甲”“乙”指代人名，即某人。③乳医：接生婆。

[译文]

宋朝人韩亿任洋州太守时，大校李某以财富傲视乡里。哥哥死后，李某诬陷哥哥的儿子是别人的，并且收买乡里中容貌与侄子相似的女子来认侄儿为儿子，又将嫂嫂灌醉后将她改嫁，趁机把哥哥的家产全部侵占。嫂嫂与侄儿到州府控告，拖延了十多年，竟然没有官员为他们洗清冤情。韩亿到任后，他们又出来控诉。韩亿取出历年来的案情记录来看，发现没有一个官员请接生婆来作证。有一天，韩亿将这群人全部请到堂下，并叫来接生婆作证，众人才都认罪。母子终于能够回家团聚。

程颢

[原文]

有富民张氏子，其父死，有老父曰:“我，汝父也，来就汝居。”张惊疑，请辩[①]于县，程颢诘之。老父探怀取策以进，记曰:“某年某月日某人抱子于三翁家。”颢问张及其父年几何，谓老父曰:“是子之生，其父年才四十，已谓之三翁乎？”老父惊服。

[注释]

①辩：通“辨”，辨别。

[译文]

有个张姓富翁的儿子，父亲早死。有一天，忽然来了一个老先生对他说："我是你的父亲，来和你一起住。"张某很是惊奇怀疑，请求县官为他辨别真假。程颢问老先生有何证据，老先生从怀里取出一份文书给县官，文书上记着："某年某月某日某人抱儿子给三翁。"程颢问清楚张某跟他父亲的年纪，然后对老先生说："这个孩子出生时，他父亲才四十岁，已经称呼他三翁了吗？"老先生惊惶认罪。

宣彦昭　范邵

[原文]

宣彦昭仕元，为平阳州判官。天大雨，民与军争簦（dēng）[1]，各认己物。彦昭裂而为二，并驱出，使卒踵其后。军忿噪不已，民曰："汝自失簦，于我何与？"卒以闻，彦昭杖民，令买簦偿军。

范邵为浚仪令，二人挟绢于市互争，令断之，各分一半去，后遣人密察之，有一喜一愠之色，于是擒喜者。

【冯述评】**李惠[2]断燕巢事，即此一理所推也。**

魏雍州厅事有燕争巢，斗已累日。刺史李惠令人掩护，试命纪纲断之，并辞。惠乃使卒以弱竹弹两燕，既而一去一留。惠笑谓属吏曰："此留者，自计为巢功重；彼去者，既经楚痛，理无固心。"群下服其深察。

[注释]

①簦：雨伞。②李惠：北魏献文帝皇后之父，长于思察，曾为青州刺史。

[译文]

宣彦昭在元朝时担任平阳州判官。有一天下大雨，百姓与士卒争一把伞用，各自认为是自己的，于是宣彦昭将伞分裂为二，并赶二人出门，派士兵跟随在后面暗中察看，只见那个士卒气愤得不得了，而百姓却说："你自己把伞丢了，与我何干？"跟随的士兵把这个情况告诉宣彦昭，宣彦昭用杖刑处罚了那个百姓，并命令他买伞还士卒。

范邵任浚仪令时，有两个人在市场上抢夺一匹绢，范邵命令将绢裁断，每人各取一半离去，接着派人暗中观察，一个很高兴，一个却很生气，于是他下令逮捕高兴的那个人。

【冯述评】李惠判断燕子争巢的事，可以看作是这个道理的推广。

北魏雍州官衙屋檐下，有燕子争巢争了好几天。刺史李惠命令部下将打斗的燕子分开，试命仆人判决是哪一只燕子的巢穴，他们都推辞。于是李惠让人用细竹子弹两只燕子，结果一只飞走，一只留着，李惠笑着对属下说："经过击打的痛苦之后，自认为筑巢功夫大的燕子留下来了，飞走的燕子则没有坚持的心意。"属下都佩服他观察细微。

安重荣 韩彦古

[原文]

安重荣虽武人而习吏事。初为成德节度，有夫妇讼其子不孝者。重荣拔剑，授其父使自杀之。其父泣不忍，其母从旁诟夫面，夺剑而逐其子，问之，乃继母也。重荣为叱其母出，而从后射杀之。

韩彦古知平江府。有士族之母，讼其夫前妻子之者，以衣冠①扶掖而来，乃其嫡子也。彦古曰："事体颇重，当略惩戒之。"母曰："业已论诉，愿明公据法加罪。"彦古曰："若然，必送狱而后明，汝年老，必不能理对，姑留扶掖之子，就狱与证，徐议所决。"母良久云："乞文状归家，俟其不悛（quān），即再告理。"由是不敢复至。

[注释]

①衣冠：此处指衣冠整齐。

[译文]

后晋时，安重荣虽然是武人出身，但熟习文治的事。刚担任成德节度使时，有一对夫妇控告自己的儿子不孝，安重荣拔剑交给父亲，让他把儿子杀了，父亲哭着不忍心下手，而母亲却在旁边责骂丈夫，并且抢下剑来追杀儿子。安重荣问明原因，乃知其是继母，安重荣因而勒令母亲出去，并从后面射杀了她。

宋朝人韩彦古（字子师，延安人，蕲王韩世忠之子）出知平江府时，有一位士人的母亲前来控告其丈夫前妻的儿子，当时有个衣冠整齐的人搀扶着她，原来是她的亲生子。韩彦古道："这件官司兹事体大，本官认为只要将令郎略加惩戒就好了。”妇人道：“民妇已经告到官府了，希望大人依法论罪。”韩彦古道：“若是如此，就必须进行一段漫长且繁复的审讯过程，你年纪已老，有可能把所有细节一一分辨清楚吗？我看不如暂且将你的亲生儿子关入狱中慢慢查证，再考虑如何处置比较好。”妇人想了良久，说：“民妇请求将诉状暂且撤回，他如果仍不悔改，我再告请公断。”于是，那名妇人再也不敢前来告状了。

孙亮

[原文]

亮出西苑，方食生梅，使黄门①至中藏②取蜜渍梅，蜜中有鼠矢。亮问主藏吏曰：“黄门从汝求蜜耶？”曰：“向求之，实不敢与。”黄门不服，左右请付狱推③，亮曰：“此易知耳。”令破鼠矢，里燥，亮曰：“若久在蜜中，当湿透；今里燥，必黄门所为！”于是黄门首服。

[注释]

①黄门：宦官。②中藏：宫中的仓库。③推：决断。

[译文]

吴主孙亮一天走出西苑，想吃生梅，于是遣宦官到宫内的仓库去取蜜浸渍生梅。发现取来的蜜中有老鼠屎，孙亮便问管仓库的官吏说：“是不是有宦官从你这儿拿蜜了？”回答说：“他刚刚来求蜜，不过小人确实没敢给他。”宦官不服，左右的人便请求交监狱官判决，孙亮说：“这很容易弄清楚。”于是孙亮就命人剖开老鼠屎，发现里面是干燥的。孙亮说：“老鼠屎如果在蜜中很久了，里面一定是湿透的；现在里面还是干的，一定是宦官刚刚加入的。”于是宦官甘愿服罪。

孙綝废吴主孙亮

孙亮是三国东吴孙权的第七子，也是吴国的第二任皇帝。孙亮从小就聪明过人，但为权臣孙綝所忌，最终被废。

诘奸卷十

［原文］

王轨[1]不端，司寇溺职；吏偷俗弊，竞作淫慝（tè）[2]。我思老农，剪彼蟊贼；摘伏发奸，即戚即德。集“诘奸”。

［注释］

①王轨：指朝廷的法度。②淫慝：邪恶不正。

［译文］

朝廷的法度不端正，小吏就会趁机钻营谄媚；官吏苟且不尽职，邪恶不正之风就会兴起。智者应当效法老农剪除害虫的精神，揭发奸邪，纠举恶吏，造福百姓。集此为“诘奸”卷。

赵广汉

［原文］

赵广汉[1]为颍川太守。先是颍川豪杰大姓，相与为婚姻，吏俗朋党。广汉患之，察其中可用者，受记。出有案问，既得罪名，行法罚之。广汉故漏泄其语，令相怨咎；又教吏为缿（xiàng）筒[2]，及得投书，削其主名。而托以为豪杰大姓子弟所言，其后强宗大族家家仇怨，奸党散落，风俗大改。

广汉尤善为钩距[3]，以得事情。钩距者，设欲知马价，则先问狗，已问羊，又问牛，然后及马，参伍[4]其价，以类相准，则知马之贵贱，不失实矣。唯广汉至精能行之，他人效者莫能及。

［注释］

①赵广汉：字子都，汉宣帝时为京兆尹，揭发奸邪如神，盗贼绝迹，后因受牵连被腰斩。②缿筒：陶瓶和竹筒。口小肚大，投入东西不易取出，一般用来装检

举文书。③钩距：所谓“钩距”，本是指带有倒钩的钩针，后来比喻使人陷入诈术中，借以刺探隐情，在对方放松戒备的情况下，隐情不问而知。④参伍：反复比较，相互验证。

［译文］

赵广汉担任颍川太守时，颍川豪门大族之间互相连亲，而官吏间也都互结朋党。赵广汉很担忧此事，便授计给值得信赖的部属，外出办案时，一旦罪名确立就依法处罚，同时故意泄露当事人的供词，目的在于制造朋党间的猜疑。此外他又命属官设置意见箱，再命人投递匿名信，然后向外散播这些信都是豪门和大族的子弟写的，果然，原本很要好的豪门和大族，竟为了投书互相攻击而翻脸成仇，不久豪门和大族所各自结成的小团伙都陆续解散，社会风气大为改善。

赵广汉最擅长的还是利用“钩距”来刺探情报。例如想要知道马的价钱的时候，就先打听狗的价钱，然后再问牛羊的价钱，到最后才问马的价钱。因为彼此互问的结果，便能打听出比较可靠的标准行情，到最后就能够真正知道马的价钱。不过，只有赵广汉真正精于此道，其他人模仿的效果都不如他。

周忱

［原文］

周文襄公忱巡抚江南，有一册历，自记日行事，纤悉不遗，每日阴晴风雨，亦必详记。人初不解。一日某县民告粮船江行失风，公诘其失船为某日午前午后，东风西风，其人所对参错①。公案籍以质②，其人惊服。始知公之日记非漫书也。

【冯述评】**蒋颖叔③为江淮发运，尝于所居公署前立占风旗，使日候之置籍焉。令诸漕纲吏程亦各记风之便逆。每运至，**

周忱

周忱，字恂如，明前期大臣，以善理财知名。永乐二年（1404）中进士，补翰林院庶吉士。宣德五年（1430）授工部右侍郎，奉命巡抚江南，总督税粮。

取而合之，责其稽缓者，纲吏畏服。文襄亦有所本。

[注释]

①参错：不合记录。②质：核对。③蒋颖叔：宋朝人，名之奇，字颖叔。宋神宗时曾任江淮荆浙发运使。

[译文]

周忱任江南巡抚的时候，身边随时带有一本记事册，详细记载每日的行事，巨细靡遗。即使每日天气的阴晴风雨也一并详加记录。刚开始，有许多人不明白周忱为什么要如此费事。一天，有位船主报告一艘载运米谷的粮船突遇暴风沉没。周忱询问了沉船的日期，沉船时间发生在午前或是午后，当时刮的是东风还是西风等情况，接着周忱翻开记事本逐一详加核对，发现报案船主全是一派胡言，报案船主在惊惧下不得不坦承罪行。这时众人才理解，周忱的记事本可不是随意乱写的。

【冯述评】蒋颖叔任江淮荆浙发运使时，曾在公署前竖立一面占风旗，派人每天观测天气情况并记录在册子里。同时还要求各处漕运官也详细记载每日船行时的风向，等船只入港后就详加核对，对那些拖延时间的迟到者就进行责罚，因此漕运官对他既害怕又佩服。由此来看，周忱的所作所为当有所本。

王世贞

[原文]

王世贞备兵青州，部民雷龄以捕盗横莱、潍[1]间，海道宋[2]购之急而遁，以属世贞。世贞得其处，方欲掩取，而微露其语于王捕尉者，还报又遁矣。世贞阳曰："置之。"又旬月，而王尉擒得他盗，世贞知其为龄力[3]也，忽屏左右召王尉诘之："若奈何匿雷龄？往立阶下闻捕龄者非汝邪？"王惊谢，愿以飞骑取龄自赎。俄龄至，世贞曰："汝当死，然汝能执所善某某盗来，汝生矣。"而令王尉与俱，果得盗。世贞遂言于宋而宽之。

官校捕七盗，逸其一。盗首妄言逸者姓名，俄缚一人至，称冤。乃令置盗首庭下差远，而呼缚者跽阶上，其足蹑丝履，盗数后窥之。世贞密呼一隶，蒙缚者首，

使隶肖之，而易其履以入。盗不知其易也，即指丝履者，世贞大笑曰：“尔乃以吾隶为盗！”即释缚者。

［注释］

①莱、潍：莱州和潍州，即今山东蓬莱和潍坊。②海道宋：姓宋的海道。明代各省下设守道，莱州、青州和潍州为山东布政使属下的临海地区，所以叫海道。③为龄力：为雷龄效力。

［译文］

明朝王世贞在青州统兵时，当地百姓中有个叫雷龄的盗匪横行莱、潍两州间，姓宋的海道派官军追捕，雷龄见风声吃紧，就赶紧逃跑了，姓宋的海道把捉拿雷龄的任务交给王世贞。王世贞打听出雷龄藏匿的住处，正计划偷袭，不小心露了口风让一个王姓捕头知道，结果其密报于雷龄，雷龄又逃逸无踪。王世贞便故意说：“既然他逃走就算了，等下次机会吧。”过了十多天，王捕头擒获一名盗匪，王世贞知道他是为雷龄效力的，就命左右退下后招来王捕头，质问他说：“你为什么要替雷龄通风报信？那天站在台阶下偷听我们谈论缉捕雷龄计划的就是你吧？”王捕头马上认错谢罪，请求率领捕役亲自缉捕雷龄，以赎前罪。不久果然擒住雷龄，王世贞对雷龄说：“按你所犯罪行理应处死，但如果你能替我擒获某盗，将功赎罪我就给你一条生路。”说完命王捕头与他一同前去捕盗，果然顺利擒获，于是王世贞奏请姓宋的海道赦免雷龄。

有一次官府擒获七名盗匪，但仍有一名匪徒在逃。土匪头故意谎报在逃者的姓名，不久，根据土匪头的供述抓来一名人犯，但那人一直喊冤。于是王世贞下令把土匪头带到庭下较远处，而要那名喊冤者跪在府阶上受审，这名喊冤者脚上穿着一双丝鞋，因此土匪头不断地从后面偷窥那名喊冤者。这时王世贞暗中让一名属吏脸上蒙着布罩，并且换上丝鞋，打扮成那名喊冤者的模样，土匪头并不知道人已调包，仍指称穿丝鞋者即是同伙人，王世贞大笑说：“你居然敢称我的属吏是匪盗，看来你前面所说的全是一派胡言。”说完立即释放那名喊冤者。

范　槚

［原文］

范槚（jiǎ），会稽人，守淮安。景王出藩①，大盗谋劫王，布党起天津至鄱阳，分徒五百人，往来游奕。一日晚衙罢，门卒报有贵客入僦②潘氏园寓孥③者，问：“有传牌乎？”曰：“否。”命诇之，报曰：“从者众矣，而

更出入。”心疑为盗，阴选健卒数十，易衣帽如庄农，曰：“若往视其徒入肆者，阳与饮，饮中挑与斗，相执縶以来。”而戒曰：“慎勿言捕贼也。”卒既散去，公命舆谒客西门，过街肆，持者前诉，即收之。比反，得十七人。阳怒骂曰：“王舟方至，官司不暇食，暇问汝斗乎？”叱令就系。入夜，传令儆备，而令吏饱食以需。漏下二十刻④，出诸囚于庭，厉声叱之，吐实如所料。即往捕贼，贼首已遁。所留孥，妓也。于是飞骑驰报徐、扬诸将吏，而毙十七人于狱，全贼溃散。

[注释]

①出藩：离开京师到自己的封国去。②僦：租赁。③孥：此处指家眷。④漏下二十刻：半夜。

[译文]

会稽人范槚镇守淮安。景王要离开京师到自己的封国去，某大盗计划劫持景王。这名大盗的党羽遍布于天津到鄱阳间，他派出了五百名手下出入市集打探景王的消息。一天傍晚衙门快收班时，有门吏报告有贵客租下了潘家的宅邸以安置家眷。范槚询问门吏：“对方是否持有证明身份的令牌？”门吏答：“没有。”于是范槚命人暗中窥伺对方的举动。密探回报说：“对方随从人员很多，而且进出频繁。”范槚怀疑他们就是盗匪，于是暗中挑选几十名身材强健的士卒，换上便装，打扮成村夫的模样。范槚对他们说：“你们看到那批人进酒馆，就跟着进去，与他们一块儿喝酒，再故意挑起冲突与之相斗，然后一同闹到府衙来。”接着又告诫他们说：“你们千万不能谈及捕贼的事。”士卒散去后，范槚立即命人准备车到西门拜谒贵客，经过街市，正赶上闹事者告官，范槚命人全部收押，一共抓了对方十七人。范槚故意骂道：“王爷刚驾到，我忙着接待王爷都来不及，哪有空管你们的事。”下令手下将一干人等全部关入牢中。到了半夜，范槚下令升堂问案，并让属下事先填饱肚子，准备长时间侦讯。午夜一过，范槚就让吏属将一干人带至庭上，经范槚厉声质问后，他们果真如范槚所猜测的是大盗的手下。范槚立即率兵围剿，贼首已闻风先逃，而所谓的妻眷，原来是一些妓女。于是范槚飞骑传送紧急公文给徐州、扬州的将士官吏，并将捕获的十七名贼人处死，其余盗贼则全部溃散。

董行成

［原文］

唐怀州河内县董行成能策[1]贼。有一人从河阳长店盗行人驴一头并皮袋，天欲晓至怀州。行成至街中一见，呵之曰：“个贼在！”即下驴承伏。人问何以知之，行成曰：“此驴行急而汗，非长行也；见人则引驴远过，怯也。以此知之。”捉送县。有顷，驴主已踪至矣。

［注释］

①策：辨认。

［译文］

唐朝怀州河内县，有个叫董行成的人，一眼就能分辨出谁是贼匪。有名贼人在河阳长店偷得路人一头驴和一口皮袋，在天快破晓时赶到怀州境内，正巧碰到董行成迎面而来。董行成一见他就大声喝道：“你这贼人给我站住！”那人一听此言，立即下驴认罪。事后有人问董行成是怎样看出那人是贼的，董行成说：“这头驴因急行而流汗，不是长途奔波；而这人见了路人也会引驴绕路，这是心虚的表现，所以我判定他一定是贼。”盗驴者送入县衙后不久，那名驴主已追踪而来。

高湝　杨津

［原文］

北齐任城高湝(jiē)领并州刺史。有妇人临汾水浣衣，有乘马行人换其新靴，驰而去。妇人持故靴诣州言之，湝乃召居城诸妪，以靴示之。绐[1]云：“有乘马人于路被贼劫害，遗此靴焉，得无亲族乎？”一妪抚膺哭曰：“儿昨著此靴向妻家也。”捕而获之，时称明察。

杨津为岐州刺史。有武功[2]人赍(jī)绢三匹，去城十里为贼所劫。时有使者驰驿而至，被劫人因以告之。使者到州以状白[3]津，津乃下教云：“有人着某色衣，乘某色马，在城东十里被杀，不知姓名，若有家人，可速收

视。"有一老母行哭而出，云是己子。于是遣骑追收，并绢俱获，自是合境畏服。

[注释]

①绐：假称。②武功：地名，在今陕西。③白：告诉。

[译文]

北齐时任城人高湝担任并州刺史，有位妇人在汾水边洗衣时，被一位骑马而过的路人换穿了她正要刷洗的一双新靴子。那位路人留下旧靴后，骑马扬长而去。妇人于是拿着这双旧靴告官。高湝招来城中的老妇人，拿出那双旧靴要她们辨认，接着骗她们说："有位骑马的过客，在路上遭抢遇害，尸首难以辨认，只留下这双靴子，你们中间可有谁认识这靴子的主人？"一名老妇捂着胸哭道："我的儿子昨天就是穿着这双靴子到他妻子家去的呀！"高湝立即命人将其子追捕归案，当时人称高湝明察秋毫。

北魏杨津担任岐州刺史时，有一名带着三匹绢的武功人在离城十里处遭人打劫，当时正有一名朝廷使者骑着快马经过，遭抢的商人便让使者告诉杨津。使者到官府后将事情的经过告诉杨津，杨津于是命人贴出告示说："有人穿某色衣服，骑着某色马，在城东十里处被人杀害，由于不知死者姓名，若有谁的亲友中符合以上特征者，可尽速至官府指认。"有位老太太哭着从人群中走出来，说死者是她的儿子，于是杨津便派官兵前去追捕，结果人赃俱获，从此全境再无盗贼。

陈襄

[原文]

襄[1]摄浦城令。民有失物者，贼曹捕偷儿数辈至，相撑拄。襄曰："某庙钟能辨盗，犯者扪[2]之辄有声，否则寂。"乃遣吏先引盗行，自率同列诣钟所，祭祷而阴涂以墨，蔽以帷，命群盗往扪。少焉呼出，独一人手不污。扣[3]之，乃盗也。盖畏钟有声，故不敢扪云。

【冯述评】**按襄倡道海滨[4]，与陈烈、周希孟、郑穆为友，号"四先生"云。**

[注释]

①襄：陈襄，北宋庆历年间进士。②扪：触摸。③扣：审问。④海滨：此处

指福建沿海地区，陈襄与下文提到的三个人都是福建人。

［译文］

陈襄代理浦城令时，有百姓报案称财物遭窃，捕役抓到好几名小偷，小偷们互相抵赖，都不承认偷盗。陈襄对他们说："有座庙钟能够分辨盗贼，若是真正的小偷触摸钟，钟就会发出响声；若不是小偷，钟则不会发出任何声音。"然后陈襄派吏卒押着小偷们先行，自己却率领官府中其他官员到庙中祭祷，暗中在钟上涂满墨汁，再用幕帘遮住，然后才让小偷们一一上前摸钟。等众人绕钟一圈后，只有一人手上没有墨汁，审问后此人果然是真正的小偷。原来那名小偷害怕钟会发声，所以不敢伸手去摸。

【冯述评】陈襄在海滨地区提倡义理之学，与陈烈、周希孟、郑穆三人是好朋友，当时的人尊称他们为"四先生"。

杨武

［原文］

佥都御史杨北山公名武，关中康得涵之姊丈也，为淄川令，善用奇。邑有盗市人稷米者，求之不得。公摄其邻居者数十人，跪之于庭，而漫理他事不问。已忽厉声曰："吾得盗米者矣！"其一人色[1]动良久。复厉声言之，其人愈益色动。公指之曰："第几行第几人是盗米者。"其人遂服。

又有盗田园瓜瓠(hù)者，是夜大风雨，根蔓俱尽。公疑其仇家也，乃令即取夜盗者足迹，布灰于庭，摄村中之丁壮者，令履其上，而曰："合其迹者即盗也！"其最后一人辗转有难色，且气促甚。公执而讯之，果仇家而盗者也，瓜瓠宛然在焉。

又一行路者，于路旁枕石睡熟，囊中千钱人盗去。公令舁(yú)其石于庭，鞭之数十，而许人纵观不禁。乃潜使人于门外候之，有窥觇(chān)不入者即擒之。果得一人，盗钱者也。闻鞭石事甚奇，不能不来，入则又不敢。求其钱，

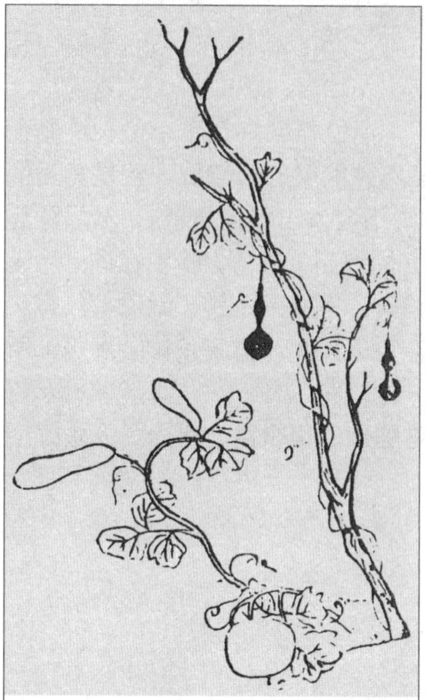

瓠图

瓠即为葫芦。瓠子为草本植物，夏天开花，结长圆形的果，嫩的可做菜吃。用短颈大腹的老熟葫芦可制作成盛器。

费[2]十文尔，余以还枕石者。

［注释］

①色：面色。②费：花费。

［译文］

佥都御史杨北山，单名武，是关中人康德涵的姊夫，他在担任淄川令时，以善用奇计破案而出名。有一次，城中发生稷米失窃、遭人盗卖的事，但一直抓不到偷窃者。杨公下令将失主住处附近的几十名邻居全带到官府问话。当一干人被带到官府后，杨公却只是让他们全跪在庭院中，而自己却慢条斯理地处理其他公文。过了一会儿，只听杨公厉声说道："我找到那个偷米的人了。"这时跪在庭下的人群中有一人神色大变，不久，杨公又重复一遍："抓到小偷了。"那个人的神色愈发惊惶。杨公这才指着他说："第几行第几人就是盗米者。"盗米者一听，立即坦承罪行。

又有一次发生一起盗瓜瓠的案子，失盗的那晚风雨交加，田中的根叶藤蔓都遭人连根拔起。杨公判断这一定是仇家所为，就让手下采集偷盗者遗留下的脚印，然后在庭中铺上细沙，命村中的壮丁一一在沙上留下脚印比对，说："脚印相合就是盗贼。"当轮到最后一名壮丁留脚印时，他一直借故推托且呼吸急促，杨公厉声质问，果然是因两家有仇隙，想通过偷盗泄恨，并已把所盗取的瓜瓠全堆放在家中。

又有一次，一位路人因赶路劳累，就枕在路旁一块大石头上睡着了，醒来后，发觉行囊中的一千钱被人盗去。杨公接获报案后，就命人将那块大石吊起来鞭打，并且允许百姓观看，暗中却派人在官府门外监视，如果发现有人在府门外探头探脑，却不敢入府看个究竟者，就立即擒下。结果真的抓到一个人，就是那个偷钱者。原来他听说县令居然要鞭打石头，觉得很是好奇，但又因心虚，不敢进官府看个究竟，于是便在门外张望。追索其赃款，只花费了十文，其余全部还给失主。

包拯

［原文］

包孝肃[1]知天长县，有诉盗割牛舌者，公使归屠其

牛鬻之，既有告此人盗杀牛②者，公曰："何以割其家牛舌，而又告之？"盗者惊伏。

［注释］

①包孝肃：包拯，谥孝肃。②告此人盗杀牛：当时不许民间私自杀牛，所以杀牛是要被告发的。

［译文］

宋朝人包拯担任天长知县时，有位县民向官府报案，声称所养的牛遭人割断舌头，包公便要他回去把牛宰杀了，再运到市集出售。其后不久，有人来县府检举某人杀牛贩卖，包公却对他说："你为什么先前割断那人所养牛的舌头，现在又告他偷杀牛呢？"那人一听，知道无法隐瞒，只好低头认罪。

范纯仁

［原文］

参军宋儋年暴死。范纯仁使子弟视丧，小殓①，口鼻血出。纯仁疑其非命，按得其妾与小吏奸，因会，置毒鳖肉中。纯仁问："食肉在第几巡？"曰："岂有既中毒而尚能终席者乎？"再讯之，则儋年素不食鳖，其曰毒鳖肉者，盖妾与吏欲为变狱张本②以逃死尔，实儋年醉归，毒于酒而杀之。遂正其罪。

［注释］

①小殓：给死者穿衣服。②为变狱张本：为翻案留下借口。

［译文］

宋朝参军宋儋年暴毙。范纯仁派子弟前去吊丧，检视遗体时，发现死者口鼻出血，因此范纯仁怀疑宋参军应该是死于非命，经一再逼问，果然得知参军的小妾与一个小吏有奸情，于是两人便在鳖肉中下毒。范纯仁问厨子："肉食是第几道菜？"回答道："哪有中毒的人能支撑到饭局结束后才毒发的？"于是再传两人审问，才得知原来宋儋年一向不吃鳖，两人供说在鳖肉中下毒，只是为了日后便于翻案好脱罪活命。事实上是宋儋年酒醉回家后，其妾又劝他饮下毒酒而死。案情大白后，两人都被按律治罪。

徽州富商

[原文]

徽富商某，悦一小家妇，欲娶之，厚饵[1]其夫。夫利其金以语妇，妇不从，强而后可。卜夜为具[2]招之，故自匿，而令妇主觞(shāng)。商来稍迟，入则妇先被杀，亡其首矣，惊走，不知其由。夫以为商也，讼于郡，商曰："相悦有之，即不从，尚可缓图，何至杀之？"一老人曰："向时叫夜僧，于杀人次夜遂无声，可疑也。"商募人察僧所在，果于傍郡识之，乃以一人著妇衣居林中，候僧过，作妇声呼曰："和尚还我头。"僧惊曰："头在汝宅上三家铺架上。"众出缚僧，僧知语泄，曰："伺其夜门启，欲入盗，见妇盛装泣床侧，欲淫不可得，杀而携其头出，挂在三家铺架上。"拘上三家人至，曰："有之，当时惧祸，移挂又上数家门首树上。"拘又上数家人至，曰："有之，当日即埋着园中。"遣吏往掘，果得一头，乃有须男子，再掘而妇头始出，问："头何从来？"乃十年前斩其仇头，于是二人皆抵死。

[注释]

①饵：用财物诱惑。②为具：安备酒食之具。

[译文]

徽州一名富商喜欢上了别人的妻子，想娶她为妾，便用厚礼收买那女子的丈夫。女子的丈夫禁不住金钱诱惑，就要妻子答应富商的要求，那女子起初不肯，但在丈夫的逼迫下只能勉强同意。一夜，女子的丈夫准备妥当后，就邀富商来家中喝酒，命妻子一旁侍候，自己却借故离去。富商来得比约定的时间晚了一些，进门时发现女子已遭人杀害，头颅却不翼而飞，富商不知发生什么事，只得惊惶离去。女子的丈夫以为是富商杀了自己的妻子，于是一状告到郡府。富商说："我喜欢那女子是实情，但即使是她不肯答应我的要求，凡事都可商量，我何至于要杀她呢？"有一老人说："案发当晚听见那个女子大叫和尚，隔天邻寺的和尚就不见了，这事很可疑。”富商雇人追查和尚的行踪，果然在邻郡发现这名和尚，于是，他让一人穿上妇人的衣服在树林中等候，待和尚经过时，故意假冒妇人的声音大叫：“和尚还我头来！”和尚在惊惶中脱口而出：“你的头在你家左边第三家的铺架上。”这时，事先埋伏的众人便一拥而上，擒下和尚。和尚知道自己已经漏了口风，只好招认说：“那夜我见她家大门开着，便想进屋偷点东西，一进门就见一个女子盛装坐在床边哭泣，我想与她亲热，她却宁死不肯，我只好杀了她，割下她的头带走，挂在她家左边第三家的铺架上。”捕役又拘来左边第三家的邻人，邻人说：“确有此事，但是我害怕惹祸，已经把人头移挂到再过去几家门口的树上了。”捕役又拘来那家的人，他说：“那人头当晚就被我埋在后园中了。”派吏卒掘园，果然挖出一颗人头，却是一名长着胡须的男子，再挖旁边才发现女子的人头。质问园主那个男子的头从何而来，原来是十年前园主所斩下的仇人的头，于是和尚与园主都以死抵罪。

胆智部第四

胆智部总序

[原文]

冯子曰：凡任[1]天下事，皆胆也；其济[2]，则智也。知水溺，故不陷；知火灼，故不犯。其不入不犯，非无胆也，智也。若自信入水必不陷，入火必不灼，何惮而不入耶？智藏于心，心君而胆臣[3]，君令则臣随。令而不往，与夫不令而横逞者，其君弱。故胆不足则以智炼之，胆有余则以智裁之。智能生胆，胆不能生智。刚之克也，勇之断也，智也。赵思绾[4]尝言："食人胆至千，刚勇无敌。"每杀人，辄取酒吞其胆。夫欲取他人之胆，益己之胆，其不智亦甚矣！必也取他人之智，以益己之智，智益老而胆益壮，则古人中之以"威克"、以"识断"者，若而人，吾师乎！

[注释]

①任：承担。②济：成功。③心君而胆臣：指以智能为主，以胆量为辅。④赵思绾：五代时人，曾为晋昌节度使，以杀人烹食闻名。

[译文]

冯梦龙说：要肩负天下大事，需要有足够的勇气，而可否胜任，则取决于智慧，这勇气和智慧，就称之为"胆智"。知道水会溺人却不被淹溺，知道火会灼人却不被烧灼，这样地躲开淹溺和烧灼，并不是缺乏勇气，而是智慧的表现。然而若自信能入水而不淹溺，近火而不烧灼，则即使赴汤蹈火，又有何伤害呢？胆智二字，智在上而胆在下，勇气的运用须服从智慧的判断，若判断认为应勇往直前却裹足犹豫，这是勇气不足，有待智慧的锻炼。若是未经判断而逞强蛮干，则是勇气有余而需用智慧来约束。智慧能生勇气，勇气不能增加智慧，所以真正刚强勇敢的人，必然是智慧过人者。赵思绾曾说："生食人胆到一千，就会无敌于天下。"因此他每回杀死一人，便取其胆来下酒，妄想以他人之胆来增加自己的勇气，不但无益于勇气的养成，而且是愚昧不智的行为。相反的，以他人的智慧来增进自己的智慧，却是有效而自然的，如此，不仅智慧增加，且勇气也能增加。因此本部收集古人胆智的实录，分为"威克""识断"两卷，这样的人，才是我们的老师。

威克卷十一

［原文］

履虎不咥dié①，鞭龙得珠。岂曰溟涬②，厥有奇谋。集“威克”。

［注释］

①咥：咬。②溟涬：混沌，这里指盲目的行为。

［译文］

踩住老虎的尾巴，它就不能再咬人。鞭打大龙的身躯，它就会吐出腹内的宝珠。智者并非盲目胆大，而是因为他懂得运用谋略。集此为“威克”卷。

班　超

［原文］

窦固①出击匈奴，以班超②为假③司马，将兵别击伊吾④，战于蒲类海⑤，多斩首虏而还。固以为能，遣与从事郭恂俱使西域。超到鄯善⑥，鄯善王广奉超礼敬甚备，后忽更疏懈。超谓其官属曰：“宁觉广礼意薄乎？此必有北虏⑦使来，狐疑未知所从故也。明者睹未萌，况已著耶？”乃召侍胡，诈之曰：“匈奴使来数日，今安在？”侍胡惶恐，具服其状。超乃闭侍胡，悉会其吏士三十六人，与共饮，酒酣，因激怒之曰：“卿曹与我俱在西域，欲立大功以求富贵，今虏使到数日，而王广礼敬即废，如令鄯善收吾属送匈奴，骸骨长为豺狼食矣，为之奈何？”官属皆曰：“今危亡之地，死生从司马。”超曰：“不入虎穴，焉得虎子！当今之计，独有因夜以火攻虏，使彼不知我多少，必大震怖，可殄tiǎn尽⑧

也！灭此虏，则鄯善破胆，功成事立矣！”众曰：“当与从事议之。”超怒曰：“吉凶决于今日，从事文俗吏，闻此必恐而谋泄，死无所名[9]，非壮士也。”众曰：“善。”初夜，遂将吏士往奔虏营。会天大风，超令十人持鼓，藏虏舍后，约曰：“见火然后鸣鼓大呼。”余人悉持弓弩，夹门而伏。超乃顺风纵火，前后鼓噪。虏众惊乱，超手格杀三人，吏兵斩其使及从士三十余级，余众百许人，悉烧死。明日乃还告郭恂，恂大惊，既而色动，超知其意，举手曰：“掾（yuàn）虽不行，班超何心独擅之乎？”恂乃悦，超于是召鄯善王广，以虏使首示之。一国震怖。超晓告抚慰，遂纳子为质，还奏于窦固。固大喜，具上超功效，并求更选使使西域。帝壮超节，诏固曰：“吏如班超，何故不遣而更选乎？今以超为军司马，令遂前功。”超复受使，因欲益其兵，超曰：“愿将本所从三十余人足矣。如有不虞[10]，多益为累。”是时于阗（tián）[11]王广德新攻破莎车[12]，遂雄张南道[13]，而匈奴遣使监护其国。超既西，先至于阗，广德礼意甚疏，且其俗信巫，巫言神怒：“何故欲向汉？汉使有騧（guā）马[14]，急求取以祠我。”广德乃遣使就超请马，超密知其状，报许之，而令巫自来取马。有顷，巫至，超即斩其首以送广德，

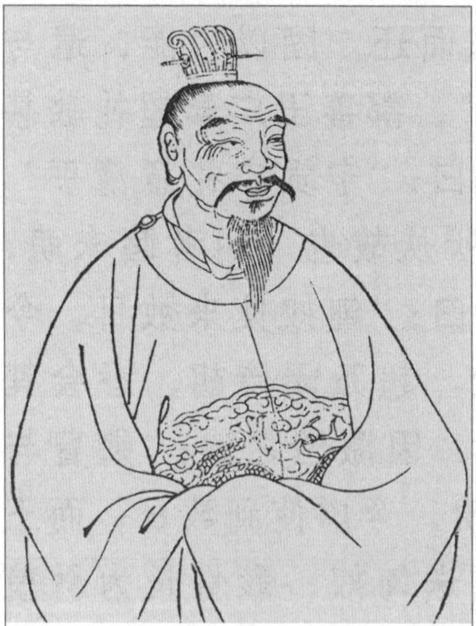

班超

班超，字仲升，东汉著名的军事家和外交家，扶风平陵（在今陕西咸阳东北）人。他善于言辩，博览群书，有才能。

因辞让之。广德素闻超在鄯善诛灭虏使，大惶恐，即攻杀匈奴使而降超。超重赐其王以下，因镇抚焉。

【冯述评】必如班定远，方是满腹皆兵，浑身是胆。赵子龙、姜伯约[15]不足道也。

辽东管家庄，长男子不在舍，建州虏[16]至，驱其妻子去。三数日，壮者归，室皆空矣，无以为生。欲佣工于人，弗售。乃谋入虏地伺之，见其妻出汲，密约夜以薪积舍户外焚之，并积薪以焚其屋角。火发，贼惊觉。裸体起出户，壮者射之，贼皆死。挈其妻子，取贼所有归。是后他贼惮之，不敢过其庄云。此壮者胆勇，一时何减班定远，使室家无恙；或佣工而售，亦且安然不图矣。人急计生，信夫！

[注释]

①窦固：东汉外戚，兼习文武，明察边事。汉明帝时以奉车都尉出击匈奴，大胜而归。②班超：班彪次子，班固弟，年少时投笔从戎，后出使西域，封定远侯。③假：代理。④伊吾：西域古国名，在今新疆哈密。⑤蒲类海：今之巴里坤湖，在哈密之北。⑥鄯善：西域古国名，在今新疆东南部。⑦北虏：指匈奴。⑧殄尽：全部消灭。⑨死无所名：死得没有价值。⑩不虞：不测。⑪于阗：西域古国名，在今新疆和田。⑫莎车：西域古国名，在于阗西北。⑬雄张南道：指在西域南道张扬雄风。当时由汉往西域，分南北两道，于阗、莎车皆在南道。⑭驹马：浅黑色的马，此处指班超的马。⑮姜伯约：为三国时蜀将姜维，字伯约。⑯建州虏：明代建州女真人，满洲人的前身。

[译文]

东汉窦固远征匈奴时，曾命班超为代理司马，同时另率一支部队攻打伊吾国，与匈奴军大战于蒲类海，战绩辉煌。当时窦固很赏识班超的才干，就派他与郭恂出使西域。当班超初到鄯善时，鄯善王广很热情地欢迎他，礼数很周到，但是不多久态度突然变得很冷淡。班超就对部下说："你们不觉得鄯善王广对我们变得很冷淡了吗？一定是因为有匈奴使者来到的缘故，使得鄯善王打不定主意要依附哪一方。一个善于观察事物的人，在事故未发生前就能感觉到；如今事态如此明显，我岂有看不出来的道理？"于是，班超招来招待他们的鄯善人，若无其事地问："匈奴使者已经来好几天了，不知道他们现在在何处？"招待他们的鄯善人听了吓一跳，只好一一据实回答。班超关押招待他们的鄯善人后，立即召集所有部属三十六人一起商议，他们一边饮酒一边交换意见，当大家半醉时，班超突然慷慨激昂地说："诸位跟我一同来到西域，目的是为朝廷建立功业并求个人富贵。现在匈奴使者才到几天，鄯善王广对我们的态度就如此冷淡，如果鄯善王把我们逮捕后交给匈奴，那我们的骨骸岂不是将变成豺狼的食物吗？诸位对这事有何高见？"随员一听，立即一致表示："如今我们身陷险地，是生是死全听从司马的指挥。"这时班超起身说："常言道：'不入虎穴，焉得虎子！'为今之计，只有在半夜用火攻匈奴使者，让他们摸不清我们有多少人，再趁他们心生恐惧时一举将其歼灭。只要除去匈奴使者，鄯善王就会被吓住，那么其他的事就容易办了。"然而却有随员表示要跟郭恂商量后再做决定。班超听了，很生气地说："成败的命运就在今晚决定。郭恂是文官，万一他听了计划后由于害怕而泄露机密，反而坏了大事。人死得没有价值，就不算英雄好汉！"众人说："好！"于是，班超在午夜时分，率所有随从一起杀进匈奴使者的营地。正巧这时刮起大风，班超派十余人手持战鼓躲在营地后面，约定说："见到火光就击鼓高声叫喊。"其余人则各拿弓箭，埋伏在营地大门两侧。部署完毕后，班超乘着风势放火，指挥鼓兵击鼓。匈奴使者听到鼓声，再看到熊熊火光，无不惊慌失措，纷纷夺门外逃，班超亲手杀死三人，其他随员射杀三十余人，其余一百多人则全被大火烧死。天亮后，班超把夜袭匈奴营地的事告诉郭恂，起先郭恂大为惊讶，继而脸色改变，班超看出了郭恂的心意，便举起手说："你虽没有参加昨夜的战役，但我班超又岂会独居其功呢？"郭恂听了，顿时面露喜色。于是班超又求见鄯善王广，并把匈奴使者的头颅拿给他看。消息传出后，鄯善国举国为之震惊，这时班超极力安抚鄯善王，终于说动他以王子为质与中原修好，于是班超凯旋而回向窦固报告。窦固非常高兴，详奏班超的功绩，并恳请朝廷另派使者前往西域。明帝对班超的胆识极表嘉许，于是诏令窦固："像班超这样的人才，理应任命其为正式出使西域的使者，为什么还要奏请朝廷另派他人呢？现在就任命班超为行军司马，让他接着立功。"因此班超再次出任为出使西域的使者。窦固本想增强班超手下的兵力，班超却说："我只要带领以前的三十多人就足够了，因为万一发生什么事情，人多反而会带来麻烦。"当时于阗王广德刚刚攻占莎车国，在西域南道称雄，而匈奴派使者来，准备监护于阗。班超到达西域后，首先来到于阗。不料于阗王广德对他们的态度很是冷淡。于阗风俗笃信巫术，有位巫师说："天神正在发怒，为什么我们要听命汉使？汉使有匹浅黑色的马，你们赶紧要汉使把马献出来祭神。"于阗王广德立刻派人向班超要马，班超早已明白对方的意图，就答应了他，并让巫师亲自来取马。不多时，巫师果然亲自过来，班超却命人将巫师的头砍下送回给于阗王广德，并严词责备他。于阗王早就听说班超在鄯善国杀死匈奴使者的事，如今又亲眼看见其胆识，内心非常害怕，就主动派兵围杀匈奴使者，并向班超请降。班超为了安抚于阗君臣，赏赐他们许多礼物。

【冯述评】一位像班超这样的大将，才真正称得上是真正的胸有成竹，浑身是胆。至于三国时代的赵云、姜维这类人物比起班超来实在是差远了。

辽东管家庄的庄主，一次外出时，建州贼趁机袭击并且掳走了他的妻子。三四天后庄主回家一看，家中不但财物被洗劫一空，连妻子也没了。为了生活不得已便想到外乡替人帮佣，却没有人雇他。于是他便悄悄来到贼人的营地外等待机会，正巧碰上到井边汲水的妻子，两人约定在屋外堆积柴薪，半夜他在屋外放火，妻子则趁乱逃跑。到了半夜他点火烧屋，火势很快就蔓延开来，贼人惊慌失措，有些贼人甚至裸着身子逃命，这时他就堵在营门口将贼人一一射杀。直到贼人全部死光，他才带领妻子及贼人所虏获的财物一起回家。消息传出后，其他贼人闻之丧胆，再也不敢打劫管家庄。这位庄主的胆识与机智和班超相比可说是毫不逊色。假使这位庄主家园未遭洗劫，或者为别人打工而有人雇了他，他就会因环境安逸而不想另有作为。看了管庄主的故事，我不能不相信人在危难中会产生智慧。

耿纯

耿纯

耿纯，字伯山，东汉开国功臣，钜鹿宋子傅家庄（在今邢台市新河县护驾村）人。他是“云台二十八将”之一。

［原文］

东汉真定王扬谋反，光武使耿纯[1]持节收扬。纯既受命，若使州郡者至真定，止传（zhuàn）舍[2]。扬称疾不肯来，与纯书，欲令纯往。纯报曰：“奉使见侯王牧守，不得先往，宜自强来！”时扬弟让、从兄绀皆拥兵万余。扬自见兵强而纯意安静[3]，即从官属诣传舍，兄弟将轻兵在门外。扬入，纯接以礼，因延请其兄弟，皆至，纯闭门悉诛之。勒兵而出，真定震怖，无敢动者。

［注释］

①耿纯：王莽时为纳言官，后投奔刘秀，为前将军，有战功，为“云台二十八将”之一。②止传舍：下榻在驿馆中。③安静：安详。

［译文］

东汉时真定王刘扬起兵造反，光武帝派耿纯持符节逮捕刘扬。耿纯接受诏命后，就像使者要去地方州郡一样到了真定，下榻在驿馆中。这时刘扬自称身体有恙，不肯前来拜见，只写了一封信给耿纯，希望耿纯前往他的住所。耿纯回复说："我是奉了皇帝的命令来接见侯王与州郡长官，怎能去你的住所，我看你还是抱病勉强来一趟官舍吧。"当时刘扬的弟弟刘让与堂兄刘绀都各自拥兵万人，刘扬盘算自己兵多气盛，而耿纯意态安详，又丝毫没有交战的意图，就带着下属全都来到官舍，刘扬的兄弟则率兵在官舍外等候。刘扬入屋后，耿纯很客气地接待他，并邀请他的那些兄弟也都进屋，等他们都到齐后，耿纯关闭门窗通道，将他们全部斩杀。这才率兵而出。消息传出，真定人无不惊恐万分，以后再没有人敢妄动。

哥舒翰　李光弼

［原文］

唐哥舒翰为安西节度使，差都兵马使张擢(zhuó)上都奏事，逗留不返，纳贿交结杨国忠。翰适入朝，擢惧，求国忠除擢御史大夫兼剑南西川节度使。敕下，就第[1]谒翰，翰命部下捽(zuó)于庭，数其罪，杖杀之，然后奏闻。帝下诏褒奖，仍赐擢尸，更令翰决尸[2]一百。

太原节度王承业，军政不修。诏御史崔众交兵于河东。众侮易承业，或裹甲持枪突入承业厅事，玩谑之。李光弼[3]闻之，素不平，至是交众兵于光弼。众以麾下来，光弼出迎，旌旗相接而不避[4]。光弼怒其无礼，又不即交兵，令收系之。顷中使[5]至，除[6]众御史中丞，怀其敕，问众所在。光弼曰："众有罪，系之矣。"中使以敕示光弼，光弼曰："今只斩侍御史；若宣制命，即斩中丞；若拜宰相，亦斩宰相。"中使惧，遂寝之而还。翼日，以兵仗围众至碑堂下，斩之。威震三军，命其亲属吊之。

【冯述评】**或问擢与众诚有罪，然已除西川节度使及**

御史中丞矣，其如王命何？盖军事尚速，当用兵之际而逗留不返、拥兵不交，皆死法也。二人之除命必皆夤(yín)缘⑦得之，而非出天子之意者，故二将得伸其权，而无人议其后耳。然在今日，莫可问矣。

[注释]

①就第：到哥舒翰府上。②决尸：鞭尸。③李光弼：唐代大将，当时任河东节度使。肃宗时曾平安史之乱，与郭子仪齐名，为唐室中兴名将。④旌旗相接而不避：御史的官职低于节度使，所以崔众的旌旗仪仗应该避让李光弼的。⑤中使：皇帝的使者，由宦官担任。⑥除：任命，授职。⑦夤缘：攀附巴结。

[译文]

唐朝名将哥舒翰出任安西节度使时，有一次派遣都兵马使张擢进京奏事。不料张擢竟逗留京城不归，并且贿赂杨国忠，两人相互勾结。不久，哥舒翰有事要入朝奏报，张擢心虚害怕，就请求杨国忠任命他为御史大夫兼剑南西川节度使。当正式任命诏命下达后，张擢到哥舒翰府上去晋见他，哥舒翰命令部下把张擢揪到庭中，并一一陈述其罪状，然后再将他乱棍打死。事后哥舒翰把处死张擢的经过奏报朝廷，玄宗不但没有怪罪，甚至还下诏褒奖他处理得当。最后更把张擢的尸首赐还他，让他再亲手鞭尸一百下。

太原节度使王承业不理军政，因此朝廷下诏命御史崔众到河东去接手他的兵权。崔众因轻视王承业，就纵容自己的部下全副武装地闯进王承业的府衙中嬉戏玩闹。李光弼得知此事心里不平，这时崔众要将兵权交给李光弼，崔众带着部下来见李光弼，李光弼出来迎接，二人的队伍相接时，崔众竟不顾礼法而不回避。李光弼对崔众的无礼行为很愤怒，而崔众又不立即把兵权交出，于是李光弼就下令将崔众逮捕。这时，朝廷派遣宦官来到河东，要任命崔众为御史中丞，手持敕书问李光弼崔众的行踪。李光弼答道："崔众犯法，我已将他逮捕。"宦官把敕书拿给李光弼看，李光弼说："如今只不过是杀一位侍御史；如果宣布了诏命，我就斩杀一位御史中丞；如果拜受他为宰相，我也要斩杀他

李光弼

李光弼，唐中叶名将，营州柳城（在今辽宁朝阳）人。他善于骑射，历任朔方（在今宁夏灵武西北）、河西（在今甘肃武威）将校。

这位宰相。”宦官一听此话不敢再多言，只好带着敕书回京。第二天，李光弼派兵包围崔众，在碑堂下将他当众杀死，还让崔众的亲属来祭吊。从此李光弼威震三军。

【冯述评】或许有人会问："张擢和崔众确实是有罪之人，但张擢已经被朝廷任命为西川节度使，而崔众也被任命为御史中丞，这时杀死他二人，是不是显得漠视朝廷诏命呢？"其实用兵贵在神速，而张擢在用兵之际竟然滞留京师不归，崔众则擅自拥兵不交，此二人在军法上都犯了死罪。再说这两人之所以被任命为高位，都是出于人情的请托和贿赂，并非皇帝的本意。所以哥舒翰和李光弼才能伸张公权，而没有人敢在他们背后议论。事件若发生在今天，我看哥舒翰和李光弼则一定会受到朝廷惩罚。

杨素

［原文］

杨素攻陈[①]时，使军士三百人守营。军士惮北军之强，多愿守营。素闻之，即召所留三百人悉斩之，更令简留，无愿留者。又对阵时，先令一二百人赴敌，或不能陷阵而还者，悉斩之。更令二三百人复进，退亦如之。将士股栗，有必死之心，以是战无不克。

【冯述评】**素用法似过峻，然以御积惰之兵，非此不能作其气。夫使法严于上，而士知必死，虽置之散地，犹背水矣[②]。**

［注释］

①攻陈：此条记载是杨素平定汉王杨谅之事。隋炀帝即位之时，并州（今山西太原）总管汉王杨谅起兵反叛，被杨素平定。所以下面称杨谅的军队为“北军”。“陈”应该读作“阵”。②犹背水矣：指像背水而战一样。

［译文］

隋朝的杨素有一次作战时，让三百名士兵守卫军营。因为隋兵对北军心存畏惧，于是兵士纷纷要求留营守卫。杨知道士兵怕战的心理，就招来自愿留营的三百人，将他们全部斩首，然后再下令征求留营者，果然再也没有人敢留营。到对阵作战之时，杨素先派一二百名士兵与敌交战，凡是不能尽力冲锋陷阵却苟且生还者，一律斩首，然后再派二三百人进攻，败退的同样斩首。将士目睹杨素的治军之道，无不心存警惧，人人抱必死之心与敌作战，于是没有不大获全胜的。

【冯述评】杨素带兵看似过于严苛，但统率怠惰成性的士兵，非用严法不能提振士兵气势。如果带兵者立法严苛，士兵也深知兵败必死的道理，那么即使在平地作战，也有如背水一战了。

安禄山

［原文］

安禄山①将反前两三日，于宅集宴大将十余人，锡赍②绝厚。满厅施大图，图山川险易、攻取剽劫之势。每人付一图，令曰："有违者斩！"直至洛阳，指挥皆毕。诸将承命，不敢出声而去。于是行至洛阳，悉如其画③。

【冯述评】**此虏亦煞有过人处，用兵者可以为法。**

［注释］

①安禄山：唐朝人，得玄宗宠爱，曾自请为杨贵妃干儿子，天宝年间与史思明一起举兵谋反，史称“安史之乱”。他曾攻陷长安，自号雄武皇帝，国号燕，后被唐朝平定。②锡赍：赏赐财物。③画：谋划。

［译文］

安禄山谋反之前的两三天，在府中宴请手下的十多名大将，宴中给每位将军丰厚的赏赐，并在府宅大厅放置一幅巨大的地图，图中标明各地山川的险易及进攻路线，另外每人都发了一幅同样的缩小地图。安禄山对各将领说："有敢于违背此图计划者斩首。"这幅图对直到洛阳的军事行动，都标得清清楚楚。所有的将领都不敢出声，领命离去。直到安禄山攻陷洛阳前，各军的行进完全遵照图中的指示。

【冯述评】安禄山这蛮子也有过人之处，带兵的人可以参考他的这个方法。

安禄山反叛兵戈举

公元七五五年十月，有官员从长安到范阳，安禄山假造一份唐玄宗从长安发来的诏书，带领叛军南下。没多久，叛军长驱直入，渡过黄河，占领了洛阳，这就是历史上的“安史之乱”。安禄山的叛乱，虽然没有灭亡唐王朝，但消耗了国家的元气，唐朝开始中衰。

黄盖　况钟

［原文］

黄盖尝为石城长，石城吏特难检御。盖至，为置两掾(yuàn)，分主诸曹。教曰："令长不德，徒以武功得官，不谙文吏事。今寇未平，多军务，一切文书，悉付两掾，其为检摄诸曹，纠摘谬误。若有奸欺者，终不以鞭朴相加！"教下，初皆怖惧恭职，久之，吏以盖不治文书，颇懈肆。盖微省之，得两掾不法各数事，乃悉召诸掾，出数事诘问之，两掾叩头谢，盖曰："吾业有敕，终不以鞭朴相加，不敢欺也。"竟杀之，诸掾自是股栗，一县肃清。

况钟，字伯律，南昌人，始由小吏擢为郎[①]，以三杨特荐为苏州守。宣庙赐玺书，假便宜。初至郡，提控携文书上，不问当否，便判"可"。吏藐其无能，益滋弊窦。通判赵忱百方凌侮，公惟"唯唯"。既期月，一旦命左右具香烛，呼礼生来，僚属以下毕集，公言："有敕未宣，今日可宣之。"内有"僚属不法，径自拿问"之语，于是诸吏皆惊。礼毕，公升堂，召府中胥，声言"某日一事，尔欺我，窃贿若干，然乎？某日亦如之，然乎？"群胥骇服，公曰："吾不耐多烦。"命裸之，俾隶有力者四人，舁(yú)一胥掷空中。立毙六人，陈尸于市。上下股栗，苏人革面[②]。

【冯述评】盖武人，钟小吏，而其作用如此。此可以愧口给之文人、矜庄之大吏矣！

王晋溪云："司衡者，要识拔真才而用之，甲未必

优于科，科未必皆优于贡，而甲与科、贡之外，又未必无奇才异能之士。必试之以事，而后可见。如黄福以岁贡，杨士奇以儒士，胡俨以举人，此皆表表③名臣也。国初④，冯坚以典史而推都御史，王兴宗以直厅而历布政使。唯为官择人，不为人择官，所以能尽一世人才之用耳！”

况守时，府治被火焚，文卷悉烬，遗火者，一吏也。火熄，况守出坐砾场上，呼吏痛杖一百，喝使归舍。亟自草奏，一力归罪己躬，更不以累吏也。初吏自知当死，况守叹曰：“此固太守事也，小吏何足当哉！”奏上，罪止罚俸。公之周旋小吏如此，所以威行而无怨。使以今人处此，即自己之罪尚欲推之下人，况肯代人受过乎？公之品，于是不可及矣！

况钟

况钟，字伯律，号龙冈，又号如愚。明朝著名廉官。永乐二十一年（1423），升本司郎中。况钟为人刚正廉洁，不慑权势，不畏强暴，治吏治，均徭役，免军户，兴水利。有《况太守集》传世。

［注释］

①郎：郎中，况钟在永乐年间授礼部郎中。②革面：洗心革面，改正前非。③表表：卓然特出。④国初：开国初年。此处指明朝建国初年。

［译文］

三国时的黄盖早年曾当过石城的长官，而石城的属吏是出了名的难以统领管束。黄盖到任后，就设置了两个佐官，分别统领各个部门。黄盖召集所有僚属说：“我的德行浅薄，是由立战功而得此官职，所以根本不懂公文及官场应对。如今贼寇尚未铲平，军务繁重，所以一切文书全交付两个佐官办理，并负责督导各部门，纠举僚属失误。若有人敢敷衍欺瞒，虽不致鞭打，但后果自负。”命令宣布后，刚开始时各僚属还能尽忠职守，时间久了，有些属吏认为黄盖不懂公文，就开始懈怠放肆。黄盖略加注意后，发觉两个佐官各有几件不法情事，于是召集所有僚属，举出不法情事质问他们，两个佐官吓得叩头认错，黄盖说："我有话在先，终不会鞭打你们但后果自负，没想到你们还是敢欺骗我。"说完，下令将二人斩首，从此僚属再也不敢为恶行不法事。

况钟，字伯律，是南昌人，最初由一名小吏升为郎中，后由于杨士奇、杨溥、杨荣的推荐，当上了苏州知府。宣宗曾赐他玺书，准他可持玺书变通行事。况钟初到任时，每天带着玺书办公，不问事件对错，一律批示"可以"。所以属吏都认为他无能，都瞧不起他，以致诸弊丛生。当时的通判赵忱更是对他百般嘲弄，但况钟仍频频点头称是。况钟到任满一个月后，一天，命左右准备香烛并招来礼官，然后命全体僚属集合，况钟说："有诏命未宣布，今天要宣读。"敕书中有"属吏如有不法行为，可自行处决"的话，诸属吏皆惊讶不已。行礼完毕后，况钟招来府中胥吏，说道："某日发生某事，你背着我曾收受贿款若干，可有此事？某日也有如此事情发生，对吗？"群吏不由得既怕又服，况钟说："我这个人最没耐性。"说完，命人将贪吏衣服剥下，再命四名力士，将一名贪吏抛举空中。况钟一次便处死了六人，将尸首陈列市集。全州人大为震动，不敢再有不法之事发生。

【冯述评】武将出身的黄盖、小吏出身的况钟，他们的行事作为，足以使那些只知逞口舌之能的文人和端庄持重的高官感到羞惭。

王晋溪曾说："在上位者要能辨识人才而知人善任，文科未必优于武科，中科举未必优于中贡举，而除科、贡取士之外，也未必找不到其他的奇才异能之士。但是否是人才，还要经由事实的验证才能得知。如黄福是岁贡举人，杨士奇是儒生，胡俨是举人，他们都是明朝声名显赫的大臣。明朝初年冯坚以典史被推举为都御史，王兴宗以直隶厅属吏升为布政使，他们都是依官职来择取适当的人才，而非依人情来分派官职，所以才能人尽其才。"

当况钟任太守时，府衙突遭火焚，所有文卷都付之一炬，纵火者是一名小吏。火势扑灭后，况钟坐在瓦砾堆中，命人痛打那名小吏一百杖，然后喝令小吏回家。小吏离去后，况钟就连忙拟表上奏，一力承担火灾的过失，对那名小吏却只字未提。当初那名小吏料想自己死定了，况钟却叹气地说："这本就是太守该负的责任，一名小吏如何能承担呢？"奏表呈上后，皇帝只下令裁减俸禄。况公对待一名小吏尚能如此，所以虽然行事威严，却从未招致民怨。如果换成现在的人，即便是自己的过失，尚且还想将过失推诿别人，更何况是替人受过呢？况公的人品实在不是普通人能及的！

宗泽

［原文］

金寇犯阙，銮舆（luán yú）南幸[1]。贼退，以宗公汝霖尹开封。

初至，而物价腾贵，至有十倍于前者，郡人病之。公谓参佐曰："此易事，自都人率以饮食为先，当治其所先，缓者不忧于平也。"密使人问米麦之值，且市之。计其值，与前此太平时初无甚增。乃呼庖人取面，令作市肆笼饼大小为之，乃取糯米一斛，令监军使臣如市沽酝酒，各估其值，而笼饼枚六钱，酒每觚七十足。出勘市价，则饼二十，酒二百也。公先呼作坊饼师至，讽之曰："自我为举子时来京师，今三十年矣，笼饼枚七钱，而今二十，何也，岂麦价高倍乎？"饼师曰："自都城经乱以来，米麦起落，初无定价，因袭至此，某不能违众独减，使贱市也。"公即出兵厨所作饼示之，且语之曰："此饼与汝所市重轻一等，而我以目下市直，会计薪面工值之费，枚止六钱，若市八钱，则有二钱之息，今为将出令，止作八钱，敢擅增此价而市者，罪应处斩。且借汝头以行吾令也。"即斩以徇。明日饼价仍旧，亦无敢闭肆者。次日呼官沽任修武至，讯之曰："今都城糯米价不增，而酒值三倍，何也？"任恐悚以对曰："某等开张承业，欲罢不能。而都城自遭寇以来，外居宗室及权贵亲属私酿甚多，不如是无以输纳官曲之值与工役油烛之费也。"公曰："我为汝尽禁私酿，汝减值百钱，亦有利入乎？"任叩额曰："若尔，则饮者俱集，多中取息，足办输役之费。"公熟视久之，曰："且寄汝头颈上，出率汝曹即换招榜[2]，一觚止作百钱，是不患乎私酝之搀夺也！"明日出令："敢有私造曲酒者，捕至不问多寡，并行处斩。"于是倾糟破觚者不胜其数。数日之间，酒与饼值既并复旧，其他物价不令而次第自

宗泽

宗泽，字汝霖，是南宋初年的抗金英雄，一生坚持抗金，可是由于南宋朝廷的苟安投降，壮志难酬。最后上表引退，拟在东阳山谷中结庐，以读书著述终老。

减，既不伤市人，而商旅四集，兵民欢呼，称为神明之政。时杜充守北京，号“南宗北杜”云。

【冯述评】借饼师头虽似惨，然禁私酿、平物价，所以令出推行全不费力者，皆在于此。亦所谓权以济难者乎？当湖冯汝弼《祐山杂说》云：“甲辰凶荒之后，邑人行乞者什之三，逋负[3]者什之九。明年，本府赵通判临县催征，命选竹板重七斤者，拶(zǎn)[4]长三寸者，邑人大恐，或诳行乞者曰：‘赵公领府库银三千两来赈济，汝何不往？’行乞者更相传播，须臾数百人相率诣赵。赵不容入，则叫号跳跃，一拥而进，逋负者随之，逐隶人，毁刑具，呼声震动。赵惶惧莫知所措。余与上莘(shēn)辈闻变趋入，赵意稍安，延入后堂。则击门排闼(tà)，势益猖獗。问欲何为，行乞者曰：‘求赈济。’逋负者曰：‘求免征。’赵问为首者姓名，余曰：‘勿问也，知其姓名，彼虑后祸，祸反不测，姑顺之耳。’于是出免征牌及县备豆饼数百以进，未及门辄抢去，行乞者率不得食。抵暮，余辈出，则号呼愈甚，突入后堂矣！赵虑有他变，逾墙宵遁。自是民颇骄纵无忌。又二月，太守郭平川应奎推为首者数人于法，即惕然[5]相戒，莫敢复犯矣。向使赵不严刑，未必致变；

郭不正法，何由弭乱？宽严操纵，唯识时务者知之。”

［注释］

①銮舆南幸：皇帝的车驾向南行。②招榜：招牌、价目牌。③逋负：此处指欠官府租赋。④拶：一种刑具。⑤惕然：警惕的样子。

［译文］

宋朝时金人进犯京师，皇帝跑到南方。金人退兵后，宗泽奉命担任开封府尹。初到开封时，开封物价暴涨，几乎要比以前贵上十倍，百姓叫苦连天。宗泽对诸僚属说："要平抑物价并非难事，都城的人们都以日常饮食为先，就从日常饮食先下手，其他物品的价格就不愁平抑了。"于是宗泽暗中派人到市集购买面粉，回来估算分量和价格，与以前太平时相差无几。然后招来府中厨役，命他制作市售的各种大小尺寸的蒸饼，另外取来一斛（十斗）糯米，然后派人到市集购买一斛糯米所能酿成的酒，结果得到一个结论，每个蒸饼的成本是六钱，每觚酒是七十钱。出去再与市价相比，却是饼二十钱，酒二百钱。宗泽首先招来坊间制饼的师傅，质问他道："从我中举人后入京，至今已经三十年了。当初每个蒸饼七钱，现在却涨到二十钱，这到底是什么原因，难道是谷价高涨了好几倍的缘故吗？"糕饼师傅说："自从京师遭逢战火后，米麦的价格有涨有跌，并无定价，但饼价却一直居高不下，我也无法独自降价，让它便宜。"宗汝霖于是命人拿出厨役所做的饼，对那名师傅说："这饼和你所卖饼的重量一样，而我以现今成本加上工资重新计算后，每个饼的成本只有六钱，如果卖八钱，那么就有二钱的利润，所以从今天开始我下令，每个饼只能卖八钱，敢擅自加价者就处斩，现在请借我你的项上人头，以便执行我的命令。"说完就下令处斩那名师傅。第二天，饼价果然回复旧价，也没有任何一家商户敢罢市。再隔一天，宗泽招来掌官酒买卖的任修武，讯问他说："现在京师糯米价格并没有涨，但酒价涨了三倍，是什么原因呢？"任修武惶恐地回答道："我也是刚开张卖酒，想降价也没办法。自从京师遭金人入侵后，皇室及权贵亲属酿私酒的情形很是猖獗，不加价就没办法缴纳官税及发放工人工资、油水等开支费用。"宗泽说："如果我为你取缔私酒，而你减价一百钱，是否还能够有利润可赚呢？"任修武叩头说："如果真能取缔私酒，那么民众都会向我买酒，薄利多销，应该能够支付税款及其他杂支开销。"宗泽审视他许久后说："你这颗脑袋暂且寄在你脖子上，你赶紧带着你的手下，更换价目牌，将酒价减一百钱，那你所担心的私酒猖獗的情形，就不会再对你产生危害了。"第二天，宗泽贴出告示："凡敢私自酿酒者，一经查获，不论数量多寡，一律处斩。"于是酿私酒者纷纷自动捣毁酒器。短短几天内，饼与酒都恢复旧价，而其他的物价也纷纷随之下跌，既不干扰市场交易，又吸引来四地商人云集，百姓都很高兴并称之为"神明之政"。当时杜充守卫京师，人称"南宗北杜"。

【冯述评】宗泽借制饼师傅人头的做法，虽然看来有些残忍，但日后能禁酿私酒、平稳物价，使命令得以彻底执行而毫不费力，都靠有这事例在先。这也正是所谓的“权以济难”。当湖人冯汝弼在《祐山杂说》中记载：“甲辰荒年过后，城中十人中就有三人要依靠乞讨度日，而无力缴税租者更高达九成。第二年，府城赵通判到县城催讨租税，命令部下选了一块七斤重的竹板和一件长达三寸的用来夹人手指的刑具拶。因此，城中百姓都非常恐慌，有人故意诳骗乞丐说：‘赵公从府库中领取了三千两纹银，用来赈济县城百姓，你们何不快去赵府领救济呀？’乞丐们口耳相传，不一会儿，就有好几百人相继前往赵通判的住处。赵通判命人驱赶民众，乞丐们大声叫跳，一拥而上，而欠税者也随之跟进，一时殴打属隶，毁坏刑具，喊声震天。赵通判这才心惊害怕，不知如何是好。我与赵上莘听说有暴动就急忙入城，赵通判这才稍感安心，请我们进入后堂。而聚集的民众却还是在不停地拍击大门，大声吼叫，声势更加猖獗。问他们有何目的，乞丐说：‘要求救济！’欠税者说：‘要求免除课税。’赵欲问他们带头者的姓名，我劝赵不要追问：‘知道带头者的姓名，万一带头者顾虑日后官府追究，反而会为自己带来灾祸，不如现在暂时答应他们的要求。’于是赵立即命人贴出免课税的告示，并且准备了数百枚豆饼。豆饼才运到门口，就被民众抢取一空，但是大部分的乞丐仍然分不到食物。临近傍晚我们离开时，民众的吼叫声愈来愈大，最终突破防卫闯入后堂。赵怕发生其他暴动，就趁夜翻墙逃逸。自此暴民愈发骄纵，难以约束。两个月后，太守郭平川将为首的暴民绳之以法，其他暴民也就开始自我约束，不敢再任意滋事。当初如果赵通判不用严刑镇压，或许不致产生暴动；而郭平川不将为首的暴民正法，暴乱就没有平定的一天。如何能确切掌握宽严间的尺度，就只有识时务者才能体会得到了。”

识断卷十二

[原文]

智生识，识生断[1]。当断不断，反受其乱。集“识断”。

[注释]

①断：判断。

[译文]

对事物有深入的观察与了解，才能做出正确的判断。但是在应该当机立断时，千万不可因为观察、了解而延迟、拖宕，否则反会受到伤害。集此为“识断”卷。

齐桓公

[原文]

宁戚，卫人，饭牛车下，扣角而歌。齐桓公异之，将任以政。群臣曰：“卫去齐不远，可使人问之，果贤，用未晚也。”公曰：“问之，患其有小过，以小弃大，此世所以失天下士也。”乃举火[1]而爵之上卿。

【冯述评】**孔明深知魏延[2]之才，而又知其才之必不为人下，故未免虑之太深，防之太过，持之太严，宁使有余才，而不欲尽其用。其不听子午谷之计者，胆为识掩也。**

呜呼，胆盖难言之矣！魏以夏侯楙(mào)镇长安，丞相亮伐魏。魏延献策曰：“楙怯而无谋，今假延精兵五千，直从褒中出，循秦岭而东，当子午而北，不过十日，可到长安。楙闻延奄至，必弃城走，比东方相合，尚二十许日。而公从斜谷来，亦足以达。如此则一举而咸阳以西可定矣！”亮以为危计，不用。

任登为中牟令，荐士于襄主③，曰瞻胥已，襄主以为中大夫。相室④谏曰："君其耳而未之目也，为中大夫若此其易也！"襄子曰："我取登，既耳而目之矣，登之所取，又耳而目之，是耳目人终无已也！"此亦齐桓之智也。

[注释]

①举火：点燃灯火，指不待次日，当夜就举行仪式。②魏延：三国蜀汉大将，官至征西大将军，封南郑侯。每随诸葛亮出师，请与亮异道，亮不许，延常叹己才用之不尽。诸葛亮死后，魏延有二心，被杀。③襄主：赵襄子无恤。战国初年，与韩、魏三分晋国。④相室：执政之臣，即相国。

[译文]

宁戚是卫国人，每当他给拴在车下的牛喂食时，总是一边敲打牛角一边唱歌。有一天，齐桓公正巧从他身边经过，觉得他不同于常人，想要任用他。但大臣们劝阻说："卫国离齐国并不远，不如先派人打听他的为人，如果确实贤能，再任用也不迟。"可是齐桓公说："何必多此一举呢？调查的结果可能会发现他有某些小缺点，人做事常会因小弃大，这就是为什么许多天下智士常不得君王重用的原因。"于是，齐桓公当天就拜宁戚为上卿。

宁戚

宁戚，为齐桓公主要辅佐者之一。他为官四十余年，对齐桓公完成"九合诸侯，一匡天下"的霸业起了十分重要之作用。著有《相牛经》一卷。

【冯述评】三国时的诸葛亮虽深知魏延的才干，但他也知道以魏延之才不会居人之下，因此顾虑太深，防范太多，戒备太严，宁可只借重魏延的余才，却不肯让他完全发挥。当初孔明不肯采纳魏延提出的子午谷的计策，就是由于孔明的胆气被识虑所蒙蔽的缘故。

唉！看来"胆"这个字，还真非三言两语可以说得清楚的。魏派夏侯楙镇守长安的时候，蜀相孔明企图发兵征魏。当时魏延曾献计说："夏侯楙懦弱无能，如果丞相能给我拨精兵五千，我可直出褒中，绕秦岭东进，然后再从子午谷北行，不用十天，就可攻下长安。夏侯楙见我来攻，定会弃城而逃，到那时即使魏国驻守东方的军队前来救援，他们也必须行军二十天才能到达。如果丞相此时再从斜谷出兵，更可一举收取咸阳以西之地。”但当时诸葛亮认为此计太过危险，没有采纳。

王登出任中牟令时曾向赵襄子推荐一个人，说这个人叫瞻胥已，赵襄子便任命这人为中大夫。相国劝阻说：“大王只是听别人说这人有才干，自己却没有亲眼见识过，怎能轻易相信而随便任用呢！”赵襄子说：“我任用王登，是既耳闻又目见了，如果对王登推荐的人又要耳闻又要目见，这样的耳闻和目见真是没个完了。”赵襄子和齐桓公可说是具有同样的智慧。

周瑜 寇准 陈康伯

［原文］

曹操既得荆州，顺流东下，遗孙权书，言：“治水军八十万众，与将军会猎于吴。”张昭等曰：“长江之险，已与敌共。且众寡不敌，不如迎之。”鲁肃独不然，劝权召周瑜于鄱阳。瑜至，谓权曰：“操托名汉相，实汉贼也。将军割据江东，兵精粮足，当为汉家除残去秽。况操自送死而可迎之耶？请为将军筹之。今北土未平，马超、韩遂尚在关西，为操后患；而操舍鞍马，仗舟楫，与吴越争衡；又今盛寒，马无藁草；中国[1]士众，远涉江湖之险，不习水土，必生疾病。此数者，用兵之患也。瑜请得精兵五万人，保为将军破之！”权曰：“孤与老贼誓不两立！”因拔刀砍案曰：“诸将敢复言迎操者，与此案同。”竟败操于赤壁。

契丹寇澶州，边书告急，一夕五至，中外震骇。寇准不发，饮笑自如。真宗闻之，召准问计，准曰：“陛下欲了此，不过五日。愿驾幸澶州。”帝难[2]之，欲还内，准请毋还而行，乃召群臣议之。王钦若，临江人，请幸金陵；陈尧叟，阆州人，请幸成都。准曰：“陛下神武，将臣协和，若大驾亲征，敌当自遁，奈何弃庙社

远幸楚、蜀？所在人心崩溃，敌乘势深入，天下可复保耶？”帝乃决策幸澶州，准曰：“陛下若入宫，臣不得到，又不得见，则大事去矣。请毋还内。”驾遂发，六军、有司追而及之。临河未渡，是夕内人相泣。上遣人瞷准，方饮酒鼾睡。明日又有言金陵之谋者，上意动。准固请渡河，议数日不决。准出见高烈武王琼[3]，谓之曰：“子为上将，视国危不一言耶？”琼谢之，乃复入，请召问从官，至皆默然。上欲南下，准曰：“是弃中原也！”又欲断桥因河而守，准曰：“是弃河北也！”上摇首曰：“儒者不知兵。”准因请召诸将，琼至，曰：“蜀远，钦若之议是也，上与后宫御楼船，浮汴而下，数日可至。”众皆以为然，准大惊，色脱。琼又徐进曰：“臣言亦死，不言亦死，与其事至而死，不若言而死。今陛下去都城一步，则城中别有主矣，吏卒皆北人，家在都下，将归事其主，谁肯送陛下者，金陵亦不可到也。”准又喜过望，曰：“琼知此，何不为上驾？”琼乃大呼逍遥子[4]，准掖上以升，遂渡河。幸澶渊之北门，远近望见黄盖，诸军皆踊跃呼万岁，声闻数十里。契丹气夺，来薄城，射杀其帅顺国王挞览[5]，敌惧，遂请和。

金主亮南侵，王权师溃昭关，帝命杨存中[6]就陈康伯[7]议，欲航海避敌。康伯延之入，解衣置酒。帝闻之，已自宽。明日康伯入奏曰：“闻有劝陛下幸海趋闽者，审尔，大事去矣！盍静以待之？”一日，帝忽降手诏曰：“如敌未退，散百官。”康伯焚诏而后奏曰：“百官散，主势孤矣。”帝意始坚。康伯乃劝帝亲征。

【冯述评】是役，准先奏请乘契丹兵未逼镇、定，先起定州军马三万南来镇州，又令河东兵出土门路会合，渐至邢、洺，使大名有恃，然后圣驾顺动。又遣将向东旁城塞牵拽，又募强壮入虏界，扰其乡村，俾虏有内顾之忧。又檄令州县坚壁，乡村入保，金币自随，谷不徙者，随在瘗(yì)藏。寇至勿战，故虏虽深入而无得。方破德清一城，而得不补失，未战而困。若无许多经略，则渡河真孤注矣。

迟魏之帝者，一周瑜也；保宋之帝者，一寇准也；延宋之帝者，一陈康伯也。

［注释］

①中国：中原之国，指曹魏。②难：为难。③高烈武王琼：高琼，时为殿前都指挥使。④逍遥子：竹舆的别称。⑤顺国王挞览：契丹元帅，有机勇，所部皆精兵。⑥杨存中：本名沂中，身经百战，高宗曾将其比为郭子仪，谥武恭。⑦陈康伯：孝宗时封鲁国公，享孝宗庙庭，谥文恭，时为宰相。

高琼

高琼，字宝臣，宋亳州蒙地（在今安徽蒙城）人，官至忠武军节度使。他不识字而通晓军政，《宋史》有传。卒后，谥烈武，后又追封为烈武王。

［译文］

曹操取得荆州之后，就顺流东下，并给孙权写信说：“我带领水军八十万，要与将军相会于吴地。”这时张昭等人说：“我们所凭借的只有长江天险，在曹操取得荆州后，长江天险已经成为敌我双方共有。再说敌众我寡，双方兵力悬殊。我个人认为如今之计不如迎接曹公到来。”但只有鲁肃不这么认为，他劝孙权将周瑜从鄱阳招来。周瑜到来后，对孙权说：“曹操名为汉朝丞相，其实却是汉朝的奸贼。主公据有江东，兵精将广，粮草充足，应当担当起为汉室除去奸贼的任务。再说曹操现正自掘死路，我们哪有归顺他的道理？请主公听我详说平曹的计划。现在北方并未平定，关西的马超和韩遂都是曹操的后患；如今曹操竟舍弃善战的骑兵，而想与擅长水战的吴兵在水上决战；再加上现在正值隆冬季节，马草军粮的补给都不方便；而曹军远来南方，水土不服，定会生病。这些都是曹操用兵的不利因素。请求主公给我精兵五万人，我保证可以击败曹操！”孙权听了周瑜这番话后，说道：“我与曹操这老贼势不两立！”说完抽出宝刀，一刀砍断桌子角，道：“你们再有敢说归顺曹操的，就会和这桌子有同样的下场。”后来东吴军果然大败曹操于赤壁。

宋真宗时，契丹人突然出兵攻打澶州，一时边情紧急，一夜之间竟连发五道紧急文书。消息传到京师，朝野震惊。当时宰相寇准却并不慌忙，仿佛平常般谈笑饮酒。真宗接获军情紧急的报告后，就招来寇准，与他商议大计，寇准说：“陛下想要解除这种危急的状况，只要五天时间就够了。臣恳请陛下驾幸澶州。”真宗听了颇感为难，想直接返回京师，寇准却再三请求，真宗一时拿不定主意，于是召集群臣商议。因王钦若是临江人，他建议真宗驾幸金陵；而陈尧叟是阆州人，他建议真宗驾幸成都。寇准说：“陛下英明睿智，将帅与大臣和睦齐心效命，如果陛下御驾亲征，敌军必会闻风丧胆，为何要舍弃宗庙，逃往金陵或成都呢？陛下无论幸临金陵还是成都，将导致军心溃散，给予敌兵可乘之机，那又如何指望能保住大宋江山呢？”真宗听了这些话，才下定决心起驾前往澶州。寇准说：“请陛下即刻启程，不要再转回宫内，陛下若回宫，很长时间不出来，臣又进不去，怕误了大事。”于是真宗立即启驾，护卫皇帝的六军和有关官员从后面追赶了上来。到了河边还未渡河，当晚，嫔妃个个哭成一团。真宗又派人询问寇准的意见，不料寇准竟然因喝醉了酒而鼾睡不醒。第二天，又有大臣向真宗建议迁都金陵，真宗又有些心动。虽然寇准一再恳求真宗渡江，但真宗一连几天仍下不了决心，做不了决定。一天，寇准碰到烈武王高琼，对他说：“你身为大将军，见国家的情势如此危急，难道不能向皇上说句话吗？”高琼向寇准谢罪，于是寇准又再次入宫，建议真宗不妨问问其他官员的意思，到来的官员都是沉默不语。这时真宗表示希望南下，寇准说：“这种做法无异于舍弃中原。”真宗又想把桥梁毁坏掉，凭借江河天险来防守，寇准说：“这样河北一地就拱手送敌了。”真宗不由得摇头说：“你是读书人，不懂得用兵之道。”于是寇准建议真宗向各位将军询问意见，高琼来到后说：“我赞同王钦若的看法，蜀地远，陛下若乘宫廷楼船，顺着汴水而下，几天的行程就可抵达金陵。”在场的大臣们纷纷表示赞同，寇准不由大吃一惊，脸色大变。高琼不慌不忙地接着又说：“臣直言也是死，不说也是死，与其到事情发生时再死，不如今日直言而死。今天只要陛下离开京师一步，那么整个天下就将改朝换代了，士兵们都是北方人，家小都在京师附近，若京师不保，他们都会回乡保护妻小，到时有谁还会护送陛下，即使近如金陵，陛下也到不了。”寇准听高琼如此说，顿时面露喜色，说：“你能明白这道理，为什么不自请为皇上跟前的御前将军呢？”高琼大喊一声，命令轿夫起轿，寇准立刻将真宗请入轿中，全军于是顺利渡河。真宗抵达澶州北门时，远近的士兵们看见皇帝的车驾，果然欢声雷动，高呼万岁，数十里外都听得到阵阵的欢呼声。契丹人见宋真宗御驾亲征，气势大大削弱，等攻城时，元帅顺国王挞览又遭宋兵射杀，契丹人更是胆战心寒，于是向宋请和。

宋朝时金主完颜亮南侵，王权率兵在昭关被金兵打败，高宗命杨存中到宰相陈康伯家中共商渡海避敌的大计。陈康伯见了杨存中后，立即请他进屋，两人解开衣服喝起酒来。高宗听说两人还有心情喝酒，不觉放心了不少。第二天，陈康伯入宫奏道："臣听说有人劝陛下渡海去福建，这事千万要审慎，敌兵大势已去，请陛下静心等待。"一天，高宗突然颁下手谕："如果不能击退金兵，文武百官可各自避难他去。"陈康伯一见，立刻将诏书焚毁，然后启奏说："百官一旦离散，陛下将更形单势孤，到时大宋江山也完了。"高宗听了这话才又重振信心。于是陈康伯趁机力劝高宗亲征。

【冯述评】这场战役，寇准事先曾奏请真宗在契丹兵马尚未逼近镇州、定州时，先征调定州三万兵马南下到镇州，又命令河东兵出土门路来会合，逐渐逼近邢州、洺州，使得大名府有所依托，然后皇帝再亲征。同时寇准还派遣将领率兵向东牵制敌人，又招募强壮的丁兵混入契丹境内，骚扰契丹村庄，使契丹有内忧的困扰。另外寇准发文到各州县，要他们各自加强守御，各乡村民纷纷组织自卫民团，金币财物随身携带，至于无法运走的米粮则全部妥善深藏。契丹兵至，千万不可与他们交手，如此一来，契丹人虽深入内地却毫无所获。只是攻下德清一城，而得不偿失，在未与宋兵交战前已是军需窘困。所以澶州之役宋军获胜并非侥幸，若事先没有这种种部署，那么真宗的渡河亲征，可就真的只是孤注一掷了。

周瑜拖延了曹操称帝的野心，寇准保住了真宗皇帝的帝位，陈康伯延续了宋代的江山。

寇恂

[原文]

高峻久不下[1]，光武遣寇恂[2]奉玺书往降之。恂至，峻第遣军师皇甫文出谒，辞礼不屈，恂怒，请诛之。诸将皆谏，恂不听，遂斩之。遣其副归，告曰："军师无礼，已戮之矣。欲降即降，不则固守！"峻恐，即日开城门降。诸将皆贺，因曰："敢问杀其使而降其城，何也？"恂曰："皇甫文，峻之腹心，其所取计者也，今来辞意不屈，必无降心。全之则文得其计，杀之则峻亡其胆，是以降耳。"

【冯述评】**唐僖宗幸蜀，惧南蛮为梗，许以婚姻。蛮王命宰相赵隆眉、杨奇鲲、段义宗来朝行在[3]，且迎公主。**

寇恂

寇恂，字子翼，上谷昌平（今属北京市）人，东汉名将，"云台二十八将"之一。他明习经术，德行高尚。朝廷倚重，遐迩闻名。他一生戎马，奋其智勇，所得俸禄往往厚施亲友故旧和从征将士，深受爱戴。

高太尉骈自淮南飞章云："南蛮心膂④，唯此数人，请止而鸩之。"迄僖宗还京，南方无虞，此亦寇恂之余智也。

［注释］

①高峻久不下：高峻，隗嚣之将，拥兵万人，据安定郡高平城坚守，汉光武帝命人围攻一年不破。②寇恂：汉光武帝开国功臣，官至执金吾，封雍奴侯。③行在：皇帝行宫。④心膂：心腹智囊。

［译文］

东汉光武帝的时候，因高峻久久不向武帝称臣，于是光武帝便派寇恂持玺书前往招降。寇恂来到高峻的驻地，高峻派军师皇甫文出面接见寇恂，皇甫文言辞礼仪不恭，寇恂愤怒，请求诛杀他。诸将纷纷劝阻，寇恂都不理会，于是将皇甫文斩首。然后放高峻的副将回去禀告，说："军师由于态度无礼，已遭处斩，阁下若有归顺之意，请立即投降，否则就请一战。"高峻一听不由心慌，立即打开城门请降。诸将这时纷纷向寇恂道贺，并且问道："为什么杀了高峻的使者后，高峻反而请降了呢？"寇恂说："皇甫文是高峻的心腹，一切的行事都是出于皇甫文的策划。日前皇甫文来时，言辞不恭顺，一定没有归顺之心。如果不杀皇甫文，那么皇甫文的狡计就能得逞；杀了皇甫文，那高峻就少了胆量，只能投降了。"

【冯述评】唐僖宗临幸蜀地时，恐蛮人骚扰，答应两族联姻。蛮酋命宰相赵隆眉、杨奇鲲、段义宗前来拜谒僖宗，并且迎娶公主。太尉高骈得知僖宗许婚之事，立即从淮南紧急传书，说："蛮酋心腹就只有这几人，只要将这三个人毒死，无须再忧虑会遭南蛮侵扰。"果然在杀了这三人后，直到僖宗回京，南方都一直平安无事。这也是寇恂一类的智慧。

段秀实 孔镛

［原文］

段秀实以白孝德荐为泾州刺史。时郭子仪为副元帅，居蒲。子晞以检校尚书领行营节度使，屯邠(bīn)州①。

邠之恶少窜名伍中，白昼横行市上，有不嗛(qiè)[2]，辄击伤人，甚之撞害孕妇，孝德不敢言。秀实自州至府白状，因自请为都虞侯，孝德即檄署府军。俄而晞士十七人入市取酒，刺杀酒翁，坏酿器。秀实列卒取之，断首置槊上，植市门外。一营大噪，尽甲。秀实解去佩刀，选老躄(bì)一人控马，径造晞门。甲者尽出，秀实笑而入，曰："杀一老兵，何甲也？吾戴吾头来矣。"甲者愕眙[3]。俄而晞出，秀实责之曰："副元帅功塞天地，今尚书恣卒为暴，使乱天子边，欲谁归罪乎？罪且及副元帅矣！今邠恶子弟窜名籍中，杀害人藉藉如是，人皆曰'尚书以副元帅故不戢(jí)士'，然则郭氏功名，其与存者几何？"晞乃再拜曰："公幸教晞。"即叱左右解甲。秀实曰："吾未晡食，为我设具。"食已，又曰："吾疾作，愿一宿门下。"遂卧军中。晞大骇，戒候卒击柝(tuò)卫之。明日，晞与俱至孝德所陈谢，邠赖以安。

孝宗时，以孔镛为田州知府。莅任才三日，郡兵尽已调发，而峒獠[4]仓卒犯城。众议闭门守，镛曰："孤城空虚，能支几日？只应谕以朝廷恩威，庶自解耳。"众皆难之，谓"孔太守书生迂谈也"。镛曰："然则束手受毙耶？"众曰："即尔，谁当往？"镛曰："此吾城，吾当独行。"众犹谏阻，镛即命骑，令开门去。众请以士兵从，镛却之。贼望见门启，以为出战，视之，一官人乘马出，二夫控络而已，门随闭。贼遮马问故，镛曰："我新太守也，尔导我至寨，有所言。"贼叵测，姑导以行。远入林菁间，顾从夫，已逸其一。既达贼地，一亦逝矣。贼控马入山林，夹路人裸罥(juàn)于树者累累，呼镛求救。镛问人，乃庠生赴郡，为贼邀去，不从，贼将杀之。镛不顾，径入洞，贼露刃出迎，镛下马，立其庐中，顾贼曰："我乃尔父母官，可以坐来，尔等来参见。"贼取榻置中，镛坐，呼众前，众不觉相顾而进。渠酋问镛为谁，曰："孔太守也。"贼曰："岂圣人儿孙邪？"镛曰："然。"贼皆罗拜，镛曰："我固知若贼本良民，迫于冻馁，聚此苟图救死。前官不谅，动以兵加，欲剿绝汝。我今奉朝命作汝父母官，视汝犹子孙，何忍杀害？若信能从我，当宥汝罪，可送我还府，我以谷帛赍汝，勿复出掠；若不从，可杀我，后有官军来问罪，汝当之矣。"众错愕曰："诚如公言，公诚能相恤，请终公任，不复扰犯。"镛曰："我一语已定，何必多疑。"众复拜，镛曰："我馁矣，可具食。"众杀牛马，为麦饭以进，镛饱啖之，贼皆惊服。日暮，镛曰："吾不及入城，可即此宿。"贼设床褥，镛徐寝。明日复进食，镛曰："吾今归矣，尔等能从往取粟帛乎？"贼曰："然。"控马送出林间，贼数十骑从。镛顾曰："此秀才好人，汝既效顺，可释之，与我同返。"贼即解缚，还其巾裾，诸生竞奔去。镛薄暮及城，城中吏登城见之，惊曰："必太守畏而从贼，导之陷城耳。"争问故，镛言："第开门，我有处分。"众益疑拒，镛笑语贼："尔且止，吾当自入，出犒汝。"贼少却，镛入，复闭门，镛命取谷帛从城上投与之，贼谢而去，终不复出。

【冯述评】晞奉汾阳家教，到底自惜功名。段公行法时，已料之审矣。孔太守虽借祖荫，然语言步骤，全不犯凶锋。故曰："天下之至柔，驰骋天下之至刚⑤。"

[注释]

①“子晞”句：时年吐蕃入侵，逼迫邠州，郭子仪遣其子郭晞领朔方兵万人救援。②慊：满足。③愕眙：惊疑瞪目。④峒獠：对广西壮族等少数民族的蔑称。⑤“天下”句：语出《老子》，谓柔能克刚。

[译文]

唐朝人段秀实因白孝德的推荐，当上了泾州刺史。当时郭子仪担任副元帅，驻守蒲州，儿子郭晞则屯兵邠州。邠州恶少打着郭晞部属的名号，白天横行街市，稍有不顺心，便出手伤人，甚至故意冲撞孕妇，而白孝德却不敢制止。段秀实由州陈诉状至府军，自己则请调为都虞侯，白孝德立即发文至府军任命了他。正巧郭晞手下十七人到街市上买酒，借故滋事杀了卖酒的老头，还砸坏了店中酿酒的器皿。段秀实得知，命闹事的士卒排成一列，当场把他们的脑袋砍下，悬在长矛上，竖立在市场门外。消息传到郭晞的营地，全营士兵群情激荡，立即全副武装，准备向段秀实讨个公道。段秀实于是先解下身上佩刀，再选一名跛脚老人为他驾车，独自来到郭晞营地。全营的士兵听说段秀实到，全都武装而出，段秀实一面走入营地，一面笑着说：“杀一名老兵，何必要大费周章的全副武装呢。我不是顶着我的脑袋来了吗？”士兵们听他这么说，不禁睁大眼睛看着他。不久，郭晞出来了，段秀实责备他道：“副元帅功盖天下，而今尚书却骄纵士兵横行暴虐，如果使朝廷的边防大乱，这罪将由谁来承担呢，说不定还会连累到副元帅。今天邠州的恶少诨名在你的部属中，借你名号胡乱杀人，人们都批评说你这尚书仗着父亲是副元帅才不严格约束手下，那么郭氏一门的显赫功名，还能为世人称颂多久呢？”郭晞听了，说：“多谢教诲。”说完立即命手下士兵放下武器。段秀实开口说：“我还没有吃饭，请您为我准备一些吃的东西。”等吃完饭后，又开口说：“我的旧病又发作了，今晚就让我在此地暂住一夜吧。”说完，就睡在营中。郭晞大感吃惊，告诫士兵严加巡行，保卫段秀实。第二天一早，郭晞与段秀实两人一同来到白孝德的府衙，向他拜谢，从此邠州安宁无事。

孔镛

孔镛，字韶文，长洲（今苏州）人。他于景泰五年（1454）中进士，历任都昌知县、高州知府、广西按察使、贵州巡抚、右副都御使等。他在边境任职长达三十年，以善于处理少数民族问题著称，屡建功勋。

明孝宗时，孔镛担任田州知府一职。到任才三天，郡中的守备兵士全部调往他地，而这时峒獠又乘隙攻城。众人提议闭城固守，孔镛说：“我们兵力薄弱，势力孤单，固守又能支持多久呢？如今只有对贼人晓谕朝廷的恩德，或许能感化贼人，将危机解除。”众人觉得这想法太天真了，认为孔太守所说完全是书生迂腐之见。

孔镛说："难道我们该束手投降，让贼人把我们杀了吗？"众人说："即使采纳太守的建议，那么该让谁去向贼人宣示恩德呢？"孔镛说："这是我的城，当然该由我去。"众人纷纷劝阻，孔镛却下令准备车驾，打开城门前往。临行前，众人请求孔镛带卫兵随行，孔镛一概拒绝。贼人见城门打开，以为城中士兵要出城迎战。再仔细一看，只见一位官员乘坐马车出城，车上只有两名控马的马夫随行。他们出城后，城门又随即关闭。贼人拦下车驾加以盘问，孔镛说："我是新上任的太守，你带我去你们营寨，我有话要对你们首领说。"那名贼人心机深沉，故意带着孔镛在树林中绕路，孔镛回头看了一下马夫，已跑了一名。等到达贼营后，另一名马夫也不见了。贼人带孔镛在树林绕路时，见途中有一男子被绑在树上，浑身伤痕累累，向孔镛求救。孔镛问贼人，原来那男子是一个赴郡参加考试的书生，被贼人劫持至此，因为不答应贼人的要求，所以贼人想要杀他。孔镛没有再说话，直接进入贼人营寨。贼人带着兵器出寨迎接，孔镛下马，站在院内对贼人说："我是你们的父母官，等我坐下后，你们可以向我参拜。"贼人取来坐榻，放在屋子中间，孔镛坐定后让众贼上前，众贼相互对望后不觉走向前来。贼首问孔镛的身份，孔镛说："我就是孔太守。"贼首问："您可是孔圣人的后辈子孙？"孔镛说："正是。"于是群贼对孔镛行礼叩拜。孔镛说："我深信你们本性善良，只是由于生活困苦迫于无奈，才沦为盗匪，苟且求活。前任太守不体谅你们的处境，动辄派官兵围剿，想将你们赶尽杀绝；我奉朝廷之命，身为你们的父母官，视你们就如我的子孙，我哪忍心加害于你们？如果你们相信我，肯归顺我，我自当赦免你们的罪，如果你们护送我回府城，我会以稻谷布帛相赠，希望日后你们能为良民而不再抢掠；若是不肯归顺，也可以杀了我，日后官军自然会前来问罪，这后果你们要自行负责。"众贼说："果真如太守所说，能够体恤我等处境，我等发誓在孔公任内，不再侵扰地方。"孔镛说："我说话算数，你们不必多疑。"众贼又再拜谢。孔镛说："我肚子饿了，你们替我准备饭菜吧。"众贼急忙杀牛马做饭，孔镛饱餐一顿，众贼对他的行为既吃惊又佩服。这时已近黄昏，孔镛说："天色已暗，看来我赶不及今晚回城了，就在此地暂住一夜吧。"贼人立即铺好床褥，孔镛意态悠闲地从容入睡。第二天用过早饭后，孔镛说："今天我要回去了，你们可愿随我回府城搬运米粮布帛啊？"贼人说："好。"于是拉马护送孔镛出林，后面跟随着数十名贼人。孔镛回头对贼人说："那位秀才是好人，现在你们既已决定归顺我，就把那秀才放了，让他跟我一起回府城。"于是贼人不但放了秀才，还把他的衣物也一并还给他，秀才拿回衣物后却仓皇奔逃而去。快到黄昏时，孔镛回到了府城，城中官员登城望见，都大惊说："一定是太守怕死降贼，现在引导贼人攻城。"于是争相探问孔镛，孔镛命令他们说："只管开门，我自有打算。"城中官员一听更加疑惧。孔镛笑着对贼人说："各位暂且在此稍候，我进城后一定如我所说的犒赏各位。"贼人后退一段距离。孔镛进城后关闭城门，然后命人取来米粮布帛，由城楼丢下，众贼捡拾后叩谢离去，从此再也不来为害地方。

【冯述评】郭晞自幼秉承庭训，形成爱惜名声的观念。段秀实在执法前，早已做了审慎的评估。孔太守虽借祖先威名震慑贼人，但他言行举止丝毫不冒犯对方。就像人们所说："天下间最柔弱的东西，能够制服天下最刚硬的东西。"

术智部第五

术智部总序

[原文]

冯子曰：智者，术所以生也；术者，智所以转也。不智而言术，如傀儡①百变，徒资嘻笑，而无益于事。无术而言智，如御人舟子，自炫执辔如组，运楫如风，原隰(xí)②关津，若在其掌，一遇羊肠太行、危滩骇浪，辄束手而呼天，其不至颠且覆者几希矣。蠖(huò)之缩也，蛰之伏也，麝之决脐也，蚺之示创也，术也。物智其然，而况人乎？李耳化胡③，禹入裸国而解衣，孔尼较猎④，散宜生行贿，仲雍断发文身，裸以为饰。不知者曰：“圣贤之智，有时而殚。”知者曰：“圣贤之术，无时而窘。”婉而不遂，谓之“委蛇”；匿而不章，谓之“谬数”；诡而不失，谓之“权奇”。不婉者，物将格⑤之；不匿者，物将倾之；不诡者，物将厄之。呜呼！术神矣！智止矣！

[注释]

①傀儡：木偶。②隰：湿地。③李耳化胡：相传老子入西域，化身为胡佛。④较猎：比赛打猎。⑤格：压服。

[译文]

冯梦龙说：术就是方法的意思，真正的方法是从智慧中产生的；而只有通过适当的方法，智慧才能发挥无比的功用。没有智慧而只强调方法，就如同傀儡之戏的变化，非但于事无益，而且只是一场闹剧罢了；只有智慧而没有方法，则像驾车行船的人，在风平浪静或平坦广阔的原野上时，一切好像都得心应手，但是一遇羊肠小道或险滩大浪，就会束手无策，想不倾覆都难。蠖虫在行进时要有伸有缩，冬季的昆虫要藏于地下过冬，至春才出来，麝在被人追逐时会产生分泌物，蟒蛇翻身示创以明胆已被人取走，这都是对方法的运用。连动物都有这样的智慧，何况是人呢？老子李耳化身胡佛以教化胡人，大禹进入裸人国而脱去衣服，孔子与人比赛打猎，散宜生行贿，仲雍南入蛮夷，断发文身，以裸身为服饰。无知的人看到这种情形就说："圣贤之人的智慧有时也有穷尽的时候。"智慧的人则会说："圣贤之人的方法，没有穷尽的时候。"有时婉转而不直行，称之为"委蛇"；有时暂且隐匿不显露锋芒，就被称作"谬数"；有时诡谲而不放弃原则，会被称作"权奇"。如果不懂变通而因势利导，委婉地处理事情，外物就会压制他；如果不懂适时隐匿，外物就会倾陷他；如果不懂使用诡谲之术，外物就会困厄他。哎呀！术智的方法真是太神妙了，是智慧的最高境界！

委蛇卷十三

[原文]

道固委蛇[1]，大成若缺[2]。如莲在泥，入垢出洁。先号后笑，吉生凶灭。集“委蛇”。

[注释]

①委蛇：曲折，这里有“柔顺”的引申意义。②大成若缺：语出《老子》，与大智若愚同义。

[译文]

逶迤曲折的道路，完满之中似有缺陷。正如同生长在污泥中的莲蓬，经过洗涤才能显出本来面目。经历痛哭，然后才能微笑。运用得法，就能趋吉避凶。集此为“委蛇”卷。

箕子

[原文]

纣为长夜之饮而失日[1]，问其左右，尽不知也。使问箕子，箕子谓其徒曰：“为天下主，而一国皆失日，天下其危矣。一国皆不知，而我独知之，吾其危矣！”辞以醉而不知。

【冯述评】**凡无道之世，名为天醉。夫天且醉矣，箕子何必独醒？观箕子之智，便觉屈原之愚[2]。**

[注释]

①日：日期。②屈原之愚：这里指屈原有“众人皆醉我独醒”的诗句。

[译文]

殷纣王夜夜饮酒欢歌，以致连日子是几月几日都忘了，问左右侍臣，侍臣也都不知道。便派使者去问箕子，箕子对他的门人说：“身为天下之主，竟然把时间都忘掉，这是天下要发生祸乱的征兆。但是如果全国人都忘掉时间，而只有我一个人知道，那是我将有祸事上身的征兆。”于是箕子也装醉，推说自己不知道今天是何月何日。

【冯述评】君主无道长夜狂醉，可称为“天醉”。连天都喝醉了，那箕子又何必要独醒呢？看箕子装醉的智慧，就不禁为屈原“众人皆醉我独醒”的愚忠而感到惋惜。

孔 融

［原文］

荆州牧刘表不供职贡，多行僭（jiàn）伪，遂乃郊祀天地[1]，拟斥乘舆。诏书班[2]下其事，孔融上疏，以为“齐兵次楚，唯责包茅，今王师未即行诛，且宜隐郊祀之事，以崇国体。若形之四方，非所以塞邪萌。”

【冯述评】**凡僭叛不道之事，骤见则骇，习闻则安。力未及剪除而章其恶，以习民之耳目，且使民知大逆之逋诛，朝廷何震[3]之有？召陵之役，管夷吾不声楚僭，而仅责楚贡，取其易于结局，度势不得不尔。孔明使人贺吴称帝，非其欲也，势也。儒家“虽败犹荣”之说，误人不浅。**

［注释］

①郊祀天地：祭祀天地，是天子举行的仪式。②班：颁布。③震：威望。

［译文］

东汉献帝的时候，荆州牧刘表不仅不按规定向朝廷缴纳税赋，还冒用天子的排场执事，郊祭天地，越级乘坐天子用的马车。献

孔融

孔融，东汉文学家，鲁国人，字文举，家学渊源，是孔子的二十世孙。孔融少时成名，献帝初平元年（190），因忤董卓，转为议郎，出至青州北海郡为相，因颇有政声，时人又称他为“孔北海”。后为曹操所杀。

帝下诏斥责，孔融上书劝谏说："如今王师正如齐桓公兵伐楚国，只能责备其不上贡包茅一样，并没有能力去惩罚刘表，陛下不能提及刘表祭祀天地的事情，以维护朝廷的尊严；如果轻易地张扬，让天下人知道，不是遏制其邪念的方法。"

【冯述评】类似这种大逆不道的事情，百姓初次听说，不免震惊害怕，但是听多了，也就习惯了。如果朝廷的能力尚不足以除恶，就轻率诏告天下，只会让百姓习惯叛逆不受惩罚，在百姓面前显露出朝廷的无能。春秋齐桓公在召陵伐楚，管仲就不以楚王僭尊号为由，而只是责备楚王不纳贡，为的就是日后易于收场，衡量当时的局势，真的是不得不如此啊。三国时孔明派使臣向孙权道贺称帝，并非孔明真有道贺之意，而是形势所迫，不得不通权达变的做法。儒家那种虽败犹荣的论调，实在是害人不浅啊。

王曾

［原文］

丁晋公①执政，不许同列留身②奏事，唯王文正③一切委顺，未尝忤其意。一日，文正谓丁曰："曾无子，欲以弟之子为后，欲面求恩泽，又不敢留身。"丁曰："如公不妨。"文正因独对，进文字一卷，具道丁事。丁去数步，大悔之。不数日，丁遂有珠崖之行。

【冯述评】**王曾独委顺丁谓，而卒以出谓。蔡京首奉行司马光，而竟以叛光。一则君子之苦心，一则小人之狡态。**

［注释］

①丁晋公：丁谓，封晋国公。宋仁宗时以欺罔罪贬崖州。②留身：独留于皇帝身边。③王文正：王曾，谥文正。

［译文］

宋朝仁宗年间丁谓当权时，不准许朝廷大臣在百官退朝后单独留下奏事。大臣中只有王曾完全顺从其规定，从不违逆。有一天上朝前，王曾对丁谓说："我没有儿子，想收养弟弟的儿子作为后嗣，我有意面奏皇上恩准，但又不敢单独留下奏禀此事。"丁谓说："像你这样的人，留下禀奏也没有关系。"于是王曾借呈文卷给仁宗的机会，将丁谓这番行为告诉仁宗。丁谓在退朝后，愈想愈觉得不对，不禁后悔不迭。没几天，丁谓果然接获诏命，被贬往崖州。

【冯述评】大臣中只有王曾对丁谓曲意顺从，最后却是他伺机将丁谓贬至崖州。反观蔡京最初对司马光也是尊崇万分，最后却背叛、陷害司马光。看起来二者手法相同，但一个是君子用心良苦；一个却是小人用心险恶。

王翦 萧何

［原文］

秦伐楚，使王翦[1]将兵六十万人，始皇自送至灞上。王翦行，请美田宅园地甚众。始皇曰："将军行矣，何忧贫乎？"王翦曰："为大王将，有功终不得封侯；故及大王之向臣，臣亦及时以请园地，为子孙业耳。"始皇大笑。王翦既至关，使使还请善田者五辈，或曰："将军之乞贷亦已甚矣！"王翦曰："不然，夫秦王恒中粗[2]而不信人。今空秦国甲士而专委于我，我不多请田宅为子孙业以自坚，顾令秦王坐而疑我耶？"

汉高专任萧何关中事。汉三年，与项羽相距京、索间[3]。上数使使劳苦丞相。鲍生谓何曰："今王暴衣露盖，数劳苦君者，有疑君心也。为君计，莫若遣君子孙昆第能胜兵者，悉诣军所。"于是何从其计，汉王大悦。

吕后用萧何计诛韩信。上已闻诛信，使使拜何为相国，益封五千户，令卒五百人，一都尉为相国卫。诸君皆贺，召平独吊。曰："祸自此始矣！上暴露于外，而君守于内，非被矢石之难，而益封君置卫，非以宠君也。以今者淮阴新反，有疑君心。愿君让封勿受，悉以家财佐军。"何从之，上悦。其秋黥布反，上自将击之。数使使问相国何为，曰："为上在军，拊循勉[4]百姓，悉取所有佐军，如陈豨时。"客又说何曰："君灭族不久矣！夫君位为相国，功第一，不可复加。然君初入关中，得百姓心十余年矣，尚复孳孳得民和。上所为数问君，畏君倾动关中。今君胡不多买田地，贱贳(shì)⑤贷以自污？上心必安。”于是何从其计。上还，百姓遮道⑥诉相国，上乃大悦。

【冯述评】汉史又言，何买田宅必居穷僻处，不治垣屋。曰：“令后世贤，师吾俭；不贤，无为势家所夺。”与前所云强买民田宅似属两截。不知前乃免祸之权，后乃保家之策，其智政不相妨也。宋赵韩王普强买人第宅，聚敛财贿，为御史中丞雷德骧所劾。韩世忠既罢，杜门绝客，口不言兵，时跨驴携酒，从一二奚童，纵游西湖以自乐。尝议买新淦(gàn)县官田，高宗闻之，甚喜，赐御札，号其庄曰“旌忠”。二公之买田，亦此意也。夫人主不能推肝胆以与豪杰功，至令有功之人，不惜自污以祈幸免。三代交泰之风荡如⑦矣！然降而今日，大臣无论有功无功，无不多买田宅自污者，彼又持何说耶？

陈平当吕氏异议之际，日饮醇酒，弄妇人；裴度当宦官熏灼之际，退居绿野⑧，把酒赋诗，不问人间事。古人明哲保身之术，例如此，皆所以绝其疑也。

国初，御史袁凯⑨以忤旨引风疾归。太祖使人觇(chān)之，见凯方匍匐往篱下食猪犬矢，还报，乃免。盖凯逆知有此，使家人以炒面搅沙糖，从竹筒出之，潜布篱下耳，凯亦智矣哉！

［注释］

①王翦：秦始皇大将，灭赵、燕、魏、楚诸国，秦统一天下，翦居功最多，封通武侯。②粗：粗暴。③京、索间：京县、索县之间，今河南荥阳附近。④拊循勉：抚慰、勉励。⑤贳：赊。⑥遮道：拦路。⑦荡如：荡然无存。⑧绿野：绿野堂，裴度所建别墅。⑨袁凯：明朝洪武年间御史。明太祖一日审判囚犯毕，令凯送太子

韩蕲王湖上骑驴

元吴莱题诗有云："西湖杨柳烟波寒，照见从前刀剑瘢。宫中孰与论颇牧，塞上宁知无范韩？"

处复查，多所宽减。太祖问："朕与东宫谁对？"袁凯说："陛下之法正，东宫之心慈。"明太祖讨厌他滑头。袁凯惧，托病告归。

［译文］

秦始皇派王翦率六十万大军攻打楚国，出征时始皇亲自到灞上送行。临行前，王翦请求始皇赏赐给他大批田宅。秦始皇说："将军即将率大军出征，为什么还担心生活的贫穷呢？"王翦说："臣身为大王的将军，立下汗马功劳，却始终不能封侯，所以趁大王委派臣重任时，请大王赏赐田宅，作为子孙日后生活的依靠。"秦始皇听了不由放声大笑。王翦率军抵达关口后，又曾五次遣使者向始皇请求封赏，有人劝王翦说："将军要求封赏的举动，似乎有些太过分了。"王翦说："你错了。大王疑心病重，用人不专，现在他将秦国所有的兵力委交给我，我如果不用为子孙求日后生活保障为借口，向大王请赐田宅，难道要大王坐在宫中对我生疑吗？"

汉高祖三年，萧何镇守关中，汉王与项羽在京、索一带相持不下。这期间，汉王屡次命使者慰问镇守关中的宰相萧何。鲍生于是对萧何说："在战场上备尝野战之苦的君主，之所以屡次派使者慰劳属臣，是因为君王对属臣心存疑虑啊。为您考虑，丞相最好选派善战的子弟兵，亲自率领他们到前线和君主并肩作战，这么一来，君主才能消除心中疑虑，信任丞相。"萧何采纳鲍生的建议，从此汉王对萧何很是满意。

汉高祖十一年，淮阴侯韩信在关中叛乱，吕后用萧何的计谋诛灭韩信。高祖知道淮阴侯被杀的事情后，就派使臣任命萧何为相国，加封五千户邑民，另派士兵五百人和一名都尉作为相国的护卫兵。群臣都向萧何道贺，唯独陈平向萧何表示哀悼之意，说："相国的灾祸从现在就要开始啦！皇上在外率军征战，而相国留守关中，没有战场上的急难，却获赐增加封邑和护卫兵，这并不是宠信相国，主要是因淮阴侯刚谋反被平，所以皇上也怀疑相国的忠心。我建议相国恳辞封赏不受，并把家中财产全部捐出充作军费。"萧何采纳了陈平的建议，高祖果然大为高兴。汉高祖十二年秋天，英布叛变，高祖御驾亲征，其间几次派使者回长安打探萧何的动静。萧何对使者说："因为皇上御驾亲征，所以我在后方鼓励人民捐献财物支援前方，与皇上上次讨伐陈豨叛变时做法相同。"这时，有人对萧何说："你灭门之日不远啦！你已经身为相国，功冠群臣，皇上没法再提升你的官职。自从相国进入关中，十多年来深得民心，现在还在勤勉不懈地与百姓调和。皇上之所以多次派使者来慰问相国，就是担心相国在关中谋反。相国如想保命，不妨低价强购百姓的田地，并且不以现金支付而以债券取代，从而贬损自己的声望。这样皇上才会安心。”萧何又采纳了这个建议。高祖在平定英布之乱凯旋后，百姓沿途拦驾上奏，控告萧何低价强购民田，高祖不由心中窃喜。

【冯述评】汉史又记载，萧何购买田宅都是选择偏远的穷乡，也从不在自家宅院建筑高楼围墙。他说：“如果子孙贤德，就会学习我的节俭；如果子孙不肖，这样的田地比较不容易遭人觊觎。”这和前面所记萧何强行购置民田的事迹，似乎完全不同。其实强购民田是为免遭杀身之祸的权宜之策，至于隐居穷乡，则是为了保护家产，这两件事所表现的智慧是不相妨碍的。宋朝时，韩王赵普因为强行购买百姓宅第，行贿敛财，遭御史中丞雷德骧弹劾。韩世忠罢官后，拒绝访客上门，且绝口不谈兵事，时常骑着一匹驴，带着一壶好酒，领着一两个童子，在西湖上饮酒自娱。有人曾批评他在新淦县购置官田，宋高宗听说这事后却非常高兴，并且颁赐匾额，赐韩的田庄为“旌忠”。其实他们两人不论购民宅或买官田，都只是为消除君主对自己的疑虑罢了。唉，当君主不能与大臣们肝胆相照、推心置腹时，常使有功的大臣不惜污损自己的名誉而求自保。三代时君臣水乳交融的情感早已不再了！然而演变到现在，大臣不论有功无功，却都一个个拼命购买田宅，他们所持的理由又是什么呢？

陈平在吕氏对自己有疑虑时，整日醉酒调戏妇人；而唐朝的裴度在宦官气焰正盛时，也曾隐居乡间喝酒作诗，不过问朝廷之事。这些都是古人明哲保身的方法，其目的都是为了消除君主对自己的疑虑。

明朝初年，御史袁凯因触怒太祖，被迫托病辞官归隐，太祖仍不放心，派人窥探，派来的密探只见袁凯趴在竹篱下，吃猪狗的粪便。密探向太祖报告这一情况后，袁凯才得以保住性命。原来袁凯早就料到太祖会派人监视他的行动，于是让家人预先在炒面中搅拌砂糖，灌进竹筒中，暗暗散置竹篱下，从而避过密探耳目。看来袁凯也是聪明人啊！

阮　籍

［原文］

魏、晋之际，天下多故①，名士鲜有全者。阮籍托志酣饮，绝不与世事。司马昭初欲为子炎求昏②于籍，籍一醉六十日，昭不得言而止。钟会数访以时事，欲因其可否致之罪，竟以酣醉不答获免。

阮籍

阮籍，字嗣宗，是建安七子之一阮瑀的儿子。曾任步兵校尉，世称阮步兵。他崇奉老庄之学，政治上则采谨慎避祸的态度。与嵇康、刘伶等七人为友，常集于竹林之下肆意酣畅，世称“竹林七贤”。

[注释]

①多故：政局多变动。②昏：同“婚”。

[译文]

魏、晋之时，天下政局动荡，名士中很少有人能保全性命的。阮籍为全身避害，整天喝得酩酊大醉，绝口不谈世事。司马昭想为儿子司马炎求婚，与阮籍结为儿女亲家，阮籍为逃避司马昭的纠缠，竟大醉六十天，使得司马昭得不到提亲的机会，只好打消念头。当时司马昭的手下大将钟会曾数度拜访阮籍请教时事问题，想从阮籍的话中挑出毛病，给他安上罪名，而阮籍每次都醉得不能答话，因此得以保全性命。

谬数卷十四

[原文]

似石而玉，以镦(duì)[1]为刃；去其昭昭，用其冥冥；仲父[2]有言，事可以隐。集“谬数”。

[注释]

①镦：矛戟下端的平底金属套。②仲父：齐桓公称管仲为仲父。

[译文]

看上去像是石头实际上却是宝玉，戈戟的柄套也能做兵刃；舍弃明显可见的用途，运用它幽微隐秘的妙处，这是管仲为人处世的谋略。集此为“谬数”卷。

周武王

[原文]

武王立重泉[1]之戍，令曰：“民有百鼓之粟者不行。”民举所最粟以避重泉之戍，而国谷二十倍。

周武王

周武王，姓姬名发，周文王姬昌次子。他是中国历史上的一代名君，是西周王朝的王朝建立者。他在位十九年励精图治，国运昌盛，卒后，谥曰武。

【冯述评】**假设戍名，欲人惮役而竟收粟，倘亦权宜之术，而或谓圣王不应为术以愚民，固矣！至若《韩非子》谓，汤放桀(jié)欲自立，而恐人议其贪也，让于务光[2]，又虞其受，使人谓光曰：“汤弑其君，而欲以恶名予子。”光因自投于河；文王资费仲[3]而游于纣之旁，令之间[4]纣以乱其心。**

此则孟氏所谓“好事者为之”，非其例也。

［注释］

①重泉：地名。②务光：当时的隐士。③资费仲：送资财给费仲。费仲是商纣王之佞臣。④间：离间。

［译文］

周武王下令征调百姓赴重泉戍守，同时又发布命令说：“凡百姓捐谷一百鼓（四石为一鼓）者，可以免于征调。”百姓为求免役，纷纷捐出家中所有积谷，一时国库的米粮暴增二十倍。

【冯述评】武王借征调百姓戍守远地为名，利用百姓恐惧离乡的心理，征收谷粟充实国库，假若这只是一时权宜的做法，而有人却为此批评圣贤的君王不应用权术来欺骗百姓，确实是这样。《韩非子》曾记载，商汤讨伐桀后想自立为帝，又怕世人讥评他是因称王的贪念才讨伐桀的，于是故意推举务光为王，但又怕务光真的接受，就派人对务光说：“汤弑杀他的君主，却想将弑君的罪名嫁祸给你。”务光听了，就吓得投河自尽了；另外，文王也曾用重金贿赂费仲，要他日夜在纣王身边进谗言，以迷惑纣王心智。我认为这是孟子所谓喜欢捏造假言生事的人说的，不是真实的事例。

范仲淹

［原文］

皇祐二年，吴中大饥。时范仲淹领浙西，发粟及募民存饷，为术甚备。吴人喜竞渡，好为佛事。仲淹乃纵民竞渡，太守日出宴于湖上。自春至夏，居民空巷出游。又召诸佛寺主守，谕之曰：“今岁工价至贱，可以大兴土木。”于是诸寺工作并兴。又新仓廒吏舍，日役千夫。监司劾奏杭州不恤荒政，游宴兴作，伤财劳民。公乃条奏：“所以如此，正欲发有余之财，以惠贫者，使工技佣力之人，皆得仰食于公私，不致转徙沟壑（hè）耳。”是岁唯杭饥而不害。

【冯述评】**《周礼》荒政十二①，或兴工作，以聚失业之人。但他人不能举行，而文正行之耳。凡出游者，必**

其力足以游者也。游者一人，而赖游以活者不知几十人矣。万历时吾苏大荒，当事者以岁俭禁游船。富家儿率治馔僧舍为乐，而游船数百人皆失业流徙。不通时务者类如此。

[注释]

①《周礼》荒政十二:《周礼·地官大司徒》载:“以荒政十有二聚万民，一散利，二薄征，三缓刑，四弛力，五舍禁，六去几，七省礼，八杀哀，九蕃乐，十多婚，十一索鬼神，十二除盗贼。”即《周礼》中记载的十二条应对荒年的政策。

[译文]

宋朝皇祐二年，吴中一带出现大饥荒。当时范仲淹治理浙西，下令散发米粮赈灾，并鼓励百姓储备粮食，救荒的措施很完备。吴中民俗喜好赛舟，并且笃信佛教。于是范仲淹就鼓励百姓举行划船比赛，自己也日日在湖上宴饮。从春至夏，几乎每天当地的百姓都扶老携幼在湖边争看赛船。另外，范仲淹又召集各佛寺住持，对他们说:“饥岁荒年工钱最低廉，正是寺院大兴土木的大好时机。”于是各寺庙住持无不招募工人大肆兴建。范仲淹又大肆招募工人兴建官家谷仓及吏卒官舍，每天募集的工人多达千人。掌监察的官员，认为范仲淹不能体恤荒年的财政困难，竟鼓励百姓划船竞赛，寺院大兴土木，劳民又伤财，所以上奏弹劾范仲淹。范仲淹上奏说:“臣所以鼓励百姓宴游湖上，并让寺院、官府大兴土木，其用意正是借助多余的钱财，来救助贫苦无依的穷民，使得靠出卖劳力生活的百姓，能依赖官府与民间所提供的工作机会得以生存，不致背井离乡，饿死荒野。”这年全国的大饥荒，只有杭州一带的百姓没有受到严重的危害。

【冯述评】《周礼》记载有十二条应对饥荒的政策，主政者应尽量提供给百姓工作机会，从而减少失业人口。可惜一般主政者都做不到，只有范仲淹做到这一点。凡是可以外出宴游者，一定是因为其具有宴游的财力，一人外出宴游，而靠此人宴游花费的金钱得以生活的，不知道有几十人。明朝万历年间，苏州一带发生饥荒，主政者下令禁止百姓游船。富家子弟日日躲在僧院宴饮，而靠划船生活的船家都因失业而背井离乡，主政者的愚昧和不识时务，大都如此。

王导

[原文]

王丞相善于国事。初渡江，帑(tǎng)藏空竭，唯有练①数千端。丞相与朝贤共制练布单衣。一时士人翕然竞服，

王导

王导生活的时代，是西晋灭亡、中原动乱的时代，他拥立司马睿为帝，建立了东晋政权，并担任丞相。

练遂踊贵②。乃令主者卖之，每端至一金。

【冯述评】**此事正与“恶紫”对照。谢安之乡人有罢官者，还，诣安。安问其归资，答曰：“唯有蒲葵扇五万。”安乃取一中者捉之。士庶竞市，价遂数倍。此即王丞相之故智。**

[注释]

①练：白绢。②踊贵：价格跳动上涨。

[译文]

东晋时的丞相王导善于掌理国政。初渡江时，由于国库空虚，府库只存有数千匹丝绢。王导于是与朝中大臣商议，每人制作一套丝绢单衣。一时之间，官员及读书人纷纷仿效，于是丝价暴涨。王导接着下令管理府库的官员出售丝匹，每匹售价竟高达一两黄金。

【冯述评】这件事情可以和齐桓公讨厌紫衣相对照。另外，东晋时，宰相谢安的一个同乡辞官回乡，临行前向谢安辞行。谢安问他回乡的旅费可曾筹妥，同乡回答道：“手上没有现金，只有五万把蒲葵扇。”于是谢安随手拿了其中一把扇子。没几天，士人百姓争相购买蒲葵扇，于是扇价高涨。这也是仿王丞相的做法。

晏婴

[原文]

齐人甚好毂(gǔ)击①，相犯以为乐。禁之，不止，晏子患之。乃为新车良马，出与人相犯也，曰：“毂击者不祥。臣其祭祀不顺、居处不敬乎？”下车弃而去之，然后国人乃不为。

[注释]

①毂击：用车毂相撞击。毂，车轮中间车轴穿入处的圆木，安装在车轮两侧的轴上。

[译文]

齐人喜欢在驾车时用车毂相互撞击并以此为乐。官府虽多次禁止，但依然没有什么明显的成效，宰相晏婴为此感到十分烦恼。一天，晏婴乘坐一辆新车出门，故意与其他车辆相撞，事后说："与人撞车是不吉祥的凶兆。难道是我祭拜神明时心意不够诚敬、平日居家待人不够谦和的缘故吗？"于是弃车离去，从此国人皆不再以撞车为乐。

东方朔

[原文]

武帝好方士①，使求神仙、不死之药。东方朔乃进曰："陛下所使取者，皆天下之药，不能使人不死；唯天上药，能使人不死。"上曰："天何可上？"朔对曰："臣能上天。"上知其谩诧，欲极其语②，即使朔上天取药。朔既辞去，出殿门，复还曰："今臣上天似谩诧者，愿得一人为信。"上即遣方士与俱，期三十日而返。朔既行，日过诸侯传饮，期且尽，无上天意。方士屡趋之，朔曰："神鬼之事难豫言，当有神来迎我。"于是方士昼寝，良久，朔遽（jù）觉之曰："呼君极久不应，我今者属从天上来。"方士大惊，具以闻，上以为面欺，诏下朔狱。朔啼曰："朔顷几死者再。"上曰："何也？"朔对曰："天帝问臣：'下方人何衣？'臣朔曰：'衣虫。''虫何若？'臣朔曰："虫喙髯（rán）髯类马，色邠邠类虎。'天公大怒，以臣为谩言，使使下问。还报曰：'有之，厥名蚕。'天公乃出臣。今陛下苟以臣为诈，愿使人上天问之。'上大笑曰："善。齐人③多诈，欲以喻我止方士也。"由是罢诸方士不用。

东方朔

东方朔，字曼倩，西汉辞赋家。他曾言政治得失，向汉武帝主张过强兵的计策，但汉武帝把他当作俳优看待，未得重用。著有《答客难》《非有先生论》等文章。

[注释]

①方士：炼丹药，言神仙，造不死之方的术士。②极其语：使他的话说到极致，指让东方朔语尽词穷。③齐人：东方朔是平原郡人，古属齐地。

[译文]

汉武帝喜好长生不老之术，对方士非常礼遇，并经常派遣方士到各地访求神仙和长生不老药。东方朔于是上奏道："陛下派人访求仙药，其实都是人间之药，并不能使人长生不死，只有天上的药才能使人长生不死。"武帝说："谁可以上天为寡人取药呢？"东方朔说："我可以。"武帝一听，知道东方朔又在胡说吹牛，但想借机让他出丑难堪，于是下令命东方朔上天取药。东方朔领命拜辞离宫，刚走出殿门却又折返回宫，上奏道："现在臣要上天取药，皇上一定会认为臣胡说吹牛，所以希望皇上能派人随臣同往，好为我作证。"于是武帝就派一名方士陪东方朔一起上天取药，并约定三十天后回宫复命。东方朔离宫后，日日与大臣们赌博饮酒。眼看三十天的期限就快到了，并没有上天的意思。随行的方士不时地催促他，东方朔说："神鬼行事凡人难以预料，神会派使者迎接我上天的。"方士无可奈何，只好蒙头大睡，一睡就是大半天，突然东方朔猛然将他摇醒，说："我叫你许久你都不醒，我刚才随天上使者上天去过了，刚刚才从天庭返回凡间。"方士一听大吃一惊，立即进宫向武帝回奏，武帝认为东方朔一派胡言，犯了欺君之罪，下诏将东方朔下狱。东方朔哭哭啼啼，对武帝说："臣为陛下上天求仙药，两度徘徊生死关口，想不到皇上却怀疑我。"武帝问："究竟是怎么一回事？"东方朔回答说："天帝问臣下老百姓穿的是什么衣服，臣回答说：'虫皮。'又问：'虫长得是什么样子？'臣说：'虫嘴长有马鬃般的触须，身上有虎皮般的彩色斑纹。'天帝听了大为生气，认为臣胡言欺骗天帝，还派了使者下凡界探问。使者回报确有此事，并说虫名叫蚕，这时天帝才释放臣返回人间。陛下如果认为臣撒谎欺君，请派人上天查问。"武帝听了大笑："好了好了。你这个齐人生性狡诈，你不过是想用譬喻的方法劝朕不要听信方士之言罢了。"从此武帝便不再迷信方士。

张良

[原文]

高帝欲废太子[1]，立戚夫人子赵王如意。大臣谏，不从。吕后使吕泽[2]劫留侯画计。留侯曰：“此难以口舌争也。顾上有不能致者四人，四人者老矣，以上慢侮人故，逃匿山中，义不为汉臣。然上高此四人。诚能不爱金帛，令辩士持太子书，卑词固请，宜来。来以为客，时时从入朝，令上见之，则一助也。”吕后如其计。汉十二年，上疾甚，愈欲易太子。叔孙太傅[3]称说古今，以死争，上佯许之，犹欲易之。及宴，置酒，太子侍，四人者从，年皆八十余，须眉皓然，衣冠甚伟。上怪而问之，四人前对，各言姓名，曰：东园公、甪(lù)里先生、绮里季、夏黄公。上乃大惊曰：“吾求公数载，公避逃我，今何自从吾儿游乎？”四人皆曰：“陛下轻士善骂，臣等义不受辱，窃闻太子仁孝，恭敬爱士，天下莫不延颈欲为太子死者，故臣等来耳。”上曰：“烦公幸卒调护[4]太子。”四人为寿已毕，趋去。上目送之，曰：“羽翼已成，难摇动矣。”

【冯述评】左执殇中，右执鬼方，正以格称说古今之辈。夫英明莫过于高皇，何待称说古今而后知太子之不可易哉！称说古今，必曰某圣而治，某昏而乱。夫治乱未见征，而使人主去圣而居昏，谁能甘之？此叔孙太傅所以窘于儒术也！四老人为太子来，天下莫不为太子死，而治乱之征，已惕惕于高皇之心矣。为天下者不顾家，尚能惜赵王母子乎？

商山四皓

商山四皓，是秦末汉初的四位博学高人。他们不愿意做官，长期隐居于商山，出山时都眉皓发白，被世人称为“商山四皓”。

王弇州犹疑此汉庭之四皓，非商山之四皓。毋论坐子房以欺君之罪，而高皇之目亦太眊（mào）⑤矣！夫唯义能不为高皇臣者，义必能不辞太子之招。别传称：子房辟谷⑥后，从四皓于商山，仙去。则四皓与子房自是一流人物，相契已久。使子房不出佐汉，则四皓中亦必有显者，固非藏拙山林，匏落樗（chū）朽⑦可方也。太子定，而后汉之宗社固，而后子房报汉之局终，而后商山偕隐之志可遂。则四皓不独为太子来，亦且为子房来矣。呜呼，千古高人，岂书生可循规而度，操尺而量者哉！

［注释］

①太子：吕后的儿子刘盈。②吕泽：吕后之兄。据《史记》记载，此事实为吕后次兄吕释之所为。③叔孙太傅：叔孙通，时任太子太傅。④调护：调理保护。⑤眊：指眼力差。⑥辟谷：不食谷物，是一种道家修炼之法。⑦匏落樗朽：比喻徒有虚名而无实学的所谓名士。

［译文］

汉高祖准备废黜太子，另立戚夫人之子赵王如意。群臣纷纷劝阻，高祖却都不予理会。吕后焦急万分，就派遣哥哥建成侯吕释之逼迫留侯张良想个对策。张良说：“这事很难通过言语争辩来解决。如今皇上不能招抚的只有四个人，这四个人的年事已高，他们认为陛下为人傲慢，所以隐居山中不做汉臣。然而陛下很看重这四个人。假使阁下能不惜金钱宝玉，请太子写一封亲笔信，并派一位能言善道的使者去邀请他们出山，我想他们会答应来的。来了之后，太子要非常礼貌地对待他们，向他们请教学习，再让他们不时陪太子入朝，故意让皇上看到，这样对打消废黜太子或许有所帮助。”吕后依张良所言，卑辞厚礼请来商山四皓。汉高祖十二年，高祖的身体状况日益恶化，因此也就愈发急着想要废黜太子。太傅叔孙通引用古今事例为废黜太子事竭力争辩，高祖表面上答应，内心却不以为然，废黜太子的准备仍在紧锣密鼓地进行当中。一天设宴置酒，太子侍从，四皓跟随在身后，他们都年过八十，须眉皆白，而且器宇不凡。高祖有些奇怪，问这几位是什么人？四皓各自报出姓名，分别是东园公、角里先生、绮里季和夏黄公。高祖不由大惊道：“朕邀请诸公有几年了，诸公却为躲避朕而隐居深山，现在为什么却愿意服侍我的儿子？”四皓异口同声说：“因为陛下一向轻视读书人，经常随意谩骂，臣等不愿无故受辱，所以才隐居深山。现在听说太子为人仁孝，恭谨有礼，尊重士人，天下人莫不愿意为太子效死命，所以臣等愿意出山侍奉太子。”高祖说：“那就烦劳诸公辅佐太子了。”四皓一同举杯为高祖敬酒，然后向高祖告辞。高祖望着他们的背影说：“有他们四人辅佐太子，太子羽翼已成，看来很难再改变了。”

【冯述评】叔孙通在高祖面前，左一句会折寿，右一句福祚薄，再列举历史上更换太子不祥的史实为佐证，想劝说高祖改变废黜太子的心意。唉，想来汉高祖是多么聪明的人，何须叔孙通举古今例证，才知道不可轻废太子呢！举古今例证，必会提到某君圣明，所以天下大治；某君昏聩，所以天下大乱。高祖时代天下治乱的征兆未显，就断定高祖昏聩而非圣明，有谁会甘心承认自己是昏君呢？这就是叔孙通太拘泥儒家教训，以致谏言不为高祖所接纳。商山四皓愿意为太子效命，那天下人莫不争相为太子牺牲，如此一来日后治乱的端倪，已清楚地显现在高祖心中，既然要为汉室天下的长久着想，高祖还能顾及私情成全赵王母子吗？

王弇州曾怀疑出现在汉宫的四皓，并非真正的商山四皓。即使如此，先不谈张良是否犯下欺君之罪，只能说高祖的眼力太差！商山四皓既然能为义坚持不为高祖臣，也就能为义不辞太子的招抚。另有传记记载，张良晚年不食五谷，专心学习神仙道术，最后随商山四皓一同成仙而去。就此看来，张良与商山四皓当属同一流人物，彼此相契。所以即使张良不辅佐汉室，四皓中也必定会有人因佐汉室而显达，他四人绝非长久隐没山野之辈。太子地位稳固，而后汉室社稷才能稳固，张良辅佐汉室之功圆满，而后才能了却与商山四皓一同成仙而去的心愿。所以四皓不仅是为辅佐太子而来，同时也是为成全张良而来。唉，像这般千古高人的行事，哪是一个唯读死书的书生按常理就能评断的呢？

颜真卿

[原文]

真卿[1]为平原太守。禄山逆节[2]颇著，真卿托以霖雨，修城浚壕，阴料丁壮，实储廪，佯命文士饮酒赋诗。禄山密侦之，以为书生不足虞。未几禄山反，河朔

颜真卿

颜真卿，字清臣，唐代杰出书法家，琅玡孝悌里（在今临沂市费县）人。他是书法史上继二王之后成就最高、影响最大的书法家。其字被称之为“颜体”，对后世影响深远。

尽陷，唯平原有备。

【冯述评】**小寇以声驱之，大寇以实备之。或无备而示之有备者，杜其谋也；或有备而示之无备者，消其忌也。必有深沉之思，然后有通变之略。微乎！微乎！岂易言哉？**

[注释]

①真卿：颜真卿，唐开元进士，累迁至侍御史，任平原太守时，度安禄山必反，暗中守备，安史之乱中，平原独完好。德宗时为宰相卢杞所陷害，被派往叛军李希烈处，后遇害。②逆节：叛逆的事端。

[译文]

唐朝时颜真卿担任平原太守。当时安禄山反叛的野心已很明显，颜真卿借口雨季来临，不得不修城浚沟，暗中招募勇士，储存米粮防备安禄山的侵袭，然而表面上却不动声色，天天与一些书生喝酒作诗。安禄山派密探暗中监视颜真卿的举动，见颜真卿只顾喝酒作诗，认为颜真卿不过一介书生而已，不足为虑。不久安禄山果然起兵造反，河东一带完全陷入贼手，唯有平原郡一带因颜真卿早有防范而未陷落。

【冯述评】碰到小贼寇，只要虚张声势恫吓一番就可以退敌；遇到大贼寇，就必须有坚实的武力作为后盾才能与之对抗。本身没有实力，却虚张声势显示自己的武力，是为杜绝对方蠢动的念头；的确有实力而极力掩饰，表现出毫无防备的样子，是为消除对方猜忌的心理。是虚是实，必须要先有深沉圆融的思虑，然后才能变通自如。其中的微妙之处，并非三言两语就说得明白的。

谢安 李郃

[原文]

桓温①病笃，讽②朝廷加己九锡③。谢安使袁宏具草，安见之，辄使宏改，由是历旬不就，温薨(hōng)，锡命遂寝。

大将军窦宪④内(nà)妻⑤，郡国俱往贺。汉中太守亦欲遣使，户曹李郃(hé)谏曰：“窦氏恣横，危亡可立俟矣。愿明府勿与通。”太守固遣。郃乃请自行，故所在迟留，以观其变。行至扶风，而宪已诛，诸交通者皆连坐，唯太守以不预得免。

【冯述评】按袁宏草成，以示王彪之。彪之曰：“卿文甚美，然此文何可示人？安之频改，有以也。”

李郃，字孟节，即知二使星⑥来益部者。其决窦氏之败，或亦天文有征，然至理亦不过是。

[注释]

①桓温：晋明帝时以战功封南郡公加九锡，威势煊赫，渐有不臣之心，曾废帝立简文帝。阴谋篡位，事败而死。②讽：暗示。③九锡：古时赐给重臣的九种礼器。④窦宪：汉和帝母窦太后之兄，曾自请击匈奴，大破匈奴八十余部，拜大将军，后专权用事，帝令自杀。⑤内妻：娶妻。“内”同“纳”。⑥二使星：李郃在汉中做官时，朝廷派遣两个使者微服去益州（今四川）查访，在汉中遇到李郃。李郃问：“二君离京师时，知朝廷遣二使否？”使者惊愕，问李郃如何得知，李郃指着天上的星星说：“有二使星向益州分野，故知之耳。”

[译文]

晋朝时桓温虽病危卧床，仍请求朝廷加封自己九锡。谢安要袁宏起草加锡诏书，文稿完成后，谢安却不断地要袁宏加以修改，延误了十多天才定稿。这样一直到桓温病逝以后，加九锡的事情也就不了了之。

东汉时大将军窦宪纳妾时，许多官员都前去给他道贺。当时的汉中太守也想派遣使者前往，户曹李郃劝谏说：“窦氏

谢安登东山

谢安，字安石。孝武帝时，桓温权震中外，暗生异心，谢安与王坦之尽忠匡翼，后苻坚曾率雄兵百万攻淮肥，京师震惊，谢安临危指挥，大破苻坚。卒谥文靖，世称谢太傅。

专权骄横，遭受国法制裁是指日可待的事情。希望大人与他保持距离，以免惹祸上身。”然而太守仍坚持要派使道贺。于是李郃自请为使者，一路上故意拖延时间，以观其变。等他到达扶风时，就已传来窦宪被诛的消息，当时与窦宪交往的官员大半受到牵连获罪，唯有汉中太守得以幸免。

【冯述评】当初袁宏草拟诏命的时候，曾将文稿拿给王彪之看。王彪之说：“你的文笔非常好，但这篇文章怎能拿给外人看呢？谢大人频频要你修改，并不是文章不好，一定是另有原因。”

李郃，字孟节，就是那个看到两颗使星在益州之上的人。他认为窦氏之败，也许在天象上有什么征兆也说不定，然而人间至理大概也不过如此。

晏婴

[原文]

公孙接、田开疆、古冶子同事景公，恃其勇力而无礼，晏子请除之。公曰：“三子者搏之不得，刺之恐不中也。”晏子请公使人馈之二桃，曰：“三子何不计功而食桃？”公孙接曰：“接一搏猏(jiān)，而再搏乳虎，若接之功，可以食桃而无与人同矣。”援桃而起。田开疆曰：“吾伏兵而却三军者再，若开疆之功，亦可以食桃而无与人同矣。”援桃而起。古冶子曰：“吾尝从君济于河，鼋(yuán)衔左骖[1]，以入砥柱之流。当是时也，冶少不能游，潜行逆流百步，顺流九里，得鼋而杀之。左操骖尾，右挈鼋头，鹤跃而出，津人相惊，以为河伯。若冶之功，亦可以食桃而无与人同矣，二子何不反桃？”抽剑而起。公孙接、田开疆曰：“吾勇不子若，功不子逮，取桃不让，是贪也；然而不死，无勇也。”皆反其桃，挈领[2]而死。古冶子曰：“二子死之，冶独生之，不仁；耻人以言而夸其声，不义；恨乎所行不死，无勇。”亦反其桃，挈领而死。使者复命，公葬之以士礼。其后诸葛

亮作《梁甫吟》以哀之。

［注释］

①左骖：三马同驾一车为骖，左侧者称左骖。②挈领：持脖颈，指引颈自刎。

［译文］

春秋时公孙接、田开疆、古冶子三人同为齐景公的大臣，三人仗着自己力大无比，对景公骄蛮无礼，因此晏子请求将此三人除去。景公说："这三人力大无比，一般人根本不是他们的对手，派人谋刺又怕失手反会坏事，该如何是好呢？"晏子于是建议景公使人送他们三人两颗桃子，说："大王赐三位大人两颗桃子，三位大人请自述其功以决定谁该吃桃。"公孙接一听，首先开口说："我曾一手打野猪，一手搏幼虎，说起我的勇力，那真是无人能比，我应该吃桃。"说完起身拿起一桃。田开疆接着说："我曾率伏兵两次阻退来犯的敌军，我的勇猛也是无人能比，我也应该吃桃。"说完也起身拿起一桃。这时古冶子大声说道："我曾随景公渡河，突然一只巨大的河鳖一口衔住车驾中靠左边的那匹马，将马拖入河中央，当时我年纪小还不会游泳，只好闭气往上游前行百步，再顺河水漂流九里，才杀了那只河鳖。我左手抓着马尾，右手提着鳖头，像巨鹤冲天般跃出水面，当时在河边的人看到这一幕，都以为我是河神。说起我的勇力才真的是无人可比，我才可以吃桃，你们二人还不快将桃子放到原处去？"说完拔剑站起。公孙接、田开疆说："我们的勇敢的确不及你，我们的功绩也不及你，强行夺桃而不让你吃更是贪心的表现，若不能死在你面前，又是无勇的表现。"于是两人放回手中的桃子，然后自刎而死。古冶子见他二人自刎，难过地说："你们二人死了，我如果独活于世，就是我不仁；用言语使你们受到屈辱，是我不义；我痛恨自己的行为，若不死就是无勇。"说完也放下手中的桃子，自刎而死。使者回宫向景公复命，景公为他们举行了隆重的葬礼。后人诸葛亮曾作《梁甫吟》以哀悼他们三人。

权奇卷十五

[原文]

尧趋禹步，父传师导。三人言虎，逾垣叫跳。亦念其仪，虞其我暴。诞信递君，正奇争效。嗤彼迂儒，漫云立教①。集“权奇”。

[注释]

①立教：确立教化。

[译文]

大禹学习尧的步伐，要接受父亲和师长的教导。三个人说老虎来了，其他人就会跳墙逃走。要顾念对人的礼仪，也要防备对方对我施行的横暴。荒诞与真诚递相为主，正与奇递相争效。那些迂腐儒生很可笑，总是喜欢漫无边际地说教。集此为“权奇”卷。

孔子

[原文]

孔子居陈，去，过蒲，会公叔氏以蒲叛。蒲人止①孔子，谓之曰：“苟无适卫，吾出子。”与之盟，出孔子东门。孔子遂适卫。子贡曰：“盟可负耶？”孔子曰：“要②盟也，神不听。”

【冯述评】**大信不信。**

[注释]

①止：拘留。②要：要挟。

[译文]

孔子离开陈国之后，带领子贡等人前往卫国，经过蒲地的时候，正好碰上公叔氏叛乱。蒲地人将孔子等一行人团团围起来，对孔子说：“只要你不去卫国，我们就让你平安离去。”因迫于当时的情势，孔子只好和蒲人签订了不往卫国的盟约，他们让孔子从东门离开。孔子于是立即转往卫国。子贡问孔子说：“已经订立的盟约，可以不遵守吗？”孔子回答说：“在受胁迫的情形下所订立的盟约，神明是听不到、看不到、不承认的。”

【冯述评】大信不受小信的拘束（孔子认为宣扬“王道”主张是大信，对蒲人的承诺是小信）。

狄青

［原文］

南俗尚鬼。狄武襄征侬智高时，大兵始出桂林之南，因祝曰：“胜负无以为据。”乃取百钱自持之，与神约：“果大捷，投此钱尽钱面①。”左右谏止：“倘不如意，恐阻师。”武襄不听，万众方耸视，已而挥手倏一掷，百钱皆面，于是举军欢呼，声震林野。武襄亦大喜，顾左右取百钉来，即随钱疏密，布地而帖钉之，加以青纱笼，手自封焉，曰：“俟凯旋，当谢神取钱。”其后平邕州还师，如言取钱。幕府士大夫共视，乃两面钱也。

【冯述评】**桂林路险，士心惶惑，故假神道以坚之。**

［注释］

①钱面：明代以前铜钱仅一面有文字，称面。

［译文］

南方人迷信鬼神。狄青带兵征讨侬智高的时候，大军刚到达桂林的南面，狄青就焚香祝祷：“这次讨蛮不知道胜负如何？”于是就取出一百个铜钱拿在手里，与神相约说：“如果出征能够获胜，那么这一百个铜钱就全部都是正面朝上。”他手下的将领极力劝阻他说：“如果掷钱不能如意，恐怕会

五乘从游

严重影响军心士气。”狄青没有接受劝阻，在数万军士的围观注视之下，只见狄青猛然挥手一掷，一百个铜钱洒满一地，每个铜钱都是正面朝上的，一时之间军士们欢声雷动，响彻山林。狄青也非常高兴，让副将取来一百支铁钉，将铜钱钉在原地，并覆盖上青纱，亲手加上了封条，然后向神明祝祷：“等我凯旋而归之后，一定重新感谢神明，取回铜钱。”在平定南蛮凯旋之后，狄青果然实践了诺言，回来取那些铜钱。他的幕僚在检视那些铜钱时，才发现原来那些铜钱的两面都是正面的。

【冯述评】桂林路途险要，军士们人心惶惶，因此狄青借神明的力量来提振士气。

秦桧

［原文］

京下忽阙①现钱，市间颇皇皇。忽一日，秦相桧呼一镊工②栉（zhì）发，以五千当二钱犒之，谕曰：“此钱数日有旨不使，可早用也。”镊工遂与外人言之，不三日，京下现钱顿出。又都下货壅，乏现镪（qiǎng）③，府尹以闻，桧笑曰：“易耳。”即召文思院官，未至，促者络绎。奔而来。谕之曰：“适得旨，欲变钱法，可铸样钱一缗（mín）进呈，废现镪不用。”约翌（yì）午毕事。院官唯唯而出，召工为之，富家闻者尽出宿镪市金票，物价大昂，钱溢于市。既而样钱上省，寂无闻矣。

【冯述评】**贱桧亦尽有应变之才可喜。然小人无才，亦不能为小人。**

［注释］

①阙：缺乏。②镊工：理发工，古时理发用镊子拔去白发，故名。③镪：钱。

［译文］

南宋时，京城中突然发生货币短缺的现象，一时间人心惶惶。丞相秦桧知道后，一天让一名理发工给自己拔去白发，并把五千当二钱赏给了他，并小声地说：“皇上很快就会下旨废掉现在使用的钱，你要尽快用。”理发工将秦桧的话告诉了别人，不到三天，京城中就涌出了很多的现钱。又有一次，京城中商家们的货品都卖不出去，缺乏现钱，府尹将这件事奏报给了秦桧，秦桧笑着说：“这事容易。”立即让人召来文思院令，为了表示事情紧急，还频频派人去催促，院令跑着赶来。秦桧对文思院令说：“刚才接到圣旨，皇上有改变币制的意图，你赶紧让人打造新币的范本呈给我，至于旧币，新币发行之后就不准再用了。”并嘱咐院令第二天中午交差。院令离去后立即召模造工开始打造，城中的富豪听说了这件事，连忙将家中的钱换成了金帛物品，一时之间物价上涨，交易繁盛，钱都涌现在市场上，而院令所呈的新币却再也没有下文。

【冯述评】奸贼秦桧的确是有些应变的机智，这是值得称许的。可是如果没有这种奸诈的聪明才智，也就不能成其为小人了。

杨琎

[原文]

杨琎授丹徒知县。会中使①如浙，所至缚守令置舟中，得赂始释。将至丹徒，琎选善泅水者二人，令著耆(qí)老②衣冠，先驰以迎。中使怒曰：“令安在，汝敢来谒我耶？”令左右执之，二人即跃入江中，潜遁去。琎徐至，绐(dài)曰：“闻公驱二人溺死江中，方今圣明之世，法令森严，如人命何？”中使惧，礼谢而去。虽历他所，亦不复放恣云。

[注释]

①中使：天子的私人使者，常由宦官担任。②耆老：年老的乡绅。

[译文]

杨琎被任命为丹徒知县。适逢中使到了浙江，所到之处即把州县长官捆绑到船上，直到送给他们财物后才会被释放。中使将要到达丹徒县时，杨琎挑选了两名擅长潜水的人扮成年老的乡绅前去迎接。中使看到这两人后，非常生气地说：“县令在哪里？你们是什么人？怎么敢随便就来见我呢？”然后命令随从将二人抓起来，这二人立即跳入江中潜水逃走了。此时杨琎才缓步登上船，

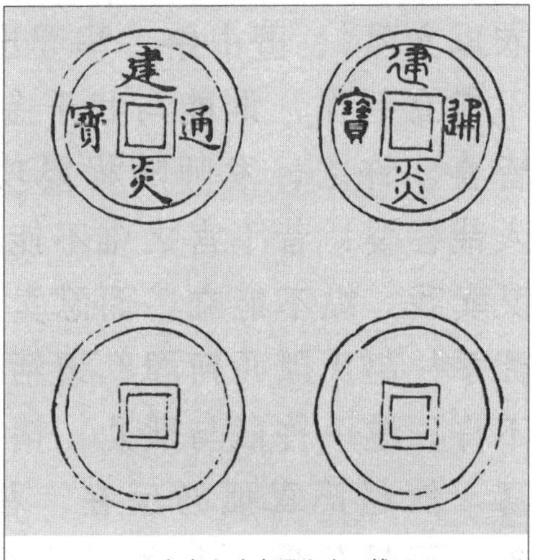

宋高宗建炎通宝当二钱

骗中使说："听说刚才被大人赶走的两人已经溺死在江中了，可当今皇上圣明，天下升平，朝廷的律令严明，出了人命该如何是好啊？"中使听了杨琎这番话后，心里很害怕，连忙告罪离去。虽然还到了其他地方巡视，却再也不敢胡作非为了。

程婴

［原文］

屠岸贾攻赵氏于下宫，杀赵朔、赵同、赵括、赵婴齐，皆灭其族。赵朔妻，成公姊也，有遗腹，走公宫匿。赵朔客曰公孙杵臼，杵臼谓朔友人程婴曰："胡不死？"程婴曰："朔之妇有遗腹，若幸而生男，吾奉之；即女也，吾徐死耳。"居无何，而朔妇娩身[1]生男。屠岸贾闻之，索于宫中。夫人置儿裤中，祝曰："赵宗灭乎，若号；即不灭，若无声。"及索儿，竟无声。已脱，程婴谓公孙杵臼曰："今一索不得，后必且复索之，奈何？"公孙杵臼曰："立孤与死孰难？"程婴曰："死易，立孤难耳。"公孙杵臼曰："赵氏先君遇子厚，子强为其难者。吾为其易者，请先死。"乃谋取他人婴儿负之，衣以文葆[2]，匿山中。程婴出，谬谓诸将军曰："婴不肖，不能立赵孤，谁能与我千金，我告赵氏孤处。"诸将军皆喜，许之，发师随程婴攻公孙杵臼。杵臼谬曰："小人哉程婴！昔下宫之难不能死，与我谋匿赵氏孤儿，今又卖我，纵不能立，而忍卖之乎？"抱儿呼曰："天乎！天乎！赵氏孤儿何罪？请活之，独杀杵臼可也！"诸将不许，遂杀杵臼与孤儿。诸将以为赵氏孤儿良已死，皆喜。然赵氏真孤乃反在，程婴卒与俱匿山中。居十五年，晋景公疾，卜之："大业[3]之后不遂者为祟。"景公问韩厥，厥知赵孤在，乃以赵氏对。景公问："赵尚有后子孙乎？”厥具以实告。于是景公乃与韩厥谋立赵孤儿，召而匿之宫中。诸将入问疾，景公因韩厥之众以胁诸将而见赵孤，赵孤名曰武。诸将不得已，皆委罪于屠岸贾，于是武、婴遍拜诸将，相与攻岸贾，灭其族。复与赵武田邑如故。及武既冠成人，婴曰：“吾将下报公孙杵臼。”遂自杀。

【冯述评】赵氏知人，能得死士力，所以蹶而复起，卒有晋国。后世缙绅门下，不以利投，则以谀合，一旦有事，孰为婴、杵？

鲁武公与其二子括与戏朝周，宣王爱戏，立为鲁世子。武公薨(hōng)，戏立，是为懿公。时公子称最少，其保母臧寡妇与其子俱入宫养公子称。括死，而其子伯御与鲁人作乱，攻杀懿公而自立，求公子称，将杀之。臧闻之，乃衣其子以称之衣，卧于称处，伯御杀之。臧遂抱称以出，遂与称舅同匿之。十一年，鲁大夫知称在，于是请于周而杀伯御，立称，是为孝公。时呼臧为“孝义保”。事在婴、杵前，婴、杵盖袭其智也。然婴之首孤，杵之责婴，假装酷似，不唯仇人

孝忠超尘

晋景公三年（公元前597），晋国司寇屠岸贾诛灭赵氏全族。当时，赵朔妻已有身孕，遗腹子为赵武。为保全赵氏一脉，程婴偷龙转凤，将自已儿子与赵武互换，并把赵武养大成人，使得赵武长大成人后成功诛杀奸臣。

不疑，而举国皆不知，其术更神矣，其心更苦矣！

［注释］

①娩身：分娩。②文葆：有花纹的襁褓。③大业：赵氏与秦氏的始祖。

［译文］

春秋时期晋国人屠岸贾在下宫诛杀了赵朔、赵同、赵括、赵婴齐等，整个赵氏家族都被他杀了。赵朔的妻子是成公的姐姐，已经怀有身孕，侥幸逃了出来，藏在成公的宫中。赵朔的门客当中，有个叫公孙杵臼的，对赵朔的好友程婴说："你怎么没有随赵氏一族死呢？"程婴说："赵朔的妻子已经怀有身孕，如果是个男孩，我要抚育他成人，好让他为赵氏一门报仇；如果是个女孩，我立即就死。"没多久，赵朔的妻子生下了一个男孩。屠岸贾听到赵氏有了后代，立即派人到宫中搜捕，夫人将婴儿藏在衣裤中，暗自祈祷："如果赵氏注定从此灭绝，你就哭出声来；如果赵氏一门不会灭绝，你就不要出声。"非常奇怪，在屠岸贾的爪牙四处搜寻的时候，婴儿竟然完全没有啼哭，逃过了屠岸贾的搜捕。程婴对公孙杵臼说："老贼这次没有搜到婴儿，一定不会死心，日后必定会再次来搜查，该怎么办呢？"公孙杵臼说："抚养孤儿和一死相比较哪件事更困难呢？"程婴说："当然是抚养孤儿比较困难，死反倒容易些。"公孙杵臼说："先主赵朔待你很好，你就负责难的事情。容易做的就由我来做，让我先死吧。"于是程婴将自己的儿子与赵氏孤儿互换，并在包裹上绣有赵家标志的衣物，然后让公孙杵臼带着赵氏孤儿躲藏在山中。一切安排妥后，程婴来到将军府告密说："程婴是个贪财怕死之人，抚育赵氏孤儿的大任不能胜任，只要你能给我千金，我就告诉你赵氏孤儿的藏身之处。"各位将军听到后都非常高兴，立刻答应了程婴的要求，随即调动军队跟随程婴来到公孙杵臼与赵氏孤儿的藏匿处。公孙杵臼一见到程婴，就破口大骂："程婴你这个小人，当初屠贼在下宫杀害赵氏一族的时候，你没有追随主公于地下已经是不忠，和我约好一起藏匿孤儿，现在又出卖了我，你纵使不愿抚育孤儿，又怎能忍心出卖他呢？"公孙杵臼把婴儿抱在怀中大声哭喊着说："天哪！天哪！孩子有什么罪啊，请你们饶了他，要杀就杀我一人吧！"诸将军不答应，于是把公孙杵臼和孤儿一齐杀死了。将军们认为已斩草除根，十分高兴。然而真的赵氏孤儿却仍然活着，和程婴一起隐藏在山中十五年。一天，晋景公生病了，请人卜卦，卜辞中说："大业之后的冤魂在作祟。"景公询问韩厥卜辞，韩厥知道赵氏孤儿还活着，便对景公说可能是赵氏的冤魂在作祟。景公问韩厥："赵家是否有后代存活？"韩厥就将程婴、公孙杵臼抚养孤儿的事详细地禀告了景公。于是景公便和韩厥商议册立赵氏孤儿，招来赵氏孤儿将他藏在宫中。当年参与谋害赵家的众将听说景公生病了，都前来问候，景公依仗着韩厥的人马胁迫诸将面见赵氏孤儿，这个赵氏孤儿名叫赵武。诸将迫不得已，就将罪过全都推到了屠岸贾身上，于是赵武和程婴联合众将围攻屠岸贾，并灭了他一族。景公将赵氏原有的田地归还给赵武。在赵武成年之后，程婴说："我终于可以去见老友公孙杵臼了。"说完程婴便自杀了。

【冯述评】赵氏知人善任，因此有能为自己效命的死士和自己结交，所以赵氏一族最终能够复兴，最后竟然成为分有晋国的诸侯。反观后世的门客，不是因利就是为势而投靠，一旦发生危难，哪里能做到和程婴或公孙杵臼那样的行为呢?

春秋时期鲁武公带领他的两个儿子括和戏去晋见周天子，周天子十分喜欢戏，就册封他为鲁世子，将来可继承鲁武公的爵位。鲁武公去世之后，戏继位，即懿公。懿公的儿子名称，年纪还小，于是奶妈臧寡妇就带着自己的儿子进入宫中照顾称。括死以后，括的儿子伯御起兵叛乱，杀死了懿公，自立为鲁公，并且四处搜捕公子称，想要斩草除根。臧寡妇知道伯御的阴谋之后，就将公子称的衣服穿在自己的儿子身上，并让他睡在公子称的床上。伯御看到床上的孩子，一刀就将他杀死了。臧寡妇于是抱着公子称逃出了宫外，和公子称的舅舅三个人躲藏起来。十一年之后，鲁国大夫知道了公子称还活着，就将这件事禀奏给了周天子，并杀死了伯御，重新册立公子称为鲁国的国君，即孝公。当时人称臧寡妇为“孝义保”。这件事发生在程婴和公孙杵臼的事件之前，或许程婴和公孙杵臼就是在效法臧寡妇吧。然而程婴出卖婴儿，公孙杵臼痛斥程婴，两个人的神态逼真，不仅仇家没有怀疑他们，甚至连全国的百姓也都被他们蒙在鼓里，比起臧寡妇，公孙、程婴两人的思虑更为深远，用心也更为良苦。

太史慈

[原文]

北海相孔融闻太史慈避地东海，数使人馈问其母。后融为黄巾贼所围，慈适还，闻之，即从间道入围，见融。融使告急于平原相刘备。时贼围已密，众难其出。慈乃带鞬(jiān)①弯弓，将两骑自从，各持一的(dì)②持之，开门出，观者并骇。慈径引马至城下堑内，植所持的射之，射毕还。明日复然，如是者再。围下人或起或卧，乃至无复

刘皇叔北海救孔融

东汉末年，天下大乱，农民起义四起，任北海相的孔融被黄巾军围困，形势危急。大将太史慈拼死冲出重围，到平原县去找刘备救援。刘备敬重孔融为人，点三千精兵，和关羽、张飞一同赶往北海去救孔融，遂解北海之围。

起者。慈遂严行蓐(rù)食，鞭马直突其围。比贼觉，则驰去数里许矣，竟从备乞兵解围。

[注释]

①韇：装弓的袋子。②的：箭靶。

[译文]

北海相孔融听说太史慈因为受到别人的牵连到东海避祸，就常常派人带着食物、金钱照顾他母亲的生活。后来孔融被黄巾军围困的时候，这时太史慈已经从东海回来了，听说孔融被围，就从小路潜入贼人的包围中去见孔融。孔融于是请太史慈突围向平原相刘备求援。但是这时贼人已经开始合围，小路也不通了，很难突围。太史慈带着弓箭，率领两名骑士，让两名骑士各拿着一个箭靶，打开城门三人出来，贼人见后大吃一惊，屏息以待。只见太史慈牵着马走到城墙下，开始练习射箭，等到箭都射完之后，就牵着马回去了。第二天、第三天依然如此。几天后，贼人每天都看到太史慈从城门出来，认为他又是出来练习射箭的，于是坐的坐，躺的躺，没有搭理他。哪里知道太史慈这次却突然快马冲了出来，穿过了贼人们的包围，等到贼人发觉后，太史慈已经在好几里路之外了。最后他顺利地向刘备求来援兵，解除了孔融之围。

司马懿　杨行密　孙坚　仇钺

[原文]

曹爽擅政，懿①谋诛之，惧事泄，乃诈称疾笃。会河南尹李胜②将莅(lì)荆州，来候懿(yì)。懿使两婢侍持衣，指口言渴，婢进粥，粥皆流出沾胸。胜曰：“外间谓公旧风发动耳，何意乃尔？”懿微举声言：“君今屈并州，并州近胡，好为之备，吾死在旦夕，恐不复相见，以子师、昭为托。”胜曰：“当忝本州，非并州。”懿故乱其词曰：“君方到并州？”胜复曰：“忝荆州。”懿曰：“年老意荒，不解君语。”胜退告爽曰：“司马公尸居余气③，形神已离，不足复虑。”于是爽遂不设备。寻诛爽。

安仁义、朱延寿，皆吴王杨行密将也，延寿又行密

朱夫人之弟。淮徐已定，二人颇骄恣，且谋叛，行密思除之。乃阳为目疾，每接延寿使者，必错乱其所见以示之，行则故触柱而仆。朱夫人挟之，良久乃苏。泣曰：“吾业成而丧明[4]，此天废我也，诸儿皆不足任事，得延寿付之，吾无恨矣。”朱夫人喜，急召延寿。延寿至，行密迎之寝门，刺杀之，即出[5]朱夫人，而执斩仁义。

孙坚举兵诛董卓，至南阳，众数万人，檄南阳太守张咨，请军粮。咨曰：“坚，邻二千石耳，与我等，不应调发。”竟不与。坚欲见之，又不肯见。坚曰：“吾方举兵而遂见阻，何以威后？”遂诈称急疾，举军震惶，迎呼巫医，祷祠山川。而遣所亲人说咨，言欲以兵付咨。咨心利其兵，即将步骑五百人，持牛酒诣坚营。坚卧见，亡何起，设酒饮咨。酒酣，长沙主簿入白：“前移南阳，道路不治，军资不具，太守咨稽停义兵，使贼不时讨，请收按军法。”咨大惧，欲去，兵阵四围，不得出，遂缚于军门斩之。一郡震栗，无求不获。所过郡县皆陈糗（qiǔ）粮以待坚军。君子谓坚能用法矣。法者，国之植也，是以能开东国[6]。

正德五年，安化王寘鐇（fán）反，游击仇钺（yuè）陷贼中，京师讹言钺从贼，兴武营守备保勋为之外应。李文正[7]曰：“钺必不从贼，勋以贼姻家，遂疑不用，则诸与贼通者皆惧，不复归正矣。”乃举勋为参将，钺为副戎[8]，责以讨贼。勋感激自奋，钺称病卧，阴约游兵壮士，候勋兵至河上，乃从中发为内应。俄得勋信，即嗾（sǒu）人谓贼党何锦：“宜急出守渡口，防决河灌城。遏东岸兵，勿使渡河。”锦果出，而留贼周昂守城。钺又称病亟。昂来

司马懿

司马懿，字仲达，三国时期魏国杰出的政治家、军事家，河内温（在今河南温县）人。曹魏时任大都督，并多次率军对抗诸葛亮。功绩卓著，被封宣王。他的孙子司马炎称帝后，他被追尊为晋宣帝。

问病，钺犹坚卧呻吟，言旦夕且死。苍头卒起，捶杀昂，斩首。钺起披甲仗剑，跨马出门一呼，诸游兵将士皆集，遂夺城门，擒寘镭。

[注释]

①司马懿：三国魏人，有雄才，杀曹爽后，代为丞相，专朝政，父子擅权，至其孙司马炎终代魏政。②李胜：曹爽心腹，南阳人，属荆州，所以下文说“当忝本州”。③尸居余气：形如死尸，只是还有一口气在。④丧明：丧失视力。⑤出：休掉。⑥开东国：在东方创立国家，指建吴国。⑦李文正：李东阳，谥文正，官至文渊阁大学士。⑧副戎：副总兵。

[译文]

三国时期的曹爽骄纵专权，司马懿想要杀了他，又恐事谋划不密泄露了，于是就对外宣称自己得了重病。河南令尹李胜要去荆州上任，前来问候司马懿。司马懿让两个婢女扶着自己出来，又拉着婢女的衣角指着嘴巴表示自己口渴了，让婢女端来一碗粥，司马懿却喝得胸上都流满了粥汁。李胜说：“外面传言说您的痛风病发，怎么会这么严重呢？”司马懿声音微弱地说道：“听说你要屈身到并州。并州离胡人很近，你要小心防备，我生命垂危，以后怕见不到你了，小儿司马师、司马昭就托付你多多照顾了。”李胜说：“我在荆州，不是并州。”司马懿装出满脸糊涂的神色说：“哦，你才刚到并州啊？”李胜又纠正了他一次：“我要到荆州。”司马懿又说：“我年纪大了，脑子不清楚了，听不懂你在说什么。”李胜在离开司马府后，非常高兴地对曹爽说：“司马老头儿现在只剩下一口气了，神色相离，不用忧虑他了。”于是曹爽就放松了对司马懿的戒备，使得司马懿终于有机可乘，杀了曹爽。

安仁义、朱延寿都是吴王杨行密的将军，朱延寿又是杨行密夫人的弟弟。自从平定淮南后，安、朱二人骄纵放肆，并暗中商议着谋反，杨行密知道后，想要除去这两个人。于是就谎称自己得了眼病，每次接见朱延寿派来的使者，都将使者所呈上的公文胡乱指评，走路也常因碰到屋柱而摔倒，虽然有朱夫人在一旁搀扶着他，也要很久才能苏醒过来。杨行密哭着说：“我虽然功业已成，可是却丧失了视力，这是老天要废我啊，儿子们都不能担当重任，幸好有朱延寿可以托付后事，我也就没什么可遗憾的了。”朱夫人听了后暗自高兴，立即召朱延寿入宫。朱延寿入宫的时候，杨行密在寝宫门口迎接他，等到朱延寿一踏入寝宫，就杀了他。朱延寿死后，杨行密下令将朱夫人逐出了宫廷，将安仁义斩首。

东汉末年，孙坚发兵讨伐董卓，率领数万大军来到了南阳，发文请求南阳太守张咨支援米粮。张咨说："孙坚是二千石的太守，和我职位一样，不应该向我调发军粮。"于是不加理会。孙坚想要见他，张咨也不肯相见。孙坚说："我刚刚起兵就受到这样的阻碍，以后如何树立威信呢？"于是谎称自己得了重病，消息很快传开了，全军士兵都非常担心，不但延请医生诊治，并且焚香祝祷。孙坚派亲信告诉张咨，想将军队交由张咨统领。张咨贪图那些兵力，于是率领五百个兵士，带着美酒来到孙坚的营中探望。孙坚躺在床上见他，过了一会才起身设酒宴款待。二人喝得正高兴的时候，长沙主簿进入营帐求见孙坚，说："前几天大军来到南阳，前行的道路没有修好，军中物资缺乏，太守张咨又拒绝提供军粮，使得大军无法按计划讨贼，请将他收复并按军法处置。"张咨惊慌失措，想要逃走，但是军队已经将他团团包围，使他没有办法逃出去，于是众兵将张咨绑在军门前斩首。郡民听说后非常惊讶，从此对孙坚的要求无不照办。后来孙坚所经过的郡县都准备好粮草等待他的军队取用。君子认为孙坚懂得用"法"。法是建立一个国家的根本，这也是孙坚后来能够开创吴国的原因之一。

明武宗正德五年，安化王朱寘鐇反叛。游击将军仇钺被俘，京师谣传仇钺投降了叛贼，而兴武营守备保勋则是外应。李东阳说："仇钺一定不会投降贼人。至于保勋，如果因为他和寘鐇有姻亲关系，就怀疑他是贼人的外应，那么凡是和贼人有交往的，都会害怕而不敢归附我们了。"于是推荐保勋为参将，仇钺为副将，将讨贼的任务交给他们。保勋十分感激，暗暗发誓一定要消灭贼人。仇钺在贼营中谎称生了病，暗中却集结旧部在河岸边等候保勋的部队，伺机接应。不久得到了保勋的书信，就嗾使人告诉贼将何锦说："要赶紧调派军队防守渡口，严防朝廷大军决堤灌城。并阻击东岸的朝廷军队，不要让他们渡河。"何锦果然上了当，命令周昂守城，自己则带着军队去渡口防守。仇钺又谎称自己的病情加重，于是周昂前去探视，仇钺正躺在床上痛苦呻吟，看到周昂来后就说：恐怕自己的死期到了。仇钺手下的奴仆趁周昂不注意，突然捶杀了周昂，砍下他的首级。接着仇钺披上盔甲拿起剑，骑上快马冲出营门，召集从前的部下，一举攻下城门，擒获了朱寘鐇。

曹冲

[原文]

曹公有马鞍在库，为鼠所伤。库吏惧，欲自缚请死。冲①谓曰："待三日。"冲乃以刀穿其单衣，若鼠啮（niè）者，入见，谬为愁状。公问之，对曰："俗言鼠啮衣不吉，今儿衣见啮，是以忧。"公曰："妄言耳，无苦。"

俄而库吏以啮鞍白，公笑曰：“儿衣在侧且啮，况鞍悬柱乎？”竟不问。

[注释]

①冲：曹冲，曹操之子，幼年多智如成人，早卒。

[译文]

曹操有一副马鞍存放在兵库中被老鼠咬了。管兵库的小吏非常害怕，想要捆绑上自己主动向曹操认罪请死。曹冲知道之后，就对他说：“等三天再说。”之后，曹冲用刀把衣服戳了个洞，看起来好像是被老鼠咬的，然后穿着去见曹操，表情愁苦。曹操问他为什么，曹冲说：“听说衣服如果被老鼠咬破，就会有倒霉的事发生，现在我的衣服被老鼠咬了，我担心会倒霉。”曹操说：“那是迷信，不要担心了。”一会儿，管兵库的小吏进来向曹操禀报马鞍被老鼠咬坏的事，曹操笑着说：“衣服在人身边，还会被老鼠咬破呢，更何况是悬挂在柱子上的马鞍呢？”结果曹操竟然没有追究这件事。

司马相如

[原文]

卓文君既奔相如①，相如与驰归成都，家居徒四壁立。卓王孙大怒，不分一钱。相如与文君谋，乃复如临邛，尽卖其车骑，置一酒舍酤酒，而令文君当垆②，身自穿犊鼻裈（kūn），与庸保杂作，涤器市中。王孙闻而耻之，不得已，分予文君僮百人、钱百万。乃复还成都为富人。

【冯述评】**卓王孙始非能客相如也，但看临邛令面耳；终非能婿相如也，但恐辱富家门面耳。文君为之女，真可谓犁牛骍（xīng）角③矣！王吉始则重客相如，及其持节喻蜀，又为之负弩前驱。而当垆涤器时，不闻下车慰劳，如信陵之于毛公、薛公也，其眼珠亦在文君下哉。**

[注释]

①卓文君既奔相如：卓文君为蜀郡临邛县富人卓王孙之女，新寡。王孙设宴，并请司马相如，相如以琴声诱文君。文君慕相如才貌，遂夜奔相如。司马相如，西

汉武帝时大辞赋家，以献赋为郎，曾通使西南夷有功。②当垆：在酒垆前打酒。③犁牛骍角：犁牛，毛色驳杂的牛。骍角，纯红色犄角端正的牛。此句意为毛色驳杂的牛也可以生出纯红色犄角端正的牛，用现代的意思解释就是鸡生凤凰。

卓文君

汉代才女，临邛（在今四川邛崃）人，她貌美有才气，精通音律，为司马相如琴心挑之，夜奔相如，其乃敢作敢为奇女子也。

［译文］

汉朝时卓文君和司马相如私奔之后，两个人一起回到成都，穷得家徒四壁。卓王孙因为文君败坏了门风，十分愤怒，不给她一文钱。卓文君和司马相如商议，决定回到临邛，将马匹车辆全部卖了，然后买间酒铺卖酒，而卓文君做掌柜，司马相如穿着围裙兼酒保打杂，并当街洗碗。卓王孙听说这些事后，感觉脸上无光，只好派了一百个仆人去侍候文君，并给了百万钱，他们二人又回到成都成为富人。

【冯述评】最初，卓王孙并非能真的接纳司马相如，而是看临邛县令的面子；到最后，也不是心甘情愿地承认司马相如这个女婿，只不过是不愿意损害豪门富家的颜面罢了。他有卓文君这样的女儿，真可以说是鸡生凤凰。王吉在司马相如初为门下客的时候就对他非常的礼遇，后来司马相如为中郎将奉命被派往蜀国的时候，王吉则充当他的护卫。但是当司马相如当街洗碗的时候，却不见王吉前来拜访，不能像信陵君对待毛公、薛公一样，看来王吉的眼光仍然不如卓文君。

捷智部第六

捷智部总序

［原文］

冯子曰：成大事者，争百年，不争一息①。然而一息固百年之始也。夫事变之会，如火如风。愚者犯焉，稍觉，则去而违之，贺不害斯已也。今有道于此，能返风而灭火，则虽拔木燎原，适足以试其伎而不惊。尝试譬之足力，一里之程，必有先至，所争逾刻②耳。累之而十里百里，则其为刻弥多矣；又况乎智之迟疾，相去不啻(chì)千万里者乎！军志有之："兵闻拙速，未闻巧之久。"夫速而无巧者，必久而愈拙者也。今有径尺之樽③，置诸通衢，先至者得醉，继至者得尝，最后至则干唇而返矣。叶叶而摘之，穷日不能髡(kūn)一树；秋风下霜，一夕零落：此言造化之捷也。人若是其捷也，其灵万变，而不穷于应卒，此唯敏悟者庶几焉。呜呼！事变之不能停而俟我也审矣，天下亦乌有智而不捷、不捷而智者哉！

［注释］

①一息：一呼一吸的短暂时间。②刻：古时一昼夜为一百刻，一刻相当于今天的十四分二十四秒。③樽：酒坛。

［译文］

冯梦龙说：成大事的人争的是百年，而不是片刻。然而一时的成败，却恰好是千秋成败的开始。尤其在事物激变的时候，就会像大火漫天一样瞬间造成无法弥补的损失。愚昧的人往往过不了当前的考验，如果这样，哪里还有千秋大事的成败可言呢？而真正的智者，能立刻远离灾患，并将那漫天大火消弭。因此，这样的激变，刚好提供给了智者显示自己才智的机会。以一里的短距离跑步为例，先到、后到虽然相差的时间往往很短；但是十里百里的长路累积下来，所差的时间就会很大。更何况智慧的人和愚蠢的人的迟速差别，本来就不止千里远啊。兵法中说："用兵只有笨拙的迅捷，而没有什么巧妙的迟缓。"迅捷而不巧妙的，时间长了肯定更笨拙。就像把一坛美酒摆在大街之上，先到的人能畅饮大醉，其次到的人也还能喝到几杯，至于最后到的人就只能是口干舌燥的败兴而返了。用人力来摘树叶，即使一天的时间一棵树也摘不完，而秋风一起，霜雪一降，一夜之间树叶就会全部陨落了，天地造化的速捷便是这样的。人们如果能够掌握天地造化的精意，则当然能在事物激变的当下灵活应变，而不会在仓促之间束手无策，这便只有真正敏悟智慧的人才可能做到吧！唉，激变的事物是不会停滞下来等人想办法去应对它的，这是再明白不过的道理。因此，天底下哪有智慧而不敏捷、敏捷而无智慧这回事呢？

灵变卷十六

[原文]

一日百战，成败如丝①。三年造车，覆于临时。去凶即吉，匪夷所思②。集“灵变”。

[注释]

①丝：形容时间短暂，或机会难以把握。②匪夷所思：不是按照常理所能想到的。

[译文]

一天之中上百次会战，胜和负往往只是在一线之间。花三年时间所制造的一辆马车，往往由于刹那间的疏忽而翻覆。洞见危机，趋吉避祸，难以想象。集此为“灵变”卷。

项羽

项羽，名籍，字羽，下相（在今江苏宿迁）人。楚国名将项燕之孙，中国古代起义领袖，人称西楚霸王。在巨鹿之战中，他以数万人马，战胜数十万的秦军，名震八方。

汉高祖

[原文]

楚、汉久相持未决。项羽谓汉王曰：“天下汹汹①，徒以我两人。愿与王挑战决雌雄，毋徒罢天下父子为也。”汉王笑谢曰：“吾宁斗智，不能斗力。”项王乃与汉王相与临广武②间而语。汉王数羽罪十，项王大怒，伏弩射中汉王。汉王伤胸，乃扪足曰：“虏中吾指。”汉王病创卧，张良强起行劳军，以安士卒，毋令楚乘胜于汉。汉王出行军，病甚，

因驰入成皋③。

【冯述评】**小白不僵而僵，汉王伤而不伤。一时之计，俱造百世之业！**

[注释]

①汹汹：动荡不安的样子。②广武：指今河南荥阳之北，有三皇山，上有东西二城，各在一山头，相距二百余步，中隔山涧，刘邦与项羽即在此处对话。③成皋：在广武之西不足百里。

[译文]

楚汉两军对峙，很长时间也没有决出胜负。项羽对刘邦说："如今天下纷扰不定的原因，就在于你我两人相持不下。我想和你一决胜负，不要让天下人再因为你我两人而送命了。"刘邦说："我宁可和你斗智，也不和你斗力。"后来项羽和刘邦在广武隔军对话，刘邦列举了项羽的十条罪状，项羽听后大怒，用埋伏的弩弓射中了刘邦的前胸。刘邦却忍痛弯身摸着脚说："哎呀，敌人射中了我的脚趾。"说完就倒在了地上。刘邦的伤非常重，而张良仍让他强忍创伤起来巡视军队，以安定军心，也为了不让项羽知道刘邦伤重而乘机进攻。刘邦才一离开军营，便因伤重不支，立即快马返回成皋。

【冯述评】小白受了管仲一箭，本来就没有怎么受伤，却假装伤死；刘邦受了项羽一箭，虽然伤已经很重，却假装没有事。两个人都是因一时的机敏应变，才成就了日后的百年基业。

宗典 李穆 昙永

[原文]

晋元帝叔父东安王繇，为成都王颖所害，惧祸及，潜出奔。至河阳，为津吏①所止。从者宗典后至，以马鞭拂之，谓曰："舍长，官禁贵人，而汝亦被拘耶？"因大笑，由是得释。

宇文泰与侯景战，泰马中流矢，惊逸，泰坠地。东魏兵及之，左右皆散。李穆下马，以策击泰背，骂之曰："笼东②军士，尔曹主何在？而独留此？"追者不疑是贵人，因舍而过。穆以马授泰，与之俱逸。

王廞之败，沙门[3]昙永匿其幼子华，使提衣幞(fú)自随。津逻[4]疑之，昙永呵华曰："奴子何不速行？"捶之数十，由是得免。

[注释]

①津吏：把持渡口的官吏。②笼东：溃败、不振作的样子。③沙门：和尚。④津逻：巡逻渡口的兵卒。

[译文]

晋元帝的叔叔东安王司马繇被成都王司马颖陷害，害怕惹祸上身，于是逃离京城。在渡河的时候却被守军拦了下来。随行的宗典追赶上来，用马鞭打司马繇，对他说："朝廷下令禁止朝廷大官渡河，没想到你竟然也被当成贵人拦了下来。"士兵听后大笑而没有怀疑他，于是东安王得以平安地渡河脱险。

南北朝时期的宇文泰和侯景交战的时候，坐骑被箭射中了，受到惊吓而四处狂奔，宇文泰从马上摔了下来。这时东魏的士兵已经越来越近，而宇文泰的侍卫已经走散了。大将李穆跳下马来用鞭子抽打宇文泰，骂道："你这个无能的败兵，你的主子在哪里？为什么你一个人躺在这里？"东魏的士兵没有怀疑这是大人物就匆匆过去了，李穆于是把马让给了宇文泰，和他一起逃跑。

晋朝时王廞战败之后，有个叫昙永的和尚收容了王廞的幼子王华，让王华提着包袱跟随在自己身后。巡逻的士兵对王华的身份产生了怀疑，正要上前盘查，昙永灵机一动，对着王华骂道："你这个下贱的奴才还不赶快走！"并对他拳打脚踢，就这样安然脱险。

王羲之

[原文]

王右军[1]幼时，大将军[2]甚爱之，恒置帐中眠。大将军尝先起，须臾，钱凤入，屏人论逆节事，都忘右军在帐中。右军觉，既闻所论，知无活理，乃剔吐污头面被褥，诈熟眠。敦论事半，方悟右军未起，相与大惊曰："不得不除之。"及开帐，乃见吐唾纵横，信其实熟眠，由是得全[3]。

［注释］

①王右军：王羲之，王敦之侄。官至右军将军、会稽内史，故世称王右军。大书法家，草隶名冠天下。②大将军：王敦。③得全：得以保全性命。

［译文］

晋朝的王羲之小的时候，大将军王敦非常宠爱他，常常让王羲之在自己的帐中睡觉。有一次王敦先起床，不一会钱凤进来了，王敦命令奴仆全都退下，两个人商议谋反大计，忘了王羲之还在床上睡觉。王羲之醒来，听到了王、钱两人谈话的内容，知道自己难逃一死，于是就在自己的脸上、被上沾满口水，假装正在熟睡。王、钱两人话谈到一半的时候，王敦突然想起王羲之还没有起床，惊讶地说："事到如今，只好杀掉他了。"等到掀开帐子，看到王羲之满脸都是口水，王敦便认为他一直都在熟睡，什么也没有听到，王羲之因此才保住了性命。

王羲之

王羲之，字逸少，号澹斋，东晋书法家，官至右军将军、会稽内史，被后人尊为"书圣"。其中，王羲之书写的《兰亭序》为世人所敬仰，被称作"天下第一行书"。

刘备

［原文］

曹公素忌先主[1]。公尝从容谓先主曰："今天下英雄，唯使君与操耳！本初[2]之徒，不足数也！"先主方食，失匕箸。适雷震，因谓公曰："圣人云：'迅雷风烈必变[3]。'良有以也。一震之威，乃至于此。"

【冯述评】**相传曹公以酒后畏雷，闲时灌圃轻先主，卒免于难。然则先主好结毦[4]，焉知非灌圃故智？**

［注释］

①先主：刘备，史称蜀先主。②本初：袁绍，字本初。③迅雷句：出自《论语》。④结毦：编织毛制品。

[译文]

曹操对刘备一直心存怀疑。曹操曾对刘备说："放眼天下，能称得上英雄的只有你、我二人，至于袁绍之类，根本不足为惧。"刘备正在吃饭，手中的筷子吓得掉了下来。刚好天上响起雷声，刘备担心曹操起疑心，就对曹操说："圣人说：'有巨雷暴风，必是天地有巨变的征兆'。这话实在有道理，难怪刚才一打雷，我吓得筷子都掉了。"

【冯述评】相传曹操曾以酒后害怕雷声而掉下筷子，闲的时候养花莳草，而认为刘备不会有大作为，才打消了杀刘备的念头。然而刘备又以喜欢编织毛毯出名，又怎能知道这不是和养花莳草一样，都是避杀身之祸的一种手法呢？

程颐

[原文]

河清卒于法不他役。时中人程昉(fǎng)为外都水丞，怙势蔑视州郡，欲尽取诸埽(sào)兵①治二股河。程颢以法拒之。昉请于朝，命以八百人与之。天方大寒，昉肆其虐，众逃而归。州官晨集城门，吏报河清兵溃归，将入城。众官相视，畏昉，欲弗纳。颢言："弗纳，必为乱。昉有言，某自当之。"既亲往，开门抚纳，谕归休三日复役。众欢呼而入。具以事上闻，得不复遣。后昉奏事过州，见颢，言甘而气慑。既而扬言于众曰："澶(chán)卒之溃，乃程中允诱之，吾必诉于上。"同列以告。颢笑曰："彼方惮我，何能尔也！"果不敢言。

【冯述评】**此等事，伊川②必不能办。纵能抚溃卒，必与昉诘讼于朝，安能令之心惮而不敢为仇耶！**

[注释]

①埽兵：管河防的兵。②伊川：程颢之弟程颐，世称伊川先生。

[译文]

宋神宗时，黄河的水兵，按照律法不必再服其他的劳役。宦官程昉担任河防大臣，仗着自己的权势不把州郡的律法放在眼中，想要征调河防士兵治理两股河。

程颐

程颐，字正叔，人称伊川先生，北宋洛阳人，为程颢之胞弟。著有《伊川集》二十卷，《书录解题》及《易传》《经说》等传于后世。

程颢以不合律法为由拒绝了他。程昉便要上奏宋神宗，朝廷下令让程颢拨给程昉八百士兵。当时正遇上天气寒冷，河水冻结，士兵们受不了程昉的暴虐，纷纷逃跑了。第二天早晨州官们集结在官府议事的时候，突然有吏卒禀报说："士兵们集体逃亡，将要入城。"众官害怕会得罪程昉，不想打开城门。程颢说："如果不打开城门，一定会发生暴乱，程昉怪罪，都由我程颢一个人担当。"说完就亲自到城门口去迎接那些士兵，并宣布水兵可以休假三天再回去服役。士兵们在一片欢呼声中进了城。程颢又将士兵受虐待的情形禀报朝廷，终于免除了水兵再服劳役。后来，程昉对程颢便有所畏惮。有一次程昉因事路过本州岛，见到程颢，只敢说些好话奉承程颢，不再盛气凌人。然而，私下却又非常不甘心，曾在多人面前扬言说："黄河士兵的溃逃，是受了程颢的指使，我一定会上书奏明圣上！"程颢的同僚将此事告诉程颢。程颢笑着说："他怕我，能对我怎么样啊。"日后程昉果然什么也没敢说。

【冯述评】这样的事，程颢的弟弟程颐一定办不了。纵使程颐能够安抚溃卒，却必定要和程昉在朝廷上进行对质，这样怎能令程昉心生畏惧而不敢和程颐作对呢？

张咏 徐达

[原文]

张乖崖守成都，兵火之余，人怀反侧。一日大阅，始出，众遂嵩呼[1]者三。乖崖亦下马，东北望而三呼，复揽辔而行。众不敢哗。

上[2]尝召徐中山王[3]饮，迨(dài)夜，强之醉。醉甚，命内侍送旧内[4]宿焉。旧内，上为吴王时所居也。中夜，王酒醒，问宿何地，内侍曰："旧内也。"即起，趋丹陛[5]下，北面再拜，三叩头乃出。上闻之，大悦。

徐达伏阶称罪

徐达"以智勇之资，负柱石之任"，为明王朝立下盖世之功，被朱元璋授为太傅、中书右丞相，后封魏国公。尽管地位显赫，徐达依然谦虚处世，不居功自傲。一次，当徐达误入朱元璋旧殿后，立即跪拜请罪，由此，更深得朱元璋之信任。

【冯述评】乖崖三呼，而军哗顿息；中山三叩头，而主信益坚。仓卒间乃有许大主张，非特恪谨而已！

［注释］

①嵩呼：三呼万岁。②上：指明太祖朱元璋。③徐中山王：徐达，死后追封中山王。④旧内：旧的皇宫。⑤丹陛：宫殿的台阶，漆成红色，故称丹陛。

［译文］

宋朝的张咏戍守成都的时候，战乱刚刚平定，人常有反叛之心。一天举行校阅，张咏刚刚出现，军士们立即大声鼓噪，再三呼叫万岁，张咏立即下马面向东北高呼三声"皇上万岁"，然后上马继续校阅。军士们见此举动，不敢再喧哗。

一次明太祖召徐达饮酒，到了夜晚还不停地灌徐达酒。徐达喝得大醉，太祖命令内侍把徐达送到旧内休息。旧内是太祖为吴王的时候所居住的宫殿。半夜徐达酒醒后，问内侍这是什么地方，内侍回答说："是旧内。"徐达立即起身，跪在台阶上朝北拜跪，三叩首之后才离开了。太祖听说这件事情之后，十分高兴。

【冯述评】张咏高呼三声万岁，从而平息了军士们急躁反叛的情绪；徐达三叩首，从而坚定了太祖对他的信任。这两个人都在极短的时间之内做出了日后对自己影响甚大的决定。看这两个人的行为，难道仅仅是行事谨慎而已吗？

颜真卿 李揆

［原文］

安禄山反，破东都[1]，遣段子光传李憕、卢奕、蒋清首，以徇河北。真卿绐(dài)诸将曰："吾素识憕等，其首皆非是。"乃斩子光而藏三首。

李尚书揆[2]素为卢杞所恶，用为入蕃会盟使。揆辞

老，恐死道路，不能达命。帝恻然。杞曰："和戎当择练③朝事者，非揆不可，揆行，则年少于揆者，后无所避矣。"揆不敢辞。揆至蕃，酋长曰："闻唐有第一人李揆，公是否？"揆畏留，因绐之曰："彼李揆安肯来耶？"

[注释]

①东都：洛阳。②李尚书揆：李揆性警敏，仪表不凡，善文章。唐德宗时官尚书左仆射。③练：熟悉。

[译文]

唐玄宗时安禄山谋反，攻陷洛阳，派遣段子光带着李憕、卢奕、蒋清三个人的人头去招降河北一带的勤王之师。颜真卿就骗诸位将军说："我认识他们三个人，这不是他们的头颅。"于是颜真卿斩了段子光，而把李憕、卢奕、蒋清三个人的头藏起来。

唐德宗的宰相卢杞素来讨厌尚书李揆，想要刁难他，于是向唐德宗推荐李揆为朝廷特使，去吐蕃签订盟约。李揆以年老多病，害怕路途遥远，难以达成使命为理由推辞。唐德宗也非常同情。卢杞说："出使吐蕃一定要挑选政务熟练、善于应对的大臣，这件事情非李尚书不能做到，如果李尚书以如此年纪还肯为朝廷出使吐蕃，那么朝中那些比李尚书年轻的，谁敢不为朝廷效命呢？"李揆没有办法再推辞，只好前往。李揆来到吐蕃后，吐蕃赞普问："听说贵国有位人称大唐第一的李揆，可是阁下么？"李揆怕赞普会借故强行挽留他，就骗赞普说："那个李揆怎么肯来呢？"

李迪

[原文]

真宗不豫①，李迪②与宰执以祈禳(ráng)③宿内殿。时仁宗幼冲，八大王元俨素有威名，以问疾留禁中，累日不出。执政患之，无以为计。偶翰林司④以金盂贮熟水，曰："王所需也。"迪取案上墨笔搅水中尽黑，令持去，王见之，大惊。意其毒也，即上马驰去。

[注释]

①不豫：天子有病。②李迪：宋真宗时为资政殿大学士、同平章事，时称贤

相。③祈禳：祈福祛灾。④翰林司：官名，唐宋内廷中供奉之官。

[译文]

宋真宗病重，李迪与宰相为他祈神消灾而在宫中留宿。八大王赵元俨平素就有野心，这次以探望真宗的病情为由进驻宫中，虽然已经过了一段时日，可是仍然没有离开的念头。而仁宗年纪尚小，辅政大臣虽然心中非常忧急，却也无计可施。正好有一天，赵元俨需要开水，翰林司用金盆盛了开水，说是八大王要的开水。李迪于是拿起案桌上的毛笔在盆中搅了一下，盆中的水都黑了，然后命翰林司端进去，赵元俨一看，大为惊讶，以为有人暗中下毒想要谋害他，立即骑上马离开了。

太史慈

[原文]

太史慈在郡。会郡与州有隙，曲直未分，以先闻者为善。时州章已去，郡守恐后之，求可使者。慈以选行，晨夜取道到洛阳，诣公车[1]门，则州吏才至，方求通。慈问曰："君欲通章耶？"吏曰："然。""章安在？题署得无误耶？"因假章看，便裂败[2]之，吏大呼持慈，慈与语曰："君不以相与，吾亦无因得败，祸福等耳，吾不独受罪，岂若默然俱去？"因与遁还，郡章竟得直。

太史慈

太史慈，字子义，东莱郡黄县（今山东黄县东黄城集）人，东汉末年大将，官至建昌都尉。弓马熟练，箭法精良。原为刘繇部下，后曾与孙策在神亭岭大战，见孙策英雄盖世，遂被孙策收降，于赤壁之战前病逝，年仅四十一岁。

[注释]

①公车：汉代官署，负责接待臣民的上书和征召。②败：毁坏。

[译文]

太史慈是东莱郡人。东汉末年，郡、州两府常常发生冲突，而谁是谁非朝廷很难分辨，往往就以呈送的公文先后为准。有一次州府的奏章已经送出，郡府害怕落后，于是征求能拦截州使者的人。太史慈被选前往，他日夜兼程，来到洛阳，到了公车署门口时，州府的使者才到，刚要请人通报。太史慈问使者说：“你是来呈送州府奏章的吗？”答：“正是。”太史慈又说：“奏章在哪儿？题署没错误吧？”于是拿过奏章来检视，却将奏章给撕了。使者大叫抓太史慈，太史慈却说：“如果不是你随便地把奏章交给我，我也就不可能撕得了。我如果被抓，你也难逃脱罪名，不如当作什么事情也没有发生，一同回去吧。”于是两个人一起返回，而郡府的奏章也得以顺利地呈给了朝廷。

应卒卷十七

［原文］

西江有水，遐不及汲。壶浆箪食，贵于拱璧[1]。岂无永图，聊以纾急？集“应卒”。

［注释］

①拱璧：拱形的大璧，泛指珍贵之物。

［译文］

西江的滔滔之水，却没有办法汲取以解除遥远之地的灾祸。一筐食物一壶水，有时比璧玉还要珍贵。人生难免有危难，正确的应变，才能化解突然发生的灾难。集此为“应卒”卷。

张良

［原文］

高帝已封大功臣二十余人，其余日夜争功不决。上在洛阳南宫，望见诸将往往相与坐沙中偶语，以问留侯。对曰：“陛下起布衣，以此属取天下。今为天子。而所封皆故人，所诛皆仇怨，故相聚谋反耳。”上忧之。曰：“奈何？”留侯曰：“上生平所憎，群臣所共知，谁最甚者？”上曰：“雍齿数窘我。”留侯曰：“今急[1]。先封雍齿，则群臣人人自坚矣。”乃封齿为什邡侯，群臣喜曰：“雍齿且侯，吾属无患矣。”

【冯述评】**温公[2]曰：“诸将所言，未必反也。果谋反，良亦何待问而后言邪？徒以帝初得天下，数用爱憎行诛赏，群臣往往有觖（jué）望自危之心。故良因事纳忠以变移帝意耳！”袁了凡曰：“子房为雍齿游说，使帝自是有疑功臣之心，致三大功臣相继屠戮，未必非一言之害也！”**

由前言，良为忠谋；由后言，良为罪案。要之布衣称帝，自汉创局，群臣皆比肩共事之人，若触望自危，其势必反。帝所虑亦止此一著，良乘机道破，所以其言易入，而诸将之浮议顿息，不可谓非奇谋也！若韩、彭组(zǔ)醢(hǎi)③，良亦何能逆料之哉！

［注释］

①急：情况紧急。②温公：司马光，封温国公。③韩、彭俎醢：汉诛杀韩信三族，又诛彭越，醢其肉赐诸侯。俎醢：剁为肉酱。

［译文］

汉高祖刘邦即帝位之后，封赏了建立大功的臣子二十多人，还没有封赏的将领，为了争夺奖赏而争相表功，没完没了。汉高祖住在洛阳南宫的时候，看到将军们常常聚在一起窃窃私语，于是召见张良询问。张良说："陛下由平民的身份而取得天下，现在已贵为天子。但是所分封的对象都是自己的旧友，而往日和陛下有仇怨的都遭到了诛杀，将军们担心自身的安危，因此聚在一起密谋造反。"汉高祖感到十分不安，问张良："该怎么办呢？"张良说："陛下生平最讨厌的，而大臣也都知道的人，是谁？"汉高祖说："雍齿曾经多次让我难堪，我一直想要杀他，但是他功劳颇多，因此不忍心。"张良说："现在情况紧急，臣认为陛下首先要封为侯的就是雍齿，那么其他大臣就不会再心存疑虑了。"于是汉高祖封雍齿为什邡侯，群臣高兴地说："连雍齿都能封侯，我们还有什么可担心的呢。"

张良

张良，字子房，汉初三杰之一。他"长计谋平天下"，是刘邦重要的军事谋臣，楚汉战争时鸿门宴上帮助刘邦脱离险境。汉朝建立后，封留侯。

【冯述评】司马温公说："将军们所谈论的未必一定是有关谋反的事。他们如果真的有造反的意图，张良也不会等到高祖询问的时候才说。张良只是因为高祖在即帝位的初期，便以个人的爱憎行赏论罪，造成诸臣的不安，因此才忠言劝谏，改变了高祖的作风。"袁了凡说："张良替雍齿游说，导致高祖对功臣的不信任，致使三大功臣日后都遭到了诛杀，未尝不是张良的一句话所种下的祸根。"从前者来看，张良是个忠臣，从后者来看，张良却是个祸首。我认为刘邦以平民身份建立汉朝，所有的大臣都是当年并肩征战的伙伴，如果人心不安必定会产生谋反，高祖所忧虑的也是这些，张良借高祖问话道破了高祖的心意，因此高祖能轻易接受张良的建议，平息群臣的疑虑，不能不说张良的计谋是非常高明的。至于说日后韩信、彭越等功臣的被诛杀，又岂是张良所能预料到的呢？

宋太宗卒

［原文］

太宗[1]以北兵渡淮，时无一苇之楫。有人于囊中取干猪脬(pāo)十余，内(nà)气其中，环著腰间，泅水而南，径夺舟以济。

［注释］

①太宗：宋太宗赵光义。

［译文］

宋太宗率领北方兵渡淮河，找不到渡河用的船只。有位士兵从背囊中取出十多节干猪脬，将猪脬灌满气，然后绑在腰间，向南边游去，夺取船只，让全军顺利渡河。

颜常道

［原文］

颜常道曰："某年河水围濮州，城窦失戒[1]，夜发声如雷，须臾巷水没骭(gàn)。士有献衣袽(rú)之法，其要，取绵絮胎，缚作团，大小不一，使善泅卒沿城扪漏便塞之，水势即弭，众工随兴，城堞无虞。"

［注释］

①城窦失戒：城墙的漏洞疏于防护。

［译文］

颜常道说："有一年河水暴涨，濮州被水围困，由于城墙的漏洞疏于防护，夜晚河水从孔洞中涌入，发出的声音好像巨雷一般，一会儿工夫，城中巷道的积水就已经到达了膝头。有人建议，用破衣物将那些洞堵住，取来大大小小的棉团，命令善于游泳的小兵，沿着城墙用手探索墙上的孔洞，然后塞入棉团，果然不久城内的积水就退去了，随后工人们立即动工修补城墙，城池才没有危险。”

侯叔献

［原文］

熙宁中，睢(suī)阳界中发汴堤淤田①。汴水暴至，堤防颇坏陷，人力不可制。时都水丞侯叔献莅役相视，其上数十里有一古城，急发汴堤注水入古城中，下流遂涸，使人亟治堤陷。次日，古城中水盈，汴流复行，而堤陷已完矣，徐塞古城所决，内外之水，平而不流，瞬息可塞。众皆伏其机敏。

［注释］

①发汴堤淤田：打开河堤放出河水，用河水中的沉积物灌耕地，有施肥的作用。

［译文］

北宋神宗熙宁年间，睢阳一带修筑汴堤，然后排水，用河水中的沉积物灌耕地。汴河水位突然暴涨，堤防崩塌，人力没有办法修复。当时都水丞侯叔献巡视灾情之后，发现上游数十里外有一座已废弃的古城，于是派人掘开一部分堤防，将水引入古城，于是下游的水量就减少了，工人才有办法靠近堤坝维修。第二天古城中的积水已经蓄积满了，河水又开始往下窜流，但堤防已经修复了，于是慢慢地堵塞古城掘开的地方，使河水能沿着河道平稳地流淌，而城内的积水也在短时间内都消退了。众人都对侯叔献的聪明才智佩服不已。

孙　权

［原文］

濡须①之战，孙权与曹操相持月余。权尝乘大船来观公军②，公军弓弩乱发，箭著船旁，船偏重，权乃令回船，更一面以受箭，箭均船平。

［注释］

①濡须：渡口名，在今安徽巢湖东南。②公军：曹军，曹操被封为魏国公。

[译文]

濡须之战的时候，孙权和曹操相持了一个多月。有一天，孙权乘着大船窥探曹操的军营，曹营中的弓箭手一时间万箭齐发，面向曹营的船身全插满了箭，船失去平衡开始倾斜，有翻船的危险，孙权立即下令调转船头，用船的另外一面承受曹营的弓箭，于是船身两面受箭平衡，不再倾斜。

敏悟卷十八

［原文］

剪彩成花，青阳①笑之。人工则劳，大巧自如。不卜不筮，匪虑匪思。集“敏悟”。

［注释］

①青阳：指春天。

［译文］

人工的剪纸再美丽，也比不上大自然的天然美景。人的思虑再周全，也难以预料上天的冥冥安排。智者有时候不算、不卜、不思、不虑，只是靠当时的机敏领悟来做出反应。集此为“敏悟”卷。

司马遹

［原文］

晋惠帝太子遹（yù）①。自幼聪慧。宫中尝夜失火，武帝登楼望之，太子乃牵帝衣入暗中。帝问其故，对曰：“暮夜仓卒，宜备非常，不可令照见人主。”时遹才五岁耳，帝大奇之。尝从帝观豕牢②，言于帝曰：“豕甚肥，何不杀以养士，而令坐费五谷？”帝抚其背曰：“是儿当兴吾家。”后竟以贾后谗废死，谥愍（mǐn）怀。吁，真可愍可怀也！

【冯述评】**此大智识人，何以不禄？噫！斯人而禄也，司马氏必昌，而天道僭矣。遹谥愍怀，而继惠世者，一怀一愍，马遂革而为牛③，天之巧于示应乎？**

［注释］

①晋惠帝太子遹：司马遹，晋惠帝长子，少聪颖，及长不好学，为晋惠帝皇后贾南风所忌，废为庶人，后害死。②豕牢：猪圈。③马遂革而为牛：晋愍帝死后，琅玡王司马睿在建康即位，建立东晋。但司马睿是其母与牛姓小吏私通所生，所以说“马遂革而为牛”。

[译文]

晋惠帝的太子叫作司马遹，从小就聪明异常。晋武帝时，一天夜里宫中发生了大火，武帝登楼观看火势，司马遹拉着武帝的衣角，让武帝隐身在暗处。武帝问司马遹原因，司马遹说："夜色昏暗，火场一片混乱，需要小心防范意外发生，皇上不应站在火光映照、每个人都能看得见的地方。"这时司马遹才五岁，武帝感觉非常惊异。还有一次，司马遹随同晋武帝去检查猪圈，他指着满栏的肥猪对晋武帝说："这些猪已经养得非常肥了，为什么不杀了来犒劳将士，反让它们白白浪费粮食呢？"武帝听后，抚摸着他的背说："这个孩子日后必定能使我家兴旺。"没想到日后惠帝却因贾后的谗言使太子惨死，谥号"愍怀"，真是一位值得怜悯、值得怀念的太子啊！

【冯述评】太子智慧过人，可是怎么会如此短命啊？唉！如果太子能活得长些，司马氏必定会昌盛。然而，如果真是这样的话，是不是会违犯天道运行的正常规律呢？司马遹谥号愍怀，而惠帝死后，继承帝位的竟然先后是怀帝和愍帝，司马氏最后为牛氏所取代，难道是上天的安排早就已经巧妙地显示出来了吗？

文彦博 司马光

[原文]

彦博幼时，与群儿戏，击球，球入柱穴中，不能取，公以水灌之，球浮出。

司马光幼与群儿戏，一儿误堕大水瓮中，已没，群儿惊走，公取石破瓮，遂得出。

【冯述评】**二公应变之才，济人之术，已露一斑。孰谓"小时了了①者，大定不佳"耶？**

[注释]

①了了：聪明。

[译文]

文彦博小时候常常和同伴一起玩球，有一次球滚入了洞中拿不出来，文彦博就提来水灌入洞中，不一会球就浮出了洞口。

司马光和同伴嬉戏的时候，有个玩伴不小心失足掉入大水缸中，已经没过了头顶，大家都惊慌失措地逃跑了，只有司马光拿起一块大石头把水缸打破，救出了玩伴。

【冯述评】文彦博和司马光两位应变的才能和救人的机智，在年幼之时就已初露端倪，谁说“小时候聪明的人，长大后一定就没有贤能”呢？

王 戎

[原文]

王戎年七岁时，尝与诸小儿游，瞩见道旁李树，有子扳折，诸小儿竞走之，唯戎不动。人问之，答曰：“树在道旁而多子，此必苦李。”试之果然。

【冯述评】**许衡①少时，尝暑中过河阳，其道有梨，众争取啖之，衡独危坐树下自若。或问之，曰：“非其有而取之，不可。”曰：“人亡世乱，此无主矣。”衡曰：“梨无主，吾心独无主乎？”合二事观，戎为智，衡为义，皆神童也。**

[注释]

①许衡：元时著名学者，博学多才，慨然以道为己任。

[译文]

晋朝人王戎七岁的时候，有一次和同伴玩游戏，看到路旁有棵李树果实累累，同伴们都争相攀折，唯有王戎留在原地不动。有人问他原因，他回答说：“李树就种在路旁，往来的路人竟然没有人采摘，可知李子一定是苦的。”众人不相信，尝后证明王戎所言不虚。

【冯述评】元朝人许衡年轻时，曾经在夏天经过河阳，路旁有棵梨树，同伴们都争相摘食，只有许衡独自坐在树下乘凉。人们问他原因，许衡回答说：“梨树不是我的，就采摘果实，不可以。”人们说：“现在兵荒马乱，这是没有主人的梨树。”许衡说：“梨没有主人，难道我的心也没有主人吗？”从王戎和许衡的故事来看，王戎不摘李是因为聪明，许衡不吃梨是因为行为处事坚持自己的原则，这两个人都是神童。

曹 冲

[原文]

曹冲，自幼聪慧。孙权尝致①巨象于曹公。公欲知

其斤重，以访群下，莫能得策。冲曰：“置象大船之上，而刻其水痕所至，称物以载之，一较可知矣。”冲时仅五六岁，公大奇之。

[注释]

①致：赠予。

[译文]

曹冲从小就非常聪明。孙权曾经送给曹操一头大象。曹操想要知道这头大象有多重，问遍所有的官员，都想不出秤大象的方法。一旁的曹冲突然说：“将大象牵到船上去，刻下船身吃水的痕迹，然后再换载其他已经知道重量的物品，等到船身吃水到原来的水痕时，就可以算出大象的重量了。”当时曹冲只有五六岁，曹操听了大为惊奇。

怀丙

[原文]

宋河中府①浮梁②，用铁牛八维之，一牛且数万斤。治平中，水暴涨绝梁，牵牛没于河。募能出之者。真定僧怀丙以二大舟实土，夹牛维之，用大木为权衡状钩牛，徐去其土，舟浮牛出。转运使③张焘(tāo)以闻，赐之紫衣④。

[注释]

①河中府：今山西永济。②浮梁：浮桥。③转运使：官名，掌军需粮饷、水陆转运。④紫衣：自唐以后，朝廷以赐僧人紫色袈裟表示荣宠。

[译文]

宋朝时河中府曾经建了一座浮桥，并铸了八头铁牛来镇桥，一头铁牛的重量有几万斤。治平年间河水暴涨，冲毁了浮桥，铁牛也沉入了河底。官员招募能让铁牛浮出水面的人。有个叫怀丙的和尚用两艘装满土的大船，将铁牛固定在中间，用钩状的巨木勾住牛身，然后慢慢地除去两船中的土，船身的重量减轻，自然就浮起来了，连带也将铁牛钩出了水面。转运使张焘听说之后，赐给和尚一件紫色袈裟以表嘉奖。

梁武帝萧衍

梁武帝，字叔达，小字练儿，名萧衍，南兰陵（在今江苏常州西北）人。南朝梁皇帝。萧衍博学能文，擅长音乐诗赋，亦擅书法。

梁武帝

[原文]

台城[1]陷，武帝语人曰："侯景必为帝，但不久耳。破'侯景'字乃成'小人百日天子'"。景篡位，果百日而亡。

[注释]

①台城：南朝谓朝廷为台，故称宫城为台城。

[译文]

梁武帝时台城陷落，武帝曾经对人说："侯景必定会当皇帝，但是时间不会太长。因为'侯景'两个字拆开来看便是'小人百日天子'。"果然侯景篡位，百天之后就被讨平了。

杨修

[原文]

杨修为魏武[1]主簿。时作相国门，始构榱桷(cuī jué)[2]。魏武自出看，题门作"活"字，便去。杨见，便令坏之，曰："门中活，'阔'字，王正嫌门大也。"

人饷魏武一杯酪，魏武啖少许，盖头上题"合"字以示众。众莫能解，次至杨修；修便啖之，曰："公教人啖一口也，复何疑？"

魏武尝过"曹娥碑"下，杨修从。碑背上见题作"黄绢幼妇外孙齑臼"八字。魏武谓修曰："解[3]否？"答曰："解。"魏武曰："卿未可言，俟我思之。"行三十

里，魏武乃曰："吾已得。"令修别记所知。修曰："黄绢，色丝，于字为'绝'；幼妇，少女，于字为'妙'；外孙，女子，于字为'好'；齑臼，受五辛④之器，于字为'辞'。所谓'绝妙好辞'也！"魏武亦记之，与修同，叹曰："吾才去卿乃三十里。"

操既平汉中，欲讨刘备而不得进，欲守又难为功。护军不知进止，操出教，唯曰："鸡肋。"外曹莫能晓，杨修曰："夫鸡肋，食之则无所得，弃之则殊可惜。公归计决矣。"乃私语营中戒装⑤，俄操果班师。

【冯述评】**德祖⑥聪颖太露，为操所忌，其能免乎？晋、宋人主多与臣下争胜诗、字，故鲍照多累句，僧虔用拙笔，皆以避祸也。**

［注释］

①魏武：曹操。②始构榱桷：刚开始搭椽子。③解：了解，懂得。④五辛：各种辛辣的食物。⑤戒装：整理行装。⑥德祖：杨修字德祖。

［译文］

杨修担任曹操的主簿官之时，有次曹操修府邸大门，刚开始搭椽子。曹操从内室走出，察看施工的情形，在门上题了一个"活"字后就离开了。杨修命令人将门拆毁，说："门中活为'阔'字，魏王这是嫌门太宽了。"

有人献给曹操一杯乳酪，曹操吃了一点，在盖上写了一个"合"字，给大家看。众人不知道曹操的用意，杨修见后，便拿起杯子喝了一口，说："曹公教'人'各喝'一口'，各位还有什么好迟疑的呢？"

杨修有一次随曹操经过曹娥碑，见碑上题有"黄绢幼妇外孙齑臼"八个字。曹操问杨修："知道是什么意思吗？"杨修回答说："知道。"曹操说："你先不要说出答案，让我思考一下。"等走了三十里路后，曹操说："我明白了。"让杨修写下他的答案。杨修写道："黄绢，是色丝，合为'绝'字；幼妇，是少女，合为'妙'字；外孙，是女儿之子，合为'好'字；齑臼，是受辛之器，合为'辞'字（辞古字为辤）。因此是'绝妙好辞'。"曹操也把自己的答案写下，结果曹操所写的和杨修相同。事后曹操感叹地说："我的才华与你的相差三十里远。"

曹操平定汉中之后，想要继续讨伐刘备，却没有办法向前推进；想要坚守汉中，又很难防御得住。将军们也不知道该守还是该战。一天曹操发布命令，只是说:“鸡肋。”外面的官员不知曹操的意思，杨修说:“鸡肋，吃起来没有多少肉，但是扔掉又觉得很可惜，我看曹公已经决定班师回朝了。”于是私下让兵士们整理装备准备回家，不久曹操果然下令班师回朝。

【冯述评】杨修正是因为聪颖太露，遭到了曹操的忌恨，招致祸难。晋、宋两朝的君主，常常喜欢和大臣在诗词书法上争胜负，因此鲍照的文章中常常会有低俗、累赘的言辞，僧虔写字时也会用拙笔，这都是为了避祸啊。

丁谓

[原文]

广州押衙崔庆成抵皇华驿，夜见美人，盖鬼也。掷书云:“川中狗，百姓眼，马扑儿，御厨饭。”庆成不解，述于丁晋公①，丁解云:“川中狗，蜀犬也；百姓眼，民目也；马扑儿，瓜子也②；御厨饭，官食也。乃‘独眠孤馆’四字。”

[注释]

①丁晋公:丁谓，时贬于崖州。②马扑儿，瓜子也:马扑为掴，掴与瓜音近。

[译文]

广州有个叫崔庆成的押衙，抵达皇华驿站后，夜里遇到一个漂亮的女人，大概是女鬼。女鬼丢给他一张字条，上面写着:“川中狗，百姓眼，马扑儿，御厨饭。”崔庆成看不懂，拿去请教丁谓，丁谓解释说:“川中狗，就是蜀犬，合为‘独’；百姓眼，就是民目，合为‘眠’；马扑儿，是瓜子，合为‘孤’；御厨饭，就是官食，合为‘馆’。也就是‘独眠孤馆’四个字。”

秦观　苏轼　苏小妹

[原文]

秦少游①为谜难东坡，云:“我有一间房，半间租与转轮王。有时射出一线光，天下邪魔不敢当。”坡公应声曰:“我有一张琴，琴弦藏在腹，凭君马上弹，弹尽天下曲。”小妹②曰:“我有一只船，一人摇橹一人牵；

去时牵缆去，来时摇橹还。”三谜皆指木马[3]，而后二谜更胜。

[注释]

①秦少游：秦观，字少游，少豪隽善文，为苏轼赏识，荐为太学博士。②小妹：苏小妹，传说为苏轼之妹，秦观之妻，才女。③木马：木匠所用的墨斗。

[译文]

秦观作了个谜语，让苏东坡猜，想要为难他。这条谜语是：“我有一间房，半间租给转轮王。有时射出一线光，天下邪魔不敢当。”苏东坡接着说：“我有一张琴，琴弦藏在腹。凭君马上弹，弹尽天下曲。”苏小妹也说：“我有一只船，一人摇橹一人牵。去时牵缆去，来时摇橹还。”三条谜语指的都是木马，而后两条谜语要更好一些。

刘伯温

[原文]

高祖[1]方欲刑人[2]，刘伯温[3]适入，亟语之梦：“以头有血而土傅之，不祥，欲以应之。”公曰：“头上血，‘众’字也，傅以土，得众且得土也，应在三日。”上为停三日待之，而海宁降。

[注释]

①高祖：明太祖朱元璋，谥高皇帝。②刑人：处死人。③刘伯温：刘基，字伯温，官至御史中丞、太史令，封诚意伯。

[译文]

明太祖想要杀死犯人，恰好刘伯温入宫来，于是太祖急忙把梦到的内容告诉他：“满脸泥土，并且流血不止，不是吉兆，想杀死刑犯以应验梦中血兆。”刘伯温说：“头上有血是‘众’字，有泥土表示得到土地，能得到众人的心再得到土地，那

刘基

刘基，名伯温，晚号犁眉公，明初政治家、诗文家、军事家和文学家。青田县南田乡（在今浙江文成县）人，著有《郁离子》等。

么在三天之内必定会有好消息传来。”三天后，盘踞海宁的张士诚军队果然投降了。

占状元

［原文］

孙龙光状元及第。前一年，尝梦积木数百，龙光践履往复。既而请一李处士[1]圆之，处士曰：“贺郎君喜，来年必是状元。何者？已居众材之上。”

郭俊应举时，梦见一老僧著屐(jī)，于卧榻上蹒跚而行。既寤，甚恶之。占者曰：“老僧，上座也；著屐于卧榻上，行屐高也；君其巍峨[2]矣。”及见榜，乃状元也。

［注释］

①处士：学问高但没有做官的人。②巍峨：高大的样子，此处代指状元。

［译文］

孙龙光状元及第的前一年，曾经梦到数百根木头，自己穿着鞋来回在上面走。请李处士替他圆梦，李处士说：“恭喜郎君，来年一定高中状元。为什么？因为你已经位于众材之上了。”

郭俊参加举人考试的时候，曾经梦到一位穿着木屐的老和尚，在床上来回地走动。醒来后感觉非常讨厌。解梦人说：“老僧代表高位，穿着木屐在床上走动代表屐（技）高，先生考试一定能够名列前茅。”等到放榜之时，郭俊果然高中状元。

剃髭　剃发

［原文］

宋李迪美须髯(rán)[1]，御试[2]日，梦剃削俱尽。占者曰：“剃者，替也，解元是刘滋，今替滋矣。”果状元及第。

曹确[3]判度支，亦有台辅之望，或梦剃发为僧，心甚恶之。有一士善占梦，确召而诘之。此士曰：“前贺侍郎，旦夕必登庸；出家者，剃度也，度、杜同音，必代杜为相矣。”无何，杜相[4]出镇江西，而确大拜。

[注释]

①须髯：胡须。②御试：由皇帝亲自主持的考试，即殿试。③曹确：唐懿宗时同平章事，居位六年，有雅望。④杜相：杜审权，懿宗立，进为同中书门下平章事，出为镇海军节度使。

[译文]

宋朝人李迪蓄有一把漂亮的胡须，殿试那天，梦到自己的胡须全都被人剃光了。占梦人对他说："剃是替的意思，今年的解元是刘滋（留髭），先生一定能代替刘滋的位置成为新科状元。"后来李迪果然中了状元。

唐朝时曹确是判度支，拜为宰相的呼声非常高。一天，他梦到自己剃发为僧，心里非常厌恶。有一个士人善于解梦，曹确把他找来询问。士人说："贺喜侍郎官，不久必定登相位。出家人一定要行剃度礼，'度''杜'二字同音，侍郎一定会替代杜审权的相位。"果然杜审权奉命外出镇守江西，曹确登上了宰相位。

季毅

[原文]

王濬[1]梦悬三刀于梁上，须臾又益一刀。季毅曰："三刀为州，又益者，明府其临益州乎？"果迁益州刺史。

[注释]

①王濬：西晋人，初为参军，荐为巴郡太守，迁益州刺史，官至抚军大将军。晋朝平定东吴时，是前线的重要将领。

[译文]

晋朝人王濬梦到梁柱上悬着三把刀，一会儿又增添了一把。季毅说："合三刀就是一个'州'字，又加了一把刀，加的意思就是'益'，难道你要去益州吗？"后来王濬果然被任命为益州刺史。

筮疾

[原文]

有人父官刺史，得书云："有疾。"是人诣赵辅和[1]馆，别托相知者筮，遇"泰"。筮者云："甚吉。"是人出后，辅和语筮者云："'泰'，乾下坤上，则父已入土

矣，岂得言吉？”果凶问至。

顾士群母病，筮得“归妹”之“随”，或以为“男女有家”之卦，必无患。郭璞[2]曰：“‘归妹’，女之终也，兑主秋，至立秋日终矣。”果然。

［注释］

①赵辅和：北齐时术士，明《易》善筮。②郭璞：晋人，博学多才，词赋为东晋之冠，妙于阴阳算历。

［译文］

有人接获家书，得知官拜刺史的父亲患了重病，于是亲自到赵辅和的卦馆问吉凶，并另外托与自己交好的相士占卜，卜得泰卦。相士说：“这是大吉之卦，令尊定能病愈。”这人道谢后离去。赵辅和对相士说：“泰卦，乾下坤上，乾代表天，坤代表地，表明已入土了，怎么能说是吉卦呢？”不久果然传来丧讯。

顾士群的母亲生病，卜得归妹的随卦，有的人认为是男女成婚的吉卦，母亲的病一定会康复。郭璞说：“归妹虽然是吉卦，但如果是卜妇人生死，出现这个卦就是死亡，再说归妹卦象是兑下震上，兑主秋，令堂大限恐怕就在立秋。”后来果然应验了。

语智部第七

语智部总序

[原文]

冯子曰：智非语也，语智非智也，喋喋者必穷，期期者有庸，丈夫者何必有口哉！固也，抑有异焉。两舌相战，理者必伸；两理相质，辩者先售。子房[1]以之师，仲连[2]以之高，庄生以之旷达，仪、衍[3]以之富贵，端木子以之列于四科[4]，孟氏以之承三圣[5]。故一言而或重于九鼎，单说而或强于十万师，片纸书而或贤于十部从事，口舌之权顾不重与？“谈言微中，足以解纷”；“言之无文，行之不远”。君子一言以为智，一言以为不智。智泽于内，言溢于外。《诗》曰：“唯其有之，是以似之。”此之谓也。

[注释]

①子房：张良。②仲连：鲁仲连，其事见卷十九“鲁仲连”条。③仪、衍：张仪、公孙衍，二人为战国大纵横家。④端木子以之列于四科：端木子，指端木赐，即子贡，孔子列德行、政事、言语、文学四科，子贡与宰我入“言语”。⑤三圣：指孔子、曾子、子思。

[译文]

冯梦龙说：智慧不等于言语本身，言语上的聪明机巧不等于一个人有智慧，喋喋不休的人一定不会有好结果，反倒是那些看似不能言的人能够成功，因此智慧的人，又何须机巧的语言能力呢？然而也有另一个看待这个问题的角度，两方不同的言论激辩，有理的一方当然会获胜；两种不同的道理互相质难，善于辩解的一方会占得先机。历史上张良因此成为王者之师，鲁仲连因此获得了高名，庄子因此而有旷达的哲学，张仪、公孙衍因此享有荣华富贵，子贡因此成为孔子的学生，孟子因此继承了儒家思想。因此，有时一句话比朝廷的权威还重要，有时一个游说可以敌过十万军队，有时一纸建言比所有的州郡佐吏的辛苦工作还要有用，又怎么能不重视言语呢？“精微的言论，可以解开纷杂的困境”；“语言虽然有道理但是没有文采，就不会流传久远”。而言语是否有智慧也可以看出来，内心有充溢的智慧，自然会生出智慧的言语来。《诗经》说：“因为内在是这个样子，所以从表象看来也是这样的。”说的就是这个意思。

辩才卷十九

［原文］

侨童[1]有辞，郑国赖焉；聊城一矢，名高鲁连；排难解纷，辩哉仙仙[2]；百尔君子，毋易繇言[3]。集“辩才”。

［注释］

①侨童：郑子产，名侨。②仙仙：从容优游。③毋易繇言：即无易由言，意谓无轻用人言。

［译文］

子产靠言辞折服了晋楚，使郑国得以免祸数十年；鲁仲连因一封绑在箭上的信，说服了燕军退兵。历史上有无数危难，都是在智者的辩才之下被化解的。诸位君子不要轻视语言的作用。因此集成“辩才”卷。

鲁仲连

［原文］

秦围赵邯郸，诸侯莫敢先救。魏王使客将军辛垣衍间[1]入邯郸，欲与赵尊秦为帝。鲁仲连适在赵，闻之，见平原君胜。胜为介绍，而见之于辛垣衍。鲁连见辛垣衍而无言。辛垣衍曰：“吾视居此围城之中者，皆有求于平原君者也。今观先生之玉貌，非有求于平原君者，曷为久居此围城之中而不去也？”鲁连曰：“秦弃礼义、上首功[2]之国也，权使其士，虏使其民，彼肆然而为帝，则连有赴东海而死耳，不忍为之民也。所为见将军者，欲以助赵也。”辛垣衍曰：“助之奈何？”鲁连曰：“吾将使梁[3]及燕助之，齐、楚固助之矣。”辛垣衍曰：“燕吾不知；若梁，则吾乃梁人也。先生恶能使梁助之耶？”鲁连曰：“梁未睹秦称帝之害故也，使睹

秦称帝之害，则必助赵矣。”辛垣衍曰：“秦称帝之害奈何？”鲁连曰：“昔齐威王尝为仁义矣，率天下诸侯而朝周。周贫且微，诸侯莫朝，而齐独朝之。居岁余，周烈王崩，诸侯皆到，齐后往，周怒，赴于齐曰：‘天崩地坼（chè），天子下席，东藩之臣田婴齐后至，则斩之！’威王勃然怒曰：‘叱嗟，而母婢也！’卒为天下笑。故生则朝周，死则叱之，诚不忍其求也。彼天子固然，其无足怪。”辛垣衍曰：“先生独未见夫仆乎？十人而从一人者，宁力不胜，智不若耶？畏之也！”鲁连曰：“梁之比于秦若仆耶？”辛垣衍曰：“然。”鲁连曰：“然则吾将使秦王烹醢（hǎi）梁王。”辛垣衍怏然不悦，曰：“嘻，亦太甚矣，先生又恶能使秦王烹醢梁王？”鲁连曰：“固也，待吾言之。昔者鬼侯、鄂侯、文王，纣之三公也。鬼侯有子而好，故入之于纣，纣以为恶，醢鬼侯；鄂侯争之急，辩之疾，并脯鄂侯；文王闻而叹息，拘于羑（yǒu）里之库百日，而欲令之死。曷为与人俱称帝王，卒就脯醢之地也？齐湣王将之鲁，夷维子执策而从，谓鲁人曰：‘子将何以待吾君？’鲁人曰：‘吾将以十太牢[4]待子之君。’夷维子曰：‘吾君，天子也。天子巡狩，诸侯避舍，纳管

鲁仲连

鲁仲连，战国末期齐国人，又称鲁仲连子、鲁连子和鲁连。他善于出谋划策，常周游各国，为其排难解纷。

键，摄衽抱几，视膳于堂下，天子已食，退而听朝也。’鲁人投其钥⑤，不果纳。将之薛，假途于邹。当是时，邹君死，湣王欲入吊，夷维子谓邹之孤曰：‘天子吊，主人必将倍殡柩，设北面于南方，然后天子南面吊也。’邹之群臣曰：‘必若此，吾将伏剑而死。’故不敢入于邹。邹、鲁之臣，生则不能事养，死则不得饭含，然且欲行天子之礼于邹、鲁之臣，不果纳。今秦万乘之国，梁亦万乘之国，交有称王之名，睹其一战而胜，欲从而帝之，是使三晋之大臣，未如邹、鲁之仆妾也。且秦无已而帝，则且变易诸侯之大臣，彼将夺其所谓不肖，而予其所谓贤，夺其所憎，而予其所爱，彼又将使其子女谗妾为诸侯妃姬，处梁之宫，梁王安得晏然而已乎？而将军又何以得故宠乎？”于是辛垣衍起，再拜谢曰：“吾乃今知先生为天下之士也，吾请去，不敢复言帝秦矣。”秦将闻之，为却军五十里。

【冯述评】苏轼曰：“仲连辩过仪、秦，气凌髡(kūn)、衍，排难解纷，功成而逃，实战国一人而已。”穆文熙⑥曰：“仲连挫帝秦之说，而秦将为之却军，此《淮南》之所谓‘庙战’⑦也。”

［注释］

①间：通过小道。②上首功：崇尚杀敌斩首为功。③梁：魏国都城在大梁，因此魏也称梁。④十太牢：太牢为牛，以十牛相待，已是极盛之礼。⑤投其钥：扔掉钥匙，指不再开城门迎齐湣王入城。⑥穆文熙：字敬止，为明嘉靖进士，官吏部员外郎。⑦庙战：指运筹于朝廷之内，不必用征伐而敌人服。

［译文］

秦兵围攻赵国的都城邯郸，诸侯都不敢先出兵救赵。魏王派客将军辛垣衍从小道进入邯郸城中，想要和赵王相约一起尊秦王为帝，以此解邯郸之围。鲁仲连当时恰好在赵国，听说了这件事后，就去拜见平原君赵胜。平原君把鲁仲连介绍给辛垣衍，让二人见面。鲁仲连见到辛垣衍后，竟然一言不发。辛垣衍说："我观察凡是被围困在邯郸的人，都是有求于平原君才来的，但是我仔细观察先生的外貌，并非有求于平原君的样子，不知先生为什么待在围城中不走呢？"鲁仲连说："秦国是个背弃礼义、只知崇尚武力、用权术操纵士大夫、把百姓当奴隶般使唤的国家。秦王如果真的称帝，那我宁可投东海而死，也不愿意作秦王臣民。今天我来见将军的原因，就是想要救助赵国。"辛垣衍说："请问先生要如何帮助赵国呢？"鲁仲连说："我准备去说服魏、燕两个国家来援助赵国，而齐、楚两国已答应了。"辛垣衍说："燕国我不知道，至于魏国，我是魏国人，不知先生如何使魏援赵呢？"鲁仲连说："这是因为魏国还没有看到秦国称帝的害处，假使能清楚害处，魏王一定会发兵救赵的。"辛垣衍说："那秦王称帝的害处到底在哪里呢？"鲁仲连说："以前齐威王推行仁政，率领天下诸侯朝拜周天子。当时的周王室贫穷弱小，天下诸侯都不肯去朝贡，只有齐国肯称臣进贡。但是过了一年多，周威烈王驾崩，诸侯都前去吊丧，可齐国却是最后到达的，周王大怒，派使臣警告齐王说：'天子驾崩，新即位的天子服丧，而东藩之臣齐国的田婴奔丧竟然敢迟来，按照法令当斩！'齐威王听说后，生气地说：'周王只不过是一个低下的婢女所生的奴才罢了！'这个事成为一个大笑话。在周天子生前齐国去朝拜他，在他死后却是如此的辱骂他，这实在是因为做不到周天子所要求的诸侯义务。对真正的天子尚且如此，你认为将秦尊奉为天子不会发生类似这样的笑话吗？"辛垣衍说："先生难道没有见过仆人吗，十个人服侍一个人，并不是因为力气和智慧不如主人，而是由于对主人的畏惧。"鲁仲连说："那么魏国和秦国的关系，就好像主和仆一样吗？"辛垣衍说："是的。"鲁仲连说："好。那我就可以有办法让秦王杀魏王，把魏王剁成肉酱。"辛垣衍非常不高兴地说："先生也未免太夸大了吧，你又怎么能让秦王杀魏王呢？"鲁仲连说："我当然能做到，请将军听听我的解释。当年鬼侯、鄂侯、文王，是殷纣王的三公。鬼侯有个长得非常漂亮的女儿，将她献给了纣王，可纣王却一点也不喜欢她，结果纣王把鬼侯杀了，剁成了肉酱；鄂侯为此事向纣王进谏、辩论，结果纣王又把鄂侯杀死，晒成了肉干；文王听说这两件残忍的事情之后，忍不住长叹息了一声，结果被纣王知道后，竟被囚禁在羑里的仓库中一百天，想要困死他。这难道不正是拥护他人为帝王，结果自己反倒招来杀身之祸，剁成肉酱、晒成肉干的往事吗？齐湣王要去鲁国的时候，夷维子驾车，他对鲁国人说：'你们准备如何接待我的国君呢？'鲁国人说：'我们将用十头牛的最高礼仪来接待你的国君。'夷维子说：'我们的国君是天子，天子到各地巡游狩猎的时候，诸侯都要从王宫中搬出去住在外面，将国库的钥匙交出，并且撩起衣裳，亲自端着桌子在殿堂下侍候天子进餐，天子吃完之后，诸侯才可以退下。'鲁国人一听，就不再让齐湣王入境，以至于齐王只能改从邹国前往薛国了。恰巧碰到邹君逝世，齐湣王要去吊唁，夷维子对邹君的手下说：'天子来吊丧的时候，丧家应该将灵柩坐北朝南摆放，然后请天子立在南方来祭吊。'邹国的臣子说：'如果一定要让我们这样做，我们宁可伏剑而死。'因此齐湣王君臣也没有敢进入邹国。邹、鲁两个国家的臣子，虽然迫于齐国的淫威，当君主在世的时候不得奉养，君主死了不得含殓，但是要让他们行朝拜天子的大礼，他们仍然不肯让齐湣王进入自己的国家。现在的秦国是拥有万辆兵车的大国，魏国也是拥有万辆兵车的大国，两个国家互相称帝称王，但是看到秦国打胜了一场仗，就想尊奉秦王为帝，看来三晋的文武大臣们还远远不如邹、鲁这两个小国的臣民有气节。再说秦王称帝之后，必定会更换诸侯的大臣，罢黜那些他所谓的不肖臣子，把官位赐给他心目中的贤良臣子，夺取他所憎恶的人的官职，任命那些他所喜欢的人，同时也一定会让他的女儿们做诸侯的妃子，住在魏宫中，魏王又怎么还能耳根清净，而将军又怎么还能够享受荣宠呢？”辛垣衍听了鲁仲连的这番话后，立即起身拜谢说："我一直认为先生只是个平凡之人，现在才明白先生真是个天下奇人，我现在就回去，不敢再说尊秦王为帝了。"秦国将军听说这件事之后，下令秦军向后退五十里。

【冯述评】苏轼说："鲁仲连的辩才超过了张仪、苏秦，气势凌驾于淳于髡、公孙衍，解除了国境上的危难，完成使命却又不居功邀赏，在战国的谋士之中才智操守没有人能比得上他。"穆文熙说："鲁仲连将不能尊秦为帝的理由说得淋漓尽致，使得秦将退却五十里，这就是《淮南子》中所说的'庙战'了。"

狄仁杰

[原文]

武承嗣、三思[①]营求为太子，狄仁杰从容言于太后曰："姑侄与子母孰亲？陛下立子，则千秋万岁后配食太庙；若立侄，则未闻侄为天子，而袝[②]姑于庙者也。"太后乃寤。

【冯述评】**议论到十分醒快处，虽欲不从而不可得。庐陵反正，虽因鹦鹉折翼及双陆不胜之梦，实姑侄子母之说有以动之。凡恋生前，未有不计死后者。时王方庆居相位，以其子为眉州司士参军，天后问曰："君在相位，子何远乎？"对曰："庐陵是陛下爱子，今犹在远；臣之子，安敢相近？"此亦可谓善讽矣。然慈主可以情动，明主当以理格，则天明而不慈，故梁公辱昌宗[③]而不怒，进张柬之而不疑，皆因其明而用之。**

[注释]

①武承嗣、三思：武则天之侄。②袝：把死者的灵位附祭于太庙。③昌

宗：张昌宗，与其兄张易之都是武则天男宠。

[译文]

武承嗣和武三思两人想谋求当武则天的太子，狄仁杰从容对武后说："姑侄与子母，哪种关系更为亲密呢？陛下立自己的儿子为太子，则千秋万代之后仍能在太庙中享受祭祀；如果太后立侄子为太子，臣从来没有听说侄子成为天子之后，会在太庙中供奉自己的姑母的。"太后这才醒悟过来。

武则天

武则天，唐高宗李治的皇后，唐中宗李显、唐睿宗李旦的母亲，李治驾崩后，武则天相继废掉两个儿子中宗和睿宗，自己做了皇帝，并改国号为"周"，史称"武周"。

【冯述评】议论到十分清醒明快的地步，即使想要不听从也不行。武后后来复立庐陵王为太子，虽然说和梦到鹦鹉折断翅膀以及玩双陆棋失败的梦境有关系，但是从根本上是被狄仁杰的这番姑侄、子母的议论所打动。大凡生前贪恋荣华享乐之人，没有不在意死后的尊荣显贵的。王方庆做宰相的时候，让他的儿子去当眉州司士参军，武后问他："你在宰相的位子上，为什么要让儿子远离自己呢？"王方庆回答说："庐陵王是陛下非常疼爱的儿子，尚且还能远在他乡，臣又怎么敢将儿子留在身边呢？"这也可以说是对武后的一个很大的讽谏。然而，仁慈的君主，人臣进谏可以动之以情；贤明的君主，人臣进谏可以说之以理。武则天贤明而不仁慈，因此狄仁杰虽然曾经以言辞侮辱过张昌宗而不会因此激怒她，举荐张柬之而不会被怀疑忠诚与否，这都是利用武则天的贤明而达到劝谏的目的。

杨 善

[原文]

土木之变，上皇[1]在虏岁余，虏屡责奉迎，未知诚伪，欲遣使探问，而难其人。左都御史杨善慨然请往。虏将也先密遣一人黠(xiá)慧者田氏来迎，且探其意。相见，云："我亦中国人，被虏于此。"因问："向日土木之围，南兵何故不战而溃？"善曰："太平日久，将卒相安，

况此行只是扈从随驾，初无号令对敌，被尔家陡然冲突，如何不走？虽然，尔家幸而得胜，未见为福。今皇帝即位，聪明英武，纳谏如流。有人献策云：‘虏人敢入中国者，只凭好马扒山过岭，越关而来。若今一带守边者，俱做铁顶橛子，上留一空，安尖头锥子，但系人马所过山岭，遍下锥橛，来者无不中伤。’即从其计。又一人献策云：‘今大铜铳，止用一个石炮，所以打的人少，若装鸡子大石头一斗打去，迸开数丈阔，人马触之即死。’亦从其计。又一人献策云：‘广西、四川等处射虎弩弓，毒药最快，若傅箭头，一著皮肉，人马立毙。’又从其计，已取药来。天下选三十万有力能射者演习，曾将罪人试验。又一人献策云：‘如今放火枪者，虽有三四层，他见放了又装药，便放马来冲踩，若做大样两头铳，装铁弹子数个，擦上毒药，排于四层，候马来齐发，俱打穿肚。’曾试验三百步之外者皆然。献计者皆升官加赏，天下有智谋者闻之，莫不皆来，所操练军马又精锐，可惜无用矣！”虏人曰：“如何无用？”善曰：“若两家讲和了，何用？”虏人闻言，潜往报知。次日，善至营，见也先，问：“汝是何官？”曰：“都御史。”曰：“两家和好许多年，今番如何拘留我使臣，减了我马价，与的段匹，一匹剪为两匹，将我使臣闭在馆中，不放出，这等计较如何？”善曰：“比先汝父差使臣进马，不过三十余人，所讨物件，十与二三，也无计较，一向和好。汝今差来使臣，多至三千余人，一见皇帝，每人便赏织金衣服一套，虽十数岁孩儿，也一般赏赐，殿上筵宴。为何？只是要官人面上好看！临回时，又加赏宴，差人送去，何曾拘留？或是带来的小厮，到中国为奸为盗，惧怕使臣知道，从小路逃去，或遇虎狼，或投别处，中国留他何用？若减了马价一节，亦有故。先次官人家书一封，著使臣王喜送与中国某人。会喜不在，误著吴良收了，进与朝廷，后某人怕朝廷疑怪，乃结权臣，因说'这番进马，不系正经头目，如何一般赏他？'以此减了马价。及某人送使臣去，反说是吴良诡计减了，意欲官人杀害吴良，不想果中其计。"也先曰："者！"胡语"者"，然词也。又说买锅一节："此锅出在广东，到京师万余里，一锅卖绢二匹，使臣去买，只与一匹，以此争斗，卖锅者闭门不卖，皇帝如何得知？譬如南朝人问使臣买马，价少便不肯卖，岂是官人分付他来？"也先笑曰："者。"又说剪开段匹："是回回人所为，他将一匹剪将两匹，若不信，去搜他行李，好的都在。"也先又曰："者！者！都御史说的皆实，如今事已往，都是小人说坏。"善因见其意已和，乃曰："官人为北方大将帅，掌领军马，却听小人言语，忘了大明皇帝厚恩，便来杀掳人民。上天好生，官人好杀，有想父母妻子脱逃者，拿住便剜心摘胆，高声叫苦，上天岂不闻知！"答曰："我不曾著他杀，是下人自杀。"善曰："今日两家和好如初，可早出号令，收回军马，免得上天发怒降灾。"也先笑曰："者！者！"问："皇帝回去，还做否？"善曰："天位已定，谁再更换？"也先曰："尧、舜当初如何来？"善曰："尧让位于舜，今日兄让位于弟，正与一般。"有平章昂克问："汝来取皇帝，将何财物来。"善曰："若将财物来，后人说官人爱钱了，若空手迎去，见得官人有仁义，能顺天道，自古无此好男子。我监修史书，备细写上，著万代人称赞。”也先笑曰：“者！者！都御史写的好者！”次日，见上皇。又次日，也先遂设宴，与上皇送行。

【冯述评】杨善之遣，止是探问消息，初未有奉迎之计。被善一席好语，说得也先又明白，又欢喜，即时遣人随善护送上皇来归，奇哉！晋之怀、愍，度其必不得而不敢求者也；宋之徽、钦，求之而不得者也。庶几赵之厮养卒[2]乎，然机有可乘者三：耳、余辈皆欲归王，一也；继使者十辈之后，二也；分争之际，易以利害动，三也。虏狃（niǔ）[3]于晋、宋之故事，方以奇货可居。而中朝诸臣，一则恐受虏之欺，二则恐拂嗣立者之意，相顾推诿而莫敢任。善义激于心，慨然请往，不费尺帛半镪，单辞完璧，此又岂厮养卒敢望哉？土木是一时误陷，与晋、宋之削弱不同；而也先好名，又非胡刘、女直残暴无忌之比。其强势亦远不逮，所以杨善之言易入。使在晋、宋往时，虽百杨善无所置喙矣。然尔时印累累，绶若若，而慨然请往，独一都御史也！即无善之口舌，独无善之心肝乎？

［注释］

①上皇：明英宗十四年（1449），英宗亲征，瓦剌在土木堡袭英宗，英宗被俘。明英宗被俘后，景帝登极，尊其为太上皇。②厮养卒：秦末起义，六国复国，张耳、陈余拥立的赵王武臣被燕国扣留。赵国的一位伙夫，就是厮养卒，对燕国将领说，杀掉赵王，成全了张耳、陈余二人，二人一定用为赵王报仇的名义讨伐燕国。燕国于是释放了赵王。③狃：习惯。

［译文］

土木堡之变后，太上皇被瓦剌人囚禁了有一年多。瓦剌人虽然屡次要求明朝迎回太上皇，但始终不知道真假；想要派遣大臣前往瓦剌探问也先的心意，但人选又很难决定。左都御史杨善毛遂自荐愿做使臣前往瓦剌。也先知道杨善将来，就派了一名聪明伶俐姓田的人去迎接杨善，并借机刺探明朝的军情。两个人见面之后，对方说：“我本来也是中原人，也是被瓦剌人所俘虏而一直留在这里的。”借机问：“当年土木堡之役，明朝军队为什么还没有开始战斗就溃散了呢？”杨善说：“太平的日子过得太久了，将帅士兵都已经习惯了安逸的生活。再说当年打仗的并非明朝的正规军，仅是皇帝的护卫随从罢了，还没有接到迎敌的军令就遭到瓦剌的突然袭击，怎么能不溃散呢？不过，那次瓦剌虽然大获全胜，可也未必就是瓦剌人的福气。当今的皇上即位以后，聪明睿智，广纳各方忠言。有人献计说：‘瓦剌人之所以能够侵犯中国，全靠着骑马翻山越岭，经由关口才能侵犯边境。如果下令边境的守卫，在他们通过的地方钉上铁橛子，上面留小孔插上尖锥，等到瓦剌人马闯关的时候，一定会误中铁橛子的埋伏，定会伤亡惨重。’皇上已采纳这个建议。又有人建议说：‘现在我军使用的大炮，一次只能发射一枚石炮，因此杀伤力很小，如果换成像鸡蛋般大小的石炮一斗，发射出去以后就会扩散到很大的范围，一定可以打伤敌人更多人马。’皇上也接受了。又有人说：‘广西、四川一带猎杀老虎所用的毒药，如果涂在箭头上，碰触到皮肉，不管是人还是马就会立即毙命。’这建议也已被采纳了，毒药已从广西等地运来了。还选拔了国内三十万善于射箭的人，以罪犯为箭靶进行演习，结果成效非常好。又有人建议说：‘现在的火枪队虽然有三、四排，可是敌人每次都是趁着我军填装子弹的时候骑马冲进我军的阵地，如果能建造一种大型的双头火枪，一次可以装填上数发铁弹，并涂上毒药，排在火枪队之后，等到敌人骑马冲杀的时候就同时发射，敌人一定会肠穿肚破的。’经过试验后证明，距离三百步之遥仍然有极强的杀伤力。凡是献计的人，都可封官获赏，因此有智谋的人全都争相献计。再加上军士们个个勤加操练，人们士气高涨，可惜现在全都用不上了。”胡人说：“怎么会用不上呢？”杨善说：“如果大明和瓦剌讲和修好，这些准备还有什么用处呢？”胡人听了后立即向也先报告。第二天，杨善到了营地，和也先会面，也先问杨善的官职，杨善说：“都御史。”也先说：“明朝和瓦剌友好相处已经多年了，这次为什么扣留了我的使臣，减少了进贡的赏赐，所赏赐的锦缎也都一匹剪成了两匹，并且把我的使者扣押在行馆之中，不准许他们出来，这些该怎么算呢？”杨善说：“当年您的父亲进贡马匹时，所派遣的使者不过三十多人，得到赏赐的也不过十分二三，却从来不计较，两国的情谊友好深厚。现在您的使臣多达三千多人，凡是见到皇上的每个人都赏赐了一件织金衣服，即使是十几岁的孩子，也都得到了和成人相同的赏赐，并在大殿上设置筵席，为什么呢，是为了使您面子上好看。您的使臣在回瓦剌前又再次赐宴。而且还派特使进行护送，哪里有拘留使者的事情呢？可能是随使臣同来的奴仆，在中原作奸为盗，害怕使臣知道后责罚他们，于是畏罪从小路逃走，中途或许是落脚在别的地方，或是遇到虎狼遭到了意外也说不定，这些人中原留下又有什么用处呢？至于进马的赏赐减少也是有原因的。先前您曾写了一封信，托使臣王喜送交给您的中原友人，恰好王喜外出，信件让吴良误收并呈交给了朝廷，后来您的朋友怕朝廷误会，就对大臣说这次瓦剌前来献马的使臣不是您所派，不能比照往例赏赐，因此赏赐就比以往减少了。而您的朋友为使者送行的时候却诬赖说这是吴良的计谋，想借您的手杀死吴良，您果然中计将吴良杀了。”也先说：“者。”胡语中“者”就是“对”的意思。杨善又说：“再说买锅这件事。这种锅只有广东才有，广东距离京师有一万多里，因此一只锅价值两匹绢，贵国的使者买锅，只肯出一匹绢，双方讨价还价，卖锅的人索性关门不做生意，这种事皇上又怎么会知道呢？就好比南朝人向使者买马，出价太低的话使者当然也不肯卖，难道这能说是您授意的吗？”也先笑着说：“者。”杨善又说：“剪断锦缎都是那些回族人做的，他们将一匹锦缎剪为两段，如果您不信，可以搜查他们的行李，整匹锦缎都完好地放在他们的行李之中。”也先又说：“者，者！都御史说的都是实话。如今事情都过去了，都是由于小人的谗言。”杨善见也先态度缓和，接着说：“您是瓦剌的大将军，却听信小人的谗言，忘记了大明皇帝的恩德，常常侵犯我朝的边境，杀害掳掠当地的百姓。上天有好生之德，您却好杀戮，所俘虏的明朝士兵，或因为思念家人而逃跑，抓到后便被挖心摘胆，他们凄厉的惨叫声，上天怎么会听不到呢？”也先说：“我没有下令杀人，都是下面的人杀的。”杨善说：“现在两国的误会已经澄清，和好如初了，可否请您下令撤兵，以免上天发怒降灾。”也先笑着说：“者，者！请问皇上回国之后，还会做皇帝吗？”杨善说：“新皇帝已经登上帝位，怎么能再更换呢？”也先说：“尧、舜时代帝位是如何禅让的呢？”杨善说：“尧将帝位让给了舜，就和现在的兄让位给弟是相同的道理。”有个叫昂克的平章插嘴说：“贵国前来迎接你们的皇帝回国，带来什么礼物以答谢我国呢？”杨善说：“如果携带礼物，后代会嘲笑您贪财；如果空手前来迎奉皇上，表现出您的仁义之心，这是顺应天道，有史以来从没有过这样顶天立地的男子汉。我监修史书，一定会详细记载，好让后世万代人人都称颂您的高尚行为。”也先笑着说：“者，者！就请都御史好好为我写吧。”第二天，杨善见到太上皇，又隔了一天，也先设宴款待杨善，为太上皇饯行。

【冯述评】原本派杨善出使瓦剌，只是为了要探寻也先的意图，没有奉迎英宗回国的想法。然而也先被杨善的一番话说得心中非常高兴，于是立即派人跟随杨善护送英宗回国，实在是不可思议的事。晋朝的怀、愍两个皇帝被俘，料想敌人应该不会轻易妥协，因此根本没有敢开口；至于宋朝徽、钦两个皇帝却是屡次要求被送回来结果都遭到了拒绝。杨善就是赵国的那个厮养卒吧，可以利用的机会有三个：一是己方大臣像张耳、陈余一样都盼望皇帝能够早日回国，二是前去求和迎奉的使者会络绎不绝，对方大臣们的意见会发生分歧，三是可以以利害关系为条件提出要求。也先想要效仿晋、宋的模式，以为俘虏英宗就可以肆意要挟，然而明朝的大臣一则害怕受到也先的威胁，一则又不愿意违逆景帝的旨意，相互推诿没有人敢担任使臣。杨善凭着心中的一股正气，自愿请往瓦剌，没有用一绢一币就迎奉英宗回国了，这智谋又怎么是那些厮养卒所能比拟的呢？不过，土木堡之役的失败，只是一时的大意，误中了也先的袭击，和晋、宋两朝的国势积弱不振不一样。再说也先重视声名，又和金人的残暴贪婪不一样，而且瓦剌的国势也远不如金人的强盛，因此杨善的话也就比较容易打动也先。如果是处于宋朝，即使有一百个杨善，恐怕也说不上一句话。然而在当时权高位尊的大臣之中，能自愿出任使臣前往瓦剌的也只有杨善一个人，至于其他相互推诿的大臣，即使没有杨善的口才，难道也没有杨善的正义勇敢之心吗？

富弼

［原文］

契丹乘朝廷有西夏之忧，遣使来言关南之地。富弼奉使，往见契丹主曰："两朝继好，垂四十年，一旦求割地，何也？"契丹主曰："南朝违约，塞雁门，增塘水，治城隍，籍民兵，将以何为？群臣请举兵而南，吾谓不若遣使求地，求而不获，举兵未晚。"弼曰："北朝忘章圣皇帝之大德乎？澶渊之役，苟从诸将言，北兵无得脱者。且北朝与中国通好，则人主专其利，而臣下无所获；若用兵，则利归臣下，而人主任其祸。故劝用兵者，皆为身谋耳。今中国提封[①]万里，精兵百万，北朝欲用兵，能保必胜乎？就使幸胜，所亡士马，群臣当之与，抑人主当之与？若通好不绝，岁币尽归人主，群臣何利焉？"契丹主大悟，首肯者久之。弼又曰："雁门者，备元昊也。塘水始于何承矩，事在通好前。城隍修旧，民兵亦补阙，非违约也。"契丹主曰："虽然，吾祖宗故地，当见还耳。"弼曰："晋以卢龙赂契丹，周世宗复取关南地，皆异代事，若各求地，岂北朝之利哉？"既退，刘六符[②]曰："吾主耻受金币，坚欲十县，何如？"弼曰："本朝皇帝言：'为祖宗守国，岂敢望以土地与人？北朝所欲，不过租赋耳，朕不忍多杀两朝赤子，故屈地增币以代之。'若必欲得地，是志在败盟，假此为辞耳。"明日契丹主召弼同猎，引弼马自近，谓曰："得地则欢好可久。”弼曰：“北朝既以得地为荣，南朝必以失地为辱，兄弟之国，岂可一荣一辱哉？”猎罢，六符曰：“吾主闻公荣辱之言，意甚感悟，今唯结姻可议耳。”弼曰：“婚姻易生嫌隙，本朝长公主出嫁，赍送不过十万缗，岂若岁币无穷之利哉！”弼还报，帝许增币。契丹主曰：“南朝既增我币，辞当曰‘献[3]’。”弼曰：“南朝为兄，岂有兄献于弟乎？”契丹主曰：“然则为‘纳[4]’。”弼亦不可，契丹主曰：“南朝既以厚币遗我，是惧我矣，于二字何有？若我拥兵而南，得无悔乎？”弼曰：“本朝兼爱南北，故不惮更成，何名为惧？或不得已而至于用兵，则当以曲直为胜负，非使臣之所知也。”契丹主曰：“卿勿固执，古有之矣。”弼曰：“自古唯唐高祖借兵突厥。当时赠遗，或称献纳，其后颉利为太宗所擒，岂复有此哉？”契丹主知不可夺，自遣人来议。帝用晏殊议，竟以“纳”字与之。

富弼

富弼，字彦国，河南（在今河南洛阳）人。他为官清廉，政绩颇丰。《宋史》有传。

【冯述评】富郑公与契丹主往复再四，句句占上风，而语气又和婉，使人可听。此可与李邺侯参看，说辞之最善也。弼始受命往，闻一女卒，再往，闻一男生，皆不顾。得家书，未尝发，辄焚之，曰：“徒乱人意。”有此一片精诚，自然不辱君命。

[注释]

①提封：疆界以内的领土。②刘六符：时为契丹翰林学士。③献：藩臣贡物，曰献。④纳：意同贡献，亦附属国贡物之辞。

[译文]

契丹趁着西夏人侵犯宋朝边境的时候，派遣使者前来要求归还关南的土地。（这是五代时期石敬瑭为求契丹骑兵帮助，割让给契丹的土地之一，后来由周世宗夺回）富弼奉命出使契丹，见到契丹主说："两国修好已经有四十年了，为什么现在突然提出割地呢？"契丹主说："宋朝违背了盟约，派兵防守雁门关，增辟水塘，整修城墙，征调民兵，这是要干什么呢？本王的臣子们都要求本王立即出兵南下，我的意思是先派使者要求割地，如果宋朝不答应，再出兵南下也不迟。"富弼说："北朝难道忘了真宗皇帝（章圣皇帝）的恩德吗？当年澶渊之役，如果当时真宗皇帝采纳了将军们的意见，北朝士兵有谁能够活着回去呢？再说北朝和中原修好，君王可以独自享有所有的好处，而臣下没有丝毫的利益。一旦双方交战，如果胜利，功劳归大臣所有；如果失败，君王却要承担战争中所有的责任。因此臣子劝君王用兵，无非是出于自身利益的考虑。中原疆域辽阔，精兵百万，北朝想要出兵，一定会取得胜利吗？就算侥幸获胜，阵亡的士兵，损失的战马，这责任是由群臣来承担，还是由君王您来承担呢？如果两国修好，每年君王都可以享受到赏赐的金银、丝绢，您的大臣能从中分到什么好处吗？"契丹主听后连连点头。富弼接着说："防守雁门关是为了防备西夏元昊；辟建水塘是由何承矩开始兴建，这些事在两国订盟之前就已经有了；至于修墙是因为城墙过于老旧了，而征调民兵也是为了递补军中的遗缺，并没有违背任何盟约啊。"契丹主说："就算南朝没有违背盟约，但关南是我祖先的土地，也应当归还。"富弼说："后晋以卢龙地贿赂契丹，周世宗又从契丹人手中夺取回来，这些都是前朝的事了，如果各自索要旧地，北朝能得到什么好处吗？"富弼告辞退下。刘六符对富弼说："我王认为每年接受南朝的岁币是一种耻辱，如果我王坚持要求宋割地，你认为如何呢？"富弼说："本朝皇帝曾经说：'要为祖先固守国土，不敢随便割让土地。北朝希望得到的，无非是土地所产生的租税罢了，朕不忍心看到两国的无辜百姓因为战争而丧命，因此可以增加每年的岁币来代替割地。'如果北朝坚持要土地，那就是成心撕毁盟约，割地仅仅是个借口罢了。"第二天契丹主邀请富弼一起打猎，其间将富弼叫到身边说："如果契丹得到土地，那么两国的友谊可以长久保持下去。"富弼说："假如北朝会因得到土地而荣耀，那么南朝必会因失去土地而感到屈辱难过。宋、契丹是兄弟之邦，怎么能做令一个觉得光荣，一个觉得屈辱的事呢？"狩猎结束以后，刘六符对富弼说："我王听完先生所谈有关荣辱之事后，很有感悟，我想如今只有两国结为亲家才能巩固两国的友谊。"富弼说："婚姻很容易产生摩擦。再说本朝长公主出嫁的时候，陪嫁的嫁妆不过才十万钱，哪里比得上每年获赠的岁银呢！"富弼离开契丹后，便回国向仁宗报告了经过，仁宗答应增加岁银。契丹主说："南朝既然答应每年再增加岁银，盟约上也就应该写成'献'岁银了。"富弼说："两国既然结盟为兄弟，南朝是兄长，哪有兄长给弟弟东西称之为'献'的道理呢？"契丹主又说："那称之为'纳'如何？"富弼还是坚持不妥协。契丹主说："宋既然答应每年给本王丰厚的岁银和丝绢，害怕本王会南侵，改一个字又有什么关系呢？否则我率领军队南下，宋难道就不后悔吗？"富弼说："两国人民的生命宋都兼爱，因此希望两国能够和平，这哪里是害怕呢？如果真是到了不得已的地步，非得两国交战不可，将会以理之曲直来决出胜负，那么结果就不是充当和平使者的我所能预料的了。"契丹主说："你不要太固执了，其实改动一两个字，在历史上早就有过先例了。"富弼说："历史上只有唐高祖曾经因向突厥人借兵，为了酬谢突厥人，或称之为'献纳'。可是后来突厥可汗颉利被唐太宗擒获。现在怎么能让那样的情形再现呢？"契丹主知道没有办法说服富弼，就私下派遣使者到宋朝议和。结果仁宗采纳了晏殊的意见，竟然采用了"纳"字。

【冯述评】富弼和契丹主先后进行了四次面谈，句句话都占了上风，而语气温和、态度委婉，让人很容易接受。富弼的这番说辞，可以和李邺侯相媲美，是外出使臣谈话的最高境界。富弼第一次奉命前往契丹的时候正好遇上自己的女儿死了，第二次再去契丹的时候，家中添了一个男孩，但是富弼都没有回家探望。收到家书也没有拆阅就顺手烧毁了，他说："看家书只会扰乱我的思绪。"有这样一片忠诚，自然也就能做到不辱君命了。

善言卷二十

[原文]

唯口有枢[1]，智则善转。孟不云乎，“言近指远”。组以精神，出之密微。不烦寸铁，谈笑解围。集“善言”。

[注释]

①枢：门枢。口中有舌，善言者其舌转动如枢之灵，故有“舌枢”之说。

[译文]

口中的舌头，通过智慧才能灵活发表言论。孟子不是说过“浅白的词句，往往包含着深远的含意”的话吗？用心运用，注意变化，不用武力，则能在谈笑之间化解危机。因此集成“善言”卷。

马圉　中牟令

[原文]

景公有马，其圉(yǔ)人[1]杀之。公怒，援戈将自击之。晏子曰：“此不知其罪而死，臣请为君数之。”公曰：“诺。”晏子举戈临之曰：“汝为我君养马而杀之，而罪当死；汝使吾君以马之故杀圉人，而罪又当死；汝使吾君以马故杀圉人，闻于四邻诸侯，而罪又当死。”公曰：“夫子释之，勿伤吾仁也。”

后唐庄宗猎于中牟，践蹂民田，中牟令当马而谏。庄宗大怒，命叱去斩之。伶人[2]敬新磨率诸伶走追其令，擒至马前，数之曰：“汝为县令，独不闻天子好田猎乎？奈何纵民稼穑(sè)，以供岁赋，何不饥饿汝民，空此田地，以待天子驰逐？汝罪当死，亟请行刑！”诸伶复唱和，于是庄宗大笑，赦之。

[注释]

①圉人：官名，掌管养马放牧之事。②伶人：乐工，即现在以演戏为业的人。

[译文]

有个马官杀死了齐景公心爱的马，景公十分生气，拿起戈想要亲手杀了他。晏子说："他不知道自己的罪过就死了，请允许我为国君列举他的罪状。"景公说："好。"于是晏子举起戈指着那个马官说："你身为君王的养马官，不好好养马却私自将马杀了，罪该万死；你使君王因为一匹马而杀了养马官，其罪又该死；这件事如果让其他诸侯知道了，让天下诸侯耻笑君王，其罪更是该死。"景公立即说："夫子你放了他吧，不要害我担上不仁的罪名。"

后唐庄宗在中牟狩猎的时候，将百姓的田地践踏得面目全非。中牟县县令挡在庄宗马前谏阻，庄宗听过后十分生气，让身边的随从将县令带出去斩首。有个叫敬新磨的伶人立即带着其他伶人去追赶被押走的县令，然后将他带到庄宗的马前，数落他说："你身为本地的县令，难道不知道天子喜欢狩猎吗？为什么要纵容百姓辛勤劳作，以按时缴纳赋税，你为什么不让百姓忍饥挨饿，让田地荒芜，好让天子能够尽情地追逐野兽呢？你真是罪该万死，皇上请您立即下令将他处死吧！"其他伶人也在一旁唱和，于是庄宗大笑起来，下令赦免了县令。

东方朔

东方朔，字曼倩，西汉辞赋家，平原厌次（在今陵县神头镇）人。他曾言政治得失，向汉武帝主张过强兵的计策，但汉武帝把他当作俳优看待，未得到重用。著有《答客难》《非有先生论》等文章。

东方朔

[原文]

武帝乳母尝于外犯事，帝欲申宪①。乳母求东方朔，朔曰："此非唇舌所争，尔必望济者，将去时，但当屡顾帝，慎勿言。此或可万一冀耳。"乳母既至，朔亦侍侧，因谓之曰："汝痴耳。帝今已长，岂复赖汝乳哺活耶？"帝凄然，即敕免罪。

［注释］

①申宪：申明法律。意即依法处理。

［译文］

汉武帝的奶妈曾在宫外犯了法，武帝想要按照法律来判处她的罪行，以严明法纪。奶妈向东方朔求救，东方朔说："这件事不是用言辞就可将皇上打动的，你如果真的想要免处罪责，必须在向皇上辞别之时，频频地回头看皇上，但是记住千万不要开口求皇上，或许能有一丝希望使皇上回心转意。"奶妈在向武帝辞别的时候，东方朔也在旁边，他对奶妈说："你不要再痴心妄想了，现在皇上已经长大成人了，你还以为皇上仍然要靠着你的奶水才能存活吗？"武帝听后，想起了奶妈的哺育之恩，非常悲伤难过，于是立即下命赦免了奶妈。

简雍

［原文］

先主①时天旱，禁私酿。吏于人家索得酿具，欲论罚。简雍与先主游，见男女行道，谓先主曰："彼欲行淫，何以不缚？"先主曰："何以知之？"对曰："彼有其具。"先主大笑而止。

［注释］

①先主：蜀先主昭烈帝刘备。

［译文］

刘备统治时因为遇到天旱，粮食减产，因此下令禁止百姓酿私酒。凡是官吏在百姓家中搜出酿酒器具的，都要按律问罪。一天简雍和刘备一起出游，看到路上有一对男女，简雍就对刘备说："他们想要苟合，为什么您不下令将他们抓起来呢？"刘备说："你怎么知道他们想要那样呢？"简雍说："因为他们身上都长着苟合的器官。"刘备听后大笑，于是下令废除了这个法令。

魏徵

［原文］

文德皇后①既葬。太宗即苑中作层观（guàn）②，以望昭陵③。引魏徵同升。徵熟视曰："臣眊（mào）昏，不能见。"帝指示之。

徵曰："此昭陵耶？"帝曰："然。"徵曰："臣以为陛下望献陵④。若昭陵，则臣固见之矣。"帝泣，为之毁观。

[注释]

①文德皇后：即唐太宗长孙皇后，她的谥号是文德。②层观：高达数层的楼观。③昭陵：指唐太宗陵寝。时太宗虽在，陵墓已修成，长孙皇后先葬于此。④献陵：唐高祖李渊的陵墓。

[译文]

文德皇后安葬之后，唐太宗非常想念她，于是就让人在苑中搭建了一座楼台，可以常常登楼眺望昭陵。一天唐太宗邀请魏徵一起登楼。唐太宗问魏徵："贤卿看到了吗？"魏徵回答说："臣年纪大了，老眼昏花，看不到。"太宗指着昭陵的方向给他看。魏徵说："这是昭陵吗？"太宗说："是。"魏徵说："原来皇上是在说昭陵，老臣以为皇上眺望的是献陵呢。如果是昭陵，那老臣早就看到了。"太宗听后十分惭愧，于是命人将楼台拆去了。

贾诩

[原文]

贾诩事操。时临淄侯植才名方盛，操尝欲废丕立植。一日屏左右问诩，诩默不对。操曰："与卿言，不答，何也？"对曰："属有所思。"操曰："何思？"诩曰："思袁本初、刘景升父子①。"操大笑，丕位遂定。

【冯述评】**卫瓘(guàn)"此座可惜②"一语，不下于诩，晋武悟而不从，以致于败。**

[注释]

①袁本初、刘景升父子：袁绍字本初，爱其少子袁尚，遂以尚代长子袁谭为嗣，袁绍死后，二子各树党羽，互相争夺，终被曹操所灭。刘表字景升，爱少子刘琮，遂废长子刘琦而以琮为嗣，为曹操所灭。②此座可惜：晋武帝的太子司马衷是个白痴，卫瓘曾借一次饮酒的机会指着皇帝的宝座说："此座可惜"。意在劝谏晋武帝改立太子，晋武帝虽然明白卫瓘的意思，却没有听从。

[译文]

三国时期的贾诩是曹操的属臣，当时临淄侯曹植的才名极盛，曹操有意废除太子曹丕而改立曹植。一天，曹操命左右退下，和贾诩商议改立太子的事，贾诩很久也不说话。曹操说："我跟贤卿说话，贤卿为什么不作声呢？"贾诩说："臣正在想一件事情。"曹操又问："贤卿在想什么呢？"贾诩说："我在想袁绍和刘表两家父子的事情。"曹操听后大笑起来，于是曹丕的太子地位得以巩固。

【冯述评】晋朝时卫瓘也说过相同的话，而且卫瓘的机智和含蓄不下于贾诩，可惜晋武帝虽然领悟了却没有采纳，导致了最后的失败。

解缙

[原文]

解缙(jìn)①应制题"虎顾众彪②图"，曰："虎为百兽尊，谁敢触其怒。唯有父子情，一步一回顾。"文皇③见诗有感，即命夏原吉迎太子于南京。文皇与解缙同游。文皇登桥，问缙："当作何语？"缙曰："此谓'一步高一步'。"及下桥，又问之，缙曰："此谓'后面更高似前面'。"

[注释]

①解缙：字大绅，明代著名才子。明成祖驾崩后因为得罪了汉王朱高煦，下诏狱而死。②彪：此指小虎。③文皇：明成祖朱棣。

[译文]

明朝时期的解缙受成祖诏命为"虎顾众彪图"题诗，诗句是："虎为百兽尊，谁敢触其怒。唯有父子情，一步一回顾。"成祖看了诗句之后，不由得百感交集，立即下令夏原吉到南京将太子迎接回宫。有一次成祖和解缙一起出游，成祖正在过桥，一登上桥阶，就问解缙："这应该怎么说？"解缙说："这叫作一步高过一步。"等到下桥的时候，成祖又问了同样的问题，解缙说："这叫作后面更高似前面。"

解缙

解缙，字大绅，又字缙绅，号春雨，又号喜易，明朝第一位内阁首辅。他出身于书香门第。洪武进士，官至翰林学士，有治国安邦之才，深受朱元璋赞赏。

李纲

[原文]

李纲欲用张所。然所尝论[1]宰相黄潜善，纲颇难之。一日遇潜善，款语曰："今当艰难之秋，负天下重责，而四方士大夫，号召未有来者。前议置河北宣抚司，独一张所可用。又以狂妄有言得罪。如所之罪，孰谓不宜？第今日势迫，不得不试用之。如用以为台谏，处要地，则不可；使之借官为招抚，冒死立功以赎过，似无嫌。"潜善欣然许之。

[注释]

①论：劾奏。

[译文]

宋朝时李纲想推荐张所为河北宣抚司使，但是张所曾经非议过宰相黄潜善，因此感到非常为难。一天，李纲恰好遇到黄潜善，就悄悄对他说："现在国家处境艰难，身为朝廷命官，负有维护天下安危的重任，但是四方的士大夫，没有人愿意前来。之前朝廷提议设置河北宣抚司，唯独张所可以任用。但是张所曾经以狂妄的言辞冒犯过相国，以他所犯的罪，再委任他确实不恰当，可是迫于现在国家的情势，不得不试用他。当然，如果让他在京师担任御史台或者谏官的职务是行不通的，不如任命他为招抚使，让他冒死立功赎罪，似乎还说得过去。"黄潜善欣然同意了。

苏辙

[原文]

《元城先生语录》云：东坡[1]下御史狱，张安道致仕[2]在南京[3]，上书救之，欲附南京递进，府官不敢受，乃令其子恕至登闻鼓[4]院投进。恕徘徊不敢投。久之，东坡出狱。其后东坡见其副本，因吐舌色动。人问其故，东坡不答。后子由[5]见之，曰："宜吾兄之吐舌也，此事正得张恕力！"仆[6]曰："何谓也？"子由曰："独

不见郑昌之救盖宽饶[7]乎？疏云：‘上无许、史[8]之属，下无金、张[9]之托’，此语正是激宣帝之怒耳！且宽饶何罪？正以犯许、史辈得祸，今再讦之，是益其怒也。今东坡亦无罪，独以名太高，与朝廷争胜耳。安道之疏乃云‘实天下之奇才’，独不激人主之怒乎？”仆曰：“然则尔时救东坡者，宜为何说？”子由曰：“但言本朝未尝杀士大夫，今乃是陛下开端，后世子孙必援陛下以为例，神宗好名而畏义，疑可以止之。”

【冯述评】此条正堪为李纲荐张所于黄潜善语参看。

［注释］

①东坡：即苏轼，苏轼号东坡居士。②致仕：古代指官员退休在家。③南京：指北宋南京应天府，在今河南商丘南。④登闻鼓：悬鼓于公堂外面，凡百姓有谏言或者冤情，可以击鼓陈情。⑤子由：苏轼的弟弟苏辙，字子由。⑥仆：此处指《元城先生语录》的作者刘安世。⑦盖宽饶：西汉人，字次公，为人刚正，但因喜讽刺，得罪了当朝权贵。⑧许、史：许指许伯，宣帝皇后的父亲；史指史高，宣帝的外戚。⑨金、张：金指金日磾、张指张安世，两人都是西汉重臣。

［译文］

《元城先生语录》中说：苏轼被御史弹劾下狱以后，张安道退休闲居在南京，想要为苏东坡上书求情，本来想要就近在南京呈递奏折，可是南京官府不敢受理，于是张安道就让儿子张恕到登闻鼓院递奏本。但是张恕在登闻鼓院门口徘徊了很久，仍然不敢投递。过了一段时间，苏东坡出狱，当他看到当年张安道为他求情的奏章副本时，不禁吐着舌头脸色大变，众人问他，他不回答。直到苏辙也看了副本才说：“难怪哥哥要吐舌头了。他能够平安出狱，实在要感谢张恕的胆小。”我问他原因，子由说：“你难道没有听说过郑昌为了营救盖宽饶而获罪的事吗？郑昌在给汉宣帝上奏本中说：‘盖宽饶在朝堂上没有许姓、史姓的皇戚，在野也没有金、张等的有力权贵。’这些话正激怒了宣帝，盖宽饶有什么罪呢？他的罪就是冒犯了许、史等人，郑昌再对许、史等人的恃贵骄纵进行讥讽，不是更加火上浇油了吗？今天东坡获罪下狱就是因为他名气太大了，甚至超过了朝廷，而张安道却说：‘东坡确实是个天下奇才！’这怎么能不再次激怒皇上呢？”我说：“那当时如果想要救东坡先生应该如何说呢？”苏辙说：“只能说大宋自从立朝以来，从来没有杀过士大夫，而今陛下如果杀了东坡就会开此恶例，日后子孙万代必会援此例。神宗看重好名声而且怕后人议论，或许会因此改变心意。”

【冯述评】这段故事可以和前篇的李纲说服黄潜善任用张所的说辞相互对照起来看。

布政司吏

[原文]

相传某布政①请按台②酒，坐间，布政以多子为忧。按君止一子，又忧其寡。吏在傍云："子好不须多。"布政闻之，因谓曰："我多子，汝又云何？"答曰："子好不愁多。"二公大称赞，共汲引③之。

[注释]

①布政：布政使，明时一省行政长官。②按台：按察使，明时主管一省刑狱的长官。③汲引：提拔。

[译文]

相传有个布政使请按察使喝酒，筵席之间，布政使为自己儿子太多而担忧，而按察使却因为自己只有一个儿子，觉得太少而担忧。一个小吏在旁边接口道："儿子好就不需要那么多了。"布政使说："那我的儿子很多，你又怎么说？"小吏回答道："儿子好就不愁多。"于是两位高官都大为称赞，一起提拔了这个机智的小吏。

兵智部第八

兵智部总序

[原文]

冯子曰：岳忠武论兵曰："仁、智、信、勇、严，缺一不可。"愚以为"智"尤甚焉。智者，知也。知者，知仁、知信、知勇、知严也。为将者，患不知耳。诚知，差之暴骨，不如践之问孤；楚之坑降，不如晋之释原；偃之迁延，不如罃(yīng)之斩嬖(bì)；季之负载，不如孟之焚舟。虽欲不仁、不信、不严、不勇，而不可得也。又况夫泓水之襄败于仁，鄢陵之共败于信，阆中之飞败于严，邲河之縠(hú)败于勇。越公委千人以尝敌，马服须后令以济功，李广罢刁斗之警，淮阴忍胯下之羞。以仁、信、勇、严而若彼，以不仁、不信、不严、不勇而若此，其故何哉？智与不智之异耳！愚遇智，智胜；智遇尤智，尤智胜。故或不战而胜，或百战百胜，或正胜，或谲(jué)胜，或出新意而胜，或仿古兵法而胜。天异[①]时，地异利，敌异情，我亦异势。用势者，因之以取胜焉。往志之论兵者备矣，其成败列在简编，的的[②]可据。吾于其成而无败者，择著于篇，首"不战"，次"制胜"，次"诡道"，次"武案"。岳忠武曰："运用之妙，在乎一心。"武案则运用之迹也。儒者不言兵，然儒者政不可与言兵。儒者之言兵恶诈；智者之言兵政恐不能诈。夫唯能诈者能战；能战者，斯能为不诈者乎！

[注释]

①异：不断变化。②的的：明白，昭著。

[译文]

冯子说：岳飞论兵法说：“仁、智、信、勇、严，为将用兵的人缺一不可。”我认为其中最重要的还是“智”。“智”就是知悉。知悉就是要知悉仁、信、勇和严。作为将帅，就怕不知悉形势。真的知悉形势，那么夫差暴露战士尸骨于中原的行为，不如勾践励精图治，抚死问孤的“知仁”做法；楚国坑杀秦降兵，不如晋国释放俘虏的“知信”做法；荀偃对栾黡姑息迁就，及不上荀罃斩嬖的“知严”做法；季孙氏与吴盟于莱门，比不上孟明视焚船以自绝退路的“知勇”做法。虽然想要不仁、不信、不勇、不严也不可能。更何况泓水之战中齐襄公就败于仁，楚共王在鄢陵之战中败于守信，三国时的张飞在阆中被杀则败于驭下太严，晋国的先縠在邲河之战的失败就在于勇猛冒进。越公杨素斩杀士兵立威取胜是不仁，赵奢在作战中因为不守信用取胜，李广不设刁斗警戒，宽待士卒，不严而取胜，韩信忍受胯下之辱，不勇却成了名将。一些人以仁、信、勇、严而成功，而另一些人以不仁、不信、不勇、不严也取得了成功。这是为什么呢？智与不智确实不同。愚蠢碰到聪明，则聪明胜；聪明的遇到更聪明的，则更聪明的胜。因此历史上的战争，有不战而取得胜利的，有百战百胜的，有正大光明地获胜的，也有以奸诈之计取胜的，有以史无前例的战法获得胜利的，也有仿效古人的兵法而获胜的。天时、地利、敌情都在不断变化之中，因此对敌作战的方法也就各不相同。正是选择了正确方法，因之取得了胜利。历史上的兵书有很多，其成败得失也都记载得非常明确。我这里只是实录历史上一些用兵不败的故事，首先是“不战”，其次是“制胜”，其次是“诡道”，其次是“武案”。岳飞说：“运用之妙，在乎一心。”这些故事便是巧妙运用的真实例子，或许可以供作印证启发之用。儒者不屑于谈论军事，这是由于儒者没能力谈论兵法的缘故。儒者总是说用兵不可以用欺诈的手段取胜，但是真正有用兵智慧的人，最怕不能想出各种诡诈的作战方法来。只有能运用奸诈手段之人才能作战；能战的人，能不使用奸诈的手段吗？

不战卷二十一

[原文]

形逊声，策绌力[①]；胜于庙堂，不于疆埸(yì)；胜于疆埸，不于矢石。庶可方行[②]天下而无敌，集“不战”。

[注释]

①形逊声，策绌力：形、声即实、虚，形逊于声，这里指有形之兵不如无形之兵。策绌力，指计策可以战胜力量。②方行：横行。

[译文]

有形的武力不如无形的影响力，策谋也远比蛮力更有用；能在庙堂上取胜，就不必要去战场上进行对决；在战场上的将帅能够善谋慎断，就不必让兵卒去冒矢石之险。如此，才能打遍天下无敌手。因此集成“不战”卷。

荀罃 伍员

[原文]

鲁襄时，晋、楚争郑。襄公九年，晋悼公帅诸侯之师围郑[①]，郑人恐，乃行成[②]。荀偃曰：“遂围之，以待楚人之救也，而与之战。不然，无成。”荀罃曰：“许之盟而还师以敝楚。吾三分四军[③]，与诸侯之锐，以逆来者，于我未病，楚不能矣。犹愈于战，暴骨以逞，不可以争。大劳未艾[④]。君子劳心，小人劳力，先王之制也。”乃许郑成，后三驾[⑤]郑，而楚卒道敝，不能争，晋终得郑。

吴阖闾既立，问于伍员曰：“初而言伐楚，余知其可也。而恐其使余往也，又恶人之有余之功也。今余将自有之矣，伐楚何如？”对曰：“楚执政众而乖[⑥]，莫适任患[⑦]。若为三师以肄焉，一师至，彼必皆出；彼出则

归，彼归则出，楚必道敝。亟（qì）[8]肄以罢之，多方以误之。既罢，而后以三军继之，必大克之。”阖闾从之，楚于是乎始病。

【冯述评】晋、吴敝楚，若出一辙。然吴能破楚，而晋不能者，终少柏举之一战[9]也。宋儒乃以城濮之战咎晋文非王者之师。噫！有此议论，所以养成南宋为不战之天下，而竟奄奄以亡。悲夫！

按：吴璘制金，亦用此术。虏性忍耐坚久，令酷而下必死，每战非累日不决。于是选据形便，出锐卒，更迭挠之，与之为无穷，使不得休暇，以沮其坚忍之气，俟其少怠，出奇胜之。

伍子胥一战入郢

伍员，字子胥，其父本是楚国大臣，后受楚王陷害，伍子胥逃亡到吴国，得到吴王阖闾的重用，最终带领吴兵攻入楚国，报了家仇。

［注释］

①围郑：此年二月郑曾朝贡楚国，因此晋国攻打郑国。②行成：求和。③三分四军：时晋有上、中、下、新四军，晋军分成三部，每一部迎战楚国，则其余二部可休整，故可久战不疲。④艾：休息。⑤驾：兵车，此处指对郑用兵。⑥乖：互相违戾。⑦莫适任患：意见纷纭，而谁也不肯担负责任。⑧亟：屡次。⑨柏举之一战：公元前506年，吴与蔡、唐攻楚，大破楚军于柏举，乘胜攻入郢都。

［译文］

春秋鲁襄公时期，晋、楚两国争夺郑国。襄公九年，晋悼公联合其他诸侯的军队一起围攻郑国，郑国人感到害怕，于是派遣使者前去求和。荀偃说：“应该继续围攻郑国，等到楚国救郑的时候，就可以迎战楚军；如果现在和郑国议和，就不会得到实际的利益。”荀罃却说：“不可，应该和郑国结盟引兵而归，这样楚国就会出兵讨伐郑国，而我国可用下面的方法让楚军疲惫不堪。将我国的军队分成三部分，联合其他诸侯的军队轮流迎战楚军。那么在我们的军队还没有疲惫之前，楚军就早已疲惫而没有能力作战了，比现在就和楚国交战要好得多。假如现在就和楚国交战，必然会伤亡惨重，因此应该以不战为上策。所谓聪明的人靠智慧取胜，愚笨的人靠蛮力克敌，这就是先王克敌制胜的道理啊。”群臣都表示赞成，于是接受郑国的求和。后来晋国三次出兵讨伐郑国，但楚国军队由于长途行军而精疲力竭，根本没有办法作战。因此最后终于由晋国取得了郑国。

吴王阖闾即位后，曾经问伍员说：“当初贤卿曾经建议讨伐楚国，寡人也有讨伐楚国的意思，但唯恐吴王僚派我伐楚，又不愿意他占有我的功劳。现在寡人想亲自率领军队讨伐楚国，贤卿认为怎么样呢？”伍员答：“楚国执政者众多但意见不一，谁也不肯承担责任。假如大王动员三军，只是白白地劳民伤财，因此不如先发一军，诱使楚国出兵迎战。当楚国出兵后，大王就立刻退兵；楚国退兵之后，大王再次出兵。楚军这样往来跋涉，必定会疲于奔命，而产生放弃交战的想法。此时大王再运用各种手段，使楚国的军事政治更加混乱，彻底瓦解楚国人的斗志，然后大王再动员三军，必定能彻底摧毁楚国。”阖闾欣然采纳了伍员的意见，从此楚军就陷入了疲于奔命的苦境之中。

【冯述评】晋和吴削弱楚国的实力，用的都是一样的手法。但是吴能在柏举大败楚军，而晋却不能在城濮消灭楚。宋儒在批评楚、晋城濮之战的时候，竟然说晋文公不是真正的王者之师，不能伐楚。唉！正是因为宋儒有这种思想，才使南宋出现不战而和的妥协论调，终于使南宋逐渐由衰而亡，真是可悲！

按：宋将吴璘对付金兵，也是用的这种方法。金兵的特点是忍耐力强，军令严酷，一旦令下，必定会誓死执行任务，因此每次决战的时候，总是要打上好几天。吴璘于是选择有利的地形，派出精锐兵卒，轮番进行骚扰，使金兵穷于应付，没有办法休息，以磨蚀他们坚忍的耐力，然后趁着金兵稍稍有些惰怠时，立即以奇兵进行袭击，从而大获全胜。

周德威

[原文]

晋王存勖[1]大败梁兵，梁兵亦退。周德威[2]言于晋王曰：“贼势甚盛，宜按兵以待其衰。”王曰：“吾孤军远来，救人之急，三镇[3]乌合，利于速战。公乃欲按兵持重，何也？”德威曰：“镇、定之兵，长于守城，短于野战；吾所恃者骑兵，利于平原旷野，可以驰突。今压城垒门，骑无所展其足；且众寡不敌，使彼知己虚

周德威

周德威是李存勖手下的一员猛将，屡立战功，后来在胡柳陂之战中为保护李存勖而战死，没有看到后唐灭掉后梁。

实，则事危矣。”王不悦，退卧帐中，诸将莫敢言。德威往见张承业，曰：“大王骤胜而轻敌，不量力而务速战。今去贼咫（zhǐ）尺，所限者一水耳，彼若造桥以薄我，我众立尽矣。不若退军高邑，诱贼离营，彼出则归，彼归则出，别以轻骑，掠其馈饷，不过逾月，破之必矣！”承业入，褰（qiān）④帐抚王曰：“此岂王安寝时邪？周德威老将知兵，言不可忽也。”王蹶然而兴，曰：“予方思之。”时梁王闭垒不出，有降者，诘之，曰：“景仁方多造浮桥。”王谓德威曰：“果如公言。”

［注释］

①晋王存勖：即五代后唐庄宗李存勖，灭梁前称晋王。②周德威：字镇远，勇而多智谋，能望尘而知敌人数量多少，累败梁军，勇闻天下。后遇梁军，庄宗不听德威言，德威遂战没。③三镇：指镇州、定州及梁兵三部分。④褰：用手撩起。

［译文］

五代十国时期，晋王李存勖大败梁军之后，梁暂时退兵。周德威知道晋王想要乘胜追击，于是就对晋王说：“敌人气势正盛，我军应先按兵不动，等到梁兵疲惫不堪以后再进攻。”晋王说：“我率领军队远征，就像救人一样急，敌人是乌合之众，适合速战，现在将军却让我按兵不动，是什么原因呢？”周德威说：“（梁军中的）镇州兵和定州兵善于守城，而不善于野地作战；我军所仗恃的是骑兵，在平原旷野中作战是对骑兵最有利的地形，可以驰骋突袭。但是现在面对着城门堡垒，骑兵根本没有办法施展；再说敌众我寡，假使让敌人摸清了我军虚实，我军就危险了。”晋王听了周德威的话后还是不高兴，于是就回到大帐中休息，其他将军看到晋王满脸不高兴，也不敢再多说什么了。周德威知道晋王还没有改变心意，于是就去见宦官张承业，说："大王打败梁兵以后，产生了轻敌之心，没有考虑到自身的兵力，一心只想着速战。现在敌我仅仅一水之隔，敌人如果造浮桥偷袭我军，我军一定会覆灭的。不如退守到高邑，再出兵引诱梁兵离开营房，梁兵一离开营房，我军就回到高邑，梁兵回到营房，我军就再次出动，另外派一支骑兵队专门抢夺梁兵的粮食、军饷，不出一个月，必定能破梁。"张承业于是来到晋王的营帐中，掀开帘帐说："这哪里是您平日安寝的时间呢？周德威是名老将，非常懂用兵之道，他的话不应该轻视。"晋王突然从床上跳了起来大声地说："我正在思考这件事。"这期间梁王在军垒之中闭门不出，后来晋兵审讯一个投降的梁兵，他说："王景仁正让人多多建造浮桥，准备攻晋。"晋王对周德威说："果然不出将军所料。"

岳飞

［原文］

杨幺[1]为寇。岳飞所部皆西北人，不习水战。飞曰："兵何常，顾用之何如耳！"先遣使招谕之。贼党黄佐曰："岳节使号令如山，若与之敌，万无生理，不如往降，必善遇我。"遂降。飞单骑按其部，拊佐背曰："子知逆顺者，果能立功，封侯岂足道，欲复遣子至湖中，视其可乘者擒之，可劝者招之，如何？"佐感泣，誓以死报。时张浚以都督军事至潭[2]，参政席益与浚语，疑飞玩[3]寇，欲以闻。浚曰："岳侯忠孝人也。兵有深机，何可易言？"益惭而止。黄佐袭周伦砦(zhài)，杀伦，擒其统制陈贵等。会召浚还防秋[4]。飞袖小图示浚，浚欲待来年议之。飞曰："王四厢[5]以王师攻水寇，则难；飞以水寇攻水寇，则易。水战，我短彼长，以所短攻所长，所以难；若因敌将用敌兵，夺其手足之助，离其腹心之托，使孤立，而后以王师乘之，八日之内，当俘诸酋。"浚许之。飞遂如鼎州。黄佐招杨钦来降，飞喜曰："杨钦骁悍，既降，贼腹心溃矣！"

表授钦武义大夫，礼遇甚厚，乃复遣归湖中。两日，钦说全琮、刘锐等降。飞诡骂曰："贼不尽降，何来也？"杖之，复令入湖。是夜掩敌营，降其众数万。幺负固不服，方浮舟湖中，以轮激水，其行如飞；旁置撞竿，官舟迎之，辄碎。飞伐君山木为巨筏，塞诸港汊，又以腐木乱草，浮上流而下。择水浅处，遣善骂者挑之，且行且骂。贼怒来追，则草壅积，舟轮碍不行，飞亟遣兵击之，贼奔港中，为筏所拒。官军乘筏，张牛革以蔽矢石，举巨木撞其舟，尽坏。幺投水中，牛皋擒斩。飞入贼垒，余酋惊曰："何神也？"俱降。飞亲行诸砦慰抚之，纵老弱归籍，少壮为军，果八日而贼平。浚叹曰："岳侯神算也！"

岳飞

"怒发冲冠，凭栏处、潇潇雨歇。抬望眼、仰天长啸，壮怀激烈。"这首慷慨悲歌的《满江红》，为世人所熟知。这首词的作者就是南宋抗金名将岳飞，其精忠报国的事迹，更是广为流传。

【冯述评】杨幺据洞庭，陆耕水战，楼船十余丈，官军徒仰视，不得近。岳飞谋亦欲造大舟，湖南运判薛弼[⑥]谓岳曰："若是，非岁月不胜。且彼之所长，可避而不可斗也。今大旱，河水落洪，若重购舟首，勿与战，遂筏断江路，藁其上流，使彼之长坐废。而精骑直捣其垒，则彼坏在目前矣。"岳从之，遂平幺。人知岳侯神算，平幺于八日之间，而不知计出薛弼。

从来名将名相，未有不资人以成功者。

岳忠武善以少击众，尝以八百人破群盗王善等五十万众于南薰门；以八千人破曹成十万众于桂岭；其战兀术于颍昌，则以背嵬⑦八百，于朱仙镇则以五百，皆破其众十余万。凡有所举，尽召诸统制与谋，谋定而后战。故有战无败。猝遇敌，不动，敌人为之语曰：“撼山易，撼岳家军难！”其御军严而有恩，卒有取民麻一缕以束刍⑧者，立斩以徇。卒夜宿，民开门愿纳，无敢入者。军虽冻死不拆屋，饿死不卤掠。卒有疾，则亲为调药；诸将远戍，则遣妻问劳其家；死事者，哭之而育其孤，或以子婚其女；凡有颁赏，分给军吏，秋毫不私；每有功，必归之将士。吁！此则其制胜之本也。近日将官事事与忠武反，欲功成，得乎？

［注释］

①杨幺：名太，南宋高宗建炎四年（1130）随从钟相起义，活动于洞庭湖地区，因其在起义军首领中年纪最小，故称杨幺（幺是最小的意思）。后钟相牺牲，杨幺被推为领袖，有众二十万人。绍兴五年（1135）为岳飞所破，被俘遇害。②潭：潭州，今湖南长沙。③玩：轻视。④防秋：古北方游牧民族常常在秋天草长马肥的时候入侵中原地区，因此朝廷在此时调兵防御，谓之“防秋”。⑤四厢：官名，即龙神卫四厢都指挥使。⑥薛弼：宋徽宗政和年间进士，绍兴间为湖南转运判官，后为岳飞参谋官。岳飞父子被害后，为飞谋议者均坐罪，唯薛弼得免，且为秦桧所用。⑦背嵬：指大将的亲军。⑧束刍：捆扎马草。

［译文］

南宋时期的杨幺盘踞在洞庭湖作乱。岳飞所属的部队多半是西北人，不习惯水上作战。岳飞说：“用兵没有一定之规，要看用得怎么样了！”先派人招降。黄佐说：“岳节使号令如山，如果和岳节使为敌，最后必定会丧命，还不如投顺岳节使，他必定能善待、重用我。”于是就答应归降。岳飞只身一人骑马来到黄佐的营地探视他，并轻抚着他的肩膀说：“你是个识时务的人，必定能立下大功，日后何止是封侯拜爵啊，本帅想派你再回到洞庭湖，所有的贼众头目，如果有机会就活捉，或劝他们归降，怎么样？”黄佐被岳飞的信任和重用感动得痛哭流涕，发誓要以死相报。这时张浚以都督军事来到潭州，参政席益对张浚说，他认为岳飞有轻敌之心。张浚说："岳侯为人忠信诚正，再说军事机密，怎么可以轻易泄露呢？"席益听后，不禁为自己的鲁莽感到惭愧。另一方面，黄佐袭击贼寇周伦的营寨，杀死了周伦，擒获了统制陈贵等人。这时，皇帝召张浚回朝商议防秋。临行之前，岳飞从袖中取出战略图给张浚看，想和他商议讨平杨幺的计划。张浚认为不妨等到明年再讨贼，岳飞说："王四厢是用正规军打水寇，因此难打；末将是利用水寇来打水寇，就会容易多了。打水仗不是我军的长项，用我军的弱势水战和水寇的长项对打，当然很容易失败；如果利用杨幺身边的大将，借助他们攻打贼兵，然后官兵再进行围剿，八天之内一定能够擒获诸贼头目。"张浚于是同意岳飞出兵。岳飞到鼎州以后，黄佐已经说服杨钦归降。岳飞高兴地说："杨钦骁勇强悍，现在投降，贼寇就众叛亲离了！"

于是上表请求授予杨钦武义大夫的官职，对他非常礼遇，同样又让杨钦回到洞庭湖做内应。两天之后，杨钦说服全琮、刘锐等人归降。岳飞看到他们，故意骂道："贼人没有全部投降，你们来这里做什么呢？"让人鞭打他们，又让他们再次回到洞庭湖。这天晚上岳飞率领士兵偷袭贼营，俘虏了好几万名贼兵。杨幺虽然败了但很不服气，他乘船从湖上逃跑了。由于杨幺所搭乘的战船装有转轮，因此船行的速度如同飞一般；又因为他的船边装置有撞竿，因此只要官船一靠近，就会被撞竿撞得粉碎。岳飞让人砍伐巨大的树木做成木筏堵在港口；又让人从上游抛置了大量的腐木杂草，让它们顺流而下；又挑选一些善于骂阵的士兵，在杨幺的船行进到水浅的航道时，让他们一边走一边骂。结果杨幺怒气冲天，顾不上水浅就下令船只追击。结果他们的船只被上游流放的杂草所阻碍，动弹不得，岳飞立即下令官兵攻击，贼兵纷纷窜逃入港，又受到港口的木筏阻碍；官兵在木筏上架起牛皮，防备贼人用箭石攻击，一面用大木桩撞击贼船，把它们撞坏了。杨幺见大势已去便想投水，结果被牛皋擒获斩首。岳飞进入到贼营中，残余的贼兵头目惊呼："真是神人啊！"全都投降了。岳飞亲自来到各个营寨中安抚众人，释放那些老弱的贼兵回家，而将那些年轻力壮的贼兵编入了正式部队，果然如他所说，八天之内平服了贼人。张浚叹服地说："岳侯真是神算啊！"

【冯述评】杨幺盘踞在洞庭湖，在陆地上耕种，在水上作战，楼船高达十多丈，官军们眼睁睁地看着杨幺横行，靠近不得。岳飞本来想建造大船征讨杨幺，但是湖南运判薛弼劝阻岳飞说："如果要建造大船，肯定要耗费一年半载的时间；即使将船造好了，水战仍然是杨幺所擅长的，因此，我军只能避开敌人，不和他们正面交锋。现在正是天旱水枯的时候，阻断了江面，重金收买贼人各船首领，不和贼人正面冲突，再从上游流放大量杂草阻挡船只，使得贼人没有办法发挥水战的优势，一面派遣精锐骑兵直攻贼营，贼人必败。"岳飞听从薛弼的建议，果然平定了杨幺，一般人都以为岳飞料事如神，在八天之内将杨幺平定，却不知道是出于薛弼的计谋。自古以来的名将、名相，没有不借助他人而获得成功的。

岳飞擅长以寡敌众。曾经在南薰门以八百人打败贼人王善五十万人，也曾经在桂岭以八千士兵大败曹成的十万大军。以上所说的这些战役，事前岳飞都曾和统兵的将领商议，经过细密的计划后才和贼人交战，因此能够战无不胜。即使是遭到贼人的突击，也都不会自乱阵脚。敌人曾经叹服说：“撼山易，撼岳家军难！”岳飞带兵虽然军令森严，却能以诚待兵。有一名士兵曾经因为偷了民家的一束麻捆扎马草，按照军令而被处死。夜晚露宿，即使民家开着大门邀请军士入屋住宿，也没有士兵敢接受民家的邀请。宁可冻死，也不强占民宅，宁可饿死，也不抢夺民粮。士兵生病了，岳飞都会亲自调和药物；如果诸将去远地戍守，岳飞定会让妻子慰问他们家人的生活起居；凡是作战牺牲的人，岳飞不但会伤心流泪，还会抚育他们的孤儿，或者让自己的儿子和他们的女儿结婚；有赏赐，就分给将士，一丝一毫也不放入私囊；每当建立战功的时候，都会将其归功于所有的将士。唉，这就是岳飞之所以取胜的原因。现在的将官，所言所行都和岳飞背道而驰，还想要获得胜利，又怎么能够做到呢？

李愬

［原文］

宪宗讨吴元济。唐邓节度使高霞寓既败，袁滋代将，复无功。李愬求自试，遂为随唐邓节度使。愬以军初伤夷[1]，士气未完，乃不为斥候部伍。或有言者，愬曰：“贼方安袁公之宽，我不欲使震而备我。”乃令于军中曰：“天子知愬能忍耻，故委以抚养，战非我事也。”齐人以愬名轻，果易之。

愬沉鸷，能推诚待士。贼来降，辄听其便，或父母与孤未葬者，给粟帛遣还，劳之曰：“而亦王人[2]也，无弃亲戚。”众愿为愬死，故山川险易，与贼情伪，皆能晓之。居半岁，知士可用，乃请济师。于是缮（shàn）铠厉兵，攻马鞍山，下之。拔道口栅，战楂枒山，以取炉冶城，平青陵城。擒骠将丁士良，异其才，不杀。署捉生将，士良策曰：“吴秀琳以数千兵不可破者，陈光洽为之谋也，我能为公取之。”乃擒以献，于是秀琳举文城栅降。遂以其众攻吴房，残外垣，始出攻。吏曰：“往亡日，

法当避。”愬曰：“彼谓我不来，此可击也。”众决死战，贼乃走。或劝遂取吴房，愬曰：“不可。吴房拔，则贼力专，不若留之，以分其力。”

初，秀琳降，愬单骑抵栅下与语，亲释缚，署以为将。秀琳为愬策曰：“必破贼，非李祐无以成功者。”祐，贼健将也，守兴桥栅，其战常易官军。愬候祐护获于野，遣史用诚以壮士三百伏其旁，见[3]羸(léi)卒若将燔聚[4]者，祐果轻出，用诚擒而还。诸将素苦祐，请杀之，愬不听，以为客将，间召祐及李忠义，屏人语至夜艾。忠义亦贼将，军中多谏此二人不可近。愬待益厚。乃募死士三千为突将[5]，自教之。

会雨，自五月至七月不止，军中以为不杀祐之罚，将吏杂然不解。愬力不能独完祐，乃持以泣，曰：“天不欲平贼乎？何见夺者众耶？”则械而送之朝，表言：“必杀祐，无与共谋蔡者。”

诏释以还愬，愬乃令佩剑出入帐下，署六院兵马使，祐奉檄[6]呜咽。诸将乃不敢言，由是始定袭蔡之谋矣。

李愬之将袭蔡也，旧令敢舍谍者族[7]。愬刊[8]其令，一切抚之，故谍者反效以情，愬益悉贼虚实。

时李光颜战数胜，元济率锐师屯洄曲以抗光颜。愬知其隙可乘，乃夜起师，祐以突将三千为前锋，李忠义副之，愬率中军三千，田进诚以下军殿，出文城栅，令曰：“引而东。”六十里止，袭张柴，歼其戍，敕士少休，益治鞍铠，发刃彀(gòu)矢[9]。会大雨雪，天晦，凛风偃旗裂肤，马皆缩栗，士抱戈冻死于道十一二。张柴之东，陂泽阻奥，众未尝蹈也，皆谓投不测。始发，吏请所向，愬曰："入蔡州取吴元济。"士失色，监军使者泣曰："果落祐计。"然业从愬，人人不敢自为计。愬分轻兵断桥道，以绝洄曲道；又以兵绝朗山道。行七十里，夜半，至悬瓠城，雪甚。城旁皆鹅鹜池，愬令击之，以乱军声。贼吴房、朗山戍晏然无知者，祐等坎墉先登，众从之，杀门者开关，留持柝(tuò)[10]，传夜自如。黎明雪止，愬入驻元济外宅，蔡吏惊曰："城陷矣！"元济尚不信，曰："是洄曲子弟来索褚衣[11]耳。"及闻号令，曰："常侍传语。"始惊，曰："何常侍得至此？"率左右登牙城。田进诚进兵薄之，愬计元济且望救于董重质，乃访其家慰安之，使无怖，以书召重质，重质以单骑白衣降。进诚火南门，元济请罪，梯而下，槛(jiàn)送京师。

【冯述评】不械送祐，则谤者不息。此与司马懿祁山请战奉诏而止同一机轴，皆成言先入，度其必不忤而后行之者也。辛毗持节而蜀师老，李祐还幕而吴寇平，虽将之善，君亦与焉。

岳侯平杨幺，李愬克元济，无一不资才于敌，亦由威信素孚，操纵在手故也。后人漫然学之，鲜不堕敌之间[12]矣！岑彭、费祎(yī)亡其身，俱为降人刺杀；曹瞒、苻坚亡其师：赤壁之役，操信黄盖之降以取败；淝水之战，降将朱序谋归晋，阴导晋败秦。彼皆老于兵事者，而犹如此，可不慎与？

能用谍，不妨舍谍。然必先知谍，方能用谍；必能使民不隐谍，方能知谍；必恩威有以服民，方能使民不隐谍。呜呼，难言矣。

近有邑宰，急欲弭盗，谓诸盗往往获自妓家，必驱

妓出境，乃清盗薮（sǒu）。夫妓家果薮盗，正宜留之，以为捕役耳目之径。若薮之境外，与薮之境内庸愈？假令盗薮民家，亦将尽民而驱之乎？不深严捕役之督，而求盗无薮，斯无策之甚者也。

[注释]

①伤夷：大败受创。②王人：天子之民。③见：通“现”，展现。④燔聚：郊外置炊聚餐。⑤突将：冲突敌营之将，突击队。⑥檄：命令。⑦敢舍谍者族：敢于为敌人间谍提供食宿者全家诛灭。⑧刊：改。⑨发刃彀矢：磨砺兵刃，备好弓矢。⑩持柝：巡更之卒。⑪褚衣：棉衣。⑫间：派入之间谍。

[译文]

唐宪宗命令唐邓节度使高霞寓讨伐吴元济，失败以后，又命令袁滋代替高霞寓为节度使讨伐贼人，但是仍然徒劳无功。李愬毛遂自荐前去讨伐吴元济，于是唐宪宗便任命他为随唐邓节度使。李愬认为官军在和吴元济交战失败以后，士气还没有恢复，因此下令暂停斥候出任务。对此有人提出了疑义，李愬说：“贼人已经习惯了袁大人宽仁带兵的作风，因此他们防备松懈，我不想轻易地打草惊蛇。”接着又昭告全军：“皇上知道我能隐忍，因此只是委派我来安抚军士的情绪，至于作战打仗，这不是我的职责。”因李愬名望不重，贼人也产生了轻视之心。

其实李愬为人沉稳，能以诚待人。遇到贼人来投降，李愬都任他们在营中随意走动，从来不加以任何的监视或者限制；遇到有投降人的父母、孤儿没有安葬，就会赠送金帛和米粮，让他们回乡奔丧，并说：“你们也是天子的臣民，不可以遗弃自己的亲人。”众人都被李愬的诚意所打动，都愿为李愬效死命，因此有关贼人的军情以及贼营的地形、兵力的布置，李愬都已经是了若指掌。半年之后，李愬看到军士们个个士气高昂、训练有素，知道打仗的时机成熟，就请求增加军队。于是整顿军备，先攻打马鞍山，攻破道口栅，占领楂丫山，夺取炉冶城，平定青陵城，擒获了大将丁士良。李愬怜惜他是个将才，没有杀他。任命他为捉生将，丁士良献计说：“吴秀琳虽然只有数千兵力，但是官军屡次攻打不下，完全是因为有陈光洽为他出谋划策，我愿为李公擒获陈光洽。”果然，在丁士良擒拿陈光洽以后，吴秀琳就在文城栅弃械投降了。于是李愬利用贼兵攻打吴房，等到破外城以后再让官兵出击，这时小吏说：“今天是凶日，不宜出兵。”李愬说：“正因为贼人认为我不会紧追，才更是我进攻的最好时机。”众军士也愿意和贼人一决死战，将士们拼命杀敌，贼兵四处逃窜。有人建议干脆将吴房夷平，以防止贼人再次聚集。李愬说：“不可以。夷平了吴房，贼人的兵力就会更容易集中，还不如保留吴房，以分散贼人的兵力。”

当初，吴秀琳自缚来投降的时候，李愬只身来到文城栅下，亲切地安慰他，亲自给他松绑，并任命他为将领。吴秀琳献计说：“要想攻破吴元济，不擒获李祐就不能成功。”李祐是吴元济手下的大将，负责兴桥栅的防守，每次同他作战官军都会无功而返，不得不另外派兵进行围剿。李愬命令将军史用诚率领三百精兵在李祐营地附近的郊野中进行埋伏，另外派出一些老兵，假装要攻击焚烧李祐的营地，李祐果然中计出兵迎敌，结果被史用诚所俘虏。官军曾经多次吃过李祐的苦头，请求李愬将他杀死，但是李愬没有同意，反而以客将之礼厚待李祐，甚至让旁人告退，单独和李祐、李忠义两个人彻夜长谈，李忠义也是个贼将。军官们纷纷劝说李愬，不能和这两个贼将太接近了，李愬反而更加的尊重、礼遇这两个人。另外，李愬也募集勇士三千人做突击兵，亲自督导他们训练。

恰好在这期间，大雨不止，从五月一直下到了七月。官军中间传出了“天雨是上天为责罚李愬不杀李祐”的谣言。由于官军们不能谅解李愬礼遇李祐等人的做法，因此士气大为低落，单靠李愬一个人无法保全李祐。李愬无计可施，只好让人将李祐关了起来，哭着说：“难道是上天不让我平贼吗？大家为什么都反对我的做法呢？”说完，将李祐送交朝廷处置，并且上表奏请：“如果一定要杀李祐，就没人一起谋划攻破蔡州了。”

宪宗却下诏释放了李祐，还给了李愬。李愬命令李祐统领六院兵马，每天佩剑出入帐下议事。李祐手捧公文，不禁感动得泪流满面，其他官军也不敢再有反对的意见。于是上下一心，共同商议攻打蔡州的计划。

李愬准备袭击蔡州的时候，先前曾有窝藏间谍要灭族的律令。李愬后来将旧令撤销，一律不予追究。密谍在感激之下，反而给李愬提供军情，使他更加能掌握敌人的动静虚实。

早先李光颜接连打了几次胜仗，吴元济率领精兵驻扎在洄曲，对抗李光颜。李愬知道自己有机可乘，就在半夜发兵，命令李祐率领三千名突击兵担任前锋，以李忠义为副将协助他，自己则亲自率领中军三千人，田进诚以下的各军压阵，作为支应。出了文城栅以后，李愬下达命令说：“向东转。”行经六十里止住，立刻袭击张柴寨，彻底将防守的敌军全部歼灭了，然后让部队稍作休息，整理马鞍盔甲，磨利刀刃，准备好弓矢，待命出击。这时天下起了大雪，天色阴暗，寒风凛冽，许多士兵都因为受不了严寒气候，皮肤被冻裂了，连马也都畏缩不前，冻死在路上的士兵有十之一二。张柴寨的东面，道路泥泞，难以行走，从没有人走过这条路，于是大家都认为前途难以预测。部队刚要出帐幕时，军吏前来请示目的地，李愬说：“进入蔡州攻打吴元济。”军士们一听，人人脸色改变，监军也哭着说：“元帅果真已经中了李祐的圈套。”但是已经跟随了李愬，人人也不敢自作主张。李愬派出一支小部队破坏桥道，断绝洄曲的退路，又派兵切断朗山山道的后路，继续向前行进了七十里，半夜时分来到悬瓠城。这时天空大雪纷飞，城旁都是饲养鹅、鹜的池塘，李愬命令人将鹅、鹜惊扰起来，以此来遮掩兵马声，吴房、朗山戍守的贼兵都没有发觉。李祐等人首先率兵士登城，杀死城门的守卫之后，打开城门，但是仍然像平常那样打更报时。第二天天亮，大雪停了。李愬进入吴元济屯兵的外城，蔡州官吏这才惊恐地大叫起来：“城已经失陷了。”吴元济还是不相信地说：“也许是洄曲的子弟兵前来领取棉衣吧。”等听到传令兵说：“常侍有令。”这才惊惧地问：“哪位常侍到这里？”急忙率领亲信登上牙城。这时候田进诚已经率领军队将他们团团包围了。李愬判断，吴元济肯定会寄希望于董重质出兵救援，于是亲自到董家探访了他的家人，安慰他们不要惊慌，并亲自写了一封招降书。董重质看了信以后，一个人身穿白衣前来归降。于是田进诚火烧南门，吴元济看到大势已去，下城梯请求投降，被关入牢车，押送到京师。

【冯述评】不将李祐上刑具送往京城，毁谤的话就不会停息。这和当年司马懿祁山请战，等奉到皇帝的诏令就停止，所用的是相同的机略，都是先与上面定好战略，料定不会违背既定方针而后才提出自己不想实行的。就好像辛毗传达圣旨之后，蜀国的军队就不堪作战了。李祐重回到李愬的帐下，贼寇就平定了。这固然是由于为将的善于用兵，而知人善任的贤君，也是成事的原因。

岳飞平杨幺、李愬灭吴元济，虽然都是借贼将攻贼首，也是因为将帅本身素有威望，能够服众；再者早已经掌握了敌人的情势，才能够克敌制胜。如果后人不衡量自身的能力，只会依葫芦画瓢，难保不会失败。就像岑彭、费祎，结果都是被降兵所杀；赤壁之战，曹操盲信黄盖的投降而失败；淝水之战，苻坚也是因为降将朱序谋降晋朝，暗中助晋败秦而失败。他们都是沙场老将，深懂军事，尚且这样，后人能不谨慎小心吗？

要能很好地运用间谍，不妨让人窝藏间谍，但是必须要先查明间谍的所在，才能够很好地掌握他们。只有让百姓不私自窝藏间谍，才能够察觉出他们的存在；只有对百姓恩威并施，才能使百姓不隐藏间谍。这其中有很大的学问！

近来有一个县令想要肃清境内的盗匪，他认为既然昔日曾经多次在妓馆捕获盗匪，不如将所有的妓女都赶出县境，那么盗匪也就自然会销声匿迹了。其实盗匪常常流连于妓馆，不是正好给予捕役缉捕盗匪提供了很好的线索吗？与其让盗匪聚集在县外，还不如让他们留在县内，好就近监视掌握他们呢。照着那个县令的逻辑，如果盗匪盘踞在民家，是否也要将全县的百姓都驱逐出境呢？身为县令，不督责衙役们尽职尽力地拘捕盗匪，反倒只是希望盗匪没有落脚的地方，真是非常的没有头脑了。

赵充国

［原文］

先零、罕开皆西羌种，各有豪，数相攻击，成仇。匈奴连合诸羌，使解仇作约。充国料其到秋变必起，宜遣使行边预为备。于是两府白遣义渠安国行视诸边，分别善恶。安国至，召先零诸豪三十余人，以尤桀(jié)黠(xiá)[1]，皆斩之，纵兵击斩千余级，诸降羌悉叛，攻城邑，杀

长吏。上问：“谁可将者。”充国对曰：“无逾于老臣者矣。”充国时年七十余。上问：“将军度羌虏何如？当用几人？”充国曰：“百闻不如一见，兵难隃(yáo)度②。臣愿驰至金城③，图上方略。”充国至金城，须兵满万骑，方渡河，恐为虏所遮，即夜遣三校衔枚先渡，渡辄营阵。及明，以次尽渡。虏数十百骑来，出入军旁。充国意此骁骑难制，且恐为诱，戒军勿击，曰：“吾士马新倦，不可驰逐，击虏以殄灭为期，小利不足贪也。”

遣骑候四望峡中，亡虏。夜引兵至落都，谓诸校司马曰：“吾知羌无能为矣。使发数千人守杜四望、峡中，兵岂得入哉！”遂西至西部都尉府，日飨军士，士皆欲为用。虏数挑战，充国坚守。初罕开豪靡当儿使弟雕库来告都尉曰：“先零将反。”后数日，果反。雕库种人④颇在先零中，都尉即留雕库为质。充国以为亡罪，遣归告种豪：“大兵诛有罪，毋取并灭，能相捕斩者，除罪：斩大豪有罪者一人，赐钱四十万，中豪十五万，下豪二万，大男三千，女子及老小千钱。又以所捕妻子财物与之。”欲以威信招降罕开及劫略者，解散虏谋。酒泉太守辛武贤上言：“今虏朝夕为寇，土地寒苦，汉马不能冬，可益马食，以七月上旬赍(jī)三十日粮，分兵并出张掖、酒泉，合击罕开。”天子下其议，充国以为：“佗负三十日食，又有衣装兵器，难以追逐。据前险，守后厄，以绝粮道，必有伤危之患。且先零首为畔逆，宜捐罕开暗昧之过，先诛先零以震动之。”朝议谓：“先零兵盛而负罕开之助，不先破罕开，则先零未可图。”天子遂敕充国进兵。充国上书谢罪，因陈利害曰：“臣闻兵法：‘攻不足者守有余。’‘善战者致人，不致于人。’即罕羌欲为寇，宜简练以俟其至，以逸待劳，必胜之道也。今释致虏之术，而从为虏所致之道，愚以为不便。先零羌欲为背畔。故与罕开解仇结约。然其私心，亦恐汉兵至而罕开背之。其计常欲先赴罕开之急，以坚其约。先击罕羌，先零必助之。今虏马肥、食足，击之未见利，适使先零得施德于罕羌以坚其约。党坚势盛，附者寖多，臣恐国家之忧不二三岁而已。于臣之计，先诛先零，则罕开不烦兵而服；如其不服，须正月击之未晚。”上从充国议，充国引兵至先零，虏久屯聚，解弛，望见大军，弃车重，欲渡湟水，道厄狭，充国徐行驱之。或曰：“逐利宜亟。”充国曰：“此穷寇，不可迫也，缓之则走不顾，急之则还致死。”诸校皆曰：“善。”虏赴水溺死数百，降及斩首五百余人。兵至罕地，令军毋燔聚落刍牧田中⑤。罕羌闻之，喜曰：“汉果不击我矣。”豪靡忘来自归，充国赐饮食，遣还谕种人，时羌降者万余人。充国度羌必坏⑥，请罢骑兵，留万人屯田，以待其敝。

[注释]

①桀黠：桀，执拗、不顺从。黠，恶。②揄度：遥测。③金城：今兰州。④种人：其部族之人。⑤毋燔聚落刍牧田中：不要焚烧村落及在田中刈草、放牧。⑥坏：谓其内部生变乱。

[译文]

汉朝时，先零、罕开都是西羌的种族，各有自己的酋长，因为彼此互相攻击而成为仇家。后来匈奴联合羌人各部，互相订立了盟约，才将仇恨解除。赵充国认为等到秋天马肥之时，一定会有羌变发生，于是建议先派遣使者去巡视边境的守卫部队，让他们预先作好防备。于是丞相和御史两府就派遣义渠安国去巡视边境，了解羌人逆顺的情形。义渠安国到了羌地，便召集了三十多个先零各族的酋长，将其中特别傲慢、不顺从的人都杀了，还任由军队去攻打先零人，杀死羌人好几千，各个部族的羌人都起来反抗，攻陷城池，杀死长吏。昭帝问："可以任命谁为将军带兵去平定叛乱呢？"赵充国回答说："再也没有比老臣更好的人选了。"赵充国当时已经七十多岁了。昭帝说："将军能否预算到当前羌人的势力？您打算带多少兵马去呢？"赵充国说："百闻不如一见，打仗的事是很难去凭空设想的。老臣想先到金城走一趟，然后再计划攻讨的策略。"赵充国到了金城，征调了一万名士兵想要渡河，又怕遭到羌人的截击，于是便趁着夜晚派三个营的士兵先悄悄渡河。渡过河之后，立即扎营以防羌人来进犯。到第二天天亮，军士们已依次全都安然渡过了河，羌人发觉之后，派了数十名骑兵，在汉军营帐附近出没进行骚扰。赵充国心想羌人的骑兵一向都骁勇善战，很难制服，再说这也很有可能是羌人的诱敌之计，于是下令说："我军兵马刚刚渡过河，略微有些疲倦，不必追击羌骑，攻击羌人要以将他们消灭为目标，没有必要去贪求小利。"

赵充国

赵充国是西汉武帝、昭帝、宣帝三朝的名将，长期在边疆作战，并主张屯田实边，巩固边防。

赵充国派出骑兵去四望和峡中侦察，发现那里并没有羌人出没。于是趁着夜色引兵到落都，召集各部的将领说："我知道羌人不善于用兵，假如他们派遣几千人防守四望和峡中这两个地方，我军哪能再向前推进呢？"于是向西推进到西部的都尉府，日日宴飨军士，士卒们都愿意为他效力。羌人好几次前来挑衅，赵充国都下令坚守。开始，罕开的酋长靡当儿派遣他的弟弟雕库告诉都尉说："先零人想要造反。"过了几天，先零人果然叛变了。但是有很多雕库的族人也在先零的部队中，都尉就将雕库留下来做人质。赵充国认为雕库没有罪，就将他放了，让他回去告诉各个酋长说："汉朝大军是来诛讨有罪之人的，并不是要将所有的羌人都赶尽杀绝，犯法的人如果能够戴罪立功，斩杀其他已犯罪的人，可以免去罪罚：杀死大头目的人则赏赐钱财四十万，中头目的人十五万，小头目的人三万，男人三千，女子以及老弱各赏给一千，同时俘虏所获的女子以及财物也都完全归那个人所有。"赵充国想凭借自己的威信去招降羌人以及那些被劫持而反叛的人，来瓦解羌人的阴谋。酒泉太守辛武贤上奏说："现在羌人早晚都会来骚扰边境。羌地苦寒，汉朝的战马没有办法适应北地冬天的气候，可以增加马饲料，不如在七月上旬，携带三十天的粮食，分别从张掖、酒泉两地，合攻罕开。"昭帝下奏章让赵充国谋划。赵充国认为：

“马匹背负三十天的粮食，再加上衣服、武器等装备，难以追击敌人。如果羌人再提前占据险要关塞，然后严守厄塞，断绝官兵的粮道，那么对官军来说是十分不利的，必定会有伤亡危险的顾虑。再说首先谋反的是先零人，其他羌族只是因为受到了先零的胁迫才跟随作乱的，因此赵充国认为应该把罕开附和先零反叛的愚昧过失放在一边不予追究，先对先零进行诛讨，以威服其他羌人。”然而群臣却认为：“先零兵力强大，又依靠罕开的帮助，如果不先攻破罕开，很难平复先零。”于是昭帝下令赵充国对罕开发起进攻。赵充国上书请罪，剖陈利害，说：“臣看《孙子兵法》上说过，‘兵力不足以进攻的就要防守’，又说，‘善作战的人，能掌握敌人，却不被敌人所掌握’。现在羌人入寇，我们应该做的是整饬兵马，训练战士，以逸待劳，才是制胜的关键；如今放弃制敌的先机，落入敌人的战术，愚臣认为是万万不可的。先零想要反叛大汉，因此才和罕开化解了过去的仇恨，订立盟约；但是他们心中也在担心万一汉兵一到，罕开或许会背叛他们，因此先零希望汉军能先攻打罕开，他们好出兵救助罕开，以表示自己在坚守彼此的盟约。先攻击罕开，先零一定帮助他。现在羌马肥壮，粮食充足，我们出兵攻击，恐怕没有任何好处，只是正好让先零有机会有恩于罕开，更加坚定了他们之间的盟约。先零的势力也会日渐壮大起来，归附的羌人也会越来越多。老臣担心到那时候，先零或许会成为我朝的大患，到那时就不仅仅是两三年的外患而已了。依老臣之见，如果能够先消灭先零，即使不讨伐罕开，罕开也会自然归顺我朝；万一先零已经被消灭，而罕开仍然没有顺服，那么，到正月的时候再进攻也不晚。”昭帝接受了赵充国的意见。于是赵充国率领军队进攻先零，先零因为长时间的安逸生活，已是防备松懈，看到汉朝大军之后，纷纷丢下车辆辎重，想要渡湟水逃命。由于道路狭隘，赵充国只紧紧地跟随在这些溃逃的敌人后面，慢慢地驱赶，并没有急着追赶。有人说：“追击先零的逃兵，正是建功立业的大好时机。”赵充国说：“这些都是走投无路的穷寇，不可过分地逼迫他们，慢慢地追赶他们，他们便会没命地逃走；但是如果将他们逼急了的话，他们或许会回过头来拼命的。”诸将都认为他说的有道理。结果羌人有好几百个人被水淹死了，投降或被砍头的有五百多个人。汉军来到罕羌人居住之地后，赵充国下令：不准烧毁他们的部落，也不可在他们田里收割农作物或者放牧马匹。罕羌听说这件事，都非常高兴地说：“汉军果然不是来消灭我们的啊。”于是羌酋靡忘自动前来归顺，赵充国赐给他食物以后，将他放回去劝说其他的族人。一时之间，有一万多名羌人请求投降，赵充国预料羌人会自动瓦解，因此遣回了全部骑兵，并请求准予留下一万名兵士在当地屯田，静观其变。

制胜卷二十二

［原文］

危事无恒[1]，方随病设。躁或胜寒，静或胜热。动[2]于九天，入于九渊。风雨在手[3]，百战无前。集“制胜”。

［注释］

①恒：常。②动：发动。③风雨在手：传说神龙能兴风雨，此处以龙比喻智者。

［译文］

兵事变化莫测，就好像是医生为病人开处方的时候，必须根据病情的不同。以躁制寒，以静克热。上能动于九天，下能入于九渊。一切都在掌握之中，才能百战百胜。集此为“制胜”卷。

李 牧

［原文］

李牧[1]，赵北边良将也。尝居雁门备匈奴，以便宜[2]置吏，市租[3]皆输入幕府，为士卒费。日击牛飨士，习骑射、谨烽火、多间谍、厚遇战士，为约曰：“匈奴即入盗，急入收保，有敢捕虏者，斩。”如此数岁，匈奴以牧为怯，虽赵边兵亦以为吾将怯。赵王[4]让李牧，牧如故；赵王怒，召之，使他人代将。岁余，匈奴每来，出战数不利，失亡多，边不得田畜。乃复请李牧。牧固称疾，赵王强起之，牧曰：“必用臣，臣如前，乃可奉令。”王许之，李牧如故约。匈奴终岁无所得，然终以为怯。边士日得赏赐而不用，皆愿一战。于是乃具选车，得千三百乘，选骑得万三千匹，百金之士[5]五万人，彀(gòu)者[6]十万人，悉勒习战。大纵畜牧，人民满野。匈奴

小入，佯北，以数千人委之，单于闻之，大率众来入。牧多为奇阵，张左右翼击之，大破，杀匈奴十余万骑。单于奔走，其后十余岁，不敢近边。

【冯述评】**厚其遇，故其报重；蓄其气，故气发猛。故名将用死士之力，往往一试而不再，亦一试而不必再也！今之所谓兵者，除一二家丁外，率丐⑦而甲，尪(wāng)⑧而立者耳。呜呼！尪也，丐也，又多乎哉！**

[注释]

①李牧：赵孝成王时为赵将防备匈奴。悼襄王时为大将军，大破秦军，封武安侯。秦惧牧，多与赵王宠臣郭开金，行反间，言李牧欲反。赵王迁杀李牧，秦遂灭赵，虏赵王迁。②以便宜：自己行使权力，不必请示。③市租：市场之税收。④赵王：赵孝成王。⑤百金之士：能破敌擒将者赏百金。此言能勇战之士。⑥彀者：能射者。⑦丐：言兵士待遇极薄，如乞丐然。⑧尪：骨骼弯曲，此指孱弱多病者。

将帅之臣

战国时，赵国大将李牧驻守雁门，匈奴多次来犯，李牧都坚守不出。但亦加紧训练士卒，积极备战。时机成熟后，李牧设计引诱匈奴前来，布下奇阵，大破匈奴。

[译文]

李牧是赵国戍守北方边境的一名良将。他曾经在雁门驻守，防御匈奴。他有权按照当时的情况来设置官吏，租税都缴入幕府之中，作为犒赏士兵的费用。他每天宰杀牛只为士兵加菜，还训练士兵骑马射箭的技术，谨慎看护好烽火，常常派间谍去刺探军情，厚待士兵并和士兵约定："匈奴将要入侵，赶紧收兵自保，不可和匈奴人发生正面冲突，违者斩首。"这样过了几年，匈奴人都认为李牧胆小，甚至连赵国那些镇守边境的士兵也这样认为。赵王对他进行了斥责，可是李牧仍然是一如既往，没有改变，赵王终于生气了，召回了李牧，派其他的将领取代了他。经过一年多时间，匈奴每次入寇，他们每次出战都以失利告终，并且伤亡损失众多，边境战事不断，根本没有办法耕种、放牧，赵王不得不再次任命李牧。李牧称病推辞，赵王强令李牧做官，李牧才说："如果大王一定要用臣，必先请大王准许臣如过去一样的做法，臣才敢接受任命。”赵王答应了他。李牧来到边境，又像从前那样和士兵约定不可和匈奴发生冲突，匈奴虽然几年间都一无所获，但是始终认为李牧胆小。边境的士兵每天都能得到李牧的赏赐，却没有机会立功，因此都希望能上战场作战。李牧看时机已经成熟，就挑选了一千三百辆坚固的战车，一万三千匹良马，五万能擒敌杀将的勇士，十万名神箭手，让他们加强训练。一面又任意放牧牲畜，命令百姓在郊外四散游荡，当前来侵扰的匈奴人少的时候，就装作退败让数千人被擒，单于听到这个消息，认为这是个好机会，就趁此率领大军前来入侵。李牧布置了很多奇阵，指挥左、右两翼军队夹击，大败匈奴十多万大军。单于逃奔而去，在以后的十多年内，不敢再来侵犯赵国的边境。

【冯述评】对待部属越是像自家人一般仁厚，部属的报答之心就越是深切；凝聚士兵奋勇作战的士气，这样才能一发而气势威猛。因此名将要用有必死之心的士兵，一次战役就能决出胜负了，不必一战再战。反观现在所谓带兵的将领，除了拥有一两名家丁之外，其余的士兵都像披着盔甲的乞丐，体弱多病。唉！这样的兵多又有什么用呢？

周亚夫

[原文]

吴、楚反，景帝拜周亚夫[1]太尉击之。既发，至霸上，赵涉遮说之曰：“吴王怀辑死士[2]久矣，此知将军且行，必置人于淆、渑（miǎn）厄陋[3]之间。且兵事尚神密，将军何不从此右去，走蓝田，出武关，抵洛阳，间不过差一二日，直入武库，击鸣鼓，诸侯闻之，以为将军从天而下也。”太尉如其计，至洛阳，使搜淆、渑间，果得伏兵。

太尉会兵荥（xíng）阳，坚壁不出。吴方攻梁急，梁请救，太尉守便宜[4]，欲以梁委吴，不肯往。梁王上书自言，帝使使诏救梁，太尉亦不奉诏，而使轻骑兵绝吴、楚后[5]，吴兵求战不得，饿而走，太尉出精兵击破之。

【冯述评】**吴王之初发也，其大将田禄伯曰：“兵屯聚而西，无他奇道，难以立功。臣愿得五万人，别循江、淮而上，收淮南、长沙，入武关，与大王会，此亦一**

奇也。”吴太子谏曰：“王以反为名，若借人兵，亦且反王。”于是吴王不许。少将桓将军说王曰：“吴多步兵，利险；汉多车骑，利平地。愿大王所过城不下，直去疾西，据洛阳武库，食敖仓粟，阻山河之险，以令诸侯，虽无入关，天下固已定矣，大王徐行，留下城邑，汉军车骑至，驰入梁、楚之郊，事败矣。”吴老将皆言：”此少年摧锋可耳，安知大虑！”吴王于是亦不许。假令二计得行，亚夫未遽(jù)得志也。

亚夫之功，涉与吴王分半，而后世第功亚夫，竟无理田、桓二将军之言者，悲夫！

李牧、周亚夫，皆不万全不战者，故一战而功成；赵括以轻战而败，夫差以累战而败。君知不可战而不禁之，子玉之败是也；将知不可战而迫使之，杨无敌之败是也。

[注释]

①周亚夫：周勃之子，汉文帝时为将军屯细柳营，军容严整，文帝誉为“真将军”。后以太尉平定吴楚七国之乱，拜丞相。后为景帝所忌，因事下狱，绝食而死。②怀辑死士：招纳聚敛敢死之士。③厄陋：险隘的山谷。④守便宜：持在外可便宜行事之权。⑤绝吴、楚后：断绝吴、楚运粮之道。

[译文]

汉景帝时期，吴、楚等国谋反，景帝任命周亚夫为太尉率兵平定叛乱。大军出发，来到霸上，赵涉拦住周亚夫的马进言说：“吴王以怀柔政策招抚了很多的敢死之士，这次他已经知道将军会率兵而来，一定会在淆、渑等狭隘的山道间埋伏狙击、作战，打仗最关键的是出其不意，将军为什么不从此地朝右进发，经过蓝田、武关到洛阳，其间不过相差一两天的路程，将军直接率军进入军械库。诸侯们听到将军部队的军鼓声，会认为将军是从天而降的。”周亚夫接纳了赵涉的意见，等到了洛阳之后，就派人到淆、渑等山间四处搜查，果然发现了吴王的伏兵。

太尉在荥阳会兵，坚守不出，恰好遇到吴国攻击梁国，情势非常的危急。梁国好几次派使者向周亚夫求救，太尉在外可以便宜行事，想要用梁国吸引吴兵，不肯出兵相救。梁国向皇帝上书，景帝派使者持诏书让周亚夫出兵救援，周亚夫却没有接受诏命，只是派人率领一支轻简的骑兵，将吴、楚军队的后路给断绝了。吴兵求战不得，由于饥饿而撤退，这时周亚夫才出动精兵追击，大破吴、楚军队。

【冯述评】吴王在刚开始发兵的时候，他的大将田禄伯建议说："将大军屯聚在一起向西推进，如果没有好的战略，就很难获得成功。臣愿意率领五万士卒，沿着江、淮上游前进，攻下淮南、长沙，进入武关，再和大王的军队会合，这也可以算是一支奇兵呢。"吴太子劝阻他说："父王出兵已经有谋反的罪名，在这种情形之下不能轻易地将军队交给他人，因为别人也有谋反父王的可能。"于是吴王没有答应田禄伯的要求。吴少将桓将军游说吴王说："吴国有很多步兵，步兵擅长在险地作战；汉多的是车兵和骑兵，擅长在平地作战。希望大王不要进攻沿途所经过的城市，直接向西攻占洛阳的军械库，夺取敖仓的粮食，凭恃山河的险阻来号令诸侯，这样虽然还没有入关，但是已能完全掌握天下的形势了。如果大王缓慢前进，攻打城市，汉军的车兵和骑兵一到，进入梁、楚的郊野，那就大事不妙了。"吴王的老将们都说："这些年轻人冲锋陷阵可以，哪里知道该如何考虑大局呢！"于是吴王也没有采纳。假如当初吴王能够接受田禄伯以及桓将军所提出的建议，或许周亚夫也就不会那样顺利地将叛乱平定了。

周亚夫

周亚夫，西汉时期的著名将军，沛县（今属江苏）人。汉景帝三年（公元前154），吴王刘濞联合七国叛乱，周亚夫用釜底抽薪的计谋，平定七国叛乱，功绩卓著。

周亚夫平乱的事功，赵涉和吴王都要占一半的功劳，但是后世仅推崇周亚夫，却遗漏了田禄伯和桓将军的谏言，令人遗憾，真是可悲啊！

李牧和周亚夫都是那种没有十足的把握制胜就不出战的人，因此他们的战斗能够一次就取得胜利。赵括因轻敌而败，战国时期吴王夫差因为长期征战而灭亡。君王明明知道不能取得战争的胜利，却不禁止手下大将出战，这是当年楚国大将子玉失败的原因；为将之人，明知道不可以作战，却被强行出征，杨无敌的失败就是这样一个活生生的例子。

陆逊　陆抗

[原文]

昭烈率众伐吴，自巫峡至夷陵，连营七百余里，而

先遣吴班将数千人，平地立营以挑战。吴诸将皆欲击之，陆逊不许，曰：“此必有谲(jué)。”坚壁良久，昭烈知计不行，乃引伏兵从谷中出，凡八千人。逊谓诸将曰：“所以不听击班者，正为此也。今而后吾知所以破之矣！”乃敕于暮夜，人各持茅一把，每间一营，辄攻一营，同时火举，首尾不能相救，于是四十余营，一战俱破。

西陵督步阐以城降晋。抗闻，日夜督兵赴西陵，别筑严围，使内可围阐，外可御寇，而不攻城。诸将咸谏曰：“及兵之锐，宜急攻阐。比晋救至，阐必拔矣。何事于围，而以敝士民之力？”抗曰：“此城甚固，而粮又足，其缮修备御具皆抗所亲规[1]，攻之急未能克，而救且至。救至而无备，表里受敌，何以御之？”诸将犹不谓然。抗欲服众，乃听令一攻，果不利，于是围备始力。未几，晋杨肇(zhào)帅兵来救，时吴军都督俞赞忽亡诣肇。抗曰：“赞，军中旧吏也，知吾虚实，吾尝虑夷兵[2]素不简练[3]，若敌来攻，必先此处。”是夜易夷兵，而悉以旧将统之。明日，肇果攻故夷兵处，抗击之，矢石雨下。肇夜遁，抗不追，而但令鸣鼓发喊，若将攻者。肇大溃，引去。遂复西陵，诛阐。

【冯述评】魏文帝闻昭烈树栅连营状，顾谓群臣曰：“备不知兵，必破矣。岂有七百里连营，而可以拒敌者乎？包原隰(xí)险阻以营军者，必为敌擒，此兵忌也！”后七日，而孙权捷书至，以昭烈之老于行间，而识不及曹丕，何也？岂所谓“老将至而耄及之”乎？

昭烈之伐吴，苻坚之寇晋，皆倾国之兵也。然昭烈之谋狡，故宜静以待之；苻坚之气骄，故宜急以挫之。

狡谋穷则敌困，骄气挫则敌衰，所以虽众无所用之也。

按：淝水之役，苻融攻硖（xiá）石，坚留大军于项城，自引轻骑八千就之。朱序私于谢石曰：“若秦兵尽至，诚难与为敌，今乘诸军未集，宜速击之，若败其前锋，则彼已夺气，可遂破也。”石从之。

陆逊、陆抗，是父是子！

［注释］

①规：规划。②夷兵：吴军中之少数民族军队。③简练：精练。

［译文］

三国时期汉主刘备率军讨伐吴国，从巫峡到夷陵布置了长达七百多里的营地。另外又派遣吴班率领几千人，在平地扎营挑战。吴国诸将帅看到这种情形，都主张应该攻击，陆逊不同意，说：“这其中必定有诈。”坚守不出很长时间，刘备看到诱敌没有成功，不得不让埋伏在谷地中的八千伏兵出谷攻击，陆逊说：“这就是我不让各位贸然攻击吴班的原因。现在我已明白了敌人的战术，就能攻破敌人。”于是下令全军在入夜以后，每人手中各持一把茅草，每间隔一个敌营，就发起攻击，同时举起火把，造成浩大的声势，让敌军各个营寨之间陷入惊慌失措中，没有办法相互救援，于是一举攻破了刘备四十多个营寨。

陆逊

陆逊，字伯言，本名陆议，三国时期吴国大臣，江东大都督。建安末年，吴、蜀争夺荆州时，他脱颖而出，成为吴国杰出的军事将才。

吴国西陵督步阐叛吴，以城池降晋。陆抗听说后，急忙命令部队日夜奔赴西陵，并另行建筑坚固的城墙，对内可以围困步阐，对外可以抵御晋军的攻击，却没有下令攻打步阐。将领们劝谏说：“应该趁着兵精气锐的时候赶紧攻打步阐。等到晋军来救援的时候，步阐也被打败了。何必辛苦地建筑城墙，来耗损本身的气力呢！”陆抗说：“这座城十分坚固，城内的粮食充足，凡是守卫防御的一切措施和武器，都是我亲自规划好的，如果现在仓促进攻，一定很难克敌，等到晋军一到，我们又没有办法防备，内外受敌，到时候该如何抵御呢。”将领们仍然不以为然，陆抗也想让众人心服，于是就任由军士出击步阐，果然失败而回，于是全军才开始尽力地筑城包围步阐并防备外敌。没有过多长时间，晋国杨肇率兵援助步阐，正好遇到吴军都督俞赞也投降杨肇，陆抗说：“俞赞是军中的老军官了，知道我军的虚实，我经常担忧我们结集的夷人部队训练得不精良，如果敌人来进攻，一定会先打这个地方。”当夜，陆抗就将部队中的夷人部队全都调离了，用老将加以替代防守。第二天，杨肇果然攻打以前夷人防守的地方，陆抗立即下令进行反击，箭石如雨一般落下，杨肇趁夜逃走了，陆抗只下令敲击战鼓呐喊，做出追击的样子，却并没有真正地去追赶。杨肇军队大败溃逃，陆抗于是收复了西陵，杀死了步阐。

【冯述评】当初魏文帝曹丕听说汉军设立七百多里的营寨，就对群臣说：“刘备不懂得兵法，肯定会遭到失败的！哪里有将帅会设立七百里的营地来抵御敌军的呢？营地包括了平原和山地险阻，一定会被敌人所攻破，这是兵家的大忌呀！”这话说完之后第七天，果真接到吴军打败汉军的捷报。刘备在军事上身经百战，竟然还不如曹丕有远见卓识。这是什么原因呢，难道真的是所谓“年纪大了，昏聩糊涂了”吗？

刘备伐吴，苻坚攻晋，都是倾尽全国的兵力。然而，刘备用计狡诈，因此应该以静观情势的变化等待时机；苻坚心浮气骄，因此要急攻以挫其傲气。狡计没有办法施展，自己自然就会陷入困境之中，骄气顿挫自然会使得士气低落，因此即使是兵力众多，又有什么作用呢？

按：淝水之战，苻融出兵攻击硖石，苻坚却在项城留下大军，自己率领轻骑八千跟随。朱序乃私下问谢石说：“如果秦兵都来了，就很难抵拦，趁现在诸军没有集结起来，迅速出击，如果挫败了他的前锋，那敌人就失去了气势，就可以破敌了。”谢石接受了朱序的建议。

陆逊、陆抗两父子，真是有其父必有其子啊！

耿弇

［原文］

张步弟蓝，将精兵二万守西安[1]，而诸郡合万人守临淄，相距四十里。耿弇(yǎn)进军二城之间，视西安城小而坚，临淄虽大实易取。乃下令，后五日攻西安。蓝闻，日夜警备。至期，夜半，弇敕诸将皆蓐(rù)食，及旦，径趋临淄。半日拔其城，蓝惧，弃城走。诸将曰：“敕攻西安而乃先临淄，竟并下之，何也？”弇曰：“西安闻吾

耿弇

耿弇，字伯昭，扶风茂陵（今陕西兴平东北）人。东汉中兴名将，“云台二十八将”之一。西汉末，从刘秀起兵，任大将军。刘秀称帝后，任建威大将军，封好畤侯。

攻，必严守具；临淄出不意而至，必自警扰，攻之必立拔；拔临淄则西安孤，此击一而得二也！若先攻西安，顿兵坚城，死伤必多，即拔之，吾深入其地，后乏转输[2]，旬月间不自困乎？”诸将皆服。

［注释］

①西安：县名，在今山东临淄西北。②转输：粮草供应。

［译文］

汉光武帝时期，张步的弟弟张蓝率领两万精兵据守西安县，而其他各个郡县则集结了一万人在临淄防守，两城之间相距有四十里远。汉将耿弇率领军队来到两城之间，发现西安县城虽然很小，但是守备非常坚固；临淄虽然是个大城，但是防守松懈，很容易就被攻占。于是下令，五天后进攻西安县。张蓝听说耿弇将要率兵攻城，于是日夜加紧严密戒备。到了约定的日子，耿弇下令全体士兵天不亮就吃饭，快天亮的时候，抄小路急行军，来到临淄城，只用半天的时间就攻占了临淄，张蓝惊恐之下，竟然弃守西安县城逃逸。事后诸将问耿弇：“开始时下令要进攻西安县，可是却发兵攻打临淄城，结果两城却一起攻下了，这是为什么呢？”耿弇说：“西安县城听说我军将要进攻他们，必定会加强防备，但是我军出其不意地进攻临淄城，临淄的守兵一定会因为没有料到而惊慌失措，因此能立即破城。临淄城一破，西安城就陷入了孤立无援的境地，这也就是为什么只攻一城而得到两城的原因。如果先攻打西安县，西安县城坚兵强，难以夺取，双方交战，我军死伤必定惨重，即使获胜，我军深入敌境作战，后方补给不足，十天半月之后，难保不会使自己陷入困境之中。”诸将听了之后，都大为佩服。

韩世忠

［原文］

世忠驻镇江[1]，金人与刘豫[2]合兵分道入侵。帝手

札命世忠饬守备，图进取，辞旨恳切。世忠遂自镇江渡师，俾统制解元守高邮，候金步卒；亲提骑兵驻大仪[3]，当敌骑。伐木为栅，自断归路，会遣魏良臣使金，世忠撤炊爨(cuàn)，绐(dài)良臣："有诏移屯守江。"良臣疾驰去，世忠度良臣已出境，而上马令军中曰："视吾鞭所向。"于是引军至大仪，勒五阵，设伏二十余所，约闻鼓即起击。良臣至金军，金人问王师动息，具以所见对。聂儿孛堇[4]闻世忠退，喜甚。引兵至江口，距大仪五里，别将挞孛也引千骑过五阵东，世忠传小麾，鸣鼓，伏兵四起，旗色与金人旗杂出。金军乱，我军迭进，背嵬军各持长斧，上揕(zhèn)人胸，下斫马足。敌披重甲，陷泥淖，世忠麾劲骑四面蹂躏，人马俱毙，遂擒挞孛也等。

韩世忠

韩世忠，字良臣，南宋朝名将。其身材魁伟，勇猛过人。英勇善战，胸怀韬略，屡立战功且为官正派，不肯依附秦桧，并为岳飞遭陷害而鸣不平，是南宋朝一位颇有影响的人物。

［注释］

①世忠驻镇江：绍兴四年（一一三四年），韩世忠任建康、镇江、淮东宣抚使，驻镇江。②刘豫：字彦游，高宗南渡之后，金人册立刘豫为皇帝，国号齐。③大仪：在今扬州北。④聂儿孛堇：聂儿，人名。孛堇，金部族酋长名号。

［译文］

南宋的名将韩世忠镇守镇江的时候，金人和刘豫合兵分路入侵。宋高宗亲笔下诏，命令韩世忠严加防备，并希望韩世忠能够进取，诏书言辞恳切动人。韩世忠于是从镇江亲自率军渡江，除了命令统制官解元防守高邮，抵御金人的步兵之外，自己则亲自率领骑兵驻守大仪，抵挡金人的骑兵。韩世忠让人砍伐树木做成栅栏，阻断自己军队的后退之路，以坚定士兵奋勇杀敌的决心。恰好遇到魏良臣奉命出使金国，于是立即下令撤去炊爨。骗魏良臣说："有诏书命令部队移驻防守长江。"于是魏良臣策马疾驰而去，韩世忠估算魏良臣已经离开边境之后，就上马对全军的士兵说："注意看我的马鞭所指的方向。"于是让全军开到大仪地区，排列成了五个军阵，并在二十多个险要的地方埋伏了士卒，约定以鼓声为信号出击。魏良臣到达金人的营地之后，金人询问魏良臣有关宋军部署的情形，魏良臣都一一据实回答了。聂儿孛堇听说韩世忠退兵守江，十分高兴，率兵来到江口，距离大仪大约有五里路。这时副将挞孛也率领一千名骑兵，正经过宋军五阵的东面。韩世忠传令小兵击鼓，埋伏的士兵蜂拥而出，宋军的旗帜和金人的旗帜混杂在了一起，金兵顿时方寸大乱，宋军乘胜发起猛烈的进攻，韩世忠更督令背嵬兵每人手持一把长斧，上刺人胸，下砍马脚，金兵身上穿着笨重的盔甲，陷在泥地里面，根本没有办法挥刀抵抗，这时韩世忠再命令精锐的骑兵从四面八方冲杀陷在泥地里的金兵，人马均亡，擒获了挞孛也等人。

狄青

[原文]

狄青在泾原，常以寡当众。密令军中闻钲[1]一声则止，再声则严阵而阳却，声止即大呼驰突。士卒皆如教。才遇敌，未接，遽(jù)声钲，士卒皆止，再声再却。虏大笑曰："孰谓狄天使勇？"钲声止，忽前突之，虏兵大乱，相蹂(róu)多死。追奔数里，前临深涧，虏忽壅遏山隅，青遽鸣钲而止。虏得引去，时将佐悔不追击，青曰："奔命之际，忽止而拒我，安知非谋[2]，军已大胜，残寇不足贪也。"

侬智高反邕(yōng)州，诏以青为宣抚使击之，或言："贼标牌不可当。"青曰："标牌，步兵也，遇骑兵必不能施，愿得西边蕃落民自从。"或又言："南方非骑兵所宜。"青曰："蕃部善射，耐艰苦，上下山如平地，当瘴未发时，疾驰破之，必胜之道也。"及行，日不过一驿，所至州，辄休士一日。至潭州，遂立行伍，明约束。军人有夺逆旅菜一把者，立斩以徇，于是一军肃然。时智高

还守邕州，青惧昆仑关险厄为所据，乃按兵不动，下令宾州③具五日粮，休士卒。值上元节，令大张灯烛，首夜宴将佐，次夜宴从军官，三夜飨军校。首夜乐饮彻晓，次夜大风雨，二鼓时，青忽称病，暂起入内。久之，使人谕孙沔(miǎn)，令暂主席行酒，少服药乃出。数使劝劳座客，至晓，客未敢退。忽有驰报者，云："夜时三鼓，元帅已夺昆仑关矣。"青既渡，喜曰："贼不知守此，无能为也。"已近邕州，贼方觉，逆战于归仁铺，青登高望之，贼据坡上，我军薄之，青使步卒居前，匿骑兵于后。蛮使骁勇者当前，尽执长枪。前锋孙节战不利，死。将士畏青，莫敢退。青登高山，执五色旗，麾骑兵为左右翼，出其后，断蛮军为三，旋而击之。左者右，右者左，已而右者复左，左者复右，贼不知所为。贼之标牌军，为马军所冲突，皆不能驻。枪立如束，我军又纵马上铁连枷击之，遂皆披靡。智高焚城遁去。

【冯述评】按是役，谏官韩绛言："青武人，不足专任，请以侍从文臣为之副。"时庞籍独为相，对曰："属者王师屡败，皆由大将轻，偏裨(pí)自用，不能制也。今青起于行伍，若以侍从之臣副之，号令复不得行。青昔在鄜(fū)延，居臣麾下，沉勇有智略，若专以智高事委之，必能办贼。"于是诏岭南用兵，皆受节制。青临行，上言："古之俘馘(guó)奏凯，割耳鼻则有之，不闻以获首者。秦、汉以来，获一首，赐爵一级，因谓之'首级'。故军士争首级，以致相杀。又其间多以首级为货，售于无功不战之人，愿一切皆罢之。"二条皆名言，可为命将成功之法。

狄青微服度关

狄青南征侬智高时，先是在军中举办宴会，麻痹敌人，然后挑选军中精锐，自己也装扮成普通士兵，趁着夜色，突破天险昆仑关。

又青行时，有因贵近求从行者。青谓之曰：“君欲从行甚善，然智高小寇，至遣青行，可以知事急矣。从青之士，击贼有功，当有厚赏；不然，军中法重，青不能私，君自思之，愿行则即奏取君矣。”于是无复敢言求从行者，即此一节，知青能持法，必能成功。

又青既入邕州，敛积尸内有衣金龙之衣者，又得金龙楯④于其旁，或言：“智高已死，当亟奏！”青曰：“安知非诈，宁失智高，敢欺朝廷耶？”

合观二事，不唯不敢使人冒功，即已亦不敢冒不可知之功。

[注释]

①钲：军中所用乐器，此处实指锣。②安知非谋：怎么知道不是好办法？③宾州：今广西宾阳。④楯：盾牌。

[译文]

北宋的名将狄青戍守泾原的时候，常常能够以寡敌众。他密令全军的士卒在听到第一声钲音时就要全军肃立，两声钲音就表示故意退却而实际上是要严阵以待敌，钲声停止，则要立刻大喊向前奔驰突击。全军士卒都能严密地遵守狄青的教令。有一次和敌虏相遇，双方还没有交战，士卒们突然听到一声钲音，全军就止步不前，两声钲音响起之后，只见士卒们开始向后退却，敌虏都大笑着说：“谁说狄青勇武？”钲音停止，宋兵突然冲向敌阵，敌人阵脚大乱，竟然相互践踏，死伤惨重。宋兵乘胜追击数里，前面到了一处深涧，敌人在山脚聚集，狄青立即鸣钲而止，全军就不再追击，敌虏才得以逃脱。事后，副将们却因为当时没有继续追击败逃的敌虏而后悔，狄青说：“亡命奔逃的敌人，突然停止而有心和我军对抗，哪里知道这其中是否有其他的诈谋呢？反正我军已经大获全胜了，这些残兵败寇也就不必再去贪功计较了。”

侬智高在邕州叛乱，仁宗命令狄青为宣抚使出兵讨伐。有人说：“侬智高的标牌兵锐不可当。”狄青说：“标牌兵是步兵，步兵一旦遇到骑兵就没有办法充分发挥自己的战斗力，我将征调西边的蕃民编为部伍。”又有人说：“南方的地形不适宜骑兵作战。”狄青说：“蕃人善于射箭，能吃苦耐劳，上高山下险坡，如在平地行走，只要趁着当地瘴气没有起来的时候，快马驰冲突击，必定能够破敌。”等到大军出发征讨的时候，每天行军的路程都不超过一个驿站，每到一个州，狄青就下令士卒休整一天。来到潭州之后，狄青重新整编了部队，严明了军纪。有一个士兵抢了百姓一把青菜，狄青当场下令将这个士兵处斩，于是全军再也没有人敢违抗军令了。当时侬智高回邕州据守，狄青因为昆仑关位置险要，害怕被侬智高给占据了，于是先按兵不动，一面命宾州准备全军五天的军粮，并让士卒们就地休养。这时正逢上元节，狄青命人张灯结彩，第一天晚上，宴请副将，第二天晚上宴请各个营的军官，第三天晚上宴请各个营的军吏。第一天晚上，宾主欢饮直到天快亮了，第二天晚上正好遇到大风雨，大约到二鼓时，狄青突然对大家说自己稍微有点不舒服，暂时离席进入内室。过了一阵子，狄青命人告诉孙沔，请他暂时代替主人招待宾客，自己则要等到服过药休息一会儿再出来。席中，多次派人劝客人饮酒，一直到第二天天亮，客人们都不敢离席告辞。这时忽然有人骑着马前来禀报说：“昨夜三更时分，元帅已经攻占了昆仑关。”狄青成功地夺取了昆仑关，非常高兴地说：“昆仑关非常险要，贼人不知道据守，日后想必也不会有多大的作为了。”狄青率军逼近邕州的时候，贼人才有所发觉，两军在归仁铺交战，狄青站在高地观看两方交战的情形。贼人在土坡上据守，宋军节节进逼，狄青命步兵做前锋，骑兵隐藏在后面。贼人派出善战的军队在阵前手拿着长枪抵御，前锋孙节失利，不幸捐躯，将士们都因为畏惧狄青的严明军纪而不敢撤退。狄青站在高山上，手拿着五色旗，指挥骑兵分别从左、右、后三方抄敌人后路，将贼人的军队截成了三段，轮番攻击，右军攻左，左军攻右，不久又交替攻击，贼人根本没有办法弄清楚宋军是从哪个方向进攻的，而宋军的骑兵也将敌人的标牌军给冲散了，根本没有办法发挥自己的战斗力。贼人的长枪排列如林，宋军就在马匹上加装了铁连枷冲击，于是贼兵溃逃，侬智高最终将城烧毁逃跑。

【冯述评】这次战役，谏官韩绛曾经上言：“狄青是个武人，不能单独担当重任，请任命文臣作为他的副手。”当时庞籍为宰相，反驳说：“以往宋军屡战屡败，都是大将权轻，副将们自作主张，根本没有办法指挥军队。而狄青军旅出身，如果派文臣作为他的副帅，军令又会没有办法加以贯彻了。从前狄青在鄜州、延州时曾做过我的部属，为人沉稳勇敢有谋略，如果能将征讨侬智高的大任交给他，他定会不辱使命，平定叛乱的。”于是仁宗下诏，由狄青一人指挥征伐岭南之事。狄青出发之前，也曾上奏说：“古时将帅率兵作战，为了激励兵士，曾经有以割敌人的耳朵、鼻子用来计数战功的，却没有砍敌人首级的事。秦汉以来，斩敌人头颅一颗，就会赐给一级爵位，因此称之为‘首级’。现在演变到军士为了争夺敌人的首级，打架斗殴、自相残杀的地步，甚至将敌军的脑袋当成货物，卖给那些没有尽力作战的人。我希望能废除这种赏功的制度。”

另外，狄青出发之前，有人托权贵人士请求和他同行。狄青告诉他们说：“先生想要随军出征的确令人佩服，但是侬智高只是个小毛贼，至于派我狄青前去征讨也仅仅是由于事出紧急。再说凡是跟随我出征的人，如果能尽力杀贼，必定会有重赏；否则，军法严厉，我不能徇私。请先生三思，如果还是愿意随军出征的话，那么狄青立刻奏请皇上准先生同行。”于是再也没有人敢随便要求同行了，仅仅就这一件事，就可以知道狄青能严守法纪，日后必定可以成功。

另外还有一件事，狄青攻破邕州，搜查敌人尸体的时候，发现有个身穿金龙衣的人，身旁还有一副刻有金龙图案的盾牌，有人说：“侬智高已经死了，应当立即禀奏皇帝！”狄青阻止说：“怎么能知道这不是贼人使诈呢，宁可失去侬智高，也不敢不加以查证而贸然欺骗朝廷？”

综观这两件事情，就知道狄青不但不敢让人冒功求赏，即使自己也不敢冒不能确定的功劳。

王阳明

[原文]

王阳明[1]以勘事[2]过丰城，闻逆濠之变，兵力未具，亟欲溯(sù)流趋吉安。舟人闻濠发千余人来劫公，畏不敢发，公拔剑馘(guó)[3]其耳，遂行。薄暮，度不可前，潜觅渔舟，以微服行，留麾下一人，服己冠服，居舟中。濠兵果犯舟，得伪者，知公去远，乃罢。公至中途，恐濠速出，乃为间谍，假奉朝廷密旨，行令两广、湖襄都御史及南京兵部，各命将出师，暗伏要害地方，以俟宁府兵至袭杀。复取优人数辈，各将公文置夹衣絮中。将发间，又捕捉伪太师家属至舟尾，令其觇(chān)知，公即佯怒，牵之上岸处斩，已而故纵之，令其奔报。濠获优，果于衣中搜得公文，遂迟疑不发。公至吉安，调度兵粮粗备，始传檄征兵，暴濠罪恶。濠知为公所卖，愤然欲出。公谓：“急犯其锋，非计也。宜示以自守不出之

形，必俟其出，然后尾而图之。先复省城，以倾其巢。彼闻，必回兵来援，我则出兵邀而击之，此全胜之策。”濠果使人探公不出，乃留兵万余守省城，而自引兵东下。公闻濠已出，遂急促各府兵，刻期会于丰城，时濠兵已围安庆，众议宜急往救。公谓：“九江、南康皆已为贼所据，而南昌城中精悍万余，食货重积，我兵若抵安庆，贼必回军死斗，安庆之兵仅足自守，必不能出而夹攻。贼令南昌兵绝我粮道，九江、南康合势挠摄④，而四方之援又不可望，事其危矣！今我师骤集，先声所加，城中必恐，并力急攻，其势必下，此孙子救韩趋魏之计也！”侦者言：“新、旧厂伏兵万余，以备犄角。”公遣兵从间道袭破之，溃卒入城，城中知王师雨集，皆大骇，遂一鼓下之。濠闻我兵至丰城，即欲回舟，李士实谏，以为“必须径往南京，既登大宝，则江西自服。”濠不听，遂解安庆之围，移兵泊阮子江，为归援计。公闻濠兵且至，召众议之。众云：“宜敛兵入城，坚壁待援。”公曰：“不然，彼闻巢破，胆已丧矣，先出锐卒，要其惰归，一挫其锐，将不战而溃，所谓‘先声有夺人之气’也。”乃指授伍文定等方略，先以游兵诱之，复佯北以致之，俟其争前趋利，然后四面合击，伏兵并起。又虑城中宗室或内应为变，亲慰谕之，出给告示，凡胁从者不问，虽尝受贼官职，能逃归者，皆免死，能斩贼徒归降者，皆给赏，使内外居民及乡导人等四路传布。又分兵攻九江、南康，以绝其援。于是群力并举，逆首就擒。

【冯述评】按陈眉公《见闻录》，谓宸濠之败，虽结于江西，而实溃于安庆。虽收功于王阳明，而实得力于李梧山。李讳充嗣，四川内江人，正德十四年巡抚南畿，闻宸濠请增护卫，叹曰："虎而翼，祸将作矣。"遂力陈反状，廷议难之。公乃旦夕设方略，饬武备，以御贼为念。谓安庆畿辅，适当贼冲，非得人莫守。当诸将庭参，于众中独揖指挥使杨锐而进之曰："皖城保障，委之于子，毋负我！"十五年，贼兵陷九江，公自将万人，屯采石，以塞上游之路。飞檄皖城，谕以忠义。锐感激思奋，相机应敌，发无不捷。

节发间谍火牌[5]云："为紧急军情事，该钦差太监总兵等官，统领边官军十万余，一半将到南京，一半径趋安庆，并调两广狼兵、湖广土兵，即日水陆并进，俱赴安庆会集，刻期进攻江西叛贼。今将火牌飞报前路官司，一体同心防守，预备粮草，听候应用等因。"

宸濠舟至李阳河，遇火牌，览之惊骇，由是散亡居半。继又发水卒千人，盛其标帜，乘飞舰百余艘，鼓噪而进，声为安庆应援，城中望见，士气百倍，锐即开门出敌，水陆夹攻，贼遂大溃。

时宸濠营于黄石矶，闻败将遁。公自将兵逐北，宸濠奔入鄱阳湖，适遇巡抚王公阳明引兵至湖，遂成擒焉。后论功竟不及公，胡御史洁目击其事，特为论列，不报。故今人盛称阳明，而不及梧山，亦有幸有不幸欤？

又按宸濠兵起，声言直取南京，道经安庆。太守张文锦与守备杨锐等合谋，令军士鼓噪登城大骂，激怒逆濠，使顿兵挫锐于坚城之下。而阳明得成其功，虽天夺其魄，而张、杨诸公之智，亦足述矣。

［注释］

①王阳明：王守仁，时为提督南赣军务都御史。②勘事：时福州三卫军人作乱。兵部遣王守仁往勘福州事，须经丰城（今江西丰城）。③馘：割左耳。④挠摄：扰乱而伺机进取。⑤火牌：此处指紧急军事文书。

［译文］

王守仁因为勘事的原因经过丰城，听说朱宸濠发兵叛乱，由于兵力没有集结，因此想要尽快溯江而上赶往吉安征调兵力。船家听说朱宸濠派出一千多人想要截杀王守仁，害怕得不敢让他乘船，王守仁拔出佩剑割下了船家的一只耳朵，船家才不得不发船。傍晚的时候，王守仁估量着自己已经没有办法再搭乘大船继续向前走了，于是就暗中雇了一条小渔船，换上普通百姓的服装，然后留下一名属下让他穿上自己的朝服，继续留在大船上面。朱宸濠果然派人前来拦截搜捕，抓到了那个假扮的王守仁，知道真正的王守仁已经走远了，这才作罢。王守仁在往吉安的途中，害怕朱宸濠迅速出兵，于是派出间谍，假装奉朝廷密旨，命令两广、湖襄都御史和南京兵部，各自命令所属将领率领士兵在各个出入要道进行埋伏，看到宁王府朱宸濠的兵卒就袭击斩杀。王守仁又招来乐工，暗中将公文放置在他们所带的行李、夹衣之中。派间谍的时候故意让捉到的朱宸濠的太师家属们看见这一幕，然后王守仁装作生气的样子要上岸斩杀他们，等快要行刑的时候，却又故意制造出机会，好让他们趁机逃走，将所看到的情况报告给朱宸濠。朱宸濠捕捉到那些乐工，果然在他们的行李中搜到了公文，于是犹疑不决，不敢贸然发兵。王守仁到了吉安之后，刚调度粮草完备，就开始发布檄文征兵，同时揭发朱宸濠的罪行，并昭告天下。这时朱宸濠才明白自己被王守仁骗了，十分气愤，想立即发兵。王守仁说："这时候和朱宸濠硬碰硬地对打不是最好的选择，应当摆出坚守不战的姿态，等到朱宸濠率军往别的地方去的时候，再尾随在他的后面，创造好机会。应先光复南昌，攻击朱宸濠的老巢，朱宸濠一定会回兵救援，这时再出击迎战，才是必胜的上策。"朱宸濠果然派人来侦察王守仁的动向，知道王守仁坚守不战，于是留下一万名部属守卫南昌，而自己却率领大军东下。王守仁听说朱宸濠已经率兵东下，就急忙下令各府兵马，约定日期在丰城会师。当时朱宸濠的大军已经包围了安庆，诸将都认为应救援安庆。王守仁说："九江、南康都已经被朱宸濠攻陷了，而南昌城中有一万名精兵，粮食充足，我军如果前往安庆救援，叛贼一定会回军拼死迎战的，而安庆的兵力仅仅能够自保而已，不能出城和我军配合夹击叛贼。如果叛贼命令南昌派兵断绝我军的粮道，再联合九江、南康的兵力骚扰我军，我军如果得不到外地的支援，就会处于非常不利的境地。现在我军在丰城会师，声势夺人，南昌的贼兵必定会心生恐惧，我军再一起进攻，必定能一举破城，这是孙膑围魏救韩的计谋。"这时探子报告："新旧厂附近，各有万名伏兵，形成了掎角之势。"于是王守仁派兵从小路袭击，贼兵迅速溃败，退入城中。城中人知道各路官军大会师，大为吃惊，因此能够一举攻破南昌。朱宸濠听说官军会师丰城，就想要搭船回城，李士实谏阻，认为"必须直接进攻南京，夺得天子之位后，江西自然归服。"但是朱宸濠不听，从安庆撤军，先驻扎在阮子江边，策划回师救援南昌。王守仁听说朱宸濠救兵快到了，就召集诸将商议，诸将说："我们不如将军队退入城中，坚守不战，等待援军的到来。"王守仁说："不可以，贼兵听说老巢已经被攻破，已经丧胆，先派精锐出战，攻击敌人的怠惰之师，一挫他们的锐气，贼兵就会不战而败，这就是所谓的'先发制人，能够夺人气势'。"于是指示伍文定等诸将应战的方略，先以游击兵诱敌，然后假装敌不过而败逃，等贼兵为了抢夺战功而奋力追击的时候，四面包围埋伏的士卒群起而攻之。王守仁又顾虑到城中的皇室宗亲，也可能是朱宸濠的内应，于是就亲自对他们进行一一拜访，并发布公文告示，凡是过去曾接受朱宸濠胁迫而跟随叛乱的，一律不予追究；虽然曾接受过朱宸濠的任职，但如果现在能投诚返正的，也一律免去死罪；而能杀叛贼并归降的，都要论功行赏。王守仁命令人将此告示四处张贴散布。另一方面又派兵分别攻打九江、南康，以断绝两地的救援，终于群策合力，擒获了朱宸濠。

【冯述评】陈眉公《见闻录》中记载，朱宸濠兵败虽然是在江西结束的，但实际上却是在安庆埋下的败因。虽然战功首推王守仁，而实际上却应该归功于李梧山。李梧山名叫李充嗣，四川内江人。正德十四年，他巡抚南畿之时，听说朱宸濠请求增加护卫，叹息说："猛虎添翼，恐怕要有兵祸发生了。"于是上书极力反对，但是大臣们都不赞同。李梧山日夜加紧防备，整饬军队，时刻不忘防御贼人。他认为安庆的位置正当要冲，一定要选择合适的将领进行防守。当时诸将齐集参拜的时候，他唯独选中并推荐指挥使杨锐，说："我将防卫皖城的重任交给你，你不要辜负我对你的期望啊！"正德十五年，朱宸濠攻陷九江。李梧山一面派一万名士兵驻守采石，以堵塞上游的道路，一面派人紧急通知皖城进行戒备，并以忠孝节义勉励杨锐。杨锐万分感激，努力奋发，随机应变，战无不胜。

王阳明

王阳明，字伯安，名守仁，明代著名的哲学家、教育家，浙江余姚人，因被贬贵州时曾居住于阳明洞，故世称阳明先生。谥文成，有《王文成公全书》传世。

另外伪造火牌令说："因为军情紧急，特命钦差太监为总兵，统领十余万官军，一半派往南京，一半派往安庆，并征调两广的狼兵、湖广的土兵，即日起分由水、陆同时进发，在安庆会师，限期内进攻江西，剿灭叛贼。今天以火牌飞报，前路各将领需要同心防守戒备，囤积粮草，准备应战。"

朱宸濠的战船行至李阳河的时候，遇到火牌，看后大为惊慌，兵众散亡一半。李梧山又派了一千名水兵，搭乘一百多艘船舰，在船上升起军旗，命令船上的军士们大声喊叫，为安庆声援，城中的守兵看到之后，士气大振。杨锐立即打开城门率兵迎敌，水、陆两路进行夹攻，大败贼兵，贼兵开始溃逃。

当时朱宸濠驻扎在黄石矶，听说士兵们溃逃，就要趁夜逃逸，李梧山又亲自率兵追击，朱宸濠逃到鄱阳湖的时候，正巧遇到王守仁率兵到鄱阳湖，于是被擒获。后世论功竟然没有提及李梧山，御史胡洁曾目睹了整个事件的发生过程，还特别加以论述，但是并没有向朝廷奏禀这件事。一般人只是极力地称赞王守仁，却将李梧山的功绩遗忘了。唉，人幸运与否的差异真是太大了！

朱宸濠兵变的初期，曾经声明要直攻南京。路上经过安庆的时候，太守张文锦和守备杨锐等人商议，下令军士们大声叫喊，并登上城楼对朱宸濠进行辱骂，使得朱宸濠因为愤怒转而攻城，杨锐死守安庆，因此朱宸濠大军受到挫败。最后王守仁才能够一举擒获朱宸濠，虽然说朱宸濠之败是天意，但是张文锦、杨锐等人的智谋，也是非常值得称道的。

诡道卷二十三

[原文]

道取其平，兵不厌诡。实虚虚实，疑神疑鬼。彼暗我明，我生彼死。出奇无穷，莫知所以。集“诡道”。

[译文]

走路要走平坦的康庄大路，作战却不能拒绝诡诈。虚中有实，实中有虚，这样才能使敌人疑神疑鬼，防不胜防。智者能使敌暗我明，因此才能我生敌死。出奇制胜，变化无穷，使人完全无法掌握。集此为“诡道”卷。

田单

[原文]

燕昭王[1]卒，惠王立，与乐毅有隙。田单[2]闻之，乃纵反间于燕，宣言曰：“齐王已死，城之不拔者二耳。乐毅畏诛不敢归，以伐齐为名，实欲连兵南面而王齐。齐人未附，故且缓攻即墨，以待其事。齐人所惧，唯恐他将来，即墨残矣。”燕王以为然，使骑劫代毅。毅归赵，燕军共忿。而田单乃令城中，食必祭其先祖于庭，飞鸟悉翔舞下食，燕人怪之。田单因宣言曰：“神来下教我。”乃令城中曰：“当有神人为我师。”有一卒曰：“臣可以为师乎？”因反走。田单乃起，引还，东向坐，师事之，卒曰：“臣欺君，实无能也。”单曰：“子勿言。”因师之，每出约束，必称神师。乃宣言曰：“君唯惧燕军之劓(yì)所得齐卒，置之前行与我战，即墨败矣。”燕人闻之，如其言。城中人见齐诸降者悉劓，皆坚守，唯恐见得。单又宣言：“君惧燕人掘君城外冢墓，戮先人[3]，

可为寒心。”燕军尽掘垄墓、烧死人。墨人从城上望见，皆涕泣，俱欲出战，怒自十倍。田单知士卒之可用，乃身操版锸，与士卒分功，妻妾编于行伍之间，尽散饮食飨士。令甲卒皆伏，使老弱女子乘城，遣使约降于燕。燕皆呼“万岁”。田单乃收民金，得千镒，令即墨富豪遗燕将，曰：“即墨即降，愿无掳掠吾族家妻妾。”燕将大喜，许之，燕军由此益懈。单乃收城中，得千余牛，为绛缯衣，画以五采龙文，束兵刃于其角，而灌脂束苇于尾，烧其端，凿城数十穴，夜纵牛，壮士五千人随其后，牛尾热，怒而奔，燕军夜大惊，牛尾炬火光炫耀，燕军视之，皆龙文，所触尽死伤。五千人因衔枚击之，城中鼓噪从之，老弱皆击铜器为声，声动天地。燕军大骇，败走，遂杀骑劫。

[注释]

①燕昭王：昭王在位时，招贤纳士，燕国富强，至昭王二十八年（公元前284），以乐毅为上将军，率燕、秦、三晋之师伐齐，破齐都临淄。时齐七十余城皆破，仅余莒、即墨二城。三十三年（公元前279），昭王卒。②田单：齐将守即墨城者。③先人：指祖先的尸体。

[译文]

战国时期燕昭王去世，他的儿子惠王即位，曾和乐毅发生过很多不愉快的事。田单听说了这件事，就派间谍到燕国，散布谣言说：“齐王已经去世了，就只有余莒和即墨两个城池没有攻打下来。乐毅和新君之间有嫌隙，怕被杀而不敢回国，借着攻打齐国的名义，实际上是想自立为齐王。只因齐人不肯归附，因此暂时慢慢攻打即墨，等待时机的成熟。现在齐国人最怕的是更换别的将军来攻打，那么即墨就保不住了。”燕王认为是这样的，就派骑劫代替乐毅为将军，乐毅回到了赵国，燕国的将士们惋惜不已，群情激愤。这时田单命令城中的百姓在吃饭的时候，要先在庭院中祭拜祖先，飞鸟就会飞下来吃祭品，燕人觉得非常奇怪。田单就散布谣言说：“有位神师降临在城中，来教导我。”有一名士兵开玩笑地说：“我可以当神师吗？”说完转身离开。田单立即起身把他叫回来，请他坐在东边的位子上，以神师之礼对待他。士兵说：“刚才我是随口乱说骗将军的，我真的没有能力做神师。”田单说：“你什么也不要说。”仍以神师之礼对待他，每次出去巡察的时候，必称他为神师。接着，田单又散布谣言说：“我们只怕燕国军队会把所俘齐兵的鼻子割掉，让他们排列在燕军的阵前，那么即墨就必定能攻破。”燕人听说了这件事，果然照着这样去做了。城中的人看到投降的人都被割掉了鼻子，更加坚定了守城的决心，唯恐被燕军俘获。

田单又派人散布谣言说：“我们怕燕国人挖齐人城外的祖坟，侮辱我们的祖先，看到先人受到侮辱会令我们心惊胆寒的。”结果燕军又中计了，挖开坟墓，烧毁尸骨。

田单火牛破敌

田单本是齐国都城临淄管理市场的官吏，燕国攻打齐国时，田单率宗族逃到即墨，后被推举为即墨守将。田单出奇制胜，用火牛阵大败燕军，而后驱逐燕军，使齐国复国。

齐国人在城上看到了燕军的所作所为，都痛哭流涕，急于要和燕军决一死战，怒气是原先的十倍。田单知道时机已经成熟，士兵可以上阵作战了，就亲自拿上工具和士兵一起劳作，将自己的妻妾也编在了队伍之中，将好吃的食物都拿出来和士兵一同分享。田单命令武装的士兵都暗中埋伏起来，而改派那些年老体弱的妇女登城进行守卫，并且派使者去燕国商议投降的事情。燕军兵士高呼万岁。田单又向百姓募集捐款，筹集到千镒黄金，请即墨城的富豪赠送给燕国的将军，说：“齐人马上就要投降了，希望你们不要掳掠我们的妻妾。”燕国的将军非常高兴，答应了他们的请求，从此燕军的防备更加松懈。田单在城中征集了一千多头牛，为牛缝制了绛色丝衣，画上五彩的龙纹，并在牛角上绑上锋利的刀刃，另外在牛的尾巴上绑上苇草，灌上油脂，点燃牛尾，在城墙上挖了几十个洞穴，趁着夜晚，把牛群赶到洞口，放牛出来，五千名壮士跟在后面，牛受不了火烧的疼痛，发怒地向前狂奔，一直冲入燕军的营地。夜里燕军大惊，牛尾燃烧的火光照耀，燕军看到牛只身上都是龙纹，凡是碰触到的就会死伤。这时五千壮士噤声进攻，城中的百姓喊杀震天，不断敲打铜器，发出震天动地声响，燕军受到了惊吓，奔逃溃散，齐军乘胜杀了骑劫。

李广　王越

［原文］

广与百余骑独出，望匈奴数千骑，见广，以为诱

骑，皆惊，上山陈①。广之百骑皆大恐，欲驰还走。广曰：“吾去大军数十里，今如此以百骑走，匈奴追射，我立尽。今我留，匈奴必以我为大军之诱，必不敢击。”乃令诸骑曰：“前。”未到匈奴阵二里所，止，令曰：“皆下马解鞍。”其骑曰：“虏多且近，即有急，奈何？”广曰：“彼虏以我为走，今皆解鞍以示不走。”于是胡骑遂不敢击。有白马将出护②其兵，广上马，与十余骑奔射杀胡白马将，而复还至其骑中，解鞍，令士皆纵马卧。会暮，胡兵终怪之，不敢击。夜半，疑汉伏军欲夜取之，皆引去。平旦，广乃归大军。

威宁伯王越与保国公朱永帅千人巡边。虏猝至，主客不当③，永欲走，越止之，为阵列自固，虏疑未敢前。薄暮，令骑皆下马衔枚，鱼贯行，毋反顾，自率骁勇殿，从山后走五十里，抵城，虏不觉。明日乃谓永曰：“我一动，虏蹑击，无噍（jiào）类矣！结阵，示暇形④以惑之也，次第而行，且下马，无军声，故虏不觉也。”

[注释]

①上山陈：陈，同“阵”。上山为阵以待。②护：监视。③主客不当：主军与客军实力相差悬殊。④暇形：从容不迫的样子。

[译文]

汉朝名将李广有一次只带了一百多名骑兵外出，路上遇到几千名匈奴骑兵。匈奴兵看到李广，以为是诱敌之计，十分惊慌，驱马上山布阵。而李广手下的骑兵也心虚惊惶，想要逃跑。李广则说：“我们离大军有几十里远，现在如果逃跑，匈奴必会追击，我们则会全军覆没。但如果我们留在原地，匈奴会认为我们是诱敌之兵，而不敢轻易攻击。”于是命令骑兵：“前进。”离匈奴兵阵前两里左右，停止前进，命令：“所有士兵都下马，并解下马鞍。”骑兵说：“敌兵人多，还离我们这么近，万一进攻，我们该怎么办？”李广说：“匈奴兵以为我们会离开，但我们不离开。”匈奴兵不敢出击。匈奴一位将军出阵监视李广。李广跳上马背，带领十多名骑兵，快速射杀了那名将军，回到队伍中，卸下马鞍，让士兵放马休息。接近黄昏时，匈奴兵也不敢轻易攻击。午夜时分，匈奴兵率众离去了。天亮后，李广等人安然回营。

明朝的威宁伯王越和保国公朱永率一千部众巡察边境，突遇胡兵，兵力悬殊，朱永想逃跑，王越阻止他并命令士兵列阵守卫，胡兵不敢上前攻击。快黄昏时，王越令所有士兵下马，噤声，鱼贯而行，一直往前走，而自己则带领勇敢的士兵殿后，从后山步行五十里，回到城内，胡人都没有发觉。第二天王越才对朱永说："我军一跑，胡兵定会追击，那么将没有人能活命，胡兵见我军排阵，反而迷惑，我们依次行进，并且都下马，没有发出声音，所以胡兵没有发觉。"

孙膑 虞诩

[原文]

魏庞涓攻韩。齐田忌救韩，直走大梁。涓闻之，去韩而归，齐军已过而西矣。孙子谓田忌曰："彼三晋之兵，素悍勇而轻齐，齐号为怯。善战者，因其势而利导之。兵法：'百里而趣利者，蹶[1]上将；五十里而趣利者，军半至。'"使齐军入魏地，为十万灶，明日为五万灶，又明日为三万灶。涓行三日，大喜曰："吾固知齐军怯，入吾地三日，士卒亡者过半矣！"乃弃其步军，与其轻锐兼程逐之。孙子度其行，暮当至马陵。马陵道狭，而旁多阻隘，可伏兵，乃斫大树，白而书之，曰："庞涓死此树下。"于是令齐军善射者万弩夹道而伏，期曰："暮见火举而俱发。"涓果夜至斫木下，见白书，乃钻火烛之。读未毕，齐军万弩俱发，魏军乱，大败，庞涓自刭。

羌寇武都[2]。迁虞诩为武都太守。羌乃率众数千，遮诩于陈仓崤谷。诩军停车不进，而宣言"上书请兵，须到乃发"。羌闻之，乃分钞[3]旁县。诩因其兵散，日夜进道，兼行百余里，令军士各作两灶，日增倍之。羌不敢逼，或问曰："孙膑减灶，而君增之，兵法曰：'行

孙膑马陵伏弩

孙膑用减灶之计，诱使庞涓孤军深入，在马陵埋伏弓箭手，乱箭射死庞涓。

不过三十里。’而今且二百里，何也？”诩曰：“虏众我寡，徐行则易为所及，速进则彼所不测；虏见吾灶日增，必谓郡兵来迎，众多行速，必惮追我。孙膑见弱，吾今示强，势不同也。”既到郡，兵不满三千，而羌众万余，攻围赤亭数十日。诩乃令军中使强弩勿发，而潜发小弩。羌以为矢力弱不能至，并兵急攻，诩于是使二十强弩共射一人，发无不中，羌大震退。诩因出城奋击，多所杀伤。明日悉阵其众，令从东郭门出，北郭门入，贸易④衣服，回转数周，羌不知其数，更相恐动。诩计贼当退，乃潜遣五百余人，浅水设伏，候其走路。虏果大奔，因掩击，大破之。

[注释]

①蹶：颠扑，损失。②羌寇武都：武都在今甘肃成县西。此为东汉元初二年（115）事。③钞：掠夺。④贸易：更换。

[译文]

魏国庞涓发兵攻打韩国。齐国派田忌救援韩国，田忌率领大军直奔魏国国都大梁。庞涓听到这个消息后，立即从韩国撤军驰援，而齐国的部队已经进入魏国境内而向西行进。孙膑对田忌说：“三晋（韩、赵、魏）的士兵以凶悍勇猛著称，他们从不把齐军放在眼里，齐军号称胆怯。善于作战的人，就在于能够掌握敌我的情势而善加利用。兵法上说：‘攻打距离一百里远的敌人，可能会损失主将，距离五十里远而贪利冒进，队伍只能到达一半。’进入魏国境内之后，下令士兵起炉灶的时候，建了十万个炉灶，第二天减为五万个，第三天再减为三万个。庞涓一连三天尾随在齐军后面，暗中侦察，发现齐军炉灶的数目天天减少，大为高兴，说："我就知道齐军胆小如鼠，才进入魏国境内三天，一半的士兵就已经逃亡了。"于是将步兵留下，自己只带领轻装骑兵快速追击齐军。按照孙膑的推算，在黄昏的时候，魏国的军队就可以抵达马陵。马陵路面非常狭窄，两侧全是险峻的斜坡，最适合埋伏袭击，于是孙膑将路边的一棵大树的树干削平，在上面写了六个大字："庞涓死此树下"。然后让众多弓箭手埋伏在附近，并叮嘱他们说："黄昏的时候，看到树下有火光之后就万箭齐发。'到黄昏的时候，庞涓果然率领军队从树下经过，看到树上有模糊的字迹，就让人点燃火把，还没有读完树上的字，齐军就万箭齐发，一时间魏国的军队阵势大乱，溃败逃散，庞涓举剑自刎而死。

东汉时羌人进犯武都，皇帝任命虞诩为武都太守。羌人派数千人在崤谷列阵等候虞诩，虞诩令兵士暂时停止前进，并表示要"上书请求皇帝派兵增援，等援兵到达之后，再继续向前推进"。羌人听说之后，就去抢掠附近的县。虞诩趁着羌人兵力分散时，日夜兼程疾行一百多里，并命令士兵每人挖两个灶，每天都成倍地增加。羌人不敢贸然进攻，有人问虞诩说："孙膑每天减少炉灶的数目，而您却每天增加炉灶的数目，此外，兵法上说：'每天行军不能超过三十里。'而现在我们每天行军却将近二百里，为什么呢？"虞诩说："敌众我寡，假如我军再将行军速度放慢，就会非常容易遭到敌人的攻击，快速行军则敌人就很难预测到我军的虚实，再看到我军每天炉灶数目的增加，肯定会认为其他州郡的士兵已经集结会合，看到我军人数众多，行动迅速，必定会有所顾忌而不敢轻易追击我们。孙膑示弱做诱敌之计，现在我示强，完全是因为情势不同。"到达武都之后，虞诩的兵力还不到三千人，而羌兵以一万多人，围攻了赤亭数十天。虞诩命令士兵将强弩留下不发，而是用射程较短的小弩来射杀敌人。羌人以为官军弓箭力道不强，就下令进攻，这时虞诩再下令二十个士兵用强弩射杀敌人，没有不命中目标的，羌人震惊之下赶紧退兵。虞诩出城追击，羌人死伤惨重。第二天，虞诩让队伍列阵，从东门出城，再从北门入城，同时更换衣服，这样来回几次后，羌人不知虞诩有多少军队，更加惊恐震动。虞诩估计羌人该退兵了，就暗中派遣五百人，在浅水处设置埋伏，等到羌人后退的时候对他们进行拦截，羌人果然溃逃，这时伏兵趁机截杀，大败羌人。

祖逖 檀道济 岳飞

[原文]

祖逖[1]将韩潜与后赵将桃豹分据陈川故城，相守四旬。逖以布囊盛土，使千余人运以馈。潜又使数人担米息于道，豹兵逐之，即弃而走。豹兵久饥，以为逖士众丰饱，大惧，宵遁。

宋檀道济伐魏，累胜。至历城，魏以轻骑邀其前后，焚烧谷草。道济军食尽，引还。有卒亡降魏，具告之。魏人追之，众汹惧将溃。道济夜唱筹量沙，以所余少米覆其上。及旦，魏兵见之，谓道济资粮有余，以降者为妄而斩之，道济全军以归。

岳飞奉诏招抚岭表贼曹成，不从，乃上奏："群盗力强则肆横，力屈则就招，不加剿而遽(jù)议招，未易也。"遂率兵入。会得成谍者，缚之帐下。飞出帐，调兵食[②]。吏白曰："粮尽矣，奈何？"飞阳曰："且反[③]茶陵。"已而顾谍作失意状，顿足而入。阴令逸之，计谍归告，成必来追。即下令蓐(rù)食，潜趣绕岭。未明，已逼贼垒。出不意，惊呼曰："岳家军至矣！"飞乘之，遂大溃。自是连夺其险隘。贼穷，飞乃曰："招今可行矣。"

【冯述评】孙膑强而示之弱，虞诩弱而示之强，祖逖、檀道济饥而示之饱，岳忠武饱而示之饥。

祖逖闻鸡起舞

晋代的祖逖是个具有远大抱负的人，鸡鸣时就起床练剑，最终成为国家的栋梁之材。

[注释]

①祖逖：少有大志，中夜闻鸡起舞。晋朝南渡后，晋元帝用为豫州刺史，渡江击楫，誓清中原。他与后赵石勒相持，屡破强敌，收复了黄河以南的大片失地。②调兵食：筹调军粮。③反：同"返"。

[译文]

晋朝名将祖逖手下的将领韩潜和后赵的将领桃豹，分别据守陈川的旧城，双方相持了四十多天。祖逖于是用布袋装上泥土，命令一千多名士兵搬运这些土袋，装作是从外地运来支援的粮食。另外又暗中派人背负米粮，故意在路旁休息，等到桃豹的士兵进攻的时候，就故意丢弃米袋逃跑。桃豹的士兵已经长时间缺粮了，认为祖逖军中的粮食充足，大为恐惧，就连夜撤兵离开了。

南北朝时期，南朝宋将檀道济讨伐北魏，多次取胜。至历城以后，魏军以骑兵时而攻击檀道济的先锋部队，又时而突袭殿后的士兵，另外魏军也焚烧了城中的粮草。檀道济军粮将要耗尽，只好撤军。有一名投降魏军的士兵，把檀道济的窘境告诉了魏军，魏人出兵追击，宋军害怕，快要溃败。檀道济于是在夜晚命人高声地用筹数着量米的数量，实际上里面却是用沙子来代替米，另外用仅剩下的米，覆盖在沙堆上面。第二天天亮的时候魏军看到了，以为檀道济营中粮食充足，而被降兵骗了，就斩了那名降兵，而檀道济也全军而退。

岳飞奉了皇帝的诏命招抚岭表贼人曹成，曹成不答应。岳飞奏报说："盗匪一旦得势，就会肆意妄为，等到穷途末路的时候，才容易招抚。现在如果不先围剿那些贼匪，而突然对他们进行招抚，他们是不会轻易接受的。"于是就派兵进行围剿。正好曹成所派来的间谍被俘虏绑缚在帐下，岳飞走出帐外，向当地官员征调军粮，官员说："粮食快吃完了，这该怎么办呢？"岳飞故意说："看来只好先回到茶陵了。"接着在间谍面前流露出失望的样子，跺脚进入了大帐中。一面下令故意制造出机会让间谍逃脱。岳飞料定间谍一定会将所见所闻告诉曹成，而曹成一定会借机追击官兵，因此下令全军天不亮就吃饭，悄悄绕过了山岭。第二天天还没有亮，岳飞就已经到达了贼营，贼人大感意外，惊呼道："岳家军来了！"岳飞乘机攻击，贼人溃散逃逸，岳飞连连夺下贼人所据守的险要，贼人被逼得走投无路。岳飞说："现在可以进行招抚了。"

【冯述评】孙膑故意隐藏本身的实力来引诱敌人（强而示之以弱），虞诩却夸大自身的实力来恫吓对手（弱而示之以强），祖逖、檀道济都是以仅剩的米粮示敌，来掩饰粮食用尽的窘境（饥而示之以饱），岳飞故意用缺粮作为诱敌之计谋，引贼人上当（饱而示之以饥）。

韦孝宽　岳飞　种世衡

［原文］

东魏将段琛[chēn][1]据宜阳，遣其扬州刺史牛道恒煽诱边民。韦孝宽[2]患之，乃遣谍人访获道恒书迹，令善学书者习之。因伪作道恒与孝宽书，论归款意，又为落烬烧迹，若灯下书者。还令谍人送琛。琛得书，果疑道恒，不用其谋，遂相继被擒。

齐相斛律明月多智用事。孝宽令参军曲岩作谣曰："百升飞上天，明月照长安。"百升，斛也。又言"高山不摧自崩，槲(hú)树不扶自竖。"令谍人广传于邺下。时祖孝徵正与明月隙，既闻，复润色奏之，明月竟坐诛。孝宽真熟于用间者。

岳飞知刘豫结粘罕[3]，而兀术恶刘豫，可以间而动。会军中得兀术谍者，飞阳责之曰："汝非吾军中人张斌耶，吾向遣汝至齐，约诱致四太子，汝往不复来，吾继遣人问齐，已许我今冬以会合寇江为名，致四太子于清河，汝所持书竟不至，何背我耶？"谍冀缓死，即诡服，乃作蜡书，言与刘豫同谋诛兀术事，因谓谍曰："吾今贷汝，复遣至齐，问举兵期。"刲(kuī)股纳书[4]，戒勿泄。谍归，以书示兀术。兀术大惊，驰白其主，遂废豫。

元昊有腹心将，号野利王、天都王者，各统精兵，最为毒害。种世衡谋欲去之。野利尝令浪里、赏乞、媚娘三人诣世衡乞降，世衡知其诈，曰："与其杀之，不若因以为间。"留使监税，出入骑从甚宠。有紫山寺僧法崧，世衡察其坚朴可用，诱令冠带[5]。因出师，以获贼功白于帅府，表授三班阶职，充指挥使。又为力办其家事，凡居事骑从之具，无不备。崧酗(xù)酒狎博，无所不为，世衡待之愈厚。崧既感恩，一日世衡忽怒谓崧曰："我待汝如子，而阴与贼连，何相负也？"械系数十日，极其楚毒，崧终不怨，曰："崧，丈夫也，公听奸人言，欲见杀，有死耳。"居半年，世衡察其不负，为解缚沐浴，延入卧内，厚抚谢之，曰："汝无过，聊相试耳。欲使为间，其苦有甚于此者，汝能为我卒不言否？"崧泣允之，世衡乃草野利书，膏蜡致衲衣间，密缝之，仍祝之曰：“此非濒死不得泄，若泄时，当言‘负恩不能成将军之事也’。”又以画龟一幅，枣一蔀(bù)遗野利。野利见枣、龟，度必有书，索之，崧目左右，又对“无有”。野利乃封信上元昊，元昊召崧并野利至数百里外，诘问遗书，崧坚执无书，至箠楚极苦，终不说，又数日，私召至其宫，乃令人问之，曰：“不速言，死矣。”崧终不说，乃命曳出斩之，崧乃大号而言曰：“空死，不了将军事矣，吾负将军，吾负将军。”其人急追问之，崧于是褫(chǐ)衲衣，取书进入。移刻，命崧就馆，而阴遣爱将假为野利使，使世衡。世衡疑是元昊使，未即相见，只令官属日即馆舍劳问，问及兴州左右则详，至野利所部多不悉。适擒生虏数人，世衡令于隙中密觇(chān)之，生虏因言使者姓名，果元昊使。乃引见使者，厚遣之。世衡度使返，崧即还，而野利报死矣。世衡既杀野利，又欲并去天都，因设祭境上，书祭文于版，述二将相结，有意本朝，悼其垂成而败，其祭文杂纸币中，有虏至，急爇(ruò)之以归，版字不可遽灭，虏得之以献元昊，天都亦得罪。元昊既失腹心之将，悔恨无及，乃定和议。崧复姓为王嵩，后官至诸司使，至今边人谓之“王和尚”。

【冯述评】沈存中《补笔谈》[6]亦载此事，云：“世衡厚遣崧，以军机密事数条与之，曰：‘可以此借手。’临行，解所服絮袍赠之，曰：‘虏地苦寒，以此为别，至彼须万计求见遇乞，即野利王。非此人无以得其心腹。’崧如所教，间关求通遇乞，虏人觉而疑之，执于有司。数日，或发其袍领中，得世衡与遇乞书，词甚款密，崧

初不知领中书，虏人苦之备至，终不言情，虏人因疑遇乞，杀之，迁崧于北境，亡归。”事稍异。据《笔谈》则领中书并崧不知，崧胆才壮，似更奇。

世衡又尝以罪怒一番将，杖其背，僚属为请，皆莫能得，其人杖已，即奔元昊，元昊甚亲信之，岁余，尽得其机密以归，乃知世衡能用间也。

[注释]

①段琛：东魏人，有武略，从高欢起兵，后为兖州刺史。②韦孝宽：西魏和北周时人，名叔裕，用兵如神，屡建战功。③粘罕：完颜宗翰，金左副元帅。④封股纳书：把大腿的肉割开，再把蜡丸书放进肉中。⑤冠带：指还俗。⑥沈存中《补笔谈》：沈括有《梦溪笔谈》二十六卷，《补笔谈》三卷。

[译文]

魏晋南北朝时期，东魏将军段琛据守宜阳，命令扬州刺史牛道恒煽动西魏边境的民众滋事。韦孝宽为此深感困扰，于是暗中派间谍秘密偷取了牛道恒的手迹，让善于模仿笔迹的人，临摹牛道恒的字迹，伪造了一封牛道恒写给韦孝宽的书信，信中表明有投降归附的意愿，并且在信纸上故意留下灰烬的痕迹，好像这封信是在烛火下写的，再命令间谍将这封信送给段琛。段琛得到信后，果然开始怀疑牛道恒，不用他提出的计谋，最终和牛道恒先后被擒。

齐相斛律明月处理政务，机智多谋。韦孝宽命令参军曲岩作歌谣，歌词是："百升飞上天，明月照长安。”百升，指的是“斛”。又编歌“高山不摧自崩，槲树不扶自竖”，让间谍在城中广为传播。当时祖孝徵和斛律明月之间有矛盾，听了这些歌以后，就添油加醋禀告齐君，斛律明月竟然因此被杀。韦孝宽真可以说是一位善于用间的将领啊。

南宋时期，虽然岳飞知道刘豫和粘罕有勾结，但是兀术厌恶刘豫，因此可以利用这个机会进行挑拨。正巧军中抓到了一名兀术派来的间谍，岳飞故意责骂他说："你不是我营中的小兵张斌吗？我前次派你去齐国，命令你去诱擒四太子（兀术），你去了之后竟然杳无音信。现在我已经派人去问齐国，齐主已经答应我在今年冬天，以与金兵联合进攻长江为名，在清河诱擒四太子。你拿着信却一直不到，为什么背叛我？”兀术的间谍希望免去一死。于是岳飞写了一封和刘豫商议如何谋刺兀术的蜡书，对间谍说："我原谅你的过失，现在再派你到齐，问齐主出兵的日期。”切开间谍的大腿肉，放进蜡书，告诫他不要泄密。间谍回去以后，将书信呈给了金兀术，金兀术非常惊恐，急忙将这件事奏报给了金主，于是金人就废了刘豫。

北宋时期西夏主李元昊有两名心腹大将，外号分别是“野利王”和“天都王”，他们都统领精锐部队，令北宋官军头痛不已。种世衡想方设法地想要将他们除去。野利王曾经派遣浪里、赏乞、媚娘三名手下，向种世衡投降。种世衡知道他们是在故意诈降，说："与其将他们杀了，还不如利用这三个人施行反间计。"于是就派他们做了监税官，跟随在种世衡的身边，好像非常信任他们的样子。紫山寺有个和尚，法名法崧，种世衡曾对他暗中观察，认为他心志坚贞，可以担当大任，于是延揽到自己那里，说服他还俗，接着以他率兵击贼有功，请帅府表扬他，并授予他三班（官名，宋朝时武臣的职官，有东班、西班、横班）的官衔，暂时代指挥使的职权。又为他张罗安家等，举凡家具、器物、车马全都料理得非常妥当。法崧天天吃喝嫖赌，无所不为，种世衡对法崧却越来越好。法崧很感恩，一天，种世衡突然非常生气地对法崧说："我待你如同自家儿子，想不到你暗中和贼人相勾结，怎么能辜负我呢？"然后让人给他戴上枷锁，严刑拷打数十天，法崧始终没有怨恨，只是说："法崧是堂堂男子汉大丈夫，您既然听信了谗言，要杀我，那我只有死了。"半年之后，种世衡观察法崧仍然是一如当初，毫无怨言，就亲自为他解开刑具，让人侍候他沐浴更衣，请他进入内室，安抚劝慰他说："你没有错，这一切都是我在故意试探你。我想让你出使西夏当间谍，如果被敌人俘获，比现在所受的苦刑更加严厉，你能为我保守秘密，绝对不泄露军机吗？"法崧流着泪答应了。种世衡就随手写了一封给野利王的信，信口以蜡密封死，藏在衣服的夹缝中，叮嘱法崧说："这封信不到生死关头千万不可以泄露。万一泄露了，一定要记得高喊：'我对不起将军，不能完成将军所交给我的任务了！'"一面让人准备了一幅龟图，一包枣，送给野利王。野利一看到枣、龟。猜测一定会有信函，于是就查问法崧。法崧看了看野利王的旁边，回答说没有信。于是野利王立即写了一封信让人以快马送呈给李元昊，李元昊召法崧以及野利王离营数百里之外，质问法崧信函在哪里，法崧始终坚持说没有信函，虽然连连遭受苦刑毒打，仍然没有说出实话。又过几天，李元昊私下召法崧进入宫中，让人劝他说："如果你不说实话就要难逃一死了。"法崧仍然没有说出那封信函的下落。当李元昊让人将他拖出去斩首的时候，法崧这才大声哭叫着说："我白白死了，没有办法完成将军交给我的任务了，我对不起将军，我对不起将军啊！"执刑官急忙追问，法崧于是拆开衣服的缝线取出了信函进献。没过多久，李元昊让法崧住在别馆

岳飞

岳飞，字鹏举，南宋抗金名将，曾经在朱仙镇大败金兵，后来以莫须有的罪名被秦桧下狱而死，年仅三十九岁，谥号忠武。

里，暗中派心腹大将，假扮成野利王的使者，前去谒见种世衡。种世衡猜测他是李元昊派来的使者，就没有立即接见，只是命令属下每天到宾馆探问使者的起居，并闲话家常。当问到兴州的形势的时候，使者回答得非常详尽，而对野利部的动向却知道得很少。正好这时俘虏了好几名西夏兵，种世衡让人在暗中观察这些俘虏和使者见面时的情形，俘虏果然能叫出使者的姓名，果然是李元昊的使者。种世衡立即召见他，将其当成是野利王的使者，再赠送给他许多珍贵的财物并送他回到西夏。种世衡估计使者回到西夏之后，法崧也回来了，并且还带回野利王的死讯。种世衡用借刀杀人的计谋除去了野利王后，还想将天都王一起除去，于是就在边境设立祭坛，在泥板上刻下祭文，文中叙述了西夏两名大将和自己结交的心意，不料却功败垂成，因此写下这篇祭文。祭文和纸币放在一起，忽然有西夏兵来了，种世衡就急忙命令人毁去泥板，但是泥板上的字没有办法悉数尽毁，于是西夏兵拿去呈给了李元昊，天都王也因此获罪而死。李元昊同时损失了两名心腹爱将，内心无比悔恨，只好和宋朝议和。法崧复姓为王嵩，后来官至诸司使，直到现在边境地方的人们还称呼他为“王和尚”。

【冯述评】沈括的《补笔谈》中也记载了这件事情，说:“种世衡派遣法崧，曾经将几项军事机密写在纸条上交给法崧，对他说:‘必要的时候可以借此保命。’临行时又将身上的棉袍赠送给了法崧，说:‘虏地天寒地冻，就用这件棉袍作为送别的礼物，到西夏之后，要想尽一切方法求见遇乞，就是野利王，没有他，就不能知道西夏的机密。’法崧按照种世衡的交代，打通各个环节以求见野利王。西夏人不免产生了怀疑，于是将法崧擒下，几天后在法崧棉袍的衣领之中，果然发现了种世衡写给野利王的密函，信中言辞亲密，这些法崧都不知道，西夏人虽然严刑逼供，但法崧始终没有说出一个字。于是西夏人开始怀疑野利王，将野利王杀了，并将法崧流放到北地，最后法崧才乘机逃跑回来。”这和前面所记述的情节略有些出入。如果真像《笔谈》中所记载的，法崧对暗藏衣领的密函一无所知，那么法崧的胆识豪气就更加惊奇了。

种世衡也曾经因为一名番将犯了罪，非常生气地命令差官鞭打他的脊背，虽然众多的部属都为这个番将求情，可是种世衡却一概不应允。鞭打完以后，番将立即投效了李元昊，李元昊对他非常信任倚重，一年多后，番将将李元昊的军事机密获得了很多后，回来报告给了种世衡，这时众人才明白种世衡是个很善于利用反间的将领。

勾践 柴绍

[原文]

吴阖闾伐越，越子勾践御之，陈于槜(zuì)李。勾践患吴之整也，使死士再禽[1]焉，不动。使罪人三行，属[2]剑于颈，而辞曰：“二君有治，臣奸旗鼓，不敏于君之行

前，不敢逃刑，敢归死！”遂自刭也。吴师属目，越子因而伐之，大败之。

吐谷（yù）浑寇洮、岷二州。遣柴绍③救之，为其所围。虏乘高射之，矢如雨下，绍遣人弹胡琵琶，二女子对舞。虏怪之，相与聚观。绍察其无备，潜遣精骑，出虏阵后，击之，虏众大溃。

【冯述评】罪人胜如死士，女子胜如劲卒，是皆创奇设诱，得未曾有。

柴绍

柴绍，字嗣昌，晋州临汾（今属山西）人，唐朝大将，凌烟阁二十四功臣之一。柴绍出身将门，自幼便“趫捷有勇力”，李渊因此以女妻之。随李渊征战多年，并屡立战功，被封为霍国公。

[注释]

①禽：冲阵。②属：接。③柴绍：唐高祖女婿，妻为平阳公主，累从征伐，封霍国公，拜右骁卫大将军。

[译文]

春秋末期吴王阖闾发兵攻打越国，越王勾践亲自率兵抵抗。当时越军在檇李严阵以待。看到吴军严整的军容，勾践忧心忡忡，就派勇猛的士兵接连发动了两次攻击，可是吴军没有丝毫的动摇。于是勾践就想出了一个计谋，他将越国的死囚犯排成三行，然后在每个人的脖子上挂了一把剑，一起走向吴军的阵地说：“现在吴、越两国兵戎相见，我们触犯了军令，但是不敢逃避刑罚，现在只有死在阵前了。”说完，就拔剑自刎而死，吴军看得是目瞪口呆，于是越王勾践就乘机发动了猛攻，大败吴军。

唐朝时期吐谷浑入侵洮、岷两州。皇帝命令柴绍前去救援，没有想到反被敌人围困。敌人利用地势高的有利形势射箭，一时箭如雨下。柴绍灵机一动，让人弹奏起琵琶，又让两名女子随着音乐起舞。敌人对此深感惊讶，不由得聚集起来观看。柴绍察觉到敌人已经中计而放松了警惕，便暗中派遣精锐的骑兵，包抄敌人的后方，进行反击，结果大败敌人。

【冯述评】勇猛的士兵不如列队自杀的罪犯更能动摇敌人的军心，女子曼妙的舞姿胜过骁勇善战的士兵。这些都是出其不意的计谋，是诱惑敌人的招数，在以前可是从来没有听说过的。

冯异　王晙

[原文]

冯异[1]与赤眉[2]战，使壮士变服与赤眉同，伏于道侧。旦日，赤眉使万人攻异前部。贼见势弱，遂悉众攻异。异乃纵兵大战，日昃(zè)，贼气衰，伏兵卒起，服色相乱，赤眉不复识别，众遂惊溃。异追击，大破之。

吐蕃寇临洮，次大来谷。安北大都护王晙[3]率所部二千，与临洮兵合，料奇兵七百，易胡服，夜袭敌营，去贼五里，令曰："前遇寇大呼，鼓角应之。"贼惊，疑伏兵在旁，自相斗，死者万计。

[注释]

①冯异：汉光武帝刘秀将，从平河北，为征西大将军收降赤眉，威行关中。②赤眉：王莽末年，起兵于今山东一带的农民起义军，为区别敌我，眉毛涂成赤色，故称赤眉军。后为刘秀击败。③王晙：唐中宗景龙间为桂州都督，大败吐蕃，进并州都督长史。因讨突厥有功，迁朔方行军大总管。

[译文]

汉朝时冯异征讨赤眉军的时候，命令士兵换上赤眉军的兵服，埋伏在路边。第二天，赤眉发动一万人攻打冯异的先头部队，贼兵看冯异兵力薄弱，就全军出击，发动猛攻。冯异指挥士兵奋勇应战，一直坚持到傍晚，贼兵气势已经弱下来，埋伏在路边的士兵突然出击，由于这些伏兵的服装和赤眉兵相同，一时间赤眉兵没有办法辨识敌我，于是惊慌失措地逃逸。冯异下令追击，赤眉军大败。

唐朝时期吐蕃入侵临洮，抵达大来谷。安北大都护王晙率领两千士兵，和临洮军队联合抵御吐蕃。王晙事先挑选了七百名勇士，换上了吐蕃的军服，趁着夜色袭击敌营。在离敌营五里的地方，他对士兵们说："遇到敌兵，就大声喊叫，同时击鼓吹号相应。"敌兵果然认为四周有兵埋伏，非常惊慌，开始自相残杀，死了数万人。

张齐贤

[原文]

齐贤知代州，契丹入寇。齐贤遣使期潘美以并师来会战。使为契丹所执，俄而美使至云：“师出至柏井，得密诏，不许出战，已还州矣。”齐贤曰：“敌知美之来，而不知美之退。”乃夜发兵二百人，人持一帜，负一束刍，距州西南三十里，列炽燃刍，契丹兵遥见火光中有旗帜，意谓并师[1]至，骇而北走。齐贤先伏卒二千于土镫砦（zhài），掩击，大破之。

[注释]

①并师：并州之军。

[译文]

宋朝人张齐贤任代州知州的时候，契丹发兵入侵。张齐贤派人和潘美约定，两人联合抵御契丹。但是契丹人将使者给劫持去了。没有过多久，潘美的使者来到张齐贤的营地，说：“我军抵达柏井的时候，接获了皇上的密诏，不许和契丹人交手，现在军队已经调头回去了。”张齐贤说：“契丹人只是知道潘美的军队要前来会合，但并不知潘美已经撤军。”于是乘夜命令二百名士兵，每人手中拿着一面军旗，身上背着一束稻草，在距离代州西南三十里的地方，将军旗排成一列，开始焚烧稻草，契丹兵远远望去，只看到火光中有军旗飞舞，以为是两军会师，因此非常害怕，向北逃逸了。张齐贤事先在土镫寨安置了二千名伏兵，乘机杀敌，大破契丹。

张巡　毕再遇　某督军

[原文]

令狐潮围睢（suī）阳，城中矢尽。张巡[1]缚藁为人，披黑衣，夜缒（zhuì）城下。潮兵争射之，得箭数十万。其后复夜缒人，贼笑不设备。乃以死士五百斫潮营，焚垒幕，追奔十余里。

开禧中，毕再遇被围于六合，军中矢尽，再遇令人

张青盖往来城上。金人意主兵官也，争射之，须臾矢集楼墙如猬，获矢二十余万。又敌尝以水柜[2]败我，再遇夜缚藁人数千，衣以甲胄，持旗帜戈矛，俨立戎行。昧爽，鸣鼓。敌虏惊视，急放水柜，旋知其非真也，意甚沮。急出师攻之，敌遂大败。

沅州[3]蛮叛，荆湖制置遣兵讨之。蛮以竹为箭，傅以毒药，血濡缕[4]立死。官军畏之，莫敢前。乃束藁人，罗列焜(kūn)耀，蛮见之，以为官军，万矢俱发。伺其矢尽，乃出兵攻之，直捣其穴。

[注释]

①张巡：玄宗天宝年间（742—756）安禄山造反，张巡率兵征讨，和太守许远一起守睢阳，后来城陷落，遇害而死。②水柜：即水库。③沅州：今湖南芷江。④濡缕：浸湿衣衫之布丝。

[译文]

唐朝时期令狐潮围攻睢阳，城中的箭用完了，张巡让人捆扎了稻草人，穿上黑色的衣服，趁着夜晚用绳索从城墙上放下。令狐潮的士兵纷纷射箭，结果从稻草人身上得到的箭总共有十万多支。后来又在夜间把人从城头上悬放下来，贼兵只是大笑却不加防备。张巡就派了五百名勇猛的士兵去袭击令狐潮的军营，焚烧贼兵的营房，追杀了他们十多里路。

宋朝开禧年间，毕再遇被金人围困在六合。军中已经没有箭可以发射，毕再遇让人撑起青伞往来在城楼上，金人以为是主将来了，争相射箭，不一会儿整个城楼就好像刺猬一般，总共有二十多万支箭。还有，金人用水攻击宋军，毕再遇让人捆扎了几千个草人，利用夜晚视线昏暗，替草人穿上盔甲，手中拿着旗帜、武器，排列成行，拂晓时敲击战鼓。金人非常惊恐，急忙打开水库泄水，过了一会儿，才知是草人，士气大大低落。

张巡

张巡，唐蒲州河东（在今山西永济）人。他看重气节，倾财好施，扶危济困。年少时聪敏好学，博览群书，才学过人。

此时毕再遇下令士兵进攻，于是大败金人。

沅州蛮人在荆湖一带作乱，朝廷派荆湖制置使率兵平乱。蛮人削竹为箭，并在箭头涂上毒药，一出血就能置人于死地。官军们都非常害怕这种箭，不敢上前杀蛮敌。于是制置使下令扎草人，排成一列，蛮人看到后以为是官军，万箭齐发。等到蛮人箭都射完以后，才下令进攻，一直打入了蛮人的营寨。

李光弼

[原文]

史思明有良马千余匹，每日出于河南渚浴之，循环不休。李光弼命索军中牝(pìn)马，得五百匹，縶其驹[①]而出之。思明马见之，悉浮渡河，尽驱入城。思明怒，泛火船欲烧浮桥，光弼先贮百尺长竿，以巨木承其根，毡裹铁叉，置其首，以迎火船而叉之，船不能进，须臾自焚尽。

[注释]

①縶其驹：指拴系母马之驹，则母马必归。

[译文]

唐朝时期史思明有一千多匹良马，这些马每天都被带到黄河南岸的沙洲上去洗澡，分批轮流前去，从没有间断。李光弼教人把军中的母马都找出来，共有五百匹，把它们所生的小马都拴在城内并把它们放出来。史思明的马见到母马后，都浮水渡过黄河，全都被驱赶进入城中。史思明知道后十分生气，想要利用着火的小船，将浮桥烧毁，而李光弼事先藏好了几百根长竿，用巨大的木头抵住长竿的根部，然后用毛毡包裹着铁叉，安置在竿头上，这样一来，火船投水而下时，长竿就会叉住火船，船就不能再向前漂流，一会儿就自行焚毁了。

程　昱

[原文]

昱(yù)[①]，东阿人，黄巾贼起，县丞王度反应之。吏民皆负老幼，东奔渠丘山。度出城西五、六里止屯。昱因

谓县中大姓薛房曰:"度得城郭而不居,其志可知,此不过欲掠财物耳。何不相率还城而守之?"吏民不肯从,昱谓房等"愚民不可计事",乃密遣数骑举幡东山上,令房等望见,因大呼曰:"贼至矣!"便下山趣城,吏民奔走相随,昱遂与之共守,度来攻。昱击破之。

[注释]

①昱:程昱,后为曹操谋臣,为东中郎将,领济阴太守。魏文帝时为卫尉。

[译文]

程昱是东阿人,东汉末年黄巾军起义的时候,东阿县的县丞王度起兵反叛回应,于是官员百姓扶老携幼向东逃到了渠丘山。王度率兵出城以后,往西走了五六里,就把军队屯驻下来。程昱于是告诉县中的大族薛房说:"王度已经得到县城,却不住在城中,他的志向可以清楚了,只不过是想要抢夺财物罢了。我们为什么不一起返回,据城坚守呢?"然而官吏百姓都不愿意回去。程昱认为薛房等人"愚民不足以商讨大事",于是秘密派遣了几个人高举旗帜,骑着马到东山上,让薛房以及百姓们看得到,然后就在一旁大喊:"贼兵来了!"接着下山趋赴县城,官吏百姓也都跟着奔回了县城。到了城中,程昱就和吏民加强防御工事,王度起兵来攻,被程昱打败。

武案卷二十四

［原文］

学医废人，学将废兵。匪学无获，学之贵精。鉴彼覆车[1]，借其前旌[2]。青山绿水，画本分明。集“武案”。

［注释］

①鉴彼覆车：前车之覆，后车之鉴。②前旌：前人的旌旗，指前人的道路和经验。

［译文］

靠死背书学成的医生是会害人命的，靠死读书学成的将军是会损害士兵的。不学将会一无所获，可是学习贵在精当。应该学习古人的前车之鉴，汲取他人的经验，就像学习画画一样，最好的模拟对象不是画本，而是大自然中的青山、绿水。所以总结历史上的成功案例，编成“武案”卷。

战 车

［原文］

李纲请造战车，曰：“虏以铁骑胜中国，其说有三，而非车不足以制之。步兵不足以当其驰突，一也，用车则驰突可御。骑兵、马弗如之，二也，用车则骑兵在后，度便乃出。战卒多怯，见敌辄溃，虽有长技，不得而施，三也，用车则人有所依，可施其力，部伍有束，不得而逃，则车可以制胜明矣。

“靖康间，献车制者甚众，独总制官张行中者可取。其造车之法：用两竿双轮，推竿则轮转；两竿之间，以横木管之，设架以载巨弩；其上施皮篱[1]以捍矢石，绘神兽之象，弩矢发于口中，而窍其目以望敌；其下施甲裙以卫人足；其前施枪刃两重，重各四枚，上长

而下短，长者以御人也，短者以御马也；其两旁以铁为钩索，止则联属以为营。其出战之法：则每车用步卒二十五人，四人推竿以运车，一人登车望敌以发弩矢，二十人执牌②、弓弩、长枪、斩马刀，列车两旁。重行③，行五人；凡遇敌，则牌居前，弓弩次之，枪刀又次之；敌在百步内，则偃牌，弓弩间发以射之；既逼近，则弓弩退后，枪刀进前，枪以刺人，而刀以斩马足；贼退，则车徙鼓噪，相联以进，及险乃止，以骑兵出两翼，追击以取胜。其布阵之法，则每军二千五百人，以五分之一，凡五百人为将佐、卫兵及辎重之属，余二千人为车八十乘，欲布方阵，则面各用车二十乘，车相联，而步卒弥缝于其间，前者其车向敌，后者其车倒行，左右者其车顺行，贼攻左右而掩后，则随所攻而向之，前后左右，其变可以无穷，而将佐、卫兵及辎重之属，皆处其中，方圆曲直，随地之便，行则鳞次以为阵。止则钩联以为营，不必开沟堑，筑营垒，最为简便而完固。”

【冯述评】先臣余子俊言：“大同宣抚地方，地多旷衍，车战为宜。器械干粮，不烦马驮，运有用之城，策不饲之马。”因献图本，及兵部造试，所费不赀，而迟重难行，率归于废。故有“鹏鸪车”之号，谓“行不得”也④。夫古人战皆用车，何便于昔而不便于今？殆考之未精，制之未善，而当事者遂以一试弃之耳。且如秦筑长城，万世为利，而今之筑堡筑垣者，皆云沙浮易圮[pǐ]。赵充国屯田，亦万世为利，而今之开屯者，亦多筑舍无成。是皆无实心任事之人，合群策以求万全故也！法曷故哉⑤？呜呼！苟无实心任事之人，即尽圣祖神宗之法制，皆题之曰“鹧鸪”可也！

［注释］

①皮篱：皮蓬。②牌：盾牌。③重行：两行。④谓“行不得”也：鹧鸪叫声，似云“行不得也哥哥”。⑤法曷故哉：其办法哪里过时了呢？

［译文］

李纲建议朝廷建造战车，说：“胡人以骑兵战胜中原，原因有三个，而不论其中哪个原因，只有利用战车才能将胡人制服。我军的步兵抵挡不了骑兵奔驰突击，这是原因之一，但是战车速度很快，可以进攻也可以防守。我军骑兵的速度、马上的战技都不如胡人，这是战败的第二个原因，但是利用战车，我军骑兵就可以跟在车后，看准时机再出击。我军士兵多有畏惧心理，遇上敌兵，常常是不战自溃，即使有好的战技，也没有办法充分施展，这是战败的第三个原因，但是使用战车，士兵就会有所凭恃，利用战车可以约束队伍，防止士兵临阵脱逃。这样看来，战车能克敌制胜的道理就非常清楚了。

“靖康年间，呈献战车式样图的人有很多，但是只有总制官张行中所呈的车图最有价值。他造车的方法：用两根带有双轮的长竿，推动长竿，车轮就会跟着转动；两竿之间用横木相连接，再在横木上架设一个巨型大弓；大弓外罩上皮帐，这样就可以抵挡敌人的弓箭、飞石，皮帐上面绘有彩色神兽图案，图案上的兽嘴是发射弓矢的地方，图案上的眼睛，可用来观察敌人的动向；战车下方的铁甲，可以用来保护士兵的双脚；在战车前方两侧上下各装设有长短不等的枪两重，上长下短，长枪用来攻击人，短枪用来攻击马；战车的两侧都装有铁钩，不作战的时候，可以用铁钩联结其他战车，连接成临时的军营。出战时的阵法是：每辆战车配备二十五名士兵，其中四个人负责推动长竿，来使车轮转动，一个人站在车顶上瞭望敌军，指挥弓矢发射的方向，其余的二十个人分别拿着盾牌、弓箭、长枪，以及斩马刀，排列在战车的两侧，每侧两行，五个人一行。遇到敌兵，最前排的是盾牌兵，其次是弓箭排，再后是枪刀排；敌兵在百

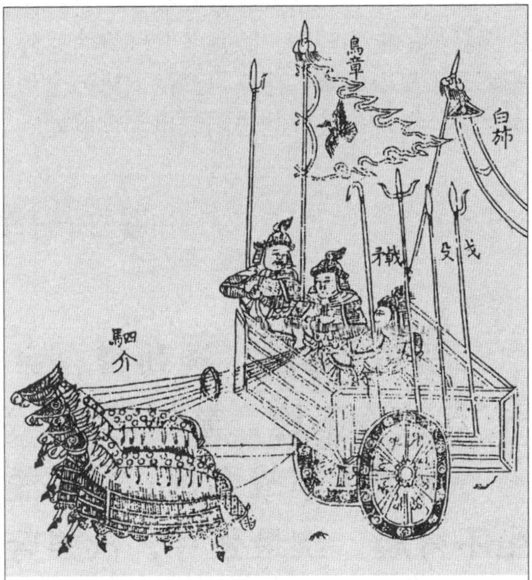

先秦战车

先秦时期，作战以车战为主，一辆兵车搭乘三人，中间的人负责驾车，左边的人持弓负责远射，右边的人持矛负责保护车辆。当时衡量国家的军事实力，兵车的数量——乘，是 个重要的指标。

步之内，就用盾牌作为掩护，弓箭排射箭；敌人逼近之后，弓箭排就退到后面，刀枪排上前，长枪刺人，短刀砍马；敌兵后退就推动战车大喊着前进，如果遇到狭窄陡峻的地形，就停止前进，命令骑兵从两侧出击以取得胜利。布阵的方法是，每军有二千五百名士兵，其中五分之一是将佐、卫兵，以及后勤补给兵，其余的两千人分别乘坐八十辆战车，排列成一个方阵形，每面都有二十辆战车，车车相连，士兵就在车与车的间隔之中行进，前排战车可以向前进攻，后排战车可以向后进攻，左右的也可以各往外推，敌人攻左右就抄他后路，随着敌人进攻的方位而防守，可以有多种多样的变化，而将领、卫兵以及后勤兵都在方阵之中，这方阵也可以随地形变化而变成圆曲状，行进的时候阵中的步兵可以再排列阵式，休兵的时候联结各车围成营地，不必再另行挖沟堑，筑营垒，非常方便坚固。

【冯述评】前朝大臣余子俊说："大同、宣抚等地，地势平坦开阔，非常适宜用战车作战。作战的时候所需要的武器、粮饷也不用靠马匹驮负，车可以组连成城垒，又可以代替马运输。"按照呈献战车式样图，兵部所造出的样车，花钱很多，但是行动笨重，只能废弃不用，最后样车得到个"鹧鸪车"的称号。所谓"鹧鸪"，也就是"行不得也"的意思。古人作战都用战车，为什么古代最有效的战争武器，在今天却不适用呢？我认为大概是由于考证不够精确，制作不够精良的缘故。而负责这件事的人以偏概全，一次发现不适用，以后就再也不愿去尝试。以秦始皇筑长城为例，世代都受惠于长城御敌的好处，可是今天我们所建的城堡，所修筑的城墙，都好像沙土一般非常容易就倾毁了。赵充国的屯田法，也是后代屯田的典范，但是今天我们的屯田政策，除盖了几间房舍之外，就再也看不到任何其他的建树了。这些都是不真心做事，想集思广益以求万全的缘故。唉，如果人没有一颗想要认真做事之心，即使是圣人的法制，也都可以题上"鹧鸪"两个字了。

吴玠 吴璘

[原文]

吴玠[1]每战，选劲弩，命诸将分番迭射，号"驻队矢"，连发不绝，繁如雨注，敌不能当。

吴璘仿车战余意，立"叠阵法"，每战以长枪居前，坐不得起，次最强弓，次强弩跪膝俟，次神臂弓。约贼相搏[2]，至百步内，则神臂先发，七十步，强弓并发。次阵如之。凡阵，以拒马[3]为限，铁钩相连。伤则更代之，遇更代则以鼓为节。骑为两翼蔽于前，阵成而骑退，谓之叠阵。战士心定，则能持满[4]，敌虽锐，不能

当也。

【冯述评】璘著《兵法》二篇，大略谓，金人有四长，我有四短。当反我之短，制彼之长。四长曰骑兵，曰坚忍，曰重甲，曰弓矢。吾集番、汉所长，兼收而用之：以分队制其骑兵，以番休迭战制其坚忍，以劲弓强弩制其重甲，以远克近、强制弱制其弓矢。布阵之法，则以步军为阵心，翼以马军，为左右肋，而拒马布两肋之间。

戚继光

戚继光，字元敬，号南塘，晚号孟渚。明代著名抗倭将领、民族英雄。山东登州（在今山东蓬莱）人。他在闽、浙、粤沿海各地抗击来犯倭寇，历经十余年，大小八十余战，终于扫平倭寇之患。

［注释］

①吴玠：知兵善骑射，北宋末为副将。南宋初屡破金兵，与其弟吴璘均称中兴名将。②相搏：肉搏。③拒马：古代一种防御用战具。④持满：张满弓以待敌。

［译文］

宋朝人吴玠每次作战之前，挑选强劲的弓弩，然后再命令诸将轮流举射，称之为“驻队矢”。这种“驻队矢”能够连续不断地发射，箭一发射出来就好像是倾盆大雨，敌人根本没有任何招架还击之力。

吴璘仿效古代车战方法，研究出了一种“叠阵法”，每次作战的时候，列在兵阵最前排的是长枪兵，坐下之后就不允许再站起来。第二排是射程最远的强弩，第三排则是次强弩，都必须以跪姿等待敌人的进攻。最后就是神臂弓。和敌人肉搏交战时，百步之内由神臂弓先射箭，七十步之内则由所有的弓弩一起发射。第二重阵也一样。每次布阵，阵前设置有拒马、铁钩。如果有人受伤，就要更换，以鼓声为信号进行更换，这时两翼的骑兵都要上前掩护。完成更换以后骑兵才退下，这就是“叠阵”。由于战士对这阵法深具信心，所以和敌人交战的时候都是张满弓待敌，敌人再精锐，也不能抵挡。

【冯述评】吴璘曾著有《兵法》两篇，大意是说，金人有四个长处，我军有四个短处。因此我军应该弥补自己的四个短处来反制金人的四个长处。所谓四个长处是：骑兵，坚忍，重甲，弓矢。我军应该兼采敌我双方的优点，加以灵活运用。例如将部队分散来牵制敌人的骑兵，让士兵交替休息，上阵以消耗敌人坚忍的意志，使用劲弓强弩来对付敌人的盔甲，以远攻近，以强制弱，使敌人的弓矢没有办法发挥威力。布阵的方法，则是以步兵为兵阵的核心，以骑兵为其两翼，就好像是人的左右肋骨一样，最后再把拒马设置在两肋中间。

鸳鸯阵

[原文]

戚继光①每以“鸳鸯阵”取胜。其法：二牌平列，狼筅(xiǎn)②各跟一牌；每牌用长枪二支夹之，短兵居后。遇战，伍长低头执挨牌③前进，如已闻鼓声而迟留不进，即以军法斩首。其余紧随牌进。交锋，筅以救牌，长枪救筅，短兵救长枪；牌手阵亡，伍下兵通斩。

[注释]

①戚继光：嘉靖中历浙江参将，大破倭寇，升福建总督。所练新军被称为“戚家军”，后以都督同知总理京师北边练兵事。②狼筅：戚继光创造的兵器。用大毛竹制，前有利刃。③挨牌：一种木制盾牌。

[译文]

明代大将戚继光常常靠着“鸳鸯阵”克敌制胜。阵法是两名盾牌兵并排在阵的前列，盾牌兵的后面各有一名狼筅兵，两名手持长枪的士兵分别排列在盾牌兵的两旁，最后一排则是短刀兵。作战的时候，盾牌兵手拿着大盾牌低头向前挺进，如果听到击鼓前进的号令而迟疑退缩，就以军法论斩，其余的士兵紧随在盾牌兵后面，双方正式交战的时候，狼筅兵负责保护盾牌兵，长枪兵负责支持狼筅兵，短刀兵负责支援长枪兵。一旦盾牌兵阵亡，那么盾牌兵之后的狼筅兵、长枪兵、短刀兵一律处斩。

张 浚

[原文]

绍兴中，虏趋京，所过城邑，欲立取之。会天大寒，城池皆冻。虏籍冰梯城，不攻而入。张魏公在大

名，闻之，先弛①濠②鱼之禁，人争出取鱼，冰不得合，虏至城下，睥（pì）睨（nì）久之，叹息而去。

［注释］

①弛：放松。②濠：护城河。

［译文］

宋绍兴年间，金人进逼京城，他们所经过的城邑，都立即被攻占。这时正好是冬季很寒冷的时候，护城河水都已经结冰，金人凭借凝结的冰层就可以攀城，因此不费吹灰之力就能进入城中。魏国公张浚在大名，听说金人用这种方式来攻占城邑，就下令取消了原先禁止百姓在护城河中捕鱼的禁令，于是百姓们争相凿冰捕鱼，护城河的冰层始终没有办法冻结坚固，金人来到城下，看了很久，只好叹息离开了。

孟 珙

［原文］

孟珙攻蔡①。蔡人恃柴潭为固，外即汝河。潭高于河五六丈，城上金字号楼伏巨弩，相传下有龙，人不敢近。将士疑畏。珙召麾下饮酒，再行，谓曰："此潭楼非天造地设，伏弩能及远，而不可射近，彼所恃，此水耳。决而注之，涸可立待。"遣人凿其两翼，潭果决，实以薪苇，遂济师，攻城克之。

［注释］

①孟珙攻蔡：宋理宗绍定五年（1232 年），孟珙、江海率兵赴蔡，与蒙古军会师。十二月，破蔡外城。次年，破蔡，金哀宗自杀，金亡。

［译文］

宋朝时孟珙攻打蔡州，当地人凭借柴潭险要的地形，据潭固守。柴潭的外围就是汝河，潭底比汝河的河面要高出五六丈，城上有座金字匾额的城楼，城楼上设置有巨大的弓弩。柴潭水非常深，相传里面有龙潜藏，人们不敢轻易接近，孟珙的手下也对这个传说心生畏惧。孟珙宴请各位将领，酒过三巡之后，孟珙说："其实这座潭楼不是天险，楼台上的巨型大弓弩，只能远射，而不能近射，敌人所凭借的只是这潭水。如果我们能够将潭水决开引入汝河之中，那么就可以等待潭水干涸。"于是派人从潭水的两侧凿开一条水道，将潭水引入汝河中，再在干涸的潭底铺上木柴、苇草，于是全军安然渡潭，攻下城楼。

李存进 樊若水

[原文]

晋副总管李存进[1]造浮梁[2]于德胜。旧制浮梁须竹笮、铁牛、石囷(qūn)。存进以苇笮(zuó)维巨舰，系于土山巨木，逾月而成。浮梁之简便，自存进始。唐池州人樊若水，举进士不第，因谋归宋。乃渔钓于采石江上[3]，乘小舟，载系绳维南岸，疾棹(zhào)抵北岸，以度江之广狭。因诣阙上书，请造浮梁以济。议者谓江阔水深，古未有浮梁而济者，帝不听，擢若水右赞善大夫，遣石全振往荆湖，造黄黑龙船数千艘。又以大舰载巨竹絙(gēng)，自荆渚而下，先试于石碑口。移置采石，三日而成，不差寸尺。

[注释]

①李存进：唐末晋王李克用之养子。后唐庄宗时官招讨使，战死于阵。②浮梁：浮桥。③采石江上：采石矶一带的长江。采石，在今安徽当涂北，历代为兵家要地。

樊若水量江

樊若水，字叔清，五代时南唐士人，因不得志而叛国，向宋太祖进献架浮桥平南唐策，直接导致了南唐的灭亡。入宋后，宋太祖赵匡胤便赐名为樊知古，字仲师，颇受重用。

[译文]

后梁时期，晋国的副总管李存进，在德胜建造了一座浮桥。原先建造浮桥的方法是用竹索、铁牛（沉在水中绑竹索用）、石囷（放在岸上固定竹索）。李存进却让人用苇索绑在巨船上，然后固定在土山的大树上面，一个多月就把浮桥造好了。这种简便的浮桥的造法就是由李存进开始的。

南唐池州人樊若水参加进士考试落榜之后，想投降宋朝。他先假装在采石一带的江面上钓鱼，划着小船，先把绳索系到南岸，然后急调船头划向北岸，往返着测量江面的宽窄。接着再上书宋太祖请求建造浮桥。有人批评他说，江面这么广阔，江水又深不可测，自古以来从来没有人请求建浮桥渡江的，太祖却没有听这些意见，而是擢升樊若水为右赞善大夫，派石全振前往荆湖，监督建造黄黑龙船数千艘。又用巨大的船舰装载巨竹，从荆湖顺流而下，先在石碑口尝试着搭建浮桥。再在采石搭建浮桥，三天之内全部建造完成了，宽窄竟然一尺一寸也不差。

王濬 王彦章

[原文]

吴人于江碛(qì)①要害处，并以铁锁横截之；又作铁锥，长丈余，暗置江中，以逆拒舟舰。濬作大筏数十，方百余步，令善水者以筏先行，遇铁锥，锥辄著筏而去，又作大炬，灌以麻油，遇锁燃炬烧之，须臾熔液断绝，舟行无碍。

晋王尽有河北，以铁锁断德胜口，筑河南、北为两城，号“夹寨”。王彦章受命至滑州，置酒大会，阴遣人具舟于杨村，命甲士六百人，皆持巨斧，载冶者，具鞴(bài)炭，乘流而下。彦章会饮酒半，佯醉，起更衣，引精兵千，沿河以趋德胜。舟兵举火熔锁，因以巨斧斩断浮桥，而彦章引兵急击南城，遂破之。

王彦章

王彦章是后梁的一员勇将，擅长使用铁枪，因此绰号叫“王铁枪”。后来他被后唐俘虏，誓不投降，被杀害。

[注释]

①江碛：长江水浅有沙石处。

[译文]

晋朝时吴人在长江险要之处，设置铁锁链以拦截对方的船只。另外再用长一丈多的铁锥，暗暗放置在江水之中以阻挡船舰的通行。王濬命令建造了数十只竹筏，百余步见方，又找了善于游泳的士兵，划着竹筏作先锋，遇到铁锥，铁锥又在竹筏上面，顺江漂流而去，接着又要人准备火把，淋上油脂，看到铁链就点上火把，不久就将铁链烧熔化了，于是船舰得以通行无阻。

五代时期，晋王李存勖占领了河北之地以后，就用铁锁截断德胜口，并在河的南北两侧各筑一座城，号称“夹寨”。王彦章奉命到滑州以后，先是故意让人设置酒席大宴将领，暗中却派人在杨村准备舟船，命令六百士兵手持大斧，载着冶炼工匠和炉、炭等设备，乘风顺流而下。王彦章和将领喝酒喝到一半的时候，便故意装作喝醉吐了满身，借口要换衣服，暗中却率领千名精兵，沿着河一直抵达德胜口。船上的士兵点火烧熔锁链，再接着用大斧砍断浮桥。这时王彦章率兵急攻南城，最后大败晋王。

马隆

[原文]

马隆讨树机能。虏兵劲，皆负铁铠。隆于夹道累磁石[1]。贼行不得前，而隆卒悉被犀甲，无所留碍，遂大破之。

[注释]

①磁石：吸铁石。

[译文]

马隆奉命讨伐树机能，虏兵十分骁勇善战，且个个身穿铁制的盔甲。马隆于是在道路的两侧暗藏磁铁。虏兵经过的时候，就会被磁铁吸住没有办法前进，而马隆的士兵全都穿犀牛皮制成的盔甲，不会受阻碍，因此大败树机能的军队。

贺若弼 崔乾祐

[原文]

隋兵与陈师战，退走数四，贺若弼辄纵烟以自隐。

哥舒翰追贼入隘道[1]，贼乘高下木石，击杀甚众。翰以毡车驾马为前驱，欲以冲贼。会东风暴急，贼将崔乾祐以草车数十乘，塞毡车之前，纵火焚之，烟所被，官军不能开目，妄自相杀。

[注释]

①哥舒翰追贼入隘道：唐天宝十四载（755），安禄山反，玄宗遣哥舒翰守潼关。次年，玄宗用杨国忠言，命哥舒翰出潼关与敌交战。哥舒翰遇安禄山大将崔乾佑于灵宝。乾佑出兵不过万人，诱官军数万人入隘道，然后大破之。

[译文]

隋军和陈国军队一交手，接连失败。隋朝的大将贺若弼在兵败的时候，命令士兵放烟，利用烟幕逃跑。

唐朝的名将哥舒翰将贼人追杀入狭窄的地方之后，贼人利用地形优势，从高处向下丢掷木头和石头，结果唐军伤亡惨重。哥舒翰想要用带有毛毡篷的马车为先锋，冲散贼人的攻势，不巧这时突然刮起了一阵东风，风势很急，贼将崔乾祐用几十辆装满干草的马车，横截在毡篷车的前面，并让人放火烧草，结果官兵们的眼睛被烟熏得无法睁开，竟然自相残杀。

王朴

[原文]

周世宗①时，拾遗王朴②献《平边策》③，略云："攻取之道，从易者始。当今唯吴易图，东至海，南至江，可挠之地二千里。从少备处先挠之，备东则挠其西，备西则挠其东。彼奔走以救弊，则奔走之间，我可窥其虚实。避实击虚，所向无前，则江北诸州举矣。既得江北，用彼之民，扬我之兵，江南亦不难下也。江南下，而桂、广、岷、蜀，可飞书召之矣。吴、蜀既平，幽必望风而至，唯并为必死之寇，必须强兵力攻，然不足为边患也。"世宗奇之，未及试，其后宋兴，卒如其策。

[注释]

①周世宗：五代后周周世宗柴荣，本为周太祖郭威养子，即位后励精图治，威震四邻。②王朴：少举进士，明敏多才智，通阴阳律历。入宋后官终枢密使。进《平边策》时为比部郎中，非拾遗。③《平边策》：周世宗时，宇内割据政权有南唐、吴越、后蜀、北汉、南汉、荆南、楚，另外契丹还占有幽燕大片土地。此言平边，即消除这些政权。

周世宗

周世宗柴荣，五代时期后周皇帝，一称柴世宗，邢州尧山柴家庄人。在位五年，终年三十八岁。他善于骑射，略通书史黄老之术。

[译文]

后周世宗时期，拾遗王朴曾提出《平边策》，大意是："攻占土地的道理，一定是要先从容易的地方下手。当今只有南唐吴地是比较容易攻占的。它幅员辽阔，东至海，南至长江，可攻的地方将近有两千里。我们从守备最薄弱的地方开始进攻。当他们防备东方的时候，我们就进攻西方，当他们防守西方的时候，我们就扰乱东方。他们必定会奔走救援。在奔走救援的过程中，我们就能看出他们真正的虚实、强弱，然后我们就可以避开守备坚固的地方，而攻击那些守备薄弱的地方，这样一来一定能战无不胜，那么长江北岸的各个州县，都将归属于我们了。取得江北胜利以后，就利用江北的百姓，宣扬我们的兵威，那么江南也就不难取得了。江南一旦到手，那么桂、广、岷、蜀这些地方，就只需要传递一两封谕示文书便足以让他们投降、归顺了。吴地、蜀地既然已经平定，那么契丹一定会闻风归附。只有北汉，是坚决不肯归附的匪寇，必须要出动强大的军队来攻取，但是也不足以构成对我们的威胁。"周世宗对这个建议非常赞赏，可惜还没有来得及按照这个策略去做周世宗就病死了。日后宋朝代后周而起，将《平边策》付诸实施。

习马炼刀法

[原文]

北虏马生驹数日，则系骒(kè)马于山半，驹在下盘旋，母子哀鸣相应，力挣而上，乃得乳。渐移系高处，驹亦渐登，故能陟(zhì)峻如砥(dǐ)。今养马宜就高山所在放牧，亦仿其法，马自可用。

又倭国每生儿，亲朋敛铁相贺，即投于井中。岁取锻炼一度，至长成刀，利不可当。今勋卫之家，世武为业，而家无锐刃。愚意亦宜仿此，箕裘弓冶①，不足为笑也。

[注释]

①箕裘弓冶:《礼记·学记》:“良冶之子,必学为裘;良弓之子,必学为箕。”良冶、良弓,指冶金、造弓的能手。冶金者常补铜器,必使铜柔软方能补合,有似于为裘皮者。造弓必使木弯曲,与以杨柳条弯编成箕相似,此言子习见其父业,影响到自己的爱好与特长。后以箕裘代指子承父业。

[译文]

北方胡人所饲养的母马生下小马之后,就会将母马拴在半山上,而让小马在山下盘旋,母马和小马嘶鸣声此起彼伏,小马只有奋力挣扎攀登上山,才能吃到母奶。过一段时间,再将母马移往更高处,小马为了吃奶就要爬更高的山,因此当小马长大之后,行走险路就会有如奔驰平地一样了。现在我们训练战马的时候就应该在高地放牧,仿效胡人养马的方法。日后,马儿自然就能担当重任。

此外,听说倭人生下男婴,亲友前来祝贺的时候,都会携带铁器,投进主人家的水井之中,主人便会将亲友所送的铁器每年锻炼一次,等婴儿长大以后,就制成了刀,锋利无比。而今勋卫之家,世代以武为业,但是家中却找不到什么锋利的武器。按照我的看法,不如也仿效倭人的做法,子承父业,这没有什么可笑的。

闺智部第九

闺智部总序

［原文］

冯子曰：语有之："男子有德便是才，妇人无才便是德。"其然，岂其然乎？夫祥麟虽祥，不能搏鼠；文凤虽文，不能攫(jué)兔。世有申生，孝己之行，才竟何居焉？成周圣善，首推邑姜①，孔子称其才与九臣埒(liè)，不闻以才贬德也！夫才者，智而已矣，不智则懵(měng)，无才而可以为德，则天下之懵妇人毋乃皆德类也乎？譬之日月：男，日也；女，月也。日光而月借，妻所以齐也；日殁而月代，妇所以辅也。此亦日月之智，日月之才也！今日必赫赫，月必曀(yē)曀②，曜(yào)一而已，何必二？余是以有取于闺智也。贤哲者，以别于愚也；雄略者，以别于雌也。吕、武之智，横而不可训也。灵芸之属智于技，上官之属智于文，纤而不足，术也。非横也，非纤也，谓之才可也，谓之德亦可也。若夫孝义节烈，彤管传馨③，则亦闺闼(tà)中之麟祥凤文，而品智者未之及也。

［注释］

①邑姜：周武王之后，太公望姜尚之女，成王之母。②曀曀：阴晦的样子。③彤管传馨：即载以史册，流芳千古之意。彤管，赤管笔。

［译文］

冯梦龙说：俗语说："男人有德便是才，妇人无才便是德。"这话当然不对。就像麒麟，虽然是吉祥之物，但不能捕鼠；凤凰虽然是美丽的象征，但不能猎兔。而像春秋时期申生这样的仁孝，也不能代表他有治国、定乱的才能。周朝最被称赞的女子，首推邑姜。孔子赞赏她的才能不下于当时的所有功臣、豪杰，圣人没有因为邑姜的才能而贬损她的德行。所谓的才能，也就是智慧，没有智慧就是无知。如果没有才干等于有德，那是否等于说天下那些无知的村姑、村妇，都是德行高尚之人呢？就如同日月，男子如日，女子如月。月亮要借助日光才能明亮，所以妻子向丈夫看齐。日落之后月光明亮，因此女子是男子的辅助。这就是日、月的智慧和才能。当太阳照耀的时候，月亮肯定是看不到的。那么只要有一个照耀天空就可以了，何必有两个呢？这就是我编辑“闺智”部的原因。编辑“贤哲”卷，是为了与愚蠢者相区别；编辑“雄略”卷，是为了与其他妇女相区别。至于吕后与武则天的智慧，那是专横而不足为训。而灵芸一类人的智慧在于技巧，上官一类人的智慧在于文采。都是细枝末叶，不足称为智慧，只是一种术业。至于这些不是专横、不是心计的，称为才能也可以，称为德行也可以。至于孝妇、烈女一类，已载于史册，如同妇女中的麒麟和凤凰，而研究智慧的人一般都不把她们置于此类人之中。

贤哲卷二十五

[原文]

匪贤则愚，唯哲斯肖，嗟彼迷阳[1]，假途闺教[2]。集“贤哲”。

[注释]

①迷阳：此处指头脑糊涂的男人。②闺教：此处指闺房中的妻子对丈夫的指教。

[译文]

一个人如果不是天生的智者就是愚人，总希望自己可以有学习、仿效的对象。那些糊涂的男人，有时也不妨求教于闺中的妇人。集此为“贤哲”卷。

马皇后

[原文]

高皇帝初造宝钞[1]，屡不成。梦人告曰：“欲钞成，须取秀才心肝为之。”觉而思曰：“岂欲我杀士耶？”马皇后[2]启曰：“以妾观之，秀才们所作文章，即心肝也。”上悦，即于本监取进呈文字用之，钞遂成。

[注释]

①宝钞：纸币。②马皇后：郭子兴养女，朱元璋在郭子兴手下时，嫁给朱元璋。她有智鉴，好书史，常劝明太祖定天下以不杀人为本。

[译文]

明太祖朱元璋即位初期想要发行纸币，但是屡次遇到困难。有一天夜里梦到有人告诉他说：“这事如果想要获得成功，必须要取秀才的心肝。”太祖醒后，想到梦中人所说的话，说道：“难道真的让我杀书生吗？”马皇后提醒太祖说：“臣妾认为，秀才们所写的文章，就是心肝。”太祖听后大为赞赏，立即命令有关官员呈上秀才们的文章，终使纸币得以顺利发行。

唐肃宗公主

［原文］

肃宗宴于宫中，女优弄假戏，有绿衣秉简为参军者[1]。天宝末，番将阿布思伏法[2]，其妻配掖庭[3]，善为优，因隶乐工，遂令为参军之戏。公主谏曰："禁中妓女不少，何须此人？使阿布思真逆人耶，其妻亦同刑人，不合近至尊之座；若果冤横，又岂忍使其妻与群优杂处，为笑谑(xuè)之具哉？妾虽至愚，深以为不可。"上亦悯恻，遂罢戏而免阿布思之妻，由是咸重公主。公主，即柳晟(shèng)母也。

［注释］

①有绿衣秉简为参军者：唐代的参军戏是一种滑稽表演，其中参军的角色穿绿衣、持牙简。②阿布思伏法：阿布思，突厥人，为唐番将，被杨国忠、安禄山诬陷冤死。③配掖庭：即配入宫中为奴。

［译文］

唐肃宗在宫中欢宴群臣的时候，宴席中有女艺人表演助兴，其中有一段是穿着绿衣手拿着简牌，模仿参军打扮的表演。天宝末年，番将阿布思获罪被杀，他的妻子被发配宫廷。她善于演戏，就隶于乐工。肃宗让她表演参军，公主劝阻他说："宫中女乐已经够多的了，怎么用得着这个人呢？再说，如果阿布思真的是个叛将，那么他的妻子也该被视为受刑之人，按法律是不能接近皇上的，如果阿布思是含冤而死，皇上又怎能忍心让他的妻子和其他的艺人杂处，成为别人娱乐助兴的工具呢？臣妾虽然愚笨，仍然深切认为不可以这样做。"肃宗听后，不由得同情起阿布思的妻子来，于是下令取消了演出，另外也赦免了阿布思的妻子。从此以后对公主也就更加的敬重。这位公主，就是柳晟的母亲。

乐羊子妻

［原文］

乐羊子尝于行路拾遗金一饼，还以语妻。妻曰："志士不饮盗泉，廉士不食嗟来，况拾遗金乎？"羊子大惭，即捐之野。

乐羊子游学，一年而归。妻问故，羊子曰："久客怀思耳。"妻乃引刀趋机①而言曰："此织自一丝而累寸，寸而累丈，丈而累匹。今若断斯机，则前功尽捐矣！学废半途，何以异是？"羊子感其言，还卒业，七年不返。

乐羊子游学，其妻勤作以养姑②。尝有他舍鸡谬③入园，姑杀而烹之，妻对鸡不餐而泣，姑怪问故，对曰："自伤居贫，不能备物，使食有他肉耳。"姑遂弃去不食。

【冯述评】返遗金，则妻为益友；卒业，则妻为严师；谕姑于道，成夫之德，则妻又为大贤孝妇。

[注释]

①机：织机。②姑：指婆婆。③谬：误。

[译文]

有一次乐羊子在路边捡到一锭金子，回家后他把这件事告诉了妻子。妻子说："有志节的人从来不喝'盗泉'之水，廉节的人从来不吃乞讨得来的食物，更何况是捡来的金子呢？"乐羊子听后，他非常惭愧，立即把金子放回了路边。

乐羊子离家求学，一年后突然返回家中。妻子问他为什么。乐羊子说："长时间客居他乡心中想家，因此就回来了。"他的妻子拿着剪刀走到织布机旁边，对乐羊子说："这匹绢布是从一丝一线累积而成尺，再从尺累积而成丈，最后成为一匹，如果现在我剪掉织布机只织到一半的布，那么以前所织的布，就全都成为没有用的东西了。现在你求学半途而废，和我将这个半成品毁掉有什么差别呢？"乐羊子被妻子所说的这番话所触动，回去接着完成了学业，七年没有回过家。

乐羊子离家求学期间，妻子辛勤持家，侍养婆婆。有一次，邻居家所养的鸡误闯入了乐羊子家中，婆婆就将鸡抓住做菜吃。到吃饭的时候，乐羊子的妻子知道了鸡的来历后，一直对着那盘鸡流泪，也不吃饭。婆婆感到非常奇怪，询问她原因，乐羊子的妻子说："我是难过家中太穷，没有好吃的菜，您才去吃邻居家的鸡的。"听到后婆婆非常惭愧，就把鸡丢弃不食。

【冯述评】劝勉丈夫不拾遗金，乐羊子的妻子可以说是一个益友；断织布鼓励丈夫坚持完成学业，乐羊子的妻子可以说是一个严师；用道理晓谕婆婆，保全丈夫的名声，又可以说是一个贤德的孝妇了。

陶侃母

[原文]

陶侃母湛氏，豫章新淦(gàn)人。初侃父丹聘为妾，生侃。而陶氏贫贱，湛每纺绩赀(zī)给之，使交结胜己。侃少为浔阳县吏，尝监鱼梁，以一封鲊(zhǎ)遗母，湛还鲊，以书责侃曰：“尔为吏，以官物遗我，非唯不能益我，乃以增吾忧矣。”鄱阳范逵素知名，举孝廉①，投侃宿。时冰雪积日，侃室如悬磬(qìng)②，而逵仆马甚多，湛语侃曰：“汝但出外留客，吾自为计。”湛头发委地，下为二髲(bì)③，卖得数斛(hú)米。斫诸屋柱，悉割半为薪，剉(cuò)卧荐④以为马草，遂具精馔，从者俱给，逵闻叹曰：“非此母不生此子。”至洛阳，大为延誉，侃遂通显。

[注释]

①孝廉：当时一门选举科目的名称，推举能孝顺父母、德行廉洁清正之人。②悬磬：形容空无所有，喻极贫。③髲：假发。④荐：草垫。

[译文]

陶侃的母亲湛氏是豫章新淦人，早年被陶侃的父亲纳为妾，生下陶侃。陶家穷困，湛氏每天辛勤地纺织供给陶侃日常所需，让他结交才识高的朋友。陶侃年轻的时候当过浔阳县衙的小吏，曾经掌管鱼市的交易。有一次他派人送给母亲一条腌鱼，湛氏将腌鱼退回，并且写信责备陶侃说：“你身为官吏，假公济私把鱼拿来送给我，这不但不能让我高兴，反而会增加我的忧愁。”鄱阳的范逵以孝闻名，被举为孝廉。一次他投宿在陶侃家，正好遇到连日冰雪，陶侃家中空无一物，而范逵的随行仆从和马匹很多，湛氏对陶侃说：“你只管到外面请客人留下来，我自有打算。”湛氏剪下自己的长发，做成两套假发，卖出去后买回来几斗米，再将屋子的柱子砍下作为柴薪，然后将睡觉用的草垫一割为二，作为马匹的粮草，就这样准备了丰盛的馔食，周全地招待了范逵主仆。范逵后来知道了这件事，感慨地说：“没有湛氏这样的母亲，是生不出陶侃这样的儿子的。”到了洛阳之后，他对陶侃大加赞赏，极力推荐陶侃，后来陶侃终于出人头地。

赵括母　柴克宏母

［原文］

秦、赵相距长平，赵王信秦反间，欲以赵奢之子括为将而代廉颇。括平日每易①言兵，奢不以为然，及是将行，其母上书言于王曰："括不可使将。"王曰："何以？"对曰："始妾事其父，时为将，身所奉饭饮而进食者以十数，所友者以百数；大王及宗室所赏赐者，尽以予军吏；受命之日，不问家事。今括一旦为将，东向而朝，军吏无敢仰视之者；王所赐金帛，归藏于家，而日视便利田宅可买者实之。父子异志，愿王勿遣。"王曰："母置之，吾已决矣。"括母因曰："王终遣之，即有不称，妾得无坐。"王许诺。括既将，悉变廉颇约束，兵败身死，赵王亦以括母先言，竟不诛也。

后唐②龙武都虞侯柴克宏，再用之子也。沉嘿(mò)好施，不事家产，虽典宿卫，日与宾客博弈饮酒，未尝言兵，时人以为非将帅才。及吴越围常州，克宏请效死行阵，其母亦表称克宏"有父风，可为将，苟不胜任，分甘孥(nú)戮"。元宗用为左武卫将军，使救常州，大破敌兵。

【冯述评】括母不独知人，其论将处亦高。

括唯不知兵，故易言兵；克宏未尝言兵，政深于兵。赵母知败，柴母知胜，皆以其父决之，异哉！

［注释］

①易：轻率。②后唐：这里指五代十国时期的南唐。

［译文］

战国时期秦国和赵国两国的军队在长平列队对阵，赵王中了秦国的反间计，想要派赵奢的儿子赵括代替廉颇为将。赵括平素轻率谈论用兵，赵奢对此不以为然。赵括即将率兵启程的时候，他的母亲亲自上书赵王，说："赵括不能担当将领的职责。"赵王问："为什么？"赵母说："当初我侍奉赵括父亲的时候赵奢已经做了将军，想要去亲身侍奉赵奢饮食的人就有十几个人，和他结交为友的则有一百多位。国君以及宗室所赏赐的东西，先夫都会全都分给手下的官兵。每当接受君王的命令之后，便不问家事专心投入战事准备之中。现在赵括做了将军，军官们没有人敢抬头看他，君王一有了赏赐，他就全部拿回家中收藏起来。看到便宜的田宅，能买的就将它们买下来。他们父子的心志是不一样的，希望大王不要派他去。"赵王说："你不要再多说了，孤王已经决定了。"赵母说："既然大王已经决定，如果今后赵括做了不称职的事情，请不要治我的罪。"赵王答应了她。赵括代替廉颇做将军之后，完全改变了廉颇的作战方式，最后果真兵败身死，赵王因为有言在先，因此赵母并没有受到牵连。

赵括之母

南唐的龙武都虞侯柴克宏是柴再用的儿子。柴克宏平素不善言谈但是喜欢帮助别人，平时不重视自家产业的经营，虽然他身为禁宫警卫，但是每天和朋友下棋喝酒，从来没有听到他谈论用兵之道，有人因此断定他绝非将帅之才。后来吴越围攻常州的时候，柴克宏请求准许自己随军御敌，他的母亲也上表章说"儿子有乃父的风范，可以任命为将领，如果日后柴克宏有失职之处，愿意领罪受罚"。元宗于是任命他为左武卫将军，让他救援常州，果真大破敌兵。

【冯述评】赵母不仅了解自己的儿子，而且议论为将之道的见解也颇为高明。

正因为赵括只知道死读兵书，不懂得军事，因此才敢轻易地谈论兵事。柴克宏没有谈论过兵事，却是深懂得用兵之道。赵母知道自己的儿子带兵必定失败，柴母知道自己的儿子为将必定成功，两位母亲都是从他们的父亲来评断儿子日后的作为，不能不令人称奇。

陈婴母　王陵母

[原文]

东阳少年起兵，欲立令史[1]陈婴为王。婴母曰："暴得大名不祥，不如有所属，事成封侯；不成，非世所指名也。"婴乃推项梁。

王陵以兵属汉，项羽取陵母置军中。陵使至，则东向坐陵母，欲以招陵。陵母私送使者，泣曰：“愿为妾语陵，善事汉王，汉王长者，毋以老妾故持二心。”遂伏剑而死。

【冯述评】**婴母知废，胜于陈涉、韩广、田横、英布、陈豨(xī)诸人。陵母知兴，胜于亚父、蒯(kuǎi)通、贯高诸人。姜叙讨贼，其母速之，马超叛，杀刺史、太守，叙议讨之，母曰：“当速发，勿顾我。”超袭执叙母，母骂超而死，明大义也。乃楚项争衡，雌雄未定，而陵母预识天下必属长者，而唯恐陵失之，且伏剑以绝其念。死生之际，能断决如此，女子中伟丈夫哉！徐庶之不终于昭烈也，其母存也，陵母不伏剑，陵亦庶也。**

陈婴母

陈婴家族是东阳县的望族，一直好善乐施，深得县民尊敬。陈婴本人是东阳县里的一位文吏，他更是承继家风，广得人心，县民都说他是位忠厚的长者。其母亲是位有学问的女性，见识广博，深识大体。

[注释]

①令史：县里的官吏。

[译文]

秦朝时期东阳的年轻人起兵想要拥立令史陈婴为王。陈婴的母亲说：“突然获得这么高的名声不是什么好事，不如依附他人，如果起义成功了，日后仍然能够封侯；即使是失败了，也不至于成为后人唾骂的对象。”于是陈婴就率军推举项梁为王。

王陵率兵投靠汉王刘邦，项羽把王陵的母亲请来，安置在军中，王陵派人探问消息，项羽就让王陵的母亲坐在东面的位置上，以表示自己的尊敬，想以此来招降王陵。王陵的母亲在私底下送别使者的时候，哭着对他说：“希望你替我转告王陵，让他好好侍奉汉王。汉王是长者，不要因为我，而对汉王抱持二心。”然后引剑自杀了。

【冯述评】陈婴的母亲在起义之前，就已经断定必败，仅这点就已经超过了陈涉、韩广、田横、英布、陈豨等人。王陵的母亲断定刘邦必胜，也超过了亚父、蒯通、贯高等人。姜叙讨贼，他的母亲催促他。马超叛乱，杀刺史、太守，姜叙商议要讨伐，他的母亲说："应当迅速发兵，不要管我。"马超突袭抓住了姜叙的母亲，姜叙的母亲大骂马超而死，这是深明大义的行为。楚汉相争，胜负没有定论的时候，王陵的母亲已经断言天下必定会属于汉王所有，唯恐王陵失去辅佐汉王平天下的机会，而引剑自杀，了断王陵心中的牵挂。在生死关头能够如此果断，真可以说是位女中丈夫了。徐庶最后不能辅佐刘备，是因为要保全自己母亲的性命。如果王陵的母亲没有自杀，那么王陵的遭遇也将会和徐庶一样吧！

叔向母

［原文］

初，叔向晋大夫羊舌肸（xī）欲娶于申公巫臣氏，其母欲娶其党。叔向曰："吾母多而庶鲜，吾惩舅氏矣。"其母曰："子灵之妻杀三夫、一君、一子，而亡一国两卿矣，可无惩乎？吾闻之：甚美必有甚恶。昔有仍氏生女，发黑而美，光可以鉴①，名曰玄妻。乐正后夔（kuí）取之，生伯封，实有豕心，贪惏（lán）无厌，忿颣（lèi）无期，谓之封豕。有穷后羿（yì）灭之，夔是以不祀。今三代之亡，共子之废，皆是物也，汝何以为哉？夫有尤物②，足以移人③，苟非德义，则必有祸。"叔向惧，不敢取。平公强使取之，生伯石。伯石始生，叔向之母视之，及堂，闻其声而还，曰："是豺狼之声也！狼子野心，非是，莫丧羊舌氏矣。"遂弗视。

［注释］

①光可以鉴：光亮可以照人。②尤物：极美的女人。③移人：指使人迷失本性，丧失理智。

［译文］

春秋时期，晋大夫叔向，就是羊舌肸，想要娶申公巫臣的女儿为妻，可是叔向的母亲却希望他娶自己娘家的人。叔向说："我的庶母虽然很多，但是庶兄弟却很少，我以此为戒，不敢娶舅家的女儿。"他母亲说："子灵的妻子夏姬，害死了三个丈夫，一个国君，一个儿子，导致一个国家的灭亡和两位卿大夫的死去，这难道还不够可怕的吗？我听说：世上如果出现了过分美丽的女人，必定会有凶险的祸事发生。古时候的有仍氏生了个女儿，头发又黑又美，光可照人，人们称她为'玄妻'。后来乐正后夔娶了她为妻，生了个儿子名叫'伯封'。这个孩子的性情像猪一般，贪得无厌，凶狠异常，因此人们给他取了一个外号叫'封豕'。后来有穷国的后羿将伯封杀了，从此夔也就断了祭祀。三代的灭亡，和晋太子申生的废立，祸端都是从美女那里开始的，你为什么还要娶美女呢？天生的美人总能迷惑人心，假使你没有美好的品德，一定会招致灾祸的。"叔向听了母亲的话后，非常害怕，就打消了娶美人为妻的想法。可是晋平公却强逼叔向娶了申公巫臣的女儿，婚后生了个儿子名叫伯石。当伯石出生的时候，叔向的母亲前去探视，才来到堂前，就听到婴儿的哭声，然后她转头就走了，说："这哭声简直就像是豺狼的声音！狼子野心，如果有了他，恐怕将来我们羊舌家会灭亡。"她因而不肯去探视孙子。

严延年母

［原文］

严延年守河南，酷烈好杀，号曰"屠伯"。其母从东海①来，适见报囚，大惊，便止都亭②，不肯入府。因责延年曰："天道神明，人不可独杀③，我不意当老见壮子被刑戮也，行矣，去汝东归，扫除墓地。"遂去归郡。后岁余，果败诛。东海莫不贤智其母。

［注释］

①东海：指东海郡，严延年的家乡。②都亭：官府在城外设置的用于招待的亭舍。③人不可独杀：指杀人的人也应当被杀。

［译文］

汉朝河南郡太守严延年凶狠好杀，河南郡的人都称他为"屠伯"。一天，他的母亲从家乡过来，正好遇到他在处决囚犯，看到之后大为震惊，便留在都亭，不肯走进郡府。她看到严延年后便责备他说："人一定要敬畏天道神明，不可以任意杀人，我不想在年老之时看到自己正值壮年的儿子遭受刑戮。我要回去了，离开你向东回家乡，为你整理好墓地。"于是她回到了东海郡，一年多之后，严延年果然被判死刑，东海郡的人都称赞他母亲的贤明与智慧。

伯宗妻

[原文]

晋伯宗朝①，以喜归。其妻曰："子貌有喜，何也？"曰："吾言于朝，诸大夫皆谓我智似阳子。"对曰："阳子华而不实，主言而无谋，是以难及其身，子何喜焉？"伯宗曰："我饮诸大夫而与之语，尔试听之。"曰："诺②。"其妻曰："诸大夫莫子若也。然而民不能戴③其上久矣，难必及子，盍亟索士，慭(yìn)庇④州犁焉？"得毕阳。后诸大夫害伯宗，毕阳实送州犁于荆。初，伯宗每朝，其妻必戒之曰："盗憎主人，民怨其上，子好直言，必及于难。"

[注释]

①朝：上朝。②诺：好的。③戴：拥戴。④慭庇：托人保护。

[译文]

春秋时期晋国大夫伯宗早朝后非常高兴地回到家里，他的妻子问他说："夫君的样子非常高兴，有什么喜事呢？"伯宗说："今天我在朝上奏事，大夫们都夸我和阳处父（晋国的太傅）一样有智慧。"妻子说："阳处父徒有美丽的外表，可是他的内心却不实在。阳处父说话冲动而没有经过深思，因此后来才会惹祸上身。他们夸夫君像他，这有什么可高兴的呢？伯宗说："我请那些大夫到家中来饮酒，你听我和他们的议论，就会知道了。"妻子说："好。"之后，妻子说："其他大夫都不能比上夫君您，但是百姓不满长官已经很久了，我怕夫君会因此遭受殃及，为什么不招募侍卫保护州犁（伯宗儿子）的安全呢？"于是找到毕阳。后来诸大夫想要陷害伯宗，州犁于是在卫士毕阳的护卫下逃往楚国避难。当初伯宗每次上朝之时，他的妻子都会提醒他说：

晋伯宗妻

伯宗贤能，但过于刚直。他的妻子经常劝他说："夫君平日喜欢疾言直谏，要提防因此而惹来灾祸。"她还劝伯宗募侍卫保护州犁（伯宗儿子）的安全，后来诸大夫想陷害伯宗，州犁遂在卫士毕阳的护卫下避难楚国。

"盗匪憎恶有钱的富人，饥民怨恨不爱民的官吏。夫君平时喜欢疾言直谏，要提防因此而招致的灾祸。"

僖负羁妻

[原文]

晋公子重耳至曹，曹共公闻其骈胁，使浴而窥之。曹大夫僖(xī)负羁之妻曰："吾观晋公子之从者皆足以相国，若以相，夫子必反其国①，反其国，必得志②于诸侯，得志于诸侯而诛无礼，曹其首也，子盍早自贰焉？"乃馈盘餐，置璧焉，公子受餐反璧，及重耳入曹，令无入僖负羁之宫。

【冯述评】僖负羁始不能效郑叔詹之谏，而私欢晋客。及晋报曹，又不能夫妻肉袒为曹君谢罪，盖庸人耳。独其妻能识人，能料事，有不可泯没者。

僖负羁妻

晋文公当年流亡途中经过曹国，曹国国君对其十分不恭，僖负羁的妻子劝说大夫与晋文公结好，因此晋文公在讨伐曹国时对僖负羁家族网开一面。

[注释]

①反其国：反，同"返"，反其国，指返回晋国执政。②得志：这里指称霸。

[译文]

晋公子重耳到达曹国的时候，曹共公听说重耳的肋骨天生是连成一片的，于是就趁着重耳洗澡的时候窥视。曹大夫僖负羁的妻子说："我看到晋公子重耳的随从，个个都有将相之材，重耳在他们的辅佐之下，日后肯定能够重返晋国，登上君位，一定会成为天下诸侯的霸主。一旦成了霸主，必定会诛伐那些从前曾对他无礼的国家，那么曹国一定会是第一个遭殃的。你为什么不趁现在和重耳结交呢？"于是僖负羁派人给重耳送了一盘食物，并暗中在食物里面放了一块宝玉，可是重耳却只收下了食物，而将宝玉退回了。到重耳攻打曹国时，下令军队不准侵入僖负羁的居所。

【冯述评】僖负羁不能效法叔詹劝谏郑伯在先，私下里却又巴结重耳。等到重耳报复曹国时，僖负羁又没有挺身为曹共公的怠慢而谢罪在后，他实在是个毫无见识的庸人。只有他的妻子，不仅慧眼识人，而且能够推断事理，不得不令人刮目相看。

李夫人

[原文]

李夫人[①]病笃，上自临候之。夫人蒙被谢曰："妾久寝病，形貌毁坏，不可以见帝，愿以王及兄弟为托。"上曰："夫人病甚，殆将不起，属托王及兄弟，岂不快哉！"夫人曰："妇人貌不修饰，不见君父，妾不敢以燕婧(duò)[②]见帝。"上曰："夫人第[③]一见我，将加赐千金，而予兄弟尊官。"夫人曰："尊官在帝，不在一见。"上复言，必欲见之，夫人遂转向嘘唏而不复言。于是上不悦而起，夫人姊妹让之曰："贵人独不可一见上，属托兄弟耶？何为恨上如此？"夫人曰："夫以色事人者，色衰而爱弛，爱弛则恩绝，上所以恋恋我者，以平生容貌故。今日我毁坏，必畏恶吐弃我，尚肯复追思闵录其兄弟哉？所以不欲见帝者，乃欲以深托兄弟也。"及夫人卒，上思念不已。

[注释]

①李夫人：汉武帝的宠妃，其兄李广利、李延年，皆汉武帝朝中重臣。②燕婧：仪容不整的样子。③第：只要。

[译文]

李夫人病情危急之时，汉武帝亲自来探病，李夫人听说皇帝来了，赶紧用被子蒙住脸说："臣妾生病期间，形容憔悴，不敢看皇上，只希望将臣妾的儿子昌邑王以及臣妾兄弟托付给皇上。"（李夫人生昌邑哀王）武帝说."夫人既然病重，快要不行了，当面托付昌邑王和兄弟，那样不是更好吗？"夫人说："女人不修饰容貌，不能见君主和父亲。臣妾没有修饰装扮，不能见皇上。”武帝说：“只要夫人肯见朕一面，朕立即赐予千金，封夫人的兄弟高官厚爵。”夫人说：“封官是陛下的恩典，和见不见面没有关系。”武帝仍然坚持要见一面，可是李夫人索性转身向内，抽抽噎噎地哭了起来，汉武帝十分不高兴地离开了。李夫人的姊妹纷纷埋怨说：“你为什么就不肯见皇上最后一面，或者当面嘱托自己的兄弟呢？为什么要让皇上怨恨呢？”夫人说：“以容貌侍奉君王的人，一旦容貌衰老，对方的爱意也会随之衰退。爱意一旦消退，那么恩情也就要断绝了。皇上之所以对我还恋恋不舍，就是因为贪恋我往昔的美貌。如果皇上今天看到我憔悴的样子，一定会失望厌恶的，还怎么肯以往日的恩情照顾我的兄弟呢？我之所以不肯见皇上，正是为了要托付自己的兄弟啊！”不久李夫人死了，汉武帝对她果然是思念不已。

雄略卷二十六

［原文］

士或巾帼，女或弁冕①。行不逾阈(yù)②，谟(mó)能致远。睹彼英英，惭余谫(jiǎn)谫③。集“雄略”。

［注释］

①弁冕：男子所戴之冠。②阈：门槛。③谫谫：浅薄。

［译文］

有时男人装扮成妇人，有时女人会装扮成男子。她们的行动不逾越门槛，计谋却能影响深远。看看那些妇女的英雄事迹，我们这些男子都要汗颜三分。因此集为“雄略”卷。

齐姜 张后

［原文］

晋公子重耳出亡至齐，齐桓妻以宗女，有马二十乘，公子安之。留齐五岁，无去心。赵衰、咎犯辈乃于桑下谋行，蚕妾①在桑上闻之，以告姜氏。姜氏杀之，劝公子趣②行，公子曰：“人生安乐，孰知其他？”姜氏曰：“子一国公子，穷而来此。数子者以子为命，子不疾反国报劳臣，而怀女德，窃为子羞之。且不求，何时得功？”乃与赵衰等谋醉重耳，载以行。张氏，司马懿后③也，有智略。懿初辞魏武命，托病风痹不起。一日晒书，忽暴雨至，懿不觉自起收之，家唯一婢见，后即手杀婢以灭口，而亲自执爨(cuàn)。

【冯述评】**五伯桓、文为盛，即一女一妻，已足千古。**

［注释］

①蚕妾：宫中养蚕的女奴。②趣：抓紧。③后：司马懿的妻子是在晋武帝司

晋文齐姜

齐姜为完成公子重耳的复国大业，不惜牺牲自己小家庭的幸福，表现了她的卓越胆识。此图表现的就是她灌醉重耳，并将其抬上车的情景。

马炎称帝后被追封为皇后的。

[译文]

晋公子重耳出奔齐国，齐桓公把宗族中的姑娘嫁给他为妻，并且还送给他二十辆马车，重耳安然接受了。重耳在齐国住了五年仍然没有想离开的意思。随行的家臣赵衰、咎犯等人聚集在桑树下商议，这时正好有养蚕的女奴在树上采桑叶，偷听到了他们的计划，女仆就将所听到的告诉了姜氏。姜氏将养蚕女给杀了，并劝重耳离开齐国。重耳说："人生求的就是安乐，何必去管其他的事情呢？"姜氏说："夫君是一国公子，被迫出奔到齐国，追随夫君的臣子个个都愿意为夫君效死命。夫君如果不急于重返晋国夺位报答臣子，只是一味留恋妻子和贪图享乐，臣妾实在是为夫君感到惭愧。现在您如果不回晋国，那什么时候才会有成功的一天呢？"于是姜氏和赵衰等人合谋，把重耳灌醉抬到车上，离开了齐国。

司马懿的妻子张氏，聪明有谋略。当初司马懿推辞了魏武帝曹操的任命，假装自己中风，卧病不起。有一天司马家晒书，忽然下起一阵暴雨，司马懿竟然不自觉地跑去收书，家中只有一名婢女看见，张氏立即将那名婢女杀了灭口，自己则接替了婢女煮饭的工作。

【冯述评】春秋五霸中，以齐桓公、晋文公的声名最盛，靠一女一妻，就可以名垂千古了。

刘知远夫人

[原文]

刘知远至晋阳，议率[1]民财以赏将士。夫人李氏谏曰："陛下因河东创大业，未有惠泽及民，而先夺其生资，殆非新天子所以救民之意也！请悉出军中所有劳军，虽复不厚，人无怨言。"知远从之，中外[2]大悦。

［注释］

①率：计算。②中外：朝廷内外。

［译文］

刘知远到晋阳之后，想要让百姓按人口交纳钱财来犒赏将士。夫人李氏劝谏他说："陛下凭借河东而拥有江山。即位初期，还没有恩惠百姓的措施，就先要剥夺他们的财产，这恐怕不是一位初登帝位的天子拯救百姓的做法。臣妾建议陛下使用府库中的资财来犒赏三军。虽然赏赐不算非常丰厚，但是这样做不会招致百姓的怨言。"刘知远采纳了夫人的建议，朝廷内外都非常高兴。

李景让母

［原文］

唐李景让①母郑氏，性严明。景让宦达，发已斑白，小有过，不免捶楚。其为浙西观察使，有牙将逆意，杖之而毙，军中愤怒，将为变。母闻之，出坐厅事，立景让于庭而责之曰："天子付汝以方面②，岂得以国家刑法为喜怒之资，而妄杀无罪！万一致一方不宁，岂唯上负朝廷，使垂老之母含羞入地，何以见汝之先人哉？"命左右褫(chǐ)其衣，将挞其背，将佐皆为之请，良久乃释，军中遂安。

【冯述评】**按郑氏早寡，家贫子幼，母自教之。宅后墙陷，得钱盈船，母祝之曰："吾闻无劳而获，身之灾也。天若矜③我贫，则愿诸孤学问有成，此不敢取。"遽(jù)掩而筑之，盖妇人中有大见识者。景让弟景庄，老于场屋。每被黜，母辄挞景让。此事可笑，然景让终不肯属主司，曰："朝廷取士，自有公道，岂可效人求关节乎？"其渐于义方深矣。**

［注释］

①李景让：唐时名臣，字后己，官至太子少保。②方面：一方地区。③矜：怜悯。

[译文]

唐朝人李景让的母亲郑氏，是位性格严谨、果断之人。李景让显达的时候，郑氏已经发色斑白了，但是只要有一点小过错，仍然会遭到母亲的鞭打。当李景让出任浙西观察使的时候，有位牙将违反李景让的命令，受杖刑而死。士兵们听说这件事后，都感到愤愤不平，想要发动兵变。李母听到这个消息以后，就从后室走到厅堂坐下，让李景让站在庭下，责备他说："天子交给你权力，是为了让你独当一面的，怎么能以个人的喜怒而随意动用国家刑法，妄杀没有罪的人！万一因此而导致了祸乱，你岂不是辜负了朝廷厚恩，又使老母我含羞入地，怎能让我有什么脸面去见你地下的祖先呢？"郑氏于是让随从剥去儿子的上衣，让人用鞭子抽打他的脊背，左右副将都为李景让求情，过了很久，其母才答应原谅李景让一次，军中的不平情绪也因此得以平复。

【冯述评】郑氏很早就开始守寡，家境贫穷，儿子年纪又小，郑氏亲自教导儿子。有一天，家中宅壁突然崩塌，在宅壁间竟然发现藏有大批钱财，郑氏祈祷上苍说："我听说不劳而获会招致灾祸，如果上天是可怜我家穷困，请保佑我的儿子们日后能够学有所成，至于这笔钱财，我不敢动用。"于是仍将这笔钱财用土掩埋，可以说郑氏是位有见识的妇人。李景让的弟弟景庄，终生没有考试成功。每次落榜以后，李母就用鞭子抽打景让，这事就显得可笑。但李景让始终不肯为弟弟嘱托有关官员，他说："朝廷取士自有一定的原则，我怎么能像别人那样去打通关节呢？"由此可见，李景让受家教的熏染还是很深的。

冼氏

[原文]

高凉[1]冼氏，世为蛮酋，部落十余万家。有女，多筹略，罗州刺史冯融聘以为子宝妇。融虽世为方伯[2]，非其土人，号令不行。冼氏约束本宗，使从民礼；参决词讼，犯者虽亲不赦。由是冯氏得行其政。高州刺史李迁仕遣使召宝，宝欲往，冼氏止之曰："刺史被召援台，乃称有疾，铸兵聚众而后召君，此必欲质君以发君之兵也！愿且勿往，以观其变。"数日，迁仕果反，遣主帅杜平虏将兵逼南康。陈霸先使周文育击之，冼氏谓宝曰："平虏今与官军相拒，势不得还；迁仕在州，无能为也，君若自往，必有战斗，宜遣使卑词厚礼，告之

曰：‘身未敢出，欲遣妇参。’彼必喜而无备，我将千余人步担杂物，昌言输赕（dǎn）③，得至栅下，破之必矣。”宝从之，迁仕果不设备，冼氏袭击，破走之。与霸先会于灨石，还谓宝曰：“陈都督非常人也，甚得众心，必能平贼，宜厚资之。”及宝卒，岭表大乱，夫人怀集百粤，数州宴然，共奉夫人为“圣母”。

隋文帝时，番州④总管赵讷（nè）贪虐，诸俚獠⑤多叛，夫人遣长史上封事，论安抚之宜，并言讷罪状。上置讷于法，敕夫人招慰亡叛，夫人亲载诏书，自称“使者”，历十余州，宣述上意，所至皆降。及卒，谥“诚敬夫人”。

【冯述评】智勇具足，女中大将。

[注释]

①高凉：在今广东阳江西。②方伯：州刺史。③输赕：古时指东方、南方的少数民族以财赎罪。④番州：今广州。⑤诸俚獠：指广东各部族。

[译文]

南北朝时期，高凉的冼氏，世代都是蛮人的酋长，部落有十万多家。冼氏有个女儿足智多谋，罗州刺史冯融为儿子冯宝求亲，娶该女为媳妇。冯融虽然世为刺史，但是不是当地人，他的号令在当地无人听从。冼氏入门之后首先做的就是约束本族的族人，使他们遵守当地的风俗。遇到诉讼，虽然亲人犯法也不宽恕。从此以后冯氏就能顺利地推行政务了。高州刺史李迁仕派使者召请冯宝前往高州。冯宝正要前去，冼氏阻止说：“当初台城被围困的时候，朝廷征召李刺史去救援，李刺史却称病不肯去。现在他铸造兵器、聚集兵众，如今又召你去，这一定是想要扣押你做人质，好要挟你发兵。先

冼大人

不要去，等观察一段时间再说。”几天之后，李迁仕果然叛乱，并且派手下大将杜平虏率领军队进逼南康。陈霸先派周文育迎战。冼氏对冯宝说：“杜平虏迎战官兵，一时间不会回到高州，而李迁仕在高州也没有办法救援杜平虏。如果是夫君率军而去，李迁仕必定会和夫君交战，夫君不如派人带上厚礼，言辞谦卑地对李迁仕说：‘我不敢自己率兵，只好请妻子代替我前往。’他听后一定会非常高兴，松懈了防备，到那时我再率领一千多人徒步担着杂物，声称献礼赎罪，等到达他营前的时候再发动突然袭击，一定可以将他击败。”冯宝按照妻子所说的去做，李迁仕果然放松了防备，遭受冼氏的突然袭击之后李迁仕逃跑了。冼氏和陈霸先在灨石相遇，回家之后对冯宝说：“陈都督器宇非凡又深得人心，一定能平定乱贼，我们应当全力支持他。”冯宝死后岭南地区发生大乱，冼氏全力安抚百粤各族，数州又恢复了平静，百姓们共同尊奉冼氏为圣母。

隋文帝时期，番州总管赵讷贪财暴虐，部族纷纷起义反叛。冼夫人请长史上书文帝，建议要安抚部族，并且列举了赵讷的罪状。文帝将赵讷治罪之后，特地让夫人招抚宣慰逃亡或者叛变的部族，夫人亲自用车盛载着天子的诏书，亲自担任朝廷使者，遍访了十多个州，宣扬文帝安抚部族的圣德。所到的州郡，土人都纷纷归顺。她死以后，谥号“诚敬夫人”。

【冯述评】冼氏智勇双全，堪称女中豪杰。

谢小娥

[原文]

谢小娥者，豫章估客①女也。生八岁，丧母，嫁历阳段氏。故二姓常同舟，贸易江湖间。小娥年十四，始及笄(jī)，父与夫皆为劫盗所杀，二姓之党歼焉。小娥亦伤脑折足，漂流水中，为他船所获，经夕而活。因流转乞食，至上元县，依妙果寺尼净悟。初，小娥父死时，梦父谓曰：“杀我者，‘车中猿，门东草。’”又数日后，梦其夫谓曰：“杀我者，‘禾中走，一日夫。’”小娥不能解，常书此语，广求智者辨之，历年不得。至元和八年，李公佐②罢江西从事，泊舟建业，登瓦官寺阁。僧齐物为李述之，李凭栏书空，疑思嘿(mò)虑，忽然了悟，令寺童疾召小娥，谓之曰：“杀汝父者申兰，杀汝夫者申春也，

其曰‘车中猿’者，车字之中乃‘申’字，申非属猴乎？草下有门，门中有东，‘兰’字也。又‘禾中走’，是穿田过，亦是‘申’字，‘一日夫’者，夫上更一画，下一日，是‘春’字。其为申兰、申春可明矣！”小娥恸(tòng)哭再拜，密书四字于衣，誓访二贼以复其冤。更为男子服，佣保江湖间。岁余，至浔阳郡，见纸榜子③召佣者，娥应召，问其主，果申兰也。娥心愤貌顺，在兰左右，积二岁余，甚见亲爱，金帛出入之数无不委之。每睹谢之衣物器具，未尝不暗泣。兰与春，宗昆弟也，春家在大江北独树浦，往来密洽。一日春携大鲤兼酒诣兰，至夕，群贼毕至，酣饮，暨(jì)诸凶既去，春沉醉卧于内室。兰亦覆寝于庭，小娥潜锁春于内，抽佩刃先斩兰首，呼号邻人并至。春擒于内，兰死于外，获赃货至数千万。初，兰、春有党数十人，暗记其名，悉擒就戮。时浔阳太守张公嘉其孝节，免死，娥竟剪发为尼以终。

【冯述评】其智勇或有之，其坚忍处，万万难及。

[注释]

①估客：商人。②李公佐：唐朝进士，本篇其实即是他所作的传奇小说《谢小娥传》。③纸榜子：纸做的招贴告示。

[译文]

谢小娥是豫章商贩的女儿。在她八岁的时候母亲去世了，父亲将她许配给了历阳人段氏，两家常常同船往来江、湖之间做生意。谢小娥十四岁那年正式过门，但是没有多久父亲和丈夫就遇上贼匪被劫杀了，两家的亲友都无一幸免。谢小娥自己也伤了头，折了脚，掉入江中漂流，后来被其他商船救起，一晚上才活过来。从此谢小娥就开始了流浪乞讨的生活，最后来到上元县，投靠了妙果寺尼姑净悟。当初，谢小娥父亲死的时候，小娥曾经梦到父亲对自己说："杀我的人，'车中猿，门东草'。"几天以后，又梦到丈夫说："杀我的人，'禾中走，一日夫'。"谢小娥想不出这两句话是什么意思，就写下这些话，到处求访智者解答语谜，但是过了多年之后仍然没有解开。唐宪宗元和八年（813），李公佐罢了江西从事之官后乘船来到建业，登临瓦宫寺楼阁，寺中的僧人将谢小娥的遭遇告诉了李公佐。李公佐靠在栏杆上用手指不停地在空中比划，认真沉吟思索，突然解出语谜，赶紧让寺中小僮将谢小娥叫来，对她说："杀你父亲的人叫申兰，杀你丈夫的人叫申春。所谓'车中猿'，'车'的中间是一个'申'字，而且'申'不就是属猴吗？草下面有门，门下有东，这是个'兰'字，而'禾中走'就是穿田而过，也是一个'申'字。'一日夫'，'夫'上面有'一'笔，下面有个'日'字，合起来就是'春'字。因此杀害你父亲和丈夫的人很明显的就是申兰和申春。"谢小娥听后痛哭不止，再次叩头拜谢李公佐，并在衣服内里上写下了"申兰申春"四个字，发誓一定要找到这两个贼人，为自己的父亲和丈夫报仇。从此，谢小娥改换男装，为人佣工。一年以后，谢小娥来到浔阳，看到有人贴出告示招佣人。谢小娥便前去应征，询问主人的姓名，发现是申兰。谢小娥心头涌起一股恨意，但是表面上仍然不动声色。两年多过去了，谢小娥在申兰身边非常得宠，凡是财物收支都要交由她经手。谢小娥每当看到故人的衣物，只能暗自流泪伤心。申兰和申春是同宗兄弟，申春住在江北的独树浦，兄弟两个人感情非常好，来往密切。一天，申春带一条大鲤鱼以及好酒来探望申兰，兄弟俩以及其他贼人酣饮到半夜，后来其他贼人都相继离开了，只剩下申春醉倒在内室中，而申兰也不胜酒力，醉卧在庭院里。谢小娥暗中把申春反锁在内室，抽出佩刀，割下了申兰的脑袋。然后邀集邻人帮忙，擒拿下被锁在内室的申春。经过清理，他们历年所掳获的财货，总共有数千万之多。申兰、申春还有数十个党羽，谢小娥平时早就已经记下了他们的名字，将他们一一擒下斩杀。当时浔阳太守为了嘉勉谢小娥的孝行，免去了谢小娥杀人的死罪。后来谢小娥削发出家，终身为尼。

【冯述评】一般人可能会有谢小娥的智慧和勇气，但是这份多年来寻访贼人的坚忍精神，却是万万不及的。

红拂女

［原文］

杨素守西京①日，李靖以布衣献策。素踞床而见，靖长揖曰："天下方乱，英雄竞起，公为重臣，须以收罗豪杰为心，不宜倨见宾客。"素敛容②谢③之。时妓妾罗列，内有执红拂④者，有殊色，独目靖。靖既去，而执拂者临轩指吏曰："问去者处士第几？住何处？"靖具以对。妓诵而去。靖归逆旅，其夜五更初，忽闻叩门而声低者，靖启视，则紫衣纱帽人，杖一囊，问之，

曰："杨家红拂妓也。"延入，脱衣去帽，遽向靖拜，靖惊答之，再叩来意，曰："妾侍杨司空久，阅天下之人多矣，无如公者，故来相就耳。"靖曰："如司空何？"曰："彼尸居余气，不足畏也。诸妓知其无成，去者甚众矣，彼亦不甚逐也。计之详矣，幸无疑焉。"问其姓，曰："张。"问其伯仲之次，曰："最长。"观其肌肤仪状、言辞气语，真天人也。靖不自意获之，愈喜愈惧，万虑不安，而窥户者无停履。数日，亦闻追讨之声，意亦非峻。乃雄服乘马，排闼(tà)⑤而去，将归太原。行次灵石旅舍，既设床，炉中烹肉且熟。张氏以发长委地，立梳床前；靖方刷马，忽有一客，中形，赤髯如虬，策蹇(jiǎn)驴而来，投革囊于驴前，取枕攲(qī)卧，看张梳头。靖怒甚，欲发，张熟视客，一手映身摇示靖，令勿怒。急梳毕，敛衽前问其姓，客卧而答之，曰："姓张。"对曰："妾亦姓张，合是妹。"遽拜之。问其第几，曰："行三。"亦问妹第几，曰："最长。"客喜曰："今日幸逢一妹。"张氏遥呼："李郎，且来见三兄！"靖骤拜之，遂环坐，问煮何肉，曰："羊肉，计已熟矣。"客曰饥，靖出市胡饼。客抽腰间匕首，切肉共食，复索酒饮，于是开革囊，取下酒物，乃一人首并心肝，却头囊中，以匕首切心肝共食之，曰："此人乃天下负心者，衔之十年，今始获之。"又曰："观李郎贫士，何以得致异人？"靖不敢隐，具言其由，曰："然。故知非君所致也，今将何之？"曰："将避地太原。"曰："望气者言太原有奇气，吾将访之。"靖因言州将子李世民，客与靖期会于汾阳桥，遂乘驴疾去。及期候之，相见大喜，靖诈言客善

相，因友人刘文靖得见。“世民真天子矣！”废然而返，遂邀靖夫妇至家，令其妻出见，酒极奢，因倾家财付靖，文簿匙锁，共二十床，曰：“赠李郎佐真主立功业也。”与其妻戎服跃马，一奴从之，数步遂不复见。靖竟佐命，封卫公。

【冯述评】**吴长卿曰：“红拂见卫公，自以为不世之遇，视杨素蔑如矣。孰知又有一虬髯也，视李郎又蔑如矣。惜哉，不及见李公子也！”**

[注释]

①西京：隋朝以长安为西京。②敛容：面色郑重。③谢：表示歉意。④红拂：红色的拂尘。⑤排闼：撞开门。

[译文]

隋朝的杨素镇守长安的时候，李靖以平民身份求见杨素。杨素坐在椅子上，态度傲慢地接见了李靖。李靖向杨素深深行礼之后，说：“天下将要大乱，英雄群起。杨公身为国家重臣，理应谦恭下士，网罗豪杰引为心腹，怎么能坐在椅子上接待客人呢？”杨素听完这番话后，就急忙改变了态度而向李靖道歉。当时杨素身边围绕着好几名侍妾，其中一位手拿红拂的侍妾长得最漂亮，她对李靖的言行特别注意。当李靖告辞之后，她特地跟随李靖出去，站在台阶上手指小吏说：“赶快去问问刚才离去的那位客人，他科举功名第几，现在家在哪里？”李靖都详细回答了小吏，那侍妾在一旁听完之后，又默默复诵了一遍才进入屋子。李靖回到旅店后，睡到五更天时，突然听到有人敲门，并且很小声地叫他的名字。他打开房门一看，看到一位身穿紫衣，头戴纱帽，拄杖拿一只口袋的人。李靖询问，她回答说：“杨家拿红拂的侍妾。”便请她进入屋中。侍女脱去外衣、纱帽，向李靖行礼，李靖惊慌答礼，并问明她的来意，她说：“我服侍杨司空已经有一段时间了，也看到过不少天下豪杰，可是从来没有一位可以和阁下相比，因此特别前来投靠。”李靖听了这番话后，就问她杨素的为人，她回答说：“他不过是一具行尸走肉罢了，不值得去害怕。许多侍女眼看日后没有指望，她们很多人都纷纷离开他。而杨公也不怎么追究她们的离去，我的计划很周密，阁下不必怀疑。”李靖问她的姓名，她只回答说：“姓张。”再问她家中排行，她回答说：“排行老大。”李靖看她的容貌举止，以及说话的语气，简直如天人一般。李靖意外得到红拂女，心中既高兴又害怕，然而下意识中又总感觉不妥，总感觉门外有偷听者的脚步声。几天之后，传出追捕红拂女的消息，但是言辞还不是非常的严峻。李靖觉得事不宜迟，立即让红拂女扮男装，骑马冲出大门，奔向太原。两人途中经过灵石，投宿在客栈里。一天，厨房的炉火上正在炖着一锅肉，肉要熟了，红拂女披散着一头及地的长发，站在床前梳头。李靖在客栈外洗马，突然有一位客人来到客栈门口，他中等身材，蓄着满腮红胡子，骑着一匹跛腿驴，下了驴之后，把行囊丢在驴前，然后就进入客栈，取过一只枕头斜躺在床上，一双眼睛却一直盯着红拂女梳头。李靖见到后非常生气，正想要发火，可红拂女在观察这位客人的举动之后，却用身体挡住那个人的视线，摇手制止了李靖，让他先不要发脾气。红拂女赶紧梳完头，整理好衣裳，然后上前行礼，问客人姓名，客人躺在床上回答说："姓张。"红拂女说："我也姓张，算起来应是你的妹妹了。"红拂女急忙参拜。又问虬髯客在家中的排行，虬髯客答："排行老三。"又问红拂女的排行，红拂女说："我排行老大。"虬髯客十分高兴地认了一个妹妹。红拂女招呼说："李郎，来见三哥。"李靖向他行礼致意，于是三个人围坐着闲谈。虬髯客问李靖炉上炖的是什么肉，李靖答："是羊肉，好像快熟了。"虬髯客说肚子饿了，李靖出去买来胡饼。虬髯客从腰中抽出一把匕首切肉，三个人一边配着饼吃肉，一边又要酒来喝。虬髯客从皮囊中拿出下酒菜，原来是一颗人头和一副人的心肝。虬髯客把人头放回袋中，用匕首切开心肝，邀李靖一起吃，并且说："这个人是天底下最忘恩负义的人，我花了十年的时间，才找到他并砍下了他头。"接着又说："我怎么看李郎你都只是一个穷书生的样子，你是怎么得到这位绝世美人的呢？"李靖不敢有所隐瞒，就将结识红拂女的经过说给了虬髯客听。虬髯客笑着说："原来是这样啊，我想光凭你自己，无论如何也没有办法获得美人心，那么今后你有什么打算呢？"李靖回答："想暂时去太原避一阵子。"虬髯客说："据术士观察星象，说太原上空有股不寻常的云气，我也想去太原看一看。"于是李靖谈到自己将去拜访李世民，并和虬髯客约在太原汾阳桥碰面，说完虬髯客就骑上驴走了。到了两个人约定的日期，虬髯客和李靖都依约而来，两个人再度碰面都十分高兴。李靖假称虬髯客会看相，托友人刘文靖介绍去见李世民，两个人一见面，虬髯客说："李世民是个真命天子。"虬髯客说完就颓丧地回家。于是虬髯客邀请李靖夫妇来到自己家中，介绍妻子和他们认识，酒宴十分奢华，另外变卖了家中的财物，将变卖的钱财，装了满满二十床的东西，说："赠给李郎辅佐真主建功立业。"他自己却和妻子穿着军服跨上快马，带着一名奴仆飘然而去，一眨眼便看不到踪影了。后来李靖辅佐李世民统一了天下，被封为卫国公。

红拂女

红拂女姓张，在南北朝的战乱中，流落长安，被卖入司空杨素府中为歌妓。因手执红色拂尘，故称作红拂女。她聪明绝顶，辨识英雄，与李靖结为夫妇，又与虬髯客结为莫逆之交，一同在乱世中施展才华。

【冯述评】吴长卿说："红拂女见李靖，以为遇见当世奇才，把杨素看得一文不值。日后又碰上虬髯客，那气度又远胜李靖了。可惜啊，当时红拂女未能遇见李世民。"

沈小霞妾

［原文］

锦衣卫经历沈炼[1]，以攻严相得罪，谪佃保安。时总督杨顺、巡按路楷皆嵩客，受世蕃指："若除吾疡(yáng)，大者侯，小者卿。"顺因与楷合策，捕诸白莲教通虏者，窜炼名籍中，论斩，籍其家。顺以功荫一子锦衣千户，楷候选五品卿寺。顺犹怏怏曰："相君薄我赏，犹有不足乎。"取炼二子杖杀之，而移檄(xí)越[2]，逮公长子诸生襄。至则日掠治，困急且死。会顺、楷被劾，卒奉旨逮治，而襄得末减问戍。襄之始来也，只一爱妾从行，及是与妾俱赴戍所，中道微闻严氏将使人要而杀之，襄惧欲窜，而顾妾不能割，妾曰："君一身，沈氏宗祧(tiāo)所系，第去勿忧我。"襄遂绐(dài)押者："城中有年家某，负吾家金钱，往索可得。"押者恃妾在，不疑，纵之去。久之不返，押者往年家询之，云："未尝至。"还复叩妾，妾把其襟大恸(tòng)曰："吾夫妇患难相守，无倾刻离，今去而不返，必汝曹受严氏指，戕(qiāng)杀我夫矣。"观者如市，不能判，闻于监司，监司亦疑严氏真有此事，不得已，权使妾寄食尼庵，而立限责押者迹襄[3]。押者物色不得，屡受笞(chī)，乃哀恳于妾，言："襄实自窜，毋枉我。"因以间亡命去。久之，嵩败，襄始出讼冤，捕顺、楷抵罪，妾复相从。襄号小霞，楚人江进之有《沈小霞妾传》。

【冯述评】严氏将要襄杀之，事之有无不可知。然襄

此去实大便宜，大干净。得此妾一番撒赖，即上官亦疑真有是事，而襄始安然亡命无患矣！顺、楷辈死，肉不足喂狗，而此妾与沈氏父子并传，忠智萃于一门，盛矣哉！

沈小霞相会出师表

沈襄为明末义士，号小霞，山阴人。父炼以劾严嵩谪戍，继又论死，襄亦濒危。而明末文士冯梦龙据此编写出忠良沉冤昭雪的传奇故事。编于《喻世明言》中。

［注释］

①沈炼：进士出身，性格刚直，疾恶如仇，因得罪严嵩父子被害。②越：绍兴，沉炼的家乡。③迹襄：追查沈襄的踪迹。

［译文］

明朝锦衣卫经历沈炼因为批评宰相严嵩而被治罪，被贬到保安屯垦。当时总督杨顺、巡按路楷都是严府的座上客。严嵩的儿子严世蕃指使他们说："只要你们能替我除去心头之痛，功大的封侯，功小的封卿。"杨顺和路楷商议，拘捕有通敌嫌疑的白莲教徒，将沈炼也列入名单之中，将其斩首抄家。杨顺因为谋害沈炼有功，庇荫一个儿子当上了锦衣千户，路楷却晋升为候选五品卿寺。因此杨顺心中非常不高兴，他说："严相对我的封赏这么少，是我做得不够吗？"于是再下令杀死沈炼的两个儿子，并且把檄文带到绍兴逮捕沈炼的长子沈襄，沈襄当时是秀才。公文一到，官府立即逮捕了沈襄。沈襄命在旦夕，正巧这时杨顺和路楷分别遭到弹劾，皇帝下令逮捕两人并将其治罪，所以沈襄才得以减罪，只是发配到边地戍守。逮捕沈襄的时候，他的一名爱妾也要求随行，而令沈襄也带着爱妾前往戍地。走到半途，沈襄听到严嵩派人来杀他的传闻，心中非常害怕，想要趁机逃跑，但是又舍不得丢下爱妾。爱妾说："夫君身系沈氏一门的血脉，只管逃命去吧，不要顾虑我的安危。"于是沈襄就骗押解的吏卒，说："城中有一户我父亲科举同年的人家，欠沈家钱，只要去就能讨到债款。"吏卒看到他爱妾在自己手上，不怀疑，就放心地答应他去讨债。过了很长时间，也不见沈襄回来，吏卒便前往同年家询问，同年家人说："没来过。"吏卒找不到沈襄，再回到住所告诉沈妾，沈妾一把揪住吏卒衣领，大哭着说："我们夫妻二人患难相守，从来没有过片刻的分离，现在我的丈夫出门后就没有回来，一定是你们受了严嵩的指使，杀了我的丈夫。"很多人在旁围观，但众人也没有办法断定谁是谁非，只好请监司裁夺，监司心中也怀疑是严嵩指使，但是又没有确凿的证据，只好暂时让沈妾寄住在尼姑庵，而下令吏卒搜捕沈襄。吏卒到处也找不到沈襄，又多次遭到鞭打，只好去哀求沈妾，说："沈襄是私自逃逸，不要冤枉我。"接着吏卒也弃职逃亡了。后来，严嵩终于遭到弹劾，这时沈襄才露面申冤。官府将杨顺、路楷下狱治罪，沈襄和爱妾两人又再度团圆了。沈襄，号小霞，楚人江进之著有《沈小霞妾传》。

【冯述评】严嵩是否真有意要杀沈襄不得而知，但沈襄计骗吏卒逃逸，手段非常干净利落，再加上沈妾一番撒赖，连官员都不得不相信是严嵩有意要杀沈襄，这才使沈襄能够安然逃亡，不担心官府的追捕。杨顺、路楷等人死了，将他们的肉拿去喂狗，狗都不喜欢吃。沈妾和沈氏父子可以说是集忠智于一门，沈家兴盛啊！

崔简妻

[原文]

唐滕王极淫。诸官美妻，无得白①者，诈言妃唤，即行无礼。时典签崔简妻郑氏初到，王遣唤。欲不去，则惧王之威；去则被王之辱。郑曰："无害。"遂入王中门外小阁。王在其中，郑入，欲逼之，郑大叫左右曰："大王岂作如是，必家奴耳。"取只履击王头破，抓面流血，妃闻而出。郑乃得还。王惭，旬日不视事。简每日参侯，不敢离门。后王坐，简向前谢，王惭，乃出。诸官之妻曾被唤入者，莫不羞之。

【冯述评】**不唯自全，又能全人，此妇有胆有识。**

[注释]

①得白：得以保持清白。

[译文]

唐朝的滕王李元婴贪淫好色，见到哪位官员的妻眷稍有姿色，就假传王妃召唤。等到官员的妻眷入府之后，就对其加以染指。当时典签崔简的妻子郑氏初来乍到，滕王派人召唤郑氏前往王府。崔简不愿意让自己的妻子前去，但又畏惧王爷的权威，去又害怕妻子遭到王爷的侮辱。郑氏说："不用担心。"郑氏来到王府之后，就被带到王府中门外的阁楼，这时王爷已经在阁楼等候她了。郑氏进来，滕王想要强行逼郑氏就范。郑氏大叫来人，一面说："这哪里是王爷会做的事呢，你肯定是王爷府中的奴仆！"说完脱下鞋，照着王爷的头猛打，并用手将王爷的脸抓得到处都是血。王妃听到打骂的声音，跑到阁楼上来一探究竟。于是郑氏安然脱身返回家中。王爷觉得非常羞惭，十多天都不敢到官府处理公事。崔简每天都站在王府门外面守候，不敢离开半步。后来王爷坐着，崔简上前谢罪，王爷惭愧，这才出来。那些曾经被王爷召入王府的妻眷，都羞愧得不敢见人了。

【冯述评】崔简的妻子不仅仅保全了自己的名节，也使别的妇女不再遭受王爷的逼迫，郑氏不但有胆量，更有见识。

新妇处盗

[原文]

某家娶妇之夕，有贼来穴壁。已入矣，会其地有大木，贼触木倒，破头死。烛之，乃所识邻人。仓惶间，惧反饵祸。新妇曰："无妨。"令空一箱，纳贼尸于内，舁(yú)至贼家门首，剥啄[1]数下，贼妇开门见箱，谓是夫盗来之物，欣然收纳。数日夫不还，发视，乃是夫尸。莫知谁杀，因密瘗(yì)之而遁。

[注释]

①剥啄：敲门。

[译文]

有一户人家娶媳妇的那天晚上，有个小偷挖墙想要入宅偷东西，他已经进来了，不巧遇到屋子中一根巨大的木柱，小偷触倒木柱，头破而死。夫妇两人点燃烛火 看，原来是位熟识的邻居，仓皇之间反而害怕会惹祸上身。新妇说："不要怕。"她要丈夫挪出一只空箱子，将贼人的尸首放入大箱子中，抬到贼人的家门口，然后轻敲几下大门后立即走开了。贼妇听到声音之后打开大门，看到门口有一只大箱子，以为是丈夫偷来的财物，就很高兴地将箱子抬进了屋内。几天之后，看丈夫还没有回来，就打开箱盖看，才发现箱中装的竟然是丈夫的尸体，也不知是谁杀的，她只好秘密将丈夫的尸体埋了然后远走他乡了。

辽阳妇

[原文]

辽阳东山虏[1]，剽掠至一家，男子俱不在，在者唯三四妇人耳。虏不知虚实，不敢入其室，于院中以弓矢

恐之。室中两妇引绳，一妇安矢于绳，自窗绷而射之。数矢后，贼犹不退，矢竭矣，乃大声诡呼曰:“取箭来。”自绷上以麻秸一束掷之地，作矢声，贼惊曰:“彼矢多如是，不易制也。”遂退去。

【冯述评】妇引绳发矢，犹能退贼。始知贼未尝不畏人，人自过怯，让贼得利耳。

[注释]

①辽阳东山虏：指明朝时东北地区的女真族人。

[译文]

明朝时期辽阳女真人南下剽掠，到了一户人家中。这户人家中的男人都不在，只有三四名妇人在室内。但是这些女真人不明白屋内的状况，因此不敢贸然闯入。于是他们先在院子中向屋内发箭恐吓，屋内的两名妇人分别拉着绳的两端，另一名妇人把箭放在绳子的中央，从窗口向外射箭还击，发射了几箭之后，这些女真人仍然没有退却，但是妇人手中已经没有箭可以发射了，于是就故意大声喊道:“拿箭来！”接着就将一捆麻杆丢在地上，乍听之下仿佛是箭。这些女真人听后大吃一惊:“他们箭多，不容易制服。”于是退走。

【冯述评】几位妇人牵绳发箭，居然将这些女真人击退了。看来这些女真人没有不害怕人的，人有时候就是本身太过于怯懦了，才会让这些女真人得利。

木兰 韩保宁 黄善聪

[原文]

秦[1]发卒戍边，女子木兰悯父年老，代之行。在边十二年始归，人无知者。

韩氏保宁，民家女也。明玉珍乱蜀，女恐为所掠，乃易男子饰，托名从军，调征云南。往返七年，人无知者。虽同伍亦莫觉也，后遇其叔，一见惊异，乃明是女，携归四川，当时皆呼为“贞女”。

黄善聪，应天淮清桥民家女，年十二，失母。其姊已适人，独父业贩线香。怜善聪孤幼，无所寄养，乃令为男子装饰，携之旅游庐、凤间者数年，父亦死。善聪即诡姓名曰张胜，仍习其业自活。同辈有李英者，亦贩香，自金陵来，不知其女也，约为火伴。同寝食者逾年，恒称有疾，不解衣袜，夜乃溲溺。弘治辛亥正月，与英皆返南京，已年二十矣，巾帽往见其姊，乃以姊称之。姊言："我初无弟，安得来此？"善聪乃笑曰："弟即善聪也。"泣语其故，姊大怒，且詈之曰："男女乱群，玷辱我家甚矣！汝虽自明，谁则信之？"因逐不纳，善聪不胜愤懑（mèn），泣且誓曰："妹此身苟污，有死而已。须令明白，以表寸心。"其邻即稳婆[②]居，姊聊呼验之，乃果处子，始相持恸哭，手为易去男装。越日，英来候，再约同往，则善聪出见，忽为女子矣，英大惊，骇问，知其故，怏怏而归，如有所失，盖恨其往事之愚也，乃告其母，母亦嗟叹不已。时英犹未室，母贤之，即为求婚，善聪不从，曰："妾竟归英，保人无疑乎？"交亲邻里来劝，则涕泗横流，所执益坚。众口喧传，以为奇事，厂卫[③]闻之，乃助其聘礼，判为夫妇。

【冯述评】木兰十二年，最久；韩贞女七年，善聪逾年耳。至于善藏其用，以权济变，其智一也。

若南齐之东阳娄逞、五代之临邛黄崇嘏，无故而诈为丈夫，窜入仕宦，是岂女子之分乎？至如唐贞元之孟妪，年二十六而从夫，夫死而伪为夫之弟，以事郭汾阳；郭死，寡居一十五年，军中累奏兼御史大夫。忽思茕（qióng）独，复嫁人，时年已七十二。又生二子，寿百余岁而卒。斯殆人妖与？又不可以常理论矣！

[注释]

①秦：花木兰的故事时代众说纷纭，不易确定。此处或指十六国时的前秦。②稳婆：接生婆。③厂卫：东、西厂和锦衣卫的合称，明朝的特务机关，势力极大。

[译文]

前秦时期，有一位老人接到了戍守边疆的命令，女儿木兰可怜父亲上了年纪，就装扮成男子代替父亲从军，戍守边疆十二年后才返回家乡，但是没有人知道她的女儿身。

韩保宁是位民家的女孩。元末时期明玉珍在蜀地叛乱，韩保宁害怕被贼兵俘获受到侮辱，就装扮成男子，更换姓名从军。她被调往云南作战，前后共七年，无人知她是女扮男装，就连一起打仗征战的伙伴也没有察觉到。后来在路上遇到她的叔父，见面十分惊异，才道破她是个女儿身，于是叔父带她回到四川，当时乡人都称韩保宁是"贞女"。

黄善聪是应天府怀清桥畔的一位民家女，在她十二岁的时候母亲去世，当时姐姐已经嫁人了，父亲以卖线香为生。看到黄善聪年纪尚小，没有人照顾她，于是就将她改扮成男孩子的模样，跟随自己在庐州、凤阳等地贩卖线香。几年以后，黄父也去世了，于是黄善聪就改名换姓叫张胜，仍然承袭了父亲的旧业，卖香生活。同行中有个叫李英的人，从金陵来，不知道张胜是个女子，两人结伴一起卖香，一年多来同寝共食。只是张胜常常称自己有病，不脱下衣袜，到半夜的时候才去解手方便。弘治辛亥年正月，张胜和李英一起回到南京，这时她已经二十岁了。一天黄善聪头戴巾帽前去探望姐姐。姐姐初见一名男子称呼自己姐姐，就说："我没有弟弟，你怎么会来？"黄善聪笑着说："弟弟就是善聪。"哭着说明原因。姐姐生气了，并且骂道："男女同住在一起，简直是败坏我们家的门风！你虽然自称是清白的，但是有谁会相信你呢？"要将黄善聪赶出门。黄善聪不由得心中产生了恨怨，一面哭一面发誓说："如果妹妹的身子遭到了玷污，愿意一死表明心意。"刚好邻居是一名有经验的产婆，姐姐请来产婆验身，证明妹妹仍然是处女，这时姐姐才抱着妹妹痛哭起来，亲手为妹妹脱去了男装。过了一段时间，李英前来探望她，想要约张胜一起再去卖香，结果看到恢复女儿身的黄善聪，不禁大吃一惊，问明原因之后，才若有所

花木兰替父从军

北魏太武帝年间，花木兰替父从军，多次参与了北魏出击大漠兵伐柔然的战争，表现突出，朝廷欲授予她尚书郎，她婉言推辞。而她的事迹则记载在宋人郭茂倩编的长篇叙事诗歌《木兰辞》里。

失地回家了。或许是李英在心中埋怨自己过去反应太过迟钝了，回到家后，就将黄善聪改扮男装的事情告诉了自己的母亲，他母亲听后也是惊叹不已。李英尚未成家，他母亲认为黄善聪贤惠，就托人说媒，黄善聪却拒绝说："如果我嫁给李英，还有人会相信我的清白吗？"两家的亲友、邻里纷纷劝说，但是黄善聪流着眼泪，坚持不肯答应。事情传开以后，乡人都认为这是件奇事。厂卫听说这件事之后，资助李英娶妻的聘礼，判决二人成为夫妇。

【冯述评】三个人中木兰装扮成男儿的时间最长，共十二年，韩贞女是七年，黄善聪是一年多，但是三个人能不露任何痕迹，避人耳目的智慧是相同的。

但说起像南齐时期东阳妇人娄逞，五代时期临邛妇人黄崇嘏，没有理由的去装成男子，去争取功名，难道是女子该守的本分呢？唐朝贞元年间有位姓孟的妇人，二十六岁时嫁人，丈夫死了以后，假称是丈夫的弟弟，在郭子仪的手下当差，郭子仪死后十五年时间里，她竟然官至御史大夫。有一天又突然想要嫁人了，当时她已经七十二岁了，婚后生下了两个孩子，活到一百多岁才死。我想这妇人恐怕是人妖吧？天下有很多事情是没有办法按照常理去推断的。

杂智部第十

杂智部总序

［原文］

冯子曰：智何以名杂也？以其黠（xiá）而狡，慧而小也。正智无取于狡，而正智或反为狡者困；大智无取于小，而大智或反为小者欺。破其狡，则正者胜矣；识其小，则大者又胜矣。况狡而归之于正，未始非正；小而充之于大，未始不大乎？一饧（xíng）也，夷以娱老，跖（zhí）以脂户，是故狡可正，而正可狡也。一不龟乎也，或以战胜封，或不免于洴澼（píng pì），是故大可小，而小可大也。杂智具而天下无余智矣。难之者曰："大智若愚，是不有余智乎？"吾应之曰："政唯无余智，乃可以有余智。太山而却①撮土，河海而辞涓流，则亦不成其太山河海矣！"鸡鸣狗盗，卒免孟尝，为薛②上客，顾用之何如耳。吾又安知古人之所谓正且大者，不反为不善用智者之贼乎？是故以"杂智"终其篇焉。得其智，化其杂也可；略其杂，采其智也可。

［注释］

①却：推辞，拒绝。②薛：指薛国，孟尝君的封地。

［译文］

冯梦龙说：智慧为什么可以称为"杂"？这指的是一些狡诈、卑小的智慧。纯正的智慧不应该是狡诈的，但是纯正的智慧常常让狡诈者所困扰。大的智慧不应该是卑小的，但大的智慧常常被卑小者欺侮。只有破除狡诈，纯正的智慧才能取胜。认识卑小，大的智慧才能取胜。何况狡诈发展变为纯正，未尝不是纯正的智慧；卑小而变为大智，未尝不是大的智慧。同样是饧，伯夷是用来给老人吃，使他们快乐，而盗跖则用来润滑门枢，以便偷盗时没有声响，因此说狡诈可以变为纯正的智慧，纯正的智慧可变为狡诈。同样是让手不皲裂的药，可以依靠它在战争中取胜封侯，或者用于在水中漂洗棉絮，所以说正大的智慧也可以变成卑小的智慧，卑小的智慧也可以成为正大的智慧。所以说具备了杂智则天下就没有其他的智慧了。有人辩驳说:“对于那些大智若愚者，是不是也算一种其他的智慧呢？”我回答说:“纯正的智慧中没有其他的智慧，但也可以包括其他的智慧。就好像泰山不会拒绝小的土块，而能成就它的高大;江海不会拒绝任何一条小溪，而能成就它的博大。”因此即使是鸡鸣狗盗的小伎俩，不仅能够成为孟尝君的座上客，而且可以将孟尝君从暴秦的手中拯救出来，主要看你是如何运用这些智慧的。我们又怎么知道古人所说的正大的智慧，不会成为不善于利用智慧的人的祸害呢？所以我以“杂智篇”作为全书的最后一篇。得到智慧，化去那些杂事是可以的。略去那些杂事，采其智慧也可以。

狡黠卷二十七

[原文]

英雄欺人①，盗亦有道；智日以深，奸日以老。象物为备，禹鼎在兹②；庶几不若，莫或逢之。集“狡黠”。

[注释]

①欺人：以气势吓人。②象物为备，禹鼎在兹：禹把各地的神物和恶物铸在鼎上，让人民识别。

[译文]

英雄可能会欺负人，盗匪也可能会有道义。智慧能越来越深沉，奸诈也会越来越老练。这些智慧应该像禹将神物和恶物铸在鼎上一样，集中在一起，加以了解和防备。如果自知不如，最好敬而远之。因此集成“狡黠”卷。

郭纯　王燧

[原文]

东海孝子郭纯丧母，每哭则群鸟大集。使检有实，旌表门闾。复讯，乃是每哭即撒饼于地，群鸟争来食之。其后数数如此，鸟闻哭声，莫不竞凑，非有灵也。

河东孝子王燧家猫、犬互乳①，其子言之州县，遂蒙旌表。讯之，乃是猫、犬同时产子，取其子互置窠（kē）中，饮其乳惯，遂以为常。

【冯述评】**田单妙计②，可惜小用。然撒饼亦资冥福，称孝可矣！**

即使非伪，与孝何干？

[注释]

①互乳：互相哺乳。②田单妙计：春秋时田单被围即墨，下令城中每次开饭前必在庭院中祭先祖，引飞鸟落下就食，围城之敌迷惑不解，疑有神降。

［译文］

东海孝子郭纯的母亲去世以后，每当他大哭时，他家庭院的上空就会有大批的鸟聚集在一起，一时传为奇谈。官府派官员前来调查发现确有此事，于是就奏请皇帝，予以表彰。后来，有个人一再追查孝子家飞鸟群聚的原因，原来是孝子每次号哭的时候，就将饼散撒在地上，飞鸟就会争相来食，每次都是这样，后来，飞鸟一听到哭声，就会群聚盘旋在他家的庭院上空，并非是飞鸟有什么灵性，被孝子的孝顺所感动。

河东孝子王燧的家中，所饲养的猫狗，竟然猫哺育犬子，犬抚育猫儿。官府听说了这件事，也表彰他。问王燧，原来猫和狗是同时产的幼崽，家人互调了它们的幼崽，时间一长也就习惯哺育了。

【冯述评】这原本是齐人田单用来欺骗燕人的计谋，以此欺骗乡民，实在是有些小用了。然而撒饼喂鸟也算是行善事、积阴德，就这点来看，也还可以称是个孝子。

即使不是假的，这和孝顺有什么关系呢？

京邸假宦官

［原文］

嘉靖间，一士人候选京邸。有官矣，然久客橐（tuó）空，欲贷千金，与所故游客谈。数日报命，曰：“某中贵允尔五百。”士人犹恨少，客曰：“凡贷者例以厚贽①先，内相②性喜谀，苟得其欢，即请益非难也。”士人拮据，凑贷器币，约值百金，为期入谒及门。堂轩丽巨，苍头庐儿皆曳绮缟（gǎo），两壁米袋充栋，皆有御用字。久之，主人出，壮横肥，以两童子头抵背而行，享礼③微笑，许贷八百，庐儿曰：“已晚，须明日。”主人可之。士人既出，喜不自胜，客复属耳：“当早至，我俟于此。”及明往，寥然空宅，堂下煤土两堆，皆袋所倾。问主宅者，曰：“昨有内相赁宅半日，知是谁？”客亦灭迹，方悟其诈。

［注释］

①厚贽：丰厚的见面礼。②内相：对宦官的谀称。③享礼：接受礼物。

[译文]

明朝嘉靖年间，有位士人到京城听候分派官职。终于有了派官的消息，因为离家时间很长了，旅费已经用尽，想要向人借款千金周转，于是找旧日的友人商量。几天之后，友人对他说："有一位宦官同意借给你五百金。"但是士人嫌钱少，友人又说："凡是想要向他借钱的人，按照以往的惯例都要先送给他贵重的礼物，他喜欢别人对他奉迎，如果能让他欢心，再请他增加借钱的数额也并非是件难事。"士人手头拮据，将身边所有的钱以及值钱的器皿拼凑起来大约有百金，于是双方约定了见面的日期。士人按时来到那位宦官的府邸，只看到厅堂富贵华丽，府邸的仆役、侍从也都衣着华丽，府库中的米粮堆积如山，而且每袋上都有"御用"的标记。等候了很长时间，主人才出来，一副脑满肠肥的样子，由两名童子抵着他的背，才能缓慢地走动。主人收了士人的厚礼之后，微笑着许诺借给士人八百金。旁边的侍从说："现在天色已晚，要等到明天才能拿到钱。"主人答应了。士人离开府邸之后，非常高兴，友人叮嘱士人说："明天要早些去，我等你的好消息。"第二天，士人又前去那个府邸，只见府中空无一人，厅堂中也只有从米袋中漏出的两堆煤土。士人询问这屋宅的原主，宅主说："昨天有个自称宦官的官员，从我这里租下半天的房子，哪里知道是谁？"士人回到原处，友人也不知去向了，这才知道自己上了大当。

老妪骗局

[原文]

万历戊子，杭郡北门外有居民，年望六而丧妻。二子妇皆美，而事翁皆孝敬。一日忽有老妪立于门，自晨至午，若有期待而不至者，翁出入数次，怜其久立，命二子妇询其故，妇曰："吾子忤逆[1]，将诉之官，期姐子同往，久候不来，腹且枵(xiāo)[2]矣。"子妇怜而饭之，言论甚相惬(qiè)。至暮，期者不来，因留之宿，一住旬日。凡子妇操作，悉代其劳，而女工尤精。子妇唯恐其去也，谓妪无夫而子不孝，茕茕(qióng)[3]无归，力劝翁娶之，翁乃与合。又旬余，妪之子与姐子始寻觅而来，拜跪告罪，妪犹厉詈(lì)不已，翁解之，乃留饮。其人即拜翁为继父，喜母有所托也。如此往来三月，一日妪之孙来，请翁一门，云已行聘，妪曰："子妇来何容易，吾与翁及两郎君来耳。"

往则醉而返。又月余，其孙复来请云：“某日毕姻，必求二姆④同降。”子妇允其请，且多贷衣饰，盛妆而往，妪子妇出迎，面黄如病者，日将晡（bū），妪子请二姆迎亲，且曰：“乡间风俗若是耳。”妪佯曰：“汝妻虽病，今日称姑矣，何以不自往迎，而烦二位乎？”其子曰：“规模不雅，无以取重。既来此，何惜一往？”妪乃许之，于是妪与病妇及二子妇俱下船去，更余不返，妪子假出觇（chān），孙又继之，皆去矣。及天明，遍觅无踪，访之房主，则云：“五六月前来租房住，不知其故。”翁父子怅怅而归，亲友来取衣饰，倾囊偿之，而二妇家来觅女不得，讼之官，翁与子恨极，因自尽。

[注释]

①忤逆：此处指不孝敬母亲。②枵：空。③茕茕：孤单的样子。④姆：婶母，指老翁的两位儿媳。

[译文]

明朝万历戊子年间，杭州北门外有个老头，年纪快六十岁，老伴已经去世，两个儿子都已经娶妻，媳妇们不仅貌美，而且对他也非常孝顺。一天，有位老太太站在他家门口，从早晨一直站到中午，好像在等什么人，而对方好像一直没有来。老头出入门口好多次，可怜老太太站立太久，于是就让两个儿媳妇去问问老太太怎么回事。老太太说：“我儿子不孝顺，我要到官府告他，我是在这里等我姐姐的孩子和我一起去官府，没有想到他一直没有来，我的肚子都有些饿了。”媳妇们同情老太太，就请她进屋吃饭，彼此交谈得十分愉快，一直到晚上，仍然不见要等的人来，于是媳妇们就留老太太在家中过夜。老太太住了十天，凡是日常家务，都是老太太一手料理，女红尤其精巧。老头的两位媳妇都怕老太太离去，她们认为老太太既然老伴过世，儿子又不孝顺，一个人孤苦无依，于是极力劝公公娶这个老太太为妻。于是两个人成婚。又过了十多天，才看到老太太的儿子和她姐姐的孩子寻来，见了老太太之后就跪在地上认罪，老太太仍然不停大声怒骂。老头劝慰老太太，于是邀请老太太的儿子留下来喝酒。老太太的儿子拜老头为继父，庆幸母亲往后生活有了个依靠。两家往来了三个月之后，一天，老太太的孙子来邀请老头一家去喝订婚酒，老太太说：“两个媳妇哪能随便走开呢，我和老伴儿还有他两个儿子去吧。”一行人喝得醉醺醺地才回来。又过了一个多月，老太太的孙子又前来邀请说：“某日是我完婚的大喜日子，二位婶婶务必要来喝杯喜酒。”老头的媳妇笑着答应了。等到大喜之日，老头的媳妇们向亲友借了很多首饰，盛妆前往。老太太的儿媳妇站在门口迎接她们，面色青黄好像生病一样。快傍晚，老太太的儿子请两位媳妇去迎接新妇，并且说：“这是我们这里的习俗。”旁边的老太太故意对她儿子说：“你的媳妇儿虽然有病在身，但是今天她要做婆婆了，怎么能不亲自迎接新嫁娘过门，而要烦劳你这两位弟妹呢？”老太太的儿子说：“她那病恹恹的样子，实在是难看，怕亲家看了笑话，两位弟妹既然已经来了，怎么会吝惜前往呢？”老太太才故作勉强答应了。于是老太太和生病的媳妇再加上老头的两位媳妇，一同下船迎娶新娘。等候多时仍然看不到她们回来，老太太的儿子又假装下船打探，接着老太太的孙子也借口查探，都走了。第二天天亮后，老头父子四处寻找，也没有看到他们的踪影，询问屋主，屋主说：“他们在五六个月前搬来租下这所屋子，但是不知道他们的来历。”老头父子只好怅然回去了。过了几天，亲友们纷纷来索要被借走的衣服、首饰，老头父子只好拿出所有的积蓄来偿还，而两个媳妇的娘家，也因为女儿失踪，到官府去控告老头父子，老头父子悔恨不已，竟然因此自杀。

乘驴妇

[原文]

有三妇人雇驴骑行，一男子执鞭随之。忽少妇欲下驴择便地①，呼二妇曰：“缓行俟我。”因倩②男子佐之下，即与调谑（xuè），若相悦者。已乘驴，曰：“我心痛，不能急行。”男子既不欲强少妇，追二妇又不可得，乃憩（qì）道旁。而不知少妇反走久矣，是日三驴皆失。

[注释]

①便地：方便的地方。②倩：请（男子）帮忙。

[译文]

有三个妇人雇了个驴代步，驴主也骑着驴跟随在后面。走了一阵子，忽然有位妇人要下驴，想找个比较隐秘的地方方便，就对另外两位妇人说：“你们慢慢骑，边走边等我。”接着就请驴主扶她下驴，就和驴主打情骂俏，好像两个人之间非常亲密。等到妇人方便完，再骑上驴背的时候，妇人说：“我心痛不能骑得太快。”驴主不好意思要妇人加快速度，追赶前面的两位妇人又追不到，只好先在路旁休息，谁知道那名妇人早就已经掉头逃走很久了。这天这名驴主丢失了三只驴。

窃磬

[原文]

乡一老妪，向诵经，有古铜磬(qìng)，一贼以石块作包，负①之至媪门外。人问何物，曰："铜磬，将鬻(yù)②耳。"入门见无人，弃石于地，负磬反向门内曰："欲买磬乎？"曰："家自有。"贼包磬复负而出，内外皆不觉。

[注释]

①负：背。②鬻：卖。

[译文]

乡下有个老婆婆，一向念经，而且她家还有个古铜磬。有个小偷儿包了一包石块，背着来到老婆婆家门外。外面的人问他："你在卖什么东西？"小偷儿答："铜磬，我卖铜磬。"小偷儿进入屋内，发现厅中没有人，于是就丢下石包，背着铜磬朝内室问："要买磬吗？"屋内的人说："我家中有。"小偷儿包着铜磬从老婆婆家出来，家内外没有人察觉那个小贩竟然是个小偷儿。

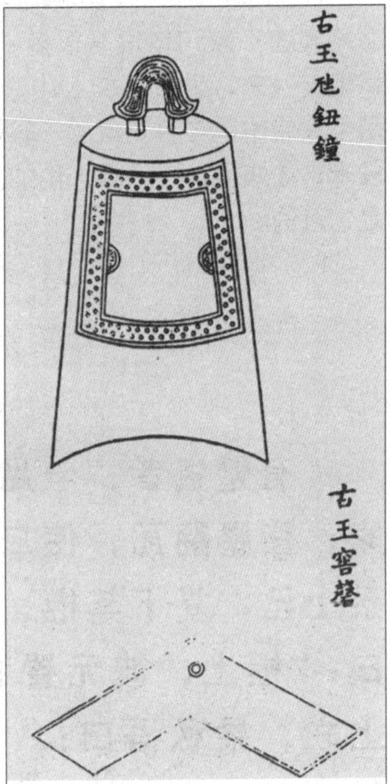

磬

磬是古代石制的一种打击乐器。甲古文中磬字左半像悬石，右半像手执槌敲击。磬起源于某种片状石制劳动工具，其形在后来有多种变化，质地也从原始的石制进一步有了玉制，铜制。

假跛书生 假断脚偷

[原文]

阊(chāng)门有匠，凿金于肆。忽一士人，巾服甚伟，跛曳而来，自语曰："暴令①以小过毒挞我，我必报之！"因袖出一大膏药，薰于炉次，若将以治疮者。俟其熔化，急糊匠面孔，匠畏热，援以手，其人即持金奔去。

又一家门集米袋，忽有躄(bì)②

者，垂腹甚大，盘旋其足而来，坐米袋上，众所共观，不知何由。匿米一袋于胯下，复盘旋而去。后失米，始知之。盖其腹衬塞而成，而躄亦伪也。

［注释］

①暴令：残暴的县令。②躄：腿瘸。

［译文］

苏州阊门有个金匠在市集上摆摊。忽然有位书生，衣着讲究，跛着脚走了过来，还一面自言自语地说："那个残暴的县令，竟然因为我犯了点小错就这样毒打我，我一定要报仇！"说完就从袖子中抽出一大片膏药，借金匠的炉火来熏烤膏药，好像要将其贴在自己的伤处。等到膏药熔化之后，书生却将膏药往金匠的脸上一贴，金匠受不了灼热，急忙用手去撕，那人就立即抢走了金匠的金饰，飞奔而逃。

又有一家门口堆有很多米袋，忽然有个瘸腿的人垂着个很大的肚子，一瘸一拐地走过来，坐在米袋上休息，当时有很多人都看到了，但是不知道他要做什么。那个人偷偷地在胯下藏了一袋米，然后又一瘸一拐地走了。后来那家人发现丢了一袋米，才知道是那瘸腿人偷的。原来那个人的大肚子是用衣服伪装的，他的断腿也是伪装的。

断脚盗

［原文］

有躄(bì)盗者，一足躄，善穿窬(yú)①。尝夜从二盗入巨姓②家，登屋翻瓦，使二盗以绳下之，搜资入之柜，命二盗系上已，复下其柜，入资上之，如是者三矣。躄盗自度曰："柜上，彼无置我去乎？"遂自入坐柜中，二盗系上之，果私语曰："资重矣，彼出必多取，不如弃去。"遂持柜行大野中，一人曰："躄盗称善偷，乃为我二人卖。"一人曰："此时将见主人翁矣。"相与大笑欢喜，不知躄盗乃在柜中，顷二盗倦，坐道上，躄盗度将曙，又闻远舍有人语笑，从柜中大声曰："盗劫我。"二盗惶讶遁去，躄盗顾乃得金资归。何大复③作《躄盗篇》。

[注释]

①窬：小门洞。②巨姓：豪族，大户人家。③何大复：何景明，号大复，明弘治年间人。

[译文]

有个窃贼虽然一条腿断了，但是仍然善于穿墙偷窃之术。有一天夜里，这名断脚盗和另外两个窃贼潜入一大户人家家中行窃。断脚盗先让另外两个人到屋顶上翻开瓦片，再把绳索垂下来，让他能进入屋中搜刮财物，装入大箱子中，再让两个人将大箱子吊起来，接着再放下大箱子。如此连续多次之后，断脚盗突然想到："大箱子上去之后，他们是否会丢下我不管呢？"于是自己就钻入了箱子中。两个人将大箱拉上去之后，果然暗暗商量："箱子这么重，财物一定很多，他肯定会要求多分一些，不如将他丢下吧！"于是两个人抬着箱子向郊外逃走了。途中，一名盗贼说："断脚盗号称神偷，但是还是被我们出卖了。"另一人说："这时候恐怕已经被主人发现了。"两人不觉得意地大笑起来，不知道断脚盗就藏在大箱子中。又走了一段路，两个人感觉累了，就在路旁休息，断脚盗盘算着天快亮了，又听到远处屋舍传来人说话的声音，于是就在柜子里大声说："有强盗抢我的东西！"两名盗贼在恐惧惊讶中逃走了，于是断脚盗获得了全部的赃物。这件事被记载在何大复所著的《躄盗篇》中。

江南士子

[原文]

江南有文科者，衣冠之族，性奸巧，好以术困人而取其资。有房一所，货于徽人。业经改造久矣，科执原直取赎，不可，乃售计[1]于奴，使其夫妇往投徽人为仆，徽人不疑也。两月余，此仆夫妇潜窜还家，科即使他奴数辈谓徽人曰："吾家有逃奴某，闻靠汝家，今安在？"徽人曰："某来投，实有之，初不知为贵仆，昨已逸去矣。"奴辈曰："吾家昨始缉知在宅，岂有逸去之事？必汝家匿之耳，吾当搜之！"徽人自信不欺，乃屏家眷于一室，而纵诸奴入视，诸奴搜至酒房，见有土松处，佯疑，取锄发之，得死人腿一只，乃哄曰："汝谋害吾家人矣！不然，此腿从何而来？当执此讼官耳。"徽人惧，乃倩人

居间，科曰：“还吾屋契，当寝其事耳。”徽人不得已，与之期而迁去。向酒房之人腿，则前投靠之奴所埋也。

科尝为人居间公事。其人约于公所封物，正较量次，有一跛丐，右持杖，左携竹篮，篮内有破衣，捱入[2]乞赏。科拈零星[3]与之，丐嫌少，科佯怒，取元宝一锭掷篮中，叱曰：“汝欲此耶？”丐悚惧，曰：“财主不添则已，何必怒？”双手捧宝置几上而去。后事不谐，其人启封，则元宝乃伪物，为向丐者易去矣，丐者，即科党所假也。

【冯述评】苏城四方辐凑之地，骗局甚多。曾记万历季年，有徽人叔侄争坟事，结讼数年矣，其侄先有人通郡司理，欲于抚台准一词发之。忽有某公子寓阊门外，云是抚公年侄[4]，衣冠甚伟，仆从亦都[5]。徽侄往拜，因邀之饮。偶谈及此事，公子一力承当。遂封物为质，及期，公子公服，取讼词纳袖中，径入抚台之门，徽侄从外伺之，忽公事已毕而门闭矣，意抚公留公子餐也。询门役，俱莫知，及晚衙，公子从人丛中酒容而出，意气扬扬，云：“抚公相待颇厚，所请已谐。”抵徽寓，出官封袖中，印识宛然。徽侄大喜，复饮食之，公子索酬如议而去。明日徽侄以文书付驿卒，此公子私从驿卒索文书自投，驿卒不与，公子言是伪封不可投。驿卒大惊，还责徽侄，急访公子，故在寓也，反叱徽人用假批假印，欲行出首。徽人惧，复出数十金赂之始免。后访知此棍惯假宦、假公子为骗局。时有春元谒见抚院，彼乘闹混入，潜匿于土地堂中，众不及察，遂掩门。渠预藏酒糕以烧酒制糕，食之醉饱，啖(dàn)之，晚衙复乘闹出，

封筒印识皆预造藏于袖中者，小人行险侥幸至此，亦可谓神棍⑥矣。

［注释］

①售计：授计，传授计策。②捱入：畏缩着进入。③零星：指零星的碎银。④年侄：科举同年的儿子。⑤都：华丽。⑥神棍：用技如神的恶棍。

［译文］

江南有个叫文科的人，虽然出身衣冠士族，但是个性奸诈，善于投机取巧。他喜欢用计谋使别人落入自己所设计的圈套中，再进而要挟、诈骗对方的财物。他有栋房子卖给了一个徽州人。那个徽州人买下这个房子，经过改建后已经住了很长一段时间了。文科拿着原来双方买卖房屋的契约，想要从徽州人那里将这所房子按原价买回来，遭到了拒绝。文科于是对自家的一对仆人夫妇传授计策，让他们到那户徽州人家做奴仆，徽州人没有产生丝毫的怀疑。两个多月以后，这对夫妇暗中潜逃回来，文科让多名奴仆到徽州人家，说:“我家有两名奴仆逃走，听说是投身到你家为奴，现在他们两个在哪里呢？”徽州人说:“确实是有两个人来到我家为奴，当初我并不知道是贵府的仆人。但是这两个人昨天已经逃走了。”奴仆们说:“昨天我们还看到这两人出入这所宅府，怎么会这么巧，晚上就逃走了呢？一定是你们将他们两个藏了起来，我们要搜查。”徽州人自认自己的清白的，没有什么可隐瞒的，于是就让家人集中在一间屋子中，任凭士子的奴仆们四处查看。奴仆们来到酒房，看到有一堆土隆起，于是就装出怀疑的样子，拿起锄头进行挖掘，竟然挖出了一条死人腿，于是就起哄说:“你竟然敢谋害我府上的人！这条死人的腿你怎么解释呢？我们要将你送到官府治罪。”徽州人顿时吓得没有了主意，只好央请他人从中间调解。士子说:“还给我房契，这件事我就不会再追究了。”徽州人不得已只好答应了，限期搬离出去了。酒房中所挖出的那条人腿，就是前来投靠的那对夫妇事先掩埋的。

文科有一次也为别人作财物公证人。对方约他到公所查看财物，然后再贴上封条。正在清点财物的时候，有名跛脚的乞丐，右手拄着拐杖，左手拿着竹篮，篮子中还有一件破衣服，溜进公所乞讨赏钱。文科随手就拿了一块碎银子丢给了那个乞丐，乞丐竟然嫌少。文科假装大怒，拿起一锭元宝掷到乞丐的竹篮子里，叱责他说:“你想要这元宝是不是？”乞丐非常害怕，颤抖地说:“大善人不愿意再多给赏钱就算了，何必发这么大的脾气呢？”接着双手捧着元宝放在桌子上，然后就离开了。后来事情没有办成，那人开封取物，发现元宝竟然是假的，原来早已经被那个乞丐调包了，而那个乞丐，就是文科的党羽所装扮而成的。

【冯述评】苏州是四方辐辏之地，诈骗事件也层出不穷。明朝万历年间，曾有一对徽州人叔侄为了争夺坟地大打官司，纠缠了多年一直没有结果。后来侄儿买通了郡府的法曹，希望抚台能判自己胜诉。一天，忽然有个住在阊门外的贵公子，自称是抚台的年侄。看到他衣服华丽，一表人才，而且跟随他的侍仆也有很多，于是侄儿就邀请那位贵公子去喝酒。闲谈中贵公子得知他和叔父争夺坟地的事，便一口答应这件事包在他身上。为了表示自己的诚意，公子还送给他一件信物，到了约定的日期，公子穿着公服，袖里装着那人的讼状，直接进入抚台大人的官府。那人在门外守候了很长时间，一直等到府衙公务处理完毕，大门紧闭，还没有看到那位公子出来。他猜测可能是抚台大人留下公子吃饭，于是就问门房公子的下落，大家都说没有见过这个人。直到深夜，才看到公子满脸酒意地从人群中走来，一脸得意洋洋的神情，对他说："抚台大人热忱地招待了我，所嘱托的事都已经打点妥当了。"两个人回到那徽州人的住处。公子从袖子中拿出了一封公文，公文上盖着官府的官印。那徽州人非常高兴，命人备酒谢公子，公子拿了当初两人协定的报酬后离开了。第二天，那徽州人将公文交给驿卒送给官府，公子却私下向驿卒索取公文，驿卒不肯交出公文。公子说这个公文是伪造的，是不能送交官府的。驿卒害怕获罪，立刻将公文退还给了那徽州人，并且叱责那徽州人。那徽州人拿着假文书赶到公子的住处，公子正巧在家中，看到假文书，反而叱责那徽州人用假官印，要到官府去控告他。那徽州人大为吃惊，只好又拿出数十金贿赂公子，才将这件事给平息了。后来，那徽州人向别人打听，才知道这个人常常假冒官宦或贵公子，设计诈骗他人钱财。当时，正好碰上乡试第一名入府谒见抚台，他就趁着忙乱混入了府内，暗中躲在土地堂里。府中奴仆都没有留意到他，就依往日按时关门。他预先准备酒和糕点，用烧酒就着糕点吃喝，食后饱且醉，等到府衙夜间办公的时候，再伺机从府衙中混出来。至于官印等物，都是事先准备好放在袖子中的。像这种心机深沉，故意诈财的小人，真可以说是神棍。

猾吏奸官

［原文］

包孝肃[1]尹京[2]日，有民犯法当杖脊。吏受赇[3]，与约曰："今见尹必付我责状，汝第呼号自辩，我与汝分此罪。"既而包引囚问毕，果付吏责状，囚如吏教，分辩不已，吏大声呵之曰："但受杖出去，何用多言？"包谓其市权，捽(zuó)吏于庭，杖之七十，特宽囚罪以抑吏势，不知为所卖也。

有县令监视用印。暗数已多一颗，检不得，严讯吏，亦不承。令乃好谓曰："我明知汝盗印，今不汝罪矣，第为我言藏处。"此令素不食言者，于是吏叩头谢罪曰："实有之，即折置印匣内，俟后开印时方取出耳。"

又闻某按院疑一吏书途中受贿，亲自简查，无迹而止。盖按院止搜其通身行李，而串铃与马鞭、大帽，明置案前，贿即在内，不及察也。吏之奸弊，何所不至哉！

【冯述评】**“包铁面”尚尔，况他人乎！**

［注释］

①包孝肃：包拯，谥号孝肃。②尹京：指包拯曾做过北宋京城开封的知府。③赇：贿赂。

［译文］

宋朝包拯做开封知府的时候，有一个人犯法，要受到木杖打脊背的处分。有位吏卒接受了罪民的贿赂，和罪民约定说：“看到大人之后，大人一定会将杖打你的公务交给我来执行，你只管大声哀号，为自己寻找借口，我会想办法减轻你的罪罚。”不久，包拯命人带上罪犯，审讯完毕之后，果然让吏卒杖打罪犯，罪犯就按照吏卒所说的，不停地喊冤申辩。吏卒大声地叱责他说：“你只管挨了刑杖滚出去就行了，说这么多废话有什么用呢？”包拯认为这个吏卒以权谋私，打了七十大板，特地宽恕罪犯抑制吏卒的威势，没有想到这正是中了那个吏卒的诡计。

有位县令检查县府的官印，发现多使用一次，但是找遍了整个县府，也没有找到。虽然经过严厉地侦讯，吏卒仍坚持不说。县令只好婉言相劝说：“我知道肯定是你盗取了印信，现在只要你告诉我空白印信藏在哪里，我答应绝对不治你的罪。”由于这位县令一向言出必行，这名吏卒才磕头谢罪，说：“确实有，就折叠藏在印匣内，打开印匣就可以看到了。”

包拯

包拯，字希仁，庐州合肥（今安徽合肥）人。卒后，谥孝肃。包拯做官以断狱英明刚直而著称于世，后世称他为“包青天”。

又听说有位按院大人怀疑自己手下的一名文书官曾收受了别人的贿赂。于是他决定就去亲自调查，结果一无所获，只好不再予以追究。原来这位按院大人，只是搜查了文书官的身体和行李，而没有仔细检查放在案桌上的串铃、马鞭以及一顶大帽子，而贿赂的钱款就藏在帽子里面。贪吏的奸诈舞弊，真是无所不至啊！

【冯述评】连包拯都会被这种吏卒玩弄，更别说其他的人了。

小慧卷二十八

［原文］

熠熠隙光，分于全曜(yào)①。萤火难嘘，囊之亦照。我怀海若②，取喻行潦。集“小慧”。

［注释］

①曜：日光。②海若：像大海一样。

［译文］

一丝光线虽然微弱，也是阳光的一部分。萤火虫所发出的光芒虽然微小，可是用布囊收集起来之后也可以用来照明。我虽然胸怀江海，也不会嫌弃雨后的水洼。因此集成“小慧”卷。

韩昭侯 子之

［原文］

韩昭侯①握爪而佯亡一爪，求之甚急。左右因割其爪而效之，昭侯以此察左右之诚。

子之②相燕，坐而佯言曰：“走出门者何白马也？”左右皆言不见，有一人走追之，报曰：“有。”子之以此知左右之不诚信。

［注释］

①韩昭侯：战国时韩国的国君。②子之：战国时燕王哙用子之为相，后来禅位于子之。

［译文］

韩昭侯握住自己的指甲，他假装丢了一片指甲，急忙命人寻找。属下立即剪下自己的指甲献给韩昭侯。韩昭侯借此来考察属下对自己的忠诚。

子之在燕国做宰相的时候，一天坐在厅堂上故意说：“刚才门外面跑过去的是一匹白马吗？”左右亲信都说没有看到，只有一个人追出门外，回来的时候禀报说：“确实是有一匹白马。”子之借这件事来考察身边之人是否对自己忠诚。

江西日者

[原文]

赵王李德诚[1]镇江西。有日者[2]，自称世人贵贱，一见辄分。王使女妓数人与其妻滕国君同妆梳服饰，立庭中，请辨良贱，客俯躬而进曰：“国君头上有黄云。”群妓不觉皆仰视，日者因指所视者为国君。

[注释]

①李德诚：五代时人，曾任镇南节度使，后封赵王。②日者：占卜相面的人。

[译文]

赵王李德诚镇守江西的时候，有个卜卦的术士自称可以一眼看出人身份的贵贱。赵王找来几名女妓，让她们和自己的妻子滕国君都穿上相同的衣服，打扮好后站在前庭中，让术士进行分辨。术士走到她们身边，俯身轻声说：“滕国君的头顶上有片黄云。”话刚说完，女妓们都不约而同地仰视，术士因而指出了哪位是滕国君。

俞羡章

[原文]

吴中镂书[1]多利，而甚苦翻刻[2]。俞羡章刻《唐类函》将成，先出讼牒[3]，谬言新印书若干，载往某处，被盗劫去，乞官为捕之，因出赏格，募盗书贼。由是《类函》盛行，无敢翻者。

[注释]

①镂书：雕版印书。②甚苦翻刻：因盗印而很苦恼。③讼牒：诉状。

[译文]

吴中那个地方出版有非常大的利润，出版商非常苦恼盗版翻刻。俞羡章刻印的《唐类函》快要完工了，但还没有出版，他便一状告到官府，假称自己的新书出版之后，用车运往别的地方的时候遭到盗匪的劫持，希望官府派吏卒缉捕盗匪，并且他自己出钱悬赏缉捕盗书贼的人。这件事情轰动一时，结果《唐类函》出版之后大为畅销，而且也没有书局敢于翻刻、盗印。

黠童子

[原文]

一童子随主人宦游。从县中索骑，彼所值①甚驽下。望后来人得骏马，驰而来，手握缰绳，佯泣于马上。后来问曰："何泣也？"曰："吾马奔逸绝尘，深惧其泛驾②而伤我也。"后来以为稚弱可信，意此马更佳，乃下地与之易。童子既得马，策而去，后来人乘马，始悟其欺，追之不及。

[注释]

①所值：所分配到的。②泛驾：翻车。

[译文]

有一个童子随着主人外出做官，途中到一个县里借马匹，但是童子所分到的马不好。他看到后边有个人骑着一匹骏马，急驰而来，于是就在马上手握着缰绳假装哭泣起来。来人问童子："为什么事而哭泣？"童子说："我的马儿跑起来速度奇快，是匹好马，但是我担心没有办法控制它而伤害自己，因此不知道该怎么办。"来人看到童子年纪很小，不至于骗人，心想童子的马比自己的好，于是就下马表示愿意和童子进行交换。童子换了马后便急驰而去。那个人骑上童子的驽马，才知道自己上当受骗，但是已经追不上了。

智胜力

[原文]

王卞于军中置宴。一角抵夫①甚魁岸，负大力，诸健卒与较，悉不敌。坐间一秀才自言能胜之，乃以左指略展，魁岸者辄倒。卞以为神，叩其故。秀才云："此人怕酱，预得之同伴；先入厨，求得少许酱，彼见辄倒耳。"

[注释]

①角抵夫：摔跤手。

[译文]

王卞在军中设宴款待宾客。有一位摔跤手体格魁梧，力气大，很多健壮的士兵和他较量，都敌不过。席间有位秀才自夸自己可以战胜这位力士，秀才略伸出左指，力士就倒了。王卞大为惊讶，以为秀才是个神人，问他原因，秀才说："我事先从他同伴那里得知，他怕酱汁，因此我先到厨房里要了一些酱汁，他看到我手上沾有酱汁，自己就倒在了地上。"

定远弓手

[原文]

濠州定远县一弓手善用矛。有一偷亦精此技，每欲与决生死。一日，弓手因事至村，值偷适在市饮，势不可避，遂曳矛而斗。观者如堵。久之，各未能进，弓手忽谓偷曰："尉至矣，我与你皆健者，汝敢与我尉前决生死乎？"偷曰："诺。"弓手应声刺之而毙，盖乘其隙也。

又有人曾遇强寇，斗方接刃，寇先含水满口，忽噀(xùn)①其面，其人愕然，刃已揕(zhèn)②胸。后有一壮士复与寇遇，已先知噀水之事，寇复用之，反为所刺。

[注释]

①噀：喷。②揕：刺入。

[译文]

濠州定远县有一名弓箭手善于用矛。有一个小偷儿也是个使用矛的好手，两个人一直都想找个机会分出胜负。一天，弓箭手有事到村中，正好遇到这个小偷儿在集市喝酒，两个人相见后形势无法避让，于是各自拿矛决斗，围观的人形成了一堵人墙。两个人缠斗了很长时间，却一直不能分出胜负。弓箭手突然对小偷儿说："县尉来了，我和你都是勇健之人，你敢和我在县尉面前决一生死吗？"偷儿说："好啊！"弓箭手却应声刺向小偷儿，小偷儿倒地毙命。

又有一人曾经遇到了强盗，两人挥刀打斗的时候，没想到强盗含了一口水，吐向那个人的脸上。那人正在为强盗的举动惊愕不已之时，胸前已经中了一刀。后来有位壮士又遇到了这个强盗，由于已经听说吐水的事，强盗重施故技时，反被壮士刺杀。

术制继母

[原文]

王阳明年十二，继母待之不慈。父官京师，公度不能免。以母信佛，乃夜潜起，列五托子①于室门。母晨兴，见而心悸。他日复如之，母愈骇，然犹不悛(quān)也。公乃于郊外访射鸟者，得一异形鸟，生置母衾(qīn)内，母整衾，见怪鸟飞去。大惧，召巫媪②问之。公怀金赂媪，诈言："王状元前室责母虐其遗婴，今诉于天，遣阴兵收汝魂魄，衾中之鸟是也。"后母大恸(tòng)，叩头谢不敢，公亦泣拜良久。巫故作恨恨，乃蹶然苏。自是母性骤改。

[注释]

①托子：高脚有托盘的器物。②巫媪：巫婆。

[译文]

王阳明十二岁的时候，继母常常虐待他。由于他的父亲在京城做官，所以王阳明知道不能免于继母的虐待。于是利用继母笃信佛教，半夜里悄悄起床，把五个托子放在门的外面。第二天早上继母看到后，感觉有些害怕。以后每天都是这样，继母不由得心中害怕，但是她对王阳明的态度却没有任何改变。王阳明到郊外寻找捕鸟的人，买下了一只平时罕见的怪鸟，活着放在继母的被子中。继母整理床铺的时候，突然看到这只怪鸟飞了出来，心里非常害怕，便赶紧请来巫婆进行占卜。王阳明事先买通了巫婆，让她对继母说："王状元前妻对自己儿子遭人虐待非常生气，已经上告了天帝，现在天帝派阴兵下凡拘捕你的魂魄，你被子中的怪鸟，就是那些阴兵的化身。"继母听后，大哭，跪下来谢罪，王阳明也哭着对拜了许久。巫婆故意装作恨恨的样子，蹶然苏醒。从此继母的脾气和性情便改了。

王阳明

王阳明，字伯安，名守仁，明代著名的哲学家、政治家和军事家。是"心学"流派创始人，其学说对后世影响深远。

制妒妇

[原文]

《艺文类聚》[1]：京邑士人妇大妒，尝以长绳系夫脚，唤便牵绳。士密与巫妪谋，因妇眠，士以绳系羊，缘墙走避。妇觉，牵绳而羊至，大惊，召问巫。巫曰："先人怪娘积恶，故郎君变羊，能悔，可祈请。"妇因抱羊痛哭悔誓，巫乃令七日斋。举家大小悉诣神前祈祝，士徐徐还。妇见，泣曰："多日作羊，不辛苦耶？"士曰："犹忆啖草不美，时作腹痛。"妇愈悲哀，后略复妒，士即伏地作羊鸣，妇惊起，永谢不敢。

[注释]

①《艺文类聚》：唐时欧阳询所编类书。

[译文]

《艺文类聚》中记载：京城有个士人，他的妻子有很重的妒忌心。平常就用一根长绳子将丈夫的脚绑上。有事呼唤丈夫，就拉动长绳。士人暗中和巫婆商量，趁着老婆熟睡以后，将自己脚上的绳子解下来绑在羊腿上面，偷偷爬出墙离开了家。妇人睡醒之后，拉动绳子，竟然拉来一只羊，非常震惊，就招来巫婆占卜。巫婆说："你家列祖列宗怨你平时不善待自己的丈夫，因此你的丈夫变成了一只羊，如果你能够悔过，就该诚心祈求上苍的饶恕。"妇人听后，抱着羊儿痛哭流涕，立誓要悔过。巫婆让妇人斋戒七天，斋戒期间全家大小都要在神明前祈祷谢罪。士人回家之后，妇人看到他，哭着问他："变成羊好多天了，辛苦吗？"士人说："一想到吃的草味道不好，我的肚子就开始痛。"妇人听后更加难过。以后，妇人只要稍微显示出一丝妒意，士人就会趴在地上学羊的叫声，妇人每次都立刻惊慌地拉着士人，向天谢罪不敢再犯。

图书在版编目(CIP)数据

智囊 / 冯梦龙编著,崇贤书院释译. —合肥:黄山书社,2015. 11

(经典传家系列丛书)

ISBN 978-7-5461-5344-5

Ⅰ. ①图… Ⅱ. ①冯… ②崇… Ⅲ. ①笔记小说 - 小说集 - 中国 - 明代 Ⅳ. ①I242. 1

中国版本图书馆 CIP 数据核字(2015)第 286507 号

出品人　任耕耘
总策划　任耕耘　李　克
选题策划　汤吟菲　白剑峰
项目统筹　刘　春
责任编辑　程　景
装帧设计　未　氓
责任印制　戚　帅
出版发行　时代出版传媒股份有限公司(http://www. press-mart. com)
　　　　　黄山书社(http://www. hspress. cn)
地址邮编　合肥市政务文化新区翡翠路 1118 号出版传媒广场 7 层　230071
印　　刷　安徽新华印刷股份有限公司
版　　次　2016 年 3 月第 1 版
印　　次　2016 年 3 月第 1 次印刷
开　　本　700mm × 1000mm　1/16
字　　数　410 千
印　　张　26. 25
书　　号　ISBN 978-7-5461-5344-5
定　　价　29. 80 元

服务热线　0551 - 63533706

销售热线　0551 - 63533761

官方直营书店(http://hsssbook. taobao. com)